ÜBER DEN AUTOR

Tony Park wurde 1964 geboren und wuchs in den westlichen Vorstädten Sydneys, Australien, auf. Er arbeitete als Journalist, Berater für Öffentlichkeitsarbeit und Pressesekretär. Ausserdem diente er 34 Jahre lang in der australischen Armeereserve, einschliesslich eines Einsatzes in Afghanistan im Jahr 2002. Er ist der Autor von über 20 weiteren Thriller-Romanen, die alle in Afrika spielen. Tony und seine Frau Nicola leben in Australien und in Südafrika.

www.tonypark.net

AUCH VON TONY PARK

Ferner Horizont
Afrikanischer Himmel
Safari
Lautloses Raubtier
Elfenbein
Das Delta
Afrikanische Morgendämmerung
Dunkles Herz
Die Beute
Menschenjäger
Eine leere Küste
Rote Erde
Der Cull
Unverlierbar
Der Duft der Furcht
Geister der Vergangenheit
Der letzte Überlebende
Blutspur
Der Stolz
Vendetta

Teil des Stolzes, mit Kevin Richardson
Kriegshunde, mit Shane Bryant
Der graue Mann, mit John Curtis
Busch-Tierarzt, mit Dr. Clay Wilson
Mutig unter Beschuss, mit Daniel Keighran VC
Keiner wird zurückgelassen, mit Keith Payne VC
Nashornkrieg, mit Generalmajor a.D. Johan Jooste
Bwana, da ist eine Leiche im Bad! mit Peter Whitehead

SAMBESI

TONY PARK

Übersetzt von
MAYA VON DACH

Ingwe
PUBLISHING

Urheberrecht

Erstmals erschienen bei Pan Macmillan Australia im Jahr 2005 unter dem Titel
Zambezi
Diese Ausgabe erscheint 2023 bei Ingwe Publishing
Copyright © Tony Park 2005 www.ingwepublishing.com
Das moralische Recht des Urhebers wurde geltend gemacht.
Alle Rechte vorbehalten. Diese Publikation (oder ein Teil davon) darf ohne
vorherige schriftliche Genehmigung des Herausgebers in keiner Form
(elektronisch, digital, optisch, mechanisch) und mit keinen Mitteln (Fotokopieren,
Aufzeichnen, Scannen oder anderweitig) vervielfältigt oder übertragen, kopiert,
gespeichert, verbreitet oder anderweitig zur Verfügung gestellt werden
(einschliesslich Google, Amazon oder ähnliche Organisationen).
Sambesi
EPUB: 9781922825278
POD: 9781922825261
Umschlaggestaltung von Paris Giannakis

Für Nicola

1

AFGHANISTAN, 2005

Es war ein toter Ort.

Er hatte ihn sich genauso vorgestellt. Auf der Ebene vor ihm wuchs nichts, es gab nur Fels, Dreck und Staub. Sogar das Ziel bestand aus Lehm. Die einst geraden Linien der Mauern des Geländes waren durch unaufhörlichen Wind mit Sand abgerundet und seine Kulisse bestand aus einem zerklüfteten, abweisenden Berg, der wie ein rasiermesserscharfer Granatsplitter aussah und mit bitterem, tödlichem Schnee überzogen war. Auf den nutzbaren Flächen, in den bewohnten Tälern darunter, in Strassen, auf Dorfwegen und Ackerflächen sowie auf Bauernhöfen schlummerten sieben Millionen Landminen.

Das Land spiegelte sich in seinen Menschen wider. Das Volk war von sengenden Sommern verbrannt, von unbarmherzigen Wintern abgehärtet und von Kriegen brutalisiert. Afghanistan hatte zwar kein Monopol auf Krieg und Töten, war jedoch in beidem der Marktführer.

Master Sergeant Jed Banks blinzelte und ruhte sein Auge aus, das von der eindimensionalen Unschärfe des durch sein Nachtsichtgerät Schauens ermüdet war. Im Staub auf dem Boden, in der Nähe seines Ellbogens, bemerkte er eine halbeingegrabene Kupferpatronenhülse, die grün vor Alter war. Wahrscheinlich von einer AK-47. Vielleicht hatte ein russischer Soldat in einer kühlen, sternenklaren Nacht hier draussen gesessen und dieselbe mittelalterliche Lehmziegelanlage beobachtet. Oder vielleicht ein afghanischer Hirte auf ein Raubtier oder einen Dieb aus einem Nachbardorf geschossen, aber genauso gut war es möglich, dass an dieser Stelle eine Blutfehde ausgetragen worden war.

Hier wurden Dorfstreitigkeiten mit Sturmgewehren und Mörsern gelöst, Hochzeiten mit einem Feuerwerk aus Leuchtspurgeschossen von Maschinengewehren gefeiert und es gab ein Spiel zu Pferd, das mit einem toten Tier anstelle eines Balls gespielt wurde. Manchmal, je nachdem, wer sich mit wem im Krieg befand, benutzten sie einen Menschen statt eines Tieres.

Auch Jed Banks war hier, um zu töten. Er blinzelte wieder ins Visier seines M4-Sturmgewehrs und kontrollierte noch einmal den gedrungenen Turm an der Ecke des Geländes. Vielleicht erhöhte er heute Abend die unermessliche Zahl der gewaltsamen Todesopfer in diesem Land zusätzlich.

»Glauben Sie, dass die USA hier etwas erreichen?«, flüsterte der Mann neben ihm, als er sich in den Staub fallen liess.

Der nasale Tonfall des jungen Australiers bedeutete für Jed eine Ablenkung – keine willkommene. Bei einer solchen Mission einen Reporter dabei zu haben, konnte nichts Gutes bringen. Auf dem Gelände oder auf den Brüstungen war keine Bewegung auszumachen und die Wache im Turm an der nordöstlichen Ecke schlief noch immer. Alles war ruhig und das Zugriffsteam beinahe in Position.

Jed warf einen Blick auf den Reporter, einen kleinen, schmächtigen Mann mit einem Ziegenbart, der einen Ohrring trug. Auf dem Weg von der Landezone hierhin hatte er einen Rucksack getragen, denn Jed hatte dafür gesorgt, dass der Fremde die Ersatzbatterien für das Funkgerät und ein paar Infusionen mitbrachte, einfach damit sie wenigstens etwas von ihm hatten. Er hatte den Marsch gut überstanden, musste aber nicht annähernd so viel tragen wie der Rest von ihnen.

»Hallo, kennen Sie mich noch von der Besprechung? Ich bin Luke Scarborough«, flüsterte der Reporter.

Jed erinnerte sich daran, ignorierte den Mann aber. Er überprüfte im Sucher erneut die Wand. Der Reporter arbeitete für irgendeinen Pressedienst. AP, UPI, Reuters, irgend sowas. Afghanistan war, was man eine 'akronymreiche Umgebung' nannte, voll von Abkürzungen. Es war schon schwierig genug, sich alle militärischen Kürzel zu merken, ganz zu schweigen von all denen der Medien. Er hielt sich von der bunt zusammengewürfelten Gruppe von Journalisten in Bagram fern und nahm es dem Team übel, dass es ihm einen aufgezwungen hatte, aber CENTCOM – das Zentralkommando des US-Militärs in Tampa, Florida – war wild entschlossen, Journalisten in alle Einheiten einzubinden, sogar in die Spezialeinheiten. Doch was bei einem Drink im Offiziersclub eine gute Idee zu sein schien, war hier draussen im Staub scheisse.

»Der Captain hat gesagt, wir müssten eine Weile warten«, zischte Luke, »etwa zwei Stunden. Wie vertreibt ihr euch denn jeweils die Zeit?«

»Ich sitze ruhig da und konzentriere mich auf meine Arbeit.«

»Denken Sie an zu Hause?«

Jed drehte sich um und starrte den Mann an. Er verstand ihn nicht. Er war wohl auf ein grosses Abenteuer aus, erkannte aber nicht, dass Jed und der Rest der ODA ihre Aufmerksamkeit während jeder Sekunde, in der sie im Einsatz standen, voll und ganz auf ihre Mission richteten. Im Gegensatz dazu schien alles, was dem Reporter bei der Einweisung über die 'Operational Detachement Alphas', ODAs oder 'A-Teams', wie sie in Vietnam und später im Fernsehen genannt wurden, erzählt worden war, zum einen Ohr hinein und zum anderen wieder raus gegangen zu sein. »Da gibt es nichts, worüber man nachdenken müsste«, sagte er und hoffte, den Reporter damit zum Schweigen zu bringen.

»Keine Gedanken an jemanden daheim? Weder Eltern, Frau, noch Freundin? Vielleicht einen Freund?«

»Sehen Sie nicht, dass ich eine geladene Waffe habe?«

Luke grinste.

Jed wischte sich mit dem Handrücken über die Stirn und trocknete sich mit seinen schwarzen Nomex-Feuerschutzhandschuhen den Schweiss vom Gesicht, denn in dieser Jahreszeit war es in Afghanistan sehr heiss. Die Reporter nannten es ein Land der Extreme und hatten recht damit. Am Ende des Winters, als er seinen Einsatz begann, war es in den Bergen bitterkalt gewesen und auf ihren Gipfeln lag Schnee. Jetzt, im August, herrschten tagsüber manchmal Temperaturen von über fünfzig Grad Celsius und nachts war es sogar fast genauso heiss.

»Doch, eine Tochter.« Gab Jed zurück und bedauerte sofort, dass er das verraten hatte, aber er konnte nicht anders. Sie ging ihm in diesen Tagen zu oft durch den Kopf.

»Wie alt?«

»Das geht Sie einen Scheissdreck an.«

Das Funkgerät knisterte in seinem Kopfhörer. Er hob eine Hand, um den Reporter zum Schweigen zu bringen.

»Hawk für Snake.«

Der Reporter zog sein Notizbuch hervor.

Jed hörte ein paar Sekunden lang aufmerksam zu, hielt dann das Mikrofon des Headsets an seine Lippen und flüsterte: »Verstanden. Snake von Hawk. Sie sind in Position. Showtime ist in Zwei-Null-Minuten, over.«

Jed versicherte sich, dass der Wächter immer noch schlief.

»Wie alt ist Ihre Tochter?«

»Ich hatte gehofft, Sie wären schon weg.«

»Geben Sie mir, was ich will, und ich lasse Sie in Ruhe.«

Pech gehabt, dachte Jed. »Sie ist zwanzig.«

»Am College?«

»War. Sie ist in Afrika, in Simbabwe und erforscht Löwen.«

»Cool«, rief Scarborough aus.

»Seien Sie leise, verdammt noch mal!«

»Entschuldigung. Aber, hey, das ist interessant. Das ist mein eigentliches Territorium – Afrika. Normalerweise arbeite ich von Johannesburg aus, war aber gerade für ein paar Wochen hier oben, um für eine andere Agentur zu berichten. Nächste Woche fliege ich zurück.«

»Denken Sie nicht einmal daran, mich nach ihrer Telefonnummer zu fragen!«

»Hat sie einen Abschluss?«

»Ja, von der Universität von Massachusetts. Sie ist an ihrem Master in Wildtierschutz, und während sie die Doktorarbeit schreibt, arbeitet sie in der Forschung.«

»Und was sagt sie dazu, dass Sie hier sind?«

»Ich weiss es nicht. Sie ist stolz, nehme ich an. Aber bestimmt nicht so stolz, wie ich auf sie bin. Sie ist das einzig Gute in meinem Leben.«

»Machen Sie sich Sorgen um sie, wenn sie in Afrika in der Wildnis ist? Simbabwe kann ziemlich herausfordernd sein.«

»Danke für diese Einschätzung. Aber ja, ich mache mir wirklich Sorgen um sie. Doch sie sagt mir immer, es sei alles in Ordnung, also verderben Sie mir nicht die Illusionen, okay?«

»Sicher. Sie sind schliesslich derjenige mit der Waffe.«

Luke lachte in sich hinein, denn er hatte den Soldaten zum Reden gebracht, womit der grösste Teil der Arbeit erledigt war. Er hatte den harten Kerl geknackt und seine Geschichte erfahren.

Er machte sich ein paar Notizen. Es war Vollmond und er konnte genug sehen, um zu schreiben. *M/SGT Jed. Der Captain ist der ranghöchste Mann, aber Jed leitet das Team. 1,80 m gross, breite Schultern, langes, blondes Haar bis über den Kragen, buschiger Bart – die Typen der Special Forces lassen ihn wachsen, weil er ihnen bei den afghanischen Stammesältesten mehr Respekt verschafft. Sonnengebräuntes, verwittertes Gesicht, Krähenfüsse in den Augenwinkeln. Veteran von Grenada, Somalia, Desert Storm, Kosovo. Die letzte Patrouille seiner Tour. Tochter, 20 Jahre alt.*

»Wie heisst sie?«

»Miranda.«

Miranda. Simbabwe. Erforscht Löwen. Die einzige Person, um die sich dieser Kämpfer sorgt. Ein wenig kitschig, dachte Luke, wenn er es ein wenig ausschmückte. Ein harter Kerl mit einem Herz aus Gold funktionierte immer. Er fragte sich, wie die Tochter aussehe. Wenn sie nach ihrem Vater kam, eine Blondine. Es konnte in Simbabwe nicht allzu viele blonde amerikanische Löwenforscherinnen geben.

JED KONNTE NICHT VERHINDERN, an Miranda zu denken. Er machte sich tatsächlich Sorgen um sie. In vier kurzen Tagen konnte er dieses gottverlassene staubige Land verlassen. Er hatte ein Ticket nach Harare, Simbabwe, gebucht, damit er vier Wochen des Urlaubs mit seinem kleinen Mädchen verbringen konnte und freute sich unglaublich darauf.

»Und wo ist Mirandas Mutter?«, fragte der Reporter weiter.

»In Boston.«

»Und Ihre Einheit ist in Fayetteville, North Carolina, stationiert. Ist das richtig?« Er hatte alles aufgeschrieben.

»Ja. Haben Sie das schon herausgefunden, Sie Genie? Wir haben uns getrennt, als Miranda etwa drei Jahre alt war.«

»Wie fühlte es sich an, nicht da zu sein, während sie aufwuchs?«

»Bringt man euch in der Journalistenschule bei, wie man Leute verärgert, oder kommt das von selbst?«

»Sie lehren uns, gepfefferte Fragen zu stellen«, lachte Luke. »Tut mir leid. Von Ihrem Kind getrennt zu sein, muss hart für Sie gewesen sein. Aber wie kommt es, dass Sie ihr jetzt so nahe stehen?«

»Sie kam vor ein paar Jahren zu mir, hat mich gesucht und gefunden. Sie hat sich um mich bemüht und ich glaube, deshalb liebe ich sie so sehr. Ich habe immer Geschenke geschickt und Patti vielleicht ein- oder zweimal im Jahr besucht. Es gab kein böses Blut zwischen uns, jedenfalls in den ersten paar Jahren nicht. Miranda hat mir in einer schlimmen Zeit die Hand gereicht. Ich hatte beide eine Weile nicht gesehen, und, nun ja, sie hat wirklich geholfen.«

»Warum hatten Sie den Kontakt verloren?«

»Das geht Sie nichts an.«

»Aber jetzt ist alles gut?«, hakte Luke nach.

»Könnte nicht besser sein.«

»Haben Sie ein Foto?«

Jed grinste halb. »Denken Sie an die Waffe.«

»Hey, so habe ich das nicht gemeint.«

»Wir nehmen nichts Persönliches mit in den Einsatz. Nichts, mit dem man unsere Familien oder Angehörigen identifizieren könnte oder das gegen uns verwendet werden könnte, wenn wir gefangen genommen würden. Das hat man Ihnen doch bei der Einführung erklärt. Ich will auch nicht wissen, was Sie bei sich tragen.«

»Ich bin ein Reporter, denen würde niemand etwas antun.«

Jetzt war Jed an der Reihe zu lachen. »Sie tragen Zivilkleidung, also nähmen sie an, Sie seien von der OGA, den ʻOther Government Agenciesʼ, wie die CIA, der Geheimdienst, in Afghanistan genannt wird. Sie würden Sie foltern bis zum Tod. Aber immerhin würde das dem Rest von uns Zeit zur Flucht verschaffen.«

»Wirklich?«

Jed zuckte mit den Schultern. Er hatte genug von diesem Gespräch. Er sah einen grünen Schatten, der in der Nacht flackerte.

»Snake für Hawk, im Turm ist Bewegung, ich wiederhole, wir haben Bewegung im Turm, Ende.«

Jeds Stimme war so ruhig und sachlich, dachte Luke, als frage er im D-FAC, dem Speisesaal in Bagram, nach mehr Spaghetti. Als er sah, dass sich der *Mudsch* im Turm streckte und gähnte, kauerte sich Luke tiefer in den Staub. Er lernte die Sprache der Special Forces schnell. *Mudsch* war die Kurzform für *Mudschahedin* oder heiliger Krieger und die gängige Bezeichnung für jeden erwachsenen afghanischen Mann.

Irgendwo im Schatten am Fusse der Mauer des Geländes blökte eine Ziege. Der Wächter mit dem Turban legte seine Hände auf die Lehmmauer und schaute über den Rand. Er richtete sich auf, kratzte sich den Bart und hob seine AK-47 auf.

»Sechs, hier ist Snake. Die Person bewegt sich. Der Mann hat seine Waffe. Er klettert vom Turm herunter. Ich glaube, er holt sich diese streunende Ziege. Ende.«

»Was bedeutet das?«, fragte Luke zu schnell und verriet damit seine wachsende Panik.

»Ganz ruhig, Kumpel. Bleiben Sie unten und bleiben Sie cool.« Jed griff mit seiner linken Hand hinüber – die rechte verliess den Griff seiner M4 nicht – und klopfte Luke auf die Schulter.

Er lächelte und versuchte, dem Australier ein Grinsen zu entlocken. Der arme Junge hatte eine Scheissangst.

Die Stimme des Captains, der um einen Lagebericht bat, ertönte aus dem Funkgerät. Jed ignorierte ihn. Das Zugriffsteam, vier Männer, die keine zwanzig Meter vom Lager entfernt in der Deckung einiger Felsbrocken lagen, bereitete ihm Sorgen.

»Hawk, hier ist Snake«, flüsterte Jed ins Mikrofon. »Siehst du die Person?«

Die einzige Antwort war ein einzelnes Klicken, das ein statisches Signal auslöste. »Das bedeutet 'Ja'«, sagte Jed, »aber auch, dass die Person wahrscheinlich so nah ist, dass das Team es nicht riskieren will, zu sprechen. Nicht einmal im Flüsterton.«

Die Ziege blökte wieder und Jed sah den Afghanen, wenn er denn einer war, aus dem Schatten der Mauer hervortreten. Er hielt seine AK-47 am Lauf und schlug dem Tier auf den Hintern.

»Bleib cool, Hawk«, flüsterte Jed.

Die Ziege machte eine Kehrtwende, huschte zu den Felsen und der Wachmann lachte, drehte sich um und folgte ihr. Instinktiv drehte er sein Gewehr, so dass der Lauf wieder in die richtige Richtung, nach vorn zeigte. Er ging auf die Felsen zu.

Jed drückte den Schalter auf dem schwarzen Kasten, der am Schaft seiner M4 befestigt war und aktivierte so sein Laser-Nachtzielgerät. Er schloss ein Auge und schaute mit dem andern durch das Nachtsichtmonokel, das er sich aufs Gesicht geschnallt hatte. Der helle Punkt des Laserstrahls fand die Mitte des Rückens der Zielperson und blieb unbeweglich dort.

Der Mann blieb unvermittelt stehen und hob seine AK-47 mit der geübten Geschwindigkeit eines alten Kriegers an die Schulter. Jed drückte ab und spürte den Rückstoss an seiner Schulter. Der Schalldämpfer dämpfte das Geräusch der Patrone, die aus dem Lauf schoss.

Der Afghane kippte nach vorn und sein Gewehr klapperte gegen die Felsen. Einen Sekundenbruchteil später knallte ein Schuss durch die nächtliche Ruhe.

»Heilige Scheisse«, fluchte der Reporter.

Jed sprach wieder ins Mikrofon. »Zielperson ist ausser Gefecht. Hawk, wie ist dein Status? Ich wiederhole, wie ist dein Status? Wer hat den Schuss abgegeben?«

»Was ist los, Snake, was ist los?«, zischte der Captain in Jeds Kopfhörer.

Jetzt war Jed besorgt. Es ging in die Hose. Einer der Jungs aus dem Zugriffsteam, wahrscheinlich Murphy, der keine schallgedämpfte Waffe hatte, war in Panik geraten, als er sah, dass der Afghane sein Gewehr hob und hatte ebenfalls einen Schuss abgegeben.

»Wir sind am Arsch, Snake. Wir ziehen uns zurück«, sagte Kirby, der Anführer des Zugriffsteams.

Jed wusste, dass es keine Alternative gab. »Verstanden. Mitteilung an alle: Abbruch. Ich wiederhole, Abbruch. Begebt euch zur Not-LZ. Rückzug über meine Position.« Jed bewegte das Mikrofon von seinem Mund weg und drehte sich zu Luke um, der ihn mit gespenstisch blassem Gesicht anstarrte. »Reissen Sie sich zusammen, Mann. Sobald der Captain hier ist, gehen Sie mit ihm, denn ich muss hier auf die anderen Jungs warten. Okay?«

Luke nickte stumm.

Jed hob das Nachtsichtmonokel erneut gegen das Visier seines Zielfernrohrs und sah, dass die vier Männer des Zugriffsteams vom Gelände weg, den Hügel hinauf und auf ihn zu rannten. Das Bild war klar, lindgrün und körnig, aber ohne jede Tiefenschärfe. Eine weitere Bewegung erregte seine Aufmerksamkeit. Im Wachturm tauchte zuerst ein, dann ein zweiter Mann auf, die mit einer Plane kämpften.

Der Captain und McCubbin, der Funker des Teams, erschienen von Jeds rechter Seite und knieten sich keuchend neben ihn.

»Was ist passiert, Banks?«, fragte der Offizier.

Jed ignorierte die dumme Frage. »Hol mir Boss Man ans Funkgerät, Mac. Es sieht aus, als hätten sie eine Dooshka im Tower.« Boss

Man war das Frühwarn- und Kontrollflugzeug der US-Luftwaffe, das unsichtbar irgendwo über ihnen kreiste.

»Was?« fragte Luke.

Der Funker dachte schneller als der Captain und sprach bereits ins Mikrofon des Funkgerätes, das er in seinem Alice-Rucksack trug. »Boss Man, Boss Man, Boss Man, hier ist Cougar eins-fünf. Erbitte sofortiges CAS, over.«

Jed sah, dass der Reporter aufgehört hatte, sich Notizen zu machen und seine Hände zu Fäusten ballte, um deren Zittern zu stoppen. »Es ist okay, Luke«, sagte er leise. »Wir rufen CAS, die Luftunterstützung, für den Fall, dass wir sie brauchen. Die haben ein russisches schweres Maschinengewehr im Turm, eine 'Dooshka', wie wir sie nennen. Seien Sie einfach bereit, wenn ich es Ihnen sage.« Der Australier nickte. Jed leckte sich über die Lippen, um die Trockenheit in seinem Mund zu vertreiben. Die feindliche Waffe war wahrscheinlich älter als er selbst, aber für die Ewigkeit gebaut, und die 12,7-Millimeter-Munition in ihrem Gürtel riss einen Mann in Stücke.

Jed beobachtete weiterhin den Turm. »Bring die Harriers auf Station, Mac. Wir brauchen sie in der Nähe, wollen aber wenn es nicht sein muss, nicht den ganzen Ort in die Luft jagen, denn es sind Frauen und Kinder auf dem Gelände.«

Als die beiden Afghanen sie bereit machten, schwang der lange Lauf der Dooshka für einen Moment im Profil nach oben.

Jed richtete die Spitze des Lasers auf den Mann zu seiner Linken, dessen Oberkörper sich über der Lehmziegelwand abzeichnete und drückte erneut ab. Der Mann stürzte nach hinten. Der andere Mann war jedoch ausser Sichtweite, vermutlich hinter der Waffe. »Captain, ich würde an Ihrer Stelle in Deckung gehen.«

Mit einem Getöse, als würde ein Riese fünfhundertfünfzig Mal pro Minute auf einen Amboss schlagen, eröffnete das Maschinengewehr das Feuer. Die schweren Geschosse zerfetzten die Luft wenige Meter über den Köpfen der kleinen Gruppe von Amerikanern und erneut schoss ein grün phosphoreszierendes Leuchtspurgeschoss in den Himmel. Der Captain landete neben Banks im Dreck und wirbelte eine Staubwolke auf.

»Lassen Sie feuern, Sir«, sagte Jed zum Captain, von dem er zu wissen glaubte, dass er das erste Mal unter Beschuss geriet. Er gehörte zu den Special Forces, war aber eigentlich Stabsoffizier im Hauptquartier der CJSOTF (Coalition Joint Special Operations Task Force) und beauftragt worden, den Reporter zu begleiten und Sorge zu tragen, dass weder Jed noch andere Mitglieder des ODA-Teams etwas Falsches sagten, beispielsweise, wie sehr sie es ablehnten, einen Reporter und einen unerfahrenen Bürolisten aus dem Hauptquartier dabei zu haben.

Der Captain schrie seinen Funker an. »Mac, holen Sie die CAS. Sie sollen diesen verdammten Ort schnellstens von der Erde wegfegen. Sofort!«

McCubbin zögerte.

»Schauen Sie nicht zu Banks! Ich habe Ihnen gerade einen Befehl erteilt.«

Jed ignorierte den schreienden Offizier. Der Mann hinter dem feindlichen Maschinengewehr hatte den Kopf ein wenig gehoben und versuchte verzweifelt, sein Ziel zu erkennen. Die Schüsse hörten auf. Jed bewegte den Punkt des Lasers auf den Kopf des Mannes und drückte ab. Das schallgedämpfte Gewehr hustete und das blassgrüne Gesicht verschwand.

»Sir«, sagte Jed, »hier kommt das Zugriffsteam. Mac, wenn sich Boss Man wieder meldet, sagst du ihm, er soll die Harrier-Jets auf Station halten. In der Zwischenzeit rufst du die CH 47. Es wird Zeit, von hier zu verschwinden.«

»Ist schon unterwegs, Jed.«

»Guter Mann. Sir«, wandte sich Jed an den Captain, »wir haben das Geschütz vorerst zum Schweigen gebracht. Wenn Sie die Männer zurück zur Notlandezone führen, räume ich hier auf.«

Der Captain sah, dass er übergangen worden war, aber Banks hatte ihm einen Ausweg offengelassen. »Also los, Männer, auf geht's. Los! Sie auch, Luke.«

Jed griff nach seinem Rucksack und schnallte eine leichte 66-

Millimeter-Panzerabwehrwaffe ab, einen Einweg-Raketenwerfer, der zwar gegen moderne Panzer so gut wie nutzlos war, aber praktisch, um Gebäude und Bunker zu sprengen. Er schnallte seine M4 um und fuhr das Teleskopgehäuse des Raketenwerfers aus. Die Waffe war nicht besonders genau und er musste näher ans Gelände heran. Die Rakete enthielt genug Sprengstoff, um das Maschinengewehr zu zerstören, wenn er einen Volltreffer landen konnte.

»Brauchst du Hilfe, Jed?«, fragte McCubbin, während der Hauptmann und das Zugriffsteam über die Kante des kahlen Hügels verschwanden.

»Nein danke, Mac, das dauert nur eine Minute«, sagte er.

»Mach jetzt einfach keinen Scheiss, Jed.«

Jed nickte und liess sich, halb rennend, halb rutschend, den trockenen Hang hinuntergleiten. Er bog nach rechts, begann wieder zu klettern und bewegte sich danach wieder vorwärts, bis er nur noch hundert Schritte vom Turm des Geländes entfernt war.

Jemand rief etwas und Jed bemerkte einen grossen Mann mit weissem Bart, der die inneren Stufen zur Mauer des Geländes hinaufstieg. Er war sich aus dieser Entfernung nicht sicher, dachte aber, er sehe wie einer der vier Männer aus, die sie gefangen nehmen oder töten sollten. Dem Geheimdienst zufolge handelte es sich um ausländische Araber, Al-Qaida-Mitglieder, die mit ein paar schultergestützten Boden-Luft-Raketen, die sie gegen Flugzeuge der Koalition einsetzen wollten, aus Pakistan gekommen waren.

Jed zog den Sicherungsstift aus seinem Raketenwerfer, klappte das grobe Visier hoch und blinzelte durch die Öffnung. Nun konnte er die Dooshka ausmachen, sowie den Körper eines der beiden Männer sehen, die er getötet hatte. Der weissbärtige Mann, der sich am Hang, wo das Mondlicht seinen verräterischen Schatten auf den Boden warf, als Silhouette abzeichnete, kam ins Blickfeld, als er das Maschinengewehr herumschwenkte.

Erste Schüsse aus dem Maschinengewehr liessen Jed einen Geysir aus Erde aufsteigen und er drückte auf den Abschussmechanismus des Raketenwerfers. Das Geschoss raste aus dem Rohr und durch den Rückstoss wirbelte hinter Jed eine Staubwolke auf. Er liess sich auf die Knie fallen und sah zu, wie das Projektil sein Ziel fand. Die Explosion erleuchtete das Gelände und liess das Holzdach des Wachturms in tausend Splitter zerstieben.

Jed warf den benutzten Raketenwerfer weg und rannte zurück auf den Hügel.

Auf der anderen Seite des Bergrückens machte er eine Pause und gab den vorgemerkten Wegpunkt für den Hubschrauberabholbereich ins GPS seiner Armbanduhr ein. Dem leuchtenden Pfeil auf dem Display folgend, begann er wieder zu rennen. Er lief etwa drei Minuten, bis das GPS ihm anzeigte, dass er nur noch zweihundert Meter entfernt sei, als weitere Schüsse die Nacht zerrissen. AK-47, wahrscheinlich zwei und ein M4, das das Feuer erwiderte. Direkt vor ihm, verdammt.

Jed hörte das Rattern der sich nähernden Rotoren eines AH64 Apache Kampfhubschraubers, der den grossen Chinook eskortierte. Vorsichtig erklomm er eine weitere Anhöhe und erkannte die Ursache des Problems sofort. In der Mitte der Piste parkte ein Toyota Land Cruiser, aus dem zwei Männer ausgestiegen waren, auf dem Bauch neben dem Fahrzeug lagen und auf die fliehenden Amerikaner schossen.

Jed hob seine M4 an die Schulter, laserte den ersten Mann mit seinem Nachtzielgerät an und feuerte. Verwundet, aber nicht tot, krümmte sich der Mann am Boden. Der Chinook kam schnell näher, ohne das Feuergefecht unter sich zu bemerken. Warum nur hatte McCubbin deren Mannschaft nicht gewarnt? Die Antwort folgte ein paar Sekunden später, als Murphy und Kirby hinter einem Felsbrocken zum Vorschein kamen. Sie schleppten den Funker, dessen Füsse zwei Furchen in den staubigen Boden zogen, zwischen sich her.

Gerade als Jed sich ein Bild des zweiten feindlichen Mannes machte, setzte der Chinook zum Sinkflug an. Der Abwind der riesigen Doppelrotoren wirbelte einen Staubsturm auf, der ihm die Sicht auf den Gegner nahm. Jed öffnete eine kleine Tasche an der Vorderseite seiner Kampfweste und zog eine Granate heraus. Obwohl er noch nie einen Granatensplint mit den Zähnen gezogen hatte, musste er es jetzt tun, um sein Gewehr in der anderen Hand behalten zu können. Er war froh, dass keiner der anderen ihn sehen konnte, als er den Stift herauszog, denn den Spott würde er nie überleben. Er spuckte den Stift aus und schleuderte die tödliche Kugel in die Richtung, in der er den feindlichen Schützen zuletzt gesehen hatte.

Der Anblick und das Geräusch der Explosion gingen beinahe in der Kakophonie aus Lärm und Staub, die der riesige Transporthubschrauber verursachte, unter. Das Team schleppte Mac und sein schweres Gepäck auf die hintere Rampe des Chinook, während der Captain, wie es aussah, bereits an Bord war. Die fetten Hinterräder der Maschine berührten kaum den Boden.

Jed sah, dass Luke an Bord kletterte und zwei Besatzungsmitglieder mit bauchigen Helmen und hellbraunen Fluganzügen nach ihm griffen. Schliesslich bemerkte er, dass ein Mitglied der Besatzung ihm zuwinkte und sprintete auf den Hubschrauber zu. Auch Luke stand jetzt winkend auf der Rampe und spornte ihn an, weiter zu rennen.

Von links, hörte Jed den unverkennbaren Knall von AK-47-Feuer trotz des Lärms der kreischenden Motoren und dem Rattern der Rotorblätter. Die Kugeln fanden ihr Ziel und stanzten eine Reihe von Löchern in die Metallhaut des Hubschraubers. Ein Besatzungsmitglied hielt sein Helmmikrofon an den Mund, und die Maschine hob sich langsam. Jed sprang auf die Rampe und schaffte es, während der Hubschrauber bereits abhob, seinen Oberkörper an Bord zu hieven, wobei er, um Halt zu finden, mit den Beinen in der Luft strampelte.

Der Schütze am Boden feuerte erneut und der Türschütze, der an der vorderen Luke des Chinook stand, erwiderte das Feuer mit seinem M240. Luke kniete sich hin, griff nach Jeds Kampfweste und versuchte, ihn an Bord hinaufzuziehen. Der Hubschrauber schaukelte nach rechts, was Luke plötzlich zum Ausrutschen brachte. Entsetzt musste Jed mitansehen, wie der junge Mann mit herumwirbelnden Armen an ihm vorbei drei Meter in die Tiefe stürzte und auf dem Rücken landete. Jed sah zum nahe positionierten Mitglied der Besatzung auf, aber der Mann schüttelte nur den Kopf und schrie etwas, das Jed nicht verstand.

»Scheiss drauf«, sagte Jed und liess die Rampe los. Er fiel, während der Hubschrauber noch stieg, vielleicht fünf Meter hinunter. Es war ein schwerer Sturz, aber er rollte sich ab und blieb unverletzt. Sein Gewehr hatte er fallen lassen und konnte es nicht sehen. Er kroch zu Luke, der immer noch unbeweglich auf dem Rücken lag, und zog in der Bewegung eine Neun-Millimeter-Automatikpistole aus der Innenseite seiner Kampfweste.

»Luke! Hörst du mich? Gib mir Antwort!«

Der Reporter hustete und versuchte, sich aufzusetzen, aber der Sturz hatte ihm den Atem verschlagen.

»Ganz ruhig, Junge. Ist irgendetwas kaputt?«, brüllte Jed über das Motorengeräusch hinweg. Der Chinook stieg immer noch und der Türschütze feuerte blind in die Nacht. Jed hoffte, der Idiot erwische nicht aus Versehen sie. Der AK-Mann hatte zu schiessen aufgehört.

»Ich glaube nicht ...«, ächzte Luke.

Jed half dem jungen Mann auf die Beine, griff dann in eine Tasche seiner Weste und zog eine batteriebetriebene Stroboskoplampe heraus, die er einschaltete. Von blossem Auge war das blinkende Infrarotlicht unsichtbar, aber für den Piloten und die Besatzungsmitglieder mit ihren Nachtsichtgeräten leicht zu erkennen.

Fünfzig Meter weiter links ertönte ein Geräusch wie von einer Kreissäge, das Jed als das von Blei, welches in Metall einschlug, erkannte. In einem langen Sturzflug jagte der Apache mit seinem Dreissig-Millimeter-Kettengeschütz den Land Cruiser in die Luft. Dessen Benzintank entzündet sich und das Fahrzeug ging in einen orangefarbenen Feuerball auf, der die umliegenden Hügel erleuchtete.

Jed schaute auf und sah, dass der Chinook erneut herumschwenkte. Der feindliche Schütze war weder zu sehen noch zu hören. Er winkte mit dem Stroboskop über seinem Kopf. Der Chinook kam zurück und Jed schirmte seine Augen vor dem stechenden Staub ab, den er aufwirbelte. Sein anderer Arm legte sich um Luke und stützte ihn.

Wieder im Sinkflug verdeckte der Chinook mit seiner dickbäuchigen, grünen Masse und dem Staub den Nachthimmel und den

Mond. Als sich die Kante der abgesenkten Rampe dem Boden näherte, schob Jed Luke in die wartenden Arme.

Eines der Besatzungsmitglieder, die Luke an Bord zerrten, riss für den Bruchteil einer Sekunde den Mund weit auf und wurde im nächsten Augenblick rückwärts ins Innere des Hubschraubers geschleudert. Jed drehte sich um und bemerkte, dass der feindliche Scharfschütze keine zwanzig Meter von ihm entfernt war. Der Mann trat hinter einem Felsen hervor und schwang den Lauf der AK in seine Richtung.

Obwohl es dunkel und die Luft staubig war, konnte Jed das Gesicht des Mannes deutlich erkennen und war von seinen stechenden Augen beeindruckt. Jed war schneller als der Schütze, denn instinktiv hob er den Arm und gab zwei Schüsse ab. Ein Doppeltreffer. Beide Kugeln trafen den Mann in die Brust und er kippte nach hinten.

Jed spürte Hände auf seinen Schultern, die ihn nach hinten zogen und wehrte sich nicht. Er landete auf dem Rücken auf der Laderampe des Hubschraubers und der Chinook stieg, wie ein grosser, lauter Aufzug in den Himmel, obwohl Jeds Füsse noch im Freien baumelten. Es war vorbei. Er schüttelte den Kopf. In den letzten zehn Minuten seiner letzten Patrouille war mehr passiert als in den restlichen sechs Monaten seiner Zeit im Dienst. In ein paar Tagen war er fertig mit Afghanistan und mit seiner Tochter wiedervereint. Er schloss die Augen und versuchte, nicht an den Gesichtsausdruck des grossäugigen Mannes, den er gerade getötet hatte, zu denken, sondern an Miranda.

SAMBIA

HASSAN BIN Zayid stellte sein gekühltes 'Mosi Lager' ab, griff nach der Fernbedienung und drehte die Lautstärke des Fernsehers in der Bar der Lodge auf. Er war allein in seinem kühlen, dunklen Refugium. Die Mitarbeitenden waren zum Mittagessen zu ihren Unterkünften zurückgekehrt und er hatte im Moment keine Gäste. Im Fernseher lief CNN und brachte irgendetwas über Afghanistan.

Der Sprecher berichtete: »Gestern wurden bei einer Razzia im Osten Afghanistans, nahe der Grenze zu Pakistan, fünf bekannte Al-Qaida-Terroristen in ihrem Versteck getötet. Wie aus US-Militärkreisen verlautete, stammten die Männer alle aus nicht näher bezeichneten arabischen Ländern ausserhalb Afghanistans. Sie brachten Flugabwehrraketen tiefer ins Land, um sie gegen Flugzeuge der Koalition einzusetzen. Zwei amerikanische Soldaten wurden bei der Schiesserei verletzt, befinden sich aber auf dem Weg der Besserung. Ein Bericht von Mike Porter für CNN, aus Bagram, Afghanistan.«

Die Reportage wurde mit Aufnahmen der zerklüfteten Berge und der trostlosen Ebenen des vom Krieg verwüsteten Landes fortgesetzt, dann wandte sich der Reporter wieder an den Studio-Sprecher, der sagte: »Danke, Mike, dann schalten wir jetzt zum Pentagon, wo der ranghöchste Offizier der US-Armee, General Donald Calvert, der bis vor kurzem die Koalitionsstreitkräfte in Afghanistan befehligte, eine Live-Pressekonferenz abhält.«

Das Bild zeigte das faltige Gesicht eines Mannes, der jahrelang im Freien gelebt hatte, mit einem grauen Bürstenhaarschnitt. Silberne Fallschirmjägerflügel und unzählige bunte Ordensbänder standen in starkem Kontrast zum matten Grün seiner Uniformjacke. Auf seiner rechten Schulter leuchtete das gelbe, gestickte Emblem der Ersten Kavalleriedivision, ein schwarzer Balken mit einem Pferdekopf, und links davon der blaue Drachenkopf des 18. Airborne Corps. Er stand an einem Podium und hinter und neben ihm war auf einem Plasmabildschirm eine Karte von Afghanistan zu sehen.

Ein Reporter fragte: »General Calvert, bis vor ein paar Monaten waren Sie Befehlshaber der Koalitionstruppen in Afghanistan. Als Sie abreisten, waren Sie, ich zitiere, 'zuversichtlich, dass wir die Möglichkeiten der Al-Qaida, grössere Offensivoperationen innerhalb Afghanistans durchzuführen, eingeschränkt haben'. Was ist schiefgelaufen, seit Sie abgereist sind? Und stehen Sie weiterhin zu Ihren früheren Aussagen?«

Der General lächelte, lehnte sich etwas näher zum Mikrofon vor ihm und sagte: »Tja, was wir in den letzten Tagen gesehen haben, ist der Beweis dafür, dass wir im Kampf gegen den Terrorismus Fortschritte machen. Auf der Grundlage präziser und zeitnaher Informationen konnten unsere Special Forces-Soldaten diese Mörderbande und ihre tödliche Ausrüstung abfangen und einen Raketenangriff verhindern. Nennen Sie mich altmodisch, aber ich werte das als einen ziemlichen Erfolg.«

Eine andere Journalistin meldete sich zu Wort: »Rachel Wise von der *Post,* General. Zu einem anderen Thema: Nachdem Ihr Ausscheiden aus dem Militär bekannt gegeben wurde, gab es eine ganze Reihe von Spekulationen darüber, welche beruflichen Ziele Sie als nächstes anvisieren würden.«

Wieder das leichte Lächeln. »Nun, Rachel, im Moment bin ich nach wie vor Offizier in der US-Armee. Meine Zukunft ist vorerst meine Sache, aber das Allererste, was ich tue, wenn ich hier fertig bin, ist auf eine Safari gehen.«

»Wenn es jetzt keine Fragen mehr zu Afghanistan gibt ...?« Hassan hoffte, Mirandas Vater sei weder in den Angriff verwickelt worden noch gehöre er zu den Verletzten. Der Überfall hatte sich in der Nähe von Pakistan ereignet, doch Iqbal war in Karatschi, studierte dort an einer islamischen Universität und war nicht einmal in der Nähe der Grenze.

Hassan schob sein halb getrunkenes Bier beiseite und schritt über den polierten Steinboden der Bar zu seinem Privatbüro. Neben seinem Computer lag ein tragbares Satellitentelefon in seiner Ladestation. Er nahm es in die Hand und begann, durch die gespeicherten Namen zu blättern, wobei er einen Blick auf das silbergerahmte Foto neben dem Ladegerät warf. Es war vor zehn Jahren, am Tag seines Abschlusses an der Universität von Cambridge, aufgenommen worden und zeigte ihn, breit lächelnd in akademischer Robe und neben ihm sein dunkelhäutiger, stolz aussehender Vater in einem westlichen Geschäftsanzug. Auf der anderen Seite des Vaters stand Iqbal, sein Zwillingsbruder, der einen *Kansu* trug, *das* traditionelle, locker sitzende weiße Gewand der omanischen Männer Sansibars.

Ein Jahr nach der Aufnahme des Fotos war Hassan Senior seinem Lungenkrebs erlegen.

Hassan fand die Nummer und drückte die Wähltaste. Einmal mehr machte sich das Gefühl des Unbehagens, eine Mischung aus Schuldgefühlen und Furcht, in ihm breit. Er überlegte es sich anders und drückte, bevor das Telefon am anderen Ende zu klingeln begann, die Löschtaste. Da war nichts, sagte er sich wieder.

Um sich vor der grellen und heissen afrikanischen Sonne zu schützen, setzte er eine Ray-Ban-Sonnenbrille und eine Baseballmütze der New York Yankees auf, als er den Uferweg entlang zu den Gehegen ging.

»Hallo, Maggie«, sagte er liebevoll.

Die Gepardin, das älteste seiner Zuchtweibchen, reagierte auf seine Stimme, stand auf und kam zum Tor. Hassan öffnete es, worauf Maggie keine Anstalten machte, zu fliehen, sondern ihre Flanke stattdessen wie eine übergrosse Hauskatze an seinem Bein rieb. »Wie geht es deinen Babys heute, meine Schöne?«

Von einer Reihe hoher Quietschlaute angezogen ging er in den Schatten der Akazie im Innern des Geheges

Der jüngste Wurf der Gepardin, fünf kräftige, gesunde Kätzchen, drehten ihm ihre kleinen Gesichter zu. Die kleinen Flauschbällchen kannten seinen Geruch ebenso gut wie den ihrer Mutter. Er hob eins auf und streichelte es zärtlich. Ein anderes krallte sich in den Stoff seiner hellbraunen Hose, während ein drittes ihm ein Bein zu stellen versuchte, indem es die Schnürsenkel seiner Kudu-Lederstiefel angriff.

Eines Tages würden diese Geparden ihren rechtmässigen Platz im Sambesi-Tal einnehmen und die Wälder und Überschwemmungsgebiete des grossen Flusses bewachen. Er hatte dazu beigetragen, Maggie und einige andere Erben des Naturparadieses, das an sein eigenes privates Wildreservat grenzte, zu retten und leistete einen Beitrag, um ihre Art vor dem Aussterben zu bewahren.

Auch Hassan bin Zayid hielt sich für einen Erben des Tals. Seine Familie hatte schon Hunderte von Jahren zuvor in diesem Teil Afrikas ihr Glück gemacht. Väterlicherseits waren sein Volk die

Omanis, die den Arabischen Golf als grosse Händler und Seefahrer verlassen hatten und der Ostküste Afrikas auf der Suche nach exotischen Tieren, Gewürzen und Sklaven, der wertvollsten Fracht überhaupt, gefolgt waren.

Hassan betrachtete Juma und seine anderen Mitarbeiter keineswegs als Sklaven, sondern lediglich als loyale, bezahlte Angestellte, doch seine Vorfahren hatten nicht so wohlwollende Absichten. Sie waren immer tiefer in die Wälder und Savannen des zentralen und südlichen Afrikas vorgedrungen, hatten dabei den Islam verbreitet und waren mit Dhaus, gefüllt mit lebender Fracht, zu ihren Stützpunkten in Sansibar und Bagamoyo zurückgekehrt.

Er dachte an die Neuigkeiten, die er gerade in den Nachrichten gesehen hatte. Der 'Krieg gegen den Terror', wie es die Amerikaner nannten, hatte weit mehr Länder als Afghanistan und den Irak erfasst. Oman, das Land seiner Vorfahren, hatte sich auf die Seite der Vereinigten Staaten gestellt, indem der ölreiche Staat Land für US-Basen zur Verfügung stellte. Sansibar, der Ort seiner Geburt, hatte aufgrund der Weltereignisse einen Rückgang der Touristenzahlen zu verzeichnen, worunter das Vermögen seiner Familie litt.

Hassan vermisste Sansibar je länger, desto weniger und verbrachte mit jeder Reise mehr Zeit in seinem Wildreservat in Sambia. Er liebte die Insel, auf der er aufgewachsen war, mit ihrem azurblauen Wasser, dem weissen Sand und dem berauschenden Duft von Nelken und anderen Gewürzen. Doch das Paradies, das er als Kind kennen gelernt hatte, veränderte sich, und zwar nicht zum Besseren. Jedes Jahr drängten die Hotels ein wenig näher an die Strände und selbst jetzt, wo die Touristenzahlen zurückgingen, schien es ihm, als gebe es in den Strassen von Stone Town immer noch mehr weisse Gesichter als solche von Arabern oder Afrikanern und als übertöne Tanzmusik und Hip-Hop die sanften Melodien seines eigenen Volkes.

Wenn es um den finanziellen Aspekt ging, machte ihm die Anwesenheit von Touristen natürlich nichts aus, im Gegenteil, denn sie hatten ihm und seiner Familie schliesslich im Laufe der Jahre zu einigem Wohlstand gebracht. Seit dem Ende des Handels mit Sklaven, Elfenbein und in jüngerer Zeit auch mit Nashornhorn, lebte die Familie bin Zayid vom Bau und dem Betrieb von Hotels auf Sansibar und auf dem tansanischen Festland. Hassan betrachtete sich gern als fortschrittlichen Mann. Er hasste die Menschen im Westen nicht und obwohl er als Muslim aufgewachsen war, befolgte er nicht alle Regeln der Religion seines Vaters. Das hatte sein Vater übrigens auch nicht getan, und von ihm hatte Hassan eine Schwäche für Malzwhisky und eine Vorliebe für Frauen mit goldenem Haar geerbt.

Zum hundertsten Mal an diesem Tag dachte er an Miranda, die ihm gegenüber, auf der anderen Seite des Sambesi, sass. Heute Abend wollte er sie mit dem Boot zu ihrem Zelt auf der simbabwischen Seite des Flusses bringen, wo sie zu Abend essen und eine oder zwei Flaschen guten Weines aus seinem Keller trinken würden. Es gab so viel, das er mit ihr besprechen wollte, aber alles konnte warten, bis sie miteinander geschlafen hatten. Er hatte sich so schnell und vollständig in ihren Bann ziehen lassen, dass es ihn immer noch erstaunte. Er, der millionenschwere Junggeselle, hatte eine Reihe sexueller Eroberungen gemacht, die es mit denen eines Hollywood-Stars aufnehmen konnten, doch jetzt hatte er sich von Mirandas Schönheit, ihrem Witz und ihrer gemeinsamen Liebe zu Afrikas wertvoller Tierwelt verführen lassen. Doch es gab noch viele Dinge, die er mit ihr klären musste.

»Boss, entschuldigen Sie.« Juma, kam vom Mittagessen zurück und schritt mit dem Satellitentelefon in der Hand den Weg entlang auf ihn zu. Der Afrikaner lächelte nie gern, aber jetzt wirkte sein Gesicht ernster als je zuvor.

»Da war ein Anruf für Sie, Boss. Der Anrufer wollte nicht warten, aber ich habe eine Nachricht.«

»Was ist los?«, fragte Hassan, und legte das Gepardenjunge sanft zu seinen Geschwistern zurück.

»Es tut mir von ganzem Herzen leid, Chef, aber es hat einen Todesfall gegeben.«

SÜDAFRIKA

. . .

PANTHERA LEO. Afrikanischer Löwe. Dieser hier war eine Schönheit. Sie schätzte sein Gewicht auf fast einhundertneunzig Kilogramm – dort, wo sie herkam, sagte man fast vierhundertzwanzig Pfund. Ein prächtiger Junge.

Professorin Christine Wallis schlug ein billiges Fotoalbum auf und blätterte durch die Seiten, bis sie Nelson fand. Für einen flüchtigen Betrachter hätten die seitenlangen digitalen Fotoabzüge alle gleich ausgesehen. Auf jedem ein grosser, gelbbrauner Löwe. Nelson hatte aber ein Merkmal, das es etwas leichter machte, ihn von den anderen zu unterscheiden, denn er war wie sein Namensvetter, der britische Admiral Horatio Nelson, ein einäugiger Krieger.

Seine Behinderung hatte die beiden wichtigsten Fähigkeiten und so ziemlich einzigen Pflichten im Leben als König der Tiere, nämlich zu kopulieren und zu kämpfen, nicht beeinträchtigt. Chris legte das Album weg und machte sich ein paar Notizen in ihrem Tagebuch, in denen sie Nelsons Zustand als *gut* und seine Aktivität mit *null* festhielt.

Der Löwe gähnte, wobei er seine gelbbraunen Reisszähne entblösste, die so lang und dick wie ein Männerfinger waren. Er rollte seine lange, rosafarbene Zunge auf, die wie die einer Hauskatze äusserst rau und dazu gemacht war, einem toten Tier die Haut abzuziehen. Chris war nur drei Meter von Nelson entfernt, aber das Raubtier schenkte ihr keine Beachtung. Die Form des Geländewagens, in dem sie sass, war ihm ebenso vertraut wie die Streifen des Zebras oder die furchterregende Masse eines Elefanten. Nelson senkte den Kopf, rollte sich auf den Rücken, zappelte ein wenig, um eine lästige Zecke zu vertreiben, und setzte sich dann auf.

Chris nahm ihre Kamera in die Hand, konzentrierte sich auf Nelsons verschlafenes Gesicht und knipste drei Bilder hintereinander, um eine bessere, nähere Aufnahme seines Narbengesichts zu bekommen. Er blinzelte träge über das Surren des Kameramotors. Dieses Geräusch hatte er sein ganzes Leben lang gehört. Er war der Mächtigste, dachte Chris, stand an der Spitze der Nahrungskette und war für die sechs Weibchen in seinem Rudel unwiderstehlich, von seinem Dutzend Kindern respektiert und von seinen Feinden gefürchtet. Ausserdem war er der Grund, warum sie im südafrikanischen Krüger-Nationalpark und nicht in den USA, in ihrer Heimatstadt Virginia, lebte.

Nelson schnupperte die Luft, versicherte sich so, dass in seinem Reich alles in Ordnung war und legte seinen grossmähnigen Kopf, zufrieden mit der Gewissheit, dass seine Frauen sich entweder um seine Kinder kümmerten oder auf der Jagd nach seinem Abendessen waren, nieder und schlief ein.

Löwen. Chris schüttelte den Kopf. So majestätisch die Grosskatzen auch sein mochten, gehörten sie doch zu den langweiligsten Tieren Afrikas, die man beobachten und studieren konnte – jedenfalls meistens. Nelson tat das, was jeder Löwe etwa achtzehn Stunden am Tag tat – nichts. Aber es waren die seltenen Momente der Jagd und des Tötens, in denen die Mitglieder des Rudels instinktiv zusammenarbeiteten, um ihre Beute in einem gelbbraunen Fleck aus Staub und Blut zur Strecke zu bringen, die sie dazu brachten, sechs Tage in der Woche vor Sonnenaufgang aufzustehen und in den Busch zu fahren. Doch nun liess sich Chris vom Löwen anstecken, legte den Kopf zurück und schloss die Augen.

In den vergangenen achtzehn Monaten war ein Wohnwagen ihr Zuhause gewesen, der unter einem Marula-Baum auf dem Campingplatz des Pretoriuskop-Camps im Südwesten des Krüger-Nationalparks stand. Eine amerikanische Universität finanzierte Forschungsarbeiten über die Fressgewohnheiten von Löwen und anderen grossen Raubtieren im südlichen Teil von Südafrikas wichtigstem Park. Ein besonderer Schwerpunkt war der Mensch als Beute grosser Raubtiere. Die östliche Grenze des Nationalparks bildete gleichzeitig die Grenze zu Mosambik, und illegale Einwanderer aus diesem Land nahmen die natürlichen Gefahren des Buschs seit Jahrzehnten in Kauf, um ihr Glück im vergleichsweise wohlhabenden Südafrika zu suchen. Obwohl der lange und blutige Bürgerkrieg in Mosambik längst beendet war, hielt der Zustrom illegaler Einwanderer unvermindert an. Viele der von Touristen aus aller Welt geliebten und fotografierten Krügerlöwen hatten sich am Fleisch glückloser Flüchtlinge gütlich getan. Nun wollte Chris herausfinden, wie viele Löwen 'Menschenfresser' waren und ob es einzelne Löwen oder Rudel gab, die sich auf die Menschenjagd spezialisiert hatten. Sie hatte Ranger befragt, die im *Veldt*, der Savanne, auf menschliche Überreste gestossen waren, und mit Hilfe der örtlichen Polizei, zu der sie ein ausgezeichnetes Verhältnis pflegte, hatte sie ausserdem mit inhaftierten Illegalen über ihre Begegnungen mit Wildtieren sprechen können. Bislang hatte sie noch nie Überreste eines von einem Löwen getöteten Menschen gesehen, was für sie kein Problem darstellte.

Das Geräusch eines Fahrzeugmotors weckte sie aus ihrem Schlummer. Ein Wildbeobachtungsfahrzeug, ein offener, mit einer Zeltplane bedeckter und mit Touristen auf Sitzbänken vollgestopfter Land Rover hielt bei ihrem Wagen an. Chris winkte, als sie den Fahrer erkannte.

Den Touristen stand die Ehrfurcht vor dem Anblick des Löwen ins Gesicht geschrieben. Ihre stille Bewunderung wich jedoch bald ungebremstem Geplapper in mindestens drei Sprachen. Kameras blitzten und als Nelson sich auf seine Vorderbeine erhob und gähnte, kreischte ein Kind. Er sah den Wildbeobachter an, überlegte, ob er sich bewegen solle, wozu er aber keine Lust hatte, also legte er sich wieder hin und schlief schliesslich wieder ein.

Chris kannte die meisten Safari-Führer und Ranger in diesem Teil des Parks, auch 'Jeep-Jockey', der dieses Fahrzeug fuhr, einen Südafrikaner namens Jan. Er war jung, blond und attraktiv. Nicht ihr Typ, aber er sah in seinen kurzen Khaki-Shorts gut aus. Jan sass auf der Rückenlehne seines Sitzes, schaute seinen Fahrgästen zu und erklärte ihnen einige Fakten über das Verhalten von Löwen.

»Solange wir im Fahrzeug bleiben, sind wir sicher, aber wenn Sie aussteigen würden und das grosse Kätzchen zu streicheln versuchten, wäre das die letzte Entscheidung Ihres Lebens gewesen«, sagte Jan. Es gab ein paar nervöse Lacher bei den Gästen.

Jan startete seinen Wagen und fuhr an Chris' Auto entlang, bis er neben ihrem Fenster stand. »Guten Morgen, Frau Professor«, sagte er lächelnd.

»Guten Morgen, Jan, hatten Sie Glück?« Manchmal waren die Safariführer Nervenplagen, weil sie, um den Touristen eine bessere Fotomöglichkeit zu bieten, zu nahe an die Tiere heranfuhren und das Wild damit erschreckten. Jan, so erinnerte sie sich, studierte Zoologie und schien echten Respekt vor der Tierwelt zu haben.

»Ja, es fehlt nur noch ein Leopard, dann haben wir die 'grossen Fünf' heute Morgen entdeckt.«

»Dann fahren Sie auf dem Rückweg zum Camp bei den Klipspringer-Kopjes vorbei, dort hat sich heute Morgen das grosse Männchen auf einem Felsen gesonnt.

»Danke, Frau Professor. Wenn wir ihn erwischen, lade ich Sie mit meinem Trinkgeld zu einem Bier ein. Und übrigens, wie geht's Miranda in Simbabwe? Haben Sie in letzter Zeit etwas von ihr gehört?«

»Es geht ihr gut. Sie arbeitet hart und kann sich jetzt, wo sie von euch weg ist, viel besser auf ihr Studium konzentrieren.« Chris zog die Aufmerksamkeit der Männer im Nationalpark auf sich, aber Miranda, blond, blauäugig, umwerfend und dreizehn Jahre jünger als sie, versetzte die südafrikanischen Jungblüter, wann immer sie in den Krüger kam, in einen wilden Wettbewerb um ihre Zuneigung.

Jan lachte. »Das letzte Mal, als sie hier war, interessierte sie sich für keinen von uns. Ach, übrigens, das hätte ich fast vergessen. Der Pförtner sagte, es gäbe am Empfang eine Nachricht für Sie.«

Chris überprüfte ihr Mobiltelefon. Obwohl mittlerweile ein Grossteil des Parks vom Mobilfunknetz abgedeckt war, hatte sie keine Verbindung. »Danke, Jan, ich gehe dann mal besser zurück. Viel Glück bei der Tiersuche.«

Sie folgte dem Wildbeobachter zurück auf die Teerstrasse, die durch den Park führte, überholte Jan und fuhr so schnell sie sich traute zurück nach Pretoriuskop. Als sie sich dem Camp und seiner Antenne näherte, piepste ihr Handy. Chris hielt, den Elefantenbullen, der knapp fünfzig Meter von ihr entfernt Äste von einem Baum riss ignorierend, an und wählte die Nummer, mit der sie ihre Nachrichten abrufen konnte.

Es war die US-Botschaft und eine Sekretärin begann, ihr eine Nummer zu diktieren. Sie unterbrach die Frau, beendete das Gespräch und begann erneut, zu wählen. Sie kannte die Nummer auswendig. Schlechte Nachrichten, dachte Chris, denn die Botschaft rief immer nur an, wenn etwas Schlimmes passiert war.

AFGHANISTAN

JED GING GUT GELAUNT die 'Disney Parade', die Hauptverkehrsader des Luftwaffenstützpunkts Bagram, entlang. Die Strasse war nicht etwa nach dem Schöpfer der Zeichentrickfilme benannt, sondern nach einem Soldaten der US-Armee, der in den ersten Tagen der amerikanischen Besetzung des alten russischen Stützpunkts bei einem Schweissunfall ums Leben gekommen war.

Die Triebwerke eines C-17-Transportflugzeugs heulten auf und der dickbäuchige Vogel sauste die Startbahn hinunter. Jed lächelte. Er hatte soeben den APOD, das Büro im Abflugsort, besucht und sich seinen Platz für einen Nachtflug, der Afghanistan verliess, gesichert.

Am Strassenrand lag knöcheltiefer Sand, so fein wie Talkumpuder, der sich wie der schaumige Rand am Meeresstrand an seinen Stiefeln brach. Als der Wind auffrischte, musste er seine Augen vor dem fliegenden Staub abschirmen und konnte die Ausläufer des Hindukusch-Gebirges nicht mehr erkennen, ja, er sah nicht einmal zweihundert Meter weit. Ein Konvoi von 'Hummern' rumpelte die Strasse entlang und wirbelte zusätzlichen Staub auf. Die Gesichter der Fallschirmjäger, die die 50-Kaliber-Maschinengewehre und die automatischen Granatwerfer Mark 19 in den Türmen der Fahrzeuge bedienten, waren in arabische Tücher gehüllt und hatten ihre Augen hinter Schutzbrillen verborgen. Er würde Afghanistan keinen Moment vermissen.

Von der Startbahn zu seiner Linken, auf der anderen Seite der alten russischen Flugzeughangars, hörte er das Aufheulen von Hubschraubertriebwerken, die auf volle Leistung hochgefahren wurden. Eine weitere Patrouille, die sich auf die Suche nach einem Feind machte, der sowohl schwierig zu finden wie auch schwer zu identifizieren war. Er dachte an die Männer, die er bei seinem letzten Einsatz vor ein paar Tagen getötet hatte und wischte sich mit den Fingern über die Augen, um einige Schmutzpartikel zu entfernen und das Bild des Gesichts des Mannes, den er aus nächster Nähe erschossen hatte, zu verdrängen.

Er hatte schon früher getötet. Während des ersten Golfkriegs hatte er Luftangriffe auf Stellungen der irakischen Republikanischen Garde und auf Panzerkolonnen geflogen. Er hatte die verbrannten und zerschmetterten Körper einiger seiner Opfer gesehen und war gegenüber dem grotesken Gesicht des Todes abgehärtet. Aber er war keinem seiner Opfer so nahe gekommen, dass er ihm hatte in die Augen sehen können. Er zweifelte weder an sich selbst als Soldat oder an der Rechtschaffenheit seiner Sache noch an der Tatsache, dass der Mann, wenn er schneller am Abzug gewesen wäre, ihn ohne mit der Wimper zu zucken erschossen hätte.

Die Ranger, die das Gelände am Tag nach dem Einsatz durchsucht hatten, fanden zwei Hongying 5 Boden-Luft-Raketen, chinesische Nachbauten der tragbaren, schultergestützten sowjetischen SAM 7 oder Strela. Obwohl sie auf der Technologie der sechziger Jahre basierten, stellten diese leichten Raketen immer noch eine ernsthafte Bedrohung für moderne Flugzeuge dar. Es bestand kein Zweifel daran, dass das Team das richtige Ziel zur richtigen Zeit getroffen und so wahrscheinlich das Leben der Bodenmannschaft gerettet hatte. Aber das Gesicht des Mannes verfolgte ihn immer noch. Er nahm an, das sei ganz normal.

Zwei Black Hawks und ein Apache erhoben sich aus dem von ihren Rotoren aufgewirbelten Staub und flogen Richtung Süden. Nach Chost, vermutete er. Afghanistan mochte von den Titelseiten der Weltzeitungen verschwunden sein, aber die Amerikaner kämpften und starben dort immer noch. Er fragte sich, wie lange der Krieg noch andauern würde, glaubte aber, dass die Operationen in diesem verwüsteten Land die Möglichkeiten der Al-Qaida, auf der ganzen Welt terroristische Operationen durchzuführen, erheblich beeinträchtigt hätten. Doch ihr Feind war wie die mythologische Hydra, der, sobald ihr einer ihrer Köpfe abgeschlagen wurde, zwei neue wuchsen. Der Krieg hatte sich auf Asien und Afrika ausgeweitet, wo Terroristen in Kenia versucht hatten, ein israelisches Verkehrsflugzeug mit identischen Waffen abzuschiessen, wie sie nach seinem letzten Einsatz entdeckt worden waren.

Er sinnierte über Afrika. Es war eine Ironie des Schicksals, dass Miranda in einer Zeit, in der sich ein Grossteil der übrigen Welt auf mögliche Terroranschläge vorbereitete, im von Unruhen zerrissenen Simbabwe wahrscheinlich sicherer war als irgendwo sonst.

»Jed!«, rief eine Männerstimme hinter ihm.

Jed drehte sich um. »Guten Morgen, Sir. Was für ein Tag für einen Spaziergang«, sagte er zu seinem befehlshabenden Offizier, einem älteren Oberst, der seit Vietnam in der Armee diente und vor dem Jed enormen Respekt hatte. Als Veteran zu vieler Feuergefechte und mit mehr Kampferfahrung als jeder andere von ihnen, war er ausserdem wie ein hingebungsvoller Familienvater, der sich um seine Soldaten kümmerte, als wären sie seine Söhne. Er hatte, egal wie schlimm die Situation auch sein mochte, fast immer ein Lächeln auf den Lippen.

»Ich habe gerade eine Nachricht aus den Staaten erhalten, Jed«, sagte der Colonel, »und dachte, es sei besser, Sie Ihnen persönlich zu überbringen.«

Jed sah in die Augen des anderen Mannes, fand dort aber nicht die Spur eines Lächelns. »Es sind keine guten Nachrichten, Jed, tut mir leid. Es ist etwas Schlimmes passiert ...«

2

Jed leerte den letzten Scotch aus dem Plastikbecher und liess, als das Anschnallzeichen ertönte und aufleuchtete, den einzelnen Eiswürfel in seinen Mund gleiten. Er drehte sich um und starrte, auf dem Eis herumkauend, aus dem Fenster der United Airlines 737-300, während das Flugzeug durch die Wolken sank.

Obwohl er für sein Treffen mit Patti einen klaren Kopf brauchte – sie hörte sich am Telefon ziemlich durcheinander an -, hatte er ein paar Scotch getrunken, um seine Nerven für den Flug zu beruhigen. Er war zwar ein Kriegsveteran und Fallschirmjäger mit mehr als zweihundert Sprüngen in seinem Logbuch, wurde aber immer noch von Flugangst geplagt. Ausserdem war da noch der ständige Schmerz tief in seinem Inneren, jedes Mal, wenn er an Miranda dachte.

Sie konnte nicht tot sein, wiederholte er sich immer wieder. Man hatte keine Leiche, sagte Patti, die verzweifelt glauben wollte, Miranda habe sich versteckt oder lebe vielleicht noch, sei aber im afrikanischen Busch verschollen.

»Ich weiss nicht, wie ich es Ihnen sagen soll«, hatte der Kommandant am staubigen Strassenrand von Bagram zu ihm gesagt, »aber es scheint, als sei Miranda in Afrika von einem Löwen getötet worden.«

Einen Moment lang hatte er gedacht, der Colonel mache einen Witz. Jeder in der Einheit wusste, dass seine Tochter in Afrika Raubtiere erforsche. Die Männer der Special Forces waren harte Kerle und einige von ihnen hatten tatsächlich einen verdrehten Sinn für Humor, aber keinem käme eine solche Idee.

Es war kein Scherz, obwohl es absurd war. Miranda hatte sechs Monate lang im afrikanischen Busch gelebt und Jed in ihren E-Mails wiederholt mitgeteilt, sie wisse auf sich selbst aufzupassen. Ausserdem erinnerte er sich daran, dass sie ihm in einer Nachricht versichert hatte, beim Zelten im Freien sei immer ein bewaffneter Ranger oder Safari-Führer dabei. Was war mit dem Wächter geschehen? Jed hoffte um des Mannes willen, dass er tot sei, denn falls noch nicht, wäre er es, sobald Jed mit ihm fertig war.

Durch die Lücken in der Wolkendecke sah Boston kalt und trostlos aus. Er war noch nie gern hierhergekommen, obwohl der Gedanke, Miranda zu treffen, die Reise jeweils versüsst hatte. Nun, während er sich auf die Begegnung mit Patti vorbereitete, spielten sich immer wieder alptraumhafte Szenen in seinem Kopf ab. Der Gedanke, sein Mädchen sei von einer wilden Bestie zerrissen worden, war zu viel für ihn. Er kniff für ein paar Sekunden die Augen zusammen, um sich von dem wiederkehrenden Bild zu befreien. Er war müde, zum Umfallen müde, hatte aber auf dem nächsten Flug, später am Abend, Zeit zum Schlafen.

Er zog seine grüne Reisetasche aus dem Gepäckfach. Er konnte etwa eine Stunde mit Patti verbringen und bezweifelte, dass er mehr aushalten würde. Als er herauskam, wartete sie auf ihn.

Sie schauten sich ein paar Sekunden lang an.

Sie trug Jeans, hochhackige Stiefel, ein weisses T-Shirt und eine abgeschnittene schwarze Lederjacke. Ihr goldenes Haar war nachlässig hochgesteckt, so dass verirrte Strähnen ihr Gesicht umrahmten. Patti war mittlerweile etwas runder im Gesicht, aber immer noch so schön wie am Tag, an dem sie sich kennengelernt hatten. Wenn er ihr ins Gesicht sah, blickte er in Mirandas Augen und auf deren Mund. Es gelang ihm nur mit Mühe, die Tränen zurückzuhalten.

Patti Vernon war damals, in Jeds letztem Schuljahr, an die gleiche Schule gewechselt. Eine Woche nach ihrer Ankunft begannen sie, miteinander auszugehen und in der Nacht des Schulabschlussballs verlor sie ihre Jungfräulichkeit an ihn. Es schien, als würden sie bis an ihr Lebensende glücklich zusammenleben, bis er sich spontan entschloss, der Armee beizutreten, anstatt aufs College zu gehen. Sie hatten geplant, so bald wie möglich zu heiraten, und er wollte zu arbeiten anfangen, um Geld zu verdienen. Unter dem Versprechen, er gehe mit dem Geld, das er bei seiner ersten Einberufung verdiene, aufs College, war sie widerwillig Soldatenbraut geworden.

Im ersten Jahr ihrer Ehe hielt ihre jugendliche Leidenschaft an. Patti nahm die Pille und zwar äusserst gewissenhaft, ausser am Wochenende zwischen Jeds Grundausbildung und der Weiterführung der Infanterieausbildung. An diesem fuhren sie in ein Landhotel und Patti vergass, ihre Verhütungsmittel einzupacken. Sie riskierten es trotzdem und prompt wurde sie schwanger.

Jed liebte sein kleines Mädchen, aber jedes Treffen mit seiner übermüdeten Frau, die ihm die Schuld dafür zu geben schien, dass sie das College abbrechen musste und nun kaum über die Runden kam, trieb ihn weiter von ihr fort. Die häuslichen Pflichten machten Jed, vor allem im Vergleich zur aufregenden Airborne School in Fort Benning, Georgia, und der Ranger-Ausbildung in den Sümpfen Floridas, keinen Spass.

1983 liess Amerika in Grenada seine militärischen Muskeln zum ersten Mal seit Vietnam ernsthaft spielen. Dieser kurze Konflikt markierte auch den Anfang vom Ende von Jed und Pattis Ehe. Die Armee schüttelte die Schande der Niederlage in Südostasien ab und Jed Banks entdeckte, dass er zum Krieger geboren war.

Pattis Unterlippe begann zu zittern. Jed ging zu ihr und als sie zu weinen begann, nahm er sie in die Arme.

»Oh, Patti«, war alles, was er sagen konnte.

»Jed, das kann nicht wahr sein.« Sie zog sich etwas zurück und wischte sich mit dem Handrücken über das Gesicht.

»Ja, Patti, so geht es mir auch, ich kann es auch nicht glauben.«

»Es geht ihr gut, Jed, ich weiss es. Sie mag verletzt sein, aber sie ist nicht tot.«

Jed wollte so gern glauben, dass Patti recht hatte. »Lass uns einen Platz zum Sitzen suchen. Bist du allein?«

»Rob ist draussen und es wird eine Ewigkeit dauern, bis er das Auto geparkt hat. Wie lange hast du Zeit?«

»In weniger als einer Stunde muss ich für meinen Anschlussflug nach Johannesburg einchecken. Komm, wir trinken einen Kaffee.«

Er führte sie, seine Hand auf ihrem Ellbogen, in ein Café. Sie setzten sich an einen Tisch und während er die Getränke holte, putzte sie sich mit einem Taschentuch die Nase.

Er kam mit zwei schwarzen Kaffees vom Tresen zurück. »Gut, erzähl mir von der E-Mail, die du bekommen hast.«

Sie schniefte wieder und kramte in ihrer grossen Lederhandtasche. »Die Nachricht ist von einer Professorin. Ihr Name ist Wallis, Christine Wallis«, erklärte Patti und zog einen zerknitterten Ausdruck aus der Tasche, den sie auf der laminierten Tischplatte glattstrich. »Miranda lernte sie während ihres letzten Studienjahres am College kennen. Sie sagte, die Professorin leite ein Postgraduiertenprogramm für Zoologiestudenten in Südafrikas Krüger-Nationalpark und es war sie, die Miranda zu diesem Forschungsprojekt in Simbabwe verhalf.«

Jed nickte. Er erinnerte sich an Mirandas Beschreibung des Projekts, wenn auch nicht an die Namen der beteiligten Personen. Simbabwe hatte wegen seiner politischen und sicherheitspolitischen Lage jahrelang kaum ausländische Hilfe erhalten, und es schien, als empfingen die wenigen im krisengeschüttelten Land übriggebliebenen ausländischen Wildtierforscher sowohl jeden finanziellen Beitrag wie auch Freiwillige, mit offenen Armen. Miranda hatte erwähnt, sie werde von einer in den USA ansässigen Organisation zur Erhaltung der Tierwelt finanziert, einer Unterorganisation des von Christine Wallis in Südafrika durchgeführten Projekts. Er konnte sich nicht mehr an den Namen der Organisation erinnern. »Was hat die Professorin geschrieben?«

»Nun, die Medien berichteten über Mirandas ...« Pattis Lippen begannen wieder zu zittern.

»Es ist in Ordnung, Liebes«, sagte er und war ein wenig überrascht, wie schnell der alte Kosename wieder auftauchte. »Ich habe die Berichte gesehen.« Er hatte die Zeitungsartikel, in denen berichtet wurde, dass Miranda vermutlich mit offener Zeltklappe geschlafen habe und ein Löwe eingedrungen sei, in Bagram ausgedruckt.

Patti nickte, holte tief Luft und hielt das Papier hoch. »Professor Wallis schreibt: *Diese Berichte haben mich sehr überrascht, denn Miranda war während der Feldarbeit immer so vernünftig. Sie achtete stets darauf, dass ihr Zelt absolut sicher war, und wusste von einem Fall, bei dem ein junger Mann von einem Löwen getötet wurde, weil er an einem besonders heissen Abend mit offenem Zelt schlief.*

Jed nickte. Er fragte sich, warum jemand dort, wo es Löwen gab, in einem Zelt schlief. »Ich weiss es nicht, Patti. Wenn Leute so viel Zeit im Freien verbringen, werden sie faul.« Das stimmte. Einer von Jeds Kumpeln war während der Rangerausbildung von einer Schlange gebissen worden, weil er seinen Schlafsack tagsüber offengelassen hatte, so dass das Reptil hineinschlüpfen konnte.

»Diese verdammte Professorin hat sie dorthin geschickt, Jed, und jetzt fühlt sie sich schuldig, da bin ich mir ganz sicher. Aber sie sagt, die Presseberichte stimmten nicht mit den Erfahrungen überein, die sie mit Miranda gemacht habe.«

Jed nahm den Ausdruck, den Patti dabeihatte, und scannte ihn ein. »Die Professorin schreibt, sie reise nach Simbabwe, um selbst mit den Behörden zu sprechen.«

»Such sie, Jed, sprich mit ihr und finde heraus, ob Miranda noch am Leben sein kann. Ich weiss, dass sie nicht tot ist und weder die Polizei noch die Parkranger haben ihre Leiche gefunden.«

Jed nickte. Dafür gab es Erklärungen, aber er wollte sie nicht vor Patti aussprechen. Bequemerweise ignorierte sie die Medienberichte, in denen stand, dass am Tatort Blut gefunden worden sei, aber jetzt war nicht der richtige Zeitpunkt, sie daran zu erinnern. »Ich werde tun, was ich kann, Patti, und werde auf jeden Fall die notwendigen Vereinbarungen mit der Botschaft treffen.«

»Danke, Jed«. Patti sah aus, als beginne sie gleich wieder zu weinen.

»Du siehst toll aus«, sagte Jed und versuchte, sie zu beruhigen.

Sie senkte den Blick, aber er sah, dass sich ihre Wangen röteten, dann schaute sie wieder zu ihm auf.

»Du selbst siehst besser aus als mit 19, du Mistkerl«, frotzelte sie und versuchte, für ihn zu lächeln.

Obwohl Patti weinte und die Nachricht über Miranda sie erschüttert hatte, war sie zäh. Als Miranda noch klein war, hatte sie den Mut gehabt, mit ihrem Leben weiterzumachen, und ihr und ihren anderen Kindern zusammen mit ihrem neuen Mann, Rob Lewis, ein grossartiges Leben geschenkt. Im Stillen fragte sich Jed manchmal, ob Patti ab und zu dachte, sie hätte es noch ein paar Jahre länger mit ihm aushalten sollen.

»Patti!«, rief eine Männerstimme.

Jed sah sich um und erblickte Rob. »Ich sollte jetzt gehen.«

»Bleib noch einen Moment.« Patti wischte sich noch einmal über die Augen und winkte einem gutaussehenden Mann in Freizeithose, einem blauen Hemd mit Knopfleiste und Halbschuhen. Er trug ein etwa dreijähriges Mädchen, Louise, auf dem Arm und ein schlaksiger, ungefähr zehnjähriger Junge trottete hinter ihm her.

»Hi, Jed«, sagte Rob Lewis und machte eine Hand frei, um Jeds Hand zu schütteln. »Das mit Miranda tut mir sehr leid. Es ist gut, dass du so kurzfristig dorthin fahren kannst.«

»Ich hatte bereits ein Ticket gebucht.« Jed mochte Lewis nicht, obwohl er für einen Anwalt ein ganz netter Kerl war. Aber vermutlich kam das auch daher, dass Jed ihn um die Normalität der Beziehung, die er und Patti führten, beneidete, also genau um die Häuslichkeit, der er vor fast zwei Jahrzehnten den Rücken gekehrt hatte.

Patti trat zwischen die beiden Männer und nahm Louise auf ihre Arme. »Jed, bitte, finde sie.«

Jed hob seine grüne Baskenmütze vom kaffeebefleckten Tisch

und setzte sie auf. Er nickte Lewis zu und drehte sich zu Patti um. »Sei stark. Du weisst, dass ich vielleicht nichts finde.«

Sie nickte und wieder traten ihr Tränen in die Augen. »Jed, ich will es einfach nur sicher wissen, auch wenn es ...«

Jed wusste genug über den Tod und die Trauer, um zu verstehen, dass die Bergung eines Leichnams einen Abschluss darstellt, der Angehörigen die Möglichkeit gibt, zu trauern, Gottesdienste abzuhalten und danach das Leben fortzusetzen. Er hasste den Gedanken, nach Afrika zu gehen, um die sterblichen Überreste des einzig Guten zu suchen, das er dieser Welt gegeben hatte.

»Ich bringe sie mit zurück, Patti. Ich verspreche es. Aber jetzt muss ich einchecken. Mein Flug wird gleich aufgerufen.«

Er küsste Patti auf die Wange, lächelte auf ihren Sohn herab, der zu schüchtern war, um mit dem uniformierten Fremden zu sprechen, und schüttelte Rob erneut die Hand.

»Pass auf dich auf«, sagte der Anwalt.

Jed dachte darüber nach, wie er auf sich aufpassen könne und was Sicherheit für ihn bedeute. Eigentlich hatte er noch vierzig Minuten Zeit, bis sein Flug ging, wollte aber allein sein, um nachzudenken, ohne über das Familienleben zu sinnieren, das er aufgegeben hatte.

Er ging den Terminal entlang und blieb an einer Bar stehen. Er bestellte ein Bier und nahm es mit zu einem Internet-Arbeitsplatz auf der anderen Seite der Lounge. Er steckte etwas Kleingeld in den Schlitz und nippte an seinem Bier, während der Browser geladen wurde. Sein Alltag wurde von Planung und Routine bestimmt und nun war er im Begriff, ohne beides um die halbe Welt zu reisen. Alles, was er über Simbabwe und Südafrika wusste, war das, was er in Dokumentationen im Fernsehen gesehen, oder während er auf Zahnarzttermine wartete, in zerfledderten Ausgaben von *National Geographic* gelesen hatte.

Er tippte 'Mana Pools National Park' ins Suchfeld des Browsers ein, den Ort, an dem Miranda ihre Forschungen angestellt hatte, und klickte auf eine Website, die mit Kartenmaterial aufwartete. Der Park, so erfuhr er, lag im äussersten Norden Simbabwes, im

Tal des Sambesi-Flusses, unterhalb des Kariba-Sees und des gleichnamigen Staudamms. Mana Pools war ein Weltnaturerbe, das für seine landschaftliche Schönheit und die reiche Tierwelt geschätzt wurde. *Mana* bedeute in der lokalen Sprache vier und bezog sich auf die Anzahl grosser Wasserbecken, die nach dem Bau des Staudamms vom Fluss abgetrennt wurden. Als er beim Surfen im Internet las, dass sich Touristen im Park ohne Begleitung frei bewegen durften, war Jed überrascht, denn das war in anderen Nationalparks nicht erlaubt. Miranda hatte ihm erzählt, sie werde bei ihren Nachforschungen immer von einem bewaffneten Wachmann begleitet und nun fragte er sich, ob sie geschwindelt habe, um ihn davon zu überzeugen, dass sie sicher sei.

Die vier Websites, auf denen er Informationen sammelte, wurden alle von privaten Safariunternehmen betrieben und boten 'exklusive', also teure geführte Touren ins Sambesi-Flusstal und den Mana Pools Nationalpark an.

Er nahm sein gebundenes Armee-Notizbuch und einen Stift heraus und begann zu schreiben. Er wusste nicht, wie lange er im Norden Simbabwes bleiben würde. Als Militarist tat er sein Bestes, um die Situation und seine Ziele klar einzuschätzen. Seine Aufgabe war, herauszufinden, was mit seiner Tochter geschehen war und konkrete Hinweise auf ihr Schicksal zu finden. Die spärlichen Informationen, die ihm zur Verfügung standen, gaben wenig Anlass zu Optimismus.

Unter der Rubrik *Polizei* vermerkte er, dass er die örtliche Polizeistation kontaktieren wolle. Aus seiner kurzen Internetrecherche schloss er, dass die Polizisten, die Mirandas Tod untersuchten, höchstwahrscheinlich entweder in Kariba oder in Chirundu, den beiden Städten in der Nähe des Nationalparks, stationiert waren. Kariba war zwar weiter von Mana Pools entfernt, schien aber das grössere Zentrum zu sein.

Miranda war sein nächster Eintrag. Er musste herausfinden, wo sie sich im Park und um diesen herum bewegt hatte, und mit möglichst vielen Personen sprechen, mit denen sie in Kontakt gekommen war. *Ranger? Kollegen? Professorin Wallis, die Simbabwe besucht?*

Schauplatz. Er wollte sehen, wo Miranda gezeltet hatte und dort seine eigenen Nachforschungen anstellen. Er hatte in den Dschungeln Mittelamerikas Fährtenlesekurse absolviert, wusste aber, dass lokale Kenntnisse und Fähigkeiten viel wichtiger waren. *Einheimischen Führer/Fährtenleser anheuern.*

Logistik. Er musste flexibel sein und sich selbst versorgen. In Mana Pools würde er keine Wahl haben, da es im Park offensichtlich weder Geschäfte noch Restaurants gab. Er brauchte ein Fahrzeug, ein Zelt, Campingausrüstung, Lebensmittel und Wasser. Einige der grundlegenden Dinge befanden sich in seinem Alice-Rucksack, wie die gängige Bezeichnung für das geräumige LC-1-Gepäckstück der US-Armee lautete, der sich in seinem aufgegebenen Gepäck befand.

Er hatte einen Schlafsack, Schutzanzüge, Essensdosen, Wasserflaschen, Kampfstiefel und andere Dinge, die ihm bestimmt nützlich wären. Er wünschte, er könnte eine Waffe mitnehmen, aber nach dem, was er gelesen hatte, musste er, wenn er nicht riskieren wollte, von einer Anti-Wilderer-Patrouille erschossen zu werden, beim Betreten des Nationalparks alle Schusswaffen abgeben.

Sein Mobiltelefon zirpte und er fischte es aus der Tasche seiner Uniformjacke. Er notierte, dass er, bevor er ins Flugzeug stieg, seinen Dienstanbieter anrufen wolle, um zu prüfen, ob das Gerät in Afrika funktioniere.

»Banks«, meldete er sich.

»Jed, gut, dass ich Sie erwische. Ich bin's, Tom Cookson. Wie geht es Ihnen? Ich habe das mit Miranda gehört, es tut mir leid.«

Jed war überrascht. Tom Cookson war ein pensionierter Oberstleutnant, ein ehemaliger Green-Beret-Offizier, der wegen einer Verletzung aus dem Militärdienst ausgeschieden war. Jed erinnerte sich, dass er im Pentagon tätig war, wo er eine Art zivile Analystenstelle im Verteidigungsministerium angetreten hatte. »Wie haben Sie das herausgefunden, Sir?«

Cookson zögerte. »Es stand in allen Zeitungen. Wo sind Sie, Jed?«

Er hatte Tom Cookson zuletzt im Irak gesehen, wo er, damals

Hauptmann, Jeds Patrouille anführte, bis er auf eine Antipersonenmine trat. Jed musste mitansehen, wie man ihn in den Black Hawk, der medizinische Notfälle ausflog, schob.

»Aber Ihr Name wurde, auf Pattis Wunsch hin, nicht veröffentlicht«, sagte Jed und war sehr neugierig.

»Ach, verdammt, Jed, lassen Sie mich ehrlich zu Ihnen sein. Ich habe einen Bericht des Aussenministeriums gesehen und im Report des Afrika-Referats stand Ihr Name. Es tut mir so leid. Sie war eine so vielversprechende junge Frau.«

»Sie reden, als wäre sie tot, Sir.«

»Lassen Sie den 'Sir'-Mist, Jed. Der Bericht war ziemlich schlüssig.«

»Ja. Nun, danke für den Anruf. Ich werde Sie auf jeden Fall informieren, wenn ich etwas anderes herausfinde.« Jed war jenseits jeder Vernunft wütend auf den Mann. Er wusste, dass Miranda wahrscheinlich tot war, aber genau wie Patti weigerte sich ein Teil von ihm, zu akzeptieren, was man ihm gesagt hatte.

»Warten Sie mal, Jed. Was meinen Sie mit 'falls ich etwas anderes finde'? Sie gehen doch nicht etwa nach Afrika, oder?«

»Was wäre, wenn ich es täte? Sind das Sie oder ist es das Pentagon?«

»Jed, ich bin Ihnen etwas schuldig. Wenn Sie meine Befehle befolgt und mich im Minenfeld zurückgelassen hätten, wäre ich gestorben, aber Sie sind durchgekrochen und haben mich herausgezogen.«

»Keine grosse Sache.«

»Blödsinn. Für diesen Stunt hätten Sie die Ehrenmedaille des Kongresses bekommen sollen, ich habe Sie dafür empfohlen. Aber, Jed, ich glaube, das Beste, was Sie für Miranda tun können, ist, zu Hause zu bleiben und Patti zu trösten. Der Staat wird Sie benachrichtigen, wenn er mehr über sie erfährt.«

»Was ist das für ein Schwachsinn, Tom? Was wollen Sie mir damit sagen? Wollen Sie mich warnen? Seit wann untersucht die Regierung der Vereinigten Staaten von Amerika Angriffe von Löwen?«

»Verdammt, Jed. Ich versuche nur, einem alten Freund zu helfen. Warten Sie ab …, das ist mein Ratschlag.«

»Ja, Tom?« 'Ich scheisse auf Ihren Rat, Sir', hätte er gern hinzugefügt, hielt sich aber zurück. »Meine Tochter wird vermisst und ich warte nicht darauf, dass irgendein pickelgesichtiger Büroarsch aus der Botschaft kommt und berichtet, er habe eine erbärmliche Untersuchung durchführt und sie sei wirklich tot.«

»Jed …« Cooksons Stimme war nur noch ein Flüstern. »Hören Sie zu, ich kann nicht mehr sagen, aber seien Sie einfach vorsichtig, okay?«

Der Anruf wurde beendet und Jed ging zur Bar zurück. Er bestellte ein weiteres Bier, trank die Hälfte davon und zwang sich, ruhig zu bleiben. Was meinte Tom mit 'seien Sie einfach vorsichtig'? Er nahm an, Cookson warne ihn vor der allgemeinen Sicherheitslage, aber, verdammt, Jed hatte gerade sechs Monate in einem Land verbracht, in dem man dauernd versucht hatte, ihn zu töten. Wie gefährlich konnte Afrika schon sein?

Er schlug sein Notizbuch wieder auf und schrieb *Cookson – überprüfen.*

Jed kippte sein Bierglas in einem Zug und stählte sich, als er die erste Nervosität spürte, die dem Fliegen immer vorausging. Er nahm seine Reisetasche und ging in die Herrentoilette. In einer der engen Kabinen wechselte er von seiner Uniform in bequeme Reisekleidung – ein kurzärmeliges marineblaues Ralph-Lauren-Hemd, eine leichte hellbraune Hose und Wanderschuhe. Dort, wo er hinwollte, wäre es heiss und definitiv kein Ort, an dem er eine Uniform der US Army tragen konnte. Er brauchte eine Dusche und ein Bett, in dem er schlafen konnte, aber beides war für mehr als zwanzig Stunden unerreichbar. Er faltete seine Uniform, packte sie und die glänzenden Springerstiefel aus Lackleder in seine Tasche und schloss deren Reissverschluss.

Er verliess die Kabine und betrachtete sein Spiegelbild. Vor seiner Abreise aus Afghanistan hatte er sich den Bart abrasiert, so dass sein Kinn im Vergleich zu seinen Wangen nun weiss hervorstand. Er hatte nicht das Gefühl, älter zu werden – er war immer noch in hervorragender körperlicher Verfassung -, aber seinem Gesicht sah man die etwas mehr als vierzig Jahre an. Er schloss die Augen und sah Miranda wieder vor sich. Sie zu verlieren durfte nicht sein.

Jed schritt an eifrigen Urlaubsreisenden und grauhaarigen Männern und Frauen in Geschäftsanzügen vorbei durch das hell erleuchtete Flughafengebäude. Er hatte mit keinem von ihnen auch nur das Geringste gemeinsam.

Wahrscheinlich bildete er es sich nur ein, aber der Beamte der Einwanderungsbehörde schien sich viel Zeit zu lassen, um seinen Pass zu kontrollieren. »Gibt es ein Problem?«, fragte er.

Der Beamte sah zu ihm auf, sagte aber nichts, sondern tippte weiter auf seiner versteckten Konsole. Jed sah auf die Uhr. Der letzte Aufruf zum Einsteigen war vor fünf Minuten erfolgt.

Schliesslich blickte der Offizier auf und fragte: »Wie lange wollen Sie denn in Afrika bleiben, Sir?«

Jed hätte dem Mann am liebsten gesagt, das gehe ihn nichts an, beherrschte sich aber und sagte: »Ich weiss es nicht. Ein paar Wochen, vielleicht auch mehr.«

»Ich brauche die Angaben zu den Ländern und der jeweiligen Aufenthaltsdauer, Sir.«

Das war Jed noch nie passiert, obwohl er sonst seine Auslandsreisen natürlich meistens mit freundlicher Genehmigung des militärischen Lufttransportkommandos der US Air Force unternahm und die Orte, die er zu besuchen pflegte, keine Pässe oder Zollerklärungen erforderten.

»Südafrika für eine Nacht. Simbabwe für, sagen wir, zwei Wochen. Es kommt darauf an.«

»Wovon hängt es ab, Sir?«

Jed stand kurz vor dem Abgrund. »Es hängt davon ab, wie lange ich in diesem Land bleiben will. Hören Sie zu, mein Flug geht gleich.«

»Es ist nicht meine Schuld, Sir, wenn Sie nicht genug Zeit für die Sicherheitsprozedur einberechnet haben.«

Jed wünschte, er hätte seine Neun-Millimeter dabei. Der Mann tippte wieder auf der Tastatur herum, sah dann auf und zeigte ein unaufrichtiges Lächeln und gab Jed seinen Pass zurück. »Ich wünsche Ihnen einen guten Flug, Sir.«

Jed nickte und ging am Schalter vorbei. Als er sich umdrehte und über die Schulter zurückblickte, sah er, dass der Einwanderungsbeamte die nächste Person in der Schlange warten liess und in ein Telefon sprach.

»Möchten Sie ein Getränk von der Bar, Sir?«, fragte der Flugbegleiter, als das Flugzeug in der Luft war.

»Scotch on the rocks und ein Bier, bitte«, sagte Jed. Auf dem KLM-Flug von Boston nach Amsterdam, wo er den Anschlussflug nach Johannesburg genommen hatte, hatte er drei Stunden schlafen können und er verdeckte mit der Hand ein Gähnen. Um Simbabwe zu erreichen, brauchte es drei Flüge über drei Kontinente.

Der gepflegte junge Holländer lächelte breit, als er die Getränke überreichte und die Dose Bier öffnete. »Ist mir ein Vergnügen, Sir. Rufen Sie einfach, wenn Sie noch eins brauchen.«

»Ich glaube, er mag Sie«, flüsterte die Frau, die neben Jed sass, während der Flugbegleiter an ihnen vorbei in die nächste Reihe ging.

Jed lächelte. »Ist nicht mein Typ.«

»Meiner auch nicht, er ist zu jung für mich. Ich bin übrigens Eveline.«

»Jed.« Nach den goldenen Ohrringen und der Halskette zu urteilen, war die Frau wohlhabend. Sie war Ende fünfzig oder Anfang sechzig und attraktiv. Er wollte sich eigentlich nicht auf ein Gespräch einlassen, hielt es aber für unhöflich, sie sofort zu unterbrechen. »Sie sind Südafrikanerin?«

»Ich lebe dort, bin aber in Rhodesien geboren – für euch ist es Simbabwe. Ich habe gerade ein paar Freunde in den Staaten besucht. Wir Simbos sind heutzutage über die ganze Welt verstreut.«

»Ich bin auf dem Weg nach Simbabwe.«

»Jagen Sie, oder gehen Sie auf eine Fotosafari?«

»Weder noch. Ich muss mich um Familienangelegenheiten kümmern.«

»Es ist nur so, dass die meisten Amerikaner, die ich getroffen habe und die den Mumm haben, in unseren Teil der Welt zu reisen, Jäger zu sein scheinen.«

»Ich dachte, das wäre heutzutage nicht mehr so in Mode.«

Eveline schüttelte den Kopf. »Doch, doch, Jed. Im Jagdgeschäft läuft im südlichen Afrika viel. In Simbabwe ist sie eine der wenigen Geschäftsmöglichkeiten, die noch harte Währung einbringen und ein Teil des Erlöses kommt den Einheimischen zugute. Sie werden feststellen, dass wir, obwohl wir sehr darauf bedacht sind, unsere Tierwelt zu erhalten, nicht so politisch korrekt sind, wie andere Teile der Welt und wenn sich damit nebenbei noch etwas Geld verdienen lässt, umso besser.«

Jed nickte. »Was denken Sie über das Sambesi-Tal, rund um den Mana Pools Nationalpark. Kennen Sie die Gegend?«

»Kennen Sie sie? Ich bin praktisch dort aufgewachsen. Ich habe schon viele Leute vom Paradies reden hören, aber ich sage Ihnen, Mana Pools *ist* es. Der Garten Eden. Einer der letzten wirklich wilden Orte, die es auf dieser Erde noch gibt. Wollen Sie dorthin?«

»Ja. Für ein paar Tage. Sie sagen, es ist ein wilder Ort. Ist es gefährlich?«

»Im afrikanischen Busch sind die Menschen vielfach eine Gefahr für sich selbst, Jed. Wenn man nicht weiss, was man tut, wird man zu einer Gefahr für sich selbst und für die Wildtiere.«

»Werden viele Menschen von wilden Tieren getötet?«

»Wahrscheinlich mehr, als Sie gelesen haben.«

»Wie?«

»Wenn man von den Moskitos absieht, stehen, was Sie vielleicht überrascht, Flusspferde ganz oben auf der Liste der gefährlichsten Tiere. Ja, sie sehen aus wie grosse, freundliche Kreaturen, aber sie beissen Sie in zwei Hälften, sobald sie Sie auch nur sehen. Ausserdem sind sie unglaublich territorial und verteidigen ihr Gebiet aufs Blut. Wenn Sie sich in ihren Teil des Flusses verirren, können Sie in echte Schwierigkeiten geraten. Touristen, die bei Kanusafaris auf dem Sambesi unterwegs sind, treffen immer wieder auf untergetauchte Nilpferde, die sie, wenn sie ihren Unmut zeigen, unvermittelt aus den Booten schleudern. Krokodile schnappen sich auch viele Menschen im Tal, viel mehr, als man je hört.«

Jed versuchte, lässig zu klingen. »Und was ist mit Löwen? Töten sie viele Menschen?«

Eveline nahm einen Schluck von ihrem Gin Tonic. »Nun, Jed, Ihr Löwe ist ein anderer Kandidat. Eigentlich sollte ich sagen, Ihre Löwin, da die Weibchen den grössten Teil der Jagdarbeit leisten. Vor einigen Jahren haben ein paar in Mana um mein Zelt herumgeschnüffelt, aber wenn man sich ruhig verhält und sie nicht ärgert, lassen sie einen in Ruhe.«

»Gibt es wirklich Menschenfresser-Löwen, die eine Vorliebe für Menschen entwickeln?«

»Ich weiss nicht genug über die wissenschaftliche Seite, aber auf jeden Fall gibt es viele Berichte über Löwen, die sich von Menschen ernähren, auch heutzutage. Sie erlegen regelmässig Mosambikaner, die versuchen, illegal über die Grenze nach Südafrika zu gelangen.«

»Wirklich?« Jed zeigte sich überrascht und ärgerte sich über seine Unkenntnis des Kontinents, auf dem seine Tochter zu leben beschlossen hatte. »Und anderswo?«

»Vielleicht holen sie sich unvorsichtige oder rücksichtslose Safari-Führer oder dumme Touristen, die nicht genügend Verstand haben, ihre Zelte nachts zu schliessen.«

Jed hatte genug gehört, aber Eveline fuhr fort. »Was ist die Familienangelegenheit, um die Sie sich kümmern müssen, wenn ich das fragen darf?« »Es macht den Anschein, als sei meine Tochter von einem Löwen geholt worden.«

Eveline fummelte an ihrem Plastikglas herum und verschüttete die Hälfte des Inhalts in ihren Schoss, aber Jed hatte sowieso genug vom Reden und brauchte etwas Schlaf.

Der Flugbegleiter weckte ihn eine Stunde vor der Landung. »Hallo, ausgeschlafen? Sie sind schon seit Stunden weg.«

Jed rieb sich die Augen.

Eveline beugte sich vor. »Es tut mir so leid, was ich gestern Abend gesagt habe. Bitte verzeihen Sie mir. Ich bin sicher, dass Ihre Tochter keine Dummheit begangen hat.«

Jed zuckte mit den Schultern. »Es war unhöflich von mir, Sie nicht zu warnen, was ich in Afrika vorhabe, und das tut mir leid. Aber ich suche nach ehrlichen Informationen und Fakten, nicht nach Mitleid. Meine Tochter wird vermisst, aber wir haben noch keine Klarheit darüber, ob sie wirklich tot ist.«

»Nun, es tut mir trotzdem leid. Wenn Sie aber einen Führer oder Fährtenleser brauchen, kenne ich einen Mann, mit dem Sie sprechen sollten. Er hat ein paar Jahre für mich gearbeitet, bevor ich Simbabwe verlassen habe. Ich habe seine Adresse aufgeschrieben, während Sie schliefen. Hier, bitte nehmen Sie sie. Er lebt in Kariba – zumindest tat er das, als ich das letzte Mal von ihm hörte. Wenn Sie ihm sagen, dass Eve Sie geschickt hat, wird er Ihnen bestimmt helfen.«

Nach der Landung schüttelte Jed Eveline die Hand, und bevor sie sich trennten, fragte sie: »War Ihre Tochter ein kluges Mädchen?«

»Sie schrieb an ihrer Masterarbeit in Zoologie und erforschte Raubtiere. Der afrikanische Busch war ihr also keineswegs fremd.«

»Geben Sie sie nicht auf. Afrika ist ein Ort, an dem man sich – ob man will oder nicht – leicht verirren kann. Rufen Sie den Mann, dessen Nummer ich Ihnen gegeben habe, an. Wenn jemand jemanden finden kann, dann er.«

»Danke.«

»Sie sind Soldat, nicht wahr?«

»Ist es so offensichtlich?« Er konnte sich nicht erinnern, dass sein Beruf in ihrem kurzen Gespräch zur Sprache gekommen war.

»Ich habe fünfzehn Jahre Krieg in meinem Land miterlebt und den einen oder anderen Soldaten gekannt«, lächelte sie und ihre Wangen röteten sich ein wenig. »Seien Sie vorsichtig da oben im Tal. Der Ort kann gefährlich sein, wenn man nicht weiss, was man tut, und man darf keine Waffe mitnehmen.«

»Ja, das habe ich gehört und danke, ich werde aufpassen.«

»Viel Glück.«

JED WAR ÜBERRASCHT, wie modern der internationale Flughafen von Johannesburg war. Er hätte überall in der Ersten Welt sein können. Als der Hotel-Shuttlebus durch ein Industriegebiet fuhr, das von einer mehrspurigen Autobahn flankiert wurde, kam Jed der Gedanke, sich in einem beliebigen Flughafenvorort einer beliebigen Grossstadt der westlichen Welt befinden zu können.

Das Holiday Inn Garden Court war eine weitläufige Anlage im Hacienda-Stil, komplett mit Terrakotta-Dach und Stuckfassade. Die Analogie wurde durch eine irische Bar etwas getrübt, was aber durch ein Steakhouse im Wild-West-Stil in gewissem Masse ausgeglichen wurde. Von Afrika war immer noch nichts zu erkennen. Als Gepäckträger arbeiteten Schwarze, aber die Empfangsdame war weiss, blond, blauäugig und effizient. Jed fand ihren Afrikaans-Akzent seltsam anziehend.

»Wie lange bleiben Sie bei uns, Mister Banks?«

»Nur über Nacht. Ich muss morgen früh um sieben Uhr geweckt werden.«

»Sicherlich, Sir. Ach, übrigens, Mister Banks, hat Ihre Freundin Sie gefunden?«

Jed war verwirrt. »Welche Freundin?«

»Als ich ihr sagte, Sie seien noch nicht angekommen, antwortete sie, sie versuche, Sie am Flughafen zu treffen.«

Er hatte keine Ahnung, wovon sie sprach. »Ich glaube, das ist ein Missverständnis. Weder kenne ich hier jemanden noch erwarte ich, jemanden zu treffen.«

»Sie schien sich sicher zu sein und hat sich ausserdem erkundigt, ob Sie unter Ihrem Dienstgrad eingetragen sind. War es Oberfeldwebel?«

»Hauptfeldwebel. Aber nein, ich weiss immer noch nicht, wer es gewesen sein könnte.«

»Machen Sie sich keine Sorgen, Sir. Wenn ich die Dame wiedersehe, rufe ich auf jeden Fall in Ihrem Zimmer an.«

In seinem Zimmer am Ende eines Flurs im zweiten Stock versuchte Jed zu überlegen, wer die geheimnisvolle Frau sein könnte, aber sein Gehirn war vom Jetlag und Alkohol benebelt. Er wollte die Empfangsdame um eine Beschreibung bitten. Die einzige Erklärung, die ihm einfiel, war, dass die Frau von der amerikanischen Botschaft kam.

Er öffnete die Vorhänge seines Zimmers und sah, dass es einen kleinen Balkon hatte. Hinter dem Geländer befand sich, auf gleicher Höhe wie der Fussboden, das Dach eines Flügels des ersten Stocks. Jed hatte ein Raucherzimmer reserviert, öffnete nun die Balkontür, trat ins Freie und zündete sich eine Zigarette an. Die Nachtluft war überraschend frisch, er hatte es heisser erwartet.

Trotz seiner Müdigkeit war er unruhig. Er dachte, ein paar weitere Biere könnten ihm beim Einschlafen helfen und wollte sich die Beine etwas vertreten.

In der Bar war es laut und rauchig. Imitierter irischer Schnickschnack, Pferdekutschen und Schilder von Städten wie Dublin und Killarney zierten die Wände, aus einer Jukebox ertönten Rockklassiker und Leute unterhielten sich.

Jed machte sich auf den Weg zur Bar und bestellte ein Bier. »Das Beliebteste«, antwortete er, als die Frau an der Bar ihn fragte, was für eins. Sie trug ein eng über ihren üppigen Brüsten sitzendes schwarzes Top, hatte hennagefärbtes Haar, grüne Augen und Jed schätzte sie auf Ende zwanzig.

»Bleiben Sie lange?«

»Nur eine Nacht. Nach dem, was ich gelesen habe, bin ich hier besser dran als draussen in der Stadt.«

»Wegen der Kriminalität?«

Er nickte. »Ist Johannesburg so schlimm, wie alle sagen?«

»Stellenweise ist es sicher schlecht, aber andere Teile sind ganz in Ordnung. Einer Freundin von mir wurde allerdings neulich das Auto geklaut und nun hat es zwei Einschusslöcher in der Windschutzscheibe.«

»Klingt, als hätte sie Glück gehabt, dass sie nicht getroffen wurde.«

Die Bardame lachte. »Nein, Mann. *Sie* hat geschossen! Mit ihrer Automatik. Die Autoknacker sind abgehauen, aber sie muss jetzt ihre neue Windschutzscheibe selbst bezahlen! Ich gehe nachts nie ohne Waffe aus dem Haus.«

Sie öffnete eine Flasche Castle Lager und schob sie ihm über die polierte Holzbar zu.

»Setzen Sie es bitte auf meine Rechnung«, sagte er, nachdem er sein erstes Bier getrunken und ein weiteres bestellt hatte. Er war müde und hielt sich eine Hand vor den Mund, um ein Gähnen zu verbergen. »Wenn die Hausordnung es zulässt, nehme ich das hier mit auf mein Zimmer.«

»Natürlich, kein Problem.« Die Frau gab den Betrag in die Kasse ein und druckte einen Beleg aus, den Jed unterschreiben musste.

Er signierte und reichte das Papier über die Theke. Die Bardame nahm es, hielt einen Moment inne und Jed bemerkte den Ausdruck der Überraschung in ihren Augen, als sie den Zettel las.

»Hey«, sagte sie, »das hätte ich fast vergessen. Heute Abend gibt's zwei für eins. Eine Sonderaktion, aber Ihr Freibier muss vom Fass sein, also müssen Sie hierbleiben und es trinken. Getränke in Gläsern aus der Bar mitzunehmen, erlauben wir unseren Gästen nämlich nicht.« Bevor Jed protestieren konnte, griff sie in den Kühlschrank, holte ein gekühltes Glas heraus und begann, es aus einem Zapfhahn zu füllen. Dann stellte sie das Bier vor ihm ab.

»Komisch, das haben Sie gar nicht erwähnt, als ich das erste Bier bestellt habe«, bemerkte Jed.

Die Frau sah für den Bruchteil einer Sekunde weg, dann wieder zu ihm. »Ich vergass es. Ich bringe Ihnen ein neues, wenn Sie wollen.«

»Nein, danke, machen Sie sich keine Mühe. An der Rezeption hat vorhin jemand nach mir gefragt. Hier vielleicht auch?«

Die Frau wandte sich von ihm ab, nahm einen Lappen in die Hand, entfernte sich etwas und putzte ein paar Flecken von der Theke. »Nein, nicht dass ich wüsste.«

»Heute Abend sind nicht allzu viele Amerikaner hier und wahrscheinlich erst recht nicht solche mit dem Namen Banks. Ich habe

Ihren Gesichtsausdruck gesehen, als Sie meinen Namen auf dem Zettel gelesen haben. Was ist los?«

»Tut mir leid, ich habe noch andere Kunden zu bedienen.« Sie drehte sich von ihm weg, aber er sah, dass niemand auf ein Getränk wartete.

Er folgte ihr zum anderen Ende der Bar und beobachtete, wie sie ihre Handtasche aus dem Regal nahm und durch eine Klapptür in den Hauptraum trat.

Jed folgte ihr unbemerkt und berührte ihren Arm, was sie zusammenzucken liess. »Hey, Sie haben mich erschreckt und ausserdem haben Sie Ihr Bier vergessen.« Sie zeigte auf das andere Ende der Bar, wo er sein Glas und die Flasche abgestellt hatte.

»Ich habe keinen Durst mehr. Was ist hier los?«

»Wie ich schon sagte ist 'Happy Hour'.«

»Schwachsinn.«

»Hören Sie, ich sollte jetzt eigentlich in die Pause gehen. Warum geben Sie das zusätzliche Bier nicht mir, wenn Sie es nicht wollen?«

»Genau. Setzen Sie sich hin. Ich muss mit Ihnen reden.«

Als er an den Tisch zurückkehrte, kramte die Frau in ihrer Handtasche und holte eine Schachtel Zigaretten und ein Feuerzeug heraus. »Rauchen Sie?«

»Danke. Und jetzt sagen Sie mir, was das mit dieser Sonderbehandlung bedeutet?«

»Okay, es gibt keine 'Happy Hour'. Sie sind neu hier in Südafrika, scheinen ein netter Kerl zu sein, also dachte ich mir, hey, ich werde den Touristen willkommen heissen und ihm ein Freibier geben. Dagegen gibt es doch kein Gesetz, oder?«

»Doch. In meinem Land ist es ein Verbrechen, seinen Arbeitgeber zu bestehlen.«

Sie schaute an ihm vorbei in Richtung Tür und Jed warf einen Blick über seine Schulter. »Suchen Sie jemanden?«

»Nein.« Sie zündete sich eine Zigarette an und schob ihm das Feuerzeug über den Tisch zu.

Unvermittelt schob Jed seinen Stuhl zurück und stand auf. Er verfluchte sein vom Jetlag geplagtes Gehirn dafür, dass es ihm nicht geholfen hatte, zu erkennen, was offensichtlich war: Die Frau versuchte absichtlich, ihn in der Bar aufzuhalten. Sie wollte ihn wohl von seinem Zimmer und seinem Gepäck fernhalten.

Jed drängte sich an einer Gruppe junger Männer und Frauen vorbei, die gerade die Bar betraten und eilte zurück in die Lobby. Am beleuchteten Schild über dem Aufzug erkannte er, dass dieser im dritten Stock war, also wandte er sich nach links und rannte, jeweils zwei Stufen auf einmal nehmend, die Treppe hinauf.

Als er sich der Tür zu seinem Zimmer näherte, verlangsamte er den Schritt und zwang sich, langsam, tief und gleichmässig zu atmen. Die Tür war immer noch verschlossen, aber das hatte nichts zu bedeuten. Für einen professionellen Dieb war es ein Leichtes, an die Schlüsselkarte eines Hotels zu gelangen oder das Schloss auf andere Weise zu manipulieren. Er zog seine eigene Karte heraus und steckte sie langsam ein. Er lehnte sich gegen die Tür und stürmte, als das Lämpchen über dem Schloss grün aufleuchtete, in den Raum.

Eine der Nachttischlampen war eingeschaltet und ihr Licht reichte aus, um den Eindringling deutlich zu erkennen.

Er war gross, schlank, schwarz gekleidet und trug ausserdem eine schwarze Skimaske und Handschuhe. Er beugte sich über den niedrigen Gepäcktisch, auf dem Jed seine Reisetasche abgestellt hatte. Der Rucksack lag auf dem Boden, schien aber unangetastet.

Jed rannte auf den Mann zu, aber dieser war bereits in Bewegung. Die Balkontür stand weit offen und Jed verfluchte sich, als ihm in den Sinn kam, dass er vergessen hatte, sie nach seiner Zigarette abzuschliessen.

Der Mann war schon durch die Balkontür, bevor Jed ihn sich greifen konnte und kletterte mühelos über das schmiedeeiserne Balkongeländer. Jed griff nach einer schweren Tischlampe und als er das Kabel aus der Steckdose zerrte, sprühten Funken.

Er zog den Arm zurück und warf die Metalllampe mit voller Wucht auf die fliehende Gestalt. Er zielte gut. Der Fuss der Lampe traf den Mann am Hinterkopf und liess ihn taumeln und ausserdem verhedderte sich das Stromkabel zwischen seinen Beinen und er stolperte kurz. Die Lampe prallte auf dem Flachdach des ersten Stocks auf.

Jed sprang über das Geländer und rannte danach, ohne seinen Schritt zu unterbrechen, auf das Dach. Er stürzte sich auf den Mann und brachte ihn zu Fall. Der Einbrecher drehte sich auf den Rücken, aber Jed war schneller. Mit der linken Hand packte er das Hemd des Diebs und schlug ihm die Rechte gegen den Kiefer. Der Kopf des Mannes flog nach hinten und schlug auf die raue Oberfläche des Daches. Doch er kam schnell wieder zu sich und rammte Jed sein Knie in die Leistengegend. Jed stöhnte vor Schmerz und zog sich etwas zurück, so dass der Mann genug Platz bekam, um selbst zuzuschlagen. Der Eindringling griff nach oben, zog Jed an sich und die beiden rollten auf dem Boden.

Jed, der sich jetzt unter seinem Angreifer befand, rammte diesem zwei Finger in die Augen und zwang ihn damit, seinen Kopf zur Seite zu drehen, um dem Angriff auszuweichen. Jed griff um ihn herum und schlug dem Mann in die Niere, bevor er beide Knie anhob und ihn von sich stiess.

Beide rappelten sich auf und umkreisten einander. Der Eindringling schaute zum Rand des Daches, griff dann in die Gesässtasche seiner Jeans und zog ein Messer heraus. Auf seinen Knopfdruck hin schnippte die silbern glänzende Klinge aus der Scheide. Jed sprang ausser Reichweite, schnappte sich das Kabel der heruntergefallenen Schreibtischlampe und schwang sie. Das schwere Geschütz gewann schnell an Tempo, als er es immer schneller herumwirbelte. Er hoffte, das Kabel halte. Der Mann wandte sich weg, um sich aus der Reichweite des sich drehenden Geschosses zu entfernen. Jed hob nun den Arm über den Kopf und stürmte auf den Mann zu.

Das Kabel traf den erhobenen Arm des Mannes, die Lampe schwang herum und prallte an seinen Kopf, so dass er den Halt verlor. Jed holte aus und trat dem Flüchtigen in die Leiste, wodurch er umkippte und auf die Knie fiel. Er setzte einen Fuss auf die Hand des Mannes, womit er ihn zwang, das Messer fallen zu lassen. Jed hob es auf und trat dem am Boden Liegenden erneut in die Seite. Der

Mann versuchte, sich weiter wegzurollen, blieb aber liegen, als er den Rand des Dachs erreichte.

Jed stand über ihm. »Wer sind Sie, und was haben Sie in meinem Zimmer gesucht?«

Der Eindringling schwieg. Unten fuhr ein Auto vor und man hörte das Quietschen von Reifen. Der Mann neigte den Kopf und schaute über den Rand des Daches.

»Hier oben«, rief er.

Jed packte ihn an beiden Füssen und begann, ihn über die Dachkante zu stossen. »Sag mir, wer du bist, Arschloch, oder ich schicke dich sofort runter zu deinem Freund!«

Der Eindringling blieb still und hörte auf, sich zu wehren. Jed kniete sich hin, verlagerte sein Gewicht auf die Schienbeine des Mannes und griff nach seinem Gesicht. Der Mann versuchte, Jeds Arme zu packen, aber der war zu schnell. Er griff nach der Skimaske und riss sie weg. Der Mann hatte kurzgeschnittenes rotes Haar und einen blassen Teint.

»Letzte Chance. Wer sind ...?«

Jed duckte sich instinktiv, als er das Knallen von Schüssen hörte. Zwei Kugeln pfiffen über seinem Kopf durch die Luft. Er griff nach dem Hemd des Mannes und rollte rückwärts zur Seite. Der Eindringling hatte versucht, ihn auszurauben, aber er hatte keine Lust, ihn vom Dach zu stossen und ihn tot oder verkrüppelt zurückzulassen, denn dafür hatte er zu viele Fragen an ihn.

Erneut fiel ein Schuss. Jed rollte weiter von der Kante weg, wobei er den Eindringling losliess. Der Mann erkannte seine Chance, richtete sich auf und trat Jed heftig gegen die Nieren. Dieser wölbte den Rücken, rollte sich auf die Seite und beobachtete unter Qualen, wie der Mann sich über die Kante fallen liess. Dann hörte er, dass der Wagen mit protestierend quietschenden Reifen davonfuhr. Jed kroch an den Rand des Daches und sah, dass das Fahrzeug, eine weisse Limousine, über den halbleeren Parkplatz raste. Vielleicht war es ein Mercedes, aber der Wagen war schon zu weit entfernt, um das Nummernschild lesen zu können. Als er über die Dachkante spähte, bemerkte er, dass der Mann an einem Abflussrohr hinuntergeklettert war.

Eine kleine Menschenmenge aus dem Restaurant und der Bar hatte sich im Innern des Hotels zusammengerottet, um zu sehen, was es mit dem Lärm auf sich hatte und zwei junge Männer, ein Weisser und ein Schwarzer, hatten ihre Pistolen gezogen. Er hatte gehört, dass in Südafrika wegen der hohen Kriminalitätsrate viele Menschen zum persönlichen Schutz Waffen trugen. Er trat vom Rand des Dachs zurück, denn er hatte keine Lust, irgendeinem Zivilisten mit juckendem Abzugsfinger als Zielscheibe zu dienen.

Jed drehte sich um und machte sich auf den Weg zurück in sein Hotelzimmer. Er tastete seinen Körper ab und untersuchte seine Verletzungen. Seine Rippen schienen heftig geprellt aber immerhin nicht gebrochen zu sein. Er tastete mit der Zunge die Innenseite seiner Lippe ab und schmeckte Blut.

In seinem Zimmer sah, abgesehen von der fehlenden Lampe, alles so aus, wie er es verlassen hatte. Sein Tasche war mit einem Reissverschluss versehen und sein Rucksack war noch geschlossen. Er musste bereits kurz nach dem Mann in sein Zimmer gekommen sein, bevor dieser Zeit hatte, etwas zu stehlen. Er nahm den Hörer ab und wählte die Rezeption an. »Schicken Sie bitte sofort Ihren Sicherheitsmann herauf und rufen Sie die Polizei. Bei mir wurde eingebrochen.«

»Die Polizei ist bereits auf dem Weg, Mister Banks. Draussen sind Schüsse gefallen.«

»Was Sie nicht sagen.«

»Wie bitte?«

»Vergessen Sie es. Verbinden Sie mich bitte mit der Bar.«

Die Rezeptionistin stellte ihn durch und ein Mann mit tiefer Stimme antwortete.

Jed wischte sich mit dem Handrücken noch mehr Blut von der Lippe. »Ich möchte mit der Frau sprechen, die hinter der Bar bedient.«

»Sie ist weg. Notfall in der Familie. Wer ist am Apparat, bitte?«

»Ich glaube, ich habe etwas in der Bar vergessen«, schwindelte er. »Wann ist die nächste Schicht der Dame?«

»Sie ist eine Gelegenheitsarbeiterin und kommt nur ab und zu hierher. Kann ich Ihnen helfen? Was haben Sie verloren?«

Jed legte auf und beschloss, die junge Frau der Polizei zu überlassen. Er öffnete den Reissverschluss seiner Reisetasche und suchte darin nach seinem Kulturbeutel, fand ihn aber nicht. Während sich in seinem Rucksack nichts von grossem Wert befand, waren seine Flugtickets, sein Reisepass und sein ganzes Geld in der Tasche gewesen. Er durchwühlte seine Kleidung, fand seine Toilettentasche schliesslich und nahm sie mit ins Bad, wo er sich auszog, und die Dusche anstellte. Das Wasser brannte in seinem Gesicht, aber die heissen Strahlen linderten den Schmerz in seiner Seite. Als er das Wasser abstellte, hörte er, dass es an der Tür klopfte.

Er zog einen weissen Bademantel über und band den Gürtel um die Taille. »Wer ist da?«

»Polizei, Sir.«

Jed öffnete die Tür. »Kommen Sie bitte herein. Entschuldigen Sie mein Aussehen«, sagte er zu den beiden Beamten. Beide trugen dunkelblaue Uniformhosen, Hemden in einem helleren Farbton und Stiefel im Militärstil. Als sie den Raum betraten, zogen sie ihre Baseballkappen ab.

»Guten Abend, Sir«, sagte der grössere der beiden, der eher indisch als afrikanisch aussah. »Ich bin Sergeant Vincent Sakoor und das ist Corporal Tshabalala. Wir haben gehört, Sie seien ausgeraubt worden.«

Jed fuhr sich mit der Hand durch sein nasses Haar. »In mein Zimmer wurde eingebrochen, aber ich glaube nicht, dass etwas fehlt.«

»Sie haben den Mann auf frischer Tat ertappt?«, fragte Sergeant Sakoor.

»Das ist so. Er hat sich gewehrt, aber er ist entkommen.« Jed erzählte seine Geschichte, beschrieb das verdächtige Verhalten der Bardame, das Handgemenge und die Flucht des Mannes im Fahrzeug.

»Ach, ich denke, diese Leute waren Profis. Sie sagen, der Mann war weiss?«

»Ja. Ich war überrascht ...«

»Sie sind überrascht, dass wir weisse Kriminelle haben? Glauben Sie denn, dass in diesem Land nur Schwarze oder Farbige Verbrechen begehen?«

»Nein, Herr Wachtmeister. Ich wollte gerade sagen, dass ich von dem offensichtlichen Organisationsgrad hinter einem einfachen Einbruch überrascht war.«

»Wie ich schon sagte, sieht es wie die Arbeit von Profis aus. Wenn es Weisse waren, hat es wahrscheinlich mit Drogen zu tun. Von harten Drogen abhängig zu sein, kennt keine Rassengrenzen, Mister Banks.«

Jed nickte, doch für ihn war der Eindringling kein heruntergekommener Heroinsüchtiger gewesen, denn er war sauber und hatte, schien ihm jetzt, wo er darüber nachdachte, ein militärisches Aussehen.

»Können Sie mir eine Beschreibung des Fahrzeugs geben?«, fragte Sergeant Sakoor.

»Weisse Limousine. Mercedes, glaube ich.«

Die beiden Polizisten sahen sich an, und Tshabalala sah etwas in seinem Notizbuch nach. »Ein paar Blocks von hier brennt ein Mercedes und das Nummernschild passt zu einem, der heute Abend gestohlen wurde.«

»Überfall mit Autodiebstahl?«

»Nein«, sagte Sakoor. »Er wurde vor einem Restaurant in Sandton kurzgeschlossen. Das ist eine Gegend, in der hauptsächlich wohlhabende Weisse wohnen. Wenn dort ein Weisser versuchen würde, einen Mercedes zu entwenden, würde ein Passant denken, es sei der Besitzer, der sich ausgesperrt habe und wahrscheinlich sogar helfen. Würde man dagegen einen Schwarzen bei einem Autodiebstahl erwischen, würde er wahrscheinlich sofort verhaftet.«

Sakoor setzte sich an den Tisch und gab Jed ein Zeichen, den anderen Stuhl zu nehmen, bevor er von Hand ein Protokoll aufnahm.

Als sie fertig waren, sagte Jed: »Ich nehme an, Sie sind nicht allzu optimistisch, dass Sie diese Typen erwischen.«

»Sie können sich glücklich schätzen, Mister Banks, dass nicht mehr passiert ist. Aber halten Sie das nächste Mal Ihre Balkontür verschlossen.«

Als Jed in dieser Nacht endlich in einen unruhigen Schlaf fiel, träumte er, er jage den schwarz gekleideten Mann wieder aus dem Zimmer. Doch als sie am Rand des Dachs ankamen, hing die Leiche des Verbrechers dort, der Jed erneut die Skimaske abriss. Doch plötzlich war das Gesicht, das ihn anstarrte, das von Miranda, deren blondes Haar im Wind wehte. Er zuckte erschrocken zurück und sie verlor den Halt. Sie liess sich fallen, schlug mit den Armen um sich und öffnete den Mund, als wolle sie ihm etwas zurufen, aber er konnte sie nicht hören.

3

———

Jed wachte schweissgebadet auf. Die leuchtenden roten Ziffern auf der Nachttischuhr verrieten ihm, dass es kurz nach vier Uhr morgens war. Vom Kampf tat ihm alles weh und sein Kopf pochte von der Kombination aus zu viel Alkohol und zu wenig Schlaf. Zu allem Überfluss plagte ihn ausserdem der Jetlag und er konnte nicht wieder einschlafen. Er stand auf, duschte und rauchte, während er die wiederauftauchenden Stoppeln rasierte, eine Zigarette. Er wischte sich das Gesicht ab und verstaute Rasierer und Rasierschaum im Waschbeutel. Als er dessen Reissverschluss zuzog, lief ihm ein Schauer über den Rücken.

Der Waschbeutel.

Als er am gestrigen Abend in seine Reisetasche gegriffen hatte, brauchte er länger, um seine Toilettenartikel zu finden. Er war ein disziplinierter Soldat, ein Gewohnheitstier und, ob es ihm gefiel oder nicht, ein Sklave von Ordnung, Präzision und Routine. Seinen Toilettenbeutel legte er immer als Letztes oben rechts in die Tasche. Nachdem der Eindringling gegangen war, befand er sich aber nicht mehr an seinem üblichen Platz und Jed packte seine Reisetasche aus und drehte alles auf den Kopf.

Er sortierte seine Unterwäsche, seine Hemden und seine Ersatzhosen, drehte jeden Kampfstiefel und die Laufschuhe um, aber nichts fiel heraus. Er überprüfte die Reissverschlusstaschen der Tasche und fuhr dann mit den Händen über das Futter, um nach Unregelmässigkeiten zu fühlen. Er nahm seine Kamera aus der Tasche und untersuchte sie. Er hatte sie nicht mit Film geladen und sie war noch leer. Als er einen seiner Laufschuhe herumschob, fiel die Kameratasche vom Bett auf den Teppichboden, wo sie mit einem hörbaren Aufprall landete.

Jed war von dem Geräusch überrascht. Er hob die leere Kameratasche auf und sie schien ihm schwerer als sonst. Er schaute sich das Innere genauer an und entdeckte auf dem Boden der Tasche eine herausnehmbare Trennwand, die mit Klettstreifen an der Innenseite befestigt war. Er zerrte das gepolsterte Stück Stoff ab, nahm es heraus und drehte die Tasche auf den Kopf. Ein schwarzes, mit stumpfen Kugeln gefülltes Pistolenmagazin glitt in seine Hand. Er untersuchte das Magazin, schob die Patronen mit dem Daumen heraus und liess sie auf das ungemachte Bett fallen. Es waren dreizehn Stück. Das Magazin war aus Metall und trug keine Beschriftungen, aber er erkannte sofort, dass es zu einer Browning Neun-Millimeter-Pistole gehörte.

»Scheisskerl«, fluchte er.

Er sammelte die Patronen ein und lud das Magazin neu. Dann durchsuchte er erneut seine Ausrüstung und leerte schliesslich den Alice-Rucksack auf den Boden aus. Er überprüfte zuerst jedes Ausrüstungsstück und jedes Kleidungsstück noch einmal, dann erneut sowohl den Rucksack als auch die Reisetasche, um sicherzustellen, dass sich nichts darin befand, was nicht ihm gehörte.

Das Magazin war so klein, dass es zwar leicht versteckt werden konnte, aber von einem Metalldetektor am Flughafen auf jeden Fall entdeckt würde. Ausserdem befand es sich in seinem Handgepäck. Der Eindringling hatte bewusst keine Pistole hineingeschmuggelt, sondern nur die Munition.

Damit war Jed eine Falle gestellt worden. Auf dem Weg zum Check-in für seinen Flug nach Simbabwe wäre er von der Flughafensicherheit angehalten und wahrscheinlich zum Verhör mitgenommen worden und die Sicherheitsbeamten hätten anhand des Ausweises, den er bei sich trug, festgestellt, dass er ein Mitglied der US-Armee war. Dass er keine Pistole bei sich trug, hätte man erst entdeckt, nachdem sowohl seine Taschen als auch seine Person durchsucht worden wären. Er stellte sich vor, dass dieser Prozess lange dauerte, vielleicht Stunden. Wäre er wegen einer Straftat angeklagt worden? Möglicherweise, er wusste es nicht. Hätte er seinen Flug verpasst? Auf jeden Fall.

Und wer war der Eindringling? Wenn er kein Dieb war, für wen arbeitete er dann? Jed war über der Dachlinie deutlich zu erkennen gewesen, als der Komplize des Mannes das Feuer eröffnete. Er hatte mit einer Pistole auf ihn geschossen, was zwar auf grosse Entfernung keine präzise Waffe war, aber die Kugeln waren harmlos hoch über seinen Kopf geflogen. Hatte der Mann am Abzug ihn nur zu verscheuchen versucht?

Jed hatte seinen Reisepass und die Tickets mit in die Bar genommen, aber dennoch schien der Eindringling gewusst zu haben, dass er am nächsten Tag einen anderen Flug nehmen wollte. Ausserdem war da noch die geheimnisvolle Frau, die sich nach ihm erkundigt hatte. Das war alles zu seltsam, um es in Worte zu fassen.

Im überfüllten Flughafenterminal nahm Jed den Aufzug zur Abflughalle und reihte sich in die Schlange von Menschen ein, die darauf warteten, ihr Gepäck auf das Förderband eines grossen Röntgengeräts zu legen. Das Gerät war gross genug, um Koffer aufzunehmen und die abfliegenden Passagiere wurden aufgefordert, nicht nur die Handgepäckstücke, sondern ihr gesamtes Gepäck auf das breite Gummiband zu legen, damit es untersucht werden konnte.

Als Jed sich dem Gerät näherte, kam ein weisser Mann in Jeans und einer Jacke herüber und stellte sich neben den sitzenden Sicherheitsbeamten. Draussen herrschten fast vierzig Grad und auch im Inneren des Terminals war es trotz der Klimaanlage warm und stickig. Jed vermutete, der Mann trage eine Jacke, um ein Schulterholster zu verbergen. Er starrte aufmerksam auf den Bildschirm, als

Jed zuerst seine Reisetasche, dann seinen Rucksack auf das Förderband fallen liess. Als er durch den Metalldetektor ging, ertönte piepsend der Alarm.

Der Mann in Zivil sah auf und starrte Jed an, während eine dunkelhäutige uniformierte Sicherheitsbeamtin mit einem Metalldetektor über seinen Körper fuhr. Der Stab machte ein surrendes Geräusch, als er über Jeds Hosentasche fuhr und die Frau forderte ihn auf, seine Taschen zu leeren. Aus dem Augenwinkel bemerkte Jed, dass das Förderband angehalten hatte. Der Mann blickte abwechselnd auf den Monitor der Maschine und auf Jed.

Jed griff in seine Tasche und holte sein Mobiltelefon heraus. Die Sicherheitsbeamtin liess ihn erneut durch den Detektor gehen und gab ihm sein Handy, als der Alarm nicht losging, zurück. Das Förderband setzte sich wieder in Bewegung und Jeds Gepäck kam heraus. Als er seinen Rucksack aufhob, flüsterte der Mann in Zivil dem männlichen Sicherheitsbeamten etwas zu, der einen dritten Kollegen rief.

»Bitte leeren Sie den Inhalt Ihrer Tasche auf den Tisch, Sir«, sagte der stehende Wachmann.

»Warum?«, fragte Jed.

»Wir müssen etwas überprüfen, Sir. Wenn es Ihnen nichts ausmacht ...«

»Und wenn es mich stört? Wonach suchen Sie?«

»Wir sind erst sicher, wenn wir Ihr Gepäck untersucht haben, Sir.«

»Beide Taschen?«

Der Wachmann sah zum Mann in Zivil hinüber, der nickte.

Jed leerte erst seinen Rucksack und dann seine Tasche, wobei er den weissen Mann die ganze Zeit über im Auge behielt. Der Mann hielt seinem Blick stand, kam aber nicht näher und beteiligte sich nicht an der gründlichen Untersuchung des Inhalts der Taschen.

Unter seiner Zivilkleidung befanden sich ein paar militärische Ausrüstungsgegenstände, von denen er dachte, sie seien in Afrika nützlich. Er hatte einen Netzgürtel mit ein paar Wasserflaschen, eine Munitionstasche, sein grünes Moskitonetz, eine braune Kampfanzughose und einen passenden Buschhut. Ursprünglich war sein Rucksack olivgrün gewesen, aber für seine Zeit in Afghanistan hatte er die Farbe mit grosszügigen Spritzern sandgrauer Farbe aufgehellt.

»Sind Sie beim Militär?«, fragte der Sicherheitsbeamte.

»Nein, ich arbeite in der Immobilienbranche.«

Der Wachmann sah verwirrt aus und hielt die Tarnhose hoch. »Warum haben Sie dann solche?«

»Weil es mir peinlich wäre, in meinen Boxershorts herumzulaufen.«

»Und dieser Hut?«

»Verhindert Hautkrebs.«

Der Wachmann gab auf, wandte sich zum Mann in Zivil und zuckte mit den Schultern.

Jed packte seine Taschen neu, ohne dass der Wachmann ihm half. Als er seinen Rucksack schulterte, sagte er: »Was auch immer Sie suchen, ich habe es nicht.«

Der Mann holte ein Mobiltelefon aus seiner Jackentasche, tippte eine Nummer ein und begann zu sprechen, wobei er mit der freien Hand den Mund abdeckte. Jed nahm die Reisetasche und ging.

Er fand auf der Abflugseite ein Café und bestellte sich eine Tasse schwarzen Kaffee. Er holte seine Brieftasche heraus, in der sich ein Foto von Miranda befand, das während ihres Sommerurlaubs im Jahr zuvor aufgenommen worden war. Ihr blondes Haar war zu einem Pferdeschwanz gebunden und sie trug ein grünes T-Shirt und eine khakifarbene Wanderhose. Sie lächelte, die Hände in die Hüften gestemmt, über das ganze Gesicht. Miranda war zu einer schönen jungen Frau herangewachsen und er hatte so viel von ihrem Leben verpasst.

Er hatte das Bild auf einem Campingplatz am 'Appalachian Trail' aufgenommen, wo sie eine Woche zusammen verbrachten, nur zu zweit, um einen anspruchsvollen Abschnitt des Weges durch steile Täler und dichte Wälder zu durchwandern.

»In solchen Nächten verstehe ich, warum du zur Armee gegangen bist«, hatte sie am selben Abend, an dem er das Bild aufgenommen hatte, bemerkt.

»Wie meinst du das?«

»Du verbringst so viele Nächte weit weg von allem unter dem Sternenhimmel. Diese Ruhe und die Freiheit, das muss grossartig sein.«

»Ja, manchmal macht es mehr Spass, als man denkt. Aber es geht nicht nur ums Zelten, weisst du.«

»Hey, ich weiss, dass es gefährlich ist, aber du willst doch nicht behaupten, dass du es nicht liebst, draussen, weit weg vom Hamsterrad, zu sein.«

»Ich würde lügen, wenn ich sagen würde, ich liebe es nicht«, gab Jed zu. »Obwohl es sich anhört, als bekämest du deinen Anteil an Nächten unter den Sternen in Afrika genauso.«

»Ja, das ist ein Teil des Reizes und ausserdem möchte ich etwas bewirken.«

»Poah, du rettest am Ende einen bedrohten Tiger oder so.«

Miranda hatte gelacht.

»Was, in Afrika gibt es keine Tiger?«

»Hör auf zu scherzen.« Dann wurde ihr Ton wieder ernst. »Ich möchte etwas bewirken. So wie du.«

»Ich weiss nicht, ob ich etwas bewirke, denn ich bin nur ein kleiner Teil einer grossen Maschine.«

»Komm mir nicht mit diesem banalen Soldatenmist, Dad. Weisst du, nach dem neunten September habe ich selbst über den Militärdienst nachgedacht.«

Sein Herz setzte ein paar Schläge aus. »Du hast doch nichts Dummes gemacht, oder?«

»Entspann dich. Ich habe über die Reserve nachgedacht, aber ich glaube, ich setze meine Energie besser in anderen Bereichen ein.«

»In dein Studium, richtig?«

»Genau. Aber seinem Land zu dienen ist nichts, was man herunterspielen sollte, Dad. Du weisst, wie stolz ich auf dich bin, nicht wahr?«

Miranda war nach Afrika gegangen, um menschenfressende Raubkatzen zu studieren und ihre Mentorin, diese verdammte Professorin Wallis, hatte sie ins Sambesi-Tal geschickt, um nach

Tieren zu suchen, die Menschen frassen. Wie konnte Jed so etwas zulassen? Wie konnte diese unverantwortliche Akademikerin seine Tochter einem frühen Tod aussetzen?

Die meisten anderen Väter in Amerika würden sich einen Anwalt nehmen und Professorin Wallis verklagen. Wäre sie ein Mann, brächte Jed ihn um. Zumindest fühlte er sich jetzt so. Eigentlich hatte er vor, sie, sobald er seine Aufgaben in Simbabwe erledigt hatte, aufzuspüren, obwohl er noch nicht genau wusste, wie. Er musste mit der Polizei und den Mitarbeitern des Nationalparks sprechen, mit Mirandas Forscherkollegen und mit den Leuten vom US-Aussenministerium, die sich bisher mit dem Verschwinden seiner Tochter befasst hatten.

Nachdem das alles erledigt war, wollte Jed Wallis in die Augen sehen und sie für ihr Handeln zur Rechenschaft ziehen. Er wusste, dass Miranda eine eigensinnige junge Frau war, die sich leidenschaftlich für den Schutz der Wildtiere einsetzte, wollte aber sichergehen, dass sie sich der Risiken, die sie einging, voll bewusst gewesen war.

Ein Teil von ihm wusste, dass sie ihre Arbeit mit offenen Augen angegangen war. Obwohl sie ein kluges Mädchen und eine Musterschülerin war, war sie auch praktisch veranlagt und fühlte sich in der Natur zu Hause. Er hatte gesehen, wie sie – nur um ihm zu beweisen, dass sie es konnte – einen Reifen an seinem Geländewagen wechselte, den Öl- und Kraftstofffilter an ihrem eigenen Auto austauschte, in der Wildnis ein Feuer entfachte, den ganzen Tag wanderte und ohne Hilfe eine senkrechte Felswand erklomm.

Er befürchtete jedoch, sie sei unnötige Risiken eingegangen. Im Jahr nach ihrem College-Abschluss hatte sie eine Rucksacktour durch Australien und Neuseeland unternommen, und er wusste, dass sie diese Reise genutzt hatte, um ihren wachsenden Hunger nach Abenteuersportarten zu stillen. Sie hatte alles ausprobiert, von Highspeed-Downhill-Mountainbiking über Wildwasser-Rafting und Bungee-Jumping zu Heli-Skiing, Fallschirmspringen, Drachenfliegen und Parasailing. Patti hatte ihm die Schuld an Mirandas wilder Ader gegeben. Ja, er ging beruflich Risiken ein, aber wenn er ehrlich zu sich selbst war, hatte er die gleiche Leidenschaft für gefährliche Abenteuer und dieselbe Risikosucht wie seine tollkühne Tochter.

Miranda hatte sich auf einen politisch instabilen Kontinent begeben, um gefährliche Tiere zu studieren. Im Mana Pools Nationalpark, hatte Miranda in einer ihrer E-Mails geprahlt, schlafe sie in einem Zelt mitten im Busch, ohne irgendeinen Zaun, der wilde Tiere fernhalte. Er fragte sich, wie das also passiert war. War sie unvorsichtig gewesen und hatte ihr Zelt tatsächlich einfach offengelassen? Hatte sie das Zelt verlassen, um dem Ruf der Natur zu folgen? Oder hatten ein oder mehrere Löwen die Dreistigkeit besessen, die dünnen Nylonwände zu zerreissen? Er schimpfte mit sich selbst, denn er war bereits dabei, die offizielle Version der Ereignisse zu akzeptieren, die besagte, Miranda sei von einem der Tiere, die sie so unbedingt retten wollte, geholt worden. Er wollte viel lieber glauben, dass sie noch am Leben war und verdrängte die Gedanken an ihren Tod aus seinem Kopf.

$$4$$

Er war der Erbe eines der letzten verbliebenen Naturparadiese der Erde,
lebte in Harmonie mit den Tieren um ihn herum, obwohl er der unbestrittene Herrscher war und die Umgebung, in der er lebte, war, obwohl so wunderschön, nur zu seinem Vergnügen und um ihn zu ernähren da. Sie war, wenn auch nicht auf dem Papier oder dem Namen nach, sein Reich und er war der Regent.

Mashumba war ein Kämpfer. Wie man unschwer erkennen konnte, ein alter Mann, aber immer noch ein Kämpfer und wenn sich die Gelegenheit ergab, ein bemerkenswerter Liebhaber. Er hatte mehr Nachkommen gezeugt, als ihm lieb war und war in mehr Kämpfe verwickelt gewesen, als im Hochsommer ein Mopanibaum schmetterlingsförmige Blätter trug.

Jetzt ruhte er sich am Fluss aus, denn die Sonne stand hoch über dem Tal und der Sand, der das schimmernde blaue Band flankierte, reflektierte das Licht so grell, dass es in den Augen schmerzte. Mit einem Gähnen verlagerte er seine Position, um wieder im Schatten zu liegen und schlief, wie es um diese Zeit üblich war, ein.

In seinen Träumen sah er die Zebraherde im Gras der Flussaue grasen, den Hengst den Kopf heben und schnuppernd die Brise prüfen. Er sah die leichtfüssigen Impalas durch den Busch hüpfen und den gutmütigen Wasserbock in den Sümpfen grasen. Er sah den zänkischen alten Büffelbullen, die gefährlichste Beute, der ein Jäger begegnen konnte. Er erinnerte sich an glorreiche Tage, die er erlebt hatte und sah seine Nachkommen, seine Frauen und seine verstorbenen Brüder wieder.

Er hatte seine Familie verloren, sie gehörte jetzt einem anderen, während er und sein Bruder aus ihrem eigenen erweiterten Clan verstossen worden waren. Durch jüngere, fittere Anwärter auf die Zuneigung seiner wankelmütigen Ehefrauen ersetzt, wie es die Art und Weise seines Stamms war.

Seine Welt veränderte sich, jedes Jahr ein wenig mehr, aber er hatte schon vor langer Zeit gelernt, mit Veränderungen umzugehen. Er hatte kleine Anpassungen in seinem täglichen Leben vorgenommen, um mit dem weissen Mann und seiner seltsamen Art zu leben und Seite an Seite mit ihm existieren zu können. In seinem Tal war für alle Platz, sogar für die Weissen und ihre lärmenden Maschinen. Solange sie ihn respektierten, erlaubte er ihnen, in seiner Nähe zu leben.

Von seinem Bruder gab es keine Spur. Er hatte ihn in der Nacht gesehen, aber vor dem Morgengrauen aus den Augen verloren. Wahrscheinlich verschlief auch er den heissesten Teil des Tages. Spätestens am Abend, wenn nicht vorher, träfen sie sich auf einen Drink.

Ein Fischadler landete im Baum über ihm und sein kläglicher, heulender Ruf weckte ihn auf. Er öffnete zögerlich ein Auge und schaute den Vogel an. Es war das typische Geräusch des Tals, ärgerte ihn aber nach wie vor, wenn er ein Mittagsschläfchen hielt oder jagte. Hätte er den Vogel erwischen können, wäre er längst tot.

Mashumba gähnte erneut und dachte über das Abendessen nach. Was ihm von seinen Ex-Frauen am meisten fehlte, noch mehr als die Paarung, war, dass sie ihn und seinen Bruder verköstigten. Wie schön war es doch gewesen, am Ende eines harten Tages oder einer langen Nacht ein Festmahl vorzufinden, das bereits auf ihn wartete. Das war die natürliche Ordnung der Dinge. Er und sein Bruder kümmerten sich um sie und wurden im Gegenzug mit Essen versorgt. Das vermisste er am allermeisten.

Er stand auf, denn die Sonne hatte ihn schon wieder eingeholt, kratzte sich und pisste dann auf die gegenüberliegende Seite des Baumes, wo er den Rest des Nachmittags schlafen wollte. Bei manchen Dingen war er sehr wählerisch. Als er sich für den Rest seines Nickerchens niederliess, fiel ihm unten am Flussufer, auf dem Sand, eine kurze Bewegung auf.

Die Leute im Dorf wussten vom alten Mashumba und seinem Bruder. Sie erzählten Geschichten über die beiden alten Männer aus dem Busch und dass sie nun als Einzelgänger lebten. Die Kinder des Dorfes lernten, dass sie sich von ihnen fernhalten mussten und nicht zu weit den Fluss hinunterwandern durften. Nicht über die Biegung hinaus, ins Gebiet, das das Zuhause der beiden war.

Gelegentlich streifte er die Strasse hinunter, in die Nähe des Dorfs. Dann blieben die Frauen und Kinder drinnen oder in der Nähe ihrer grün gestrichenen Häuser, denn seit Mashumbas Frauen ihn verlassen hatten, war er für sie zu einer Gefahr geworden. Als ihn zum ersten Mal eine junge Frau aus dem Dorf in Versuchung führte, lernte er viel. Sie war auf dem Weg zu ihrer Arbeit auf dem Gelände des Nationalparks und er entdeckte sie auf der anderen Seite der Flussaue in der Nähe der Brennholzstapel. Sie schrie und als er merkte, dass sie ihn entdeckt hatte, rannte Mashumba in die Büsche. Einige Männer aus dem Dorf suchten ihn, aber er versteckte sich im Schilf und wartete, bis die Nacht hereinbrach und die knatternden, rauchenden Land Rover verschwanden. Er kehrte in seinen Teil des Tals zurück, wo er immer noch herrschte, konnte den Anblick der Frau aber nicht vergessen. Sie war so wehrlos und es wäre so einfach gewesen, sie zu bekommen.

Das zweite Mal war es anders gewesen. Er hatte sich vorsichtig an sie herangepirscht und ihre Bewegungen einen ganzen Tag lang beobachtet. Am nächsten Tag hatte er, im Schatten eines grossen Natal-Mahagonibaums liegend, auf sie gewartet und sie war fast direkt auf ihn zugekommen. Sie war, nicht wie die Frauen im Dorf, hellhäutig, aber die Hautfarbe spielte für ihn keine Rolle. Eine weisse

Frau war für ihn genauso gut wie eine schwarze. Er fühlte sich nicht schuldig, denn die Jagd und das Töten gehörten für ihn zum Leben und waren, da seine Frauen ihn verlassen hatten, eine Notwendigkeit. Obwohl es ziemlich befriedigend gewesen war, blieb er auf eine seltsame Weise auch ein wenig enttäuscht zurück, denn sie zu überwältigen war so einfach gewesen und kein grosses Geschick notwendig, um die Frau zu fangen. Weder der Nervenkitzel einer Jagd noch grosse körperliche Anstrengung.

Wie er es erwartet hatte, hatten die Männer wieder nach ihm gesucht, aber er hatte sich weiter in den Busch zurückgezogen, bevor er zum Fluss zurückgekehrt war. Er versteckte sich noch einige Tage abseits der Strassen, bis sie schliesslich aufhörten, nach ihm zu suchen.

Und jetzt war hier, unten am Fluss, wieder eine und er spürte das alte Verlangen in sich aufsteigen.

PRECIOUS MPOFU TRUG eine Angelrute über der Schulter und eine Plastiktüte voller Tigerfische in der Hand. Der erstklassige Fang aus dem Sambesi, der seinen Namen wegen der gelben und schwarzen Streifen an seiner glänzenden Flanke trug, war so gut zu essen, wie er schwierig zu fangen war. Doch heute Abend konnten es sich Precious und ihre Familie gutgehen lassen. Sie hatte zwei Tiger, die insgesamt vielleicht sechs Kilo schwer waren und dazu erst noch ein paar Chessa.

Dem Flussufer entlang zurückzulaufen, wäre sicherer gewesen, denn sie hatte sich ohnehin schon zu weit hinuntergewagt, doch die Nachmittagssonne ging schnell unter, und die unbefestigte Strasse bot einen kürzeren, direkteren Weg zurück ins Dorf. Precious dachte, ihr Ranger-Ehemann und die beiden hungrigen Kinder wären umso glücklicher, je schneller der Fisch über dem Feuer brutzelte.

Precious hatte ihre morgendliche Arbeit, die Reinigung des grossen zweistöckigen Hauses, für das sie verantwortlich war, beendet, die Böden gefegt, die Mülltonnen in den Verbrennungsofen geleert und die Betten bezogen. Der Aufseher hatte gesagt, heute komme ein neuer Gast an, eine einzelne Frau aus Amerika, wie die junge Miranda, die vom Löwen getötet worden war. Precious mochte Amerikaner, weil sie das Trinkgeld in US-Dollar gaben. Von Miranda hatte sie allerdings nie einen Cent erhalten, weil eines der anderen Zimmermädchen, Violet, ihre Kleidung wusch und bügelte und ihr schmutziges Geschirr spülte, worauf Precious und die anderen Dienstmädchen eifersüchtig waren. Precious war traurig, dass Miranda nicht mehr da war, denn sie mochte sie, auch wenn sie die Arbeit nicht aufteilte. Darüber, dass Violet weggegangen war, war Precious dagegen überhaupt nicht unglücklich. Niemand wusste, wo sie war, aber alle vermuteten, sie sei mit irgendjemandem aus dem Park nach Kariba gefahren, um die US-Dollar, die sie bei Miranda verdient hatte, zu wechseln. Vielleicht hatte sich Violet, da ihre Wohltäterin tot war, entschieden, ihr Geld zu nehmen und Urlaub zu machen.

Precious hatte beschlossen, alles zu tun, um bei der neuen Amerikanerin ein paar Dollar zu verdienen. Sie hatte am Fluss unten einige Wildblumen geschnitten und in eine leere Halbliter-Ginflasche gesteckt, die einer der südafrikanischen Fischer auf den Esstisch gestellt hatte. Nachdem sie das frischgewaschene Tischtuch wieder auflegte, stellte sie die Blumen in die Mitte. Sie war froh, dass die Männer gegangen waren, denn sie hatten die Lodge in einem Chaos zurückgelassen. Zwei Müllsäcke voller leerer Bierdosen hatte sie einsammeln müssen und einer der Männer hatte eine Zigarette auf der Armlehne eines Sessels einbrennen lassen. Sie hatte den Brandfleck dem leitenden Ranger gemeldet, obwohl sie bezweifelte, dass etwas dabei herauskäme. Precious wusste, wie dringend der Park auf Gäste angewiesen war und dass die Behörden nichts unternähmen, um die unsorgfältigen Fischer zu bestrafen, selbst wenn sie sich wie Schweine benahmen. Sie hatten ihr auch kein Trinkgeld gegeben.

Nachdem sie die Betten mit frischer Bettwäsche bezogen hatte, polierte sie den Betonboden mit Cobra-Wachs, bis er glänzte. Die Lodge war alt und sah schon bessere Zeiten, aber niemand konnte behaupten, sie sei nicht sauber. Nach getaner Arbeit schnappte sie sich ihre Rute und eine der Supermarkt-Plastiktüten, die die Südafrikaner im Müll zurückgelassen hatten und machte sich auf den Weg zum Angeln. Die einzige positive Sache, die von den burischen Südafrikanern nach neun Tagen trinken, singen und fischen zurückblieb, war ihre Wurmkiste.

Zuerst erwischte Precious mit den Würmern ein paar kleine Brassen und daraufhin fing sie mit den noch zappelnden Fischen als lebende Köder ihre Tiger. Ja, dachte sie, der Weg flussaufwärts hatte sich gelohnt. An dieser Stelle war die Strömung gut und die Geschwindigkeit des Wassers liess die sterbenden Köderfische noch ein wenig lebendiger erscheinen. Sie hatte die schlauen Tiger ausgetrickst und den Spiess umgedreht. Sie sang vor sich hin, als sie vom Sand hinaufstieg. Nach dem sonnenheissen Flussufer fühlte sich hier das Gras unter ihren nackten Fusssohlen kühl an.

MASHUMBA LECKTE sich erwartungsvoll über den Mund und liess sich ins Gras sinken, als die Frau die sandige Bank zu ihm hinaufkam. Er würde sie genauso überrumpeln, wie er es bei der Bleichhäutigen getan hatte. Er spürte eine leichte Brise, die von hinten aus dem Tal kam, und der Wind zerzauste sein langes Haar.

Die Frau blieb stehen und sah sich um. Sie hob ihre Nase leicht in die Luft und schnupperte.

Mashumba grunzte. Das würde eine knappe Angelegenheit.

PRECIOUS KANNTE den Geruch und erschrak zutiefst, als sie seinen Geruch im Gebüsch witterte, aber sie lief nicht weg. Sie drehte langsam den Kopf und suchte das trockene gelbe Gras von links nach rechts ab. Sie schaute auf den Boden und verfluchte ihre Dummheit. Wenn sie sich die Zeit genommen hätte, nach unten zu schauen, statt zu träumen, hätte sie die Spuren seiner Füsse gesehen. Ihr Herz schlug schneller und Schweissperlen traten auf ihre Stirn. Ich darf mich nicht bewegen, sagte sie sich, obwohl ihre Beine am liebsten gerannt wären. Sie fragte sich, ob sie es bis zum Fluss schaffe, bevor er sie erwische. Dummes Mädchen, schimpfte sie dann leise vor sich hin. Der Fluss war voller Krokodile und Nilpferde. Der Tod wartete überall auf sie.

Mashumba sah, dass seine Beute jetzt wachsam war und es mit seiner Heimlichkeit vorbei war. Er stand auf und richtete sich zu seiner vollen beeindruckenden Grösse auf. Die Brise streifte wieder sein Haar. Er machte zuerst einen Schritt nach vorn, dann einen zweiten. Die Frau rührte sich nicht. Mashumba war verärgert und brüllte sie, um sie zu erschrecken, an. Sie sollte ihn fürchten und vor ihm weglaufen, so musste es sein, denn ohne eine Verfolgung war es nicht richtig.

Precious starrte in seine kalten, emotionslosen Augen und bezweifelte, dass sie ihren kleinen Jungen und ihr kleines Mädchen jemals wiedersehe. Sie war so verängstigt, dass sie zu schluchzen begann. Ihre Knie zitterten vor Angst und dem Drang, wegzulaufen, aber alles, was sie wusste – ererbt und gelernt – sagte ihr, sie müsse sich gegen den furchterregenden Tyrannen behaupten.

Mashumba schüttelte den Kopf und brüllte sie an. Er schrie ihr zu, sie solle aus Angst vor ihm weglaufen. Aber sie widersetzte sich ihm. Das war sein Signal. Er begann auf sie zuzugehen, aber sie blieb standhaft.

Precious behielt ihn im Auge und wagte kaum zu atmen, als er keine zwanzig Meter von ihr entfernt stehen blieb. Wenn die Männer einem Tyrannen begegneten machten sie manchmal Lärm oder schrien ihn an, worauf der Unruhestifter oft zurückwich und davonlief. Aber die Männer hatten Gewehre zur Abwehr, während sie nur ihre Angelrute und ihre Tigerfische hatte.

Er brüllte sie erneut an und ihr ganzer Körper schien vom Lärm zu vibrieren. Tränen kullerten über ihre vollen Wangen und die Rinnsale rissen Spuren in den Staub, der sich in den Minuten, in denen sie regungslos dagestanden hatte, auf ihnen niedergesetzt hatte.

Der Despot kam wieder auf sie zu und sie hatte grössere Angst als je zuvor in ihrem Leben. Sie fragte sich erneut, ob es sich lohne, das Risiko auf sich zu nehmen oder es zu riskieren, zum Fluss zu laufen und zu hoffen, dass die Krokodile schliefen und sich die Nilpferde nicht in Ufernähe aufhielten.

Lauf! Ich habe hier das Sagen! Flieh und ich jage dich. Das ist der Lauf der Dinge, so muss es sein. Die Weisse ist weggelaufen. Er hatte sie gefangen, mit ihr gespielt und sie getötet. Sein Leben hatte sich verändert, aber wenigstens die Weisse hatte getan, was er erwartete.

Precious hob den Plastikbeutel über ihren Kopf und begann ihn zu schwingen. Der schwere Fisch drehte sich um sie herum. Ihr Arm bewegte sich wie eine Windmühle, schneller und schneller. Sie erkannte die Verwirrung in seinen bösen, glasigen Augen und das gab ihr Mut.

Sie schrie ihn an. »Geh weg! Hau ab! Ich gehöre heute nicht dir, du Bastard! Verschwinde und lass mich in Ruhe!«

Mashumba blieb angesichts des seltsamen Anblicks stehen und blinzelte. Er war nicht eingeschüchtert, nur verwirrt.

Die Frau liess die Tasche los und sie kam auf ihn zu gesegelt. Er wich zur Seite, um dem Geschoss auszuweichen. Die Tasche schlug neben ihm auf dem Boden auf und schlitterte über den Dreck, was ihn erschreckte. Er wich ein paar Schritte zurück, drehte sich um und schnupperte an der Tüte. Das Ding roch recht angenehm, aber er konnte es später genauer untersuchen. Er wandte den Kopf und blickte zur Frau zurück.

. . .

Precious hatte ihren letzten Mut zusammengenommen, um den Beutel zu werfen und ihr Herz machte einen Sprung, als sie sah, dass der üble Raufbold vor dem fliegenden Fisch davonlief. Sie wartete nicht ab, um zu sehen, ob das schwere Geschoss seine breite, vernarbte Stirn traf, sondern liess die Angelrute fallen, drehte sich um und rannte los, ohne die scharfen Steine, die Stacheln oder die Hitze des Sands zu spüren, bis sie das Flussufer erreichte. Sie wäre fast gestolpert, fand ihr Gleichgewicht aber im Nu wieder. Ihr Kleid rutschte ihr beim Laufen die Oberschenkel hoch und entblösste ihre schlanken, muskulösen Beine. Ihre Arme bewegten sich wie die eines Athleten und sie spürte die Brise vom Fluss her in ihrem Gesicht. Das schimmernde Wasser war so nah, doch sie sah weder die dunklen Höcker der Nilpferdrücken noch die Furchen im Uferbereich, in die ein Krokodil seinen tödlichen Schwanz gelegt hatte.

Sie würde es schaffen. Sobald sie im Wasser war, war sie sicher, denn jeder wusste, dass der Gehasste nicht schwimmen konnte und das Wasser fürchtete. Zwanzig Meter, zehn ... Sie schaffte es. Für ihren Sohn und ihre Tochter. Precious riskierte einen Blick zurück über die Schulter.

Lauter als sie jemals in ihrem Leben geschrien hatte, kreischte sie: *»SHUMBA! SHUMBA!«*

Sie rechnete nicht damit, dass es ihr etwas nützte oder jemand sie höre, aber es war immerhin möglich, dass ein Fischer, ein Tourist oder ein Ranger in Hörweite war, kam und sie rettete. Jetzt wünschte sie sich, die Südafrikaner wären in der Nähe und verfluchte sich wegen ihres Davonlaufens, denn sie wusste, dass sie hätte stehen bleiben müssen.

Endlich war sie auf der Flucht vor ihm. Nun war es, wie es sein sollte. Mashumba senkte den Kopf und griff an.

. . .

CHRISTINE WALLIS WAR das Sambesi-Tal nicht fremd – der breite, schimmernde Fluss, die spiegelnden, von wilden Tieren umgebenen stehenden Tümpel, die malerischen, altmodischen Lodges, der einfache Campingplatz, die künstlich angelegten Schotterstrassen und die zeitlosen Trampelpfade des Wilds. Sie kannte sie alle, so wie andere Menschen den Weg von ihrem Haus zu ihrem Büro oder die Haltestellen einer U-Bahn kennen.

Chris hatte ihr halbes Berufsleben der Erhaltung von Wildtieren gewidmet, konnte aber fast so gut schiessen wie ein Berufsjäger. Das Gewehr war ihr so vertraut wie der Stift oder die Textverarbeitung. Sie überlegte nicht lange, sondern griff, als sie die Frau schreien hörte, nach dem AK-47-Sturmgewehr des Rangers. Sie zog den Spannhebel mit der rechten Hand zurück, lud eine Patrone, schaltete den Wahlhebel auf Halbautomatik und hob den vernarbten Holzkolben an die Schulter.

Die rennende Frau tauchte unvermittelt auf und Chris verfolgte ihren Lauf durch das offene Visier. Sie verlagerte die Zielmarkierung ein wenig nach links, um das eigentliche Ziel zu finden. So sollte es nicht sein, verdammt noch mal. Ein Tier zu töten ging ihr gegen den Strich, und richtete sich gegen alles, wofür Chris stand und worauf sie hingearbeitet hatte. Aber das Leben der Frau war eindeutig in Gefahr.

Lloyd, der uniformierte Parkwächter, brach aus dem Gebüsch hervor und zog hastig seine grüne Hose hoch. »Was machen Sie da, Frau Professor?«, fragte er alarmiert. »Legen Sie bitte das Gewehr weg!«

»Shumba.«

»Ich habe den Schrei auch gehört«, sagte Lloyd und fummelte an den Knöpfen seiner Hose herum. »Wo ist er?«

»Mein Gott, ich will das nicht tun«, sagte Chris, bevor sie genau vor den enormen Kopf des Löwen zielte.

»Ich sehe ihn! Schiessen Sie, Frau Professor. Schiessen Sie jetzt! Es ist ihre einzige Chance. Er ist fast an ihr dran.«

Chris drückte ab.

· · ·

PRECIOUS SCHRIE AUF, als sie spürte, dass er sie packte, doch im selben Moment hörte sie den Schuss. Sie stürzte mit dem Gesicht voran in den Sand und bemerkte, dass sein gewaltiges Gewicht auf ihr lastete.

Mashumba erwischte sie, genau wie er es erwartet hatte. Doch im Moment, in dem er sie erreichte, spürte er, dass etwas in seine rechte Flanke schlug und ihn zur Seite warf. Als er landete und sich im Sand wälzte, riss er die Frau mit sich. Er schrie vor Qual und das ganze Tal hörte sein Gebrüll.

Sie zappelte und krümmte sich in seinem Griff während er sich im Sand wälzte, um den Schmerz zu lindern, aber er wollte sie nicht verlieren. Es war alles falsch, so hatte es noch nie geendet. Er schüttelte seinen grossen Kopf, aber der Schmerz blieb hartnäckig da.

Precious schlug mit den Fäusten auf ihn ein und als sie ihr Blut auf dem Sand sah, schrie sie erneut. Sie hatte noch nie solche Schmerzen erlebt und er liess nicht von ihr ab. Er hatte ihre Beine eingeklemmt, aber sie konnte ihren Körper zur Seite drehen, um dem grossen zotteligen Kopf und den langen gelben Zähnen zu entgehen.

CHRIS SPRANG auf und rannte ans sandige Flussufer, auf die kämpfende Frau und ihren Angreifer zu.

»Frau Professor, bringen Sie die Arbeit zu Ende oder geben Sie mir das Gewehr, sofort!«, bellte Lloyd, während beide rannten. »Ich mag Sie, Frau Professor, aber jetzt haben Sie einfach zu viele Regeln gebrochen und der einzige Weg für uns beide, ohne eine Geldstrafe oder Schlimmeres davonzukommen, ist, diese Frau zu retten.«

Chris verlangsamte, hielt an, holte tief Luft und zielte vorsichtig. Sie hatte Angst, versehentlich die Frau zu treffen. Schliesslich drückte sie ab, und das kupferumhüllte Bleigeschoss bahnte sich seinen Weg durch das Gehirn des Löwen.

Mashumba verlor sein Tal für immer aus den Augen.

Chris nahm ihren Rucksack ab und öffnete ihn. Sie zog den sperrigen Erste-Hilfe-Kasten heraus und fischte nach einer Plastikflasche mit Jod. Als sie das Antiseptikum in die Wunden der weinenden Frau spritzte, stiegen ihr selbst Tränen in die Augen. Sie war nach Afrika gekommen, um Leben zu retten, nicht um zu töten und hätte alles dafür gegeben, dass sie das schöne Geschöpf, das nun neben ihr lag, nicht hätte erlegen müssen.

»Sie mussten es tun, Frau Professor«, sagte Lloyd, als lese er ihre Gedanken.

Chris nickte. »Es ist alles in Ordnung, Sie werden wieder gesund«, sagte sie zu der Frau, während sie ihr Bein verarztete.

»Ich habe über Funk den Land Rover angefordert, Frau Professor. Bald kommt Hilfe«, sagte Lloyd.

»Wir müssen die Frau nach Kariba bringen.«

»Und was ist mit dem Löwen? Den müssen ...«

»Ich weiss, was wir zu tun haben«, schnauzte Chris, was ihr sofort leidtat, als sie Lloyds Gesichtsausdruck sah. Er war ein guter Mann. Sie milderte ihren Tonfall. »Ja, Lloyd, ich weiss, was wir zu tun haben, aber das macht es mir nicht leichter.«

»Wenn er es ist, brauchen Sie kein Mitleid mit ihm zu haben, Professorin«, sagte der Ranger, während er ihr half, Precious' Wunden zu verbinden. »Wenn er Miranda getötet hat, ist das gegen die Regeln der Natur. Wir können nicht zulassen, dass im Park ein Menschenfresser frei herumläuft.«

Chris brauchte einen Drink. Sie hatte keine Ahnung gehabt, was sie tun würden, wenn sie den Löwen, den sie für Mirandas Tod verantwortlich machten, endlich fänden, aber nun sah es so aus, als ob ihr die Entscheidung abgenommen worden sei. Bisher war es nur eine Theorie, dass das alte Männchen der Mörder sei, doch die tragische Ironie dabei war, dass die einzige Möglichkeit, seine Unschuld zu beweisen, darin bestand, ihn zu töten und aufzuschneiden. Die Ranger und ihre Familien im Angestelltendorf zweifelten nicht daran, dass er es war, und wollten ihn tot sehen, weil seine Streifzüge um ihre Häuser immer gefährlicher wurden. Chris hätte ihm einen Pfeil verpassen und ihn lebendig fangen wollen, um eine Blutprobe zu nehmen und seine DNA mit den Beweisen vom Tatort von Mirandas Verschwinden zu vergleichen. Das hätte zwar einige Zeit gedauert und keine Garantie gegeben, dass es klappte, aber es wäre schön gewesen, das Leben dieses prächtigen Tiers zu retten.

Chris strich sich eine Strähne ihres kupferfarbenen Haars aus den Augen und blickte über die Schulter. Auf einem zerfurchten Wildpfad schaukelte ein grüner Land Rover des Nationalparks auf sie zu. Jetzt, wo der Adrenalinstoss nachliess, dachte Chris wieder an Miranda. Sie fürchtete sich vor den grausigen Überresten, die man im Bauch der grossen, kampfgeschundenen Katze zu ihren Füssen finden könnte, musste aber, egal wie grausam die Wahrheit auch sein mochte, herausfinden, was mit der jungen Frau geschehen war.

Im selben Moment, in dem sich die US-Botschaft in Johannesburg bei ihr ihm Krüger Nationalpark meldete, wusste sie, dass es um schlechte Nachrichten ging. Die Stimme am anderen Ende der Leitung hatte ihr mitgeteilt, Miranda werde vermisst und sei vermutlich von einem Löwen getötet worden. Chris packte noch am selben Tag ihre Koffer und fuhr in zwei anstrengenden Tagesreisen hinauf in den Mana Pools Nationalpark. Ganz den Launen der afrikanischen Bürokratie entsprechend, verweigerte die Polizei Chris, da sie kein Familienmitglied war, den Zugang zu Mirandas persönlichen Gegenständen und der Forschungsausrüstung, die eigentlich ihr gehörte, hartnäckig. Ausserdem sagten Sie, genau wie die US-Botschaft, Mirandas Vater sei auf dem Weg nach Simbabwe.

Zwei afrikanische Ranger kletterten aus dem Fahrerhaus des Land Rovers und zusammen mit Chris und Lloyd hoben sie Precious in den hinteren Teil des Wagens.

»Helft mir, Leute, wir müssen ihn auch mitnehmen«, sagte Chris und zeigte auf das prächtige, blutige Tier, das tot im Sand lag.

MASHUMBAS BRUDER HOCKTE IM LANGEN, goldenen Gras und sah zu, wie der Land Rover abfuhr.

Er war immer der Klügere der beiden gewesen, wenn nicht auch der stärkere. Zusammen hatten sie das Rudel viele Jahre lang regiert, bis ein Triumvirat jüngerer, stärkerer Männchen sie verdrängt und auf ihren unsicheren Weg gebracht hatten.

Mashumbas Bruder hatte zwar den Anstoss zur Jagd auf die weisse Frau gegeben, er wusste aber instinktiv, dass diese Art von Beute Ärger bedeutete. Menschen, so hatte er gelernt, waren leicht zu fangen und einigermassen gut zu essen, aber nach dem ersten Mal war er vorsichtig geworden. Er erinnerte sich daran, dass im Gefolge dieser leichten Mahlzeit die lärmenden Maschinen gekommen waren, und dass er und Mashumba tagelang hatten laufen müssen, um den zweibeinigen Jägern zu entkommen. Er prüfte die Luft und ging gemächlich zur Tüte mit Fischen, die dort lag. Er riss den Plastik mit den Krallen auf, verschlang die leckeren Häppchen darin und leckte sich die Lefzen. Es war zwar nicht gleich gut wie die Hälfte eines Zweibeiners, aber immerhin stillte es den Hunger. Er war der Klügere von beiden, war noch am Leben und würde wieder jagen.

5

Der internationale Flughafen Harare sah wie ein glänzender weisser Elefant aus. Das neue Gebäude war ganz aus Chrom, Glas und weissen Wänden, aber der Flugplatz war leer. Nur ein einziges Flugzeug war auf der Rollbahn geparkt, nämlich das, mit dem Jed angekommen war. Die anderen Fluggastbrücken waren alle leer. Ein Dutzend Zollbeamte lehnte an einer Wand und beobachtete die etwa vierzig Passagiere, die die Einreisekontrolle passierten und ihr Gepäck vom Gepäckband nahmen. Jed hielt es für ziemlich wahrscheinlich, dass er angehalten und durchsucht werde.

»Hier rüber, bitte«, sagte ein Zollbeamter, als Jed sich näherte.

Er legte seine Reisetasche und den Rucksack auf die Tischplatte aus poliertem Aluminium und schwieg, während der Mann und eine Kollegin seine Sachen ausräumten.

»Das sieht wie eine Militärhose aus«, sagte der Mann.

»Wirklich?« Jeder in Afrika schien von seiner Hose besessen zu sein.

»Sind Sie ein Soldat?«

»Ja, ich bin Soldat. Vielleicht gehe ich auf die Jagd und deshalb habe ich diese alte Hose mitgebracht.«

Der Mann schaute zweifelnd. »Sie dürfen diese Hose keinem Simbabwer geben oder verkaufen. Sind Sie damit einverstanden?«

»Ich sähe ein bisschen albern aus, wenn ich in Unterhosen durch den Busch liefe.«

»Sir, dies ist eine ernste Angelegenheit.«

»Ich verstehe. Ich verspreche, meine Hose nicht wegzugeben.«

»Wo wohnen Sie?«

»Waldorf Astoria, Penthouse Suite.«

Der Mann nickte. »Ist das in Harare?«

»Es liegt auf der billigen Seite der Stadt.«

»Dann seien Sie vorsichtig«, sagte der Mann lächelnd.

Ein übergewichtiger weisser Mann mit schütterem grauem Haar, das über einen sonnenverbrannten Schädel gekämmt war, hielt ein Schild mit der Aufschrift *Mr. Banks* in der Hand.

»Guten Tag, das bin ich«, sagte Jed.

»Lawrence Howie.« Der Mann ergriff Jeds Hand für eine schweissfeuchte Begrüssung. »Willkommen in Simbabwe. Geschäftlich oder zum Vergnügen?«

Der Mann wirkte auf Jed wie ein Schwätzer. »Weder noch.«

Howie runzelte die Stirn, als Jed nichts mehr sagte. »Nun gut. Hier entlang.« Er führte den Weg aus dem Empfangsgebäude.

Jed blinzelte im grellen Licht der Morgensonne. Der dicke Mann führte ihn an einer Reihe geparkter Autos entlang und blieb schliesslich neben einem dunkelgrünen Land Rover Defender stehen.

»Viel besser als dieser geht es nicht«, sagte Howie. »Gehen Sie jagen?«

»Irgendwie schon.«

»Nun, mit diesem Fahrzeug kommen Sie überall im Land hin.«

»Und wo ist das Dachzelt?« Laut dem Reisebüro, das die Buchung vorgenommen hatte, sollte das Fahrzeug mit der gesamten Campingausrüstung ausgestattet sein, die er für einen längeren Aufenthalt im Busch benötigte, einschliesslich eines ausklappbaren Dachzelts.

»In Südafrika«, gab Howie zurück.

»Dann habe ich einen langen Weg vor mir, um dort zu schlafen«, sagte Jed.

»Ich habe vor drei Monaten vier Dachzelte bestellt und dachte, sie kämen gestern an. Tut mir leid.«

»Lassen Sie mich raten ... immer noch in der Post?«

»In diesem verdammten Land funktioniert nichts mehr. Ich habe ein Kuppelzelt aus Segeltuch eingepackt, natürlich ohne Zusatzkosten. Hinten gibt es einen Kühlschrank, der über die Autobatterie läuft, eine Kiste mit Besteck und Geschirr, einen Gaskocher, eine Schaumstoffmatratze, eine Schaufel, einen Tisch und Klappstühle. Ich habe den Tank mit Diesel aufgefüllt und Sie haben vier volle Kanister. Vollständig ausgestattet.«

Jed überlegte, ob er über das Zelt diskutieren solle, liess es aber sein, denn er wollte einfach nur weiterfahren. Er studierte das Armaturenbrett und Howie zeigte ihm wo sich alles befand. »Gibt es im Fahrzeug eine Karte?«, fragte Jed.

Howie zog eine Karte von Simbabwe sowie ein Strassenverzeichnis von Harare aus dem Handschuhfach und erklärte ihm, wie er aus der Stadt auf die Hauptstrasse in Richtung Norden gelangte.

»Folgen Sie den Schildern nach Kariba. Bei Makuti teilt sich die Strasse, Kariba liegt links und Mana Pools geradeaus, aber Sie werden den Park nicht vor Einbruch der Dunkelheit erreichen. Sie müssen sich an einem Ort namens Marongora anmelden und werden nach Einbruch der Dunkelheit nicht mehr hineingelassen, also können Sie auch die Nacht am See verbringen.«

»Am Kariba-See?«

»Ja. Ich empfehle Ihnen das Lake View Inn, es ist kein schlechter Ort zum Übernachten. Und seien Sie vorsichtig.«

Jed fragte sich leicht irritiert, warum ihm das alle immer sagten.

JED KANNTE LAND ROVER, weil er in Afghanistan viele gesehen hatte, denn die Australier und Briten hatten einige, die kommerzielle Version. Der Defender war gross und quadratisch, etwa so aerodynamisch wie ein Hausziegel auf Rädern und der Dachgepäckträger erhöhte seine Geschwindigkeit auch nicht. Aber der Wagen hatte eine Servolenkung und einen Turbodieselmotor mit Fünfganggetriebe, so dass er sich gut bewegte. Jed war es gewohnt, die niedrigen, gedrungenen Humvees der amerikanischen Armee zu fahren und empfand es als angenehme Abwechslung, hoch zu sitzen. Ausserdem gab es in der Kabine viel Beinfreiheit, auch wenn es sich seltsam anfühlte, auf der anderen Seite der Strasse zu fahren.

An einer Ampel versuchte ein ausgemergelter Mann in dunkler Hose und weissem Hemd, ihm eine Zeitung mit einer reisserischen Anti-Regierungs-Schlagzeile zu verkaufen. Ein Auto, das neben ihm wartete, spielte in voller Lautstärke afrikanische Musik, und er stellte fest, dass ihm die Trommeln und der Beat durchaus gefielen. Harare wies, genau wie sein Flughafenterminal, einige Merkmale von Wohlstand auf, aber Jed konnte sich des Eindrucks nicht erwehren, der Ort sehe wie eine falsche Wildweststadt in einem Hollywood-Hinterhof aus, mit falschen Fassaden anstelle von echten Gebäuden und Geschäften. Hier und da sah er einen Weissen, der am Strassenrand entlangging oder in einem Auto fuhr, doch es waren meist ältere Menschen. Er hatte genug über Simbabwe gelesen, um zu wissen, dass die meisten Weissen, das Land, solange sie noch konnten, verlassen hatten, um woanders neu anzufangen.

Als er an einer weiteren roten Ampel auf einer verstopften Hauptstrasse anhalten musste, klopfte eine Schwarze in zerlumpter Kleidung, die ein winziges Baby trug, an sein Fenster. Er versuchte, sie zu ignorieren. Auch an der nächsten Kreuzung stand ein Zeitungsverkäufer und diesmal sah er die Schlagzeile. *FRAU ENTKOMMT KNAPP EINEM MENSCHENFRESSER.* Er sah das Wort *Löwe* im ersten Absatz, was ihn dazu brachte, das Fenster herunterzukurbeln. Er fischte in einer Tasche nach Kleingeld, aber alles, was er finden konnte, war ein amerikanischer Fünfdollarschein. Er reichte ihn dem jungen Mann.

»Tut mir leid, Sir, ich habe kein Rückgeld.«

»Behalten Sie es«, sagte Jed, ergriff die Zeitung und beschleunigte. Der Mann schaute ihn ungläubig an.

Jed versuchte, während dem Fahren zu lesen. Der Angriff war am Vortag im Mana Pools National Park passiert und er fragte sich, ob es derselbe Löwe gewesen sei, der Miranda angeblich getötet hatte.

Schliesslich entkam er dem blauen Rauch des erstickenden Stadtzentrums und bog in Richtung Kariba ab. Ausserhalb der Stadt erkannte er einen grossen Kreisverkehr, den Howie ihm beschrieben hatte und sah zu seiner Linken ein weitläufiges Einkaufszentrum. Ein uniformierter Sicherheitsbeamter händigte ihm, als er unter der Schranke des Einkaufszentrums hindurchfuhr, eine laminierte Plastikkarte aus. Er fuhr in die erste freie Parklücke, etwas vom zweistöckigen weissen Stuckkomplex entfernt.

Jed entfaltete die Zeitung und las.

Eine Mitarbeiterin des Nationalparks entging gestern nur knapp dem Tod, als sie im Mana Pools National Park von einem Löwen angegriffen wurde. Ein Sprecher des Nationalparks sagte, Precious Mpofu sei auf dem Heimweg zum Mitarbeiterdorf gewesen, als sich der Löwe auf sie stürzte und ihr Bein zerfleischte. Das Leben von Frau *Mpofu wurde dank des schnellen Eingreifen von Ranger Lloyd Nkomo und einer Gastwissenschaftlerin, Professorin Christine Wallis, gerettet. Der Löwe wurde erschossen und Frau Mpofu in ein Krankenhaus in Kariba gebracht. Ihr Zustand wird als stabil bezeichnet. Die Nationalparks haben eine Untersuchung zum Abschuss des Löwen eingeleitet und versuchen festzustellen, ob das Tier auch für die Tötung einer jungen amerikanischen Wissenschaftlerin in der vergangenen Woche verantwortlich ist.*

Jed spürte, wie sich die Haare in seinem Nacken aufstellten, als in dem billigen Zeitungspapier von seiner Tochter die Rede war. Er hatte sich eingeredet, Miranda sei noch irgendwie am Leben und dass die Zeitung so unverblümt auf ihren Tod hinwies, war ein herber Schock. Und dann war da noch der Hinweis auf Professorin Wallis. Auch das überraschte ihn, denn er hatte angenommen, die Wissenschaftlerin, die seine Tochter in dieses gottverlassene Land geschickt hatte, sei immer noch in Südafrika. Wenigstens gab es jetzt eine gute Chance, dass sie sich von Angesicht zu Angesicht gegenüberstehen würden.

Jed fragte sich, wie die Behörden der simbabwischen Nationalparks 'festzustellen versuchten, ob das Tier für den Tod seiner Tochter verantwortlich war'. Der Gedanke daran war zu grauenhaft, selbst für einen Mann, der den Tod in vielen gewalttätigen Formen kennengelernt hatte.

Im Einkaufszentrum gab es mehr weisse Gesichter und die Schwarzen sahen gut gekleidet und wohlhabend aus. Er sah sich den Plan des Einkaufszentrums an und fand einen Laden mit Campingartikeln. Das Geschäft war der wahrgewordene Traum eines jeden Outdoorfreaks und roch nach Segeltuch und Waffenöl.

»Kann ich Ihnen helfen, Sir?«, fragte ein bärtiger Riese hinter dem Schalter.

»Ich brauche ein Jagdmesser und eine Schutzweste. Wie sieht die Politik zum Waffenbesitz in diesem Land aus?«

»Oh, Sie sind Amerikaner. Es ist nicht wie in den Staaten, Sir. Unsere Regierung sieht es nicht gern, wenn jemand zu viele Waffen besitzt. Wo wollen Sie denn hin?«

»In den Mana-Pools Nationalpark.«

»In den Nationalpark? Da darf man sowieso keine Waffe mitnehmen. Sonst werden sie Sie sofort erschiessen, mein Freund. Im Park dürfen nur die Ranger Schusswaffen tragen.«

Der Akzent des Mannes klang für Jed wie eine Mischung aus einem Engländer und dem gutturalen Englisch eines Afrikaners.

»Gut, dann geben Sie mir einfach ein Messer.«

Der Mann zeigte Jed eine Reihe der scharfen Waffen in einer Glasvitrine, aus denen Jed ein Jagdmesser mit einer extrem geschliffenen Acht-Zoll-Klinge wählte. Er wusste nicht genau, was er damit jagen wollte, aber es gab ihm ein besseres Gefühl, bewaffnet zu sein. Er ging in die Bekleidungsabteilung des Ladens und suchte sich eine grüne Jägerweste aus Segeltuch aus. Die Taschen auf der Vorderseite waren gross genug, um ein paar Magazine für ein Sturmgewehr aufzunehmen – wenn er eins gehabt hätte. Er warf die Weste auf den Tresen und fragte nach einer Karte des Sambesi-Tals.

Es war nach ein Uhr nachmittags, als Jed seinen Parkausweis abgab und aus dem Einkaufszentrum zurück auf die Hauptstrasse Richtung Norden fuhr. Sobald er sich daran gewöhnt hatte, auf der linken Seite der Strasse zu fahren, war das Fahren einfach. Es war eine schöne Landschaft, aber die meisten landwirtschaftlichen

Flächen sahen aus, als lägen sie brach. Hier und da wogte Weizen in der sanften Nachmittagsbrise, aber meistens sah er nur halbgepflügte, unkrautbewachsene Felder. Er hatte über die Umverteilung von Land von weissen Farmern an Schwarze gelesen, aber für ihn sah es nicht aus, als ob es dabei irgendjemandem besonders gut gehe.

Die verschiedenen Bauerndörfer, durch die er fuhr, sahen düster und staubig aus. Viele Menschen waren auf den Strassen, aber es schien, als ob sie ziellos herumschlenderten. Zu viele müssige Jugendliche, die meisten von ihnen männlich, starrten mit neidischen Augen auf den Land Rover.

Als ein glänzender, neuer schwarzer Mercedes es gerade noch zurück auf die Gegenfahrbahn schaffte, nachdem er einen Eselskarren überholt hatte, der von zwei Jungen in abgetragenen Hemden und zerlumpten Shorts gesteuert wurde, wich er aus und fluchte, während sie ihm, als er vorbeifuhr, zuwinkten. Hier waren die Extreme Afrikas klar ersichtlich. Einerseits der Geschäftsmann oder Regierungsbeamte in seiner Limousine, andererseits die Kinder auf dem Karren, die neben einer Mülltonne am Strassenrand anhielten, um ihre karge Ernährung zu ergänzen, wie er in seinem Rückspiegel sah. Er schüttelte den Kopf. So war es auch in Afghanistan gewesen. Kriegsherren – oder regionale Führer, wie man sie heutzutage lieber nannte –, die sich an den Erträgen aus Opium und Marihuana bereicherten, während das einfache Volk hungerte und darum kämpfte, sein vom Krieg zerstörtes Leben wieder aufzubauen.

Er hielt in einer Stadt namens Chinhoyi an, um das Fahrzeug aufzutanken und seinen Durst zu löschen. Während er darauf wartete, dass der Tankwart auffüllte, kaufte er zwei Hühnerpasteten und eine Cola in einer altmodischen Glasflasche. Die Pasteten waren kalt und die Limonade warm, aber das war ihm egal. Er war nicht in Simbabwe, um kulinarische Köstlichkeiten zu probieren. Er wollte Kariba bis zum Einbruch der Dunkelheit erreichen, aber als er auf seine Uhr und die Karte schaute, rechnete er damit, dass der Weg zu weit wäre.

»Wie ist die Strasse nach Kariba?«, fragte er den Angestellten. »Oh, Sir, die ist sehr kurvenreich«, sagte der junge Mann, während er

Jed das Wechselgeld in schmutzigen Hundert-Dollar-Scheinen in die Hand zählte. »Dort hat es sehr viele Tiere. Seien Sie vorsichtig, wenn Sie im Dunkeln fahren.«

»Tiere?«

»Ja, Sir., sie könnten auf Elefanten, Büffel, Zebras, ja, vielleicht sogar Löwen oder einen Leoparden treffen.«

»Ich wusste nicht, dass Kariba innerhalb eines Nationalparks liegt.«

»Nein, Sir, das tut es auch nicht. Es ist aber ein Wildnisgebiet. In Kariba gibt es viele wilde Tiere, aber weder Zäune noch Regeln. Es ist ein wilder Ort, Sir.«

Als Jed an ungepflegten Obstgärten und noch unordentlicher aussehenden Feldern mit nachlässig angepflanztem Gemüse vorbei weiter in Richtung Norden fuhr, wurden die Schatten länger. So hatte er sich Afrika nicht vorgestellt. Er hatte sich entweder eine weite Savanne oder einen äquatorialen Dschungel ausgemalt, aber bestimmt nicht die Version der armen Leute aus dem Mittleren Westen der USA. Die Menschen schienen freundlich zu sein, obwohl er ab und zu an einem jungen Mann vorbeikam, der ihn mürrisch anstarrte.

Als der letzte Rest der roten Sonne hinter den Hügeln zu seiner Linken verschwand, erreichte er die Abzweigung nach Kariba. Er schaltete seine Scheinwerfer auf Fernlicht und nahm die kurvenreiche Strasse vom Steilhang hinunter ins Sambesi-Tal. Laut dem Schild waren es noch dreiundsiebzig Kilometer bis Kariba. Er sah keine Lichter neben der Strasse, nur sanfte, baumbewachsene Hügel und Täler. In der Hoffnung, die Nachtluft würde ihn wachhalten, kurbelte er das Fenster herunter und schaltete die Klimaanlage aus. Während er hinunterfuhr, spürte er, dass Luftfeuchtigkeit und Temperatur stiegen, obwohl es bereits dunkel war.

Plötzlich sah Jed im Augenwinkel eine Bewegung am linken Strassenrand und trat auf die Bremse. Eine winzige Antilope sprang in den Lichtkegel seiner Scheinwerfer, verharrte eine Sekunde lang im grellen Licht und huschte dann auf die andere Strassenseite und in die Büsche. Er legte den ersten Gang ein und fuhr etwas langsamer weiter, während seine Augen auf der Suche nach weiterem Wild nach links und rechts schweiften.

Eine halbe Stunde lang sah er nichts Ungewöhnliches und begann wieder zu beschleunigen. Der Mond ging langsam auf, und ab und zu erhaschte er einen Blick auf den grossen, von Menschenhand geschaffenen See in der Ferne.

Es dauerte ein paar Sekunden, bis er merkte, dass etwas nicht stimmte. Mit der Strasse war etwas nicht in Ordnung. Die in der Mitte verlaufende weisse Linie war plötzlich verschwunden, wie wenn die Farbe ausgegangen wäre, als die Strassenarbeiter sie markierten. Dann wurde die Linie wieder sichtbar. Jed blinzelte und bremste heftig, als sich die riesige schwarze Gestalt vor ihm aufbaute.

Scheisse!

Es war ein Elefant, der mitten auf der Strasse stehen geblieben war und mit seiner gewaltigen Masse die Mittellinie verdeckte. Jed drehte am Lenkrad, um nicht mit dem riesigen Tier zusammenzustossen, schleuderte leicht und kam auf dem unbefestigten Randstreifen zum Stehen. Als der Elefant seinen Rüssel hob und seine grossen, segelartigen Ohren nach vorn bewegte, legte Jed den Rückwärtsgang ein.

Das Tier trompetete so laut, dass es schien, als vibriere der Land Rover vom Lärm. Jed trat auf das Gaspedal und das Fahrzeug fuhr im Zickzack rückwärts, weil er mit dem Lenkrad beidseitig überkorrigierte. Das Tier kam auf ihn zu, stiess immer noch schrille, zornige Töne aus und schüttelte seinen gewaltigen Kopf.

Jed blickte über seine Schulter, um sich zu vergewissern, dass nichts hinter ihm war und als er wieder nach vorne schaute, sah er, dass der Elefant stehen geblieben war und den Kopf nach links, nach rechts und schliesslich direkt zu ihm wandte. Jed beobachtete verblüfft, dass links aus dem Busch ein Elefantenbaby auftauchte, das kaum den Unterbauch des grossen Elefanten erreichte. Es hielt einen Moment inne und schaute in seine Richtung, wobei es mit seinem gewundenen Rüssel wild um sich schlug und die Luft zu schnuppern versuchte. Das erwachsene Tier, von dem er annahm, es sei die

Mutter, stupste das Jungtier schliesslich mit dem Rüssel an und die beiden gingen gemächlich vor ihm über die Strasse.

Er blieb ganze fünf Minuten lang stehen und zählte vierzehn der gigantischen Kreaturen, die vor ihm die Strasse überquerten. Es war ein ehrfurchterweckendes Erlebnis und er stellte traurig fest, dass er sich wünschte, jemanden dabei zu haben, mit dem er es teilen könnte. Am liebsten hätte er Miranda bei sich, denn was hier geschah war genau, was er bei seinem geplanten Besuch mit ihr zu erleben gehofft hatte. Er lenkte das Fahrzeug vorwärts und sah zu, wie die letzten der massigen, dickhäutigen Hinterteile im dunklen Unterholz verschwanden. Sein Herz war schwer, als er den Gang einlegte und weiterfuhr.

Die blinkenden Lichter von Kariba waren ein willkommener Anblick und er hielt an einer Tankstelle am Rande eines steilen Abhangs mit Blick auf den See an, um sich den Weg zum Lake View Inn erklären zu lassen. Selbst in der Nacht bekam er ein Gefühl für die Unermesslichkeit des von Menschenhand geschaffenen Stausees. Draussen auf dem Wasser sah er helle Lichtpunkte, von denen er annahm, es handle sich um Fischerboote. Jed war nach seiner langen Reise erschöpft und alles, was er wollte, waren ein Bier, ein Steak und ein Bett.

Das Hotel erinnerte mit seinen Fliesenböden und einer Mischung aus schwerem dunklem Fachwerk und Asbestplattenwänden an die sechziger Jahre. Die Zimmer waren in langen Flachdachgebäuden untergebracht, die übereinander gestapelt an der Seite des steilen Hangs über dem See lagen. Es kam Jed wie ein Motel für fünfundzwanzig Dollar pro Nacht am Strassenrand des Mittleren Westens vor, allerdings mit einer Aussicht für eine Million Dollar.

In der Lobby wurde er von einer lächelnden Schwarzen begrüsst. »Wie viel kostet ein Zimmer, bitte?«, fragte er.

»Woher kommen Sie, Sir?«

»Aus den Vereinigten Staaten.«

Der von ihr genannte Preis war etwa zehnmal so hoch wie der, den er erwartet hatte. »Was?«, fragte er überrascht.

»Tut mir leid, aber für Ausländer gelten andere Tarife, Sir und Sie müssen in ausländischer Währung bezahlen, nicht in Simbabwe-Dollar. Sie zuckte mit den Schultern und schenkte ihm ein sympathisches Lächeln, als wäre sie selbst nicht unbedingt mit dieser Politik einverstanden.

Er war weder in der Lage zu argumentieren noch in der Stimmung, nach einer billigeren Alternative zu suchen, also zählte er die grünen Scheine ab.

Nachdem ein Träger ihm sein Zimmer gezeigt und sein Gepäck gebracht hatte, begab sich Jed auf eine Terrasse mit Blick auf den See. Ein paar Gäste, die meisten von ihnen Schwarze, sassen an mit Kerzen beleuchteten Tischen beim Abendessen. Jed setzte sich an einen leeren Tisch am Rand der Terrasse, direkt neben dem schmiedeeisernen Geländer. Ein Kellner eilte zu ihm. Das Lokal war zu etwa einem Drittel gefüllt, woraus Jed schloss, dass die Geschäfte schlecht liefen und der Service umso besser war.

»Ein Bier, bitte.«

»Sambesi Lager, Sir?«

»Egal, Hauptsache kalt.«

Als der Kellner mit seinem Bier zurückkam, bestellte Jed ein Filetsteak und ein zweites Getränk. Die Nachtluft war feucht, die grüne Bierflasche von Kondenswasser glitschig und das dazugehörige Glas matt beschlagen, weil es direkt aus dem Gefrierschrank kam. Er hatte wirklich keine Vorstellung davon gehabt, wie es in Afrika wäre und Dinge wie gekühlte Gläser und Elefanten-Strassensperren waren angenehme Überraschungen. Die eiskalte bernsteinfarbene Flüssigkeit war Balsam und er griff in seiner Hemdtasche nach Zigaretten und zündete sich, während er trank, eine an.

»Entschuldigung, haben Sie Feuer?«

Als er die Stimme der Frau hörte, drehte er sich um und war einen Moment lang verblüfft. Alles an ihr war eine Überraschung. Ihr rotbraunes Haar, ihr amerikanischer Akzent und ihr Lächeln.

»Sicher.« Als er das Zippo anzündete, lehnte sie sich näher zu ihm hinüber und er roch ihr Parfüm. »Oh, das ist nicht gerade, was man erwartet, hier auf eine Amerikanerin zu treffen.«

»Ich weiss, was Sie meinen. Wir sind in dieser Gegend dünn gesät

– Simbabwe ist nicht mehr gerade ein Touristen-Mekka«, sagte sie und stiess Rauch aus. Sie machte keine Anstalten, zu gehen. »Sind Sie ein Tourist?«

»Nein. Es ist kompliziert. Ich bin auf der Suche nach jemandem.«

»Nun, ich hoffe, Sie finden sie oder ihn. Entschuldigen Sie die Störung.«

»Nein, Sie stören ganz und gar nicht«, sagte er schnell. Es war ein langer Tag gewesen und die Fahrt steckte ihm in den Knochen, aber so müde er auch war, er wollte das Gespräch fortsetzen. »Sind Sie allein hier?«

Sie lachte und sagte: »Das ist nur einen Schritt von 'kommen Sie oft hierher?' entfernt. Aber, ja, ich bin allein. Und Sie?«

»Allein reisend. Geschieden, seit langer Zeit.«

»Oh, ich verstehe. Entschuldigung.«

»Dafür besteht kein Grund, denn wir haben ein tolles Kind, also war nicht alles schlecht. Wollen Sie etwas mit mir trinken?«

»Sicher. Es wäre nicht allzu schlecht, ein paar Nachrichten von zu Hause zu hören.«

»Wenn Sie sich Klatsch und Tratsch aus Ihrer Heimat erhoffen«, erwiderte er, »bin ich der Falsche. Ich verbringe mehr Zeit ausserhalb der Staaten als dort.«

»Was machen Sie?« Sie lehnte sich in ihrem Stuhl zurück und schlug die Beine übereinander.

»Regierungsarbeit.«

»Klingt entweder geheimnisvoll oder langweilig, je nachdem, um welche Art von Aufgaben es sich handelt.«

Er studierte sie. Er schätzte sie auf Mitte dreissig und sie war attraktiv. Sehr attraktiv. Sie trug eine ärmellose Bluse, deren oberste drei Knöpfe offenstanden, und Ihre Brüste zeichneten sich deutlich unter dem Stoff ab. Ihre Arme waren straff und schlank und Ihre grünen Augen funkelten. Er vermutete, sie könnte irischer Abstammung sein.

»Ich könnte ja auch für das Finanzamt arbeiten«, sagte er.

»Sie sehen nicht aus, als hämmern Sie nur auf einer Tastatur herum.«

Er lächelte und fragte sich, ob sie mit ihm flirte. »Ich bekomme einen Hungerlohn, um im Dreck zu schlafen, beschossen zu werden und schlechte Mahlzeiten zu essen.«

»Armee oder Marinesoldat?«

»Aber bitte. Ich bin vielleicht kein Genie, aber ich bin auch kein Marine.«

»Dann also bei der Armee.«

»Aber das ist nun genug über mich, abgesehen von meinem Namen. Jed. Und was führt Sie nach Simbabwe?«

»Jed?«

»Das ist richtig. Und Sie sollten mir an dieser Stelle Ihren Namen verraten.«

»Aber nicht Jed Banks, oder?«

»Doch, genau der. Woher wissen Sie das?«

»Es tut mir so leid, dass ich nicht früher gefragt habe. Ich bin Chris ... Christine Wallis. Ich weiss nicht, ob Miranda ...«

Jed war überrascht. Er leerte sein Bier, um sich etwas Zeit zu verschaffen. »Mirandas Mutter hat mir von Ihrer E-Mail erzählt.«

»Ich verstehe, Mister Banks ... Jed, bitte verstehen Sie, wie leid es mir tut ... Ich kann mir vorstellen, wie Sie sich fühlen müssen.«

»Haben Sie Kinder?«

»Nein.«

»Dann haben Sie auch keine Ahnung, wie ich mich fühle.«

Sie schaute auf ihren Schoss. »Sie haben jedes Recht, wütend zu sein. Ich kann mir vorstellen, was Sie von mir denken.«

Er sagte nichts.

»Ich hätte Miranda nicht hergeschickt, wenn ich es nicht für sicher hielte. Bitte verstehen Sie, wie schlecht ich mich deswegen fühle.«

»Wie Sie sich fühlen, steht nicht gerade ganz oben auf meiner Sorgenliste, Frau Professor.«

Sie sah auf und er sah etwas in ihren grünen Augen aufblitzen. »Glauben Sie nicht, dass es mir auch weh tut? Miranda ist ein kluges Mädchen und wenn jemand im afrikanischen Busch zurechtkommt, dann sie! Kommen Sie nicht hierher, um mir zu sagen, ich hätte etwas Schreckliches getan. Miranda ist eine erwachsene Frau, die ihre eigenen Entscheidungen trifft.«

Jed staunte. Sie sprach im Präsens von ihr. »Glauben Sie, sie ist noch am Leben?«

Chris nippte an ihrem Scotch. »Ich weiss es nicht und das ist die Wahrheit. Gestern wurde ein Löwe erschossen, der eine einheimische Frau angegriffen hat.«

»Glauben Sie, es könnte derselbe sein, der Miranda geholt haben soll?«

»Ich habe ihn zur Polizei gebracht. Sie haben ihn in der örtlichen Leichenhalle und lassen ihn morgen von einem Tierarzt öffnen.«

»Mist.« Jed schüttelte den Kopf.

»Ich wünschte mir genauso sehr wie Sie, dass Miranda lebt. Aber wenn sie nicht von einem Löwen geholt wurde, ist es schwer zu sagen, wohin sie gegangen oder was mit ihr passiert ist. Es gibt auch ein paar Überreste, aber nicht viel.«

»Möchten Sie etwas von der Speisekarte bestellen?«, fragte der Kellner, der hinter Chris herbeigeschlüpft war, ohne dass es einer der beiden bemerkte.

»Ich weiss es nicht«, sagte Chris und sah Jed an.

Jed war hin- und hergerissen. So sehr er sich auch über die Entscheidung der Frau empörte, seine Tochter an einen so gefährlichen Ort zu schicken, war sie doch seine einzige Informationsquelle. Ausserdem war sie entwaffnend hübsch.

»Seien Sie mein Gast«, sagte er und winkte.

Chris warf einen Blick auf die Speisekarte. »Die Brasse, bitte, und ein Glas Mukuyu Colombard, bitte.«

»Ist er gut? Der Wein, meine ich«, sagte Jed.

»Billig, lokal hergestellt, aber trinkbar.«

»Klingt nach meiner Art von Getränk. Bringen Sie uns bitte eine Flasche«, sagte er zum Kellner. »Wann haben Sie sie zuletzt gesehen?«

Chris zögerte und blickte auf den See hinaus. »Hmm, lassen Sie mich überlegen. Sie war etwa einen Monat lang mit mir im Krüger-

park, also müsste sie vor drei Monaten hier in Simbabwe angekommen sein.«

»Und wann sind Sie hier angekommen?«

»Gestern. Ich bin hierhergefahren, sobald ich mein Forschungsprojekt im Krüger liegenlassen konnte. Heute Morgen war ich kurz
auf Mirandas Campingplatz, aber nachdem wir eine Löwenspur
gefunden haben, bin ich nicht mehr geblieben.«

»Von dem, den der Ranger erschossen hat?«

»Eigentlich habe ich ihn geschossen«, berichtigte sie ihn.

Er sah sie mit zähneknirschendem Respekt an, sie zu loben wäre
ihm aber nicht über die Lippen gekommen. »Ich dachte, Sie
beschützen Grosskatzen.«

»Ja, aber in diesem Moment war das Leben einer Frau in höchster
Gefahr. Ich stelle Tiere nie über Menschen, obwohl ich einige
Zoologen und Naturschützer kenne, die das anders sehen.«

»Ich habe schon einige Leute getroffen, die ich gern vor einer
Schlange sähe.«

»Ich weiss, was Sie meinen«, lachte sie und er ärgerte sich über sich
selbst, dass er sich in ihrer Gegenwart entspannt hatte, denn er wollte
lieber noch ein wenig länger wütend bleiben. Ausserdem war es unmöglich, zu vergessen, warum er hier war – warum sie beide hier waren.

»Und was passiert morgen? Mit dem Löwen?«, fragte er.

»Ich kenne den örtlichen Tierarzt. Die Polizei hat ihn gebeten, die
… die Autopsie durchzuführen.«

»Um welche Zeit und wo?«

Der Kellner kam mit dem Wein. Chris probierte ihn und nickte.
»Falls Sie beabsichtigen, dorthin zu kommen: ich glaube nicht, dass
das eine gute Idee ist. Ich kann die Polizei benachrichtigen …«

»Es ist mir egal, was Sie sagen. Ich habe mehr Recht, dort zu sein,
als Sie, und ja, ich *werde* dort sein. Ausserdem möchte auch die Überreste sehen, die am Tatort gefunden wurden. Er nahm einen Schluck
Wein und fragte dann etwas sanfter: »Und was tun Sie nach der
Untersuchung des Löwen?«

»Ich schätze, das hängt vom Ergebnis ab. Ich muss einige Instrumente holen, die ich Miranda geliehen habe, sowie ein paar Berichte, an denen sie für mich gearbeitet hat, aber die Behörden lassen mich nicht an ihre Sachen heran. Wenn Sie der Polizei die Erlaubnis gäben, mir Mirandas Sachen herauszugeben, wäre das äusserst hilfreich für mich und im Gegenzug sorge ich dafür, dass Sie alle ihre persönlichen Sachen bekommen.«

»Das ist nicht nötig«, sagte Jed.

Chris sah verwirrt aus.

Jed füllte zuerst ihr Glas nach, dann sein eigenes. »Sie brauchen mir nichts weiterzugeben, denn ich werde Sie begleiten.«

»Hören Sie, Jed, ich habe schon viel Zeit in diesem Teil der Welt verbracht, kenne einige der Polizisten hier, den Tierarzt und die Leute in den Nationalparks. Mit meinen persönlichen Beziehungen kann ich eine Menge erreichen und ...«

»Und wenn Sie versuchen, mich da rauszuhalten, werden Sie es bereuen.«

»Sie können mich nicht herumkommandieren, denn ich bin nicht einer Ihrer Soldaten, wissen Sie.«

»Ja, das weiss ich genau. Aber ohne mich bekommen Sie Ihre Sachen nicht zurück. Ausserdem frage ich mich, wie lange Ihre Finanzierung Bestand hätte, wenn die Presse erführe, dass Sie eine unerfahrene Studentin schlecht vorbereitet, allein und ungeschützt auf eigene Faust in einem gefährlichen Land losgeschickt haben.«

»Wollen Sie mir drohen?«

»Ja«, bestätigte er.

»Nun, das funktioniert nicht. Sie wissen nicht einmal, wovon Sie sprechen und haben nicht alle Fakten.«

»Dann klären Sie mich auf«, sagte er und lehnte sich in seinem Stuhl zurück. »Was übersehe ich?«

»Wie ich meine Forschungsprojekte durchführe, geht Sie nichts an. Es genügt, zu sagen, dass sie die strengsten Sicherheits- und wissenschaftlichen Standards erfüllen, die für diese Art von Arbeit gelten.«

»Dann haben Sie sicher nichts dagegen, dass die Presse Ihnen ein paar Fragen stellt. Ich bin überrascht, dass sie das nicht schon getan hat.«

Chris sah ihm direkt in die Augen und sagte: »Ich glaube nicht, dass wir hier herumschnüffelnde Reporter brauchen. Sie wollen doch bestimmt nicht noch mehr Aufsehen um Mirandas Verschwinden, oder? Wäre das nicht eine zusätzliche Belastung für Ihre Ex-Frau?«

Blödsinn, dachte er bei sich. Sie verheimlichte etwas, und das machte ihn nur noch entschlossener, jeden ihrer Schritte zu verfolgen. Der Kellner kam mit ihrem Essen und während der Mann sie langsam, aber aufmerksam bediente, liess er das Gespräch ruhen.

Sie blickte über den See und er betrachtete ihr Profil im Kerzenlicht. Sicherlich war sie hübsch, aber in Professor Christine Wallis steckte eine stählerne Kraft, die sich an ihrem Kiefer ablesen liess und an ihrem unerschütterlichen Blick, wenn sie ihm in die Augen sah. Ihr Körper war schlank und muskulös, als trainiere sie regelmässig. Er erinnerte sich daran, dass Miranda sich geäussert hatte, im afrikanischen Busch sei es fast unmöglich, Sport zu treiben. Inmitten wilder Tiere konnte man schlecht joggen oder Powerwalking betreiben, und Fitnessstudios gab es schon gar nicht. Es bedurfte eines starken Willens und einer gehörigen Portion Selbstdisziplin, um wie Chris Wallis in Form zu bleiben, was sie offensichtlich tat.

Er liess es, darüber zu argumentieren, dass er sie begleiten wolle, denn wenn er sich morgen früh einfach bei der Polizei meldete, stand sie sowieso vor vollendenten Tatsachen, und wechselte das Thema. »Wie weit war der Löwe entfernt, als Sie ihn erschossen haben?«

Sie schluckte einen Bissen Fisch herunter, nahm einen Schluck Wein und wischte sich die Lippen ab. »Oh, etwa zweihundert Meter.«

»In Bewegung«?

»Naja, er hat nicht gerade für mich posiert. Er rannte auf die Frau zu und wollte sich gerade auf sie stürzen, als ich schoss.«

»Welche Waffe haben Sie benutzt?«

»Eine AK-47. Sie gehörte dem Ranger, der mich hätte beschützen sollen, aber auf dem Klo war.«

Er konnte in ihrer einfachen Schilderung keine Angeberei erkennen. Die AK war eine zuverlässige, robuste Waffe, aber um ein bewegliches Ziel auf mehr als hundert Meter zu treffen, brauchte man eine gehörige Portion Geschick oder Glück. In ihrer Schilderung klang es jedoch, als ob das Schiessen einfach zu ihrer täglichen Arbeit gehöre, wie etwas, bei dem sie weder Skrupel hatte noch aufgeregt war.

»Dann sind Sie eine gute Schützin. Wo haben Sie zu schiessen gelernt?«

»In der Zweiundachtzig.«

»Meinen Sie die zweiundachtzigste Luftlandedivision?« Er konnte die Überraschung in seiner Stimme nicht verbergen. »Sie haben mir nicht gesagt, dass Sie Soldatin sind.«

»Wir haben noch nicht viel über mich geredet.«

»Touché. Wann haben Sie denn gedient?«

»Neunundachtzig bis vierundneunzig. Ich blieb lange genug drin, um meine Studiengebühren zu bezahlen.«

Jeder Soldat hatte eine militärische Berufssparte, eine Hauptaufgabe, für die er oder sie ausgebildet wurde.

»Ich war Sachbearbeiterin in der Personalabteilung. Mein Ausbilder bei der Grundausbildung sagte mir, wenn ich ein Mann wäre, wäre ich ein Scharfschütze geworden.« Er bemerkte einen Hauch von Stolz, aber auch Verbitterung.

»Warum haben Sie sich nicht für die Offiziersanwärterschule beworben? Sie hätten doch sicher die Noten dafür gehabt.«

»Ich hatte nie vor, in der Armee Karriere zu machen, sondern es war für mich ein Mittel zum Zweck. Ich dachte, ich sitze meine Zeit ab und gehe danach, denn ich hatte andere Dinge im Sinn. Ausserdem wollten sie mich nicht Scharfschützin werden lassen.«

Er lächelte. Er spürte, dass sie sich unter anderen Umständen vielleicht gut verstehen würden. Aber sie verheimlichte ihm etwas und wollte aus irgendeinem Grund nicht, dass er herumschnüffelte. Er vermutete, sein Bluff, sich an die Presse zu wenden, wecke in ihrem Kopf ernsthafte Besorgnis, weil Naturschützer von öffentlichen Spenden und Firmensponsoring lebten und sich nicht den Hauch einer Kontroverse leisten konnten.

»Wie haben Sie sich gefühlt, als Sie den Löwen getötet haben?«, fragte er.

Sie antwortete sofort und schnell. »Ich hätte es nicht tun wollen und habe es gehasst. Nachdem es getan war, habe ich nichts mehr gefühlt. Ich hatte keine Freude, wenn Sie das meinen. Männer und Frauen sind gleichermassen fähig, zu töten, tun es aber aus unterschiedlichen Gründen. Das ist dasselbe wie in der Natur. Eine Löwin tötet, um ihr Rudel zu versorgen oder zu beschützen, wogegen ein männlicher Löwe tötet, um seine Dominanz zu demonstrieren, also seine eigenen Ziele zu erreichen. Wussten Sie, dass ein Männchen, wenn es ein Rudel übernimmt, nicht nur das alte Männchen vertreibt oder tötet, sondern auch alle Jungen, die sein Vorgänger gezeugt hat, umbringt?«

»Ich habe gehört, Stiefkinder seien eine Qual.«

»Nicht sehr lustig.«

»Das Beste, was mir spontan in den Sinn kam.«

»Haben Sie jemals gejagt?«

»Nein.« Er nahm einen Schluck Wein.

»Warum nicht?«

»Ich sah nie die Notwendigkeit, ein Tier zu töten. Ich musste nie auf die Jagd gehen, um etwas zu essen zu bekommen, und mich hat noch nie ein Tier in der Wildnis bedroht.«

Chris sah ihn wieder mit diesen durchdringenden grünen Augen an. »Aber Sie waren im Kampf?«

»Ja.«

»Und?«

»Und was?«

»Haben Sie jemals einen Menschen getötet?«

»Die meisten Menschen sind zu höflich, um diese Frage zu stellen.«

»Wie hat es sich angefühlt?«

»Ich bin sicher, in einer Dokumentation gesehen zu haben, dass männliche Löwen auch töten, um ihr Rudel zu schützen.«

»Worauf wollen Sie hinaus?«

»Ich nehme für mich in Anspruch, dass es bei meiner Arbeit

darum geht, Menschen zu schützen – unschuldige Menschen. So schaffe ich es, nachts zu schlafen.« Es gab tatsächlich Nächte, in denen er überhaupt nicht schlafen konnte, aber das wollte er Christine Klugscheisserin Wallis nicht erzählen.

»Das ist eine gute Antwort, obwohl Sie meine Frage nicht wirklich beantwortet haben.«

»Wohin gehen Sie, nachdem Sie morgen bei der Polizei waren?«, fragte er.

»Hören Sie zu, Jed«, ihr Ton war jetzt sanfter, »ich weiss, dass Sie den ganzen Weg gekommen sind, um Miranda zu finden, aber Sie müssen sich auf das Schlimmste gefasst machen. Die Ranger des Nationalparks haben den Campingplatz, in dem Miranda übernachtet hat, nach Hinweisen durchsucht und sind den Löwen so weit wie möglich gefolgt. Es gibt wirklich nichts mehr, was wir tun können. Es tut mir leid, aber ich denke, wir müssen uns beide den Tatsachen stellen.«

Sie hatte natürlich recht – er musste sich auf das Schlimmste vorbereiten. Aber sie hatte auch mit dem ersten Teil ihrer Bemerkung recht – er war einen weiten Weg gekommen, um seine Tochter zu finden, und er wäre verdammt, wenn er ginge, ohne konkrete Beweise für ihren Tod zu haben.

»Sie können mich weder daran hindern, mit der Polizei zu sprechen noch den Nationalpark zu besuchen.«

»Das werde ich auch nicht versuchen. Ich glaube nur nicht, dass Sie mehr darüber herausfinden, was mit Miranda passiert ist, wenn Sie auf eigene Faust herumstochern. Trotz allem, was Sie vielleicht denken, frage ich mich, ob ich irgendwie für ihr Verschwinden verantwortlich bin. Als Mirandas Vorgesetzte verspreche ich Ihnen, dass ich alle Informationen, die ich von der Polizei oder anderen Quellen über ihren Verbleib erhalte, an Sie weitergebe. Ich weiss, dass Sie helfen wollen, aber es ist für uns alle bestimmt besser, wenn Sie ein paar Tage abwarten und sehen, was dabei herauskommt.«

»Ich bin nicht hergekommen, um abzuwarten. Ich bin gekommen, um meine Tochter zu finden und sie nach Hause zu bringen.«

»Ich auch.«

»Also, dann kommen Sie mir nicht in die Quere.« Er wischte sich den Mund mit seiner Serviette ab und warf sie auf den leeren Teller.

Sie holte tief Luft. »Ich will nicht mit Ihnen streiten, Jed, denn wir wollen beide dasselbe – Miranda lebend finden. Dennoch müssen wir uns darauf vorbereiten, dass das vielleicht nicht passiert.«

»Versuchen Sie nicht, mich zu schützen, Frau Professor Wallis. Der Tod ist für mich kein Fremder und ich weiss auch, dass der beste Weg, mit Trauer umzugehen, der ist, sich ihr zu stellen. Ich will dabei sein, wenn sie diese verdammte Bestie öffnen und wenn meine Tochter tot ist, will ich es mit meinen eigenen Augen sehen.«

Chris zuckte mit den Schultern. »Letzten Endes ist es Sache der Polizei, über diese Dinge zu entscheiden. Sie sind ein Blutsverwandter und haben gewisse Rechte und ich bin Wissenschaftlerin und Mirandas Arbeitgeberin, also habe auch ich gewisse Rechte. Wie ich schon sagte, arbeiten wir alle auf dasselbe Ziel hin.«

Jed sah in diese grünen Augen, die noch vor wenigen Minuten warm geschimmert hatten und die jetzt so kalt und hart wie ein geschliffener Smaragd wirkten. Als sie aufstand und sich vom Tisch entfernte, fragte er sich, ob sie beide tatsächlich auf dasselbe Ziel hinarbeiteten. Er bezweifelte es.

6

___

Jed wachte spät auf.

Nachdem Christine Wallis ihn verlassen hatte, trank er zwei weitere Biere und nährte seine Wut und den Groll auf die feurige Frau. Schliesslich war es beinahe Mitternacht, als er es zurück in sein Zimmer schaffte.

SCHWERE VORHÄNGE HÜLLTEN den Raum in Dunkelheit, aber Jed sah auf seiner Uhr, dass es schon nach neun Uhr morgens war. Das war nicht verwunderlich, denn seit Afghanistan hatte er nur wenig geschlafen. Dennoch ärgerte er sich über sich, denn er hatte früh starten wollen. Als er die Vorhänge zurückzog, blendete ihn die Morgensonne. Er zog die Sonnenbrille aus der Hose, die auf einem Stuhl lag, und trat, nur mit seinen grünen Boxershorts bekleidet, auf den kleinen Balkon hinaus. Der See erstreckte sich bis zum Horizont und glitzerte silbern wie ein Becken mit verschüttetem Quecksilber im grellen Licht. Es blendete seine Augen und sein Kopf schmerzte. In Afghanistan hatte er monatelang keinen Alkohol getrunken, und so würde er eine Weile brauchen, bis er seine Toleranzgrenze wieder erreichte.

»Haben Sie irgendwelche Nachrichten für mich?«, fragte er die Frau am Empfang nach einem Frühstück mit Toast, Kaffee und Tomatensaft.

»Nein, Sir.«

»Ist Professorin Wallis, die auch Gast bei Ihnen ist, noch im Hotel?«

»Oh nein, Sir, sie ist heute Morgen gegen fünf Uhr weggefahren.«

Das fand er merkwürdig, denn er konnte sich nicht vorstellen, dass Tierärzte irgendwo auf der Welt vor Sonnenaufgang mit der Arbeit begannen.

Der Wachmann auf dem Parkplatz grüsste ihn, als er die Tür des Land Rovers öffnete. Es war bereits brütend heiss, so dass Jed das Lenkrad kaum berühren konnte. Er schaute noch einmal auf die Karte von Kariba und fuhr los.

Die Landschaft war spektakulär. Unter ihm befanden sich unzählige kleine Buchten. Wasserfinger schnitten in braune Hügel, die mit Akazien und Bäumen mit kupferfarbenen, schmetterlingsförmigen Blättern übersät waren. Das Land war von deutlich sichtbaren Pfaden durchzogen, von denen er annahm, sie seien von irgendwelchen Tieren angelegt worden, denn er sah rund um das Wasser keine Anzeichen von Häusern. Buchten, die bewaldete Täler gewesen waren, bevor die Menschen das Wasser stauten und eine Flut verursachten, beherbergten jetzt Haus- und Segelboote. Die skelettartigen weissen Wipfel abgestorbener Bäume ragten über die Oberfläche des Sees hinaus, und ihre Äste waren von den Exkrementen der vielen verschiedenen Wasservogelarten, die sich in ihnen niedergelassen hatten, gebleicht.

Die Polizeistation der Republik Simbabwe lag auf einem hohen Hügel mit einem Panoramablick über den See. Jed parkte den Wagen und betrat das zweistöckige Betongebäude. Es sah aus, als hätte man es so gebaut, dass es dem Einschlag einer Panzergranate standhalte, was vermutlich der Wahrheit entsprach, denn in den sechziger und siebziger Jahren befand sich das Land fast unablässig im Krieg. Eine gelangweilt aussehende Polizistin in einer blaugrauen Uniform sass da, las eine Zeitschrift und bohrte in der Nase. Jed räusperte sich. Sie blickte nicht auf.

»Entschuldigen Sie«, sagte er.

Schwerfällig erhob sie sich. Es war brütend heiss und die Frau bewegte sich langsam zur langen hölzernen Theke. »Ja, Sir, kann ich Ihnen helfen?«

»Ich bin auf der Suche nach jemandem, mit dem ich über das Verschwinden meiner Tochter, Miranda Banks, sprechen kann, einer amerikanischen Staatsbürgerin. Sie erforschte Raubkatzen im Mana Pools Nationalpark.«

»Wie war noch mal der Name? Hanks?«

»Banks.« Jed buchstabierte es und fragte sich, wie viele Amerikanerinnen bei mutmasslichen Löwenangriffen verschwunden waren.

Die Wachtmeisterin schlug auf dem Tresen ein grosses Buch auf und fuhr mit dem Finger über den Rand. Sie sah verwirrt aus.

»Der erste Bericht, den wir erhielten, lautete, sie sei von einem Löwen verschleppt worden«, sagte Jed und versuchte, sich seine Frustration nicht anmerken zu lassen.

»Nein, das glaube ich nicht.«

»Kann ich mit Ihrem Vorgesetzten sprechen, bitte?«

Nun schaute die Frau verärgert. »Sie können mit mir sprechen. Vorname Miranda?«

»Ja.«

»Wir haben einen Bericht über das Verschwinden einer Amerikanerin, aber ihr Name ist Miranda Lewis.«

Jed war peinlich berührt. »Ja, natürlich. Das ist der Name ihrer Mutter.«

»Sie ist also nicht Ihre Tochter?«

»Sie nannte sich manchmal Banks-Lewis.

»Laut ihrem Reisepass hiess sie nicht so.«

Jed war überrascht. Er fragte sich, in welchem Alter seine Tochter ihren neuen Reisepass bekommen hatte. Hatte Patti ihn für sie organisiert, als sie noch ein Kind war, und dabei seinen Namen weggelassen?

»Sie ist meine Tochter.«

»Und Sie haben Beweise dafür, Sir?«

Verdammt! Er hatte nicht den geringsten Beweis dafür, dass Miranda Lewis oder gar Miranda Banks seine Tochter war und ihm war nicht bewusst gewesen, dass dies notwendig wäre. »Die US-Botschaft in Harare weiss von meiner Beziehung zu meiner Tochter. Sie haben meine Frau über Mirandas Verschwinden informiert.«

»Vielleicht können Sie dort anrufen und sie bitten, uns eine Bestätigung zu schicken.«

»Natürlich, kann ich bitte Ihr Telefon benutzen?«

»Oh, tut mir leid, das Telefon funktioniert heute nicht.«

»Jesus.« Die Beamtin runzelte die Stirn über die Blasphemie und Jed dachte, er hätte sich besser zurückhalten sollen. »Wer ist Ihr Vorgesetzter?«

»Warum wollen Sie das wissen? Diese Person würde Ihnen genau das Gleiche sagen.«

Jed hätte am liebsten auf jemanden eingeschlagen.

Vom Korridor her hallten Stimmen herüber und er hörte das Lachen einer Frau hinter dem Schalter.

»Mister Banks. Wie geht es Ihnen heute?«, fragte Chris Wallis, als sie in Sichtweite kam.

Jed fand, sie wirke kein bisschen überrascht, ihn zu sehen. Ein gutaussehender, hochgewachsener schwarzer Polizist mit einem grauen Schnurrbart, der ein graublaues Hemd, eine khakifarbene Hose und silberne Kronen auf den Schulterklappen trug, eskortierte sie.

»Danke, mir geht's gut«, antwortete Jed, obwohl es in Wirklichkeit in ihm brodelte. Er wollte ihr seine Gefühle nicht verraten.

»Das ist Superintendent Ncube, der verantwortliche Beamte hier – bei ihm laufen alle Fäden zusammen.«

»Danke, ich habe es verstanden. Können Sie ihm bitte bestätigen, dass Miranda Banks-Lewis meine Tochter ist?«

»Professor Wallis sagte mir, dass Sie uns heute besuchen würden, Mister Banks«, sagte der Superintendent. »Ich möchte mich dafür entschuldigen, dass ich noch keine Gelegenheit hatte, alle meine Beamten über Ihre bevorstehende Ankunft zu informieren.«

»Kein Problem«, sagte Jed. »Ist der Löwe schon untersucht worden?«

»Wir machen uns jetzt auf den Weg zum Leichenschauhaus, Mister Banks. Ich würde Sie einladen, uns zu begleiten, fürchte aber, die Erfahrung könnte ziemlich ... traumatisch sein.«

»Ich bin ein Soldat, Superintendent und sehe wohl nichts, was ich nicht schon im Kampf gesehen habe.«

»Mister Banks, ... Jed, ich glaube ...«, begann Christine.

»Professor Wallis, bei allem Respekt, ich gebe keinen Pfifferling auf Ihre Meinung. Superintendent, ich bin Mirandas Vater und ich verlange, bei dieser Untersuchung anwesend zu sein.«

»Mister Banks, ich verstehe Ihre Argumente. Normalerweise würde ich einem solchen Verfahren kein Familienmitglied beiwohnen lassen, aber Sie haben einen weiten Weg zurückgelegt, um das Schicksal Ihrer Tochter zu klären. Ich bin sicher, Professorin Wallis will nicht respektlos sein. Sie können uns gern begleiten.« Superintendent Ncube führte die beiden aus dem Polizeirevier hinaus und setzte, sobald er sich im Freien befand, seine Schirmmütze auf. Er salutierte vor zwei Polizisten, die das Gebäude betraten und klemmte sich einen Ebenholzstock unter einen Arm.

»In Zeiten wie diesen, in denen Treibstoff knapp ist, wäre es dumm, drei Fahrzeuge zu nehmen. Ich schlage also vor, dass Sie beide bei mir einsteigen«, bot Ncube an.

Jed und Chris schauten sich an. Jed war nicht begeistert von der Idee, mit der ihn wenig unterstützenden Wissenschaftlerin mitzufahren und es war offensichtlich, dass es ihr genauso ging.

»Es ist uns ein Vergnügen, nicht wahr, Mister Banks?«, sagte sie sanft. Chris kletterte auf den Vordersitz des weissen Land Rovers des Polizeibeamten und Jed nahm auf der Rückbank Platz. Während Ncube rücksichtslos den Hügel hinunter und in eine baufällige Siedlung fuhr, sassen sie in angespanntem Schweigen.

Schliesslich nahm der Superintendent das Gespräch wieder auf. »Das ist Mahombekombe. Es wurde vor etwa vierzig Jahren, während des Baus des Staudamms, als provisorisches Dorf für die Arbeiter errichtet. Aber wie Sie sehen, hat den Bewohnern offenbar niemand gesagt, dass es nur für beschränkte Zeit sei.

Das Dorf war eine überfüllte Mini-Metropole mit Hütten aus Wellblech und Asbestfaserplatten, das Jed an die Barackensiedlungen erinnerte, die er auf den Philippinen und in Mittelamerika gesehen hatte, nur ohne den Müll. Die Menschen hier waren arm, aber stolz genug, um ihre bescheidenen Häuser und ihr Viertel in Ordnung zu halten. Er fragte sich, wie ihr Leben wohl aussehe.

»Die meisten Menschen hier leben vom See und dem Tourismus – vom Fischfang, von der Instandhaltung der Hausboote und der Arbeit in Hotels. Die Zeiten sind allerdings hart, weil ausländische Besucher ausbleiben.«

»Ist das Elefantenkot auf der Strasse?«, fragte Jed.

»Ja, genau«, sagte Ncube. »Wie Professor Wallis weiss, gibt es in der Umgebung von Kariba noch eine gesunde Wildtierpopulation.«

»Ja, aber die Wilderei hat hier in den letzten Jahren stark zugenommen. Dennoch ist Kariba nach wie vor einer der wenigen Orte in Afrika, an dem der Mensch und die Big Five, die grossen Fünf – nun ja, ausser das Nashorn – Seite an Seite leben«, erklärte Chris.

»Auf der Fahrt hierher hätte ich fast einen Elefanten mitgenommen, weil ich nicht erwartete, so nah an den Häusern der Menschen auf solche zu stossen«, sagte Jed.

»Hier teilen sich Menschen und Elefanten die Strassen und die Einheimischen wissen, wie man mit gefährlichem Wild umgeht. Das bedeutet aber keineswegs, dass es nicht auf beiden Seiten zu Todesfällen kommt,« erklärt Chris.

Superintendent Ncube meldete sich erneut zu Wort. »Erst letzte Woche wurde ein Einheimischer von einem Elefanten getötet. Er fuhr mit seinem Fahrzeug viel zu schnell und stiess mit dem Elefanten zusammen. Der Elefant wurde dabei aber nur verletzt, nicht getötet und in der Folge zerquetschte das schmerzgeplagte Tier das Auto. Als der Mann zu Fuss floh, griff er ihn an.«

»Wurde er von den Stosszähnen durchbohrt?«, fragte Jed.

»Nein, das ist ein weit verbreiteter Irrglaube«, sagte Chris.

»In der Tat«, unterstrich Ncube. »Der Elefant warf den Mann mit dem Rüssel zu Boden und kniete sich dann mit einem seiner Vorderbeine auf ihn, wodurch er zu Tode gequetscht wurde.«

»Aber trotz gelegentlicher Unfälle«, fügte Chris hinzu, »ist Kariba der Beweis dafür, dass man, wenn man vorsichtig ist, auch in der Nähe von gefährlichen Tieren leben kann.«

»Und was ist mit Löwen?«, wollte Jed wissen.

»Es gibt derzeit ein ziemlich grosses Rudel, das am Rand der Stadt lebt«, sagte Chris, »aber es wurden keine Fälle von Angriffen auf Menschen in der Gegend gemeldet. Diese spezielle Gruppe zu studieren würde mich sehr interessieren.«

»Waren Sie heute Morgen dort?«, fragte Jed.

Chris nickte.

»Fünf Uhr morgens ist wahrscheinlich eine gute Zeit, um nach Grosskatzen zu suchen«, fuhr Jed fort.

Ncube sah auf seine Uhr. »Macht es Ihnen etwas aus, wenn ich das Radio einschalte, um die Nachrichten zu hören?«

Jed schüttelte den Kopf.

Ncube beugte sich vor und drehte die Lautstärke auf.

Eine Sprecherin sagte: »Und wir wiederholen unsere Top-Meldung der Stunde: In Dar es Salaam, Tansania, ist in einem Reisebus eine Bombe explodiert. Die Polizei geht von einem Terroranschlag aus und spricht von mindestens vierzehn toten Touristen und bis zu zwanzig Verletzten, allesamt Amerikaner.«

»Scheisse«, kommentierte Jed.

Ncube zog eine Grimasse. »Es ist nicht das erste Mal, dass in Ostafrika Terroristen zugeschlagen haben. Erinnern Sie sich an den fehlgeschlagenen Raketenangriff auf die israelische Fluggesellschaft in Kenia und an den Bombenanschlag auf Ihre Botschaft? Glücklicherweise sind wir hier im südlichen Afrika noch nicht ins Visier von religiösen Extremisten oder Terroristen geraten.«

Jed sah Chris an, die mit starrem Blick aus dem Fenster sah und schwieg, deren Gesicht aber blass war.

»Wir sind da«, sagte Ncube, als er vor einem weiss getünchten Gebäude anhielt. »Diese Klinik ist gleichzeitig unser Leichenschauhaus und da heute keine anderen Familien von Verstorbenen herkommen, hielten wir es für das Beste, den Löwen hierher zu bringen.«

»Bitte gehen Sie ohne mich weiter«, sagte Chris, »dann komme ich in ein paar Minuten nach.« Sie zog ein Handy aus der Tasche ihrer braunen Safarihose und ging davon.

Jed hob eine Augenbraue, sagte aber nichts. Stattdessen folgte er Ncube ins Haus, wo eine Krankenschwester sie begrüsste und mit dem Superintendenten in ihrer gemeinsamen Sprache redete. »Der Arzt wartet auf uns«, übersetzte Ncube. »Bitte nehmen Sie Platz, Mister Banks.«

Jed sass in einem geformten Plastikstuhl, der unter seinem Gewicht knarrte. Die Wände der Klinik waren weiss getüncht und hier und dort prangten braune Flecken darauf. Es roch stark nach Desinfektionsmittel. Die Linoleumfliesen unter seinen Stiefeln waren geschrubbt, aber löchrig und in den winzigen Löchern hatte sich Schmutz angesammelt, so dass der Bodenbelag aussah, als sei er mit Fliegendreck übersät.

»Möchten Sie einen Tee oder Kaffee, während Sie warten?«, fragte die Krankenschwester.

»Sehr gern, einen Kaffee, ohne Milch und Zucker, bitte«, sagte Jed, während der Polizist Tee bestellte. Ein paar Minuten später kam die Krankenschwester mit einem grossen, dünnen, grauhaarigen Mann im Schlepptau zurück.

»Wie geht es Ihnen?«, fragte Ncube und reichte ihm zur Begrüssung die Hand. »Mister Banks, das ist Doktor Leslie Reynolds.« Jed schüttelte dem Mann die Hand. Reynolds trug einen ausgefransten weissen Laborkittel über einer grauen Hose, die ihm bis zu den Knöcheln reichte. Jed fragte sich, ob sie aus zweiter Hand stammte und überlegte, wie viel ein Tierarzt, der für das öffentliche Gesundheitssystem Simbabwes arbeitete, im Jahr verdiene.

»Bitte setzen Sie sich, Mister Banks«, forderte ihn Dr. Reynolds auf, während er der Krankenschwester eine Tasse Tee abnahm und sich einen Stuhl heranzog.

»Entschuldigen Sie bitte«, sagte Chris Wallis, als sie durch die Tür hereinkam.

»Christine, wie schön, Sie wiederzusehen, auch wenn es mir leidtut, dass es unter so schwierigen Umständen ist«, sagte Reynolds mit einem gezwungenen Lächeln.

Chris schüttelte dem Tierarzt die Hand und wandte sich dann an die beiden anderen Männer. »Es tut mir leid, aber ich habe einen Freund, der in Tansania einen Reisebus fährt und habe mir Sorgen gemacht, er sei bei der Bombenexplosion verletzt worden. Gott sei Dank ist bei ihm aber alles in Ordnung.«

»Ich bin froh, das zu hören«, sagte Doktor Reynolds. »Das ist eine schreckliche Sache. Nun, Mister Banks, lassen Sie mich zunächst sagen, wie leid mir der Kummer tut, den das Verschwinden Ihrer Tochter für Sie und Ihre Familie bedeuten muss. Ich fürchte, meine Ergebnisse werden Ihnen nicht den nötigen Abschluss bieten, aber Sie sollten ...«

»Haben Sie den Löwen schon aufgemacht?« Jeds Stimme wurde ärgerlich.

»Mister Banks, ich kann Ihnen versichern, dass man sich das Sezieren eines Tieres wie eines Löwen nicht antun möchte. Der Kadaver begann sich bereits zu zersetzen, also musste ich schnell handeln und habe die Arbeit gestern Abend erledigt.«

Jed bemerkte, dass die Hand des älteren Mannes zitterte, als er den schadhaften Porzellanbecher an die dünnen Lippen führte. Er hatte ein rötliches Gesicht und eine Knollennase, was ihn als Trinker auswies.

»Und was haben Sie dabei gefunden?«

»Einige Teile von Kleidungsstücken, Mister Banks.« Reynolds hielt inne und niemand sprach.

Jed ging plötzlich die Luft aus, so dass er tief Luft holen und danach einen Schluck Kaffee nehmen musste. Die heisse Flüssigkeit brannte ihm heftig auf der Zunge und im Gaumen. »Bitte fahren Sie fort.«

»Es besteht kein Zweifel, dass dieser Löwe einen Menschen gefressen hat, Mister Banks. Ich kann Ihnen die Materialfragmente zeigen, die von leichtem grünem Stoff zu stammen scheinen. Möglicherweise von einem Hemd oder der Bluse einer Frau. Buschkleidung, wie sie hier natürlich sehr verbreitet ist. Falls der Verzehr um die Zeit des Verschwindens Ihrer Tochter erfolgt wäre, hätte der Verdauungsapparat des Tieres die Haut und das Fleisch bereits verarbeitet und ausgeschieden, aber Stoff zu verdauen, braucht mehr Zeit.«

Jed schluckte heftig. »Erzählen Sie mir von den Überresten, die am Tatort gefunden wurden. Ich möchte sie gern sehen.«

»Da gibt es nicht viel zu sehen, Mister Banks. Man hat eine Hand und ein Teil des dazugehörigen Unterarms sowie ein Teil eines Schädels gefunden.«

»Zeigen Sie es mir.«

Der Arzt blickte zu Superintendent Ncube und dieser nickte. »Kommen Sie bitte hier entlang. Schliessen Sie sich uns an, Christine?«

Sie sah Jed an.

»Wenn Sie mitkommen wollen, ist das okay«, sagte er.

Sie folgten Reynolds durch einen Korridor, in dem der Geruch nach Desinfektionsmittel noch stärker war. Der Tierarzt öffnete eine schwere, versiegelte Tür und sie traten in einen kühlen Raum, wobei Jeds Stiefel auf dem weissen Kachelboden quietschten. Es gab ein Dutzend Schubladen mit emaillierten Metalltüren, die in die Wand eingelassen waren. Reynolds las das Pappschild, das in einer Halterung an einer der Schubladen steckte, öffnete sie und zog eine lange metallene Bahre heraus. Ein Plastiksack bedeckte erbärmlich wenig des Platzes, den normalerweise eine Leiche einnahm. Er löste das Gummiband, mit dem der Beutel verschlossen war und rollte dessen Seiten herunter. »Ich fürchte, das ist alles.«

Jed fühlte sich, als wäre er ausserhalb seines Körpers und sehe aus weiter Ferne zu. Er hatte schon einmal menschliche Überreste gesehen und dachte, dieser Anblick habe ihn abgestumpft, aber er irrte sich. Er hörte seine eigenen Worte kaum, als er fragte: »Haben Sie Ringe, eine Armbanduhr oder etwas anderes am Tatort gefunden?«

»Nein. Hat Ihre Tochter einen Ring getragen?«

»Nichts Besonderes, soweit ich mich erinnern kann. Er berührte die Hand nicht, konnte nicht mit den Fingern über die kalte Haut streichen und wollte die Glätte der gereinigten Schädelschale nicht spüren. In dieser makabren Fundgrube liess sich kein Abschluss finden.«

»Wie Sie hier sehen, ist es etwas verwest, aber es sieht wie eine Frauenhand aus und die Haut ist weiss«, erklärte der Arzt.

»Gab es noch andere weisse Frauen in der Gegend?« fragte Jed. Ncube, der sich von der Gruppe entfernt hatte, meldete sich.

»Wir haben alle Personen in den Lodges und auf dem Campingplatz befragt, aber nirgends wurden Besucher als vermisst gemeldet.«

»Aber wie können wir mit Sicherheit feststellen, ob es sich um Mirandas Überreste handelt? Was ist mit einem DNA-Test?«, fragte Jed.

»Wir sind hier in Simbabwe, Mister Banks, nicht in den Vereinigten Staaten und dazu in einem weit entfernten Teil Simbabwes. Aber ich habe Ihre Frage vorausgesehen und mit einem ehemaligen Kollegen gesprochen, der jetzt Professor an der Universität in Harare ist. Er kann einen DNA-Test durchführen, aber natürlich benötigen wir dafür eine Vergleichsprobe von Ihrer Tochter.«

Zuerst klang die Idee lächerlich, da seine Tochter vermisst und für tot gehalten wurde, aber dann erinnerte sich Jed aber an etwas, das er in einer Polizeiserie im Fernsehen gesehen hatte. »Meinen Sie so etwas wie Haare?«

»Genau.«

»Wo sind Mirandas persönliche Gegenstände?«, wollte Jed wissen.

»Nachdem unsere Ermittler auf dem Zeltplatz Ihrer Tochter fertig waren, wurden diese von Mitarbeiterinnen des Nationalparks abgeholt und ich habe dafür gesorgt, dass alle ihre Habseligkeiten in der Waffenkammer des Parks unter Verschluss aufbewahrt werden«, sagte Ncube.

»Ich hatte vor, sie für Sie zu holen«, bemerkte Chris.

Jed erinnerte sich, dass die Professorin ausserdem einige Arbeiten in die Finger kriegen wollte, die Miranda für sie erledigt hatte. Das geschäftsmässige Interesse der Professorin an Mirandas Habseligkeiten ärgerte ihn.

»Danke, aber ich werde die Sachen meiner Tochter selbst abholen«, sagte er zu Chris und zu Reynolds gewandt fügte er hinzu: »Ich habe genug gesehen, danke, Doktor. Und ich werde eine Haarbürste, einen Kissenbezug, einen Schlafsack oder etwas anderes finden, das Sie als Probe für die Tests verwenden können.«

»Das ist gut, Mister Banks, aber ich denke, Sie sollten sich auf ein positives Resultat, also eine Übereinstimmung einstellen. Es gab in letzter Zeit keine weiteren Berichte über Angriffe von Löwen auf Weisse im Mana Pools Nationalpark, weder auf Männer noch auf Frauen, und auch hier kann ich Ihnen nur sagen, dass die Überreste meiner Einschätzung nach mit grösster Wahrscheinlichkeit von einer weissen Frau stammen.«

»Ich verstehe, Doktor.« Trotz der Beweise wollte Jed lieber an das Unmögliche glauben, doch im Herzen begann er sich damit abzufinden, dass er seine Tochter verloren hatte.

7

———

Jed sass auf der Betontreppe der Polizeiwache, rauchte eine Zigarette und las den Bericht über den Tod seiner Tochter.

Er war im Schatten, schätzte aber, das Quecksilber habe die Vierziggrad-Marke überschritten. Der Schweiss rann ihm von der Stirn in die Augen und zwang ihn, hin und wieder zu blinzeln. Wenn es zu dieser heissesten Zeit des afrikanischen Tages Passanten gegeben hätte, was natürlich nicht der Fall war, hätten sie denken können, er weine. Obwohl das nicht so war, wurde der Kloss in seinem Hals während des Lesens immer grösser. Der Kopierer des Polizeireviers war kaputt, und Superintendent Ncube liess ihn seine einzige Kopie des Ermittlungsberichts nicht mitnehmen, so dass Jed gezwungen war, ihn in der Polizeistation zu lesen.

Das Zelt des Opfers stand offen und auf dem Nylonboden gab es Anzeichen in Form schlammiger Pfotenabdrücke, die annehmen lassen, ein einzelner Löwe sei eingedrungen. Das Klappbett im Zelt lag umgekippt auf dem Boden.

Jed las den Abschnitt des Berichts noch einmal und machte sich auf dem A4-Blatt, das er aus dem defekten Fotokopierer gezerrt hatte, eine Notiz – sehr zum Leidwesen der schrulligen Polizistin am Schalter.

III

Das Moskitonetz des Opfers wurde ausserhalb des Zeltes gefunden, was vermuten lässt, das Opfer oder der Löwe habe sich im Netz verheddert, als er es mitschleifte.

Er kniff die Augen zusammen und versuchte, sich den Horror vorzustellen, von einer riesigen Katze gepackt und über den Boden geschleift zu werden. Riesige Kiefer, die sich in Mirandas schlanken Körper klammerten, ihre glatte Haut durchbohrten und das Blut aus ihr strömen liessen.

Er überflog die Seite erneut, fand aber keinen Hinweis auf Blut im Zelt und stellte sich vor, er sehe es mit eigenen Augen, wenn er Mirandas Sachen zurückbekäme.

Ausserhalb des Zeltes fand man verschiedene Fussabdrücke, von denen man annimmt, dass sie dem Opfer, den Nationalparkbeamten, die als erste vor Ort waren und einer weiteren weiblichen Person, möglicherweise einer Nationalparkbediensteten, die gelegentlich den Zeltplatz des Opfers reinigte, gehören.

Jed zündete sich eine zweite Zigarette an der ersten an, etwas, das er seit vielen Jahren nicht mehr getan hatte, und las weiter.

Elf Meter vom Zelt entfernt wurde im Gras eine grosse Blutlache gefunden. Abdrücke von Löwentatzen und Schleifspuren zogen sich von dort bis zu einer Stelle, die dreiundvierzig Meter weiter in Richtung Sambesi, am Fuss eines grossen Baumes liegt. Hier wurde noch mehr Blut gefunden, was zur Vermutung führt, das Opfer sei an dieser Stelle verschlungen worden.

Verschlungen. Jed schüttelte den Kopf. Es war das einundzwanzigste Jahrhundert, und seine Tochter war in einem Vorort in den USA aufgewachsen. Heute wurden Menschen nicht mehr von wilden Tieren verschlungen. Selbst Kriegsführung war, zumindest für ihn, einfacher nachvollziehbar, als von einem Tier gefressen zu werden. Er wünschte sich, er hätte den menschenfressenden Löwen erschossen und nicht Professorin Wallis. Er hätte diese Bestie zur Strecke bringen wollen, als sie sein kleines Mädchen jagte.

An dieser Stelle wurden auch Hyänenspuren entdeckt, die in verschiedene Richtungen führten und es wird angenommen, diese Tiere hätten die Knochen des Opfers zusammengesucht, nachdem sich der Löwe sattgefressen hatte.

Jed fühlte Übelkeit in sich aufsteigen.

»Ist bei Ihnen alles okay?«

Er sah auf. Chris Wallis blickte zu ihm hinunter und er wusste nicht, was er sagen sollte.

»Es tut mir leid, dass ich vorhin so schnell gehen musste, aber ich hatte in der Stadt einige dringende Besorgungen zu machen. Ich bin froh, dass Sie noch nicht gefahren sind, denn ich denke, es wäre besser, zusammen zu reisen.«

Er interessierte sich weder für ihre Besorgungen noch ihre Pläne. Die Frau wollte scheinbar abwechselnd, dass er das Land verliess oder jede wache Minute mit ihr verbrachte. Wie auch immer. Er drückte die Zigarette aus und hustete. Wenigstens lenkte das Gespräch mit ihr ihn von der Vorstellung ab, wie ein Rudel Hyänen Mirandas Knochen zermalmten.

Chris sah den Schmerz in seinen Augen und sagte: »Jed, ich weiss, das muss Ihnen das Herz brechen. Lassen Sie sich Zeit. Ich warte, während Sie in die Stadt fahren und sich organisieren.«

»Danke. Eigentlich muss ich jemanden suchen.«

»Oh? Vielleicht kann ich helfen. Ich kenne Kariba ziemlich gut. Wer ist es?«

»Ein Führer und Fährtenleser. Er wurde mir empfohlen und ich möchte mich ein wenig umsehen, während ich in Mana Pools bin.«

»Ich habe mit einem Ranger des Nationalparks zusammengearbeitet, der die Gegend besser als jeder andere kennt, und bezahle ihn bereits für seine Dienste als Führer. Wenn Sie wollen, können Sie sich uns anschliessen und ihr Geld sparen.«

»Ich war sechs Monate in Afghanistan und konnte mein Geld für nichts ausgeben, also kann ich die Arbeit eines Führers gut bezahlen. Ausserdem möchte ich Sie weder belasten noch ablenken.«

»Das ist kein Problem.«

»Hören Sie, Chris, ich möchte nicht unhöflich sein, aber ich mache die Dinge gern auf meine Art, okay?« Jed stand auf und sammelte die Blätter des Untersuchungsberichts ein, die er um sich herum auf der Treppe ausgebreitet hatte.

»Hoffen Sie immer noch, dass die Ermittler sich geirrt haben und sie irgendwo im Busch verschollen aber am Leben ist?« Chris schüttelte den Kopf.

»Ich weiss nicht, was ich mir erhoffe. Ich werde es erst wissen, wenn ich angefangen habe. Ich glaube nicht, dass sie sich verlaufen hat und nach allem, was ich über diesen Ort weiss, hätte sie, wenn sie sich verirrt hätte, kaum überlebt. Aber solange wir nicht mit Sicherheit wissen, dass es Mirandas Überreste waren, die der Tierarzt gefunden hat, soll man mir nicht vorwerfen können, den Ort, an dem sie verschwunden ist, nicht wirklich gut überprüft zu haben.«

Chris nickte und biss sich nachdenklich auf die Unterlippe. »Aber bitte, lassen Sie mich Ihnen im Park helfen. Die Bürokratie kann einen in den Wahnsinn treiben, und ausserdem kann ich Sie und Ihren Tracker wenigstens direkt zu der Stelle bringen, wo Mirandas Lager war. Das würde Ihnen etwas Zeit sparen.«

Jed war klar, dass es schwer, wenn nicht gar unmöglich wäre, die Professorin jetzt noch loszuwerden, also nickte er etwas widerwillig mit dem Kopf.

AFRIKANISCHE MUSIK, die in voller Lautstärke aus einem Autoradio ertönte, eine lebhafte Mischung aus klimpernden, mit einem soliden Beat unterlegten Perkussionsinstrumenten, bildete den Soundtrack zur Township Mahombekombe. Die Leute um Jed herum plauderten und ein Strassenjunge in zerlumpter Kleidung zerrte, als er aus dem Supermarkt kam, an seiner Hose und fragte ihn nach einem Kugelschreiber. Ein mit Gepäck und Kartons vollgestopftes Minibustaxi brauste, einen blauen Rauchschleier hinterlassend, an ihm vorbei. Am ungepflasterten Strassenrand verkauften Frauen Spitzentischdecken, bedruckte Stoffe und Korbwaren.

»Das sieht wie der Einkaufswagen eines Junggesellen aus«, sagte Chris mit einem Lächeln, als er zu seinem Land Rover zurückkehrte.

»Danke«, sagte Jed zu dem jungen Schwarzen, der den Wagen für ihn herausgestossen hatte. Der Mann lud Jeds Vorräte aus – vier Dutzend Flaschen Sambesi Lager, ein paar Pakete mit Steaks, eine

Tüte Kartoffeln, Cornflakes, Milch, drei Laibe Brot, ein paar Pakete Cracker, Erdnussbutter und eine Tüte mit verschiedenen Gewürzen.

»Ich sehe, Sie haben alle Lebensmittelgruppen abgedeckt.«

»Ausser Rotwein. Der war ausverkauft. Also habe ich stattdessen Scotch genommen. Keine allzu schlechte Alternative für zwei Dollar pro Flasche.«

»Seien Sie nicht zu selbstzufrieden, Sie haben ihn noch nicht probiert.«

Es war Nachmittag und immer noch drückend heiss und schwül unten am Seeufer. Ein kleiner Junge schob einen geschnitzten hölzernen Land Rover über den Boden und schaute neidisch zu Jeds und Chris' Fahrzeugen.

»Hallo, Mister«, sagte der Junge.

»Auch hallo.«

»Jason!«, rief die Mutter des Jungen, die ein Baby in einer Armbeuge hielt und mit der freien Hand ein weisses Deckchen hochhielt, aus ihrem Laden. »Komm her, Junge. Ein Geschenk für Ihre Freundin, Boss?«, fügte sie hinzu, als sie Jeds Blick bemerkte und winkte mit dem kunstvoll gefertigten Stück Spitzenstoff.

Jed war von der Begrüssung überrascht. Wo er herkam, nannten Schwarze die Weissen nicht 'Boss'. »Sie ist nicht meine Freundin«, sagte er.

»Oh.«

»Danke«, sagte Chris.

»Ich meine das auf eine ganz nette Art und Weise.«

»Worauf ich wetten würde.«

Jed wandte sich wieder an die Standbetreiberin. »Danke. Aber möglicherweise können Sie mir helfen? Ich bin auf der Suche nach jemandem.« Er holte den Zettel aus seiner Tasche, auf den Eveline den Namen ihres ehemaligen Mitarbeiters geschrieben hatte.

Die Frau nahm ihm das Papier ab, las das Geschriebene, warf dann den Kopf zurück und lachte lange und laut.

»Was wollen Sie denn von diesem Mann? Schuldet er Ihnen Geld?« Sie lachte erneut.

Jed lächelte höflich. »Nein, er wurde mir als Safari-Führer empfohlen.«

»Das Einzige, zu dem Moses Nyati Sie führen wird, ist zu einem Kater, haha!«, gackerte sie. »Dieser Mann ist nicht gut, er ist ein schlechter Mensch, da können Sie jede Frau in Kariba fragen.«

»Klingt nach einem tollen Kerl«, sagte Chris von hinten.

»Klingt nach einem Typ wie mir«, murmelte Jed. Er fragte die Frau, wie er Nyati finde, und sie erklärte ihm den Weg zu einer Shebeen in einer anderen Township, die Nyamhunga hiess.

»Ich nehme an, ein Shebeen ist eine Kneipe«, sagte Jed zu Chris, nachdem er sich bei der Afrikanerin für ihre Hilfe bedankt hatte.

»Sie haben es erfasst. Und wenn ich Ihnen einen Rat geben darf: Seien Sie vorsichtig, wenn Sie ihn an einem dieser Orte aufspüren wollen. Wir reden hier nicht gerade von Cocktails im Ritz.«

»Ich war schon in einigen ziemlich einfachen Läden.«

»In Südafrika ergänzen sie selbstgebrautes Bier mit einem Schuss Batteriesäure, um ihm einen Kick zu geben.«

»Na ja, das ist vielleicht nicht ganz so einfach, denn ich bleibe bei dem Zeug aus der Flasche fern.«

»Gute Idee. Soll ich Sie hinführen?«, fragte Chris und öffnete die Tür ihres Land Rovers.

Jed zuckte mit den Schultern, sich mit der Tatsache abfindend, dass sie ihn in Simbabwe anscheinend begleiten wollte.

Er kletterte in seinen Land Rover, startete den Motor und nahm einen Schluck aus einer Flasche mit warmem Wasser, während er Chris Wallis' Fahrzeug aus Mahombekombe heraus und zurück auf die Hauptstrasse folgte, die vom See wegführte. Sie schien sich in Kariba gut auszukennen und er fragte sich, wie viel Zeit sie in der Stadt verbracht hatte.

Er wusste sehr wenig über ihren Hintergrund, ihre Erfahrung, ihre Qualifikationen oder ihre Beziehung zu seiner Tochter. Kurz gesagt, Chris war, abgesehen davon, dass sie seinen Erfahrungen nach stur, feurig, und temperamentvoll war, ein Rätsel. Sie hatte nicht gewollt, dass er zum Tierarzt oder in den Nationalpark ging, um Mirandas Sachen abzuholen, aber als klar wurde, dass er sich nicht darum scheren und es trotzdem tun würde, schien sie entschlossen, immer an seiner Seite zu sein. Er fragte sich wieder, was sie zu verbergen versuche.

Sie erreichten ein Plateau, liessen den See hinter sich und nun erstreckte sich zu beiden Seiten des Horizonts eine braun- und stumpfgrüne Weite der Wildnis, der Busch. Er wünschte sich, Miranda und nicht ihre übervorsichtige Mentorin, wäre da, um ihn herumzuführen. Mit Miranda wäre dies eine aufregende, lustige Entdeckungsreise gewesen, aber ohne sie war es wie jede andere Mission in einem Land der Dritten Welt, das er je besucht hatte. Chris fuhr schnell, für seinen Geschmack zu schnell, aber er hielt auf der engen, kurvenreichen Landstrasse mit ihr mit. Es schien etwa jeden Kilometer Spuren von verbranntem Gummi, zu geben, bei denen irgendein Raser knapp an einem Unfall vorbeigefahren war und er fragte sich, was wohl passierte, wenn sie bei dieser Geschwindigkeit mit einem Elefanten oder einem anderen grossen Tier zusammenstossen würden.

Aus dem Rucksack auf dem Beifahrersitz neben ihm ertönte ein Piepton, also lenkte er mit einer Hand und griff mit der anderen hinüber, um sein Mobiltelefon herauszufischen. Er schaute auf das Display und sah, dass eine Nachricht von Patti hereingekommen war, die ihn bat, anzurufen. Das würde er tun, aber nicht jetzt. Spontan beschloss er, einen anderen Anruf in die Staaten zu tätigen. Er kannte die Nummer auswendig.

»Fort Bragg, was kann ich für Sie tun?«, sagte eine beruhigende Frauenstimme mit dem Akzent der Südstaaten.

»Können Sie mich bitte mit dem Cl-Shop, dem Hauptquartier der 82. Airborne Division, verbinden?«

»Mit jemand bestimmtem, Sir?«

»Ja, mit Major Hank Klein.«

»Einen Moment, Sir, ich verbinde.«

Ein Mann mit rauer Stimme antwortete. »Major Klein.«

»Fritz, du deutsches Arschloch, wo hängst du herum?«

»Jed? Banks, bist du das, du Weichei?«

»Ja, genau.«

Vor vielen Jahren waren sie gemeinsam Gefreite im 75. Ranger-Bataillon gewesen, aber beim teilweisen Versagen eines Fallschirms und der daraus resultierenden harten Landung hatte Klein ein paar Wirbel gestaucht und keine Chance mehr, in der Armee zu kämpfen. Da er nur ungern ganz aufgehört hätte, liess er sich auf einen Schreibtischjob in der Personalabteilung versetzen und war dort schliesslich aufgestiegen. Seine letzte Beförderung war mit einer Versetzung zur 82. Luftlandedivision in North Carolina verbunden gewesen.

»Okay, raus damit, Banks, was willst du?«, fragte Klein, nachdem sich Jed nach ihm und seiner Familie erkundigt hatte. »Du hast noch nie einfach der Freundschaft wegen angerufen.«

»Ich bin in Übersee, Hank, kann dir aber nicht sagen, wo.« Natürlich hätte er das gekonnt, wollte aber nicht noch einmal auf die Einzelheiten von Mirandas Verschwinden eingehen. Ich brauche ein paar Informationen über eines meiner Teammitglieder. Sie ist eine Ex-Achtundsechzigerin, also dachte ich, du könntest vielleicht ein paar Informationen aus dem Ärmel schütteln.«

»Sie? Du Hund.«

»Nein, es ist nicht, wie du denkst.«

»Ich würde es dir nicht verdenken, wenn es so wäre. Aber du weisst, dass es höchst illegal ist, unbefugt in die Personalakte von jemandem zu schauen?«

»Und du weisst, dass ich nicht fragen würde, wenn es nicht wirklich wichtig wäre.«

»Du schuldest mir was, Banks. Im grossen Stil. Name?«

»Wallis, Christine. Diente in deinem Pogue-Bereich – Cl – bei der Div von neunundachtzig bis vierundneunzig.«

»Okay. Könnte eine Weile dauern, denn hier ist gerade Miller-Zeit.«

»Wenigstens denkst du dir nicht irgendeine blöde Ausrede aus. Geniess dein Bier, aber versuch bitte, dich gleich morgen früh bei mir zu melden, denn ich bin vielleicht nicht lange in Telefonreichweite.«

»Gut, mache ich. Pass auf dich auf.«

»Aber sicher, *Sir*«, sagte Jed mit dem Gruss, den die Soldaten der 82nd Airborne für einen Offizier verwendeten.

»Airborn«, gab Klein die übliche Antwort darauf, »du Klugscheisser.«

Vor ihm bog Chris Wallis von der Hauptstrasse ab und nach rechts in eine Siedlung mit Fertighäusern. Die Behausungen hier waren nach internationalen Massstäben bescheiden, aber dennoch um Welten besser als die Blechhütten von Mahombekombe. Dem Strassenschild zufolge war dies Nyamhunga.

Jed sah bald, dass es sich nur um einen Anschein von vergleichbarem Wohlstand handelte. Er fuhr an barfüssigen Kindern vorbei und an Frauen, die so dünn waren, dass ihre Knie und Ellbogen dicker als der Rest ihrer Gliedmassen waren. Er fragte sich, ob es AIDS, Unterernährung, oder vielleicht beides, sei, woran so viele der Menschen litten, die sich auf den belebten, aber bröckelnden Bürgersteigen des Schwarzendorfs tummelten.

Er fuhr an Marktständen vorbei, bei denen auf halbaufgehäuften Stapeln zerquetschtes Obst und welkes Gemüse verkauft wurde, an Schneidereien am Strassenrand, an einer Schlosserei und an einer Autowerkstatt, deren Mechaniker auf dem Bürgersteig in der Sonne arbeiteten. Den Blicken der Einwohner entnahm er, dass nicht allzu viele Touristen Nyamhunga besuchten.

Chris bog nach links in eine Seitenstrasse, in welcher Jed instinktiv nach links, rechts und im Rückspiegel nach Anzeichen von Schwierigkeiten suchte. Er hatte schon öfter Personenschutzdienst geleistet, als Leibwächter, wie es in der Zivilsprache genannt wird, aber hier sah alles ruhig aus.

Chris parkte vor einem Corolla mit eingeschlagener Fahrerscheibe. Als Jed aus seinem Fahrzeug stieg, blieb ein kleiner Junge stehen, schaute ihn an und trat gegen eine Bierdose. Jed winkte ihm und der Junge winkte lächelnd zurück.

»Hier ist es«, sagte Chris, als sie die Tür ihres Wagens öffnete. Jed sah sich das kahle, bunkerartige Betongebäude an. An der Bar war kein Name angeschrieben, aber eine an die Wand gemalte Preisliste warb für *Scuds* und *Bomber* zu vierstelligen Preisen.

»Scuds, Schrotkugeln?«, las Jed Chris laut vor.

»Slang für die grossen Plastikbehälter mit lokalem Bier«, sagte Chris. »Ein Bomber ist eine Glasflasche mit dreiviertel Liter Lagerbier.«

Über der dröhnenden Musik war gedämpftes Gelächter zu hören. »Klingt, als ob die Mittagsgesellschaft bereits in vollem Gange wäre.«

»Seien Sie da drin vorsichtig, Jed«, riet ihm Chris und legte eine Hand auf seinen Arm.

Er war überrascht von ihrer Berührung und ihrer Besorgnis. »Ich nehme an, Sie begleiten mich nicht?«

»Danke, aber diese Runde setze ich aus. Die meisten der Frauen in diesen Lokalen sind geschäftlich dort.«

»Ich bringe Ihnen einen Scud mit. Kommen Sie hier draussen allein zurecht?«

»Ich komme schon klar. Passen Sie auf sich auf.«

»Organisieren Sie einen Luftangriff, wenn ich in zwanzig Minuten nicht draussen bin.«

»Ich meine es ernst. Bleiben Sie nicht den ganzen Tag da drin.«

Jed ging durch das verrostete Sicherheitstor in den mit Bierdosen und braunen Plastikbehältern in der Grösse von grossen Kaffeedosen – leeren Scuds, vermutete er – übersäten Vorgarten.

Im Inneren dauerte es einige Augenblicke, bis sich seine Augen an die Dunkelheit gewöhnt hatten. Der Boden bestand aus nacktem Beton. Es roch intensiv nach Zigarettenrauch und hefigem Bier, ausserdem schwach nach Erbrochenem oder Urin, vielleicht auch nach beidem. Soweit nichts, was ihm nicht schon in allen anderen Bars auf der ganzen Welt begegnet wäre. Das Lokal war etwa zur Hälfte gefüllt und die meisten Gäste sassen auf kahlen Holzbänken an den Wänden. Er spürte ein paar Dutzend auf sich gerichtete Augenpaare, als er zur Bar schritt. In der hintersten Ecke des Raumes sass ein Mann mit dem Rücken an die Wand gelehnt auf dem Boden. Er schlief oder war bewusstlos. Neben ihm lag eine umgekippte leere Kiste und um ihn herum trocknete langsam eine Lache dunklen Biers.

»Ein Bier, bitte«, sagte er zur Bardame im mittleren Alter. Sie trug eine tief ausgeschnittene weisse Bluse, in der sich ihre üppigen Brüste nur schwer verbergen liessen.

»Was für eins?«

»Ich nehme, was er hatte.« Jed wies auf den komatösen Gast auf dem Boden.

»Was? *Chibuku?*«, fragte sie mit grossen Augen.

»Afrikanisches Bier? Die meisten ... die meisten ausländischen Besucher mögen es nicht wirklich. Wir servieren es warm.«

»Oh nein, ich möchte lieber etwas Kaltes.«

Die Bardame griff in eine altmodische Kühltruhe, entnahm ihr eine Flasche Castle Lager und entfernte gekonnt den Deckel.

»Haben Sie vor, lange bei uns zu bleiben?«, fragte sie und schaute mit einem wachsamen Blick an ihm vorbei in die Menge der meist männlichen Trinker.

Jed bemerkte, dass die ausgelassene Unterhaltung auf Gemurmel und Geflüster zurückgegangen war. »So lange wie es braucht.«

»Wofür?«

»Um dieses Bier und vielleicht noch ein weiteres auszutrinken und jemanden zu finden.«

»Sie sind Amerikaner.«

»Sieht man es?«

Sie gluckste. »Sind Sie ein Jäger?«

Er dachte eine Sekunde lang über die Frage nach. »Ja. Ein Freund von mir hat mir einen Führer empfohlen. Moses Nyati.«

Die Frau kreischte, hielt sich die Hand vor den Mund und krümmte sich, am ganzen Körper bebend, vor Lachen.

Plötzlich richtete sie sich auf und wurde ernst, was Jed dazu brachte, über die Schulter zu schauen. Er sah, dass zwei Männer die Bar betreten hatten, und wusste beim ersten Blick, dass sie nichts Gutes im Schilde führten. Sie trugen gefälschte Designer-T-Shirts und schwarze Jeans, Goldketten und elegante, aber schwere Stiefel und er schätzte sie auf Anfang zwanzig. Beide waren gross, hatten rasierte Köpfe und einer eine über die rechte Wange verlaufende Narbe.

Der nähere der beiden hob seine schwarze Sonnenbrille, suchte den Raum ab, nickte in Richtung des schlafenden Mannes und sagte zu seinem Partner: »Das ist er.«

»Geh jetzt, schnell«, flüsterte ihm die Bardame zu. »Du bist nicht der Einzige, der hinter Moses her ist.«

»Ist er das? Der halbtote Kerl dort?«

Die Frau nickte. »Er ist nicht tot. Jedenfalls noch nicht.«

Jed ging durch den Raum zum Mann, der zusammengesackt dalag. Er liess sich auf ein Knie fallen und spürte, wie sich die Augen der beiden Schläger in seinen Rücken bohrten. Er packte den Mann an der Schulter und schüttelte ihn.

»Moses? Moses Nyati?«

Der Mann reagierte nicht, also schüttelte er ihn noch fester. »Hey, aufwachen! Moses?«

Langsam und unter Schmerzen öffnete Moses Nyati ein blutunterlaufenes Auge, dann das andere. Er rülpste, lang und laut und Jed schreckte unwillkürlich zurück.

»Was ...? Wer sind Sie?«

»Ich brauche einen Tracker und man sagte mir, Sie seien der Beste.« Jed fragte sich, worauf er sich da eingelassen habe. Der Kopf des Mannes neigte sich zur Seite und er rülpste erneut. Entweder war er völlig besoffen oder er schlief den schlimmstmöglichen Kater aus.

Moses schüttelte den Kopf und zuckte beim daraus resultierenden Schmerz zusammen.

»Ich denke, wir reden besser draussen.« Jed bot Moses seine Hand an, blickte über die Schulter und sah, dass die beiden Schwergewichtler sich ihnen näherten.

»Wir haben mit diesem Mann zu tun«, sagte einer der Männer zu Jed.

»Ich auch, Kollege.«

»Ich schlage vor, Sie verlassen diesen Ort«, sagte der zweite Mann.

»Ja, wir gehen sofort«, erwiderte Jed und zerrte Moses auf die Beine. Er war vom Gewicht des Mannes überrascht und noch viel mehr von der Grösse des unsicher schwankenden Mannes. Moses war gut und gern eins neunzig und hatte, obwohl er in diesem

Moment alles andere als kampfbereit aussah, die Statur eines Schwergewichts.

»Nicht 'wir', nur du. Und jetzt verschwinde!« Der Mann wechselte in eine afrikanische Sprache und sprach schnell zu Moses.

»Vielleicht sollten Sie gehen, Boss«, krächzte Moses.

»Was ist das Problem?«, fragte Jed.

»Geld.«

»Wie viel?«

»Zu viel.«

Der erste Mann drängte sich an Jed vorbei und rammte die Faust in Moses' Magen. Dieser war zu erledigt, um dem Schlag auszuweichen, sackte zusammen und prallte mit dem Rücken gegen die Wand.

»Es ist Zeit zu bezahlen, Moses«, sagte sein Angreifer, machte einen Schritt nach vorne und holte mit der Faust zu einem zweiten Schlag aus.

Jed packte den Mann am Arm, doch dieser drehte sich schnell um. Aber nicht schnell genug. Jed wehrte den umgeleiteten Schlag des Mannes ab und landete einen scharfen linken Haken in seinem Kiefer. Der kahle Kopf des Mannes wurde nach hinten geschleudert, er taumelte und kämpfte um sein Gleichgewicht. Jed wusste, dass der Partner des Mannes hinter ihm war, also trat er zurück und schlug mit dem rechten Ellbogen hart und schnell nach hinten, womit er den zweiten Mann in den Bauch traf. Er riss den Unterarm nach oben und schlug dem Mann die Rückseite der Faust auf die Nase. Jed drehte sich auf einem Fuss und versetzte dem Mann zwei weitere Schläge in den Solarplexus.

Der erste Mann hatte sich erholt und schloss zu Jed auf. Moses, sagte Jed zu sich selbst, du kannst jederzeit gern mitmachen.

Jed ballte beide Fäuste und tänzelte von einem Fuss auf den anderen, während er darauf wartete, dass der Mann den ersten Schritt machte.

»Vielleicht solltest du gehen, mein Freund«, sagte Jed.

»Dies ist mein Land, *mein Freund*«. Erklärte der Mann, griff in seine Jackentasche und Jed hörte ein Schnappen, als die gefederte Klinge eines Klappmessers herausschnellte.

Dem ersten Angriff konnte Jed ausweichen, dann zog er sich, seinen Widersacher durch den Raum führend, etwas zurück. Die anderen Gäste der Bar hatten sich an die Wände zurückgezogen und keiner von ihnen wollte sich diesen Kampf entgehen lassen – oder sich daran beteiligen. Der Mann holte erneut aus, doch Jed sprang zurück und landete wie eine Katze auf beiden Füssen. Der Billardtisch stand hinter ihm, und er griff nach einem Queue, das er zuvor dort gesehen hatte.

»Scheisse!«, fluchte er und fuhr suchend mit der Hand über die Filzplatte.

»Findest du nicht, was du möchtest, Weisser?«, rief ein Mann mit Narbengesicht von der gegenüberliegenden Wand und schwang den Queue durch die Luft. Ein paar der anderen Gäste lachten.

Der Angreifer führte die Klinge in einem weiten Bogen durch die Luft und zielte auf Jeds Magen, war aber zu langsam, denn Jed sprang erneut rückwärts, landete mit dem Hintern auf dem Tisch und rollte sich wie in einem Rückwärtssalto über die Länge des grünen Filzes ab. Er schwang sich vom anderen Ende und griff in eine der Taschen.

Sein Angreifer stürmte auf ihn zu, aber Jed war bereits in Bewegung und hielt den Tisch zwischen ihnen, als sie ihn, wie Kinder, die Fangen spielen, umkreisten.

»Steh auf!«, rief der erste Mann seinem Kollegen zu, der sich mühsam aufrappelte. »Komm, hilf mir, diesen dummen Touristen zu erledigen.«

Der zweite Mann zog ebenfalls eine Waffe, ein bösartig aussehendes Rasiermesser. Er schien all seinen Verstand und seinen Mut zusammen zu nehmen und stürmte direkt auf Jed zu. Der erste Mann kam aus der entgegengesetzten Richtung um den Tisch herum und Jed plante, ihn in eine Falle zu locken.

Er zog seinen Arm zurück und warf die Billardkugel mit aller Kraft. Mit einem Knall traf sie den ersten Mann zwischen den Augen und er brach zusammen. Jed drehte sich um, aber es war zu spät – er sah den Arm des zweiten Mannes nur noch verschwommen, als dieser zustiess, und spürte einen Stich in seinem Unterarm, als er diesen instinktiv hob, um den Schlag abzuwehren. Jed taumelte nach hinten, verlor in einer Bierpfütze den Halt und fiel, den Arm immer noch erhoben, auf ein Knie. Heisses Blut tropfte von seinem Ellbogen auf den glatten Beton. Der Mann trat ihm in den Magen, so dass er nach vorn kippte und auf beide Knie.

»Wenn ich mit dir fertig bin, wird nicht einmal mehr deine Mutter dein Gesicht wiedererkennen«, sagte der Mann und zog seinen Arm für einen weiteren Schnitt nach hinten.

Jed drehte sich mit seinem von Bier und Blut getränkten Hemd auf die Seite. Das Rasiermesser blitzte nur wenige Zentimeter vor seinem Gesicht auf und der Mann schwang zurück in die andere Richtung. Jed rollte gegen den Rand der Fläche, so dass andere Gäste flohen. Allerdings stand er jetzt mit dem Rücken zur Wand und es gab kein Entkommen. Er wünschte, eine Waffe zu haben. Verzweifelt packte er eine leere Bierflasche am Hals und zerschlug sie auf dem Boden.

Der Mann lachte, holte mit seinem gestiefelten Fuss aus und zerbrach die Flasche mit einem Tritt. Jed warf dem Mann die zersplitterten Reste ins Gesicht, aber dieser wich zur Seite aus und das Glas segelte harmlos über die Bar.

»Du bist erledigt, mein Freund, und zwar endgültig.« Der Mann hob die Hand, in der das Rasiermesser gefährlich funkelte, als es das goldene Licht der schwachen Glühbirne an der Decke auffing.

Plötzlich war das Geräusch von knackendem Holz zu hören und der Mann fiel vor Jed auf die Knie. Das abgebrochene Ende des Billardqueues landete vor Jeds Füssen, und als er aufblickte, sah er Moses Nyati, hoch aufragend, verkatert, aber lächelnd und die abgesplitterte andere Hälfte in seinen Händen haltend. Er streckte eine riesige Hand aus, die Jed einen Moment lang ergriff, bevor er Moses zurief: »Achtung, hinter dir!«

Moses drehte sich um. Der erste Mann, dem Blut aus der Wunde zwischen den Augen, wo ihn die Billardkugel getroffen hatte, tropfte, zog einen silbrigglänzenden Revolver aus der Tasche. »Ich hatte gehofft, es käme nicht so weit, Moses. Aber so endet es nun einmal.« Er spannte die Pistole und begann sie zu heben.

»Falsch, Arschloch.«

Jed blickte um Moses' Körper herum und sah, dass Chris Wallis die Mündung einer Glock-Automatikpistole an die Schläfe des Bewaffneten hielt. Der Mann begann, sich umzudrehen.

»Waffe fallen lassen, Arschloch. Aber sofort!«

Jed war von ihrer Klarheit ebenso beeindruckt wie von ihrem Timing – ganz zu schweigen vom Accessoire, das sie bei sich trug. Der Schläger behielt die Pistole in der Hand und versuchte erneut, sich umzudrehen, um einen Blick auf die Frau zu erhaschen.

Chris stiess die Pistole so fest in die Schläfe des Mannes, dass sein Kopf auf die gegenüberliegende Schulter kippte. Ich sagte: »Lassen Sie die verdammte Waffe fallen!« Endlich hatte der Mann die Botschaft verstanden und der Revolver fiel klappernd zu Boden. Jed hob ihn auf.

»Zeit zu gehen, Jungs«, sagte Chris zu Jed und Moses.

»Ja, Madam«, sagte Moses und lachte dann.

»Betrachten Sie die Schulden dieses Mannes als beglichen, und die Polizei wird nichts davon erfahren«, sagte Jed zu den beiden Männern, als er, Moses und Chris mit erhobenen Pistolen aus der düsteren Bar traten.

»Schnell, steigen Sie in den Wagen«, befahl Chris, als sie draussen waren.

»Warten Sie einen Moment.« Jed öffnete die Tür seines Fahrzeugs, griff nach dem Leatherman im seinem Rucksack und ging zu einem schwarzen BMW, der noch nicht dagestanden hatte, als sie angekommen waren. »Ist das ihr Auto?«

»Ja, aber beeilen Sie sich«, sagte Chris. »Sie kommen schon.«

Jed klappte die scharfe Messerklinge aus und stach die beiden Vorderreifen des Fahrzeugs durch, während Chris die verwundeten Gangster mit ihrer gezückten Glock in Schach hielt. Als die Luft herausströmte, sackte die Nase des Wagens ab.

»Okay, Moses, steigen Sie ein«, sagte Jed.

»Lassen Sie mich fahren, Boss. Sie sind ziemlich zerschnitten.«

Jed schaute zum ersten Mal auf seinen Arm und sah, dass der Fährtenleser Recht hatte. Er griff in die Hosentasche, wobei er zum ersten Mal auch den Schmerz spürte, und warf Moses die Schlüssel zu.

»Ich führe euch«, sagte Chris. »Los geht's!«

Sobald sie Nyamhunga verlassen hatten, hielt Chris an einem Picknickplatz, einer Lichtung am Rande der Hauptstrasse nach Kariba, mit einem Betontisch und zwei Bänken, an, und rannte nach hinten, zu Jeds Land Rover.

»Hier, nehmen Sie das, bis wir wieder im Hotel sind, es verlangsamt den Blutfluss.«

Ohne die Schrift auf der Verpackung zu lesen, wusste Jed, was in dem kleinen grünen Päckchen war, nämlich ein Feldverband der US-Armee.

»Soll ich Ihnen helfen, Boss?«, fragte Moses, als Chris wieder in ihr Fahrzeug stieg.

»Es geht schon. Bleiben Sie einfach an ihr dran ... und nennen Sie mich nicht Boss.«

»Okay, Sir.«

Jed riss den Verband mit den Zähnen auf, legte die sterile Unterlage auf die Wunde und wickelte die daran befestigte Bandage um seinen Arm. Er tat weh, aber sein Herz pochte noch immer heftig vom Adrenalin des Kampfs.

Sie folgten Chris zurück zum Lake View Inn.

»Kommen Sie in mein Zimmer, Jed, ich versorge Sie dort. Sie hob einen prall gefüllten grünen Rucksack aus dem Kofferraum ihres Land Rovers und Jed erkannte darin eine Sanitäterausrüstung, ebenfalls von der US Army.

»Moses, warum warten Sie nicht auf der Terrasse auf uns? Trinken Sie eine Tasse Kaffee oder ein Bier oder so etwas.«

»Sicher, nur eine Sache ...« Jed fischte mit seiner guten Hand in seiner Tasche, zog ein paar Simbabwe-Dollar heraus und reichte sie Moses.

»Ich werde es Ihnen zurückzahlen. Äh, und übrigens, können Sie mir noch erklären, was das alles soll?«

»Ich ziehe Ihnen das Geld von Ihrem ersten Tageslohn ab und der Rest der Geschichte kann warten.«

Moses bedankte sich noch einmal und ging auf die Terrasse.

»Entschuldigen Sie die Unordnung«, sagte Chris, als sie die Tür zu ihrem Hotelzimmer öffnete. »Nachdem ich das Militär verlassen habe, habe ich mir geschworen, mich nie wieder der akribischen Ordnung zu unterwerfen.«

»Hat hier jemand eine Granate geworfen?« Jed fiel es schwer, zu glauben, dass eine Person in so kurzer Zeit eine solche Unordnung machen konnte.

»Gehen Sie ins Bad, nehmen Sie den Verband ab und lassen Sie etwas Wasser über die Wunde laufen.« Chris öffnete den Erste-Hilfe-Kasten auf dem ungemachten Doppelbett.

Jed schaltete das Licht im Bad an und sah, dass noch mehr Kleider herumlagen. Er konnte nicht umhin, zu bemerken, dass sie ihre Unterwäsche ausgewaschen und auf der Duschstange hängen gelassen hatte. Es waren zwei Tangas, einer schwarz, einer rot, sowie ein schwarzer Sport-BH. Er dachte, sie sähe darin bestimmt ziemlich gut aus.

Er wickelte den blutigen Verband ab und hob die Gaze von der Wunde. Als er kaltes Wasser darüber laufen liess, brannte es und frisches Blut quoll hervor.

»Kommen Sie, ich helfe Ihnen.«

Chris stand hinter ihm und musste in der Enge des kleinen Badezimmers um ihn herumgreifen, um eine saubere Mullbinde auf die blutende Wunde zu legen.

»Drehen Sie sich um«, forderte sie. »Ihr Hemd ist voller Blut. Ziehen wir es aus.«

Er stand vor ihr und hielt die Gaze fest, während sie sein khakifarbenes Hemd aufknöpfte. Als sie sich nach vorne beugte, um die letzten paar Knöpfe zu öffnen, konnte er ihr Haar riechen. Der Duft ihres Shampoos und der Anblick ihrer Unterwäsche, die im Badezimmer hing, lösten eine unwillkürliche Reaktion aus. Er hoffte, sie bemerke es nicht.

Sie sah auf und lächelte, als sie ihm das Hemd auszog. »Woher haben Sie das?« Sie fuhr mit der Fingerspitze um einen zentimetergrossen weissen Kreis direkt unter seinem rechten Schlüsselbein.

»Souvenir aus Somalia. Ein Glückstreffer.«

»Glücklich für wen?«

»Für meinen Kumpel, auf den der Bösewicht zielte, für den Bösewicht, weil er es schaffte, mindestens einen von uns zu treffen, und für mich, weil die Kugel die Lunge um ein paar Zentimeter verfehlte.«

Sie liess ihren Finger eine Sekunde lang im Kreis ruhen. »Gibt es eine Austrittswunde?«

Er drehte sich um und zeigte auf einen Buckel ganz oben auf seinem Rücken, direkt unter der Kammlinie seiner Schulter.

»Sie *hatten* Glück, tatsächlich. Der Schuss war zu nah, als dass die Kugel ins Taumeln geraten konnte.«

Sie berührte ihn erneut und er erschauerte. Er stand vor dem Spiegel und als er aufschaute, sah er im Spiegelbild ihre Augen. Er drehte sich wieder und bemerkte, dass sich ihre Brustwarzen gegen den Stoff ihrer Bluse abzeichneten.

Sie drehte sich um und ging zurück ins Schlafzimmer. »Kommen Sie, lassen Sie mich die Wunde versorgen. Setzen Sie sich aufs Bett.«

Sie strich sich eine Haarsträhne aus der Stirn und kniete sich vor ihm auf den Teppich. »Strecken Sie den Arm für mich aus.« Sie spritzte Jod in die Wunde und Jed zuckte zusammen.

»Halten Sie still, grosser tapferer Soldatenjunge. Es brennt nicht lange.«

»Ich habe schon Schlimmeres erlebt.«

»Ich klebe einfach ein paar von diesen Schmetterlingspflastern drauf, das sollte die Wunde geschlossen halten.« Als sie fertig war, wickelte sie einen Verband um den Arm. »So, das sollte reichen. Wir müssen es gut sauber halten, dort wo wir hingehen.«

»Das ist ein ganz schöner Erste-Hilfe-Kasten, den Sie da haben, und Sie scheinen zu wissen, was Sie damit tun können.« Er bewegte seine Finger.

»Als ich bei der 82. war, habe ich den Überlebenskurs gemacht, und dieses Set vor ein paar Jahren in einem Army and Navy Geschäft in der Heimat gekauft. An den Orten, an denen ich arbeite, braucht man mehr als eine Packung Pflaster und etwas Tylenol.«

»Was ist da sonst noch drin?«

»Das Übliche: Kochsalzlösung, ein Klingenset, Nahtmaterial, Verbände, Schienen, Schmerzmittel. Aber jetzt verschreibe ich Ihnen erst einmal ein kaltes Bier. Ich brauche jetzt jedenfalls eins, und Sie wollen Ihren Freund sicher nicht warten lassen.«

»Da haben Sie Recht«, sagte er, obwohl er nichts dagegen gehabt hätte, noch eine Weile unter vier Augen mit ihr zu sprechen. »Danke, Christine.«

»Chris gefällt mir besser. Und es ist nicht erwähnenswert – es war nicht gerade eine grosse Operation.«

»Nein, ich meine, danke auch für vorher. Diese Typen hatten uns in den Seilen. Sie waren ziemlich cool und sahen aus, als wüssten Sie, was Sie tun. Sind Sie hier drüben immer bewaffnet?«

»Jedenfalls immer, wenn ich auf längeren Reisen ausserhalb der Nationalparks unterwegs bin. Mit vierfüssigen Raubtieren werde ich fertig – nur die zweibeinigen sind nicht immer vorhersehbar.«

Sie nahm ihre Schlüssel in die Hand. »Kommen Sie, lassen Sie uns zu Ihrem Freund gehen.«

Noch vor einer Stunde hätte Jed es ihr übelgenommen, dass sie ganz selbstverständlich zu Moses mitkam – er hätte das Gefühl gehabt, sie belästigte und beschattete ihn. Jetzt, nach dem Handgemenge mit den Schlägern, war es, als hätten sie eine Barriere durchbrochen. Sie hatte ihm aus der Patsche geholfen und er war Manns genug, sich bei ihr zu revanchieren.

Jed brachte sein blutverschmiertes Hemd in sein Zimmer und Chris wartete draussen, während er sich ein Neues anzog. Als er wieder auftauchte, gingen sie gemeinsam zur Bar.

Moses sass an einem Tisch beim schmiedeeisernen Geländer. Eine geschmeidige junge Kellnerin stand dicht neben ihm und lachte über etwas, das er gerade gesagt hatte. Als er Jed und Chris auf sich zukommen sah, stand er auf.

»Was möchten Sie trinken, Boss? Madam?«

Jed lächelte. »Ein Bier, bitte.« Er bemerkte, dass Moses Cola trank und schätzte, dass der Mann seinen ersten Vorschuss nicht genutzt hatte, um sich zu besaufen.

»Und dasselbe für mich«, ergänzte Chris. »Und Moses, ich heisse Chris. Wenn Sie mich noch einmal Madam nennen, schiesse ich Ihnen dorthin, wo Sie es am meisten spüren.«

Er lachte. »Ich glaube, das würden Sie tatsächlich tun, Chris.«

Sie setzten sich alle und Moses sah Jed erwartungsvoll an.

»Okay. Können Sie mir jetzt sagen, wohin wir fahren? Ist diese Reise geschäftlich oder zum Vergnügen?«

»Geschäftlich, fürchte ich«, sagte Jed.

»Ich bin immer auf der Suche nach einem Geschäft, aber es läuft sehr schleppend. Sogar die Jäger gehen heutzutage woanders hin.«

Jed beugte sich vor. »Ich möchte nicht unhöflich sein, Moses, aber dennoch zunächst einmal wissen, warum diese Männer hinter Ihnen her waren.«

»Wegen Geld. Nichts Illegales. Ich war mit den Zahlungen für meinen Land Cruiser im Rückstand, also nahm ich bei einem von ihnen einen Kredit auf, um meine ursprünglichen Raten zu decken. Ich weiss, das war dumm, aber ich hatte einen Jagdvertrag in der Tasche. Ich sollte nur ein paar Wochen überbrücken, bis der Kunde, ein Deutscher, eintraf. Nur ist er nie aufgetaucht.«

»Wie viel schulden Sie ihnen?«

»Zwei Millionen Dollar.«

»Für einen Toyota?«, fragte Jed mit grossen Augen.

»Simbabwe-Dollar. Das sind etwa zweihundert Ihrer amerikanischen Dollar.«

»Und wegen ein paar hundert Dollar waren sie mit einer Pistole und einem Rasiermesser hinter Ihnen her?«

»Das ist hier eine Menge Geld. Sie wollten meinen Wagen beschlagnahmen, aber ich habe ihn versteckt.«

»Wie viel verlangen Sie als Fremdenführer?«

»Fünfzig pro Tag.«

»Simbabwische Dollar?«

Moses lachte. »Nein, Amerikanische.«

»Ich weiss nicht, ob der Job, den ich Ihnen anzubieten habe, für vier Tage reicht, aber wenn Sie ihn wollen, können Sie ihn haben«, sagte Jed.

»Natürlich, worum geht es?«

Jed erzählte von Mirandas Verschwinden und seinem Wunsch, sie, wie auch immer, zu finden.

»Ich habe in der Zeitung darüber gelesen. Es ist schwer, ein Kind zu verlieren, ich weiss.«

»Ihr Verlust tut mir leid«, sagte Chris. »Sind Sie verheiratet?«

Moses nickte. »Ich habe eine Frau und einen Sohn. Ausserdem hatten wir eine Tochter, die zwei Jahre alt war, als sie starb. In einem anderen Land hätte sie in einem Krankenhaus wahrscheinlich gerettet werden können. Ich hatte das Geld – in Simbabwe muss man im Voraus bezahlen –, aber das Krankenhaus hatte die richtigen Medikamente nicht. Ich musste mit einem vorläufigen Reisedokument die Grenze nach Sambia überqueren und einen Bus nach Lusaka nehmen. Als ich nach Hause kam, war meine Tochter tot. Meine Frau und ich ... nach dem Tod des Mädchens wurde es schwierig für uns und keine Arbeit zu haben, hat es nicht leichter gemacht.«

»Ich will Klarheit darüber finden, was mit meiner Tochter passiert ist«, sagte Jed zu Moses.

»Ich möchte Ihnen keine falsche Hoffnung machen. Wenn Ihre Tochter nicht von einem Löwen getötet wurde aber dennoch nicht wieder aufgetaucht ist, ist sie wahrscheinlich aus einem anderen Grund gestorben. Ich glaube nicht, dass wir sie irgendwo im Busch finden, weil sie sich verirrt hat.«

Jed nahm einen Schluck von seinem Bier und starrte auf den schimmernden See hinaus. »Ich weiss, Moses. Um die Wahrheit zu sagen, weiss ich nicht, was ich zu finden hoffe, oder wonach ich überhaupt suche. Aber durch einen Aufenthalt im afrikanischen Busch bekomme ich zumindest ein Gefühl dafür, was ihr in den letzten Monaten so wichtig war.«

»Den afrikanischen Busch kann ich Ihnen sicher zeigen.«

»Entschuldigen Sie mich bitte, ich möchte das sehen«, sagte Chris plötzlich, stand unvermittelt auf, eilte zwischen den Tischen hindurch, stellte sich vor die Bar und starrte auf einen Fernseher, der auf einem Regal über den Spirituosenflaschen angebracht war. Jed drehte sich um und versuchte angestrengt zu hören, was gesagt wurde. Er sah Bilder von Westlern, die mit Taschen beladen vor einem Bürogebäude in Busse stiegen. Die Bildunterschrift am unteren Rand des Bildschirms besagte, das *Personal der US-Botschaft wird aus Tansania evakuiert.*

»Was ist denn dort los?«, fragte Moses.

»Eine weitere Bombendrohung, nehme ich an.« Nach sechs Monaten in Afghanistan war Jed nicht mehr überrascht von der Reichweite des weltweiten Terrorismus.

»Jed?«, fragte Moses.

Jed wandte sein Gesicht vom Fernseher ab. »Ja?«

»Warum hat Chris eine Waffe? Ist sie eine Jägerin oder eine Fremdenführerin? Wissen Sie, dass es für Bürger, die weder professionelle Führer noch Jäger sind, illegal ist, Schusswaffen zu tragen?«

Jed nickte. »Ja, es gab Leute, die mir gegenüber die strengen Waffengesetze in Ihrem Land erwähnt haben, Moses. Vielleicht frage ich Christine mal danach, wenn wir draussen im Busch sind.« Seine Gedanken drehten sich.

»Je schneller wir im Busch sind, desto besser«, sagte Moses und hob seine Colaflasche.

»Gesundheit, Moses.« Jed stiess seine Flasche mit der des Führers an, obwohl er keine Begeisterung für die bevorstehende Safari empfand. Schliesslich suchte er den Beweis dafür, dass sein einziges Kind tot war und nun hatte er eine weitere Frage an Christine Wallis.«

8

Hassan bin Zayid wischte seine verschwitzte Handfläche an seinem Tommy Hilfiger-T-Shirt ab und griff dann wieder nach dem Gashebel des Aussenbordmotors.

Auf der glatten, grauen Gummiflanke des aufblasbaren Zodiac-Beiboots prangte in weisser Schrift und im gleichen Schriftzug wie auf seinem Vierzig-Fuss-Motorboot, der Name *Faith*. Darunter stand der Hafen, in dem es registriert war: *Sansibar*. Obwohl Hassan heutzutage die meiste Zeit in seinem privaten Wildreservat in Sambia verbrachte, betrachtete er die Gewürz-Insel vor der Küste des tansanischen Festlands nach wie vor und wohl für immer als seine wahre Heimat.

Er hatte sich nach Sansibar zurückgezogen, um den Schock über die Nachricht, die ihn vor einigen Tagen per Telefon erreicht hatte, zu verarbeiten. Als er in der kühlen, dunklen Bar der Lodge gesessen und drei Finger Scotch auf Eis getrunken hatte, war ihm klar geworden, dass der einzige Mensch auf der Welt, den er wirklich liebte, tot war.

Hassan hatte Juma zu sich gerufen, seinen stellvertretenden Manager, wenn er nicht in der Lodge war und persönlichen Diener, wann immer er sich dort aufhielt. Da Juma ein gläubiger Moslem war, beleidigte Hassan ihn nicht damit, ihm Alkohol anzubieten, sondern schenkte dem grossen Schwarzen stattdessen ein Glas Orangensaft ein, als er die Bar betrat.

»Setz dich, alter Freund«, sagte Hassan.

Juma nickte und setzte sich auf einen der Barhocker. »Es tut mir leid für deinen Verlust, ich fühle deinen Schmerz mit.«

»Ich danke dir, Juma. Mit dieser Nachricht haben sich die Dinge für mich radikal geändert und ich muss die Lodge verlassen.«

Juma nickte erneut. »Gehst du nach Sansibar?«

»Ja. Und ich kann nicht zurückkehren.«

Jumas Augen weiteten sich. Sein ganzes Erwachsenenleben hatte er im Dienst zuerst von Hassans Vater, dann von Hassan bin Zayid verbracht. Seine Mutter war Hassans Mutters Dienstmädchen gewesen und er hatte schon als Kind mit dem gutaussehenden, bleichhäutigen Erben des Familienvermögens gespielt. Hassans Schulbesuch im Ausland hatte sie zwar getrennt, aber das Band zwischen ihnen war nie zerrissen, auch nicht, als sie sich unweigerlich in einem Herr-Diener-Verhältnis einrichten mussten. »Soll ich hierbleiben?«

»Vorläufig auf jeden Fall, aber wir müssen ein paar Dinge besprechen, du und ich. Du hast zuerst meiner Familie und danach mir dein ganzes Leben lang gedient.«

»Ja. Freiwillig.« Juma befürchtete unvermittelt, der Mann ihm gegenüber mit den traurigen Augen wolle nicht nur die Zusammenarbeit mit ihm beenden, sondern ebenso sein Arbeitsverhältnis.

Hassan zwang sich zu einem Lächeln, aber nur zu einem kurzen. »Keine Sorge, alter Freund, ich feure dich nicht. Im Gegenteil, ich brauche dich jetzt mehr als je zuvor und muss wissen, ob du mich in dieser schwierigen Zeit unterstützt.«

»Du weisst, dass ich für dich sterben würde.«

Diese Aussage löste eine peinliche Stille aus. Keiner der beiden Männer neigte zu Gefühlsausbrüchen – zumindest nicht vor einem anderen Mann – und diese Erklärung überraschte sie beide ein wenig. Hassan spürte, dass ihm Tränen in die Augen stiegen, blinzelte sie aber zurück. »Danke, Juma, aber ich hoffe, dazu kommt es nicht.«

Hassan erteilte Juma eine Reihe von Aufträgen, wonach ihr Gespräch endete. Nachdem sein Mitarbeiter gegangen war, wählte Hassan die Nummer eines Reisebüros in Dar es Salaam und nachdem dessen Besitzer sich meldete tauschten sie kurz ein paar Höflichkeiten aus.

»Verkraften Sie ... die Neuigkeiten?«, fragte der Mann.

»Ja, ich komme klar. Ich plane eine Reise, um eine Zeit lang von hier weg zu kommen. Ich fahre heute Abend spät oder morgen früh und würde Sie gern wiedersehen.« Während er in das tragbare Telefon sprach, tigerte er auf dem Steinboden der Bar umher.

»Das dürfte schwierig werden. Ich bin in den nächsten Tagen sehr beschäftigt.«

Hassan geriet in Panik. Nachdem er seine Entscheidung getroffen und Juma um Unterstützung gebeten hatte, konnte er sich jetzt nicht leisten, abgewiesen zu werden. »Erinnern Sie sich, dass Sie mich vor einem Jahr, als Sie in meiner Lodge zu Gast waren, etwas gefragt haben?«

Am anderen Ende der Leitung gab es eine Pause. »Es ist kein guter Zeitpunkt zum Reden, Hassan.«

»Deshalb möchte ich Sie persönlich treffen. Aber Sie erinnern sich doch an das Gespräch und den Geschäftsvorschlag, den Sie mir letztes Jahr unterbreitet haben?«

»Natürlich.«

»Ich bin dabei.«

»So einfach ist das nicht. Ich bin mir nicht einmal sicher, ob Sie in unsere Organisation passen.«

Hassans Besorgnis schlug in Ärger um. »Als Sie mein Geld wollten, spielte das keine Rolle.«

»Nur sind Sie nicht der einzige reiche Mann in Afrika, Hassan.«

»Wie wäre es mit Geld, Ortskenntnissen und Kontakten? Sie wissen, welche Mittel mir zur Verfügung stehen.« Hassan war klar, dass der Mann sich einfach nur vorsichtig verhielt, was in seiner Branche unabdingbar war. Hassan vermutete, er wisse, dass Hassans

Sinneswandel durch den plötzlichen Tod der Person, die ihm am nächsten gestanden hatte, ausgelöst worden war.

»Okay, Hassan. Treffen wir uns in dem Hotel, das Sie vor ein paar Jahren kaufen wollten.«

»Gut, ich komme mit dem Boot. Wir sehen uns am Dienstagmittag in der Strandbar.«

»Einverstanden, ich werde da sein.«

Er legte das tragbare Telefon in seine Halterung und liess sich schwer auf den Barhocker fallen. Als er sich Scotch nachschenkte, klirrte der Flaschenhals an den Rand des schweren, geschliffenen Glases, weil seine Hand so stark zitterte.

Er blickte erneut auf das Foto, das ihn, seinem Vater und seinen Zwillingsbruder Iqbal zeigte.

Die Brüder kleideten sich unterschiedlich, trugen ihr Haar auf andere Art und gingen mit völlig verschiedenen Frauentypen aus. Wer wohl sein Mädchen gewesen war, als das Foto aufgenommen wurde? Ah, ja, Felicity. Die Blonde aus dem konservativen Mittelengland, eine frühere Klassenkameradin an der Universität, die gesagt hatte, sie liebe sein Haar. Felicity war zu ihm gekommen – kein Wunder, denn er gab fast jedem hübschen Mädchen, das er traf, die Adresse seines Vaters in Sansibar. Iqbal hatte von einem pakistanischen Mädchen aus einer angesehenen Familie erzählt, das in sein Heimatland zurückkehren wolle. In so vielen anderen Dingen wählten die Brüder verschiedene Wege, aber vor einer hübschen Frau konnte keiner von ihnen ein Auge verschliessen.

Ihre Augen wiesen sie jedoch als Zwillinge aus. So ähnlich, so blau wie der Indische Ozean, hatte seine Mutter immer gesagt. Doch selbst hier, auf dieser verschwommenen Momentaufnahme, konnte man hinter jedem Paar indigoblauer Pforten unterschiedliche Seelen erkennen. Hassans Augen strahlten vor Unbekümmertheit – bestimmt hatte er entweder gerade Sex gehabt oder freute sich über die Aussicht darauf, er wusste es nicht mehr genau. Die von Iqbal waren kühler, distanziert. Er schien die erzwungene Freundlichkeit, die das Wiedersehen erforderte, kaum zu ertragen und sich wieder etwas anderem zuwenden zu wollen, etwas, das mehr ... Bedeutung hatte. Seiner Frau? Nein, sie war zu diesem Zeitpunkt bereits in Pakistan und er wollte ihr ein paar Tage nach dem Kurzurlaub auf der Insel dorthin nachfliegen. War es eine Frau, die seinen Bruder so unwiderruflich aus der eigenen Welt weggelockt hatte?

Nein, das glaubte er nicht. Vielleicht hätte Hassan seinen Bruder und dessen Schicksal besser verstehen können, wenn der von seinem Schwanz bestimmt worden wäre. Aber es war etwas mit noch stärkerem Einfluss, das sie so vollständig trennte, etwas, das Hassan gar nicht kannte.

Der Glaube.

Manchmal, wenn er auf der Veranda sass und einen atemberaubenden Sonnenuntergang beobachtete – er erinnerte sich an das besonders lebhafte rotgoldene Wolkenspiel, das er und Miranda beobachtet hatten, bevor sie sich liebten –, war er versucht, zu glauben, dass es einen Gott gab. Aber sein Gott, oder zumindest der Gott seines Vaters und seines Bruders, würde seine Verbindung mit der Amerikanerin, einer Ungläubigen, nicht dulden. Sein Vater hatte ausserhalb seiner Religion zivil geheiratet. Hassans Mutter hatte offenbar zu konvertieren versprochen, tat es jedoch nicht, was ihr ihr Mann nie verzieh, und zwar nicht nur, weil sie das Christentum nicht aufgab. Weder der christliche noch der muslimische Gott hatte die Verbindung des älteren Hassan bin Zayid, Reiseleiter und Café-Besitzer in Stone Town, Sansibar und Margaret Wilks aus Buckinghamshire, England, Stewardess der British Overseas Airways Corporation, gesegnet.

»Das einzig Gute, das daraus entstanden ist, seid ihr zwei Jungs«, hatte ihr Vater bei vielen Gelegenheiten zu Hassan und Iqbal gesagt. Meistens, nachdem er den grössten Teil einer Flasche teuren Scotch getrunken hatte. Das Komische war, dass Hassan sich daran erinnerte, dass seine Mutter, als er sie das letzte Mal sah, fast genau das Gleiche sagte. Er hatte nur wenige Erinnerungen aus seiner Kindheit an sie, denn Margaret hatte Sansibar kurz nach dem dritten Geburtstag der Zwillinge für immer verlassen. Alles, woran Hassan sich erinnerte, war eine goldhaarige Frau, die für ihn sang und –

bezeichnenderweise – oft weinte. Die einzige Version, die Hassan von der Ehe kannte, war die seines Vaters.

»Sie hat euch Jungs verlassen. Sie hat euch im Stich gelassen, als ihr noch klein wart. Welche Mutter verlässt ihre Kinder?«

Eines Nachts, als die Jungen elf Jahre alt waren, kletterten sie durch ihr Schlafzimmerfenster und liessen sich so leise wie möglich auf das Blechdach des Nachbarhauses fallen. Über die miteinander verbundenen Dächer zu krabbeln, durch Oberlichter und Nachbarschaftsfenster zu spähen und sich gegenseitig herauszufordern, über die Lücken zwischen den Häusern zu springen, war ein beliebtes Spiel. An diesem Abend waren sie, nachdem sie der alten Frau Jamal beim Ausziehen zugesehen hatten – eine Erfahrung, die keiner von ihnen wiederholen wollte –, auf dem Rückweg ins Bett, als sie die Baritonstimme ihres Vaters hörten. Der Geruch seiner Marlboro-Zigaretten wehte von dort herauf, wo er auf den Steinstufen der Treppe, die zum Empfangsbereich des kleinen Hotels führten, das ihm gehörte, hockte. Ein zweiter Mann sass auf einem Plastikstuhl daneben. Hassan erkannte die Stimme des Fremden nicht, aber das spielte keine Rolle. Während er annahm, seine Söhne lägen im Bett und schliefen, erzählte sein Vater die Geschichte seiner gescheiterten Ehe.

»Sie war eine Schönheit, so viel ist wahr.«

»Und gut, was? Ich habe gehört, die englischen Mädchen lieben *es*«, warf der Fremde ein.

Iqbal sah Hassan mit verwirrten Augen an, weil er angenommen hatte, seine Mutter sei *schlecht*, aber Hassan zuckte ebenso irritiert mit den Schultern.

Der ältere bin Zayid grunzte ein wenig. »Ja. Am Anfang jedenfalls. Wie in jeder Ehe. Nur waren wir damals nicht verheiratet.«

»Ah ... und sie wurde schwanger«

»Das kommt vor, Bilal.«

»Aber eine Ausländerin ... warum hat sie nicht abgetrieben? Du hast es ihr doch sicher vorgeschlagen, oder.«

»Ja, das habe ich. Aber sie wollte nichts davon hören und mir hat es nichts ausgemacht, sie zu heiraten.«

»Aber deinem Vater?«

»Gott sei seiner Seele gnädig, er hat sich geweigert, mit mir zu sprechen.«

»Was heisst abtreiben?« flüsterte Hassan.

Iqbal mimte eine Hand, die ein Messer hielt, und stiess es dann in seinen Bauch. »Dass Frauen ihre eigenen Kinder töten, wenn sie sie nicht wollen.«

»Nein!«

»Doch. Mohameds Schwester, die ältere, hat eine Frauenzeitschrift aus England. Darin steht ein Artikel darüber«, erklärte Iqbal und schwelgte in seiner Weltgewandtheit.

»Ich bin froh, dass unsere Mutter das nicht getan hat«, sagte Hassan.

»Psst! Hör zu.«

Ihr Vater drückte seine Zigarette aus. »Natürlich hielten mich alle für verrückt, nicht nur mein Vater. Ich wurde gemieden, aber ehrlich gesagt machte es mir anfangs nichts aus. Ich hatte eine attraktive, gebildete Frau und ich wollte die Kinder.«

»Was war also das Problem?«

»Sie sagte, sie wolle hier leben und ihren Job aufgeben, woraufhin ich sagte: 'Natürlich, das muss ja auch so sein'.«

»Und was war falsch daran?«

»Dass ich das gesagt habe. Sie sagte, sie treffe die Entscheidungen, weil *sie* es so wolle, und wenn sie, wenn die Jungen älter seien, wieder arbeiten wolle, dann tue sie das.«

»Eine Frau, die arbeiten geht, obwohl ihre Kinder zu Hause sind? Was für eine lächerliche Idee.« Bilal schüttelte den Kopf.

»Das habe ich ihr auch gesagt. Ausserdem schlug ich ihr vor, sich vielleicht etwas angemessener zu kleiden, wenn wir verheiratet seien. Auch das kam nicht gut an.«

»Warum müssen sich diese westlichen Frauen nur wie Huren anziehen?«

Hassan Senior lächelte. »Natürlich hatte ich, als wir miteinander ausgingen, nichts dagegen, aber zu der Zeit war sie mit meinen Söhnen schwanger und wir waren schon verheiratet. Also dachte ich natürlich, sie würde anfangen, sich wie eine richtige, bescheidene Ehefrau zu verhalten. Aber wenn ich ihr sagte, was sie tun sollte, tat sie das Gegenteil.«

»In Pakistan wissen wir, wie man Frauen behandelt«, erklärte Bilal und hob eine Faust. Hassan Senior nickte.

»Ich habe sie nie geschlagen, aber vielleicht hätte ich es tun sollen.«

»Lass uns gehen«, flüsterte Hassan seinem Bruder zu. Er hatte das Gefühl, nicht mehr von diesem Gespräch hören zu wollen. Vor Kurzem hatte er in der Schreibtischschublade seines Vaters ein Foto gefunden – alt, verblasst und mit Eselohren. Ins Arbeitszimmer zu gehen war eigentlich verboten, aber sein Kugelschreiber hatte keine Tinte mehr, also brauchte er, um seine Hausaufgaben zu machen, einen neuen. Sein Vater sass unten am Empfang fest, wo ein paar ausländische Touristen angekommen waren. Inmitten des Durcheinanders in der Schublade lag das Bild, das eine schlanke, blonde Frau in einer Uniform zeigte, die vor dem Terminal des Flughafens von Sansibar stand, dessen Name im Hintergrund zu lesen war. Sie hatte eine Hand in die Hüfte gestemmt und eine Handtasche über die Schulter gehängt. Hassan hatte das Foto zurückgelegt und sich gefragt, ob das seine Mutter sei.

»Nein, jetzt wird es gerade interessant«, widersprach Iqbal.

»Und danach ist es schlimmer geworden?«, fragte Bilal.

»Eine Zeit lang ging es gut. Während der Schwangerschaft hat sie sich eingelebt, aber nach der Geburt gab es Schwierigkeiten.«

»Medizinische Probleme?«

»Nein, es war ihr Kopf. Sie war depressiv. Wir hatten natürlich ein Kindermädchen, eine Schwarze, deren Mann beim Fischen ertrunken war. Sie hatte selbst einen fast gleichaltrigen Jungen, den kleinen Juma und hat meine beiden schliesslich aufgezogen. Aber die Mutter der Jungen ... es war, als ob sie sie nicht wolle, was umso seltsamer war, weil sie sich gegen die Abtreibung entschieden hatte.«

»Frauen sind seltsame Geschöpfe.«

Er zuckte mit den Schultern. »Jedenfalls gewöhnte sie sich an die Jungs. Aber ein paar Monate später fing sie wieder mit diesem

Unsinn an, wieder arbeiten zu wollen. Ich meine, durch die Welt jetten, heute hier, morgen dort ... wie kann eine Frau so Kinder grossziehen, Bilal?«

»Unmöglich.«

»Natürlich, also habe ich es ihr verboten. Daraufhin drohte sie, sich von mir scheiden zu lassen.«

»Mit welcher Begründung, Hassan? Dass du dich um sie sorgst und willst, dass sie eine gute Mutter wird?« Bilals Ungläubigkeit war aus dem Tonfall seiner Stimme herauszuhören.

»Sie sagte, es sei wie im Gefängnis. Als ob ich sie wie meine Sklavin behandelt hätte.«

»Das ist kein Gefängnis. Eher ein Palast.« Bilal sah zu dem vierstöckigen, weiss getünchten Hotel hinauf, das zwischen einem Souvenirladen und dem kleinen Café lag, das Hassan schon besessen hatte, als er die Mutter der Zwillinge kennenlernte. Als der Fremde aufblickte, duckten die Jungen ihre Köpfe hastig von der Regenrinne weg.

»Es wurde schlimmer. Ich fuhr für ein paar Tage geschäftlich aufs Festland und kam einen Tag früher nach Hause, da war ein Mann in meinem Haus. Ein Engländer.«

»Eine verheiratete Frau hat Besuch von einem anderen Mann im Haus der Familie? Waren sie ...?«

»Wenn du das meinst, ja, sie waren angezogen. Sie tranken morgens um zehn Uhr in *meinem* Haus Kaffee auf *meinem* Balkon. Sie hat nicht versucht, ihn zu verstecken, sondern sagte, er sei ein *Freund*. Das machte es noch schlimmer, Bilal, dass sie sich nicht schämte, einen fremden Mann im Haus zu haben.«

»Hat sie also auch mit ihm geschlafen?«

»Ja. Die Wahrheit kam schliesslich ans Licht. Sie sagte, ich hätte ihr nicht genug Aufmerksamkeit geschenkt und sie eher wie eine Sklavin als wie eine Ehefrau behandelt. Was für ein Witz. Mit einer Sklavin hätte ich wenigstens Sex gehabt.«

Bilal schüttelte den Kopf und machte ein schnalzendes Geräusch mit der Zunge. »Sie sagte, der Mann sei nur gekommen, um ihr einen Job anzubieten. Er war von der Fluggesellschaft. Ich sagte ihr, sie dürfe auf keinen Fall wieder arbeiten gehen, denn es sei ihre Aufgabe, ihre wunderbaren Söhne grosszuziehen. Sie erklärte mir, das Kindermädchen mache einen besseren Job, als sie es je könne und sie habe nicht mehr das Gefühl, die Kinder gehörten ihr. Damit, Bilal, hatte sie leider recht.«

Hassan dachte darüber nach, was sein Vater gerade gesagt hatte. Es stimmte: Die einzige mütterliche Figur, die er je gekannt hatte, war Aisha, sein Kindermädchen und Jumas Mutter.

»Es ist spät, und ich sollte dich wieder an deine Arbeit gehen lassen, Bilal«, sagte Hassan Senior müde.

»Zuerst musst du mir erzählen, wie es endete.«

Er zuckte mit den Schultern und drückte seine Zigarette auf der Hoteltreppe aus. »Ganz einfach. Sie ist gegangen. Nicht einmal eine Nachricht hat sie hinterlassen, weder für mich noch für die Jungs. Eines Morgens wachten wir auf und sie war weg. Zurück nach England, nahm ich an, ins verdammte Dorf Oving in Buckinghamshire, aus dem sie stammte.«

ALS ER SEIN STUDIUM BEGANN, suchte er sie gegen den ausdrücklichen Wunsch seines Vaters und seines Bruders. Alles, was er wusste, war der Name des kleinen Dorfes Oving, aus dem ihre Familie stammte.

Während es drinnen brütend heiss war, prasselte kalter Regen gegen die Fenster des Zugs des British Rail Service von Marylebone. Die Landschaft war ihm immer noch fremd, es war ein anderes Universum, eine andere Welt, weit weg von der überfüllten Hektik von Stone Town oder den palmengesäumten weissen Stränden der Küste.

In der Stadt Aylesbury, der Endstation der Linie wies ihm eine übergewichtige Dame mit heruntergezogenen Mundwinkeln den Weg zum Busbahnhof. Es war mitten an einem Arbeitstag und der Bus, bis auf ein älteres Ehepaar, das ihn ignorierte, leer.

Die Vororte von Aylesbury mit ihren überfüllten Sozialwohnungen wichen bald grünen Weiden und kleinen Dörfern mit weiss getünchten strohgedeckten Häusern. Eine Frau mit rötlichem Gesicht, in wasserdichter grüner Jacke und Gummistiefeln, führte im Nieselregen ein Paar Beagles aus. Ihr Atem wurde zu weissem Nebel. Hassan fragte sich, wie seine Mutter das warme Wetter Sansibars und erst recht ihre beiden kleinen Söhne, hatte verlassen können.

In Oving ging Hassan am grasbewachsenen Rand einer schmalen zweispurigen Strasse entlang und kam zu den hohen Backsteinmauern eines Landhauses. Er blieb stehen und stellte sich auf die Zehenspitzen. Über die Mauer hinweg erkannte er gepflegte Rasenflächen und Hecken sowie einen Kiesweg mit flechtenbedeckten Statuen. Die Fassade des Hauses schien ihm so gross wie das 'Haus der Wunder' in Stone Town, der Palast des Sultans. Hier gab es offensichtlich Geld. Sein Vater war wohlhabend und musste es auch sein, um zwei Söhne zum Studieren aus Tansania herauszuschicken. Er besass drei Hotels, zwei auf Sansibar und eines auf dem Festland in Dar, aber das hier war eine andere Klasse von Reichtum.

»Ein ganz schöner Kasten, nicht wahr?«

Hassan drehte sich um und sah einen bleichhäutigen Mann mit gelocktem grauem Haar. Er trug eine verblichene graue Latzhose und hatte eine Gartenschere in der Hand. Hassan schätzte ihn auf Anfang fünfzig.

»Für einen Dieb sehen Sie zu schick aus, aber ich habe Sie noch nie hier im Dorf gesehen«, sagte er in leicht singendem Tonfall und mit einem weichen Akzent.

»Ich suche nach jemandem, entfernten Verwandten«, antwortete Hassan.

»Aha? Ich heisse Ernie und kümmere mich um die meisten Gärten hier. Ich habe mein ganzes Leben im Dorf gelebt.«

»Kennen Sie die Wilks?«

»Natürlich. Die alte Frau Wilks ist erst letztes Jahr verstorben, aber das wüssten Sie doch, wenn Sie verwandt wären, oder?« Der Gärtner hob eine Augenbraue.

Hassan bemerkte das Misstrauen in den Augen des Mannes. »Ich komme aus dem Ausland und verfolge den Familienstammbaum zurück. Dann bin ich also nicht in der Nähe. Frau Wilks, sagten Sie?

Das muss ...«, er bremste sich, um nicht 'meine Grossmutter' zu sagen. Er wollte nicht, dass die Nachricht von seiner Ankunft im ganzen Dorf verbreitet wurde und seine Mutter allenfalls in Verlegenheit brächte. »Margarets Mutter?«

»Ja, genau, das stimmt. Margaret wohnt im grossen Haus neben dem alten Haus ihrer Mutter.«

»Können Sie mir bitte erklären, wie ich zu ihrem Haus komme?«

Ernie musterte ihn von oben bis unten, ihn unverblümt taxierend. »Ich bin gerade auf dem Weg dorthin. Ich muss die Hecken zweier Häuser etwas weiter als Margaret schneiden, also kann ich Sie hinbringen.«

Hassan musste sich die Beine ausreissen, um mit dem älteren Mann Schritt zu halten, als dieser in eine schmale Gasse einbog, die ins Herz des kleinen Dorfes führte. Am Ende der Strasse sah er eine alte Steinkirche und eine urige Kneipe, den 'Black Boy'. Ernie hielt vor einem strohgedeckten Haus mit einem Beet aus roten Rosen davor.

»Hier ist es«, sagte er.

Hassan öffnete das Holztor, blickte zurück und sah, dass Ernie wartete. Wahrscheinlich wollte er sich vergewissern, dass alles in Ordnung sei, überlegte Hassan. Er fühlte sich plötzlich ganz und gar nicht mehr gut, sein Herz pochte und sein Mund war trocken. Er wischte sich die Hände an seiner Jeans ab. An der Holztür war ein schwerer Messingklopfer, den er an die Tür schlug und ein paar Augenblicke später öffnete sich diese.

Das war sie. Wann immer er konnte, hatte er einen Blick auf das Foto in der Schreibtischschublade seines Vaters geworfen, bis er erwischt worden war. Sein Vater hatte nichts gesagt, sondern ihm das Bild einfach weggenommen und in winzige Stücke zerrissen. Sie war immer noch schön, aber irgendetwas stimmte nicht. Ihr Haar war blond, aber ihr Gesicht eingefallen und ihre Augen, die das gleiche Blau hatten wie seine, waren umschattet und zu tief in die Höhlen gesunken. Sie trug einen weiten roten Pullover über einer Jeans, die schlanke Beine umhüllte. In ihren hochhackigen Schuhen war sie nur ein oder zwei Zentimeter kleiner als er mit seinen eins achtzig. Sie legte eine Hand an den Mund.

»Morgen, Margaret«, rief Ernie vom Tor her. »Der junge Mann sagt, er gehöre zur Familie, also habe ich ihm den Weg hierher gezeigt.«

Sie blinzelte. »Ähm, ja. Danke, Ernie. Gut, dass du ihm geholfen hast. Ich habe ihn schon seit einiger Zeit erwartet.«

Ernie schaute verwirrt, nickte aber und zwang sich zu einem Lächeln. »Ich mache mich dann mal auf den Weg zu Joannes Hecken.«

Sie winkte, um ihm zu zeigen, dass alles gut sei.

»Ich bin ...«, begann Hassan.

»Ich weiss, wer du bist.«

Er hörte weder Wut noch Überraschung oder Verärgerung in ihrer Stimme. Und am allerwenigsten Liebe. Am ehesten nahm er einen Ton von Resignation und Endgültigkeit wahr, als ob sie ihn tatsächlich erwartet habe und er nun endlich gekommen sei.

»Du solltest besser reinkommen, Hassan.«

Er wischte sich die schmutzigen Füsse an der Fussmatte ab und musste sich ein wenig ducken, um durch die Tür zu gehen. Drinnen war es warm. Im Gegensatz zum Haus, das aus dem siebzehnten Jahrhundert stammte, war die Einrichtung modern. Die Decke war nicht viel höher als der Türrahmen und obwohl er aufrecht stehen konnte, fühlte er sich sehr eingeengt. »Woher wusstest du, dass ich es bin und nicht ...«

»Iqbal? Weil du als kleiner Junge schon genauso warst. Du hast immer an meinem Rockzipfel gehangen, während Iqbal hinter seinem Vater hergelaufen ist. Ich wusste, dass du es wärst, wenn einer von euch nach mir suchen würde. Setz dich doch. Tee? Ich habe gerade den Kessel aufgeheizt.«

Er war plötzlich sehr wütend. Es gab so viel zu besprechen, so viel zu erklären, und sie wollte *Tee kochen*. Er hatte einen Ausbruch von Emotionen erwartet. »Lieber Kaffee, wenn das okay ist.«

Er nahm auf dem weissen Ledersofa Platz und sah sich im kleinen Wohnzimmer um.

»Lebst du in England oder bist du nur zu Besuch hier?«, fragte sie aus der Küche.

Sein Blick fiel auf eine Schrankwand aus Buchenholz, auf der, über dem Fernseher, ein Familienporträt hing. Seine Mutter, aber nicht mit seiner Familie sondern mit einem rothaarigen Mann in einer Uniform und zwei Mädchen, anscheinend im frühen Teenageralter. Sie waren hübsch und hatten Margarets Augen. Seine Augen. »Ich studiere. Ich mache einen Abschluss in Wirtschaftswissenschaften in Cambridge.«

Sie kam mit zwei Tassen zurück und setzte sich ihm gegenüber in einen Sessel. »Schön für dich. Ich freue mich, dass du es zu etwas gebracht hast, und es freut mich, dass Hassan genug Geld verdient, um dich zum Studium ins Ausland zu schicken. Und Ikkie?«

Hassan lächelte. Er wusste, wie sehr sein Zwilling diesen kindischen Kosenamen hasste. »Studiert Kunst und im Hauptfach Philosophie in Kapstadt. Er wollte nicht nach England kommen.«

Sie bemerkte, dass sein Blick wieder zu dem Foto wanderte. »Ich habe wieder geheiratet. Ziemlich bald ... Kurz nachdem ich nach Hause zurückkehrte.«

»Der Mann auf dem Foto, dein Ehemann, ist er Pilot?«

»Ja«, sagte sie zurückhaltend und versuchte wohl zu erraten, wie viel er wusste und was man ihm erzählt hatte.

»Du hast meinen Vater und uns für ihn verlassen«, platzte er mit seinen Gedanken heraus. Sie kam vom Sessel zum Sofa, setzte sich neben ihn und legte eine Hand auf seine. Knochige Finger in einer kalten Berührung. Er sah ihr in die Augen, fand dort aber keine Tränen, nur diese Resignation, die ihm schon vorher aufgefallen war.

»Ich bin weder stolz auf das, was passiert ist noch zufrieden mit mir, aber ich schäme mich auch nicht. Was er dir nicht gesagt hat, Hassan, ist, dass ich es *versucht habe*. Ich habe mich verdammt angestrengt, es zu schaffen. Ich war jung und in Schwierigkeiten. Ich nehme an, du weisst, dass du und dein Bruder vor unserer Heirat gezeugt wurdet?«

Er nickte.

»Ich habe sowohl Sansibar wie auch deinen Vater geliebt, jedenfalls eine Zeit lang. Aber dann wurde dieses Inselparadies für mich schnell zu einem Gefängnis. Er liess mich nicht arbeiten, nicht reisen, ich durfte kaum auf die Strasse. Er wollte mich zu etwas machen, was ich nicht sein konnte.«

»Er ist ein guter Mann«, murmelte Hassan.

»Das weiss ich. Und ich bin eine gute Frau. Du kannst alle im Dorf fragen!« Ein gezwungenes Lächeln huschte über ihr Gesicht, aber er blieb ungerührt. »Der Punkt ist, dass ich nicht so leben konnte, Hassan. Als es vorbei war und ich wusste, dass ich gehen musste, wollte ich euch beide mitnehmen.«

Erstaunen und Unglauben durchfuhr ihn, als ihre Worte in sein Bewusstsein drangen.

»Natürlich. Glaubst du, ich habe dich nicht geliebt? Doch dein Vater hat Anwälte eingeschaltet und mir mit allem möglichen gedroht.«

»Er sagte einmal, du hättest uns, nachdem wir geboren waren, abgelehnt und nicht mehr haben wollen.«

»Er erzählte das, ja? Der Grund dafür war, dass ich eine postnatale Depression hatte, Hassan. Du kannst es in jedem medizinischen Buch nachschlagen. Junge, hat sie mich erwischt. Kein Wunder, wenn man bedenkt, dass ich Tausende von Kilometern von zu Hause entfernt war, von einem herrschsüchtigen Ehemann gefangen gehalten wurde und bei fünfundvierzig Grad Hitze in einem Steinhaus festsass!«

Er zuckte mit den Schultern.

»Ich bin darüber hinweggekommen, Hassan und habe gelernt, euch beide zu lieben. Aber ich konnte meine Welt und meine Umstände nicht zum Besseren wenden. Ausserdem kümmerte sich diese verdammte Aisha zu diesem Zeitpunkt praktisch rund um die Uhr um dich und Iqbal. Sie hasste mich und ich sie auch, von Anfang an. Ich bin überrascht, dass dein Vater sie nicht geheiratet hat.«

Ihre Bemerkung überrumpelte Hassan, doch wenn er darüber nachdachte, erschien ihm die Vorstellung, sein Vater habe eine Art romantische Beziehung zu seinem Kindermädchen, gar nicht so abwegig. Sie war immer noch eine attraktive Frau, vollbusig, mit einem sinnlichen Mund und dunklen, einladenden Augen.

»Ich nehme an, er hat dir nicht gesagt, dass ich versucht habe, euch beide zu besuchen?«

»Nein.«

»Nun, das habe ich aber. Zwei Jahre nachdem ich gegangen war, arbeitete ich wieder bei der Fluggesellschaft. Ich habe es dreimal versucht, aber er liess mich nicht einmal an der Tür des Cafés vorbei. Bei meinem letzten Besuch machte ich die Schule ausfindig, auf die ihr beide gegangen seid, stand an deren Zaun und erkannte euch beide sofort. Ich hätte reinkommen, euch in den Arm nehmen und euch sagen wollen, dass ich euch liebe.«

»Aber du hast es nicht getan.«

»Die Lehrer hätten einen Anfall bekommen. Eine fremde, heulende weisse Frau, die hereinplatzt und zwei kleine Jungen belästigt.«

Er lächelte nicht über ihre Aussage, sondern fragte sich nur, was sie sonst noch am Zaun zurückgehalten habe. Er trank seinen Kaffee aus, denn plötzlich wollte er nur noch raus aus diesem schäbigen Haus. Er verstand die Gründe, die sie für ihre Abreise hatte, konnte sogar nachvollziehen, dass sie die aufdringliche Liebe seines Vaters als Dominanz missverstanden hatte, bezweifelte aber dennoch, dass er ihr jemals wirklich verzeihen könne. »Es tut mir leid, dass ich so viel von deiner Zeit in Anspruch genommen habe.«

»Du willst schon wieder gehen?«

Es gab weder eine Umarmung noch eine Einladung zum Bleiben, um seine Stiefschwestern kennenzulernen. Nicht, dass er das erwartet oder gewollt hätte. »Es fährt bald wieder ein Bus. Verzeih mir, wenn ich das sage, aber du siehst müde aus, als ob du eine Pause brauchst.«

Als sie aufstanden, zuckte sie mit den Schultern. »Ich brauche mehr als nur eine Pause. Die Strahlentherapie macht einen fertig.«

»Bist du krank?«

»Ich habe Brustkrebs, Hassan. Die Ärzte sind nicht sehr optimistisch ... Aber bitte, wenn du uns wieder besuchen willst ...«

»Ich hoffe, deine Behandlung verläuft gut. Und danke, aber ich bezweifle, dass ich wiederkomme.«

»Geh nicht im Zorn.«

Sie waren an der Tür. Der Tag war voller erschreckender Neuigkeiten gewesen und er fühlte sich einfach nur noch betäubt. Die Erkenntnis, dass die Mutter, die er nie gekannt hatte, im Sterben lag, war nur eine zusätzliche Entdeckung. Es fiel ihm schwer, seine Gedanken zu ordnen und er brauchte frische Luft. »Ich bin nicht wütend.«

»Ich kann dir keine tränenreiche Wiedervereinigung bieten, Hassan. Es tut mir leid, aber das schaffe ich nicht. Ich habe jetzt eine andere Familie und stehe vor dem Problem, wie ich mich von ihr verabschieden soll.«

Die Tür war jetzt offen und sie schlang ihre mageren Arme um sich, um die Kälte abzuwehren und, dachte er, um jede Gefühlsäusserung zu vermeiden. Sie lächelte. »Wetten, dass du dir die Mädchen vom Leib halten musst?« Er zuckte, verlegen ob dieser Frage, mit den Schultern. Wie hätte er ihr erzählen sollen, dass er sein erstes sexuelles Erlebnis mit einer blonden Engländerin hatte, einer Rucksacktouristin, die im Hotel seines Vaters in Stone Town gewohnt hatte? Auch die nachfolgenden Eroberungen waren alles westliche Mädchen gewesen, Holländerinnen, Deutsche, Schweizerinnen und zwei weitere Britinnen. Was würde sie davon halten? »Ich muss mich beeilen, wenn ich den Bus noch erwischen will.«

»Bleib gesund, Hassan. Und wenn du wiederkommen willst, tu mir den Gefallen und ruf vorher an. Erzählst du deinem Bruder, dass du mich besucht hast?«

Er überlegte einen Moment lang. »Nein, ich glaube nicht.«

»Das ist wahrscheinlich das Beste. Mir selbst genügt es, wenn es zu Ende geht, zu wissen, dass du erkannt hast, dass ich es versucht habe.«

»Ich verstehe. Dann auf Wiedersehen.« Keine Berührung. Kein Kuss, keine Umarmung, nicht einmal ein Händedruck. Alles so verdammt britisch.

Er sah sie danach nie wieder und wusste nicht, ob sie den Krebs besiegt hatte oder unter Schmerzen gestorben war. Er empfand keinen Hass und keine Bitterkeit, nur Niedergeschlagenheit. Er hatte es versucht, so wie sie es versucht hatte und ungefähr so sehr, vermutete er.

Seine Zeit an der Universität war vergnüglich. Er verbrachte seine Freizeit wie jeder andere Student auch: Er ging zu Partys, trank und tat sein Bestes, mit so vielen Angehörigen des anderen Geschlechts wie möglich Sex zu haben. Bei Letzterem hatte er durch sein gutes Aussehen und seine exotische Herkunft einen Vorteil gegenüber den meisten seiner Kommilitonen. Er bevorzugte blauäugige Blondinen, und an denen mangelte es an der Universität und in den Bars von Cambridgeshire nicht.

Die Mädchen, die er kennenlernte, fragten ihn immer, wie oft er auf Safari gewesen sei und was er über Afrikas Grosswild wisse. Am Anfang war es ihm peinlich, zuzugeben, dass er ausser den weissen Sandstränden Sansibars wenig über den Kontinent, in dem er geboren war, wusste. Sein erstes Nashorn hatte er ausgerechnet in einem Wildpark in Bedfordshire gesehen. So begann er, sich in seiner Freizeit über die afrikanische Tierwelt zu informieren. Doch was als weitere Möglichkeit, Mädchen zu beeindrucken, begann, wurde zu einem ernsthaften, tiefen Interesse und nach einigen Besuchen im Nationalpark von Tansanias Serengeti während der College-Ferien, zu einer Leidenschaft.

Nachdem er den Wunsch seines Vaters, eine kaufmännische Ausbildung zu absolvieren, erfüllt hatte, kehrte er nach Sansibar zurück und widmete sich einem weiteren Studium, diesmal des Fachs seiner Wahl, nämlich Zoologie. Tagsüber arbeitete er für seinen Vater im Hotel in Stone Town und nach einem Jahr übernahm er das schäbigste Hotel der Familie in Dar es Salaam. Innert Kürze verwandelte er es von einer heruntergekommenen Spelunke, die von Matrosen, Lastwagenfahrern und Huren besucht wurde, in eine trendige, lebhafte Lodge für Rucksacktouristen. Die Bar auf der Dachterrasse des Hotels mit ihrer dynamischen Mischung aus geschnitzter afrikanischer Handwerkskunst, Perserteppichen und westlicher Musik, zog Überlandreisegruppen und individuell Reisende aus anderen Hotels der Hafenstadt zuhauf an. Die meisten Touristen, die durch die Region reisten, machten auf ihrem Weg nach Sansibar einen Zwischenstopp in Dar. Manchmal blieb ein hübsches Mädchen oder zwei, in der Regel blond, für ein paar zusätzliche kostenlose Nächte. Das Geld, das er mit der zum Hotspot gewordenen Bruchbude verdiente, half ihm, seinen ersten kommerziellen Alleingang zu finanzieren: Eine luxuriöse Buschlodge in der Wildnis Sambias am Sambesi.

Er hatte es weit gebracht, war seit dem Tod seines Vaters unabhängig, selbst erfolgreich im Geschäft und wohlhabend. Die letzten Jahre hatte er damit verbracht, seinen beiden grossen Leidenschaften zu frönen – schönen Frauen und der afrikanischen Tierwelt.

Nun hatte Miranda Banks-Lewis ihm das Einzige gegeben, was in seinem Leben noch gefehlt hatte: Wahre, wirkliche Liebe. Es war ein so verwirrendes, fremdes Gefühl, dass es ihn wie das plötzliche Auftauchen einer Kobra im Gras überrascht hatte. Sie besass alles, was er sich von einer Partnerin erhofft hatte – Schönheit, Intelligenz und eine uneingeschränkte Leidenschaft für die Erhaltung der Tierwelt. Er hatte seine Entscheidung getroffen und beschlossen, seine hedonistischen Tendenzen zu zügeln und sich ihr völlig zu verschreiben.

HASSAN SEUFZTE UND BLINZELTE, trotz der Sonnenbrille, die er trug, auf das helle Weiss des Sandstrandes vor dem niedrigen Luxusresort nördlich von Dar es Salaam.

Die Nase des Zodiac sank, genau wie seine Stimmung, als er den Aussenbordmotor abschaltete. Er hatte alles auf die schöne amerikanische Forscherin gesetzt und ihr alle seine Gefühle zugewandt, wie damals seiner Mutter, als er sie besuchte. Und wie damals in England, zockte und verlor er. Der Mann, den er treffen wollte, liess sich vom Hocker unter der Markise der Strandbar hinuntergleiten und kam ihm über den Sand entgegen, um ihn zu begrüssen.

9

Jed wachte mit einem Kater auf. Er hatte zu viel getrunken, aber das war ihm egal, denn schliesslich war er auf der Suche nach Beweisen für den Tod seiner Tochter.

Er duschte und rauchte dann, während er sich anzog, eine Zigarette. Draussen schimmerte der See im Licht der Morgendämmerung blassgolden.

Christine hatte vorgeschlagen, dass sie früh aufbrechen sollten. Sie war nach der Nachrichtensendung verstummt und hatte sich nicht mehr richtig in die Unterhaltung eingeschaltet, während er und Moses Geschichten austauschten und Männerblödsinn schwatzten. Christine hatte sie gleich nach dem Essen verlassen, während er und Moses noch ein wenig blieben und Jed Bier und Moses Kaffee trank. Er mochte den grossen Simbabwer und fühlte sich in seiner Gesellschaft wohl.

Moses, hatte Jed erfahren, war in der Nacht, bevor er und Chris ihn fanden, aus dem Haus der Familie geworfen worden und hatte in der Bar geschlafen. Es war nicht das erste Mal, dass das passiert war. Nach dem, was der Fährtenleser ihm erzählte, hatte der Rückgang von Tourismus und Jagd die Familie zunehmend in Geldnot gebracht. Moses' Frau hatte einen Job als Verkäuferin in einem

Bekleidungsgeschäft, bei dem die Bezahlung zwar lausig war, aber immer noch besser als bei ihrem Mann, der seit zwei Monaten keinen Cent mehr verdient hatte. Jed spürte die Scham des grossen Mannes darüber, dass er nicht arbeiten konnte. Zwar missbilligte er die Tatsache, dass Moses genug Geld auftreiben konnte, um sich zu betrinken, war sich aber ziemlich sicher, dem Schwarzen glauben zu können, als dieser betonte, ein Saufgelage wie dieses käme nicht regelmässig vor.

»In vielen Dingen, die mir meine Frau vorwirft, hat sie recht, Jed«, hatte Moses gesagt, als er seinen schwarzen Kaffee austrank. »Ich bin kein Heiliger, aber wenn ich für einen Kunden arbeite, trinke ich nicht, und ich lasse mein Kind nicht verhungern. Wenn ich den Job für Sie gut mache, kann ich erhobenen Hauptes und mit Geld in der Tasche nach Hause gehen. Das ist schon lange nicht mehr der Fall gewesen.«

Jed hatte ihm angeboten, für die Nacht ein Hotelzimmer zu bezahlen, aber Moses war mit dem Taxi zurück nach Nyamhunga gefahren, um seine Ausrüstung für die Reise vorzubereiten. Sie vereinbarten, dass Jed ihn am nächsten Morgen an der Abzweigung von der Hauptstrasse zum Dorf der Einheimischen abhole.

Am Morgen packte Jed und checkte aus dem Hotel aus. Auf dem Parkplatz war keine Spur von Chris zu sehen, also rauchte er noch eine Zigarette, während er wartete, und die milde Luft genoss, die bald einem weiteren heissen, schwülen Tag weichen würde.

»Entschuldigen Sie die Verspätung, ich habe mit zu Hause telefoniert«, sagte sie und eilte die Steintreppe am Empfang hinauf.

»Warten Sie, ich helfe Ihnen.« Er griff nach ihrem Aluminiumkoffer.

»Ist schon gut«, sagte sie und zog das Gepäck von ihm weg. »Sie könnten mir aber mit dem Rucksack helfen.«

»Sicher. Was ist da überhaupt drin?« Er nickte auf den silbrigen Koffer.

»Fotografische Ausrüstung. Das ist teuer.«

Er nickte, hob ihren Rucksack in den Kofferraum des Land Rovers und trat, während sie den Koffer einlud, zur Seite.

Es war ein wunderschöner Morgen. Als sie aus dem Tal hochfuhren, verlangsamte Chris ihren Land Rover und Jed schaltete einen Gang zurück, um den Abstand zwischen ihnen zu halten. Er verstand nicht, warum sie die Geschwindigkeit auf Kriechgang reduziert und den rechten Blinker gesetzt hatte, obwohl es keine Nebenstrasse gab. Als er wieder zu den Bäumen zu seiner Rechten schaute, tauchte ein Zebra aus dem Wald auf. Er war überrascht, das exotische Tier so nahe an einem bebauten Gebiet zu sehen. In seiner Vorstellung waren Tiere in der Savanne oder im dichten Dschungel zu Hause, nicht am Rande einer asphaltierten Strasse in Sichtweite einer belebten Stadt.

Das Zebra blieb am Rande der Bäume stehen und prüfte die Luft. Jed erkannte jetzt, dass es ein Hengst war und die Art und Weise, wie sich die Streifen über seinen ganzen Körper bis hinauf zur struppigen Mähne fortsetzten, faszinierten ihn. Das Tier drehte sich um und starrte ein paar Sekunden lang auf Chris' Land Rover, bevor es weiterlief. Vier weitere Zebras tauchten aus den Bäumen auf und überquerten vor ihnen die Strasse, darunter, in der Mitte der Prozession, ein winziges Fohlen auf spindeldürren Beinen. Ein tierischer Zebrastreifen, dachte Jed und schmunzelte über seinen eigenen dummen Scherz.

Er wünschte, Miranda wäre bei ihm.

Moses wartete an der Abzweigung nach Nyamhunga. Er sass am Strassenrand und trug einen grünen Rucksack aus Segeltuch.

»Steigen Sie ein.« Jed griff hinüber, um die Beifahrertür zu öffnen und Moses warf seinen Rucksack auf den Rücksitz.

Sie fuhren eine Weile in geselligem Schweigen weiter. »Löwe«, sagte Moses.

»Was?«

»Löwe«, wiederholte er nüchtern. »Wo?«

»Vor uns. Fahren Sie langsamer. Sehen Sie ihn?«

Jeds Herz raste, als er die Strasse vor sich und die Büsche auf beiden Seiten absuchte. »Ich sehe ihn immer noch nicht.«

»Geben Sie Christine Lichthupe, sie hat ihn auch noch nicht gesehen.«

Chris sah die blinkenden Lichter im Rückspiegel und bremste ab.

»Schauen Sie, links, auf etwa zehn Uhr ist eine Löwin. Jetzt kommt sie.«

Jed hob angestrengt die Hand, um seine Augen vor dem grellen Licht der Morgensonne zu schützen. »Ja, jetzt sehe ich sie!«

»Sie ist allein, hat ihre Jungen aber irgendwo versteckt. Sehen Sie mal, wie voll ihre Zitzen sind. Sie wartet darauf, dass ihre Jungen stark genug sind, bevor sie sie zum Rudel zurückbringt. Sie kehrt von der Nachtjagd zurück.«

»Woran erkennen Sie das?«

»Sehen Sie sich das getrocknete Blut um ihr Maul an.«

Die Löwin war gross, langbeinig, schlank und muskulös, dennoch erkannte Jed jetzt, wo er genauer hinsah, dass sich ihr Bauch von der nächtlichen Beute wölbte. Als sie die Strasse überquerte, hielt sie für ein paar Sekunden inne, entblösste ihre langen, gelblichen Reisszähne und starrte keuchend auf Jeds Fahrzeug.

Jed lief ein Schauer über den Rücken, als er sie sah. Er hatte keine Angst, sondern vielmehr Ehrfurcht vor der rohen Kraft, die das Tier ausstrahlte. Er betrachtete die angespannten Nackenmuskeln, die riesigen gepolsterten Pfoten und die erbarmungslosen bernsteinfarbenen Augen. Das war Kraft in Reinkultur, die ultimative Tötungsmaschine der Natur. Er konnte sich kaum vorstellen, welchen Urschrecken ihre Opfer überkamen, wenn diese mächtigen Kiefer sie packten.

Die Löwin marschierte entspannt über die asphaltierte Strasse und verschwand im langen goldenen Gras auf der anderen Seite.

Jeds Puls raste, er konnte kaum glauben, was er erlebt hatte.

»Sie haben Glück. Auf dieser Strasse habe ich noch nicht oft Löwen gesehen.«

»Was hätte sie getan, wenn ich aus dem Auto gestiegen wäre?«

»Sie hätte eine von zwei Möglichkeiten gewählt. Mit grösster Wahrscheinlichkeit wäre sie weggelaufen. Sie ist es gewohnt, Autos zu sehen, aber die Silhouette eines Menschen bedeutet für die meisten Tiere Gefahr. Wenn ihre Jungen aber in der Nähe wären und sie angenommen hätte, Sie seine eine Bedrohung für diese, hätte sie Sie allerdings wohl eher angegriffen und getötet.«

Als sie sich dem Kamm näherten, auf dem die Hauptstrasse nach Harare verlief, schlängelte sich die Strasse in Haarnadelkurven den immer steiler werdenden Hang hinauf. Die sanften, baumbewachsenen Hügel, die sich vor ihnen ausbreiteten, waren mit flachen Akazienbäumen übersät und wunderschön. Die Strasse folgte eine Weile dem Kamm und als sie über einen hohen Pass fuhren, erhaschte Jed erneut einen Blick auf das weite Tal unter ihnen. Schliesslich begannen sie die Abfahrt ins Sambesi-Tal und Jed bemerkte eine Ansammlung von Gebäuden zu ihrer Linken.

»Das ist Marongora«, sagte Moses, »hier müssen wir uns anmelden und die Genehmigungen einholen, um in den Mana Pools Nationalpark zu fahren.«

Die beiden Fahrzeuge fuhren eine kurvenreiche Schotterstrasse hinauf und hielten vor einem einstöckigen, in mattem Olivgrün gestrichenen Gebäude unter einem schattigen Baum. Der Weg zum Gebäude des Nationalparks war mit einer Reihe grosser, ausgebleichter Tierschädel gesäumt. Im Büro war es kühl und Jed überflog eine grossformatige, an der Wand hängende Karte des Sambesi-Tals, während Moses und Christine die Formalitäten für die Erteilung der Genehmigungen erledigten. Beide begrüssten den Ranger hinter dem Schreibtisch wie einen alten Freund.

»Wir müssen hier für die Einfahrt mit dem Fahrzeug bezahlen«, erklärt Moses Jed, »und wenn wir innerhalb des Nationalparks zum Hauptbüro kommen, müssen Sie Ihre Eintrittskosten bezahlen. Als Ausländer kostet es mehr, und zwar in US-Dollar.«

»Es geht doch nichts über das Gefühl, willkommen zu sein. Und was ist mit Ihnen?«, fragte er Chris.

»Ich habe bereits eine Genehmigung und sie ist noch gültig. Sie müssen sich auch im Register einschreiben«, erklärte sie und zeigte auf ein Buch, das auf dem polierten Holztisch lag.

Der Ranger reichte ihm einen Stift und er füllte seinen Namen und die Adresse ein, wobei er die Seite überflog. Offenbar gab es im Moment nur wenige Besucher im Park, denn die Einträge auf der einzigen Seite davor deckten einen Zeitraum von drei Monaten ab. Er schaute sich die Herkunftsländer der Besucher an – ein paar Briten, Deutsche, einige Dänen, Schweizer, sowie ein paar Neuseeländer und Australier. Er sah Chris' Eintrag im Buch, aber ausser ihr gab es nur eine weitere amerikanische Besucherin im Park.

Miranda Banks-Lewis. Er starrte auf die grosse, ausgeprägte Handschrift seiner Tochter und fuhr mit dem Zeigefinger über die getrocknete Tinte.

»Komm schon, Jed, wir haben noch ein paar Stunden Fahrt vor uns, bis wir die Unterkunft erreichen«, sagte Chris.

»Einen Moment.« Er prüfte das Datum. Miranda hatte den Park auf den Tag genau vor drei Wochen betreten. Er war verwirrt – er dachte, sie sei schon seit drei Monaten in Mana Pools. Er blickte zu dem Ranger auf. »Wie oft muss man eine Genehmigung kaufen?«

»Das hängt davon ab, wie lange sie gültig ist.«

»Könnte jemand, der sich für ein Forschungsprojekt sechs Monate lang im Park aufhält, eine Genehmigung für den gesamten Zeitraum erhalten?«

»Ja, sofern die Person ihren Campingplatz oder ihre Unterkunft für diese Zeit gebucht hat.«

»Und was wäre, wenn sie ausserhalb des Parks einkaufen ginge, um sich mit Vorräten einzudecken?«

»Dann könnte die Person für ein oder zwei Tage rausfahren, aber solange sie für ihre Unterkunft bezahlt hat, braucht sie nicht jedes Mal eine neue Erlaubnis.«

»Führen Sie Buch darüber, wann die Leute den Park verlassen?«

»Jed, wir müssen das Tageslicht nutzen«, unterbrach Chris und schaute auf ihre Armbanduhr.

Er wandte sich ihr zu. »Wenn Sie wollen, können Sie ruhig ohne uns weiterfahren.«

»Nein, ich warte natürlich.«

Er wandte sich an den Beamten. »Was passiert, wenn jemand den Park endgültig verlässt?«

»Der Beamte am Ausgang zieht die Genehmigung ein und diese wird dann hierhergebracht und abgelegt.«

»Diese Frau, Miranda Banks-Lewis«, er deutete auf den Eintrag im Register, »hat vor drei Wochen eine Genehmigung für den Park gekauft. Soweit ich weiss, hat sie davor aber schon etwa drei Monate im Park gelebt. Dies scheint darauf hinzudeuten, dass sie Mana Pools, vielleicht für einige Zeit, verlassen hat und dann eine neue Genehmigung für den Eintritt kaufen musste.«

Die Augen des Mannes weiteten sich. »Miranda! Oh, diese Frau, ich weiss nicht, ob Sie schon von ihr gehört haben, aber ...«

»Sie ist meine Tochter. Ist schon gut, ich weiss. Deshalb bin ich hier.«

»Oh, Sir, es tut mir so leid. Sie war ein wunderbarer, wunderbarer Mensch. Ich habe sie alle paar Wochen gesehen, wenn sie in Kariba einkaufen ging. Manchmal gab ich ihr Geld und sie holte im Supermarkt Lebensmittel für meine Frau ab und brachte sie hierher. Einmal brachte sie meine Frau und meinen kleinen Sohn ins Krankenhaus, als der Kleine krank war. Meine Frau weinte und weinte, als wir die Nachricht hörten.«

Jed war gerührt, dass der Mann so mitfühlend reagierte, aber er brauchte Antworten. »Warum musste Miranda denn vor drei Wochen eine Genehmigung kaufen, wenn sie schon länger hier wohnte?«

»Als sie nach Südafrika ging, war sie eine ganze Weile weg, etwa zwei Wochen.«

»Nach Südafrika? Hat sie gesagt, wofür?«

»Ich glaube, es hatte mit ihrer Forschung zu tun, Sir. Sie musste sich mit jemandem treffen, ich glaube, sie sagte, mit ihrer Chefin. Und um weitere Beruhigungsmittel für die Löwen zu holen. Solche Dinge sind in Simbabwe schwer zu bekommen.«

»Mit ihrer Chefin?« Er drehte sich zu Chris Wallis um, aber sie war nicht mehr im Raum.

»Das hat sie gesagt, Sir. «

»Und wie ging es ihr, als sie zurückkam?« Der Ranger sah verwirrt aus.

»War sie glücklich, traurig, wütend ...?«

Der Mann schwieg einen Moment lang. »Sie war ... Ich weiss nicht, Sir ...«

»Was war sie?« Jed versuchte, seine Ungeduld zu verbergen.

»Nun, Sir, ich möchte nicht schlecht über Miranda reden, aber ... sie wirkte nicht so freundlich wie sonst ... eher geschäftsmässig. Ja, das ist es, geschäftsmässiger als sonst. Ich erinnere mich, dass sie keine Zeit hatte, sich zu unterhalten. Ich machte ihr oft eine Tasse Tee, aber dieses letzte Mal sagte sie: 'Phinias, bitte gib mir einfach meine Genehmigung, ich bin in Eile'.« Jed wusste, dass seine Tochter eine Art hatte, Menschen für sich zu gewinnen. Er hatte erlebt, wie sie auf Campingausflügen mit Fremden ins Gespräch kam und die ihr am Ende ihre E-Mail-Adressen und Telefonnummern gaben.

»Hat sie gesagt, wann sie hierher zurückkommt?«

»Nein, Sir, aber ich war etwas überrascht, dass ich sie vor einer Woche nicht gesehen habe. Sie sagte mir schon oft, sie müsse, so sehr sie den Busch auch liebe, alle zwei Wochen nach Kariba fahren, um den Verstand nicht zu verlieren.«

Das passte, dachte Jed. Es hatte ihn überrascht, dass sich ein Mädchen, das die Gesellschaft anderer Menschen liebte, für ein so klösterliches Leben mitten im Nirgendwo entschied. »Sie ist also nicht zu ihrem regelmässigen Einkaufsbummel erschienen?«

»Es sei denn, sie hat sich nicht die Mühe gemacht, auf dem Hin- oder Rückweg in den Park hier anzuhalten. Aber das wäre in der Tat sehr seltsam. Sie hätte schon vor einer Woche losfahren müssen.«

Jed überprüfte das Datum auf dem Register. »Sie hätten sie also zwei oder drei Tage vor der Meldung ihres Verschwindens sehen müssen?«

»Ja, Sir, ganz genau.«

»Eine Frage noch, wenn es Ihnen nichts ausmacht.«

»Natürlich nicht. Niemand hier war bestürzter über das, was mit Miss Miranda passiert ist, als ich.«

»Hatte sie enge Freunde oder Bekannte im Park oder in der näheren Umgebung? Ich würde gern mit jemandem sprechen, der sie gut kannte.«

»Unten im Park werden Sie feststellen, dass sie für alle eine Freundin war. Sie nahm oft die Dienstmädchen und die Ehefrauen der Ranger mit.«

»Hatte Sie männliche Freunde?«

»Ich habe sie nur einmal mit einem Mann gesehen.«

»Mit einem schwarzen Mann?«

»Nein, Sir, es war ein Weisser.«

»Wann?«

»Gerade kommt mir in den Sinn, dass es am Tag war, an dem sie nach Südafrika abreiste. Er kam hierher, ins Büro, wollte aber nicht in den Nationalpark. Er hatte ein in Sambia zugelassenes Fahrzeug, was mich neugierig auf ihn machte. Er sagte, er besitze eine Lodge auf der anderen Seite des Flusses. Er hatte die Grenze überquert, um im Kariba-Büro an einem Treffen mit unseren Naturschützern teilzunehmen, kam aber erst hierher, um jemanden zu treffen. Er hat auf Ihre Tochter gewartet.«

Jed bemerkte, dass der Ranger sein Gewicht von einem Fuss auf den anderen verlagerte und aus dem Fenster schaute, als ob ihm die Befragung plötzlich unangenehm sei. »Tut mir leid, ich habe Sie lange genug aufgehalten, aber nur noch ein paar Fragen, bitte.«

»Ja, Sir?«

»Haben Sie den Mann seither wieder gesehen und können Sie ihn beschreiben?«

»Nein, seitdem nicht mehr. Er war gross, hatte dunkles Haar und braune Haut ... gebräunt, wissen Sie? Weder jung noch alt.«

Jed beschloss, ein Risiko einzugehen. Er lächelte und lehnte sich dicht an ihn heran, als wolle er ihm etwas anvertrauen. »Meine Tochter hat mir erzählt, sie habe einen ganz besonderen Mann getroffen. Sie nannte seinen Namen nicht, sagte aber, er sei etwas älter als sie. Es hörte sich für mich an, als ob sie in diesen Mann verliebt gewesen sei. Glauben Sie, dass dieser Mann der Richtige sein könnte?«

Der Ranger lächelte. »Nun, wenn sie es erwähnt hat, kann es wohl nicht schaden, Ihnen zu sagen, dass sie ihn zum Abschied geküsst hat. Ich ging nach draussen, um eine Zigarette zu rauchen, und sah die beiden auf dem Parkplatz. Es ist so traurig, Sir, dass Miranda jemanden gefunden hat, und dann ...«

»Ja, es ist traurig«, sagte Jed.

Er dankte dem Beamten für seine Hilfe und stürmte nach draussen, um herauszufinden, warum Christine Wallis ihn angelogen hatte.

»Wo ist sie?«, wollte er von Moses wissen.

»Sie ist vor ein paar Minuten gefahren und sagte, sie melde sich bei der Parkverwaltung, um uns etwas Zeit zu sparen, wenn wir dort seien.« Moses lehnte lässig an der vorderen Stossstange des Land Rovers.

»Scheisse!« Jed war wütend. »Nun, hier werden wir keine weiteren Antworten bekommen, also gehen wir besser.«

Sie verliessen Marongora und bogen ein Stück weiter auf der Hauptstrasse in Richtung Mana Pools Nationalpark und Sambesi ab. An einem Kontrollpunkt zeigten sie ihre Genehmigung und wurden durchgewunken.

»Bis zum Hauptquartier des Parks sind es noch etwa achtzig Kilometer«, sagte Moses.

Jed nickte und versuchte, seinen Griff um das Lenkrad zu lockern, während der Land Rover über die stark gewellte Schotterpiste ruckelte.

Er war wütend auf Chris, weil sie nicht erwähnt hatte, dass sie sich so kurz vor ihrem Verschwinden mit Miranda getroffen hatte und ihm absichtlich aus dem Weg ging, wenn sie merkte, dass er ihr auf der Spur war. Aber wenn er darüber nachdachte, war er froh, dass sie die Flucht ergriffen hatte, denn das gab ihm Zeit, sich zu sammeln. Wenn er anfing, Antworten von ihr zu verlangen, winkte sie wahrscheinlich ab.

Als sie auf einer niedrigen Betonbrücke über einen breiten, trockenen Fluss fuhren, bemerkte Jed drei Löcher, die offenbar mitten ins sandige Bett gegraben worden waren. »Was sind das denn für Löcher?«

»Sie wurden von Elefanten gemacht«, sagte Moses.

»Die auf der Suche nach Wasser waren?«

»Ja. Sie riechen es und graben mit ihren Stosszähnen und den Füssen, um das süsseste Wasser zu finden. Es bedeutet lange harte Arbeit, aber sie wissen, dass das Endergebnis diese wert ist.«

Jed nickte. So fühlte er sich im Moment auch.

»Wir finden heraus, was mit Ihrer Tochter geschehen ist, Jed. Ich denke, die Professorin ist genauso besorgt wie Sie und vermisst Ihre Tochter ebenfalls.«

Jed hatte Moses gegenüber nichts über die berufliche Beziehung zwischen Chris und Miranda gesagt. »Wie kommen Sie darauf?«

»Sie sagte, sie wolle weiterfahren und sich um unsere Buchungen kümmern ...«

»Das sagten Sie bereits.«

»Aber da war noch etwas anderes.«

»Was?«

»Ich sah es in ihren Augen. Sie hatte geweint.«

Sie trafen Chris bei einer T-Kreuzung auf der anderen Seite eines ausgetrockneten Flussbettes an einem weiteren Nationalpark-Kontrollpunkt wieder.

»Das ist das Nyakasikana-Tor«, sagte Moses. »Hier werden unsere Papiere noch einmal überprüft. Ich bringe sie für Sie hinein.« Er verliess den Land Rover und ging zu einem kleinen, grünen Gebäude hinüber, das mit Funkantennen gespickt war.«

Chris stand an der Absperrung und sprach mit einem uniformierten dunkelhäutigen Ranger. Jed zündete sich eine Zigarette an und wartete ab, bis sie ihr Gespräch beendet hatte. Im Schatten des Gebäudes sassen fünf Männer in Tarnanzügen, deren Gesichter schweissbedeckt und von grauem Staub gezeichnet waren. Einer von ihnen winkte ihm zu und er winkte zurück. Sie hatten das harte, kräftige Aussehen von Männern, die im Busch zu Hause waren.

Um sie herum lagen Kampf-Ausrüstungsgegenstände – prall gefüllte Rucksäcke, Netzmaterial, ein Funkgerät und eine seltsame Mischung aus West- und Ostblockwaffen, darunter russische AK-47 und von der britischen Armee bis Anfang der neunziger Jahre bevorzugte FN-Selbstladegewehre mit langem Lauf.

Als Chris herüberkam, nickte Jed in Richtung der Männer im Schatten und sie erklärte: »Das sind Ranger der Anti-Wilderei-Patrouille, Experten des Lebens im Busch, im Aufspüren und sie sind richtig gut. Sie gehen jeweils für ein oder zwei Wochen raus und wenn sie eine bewaffnete Zivilperson im Park sehen, schiessen sie sofort.«

»Warum sind Sie vorher weggefahren?«, fragte Jed.

»Ich habe Moses gesagt, dass ich die Dinge hier klären wolle und ... «

»Quatsch!« Er liess seine Zigarette auf den Boden fallen und drückte sie aus. »Wenn Sie helfen wollten, hätten Sie mir sagen können, dass Sie Miranda erst vor ein paar Wochen getroffen haben.«

Sie begegnete seinem anklagenden Blick trotzig und stemmte die Hände in die Hüften. »Und wie hätte das geholfen?«

Er holte tief Luft und zwang sich, seine Fassung wiederzuerlangen. »Ich versuche, herauszufinden, was mit ihr passiert ist. Es würde mir helfen, wenn ich wüsste, was sie vor ihrem Verschwinden gemacht hat und wie ihre Gemütsverfassung war. War sie glücklich? War sie traurig? War sie allein? Hatte sie jemanden in ihrem Leben?«

Sie liess die Fragen, insbesondere die letzte, in der Luft hängen. »Da kommt Moses. Wir können später darüber reden.«

Jed fluchte leise vor sich hin, stieg wieder in den Land Rover und schlug die Tür zu.

»Was ist los?«, fragte Moses.

»Vergessen Sie es. Steigen Sie ein und lassen Sie uns loslegen.«

Um nicht in der Staubwolke zu fahren, die ihn zu ersticken drohte, hielt Jed Abstand von Chris' Fahrzeug. Er trank warmes Wasser aus einer der im Laden gekauften Plastikflaschen und wünschte sich, es wäre ein kaltes Bier. Da er wusste, dass er seinen Verstand brauchte, um Mirandas Ausrüstung zu überprüfen, hielt er sich jedoch zurück. Der Polizeikommissar hatte ihm gesagt, ihre Sachen seien in einem verschlossenen Raum im Mitarbeiterdorf des Mana Pools Nationalparks aufbewahrt worden. Aufgrund der Menge an Ausrüstung, die sie bei sich hatte, war die Polizei nicht in der Lage gewesen, alles abzutransportieren. Anstatt die Besitztümer aufzuteilen und zu riskieren, dass ein Teil davon verloren ginge, hatten sie alles in der Obhut des Parkaufsehers gelassen.

Die unbefestigte Strasse wurde immer schlechter und wies abwechselnd tiefe Rillen und weichen roten Sand auf. Jed fiel es jedoch leicht, sich an die schlechte Oberfläche zu gewöhnen, denn im Vergleich zu einigen der Strassen, die er in Afghanistan gefahren war, sah sie wie eine Autobahn aus. Teile des dortigen gebirgigen Landes waren nicht mit Fahrzeugen befahrbar und einige Patrouillen der Special Forces nutzten sogar Pferde, um sich fortzubewegen. Er hatte schnell gelernt, dass man mit hoher Geschwindigkeit regelrecht über die Wellblechkämme einer schlechten Strasse segelte. Als er auf eine Sandfläche stiess, verlangsamte er sein Tempo und folgte den Spurrillen, die Chris' Wagen hinterlassen hatte. Die dichte Vegetation wich bald einer weiten Grasebene.

»Wir sind jetzt in den Überschwemmungsgebieten, aber seit sie den Damm bei Kariba gebaut haben, gibt es hier keine Überschwemmungen mehr«, sagte Moses und versuchte, Jed in ein Gespräch zu verwickeln. »Vor dem Bau des Damms wurden, wenn der Fluss floss, jeweils alle Tümpel vereint und die Tiere zogen ins Landesinnere. Jetzt sind die Tiere das ganze Jahr über hier. Das ist es, was diesen Ort so besonders macht. Sehen Sie den Wasserbock? Er zeigte nach rechts.«

Jed schaute hinüber und entdeckte nach ein paar Sekunden fünf grosse, zottelige, graue Antilopen.

»Sehen Sie die weissen Ringe auf ihren Hintern?«

»Ja, eine nette Zielscheibe.«

Moses lachte. »Nein, sehen Sie sich die Form an. Der Ring stammt daher, dass die Hyäne dem Wasserbock einen Streich gespielt hat, indem sie den Toilettensitz weiss angemalt hat.«

»Wie oft haben Sie diese Geschichte schon erzählt?«

»Oh, wahrscheinlich ungefähr tausend Mal. Wissen Sie, wie man ein männliches Zebra von einem weiblichen Zebra unterscheiden kann?«

»Nein, aber ich vermute, Sie sagen es mir, ob ich es hören will oder nicht.«

»Ein männliches Zebra ist schwarz mit weissen Streifen, das Weibchen weiss mit schwarzen Streifen.«

»Sie sind ein Kracher, Moses. Haben Sie noch mehr fesselnde Tiergeschichten?«

»Ich habe einmal einer Dame aus Kansas erzählt, der Unterschied zwischen dem Mist von männlichen und weiblichen Elefanten bestehe darin, dass ihrer süss und seiner sauer schmecke. Sie hat mir nicht geglaubt, also ...«

»Sagen Sie mir nicht, dass Sie sie einen Geschmackstest haben machen lassen.«

»Sie sagte, der Kot müsse von einem Männchen stammen, weil er eklig schmecke.«

Jed lachte. »Stimmt irgendetwas davon?«

»Sie ging in der Nacht zurück ins Camp und erzählte meinem Boss, sie habe Elefantenmist gekostet. Als wir dann nach Kariba zurückkamen, musste ich mir einen neuen Chef suchen.«

Jed lachte wieder. »Sie verarschen mich doch.«

»Nein, es ist wahr, ich schwöre es, Mann.«

»War es das wert, den Job zu verlieren?«

»Sicher.«

»Erinnern Sie mich daran, Ihnen nie etwas zu glauben, was Sie sagen.«

»Sehen Sie, Sie sind schon schlauer als die meisten Touristen, mit denen ich zu tun habe.«

Jed lächelte, froh, dass er Moses dabeihatte. Der liebenswürdige Fährtenleser half ihm bestimmt bei seiner Suche – jetzt musste er nur noch herausfinden, wonach er suchte.

10

S ie stellte fest, dass sie, wenn sie tief eintauchte und durch das warme Wasser weiterschwamm, schliesslich in eine herrlich kühle Schicht gelangte. Sie erschuf sich ein Gefühl dafür und schwamm so weit wie möglich in die Zone, die sie 'schnelle Abkühlung' nannte. Es erfrischte ihren Körper und ihren Geist. Der Aufstieg zurück an die Oberfläche war genauso schön, nur in umgekehrter Richtung und wärmte ihre Haut, während sie sich dem Licht zuschob.

Sobald ihr Kopf die ruhige Oberfläche des Indischen Ozeans durchbrach, hörte sie das Brummen eines Schiffsmotors und sah sich um.

Es war das Zodiac-Schlauchboot, dessen grosser Aussenborder mit voller Kraft aufheulte. Sie lächelte, denn Sie hatte sich schon auf seine Rückkehr gefreut. Sie hob einen Arm und winkte. Sie fühlte sich schuldig für das, was sie in seiner Abwesenheit getan hatte, war aber gleichzeitig auch erleichtert. Er war den halben Tag weg gewesen, auf einer Geschäftsreise auf dem Festland, und so hatte sie genug Zeit gehabt, die Luxusyacht zu durchsuchen. Das Schiff war lang, schnittig und leistungsstark – das ultimative Spielzeug für reiche Jungs. Hätte sie es nicht besser gewusst, hätte sie gesagt, er wolle irgendeinen anatomischen Mangel ausgleichen.

Nachdem er das Boot zu Wasser gelassen hatte und ausser Sichtweite war, war sie auf nackten Füssen über den mit dickem Teppichboden ausgelegten Flur vom Salon zum Hauptschlafzimmer am Bug gelaufen, dorthin, wo sie sich in den letzten beiden Nächten geliebt hatten. Seit einem Monat teilten sie sich ein Bett, abwechselnd bei ihr und bei ihm. Sie war sich seiner sicher genug gewesen, um mit ihm zu schlafen, aber heute hatte sie zum ersten Mal die Gelegenheit gehabt, ohne dass er dabei war, seine Sachen zu untersuchen und in sein Privatleben einzutauchen. Vielleicht war es ein nagender Zweifel in ihrem Hinterkopf, der sie dazu brachte, diese Suche durchzuführen.

In der Hauptkabine roch es nach seinem Rasierwasser, einem dezenten Duft, nicht so übertrieben wie billiges Zeug oft war. Sie durchsuchte seine Schränke und fand ein paar teure Leinenanzüge, massgeschneiderte Hemden, Hosen, Shorts, Boxershorts, Socken, Laufschuhe und Slipper. Nichts Belastendes in den Taschen. Auch unter der Unterwäsche war nichts versteckt. Sie zog jede Schublade heraus und prüfte, ob dort etwas festgeklebt war. Auch hier: nichts. In der Schublade des Nachttisches befand sich eine kleine Menge Bargeld in einer wasserdichten Brieftasche und eine Schachtel mit Kondomen. Sie lächelte und legte sie genauso zurück, wie sie sie vorgefunden hatte. In der zweiten Schublade befand sich ein Ordner mit durchsichtigen Plastikeinlagen, die verschiedene Dokumente enthielten. Diese waren für das Boot – Zulassungspapiere, Versicherungen, Quittungen für Wartung und Proviant. Ganz unten in der Schublade lag eine Zeitschrift mit der Vorderseite nach unten und einer Zigarettenwerbung auf der Rückseite. Sie hob sie hoch. Es war ein pornografisches Hochglanzmagazin. Sie setzte sich aufs Bett und blätterte es durch. Es war viel freizügiger, als sie es sich vorgestellt hatte. Attraktive Models, männliche und weibliche, weibliche und weibliche, in eleganter Umgebung, die einige sehr unelegante Dinge taten. Sie spürte, wie sich ihre Wangen röteten, blätterte aber weiter. Die Bilder waren nichts für sie, aber sie überflog ein paar unverschämt pornografische Briefe. Sie schluckte heftig. Sie spürte, wie sich zwischen ihren Beinen Feuchtigkeit ausbreitete und klappte die Zeitschrift, ziemlich verlegen über ihre unwillkürliche Erregung, schnell zu, legte sie mit dem Deckblatt nach unten zurück und schloss die Schublade.

Kein Safe, keine Geldbündel, keine Drogen, weder gefälschte Pässe noch Waffen, nichts. Natürlich gab es auf einem Schiff viele Verstecke für Schmuggelware, die sie niemals zu finden hoffte, aber die Dinge, die sie fand, halfen ihr, sich zu entscheiden. In der Kombüse fand sie ein französisches Gourmet-Kochbuch. Sie wusste bereits, dass er gern kochte. In seiner Aktentasche aus gebürstetem Aluminium fand sie einen Dankesbrief von den Kindern eines katholischen Waisenhauses in Sambia, dem er fünftausend amerikanische Dollar gespendet hatte. Das Bücherregal in der Kombüse enthielt ein paar Massenmarkt-Taschenbücher, aber auch einige moderne Klassiker und Sachbücher über eine Reihe von Themen, vom Welthandel über Betriebswirtschaft bis zum Golfkrieg. Es gab auch ein Exemplar der neuesten Biographie des Präsidenten der Vereinigten Staaten.

Sie schaltete seinen Laptop ein und war erleichtert, als sie sah, dass er kein Passwort benutzte. Nichts zu verbergen, sagte sie sich. Sie fand Dateien zu seinen Hotels und der Lodge. Sie fand Briefe an Universitäten in Sambia und Tansania, in denen er anbot, im Namen seines Vaters Stipendien für unterprivilegierte Studenten zu stiften. Sie führte eine Suche durch und fand die Cache-Datei des Internet-Browsers. Wenn sie diese öffnete, konnte sie sich anhand der automatisch heruntergeladenen Dateien ein Bild davon machen, auf welchen Websites er gesurft hatte. Sie klickte wahllos auf jpeg-Bilddateien und fand Bilder, die sich auf Online-Elektrofachgeschäfte, eine internationale Wohltätigkeitsorganisation zum Schutz der Tierwelt und eine britische Bank bezogen.

Alle diese Beweise bestätigten, was sie bereits von ihm wusste – dass er ein philanthropischer, fortschrittlicher, erfolgreicher heterosexueller Geschäftsmann mit einer Leidenschaft für die Erhaltung der Tierwelt war, der ausserdem wohlhabend, belesen, gut ausgebildet und ebenso gut gekleidet war. Sie fuhr den Computer herunter, sonnte sich eine Weile an Deck und ging dann schwimmen.

Er schaltete den Motor des Zodiacs ab und fuhr bis zur Stelle, an der sie Wasser trat. Er griff über den Rand, bot ihr seine Hand an und zog sie mühelos über die Seite des Bootes hinauf.

Sie küsste ihn.

»Schön salzig«, bemerkte er, »wie eine Meerjungfrau.«

Sie lächelte ihn an. Er war nicht nur ein rundum netter Kerl, sondern auch muskulös, braungebrannt, extrem gutaussehend und verdammt sexy.

»Tut mir leid, dass ich so lange weg war.« Er reichte ihr ein Handtuch von der Rückbank des Zodiac. »Ich habe dir dafür ein paar Geschenke vom Festland mitgebracht.«

Selbst seine Zähne waren zu schön, um wahr zu sein, dachte sie. »Da bin ich ja gespannt«, sagte sie und trocknete ihre Beine.

Er öffnete die Plastikkühlbox zwischen seinen Füssen und zog eine einzelne langstielige rote Rose aus der Eisschicht.

»Oh, danke, Hassan. Sie ist wunderschön.« Sie roch an der Blume und hielt sie an ihre Wange. Sie war kühl und seidig. Sie sah, dass er sie beobachtete, entdeckte die Lust in seinen Augen und dieser Blick gab ihr das Gefühl, sexy zu sein und die Kontrolle über ihn zu haben. Sie bemerkte eine lange Holzkiste auf dem Boden des Bootes. »Und was ist das?«

»Da sind nur Autoteile drin, aber ich glaube, das hier interessiert dich mehr.« Er kramte tiefer im Eis der Kühlbox. »Moet et Chandon. Ohne Jahrgang, fürchte ich, aber wir sind schliesslich in Afrika. Ausserdem habe ich uns vom Markt in Mombasa einen Hummer mitgebracht. Er liegt ganz unten in der Kühlbox, aber den hole ich nicht heraus.«

»Bitte nicht«, lachte sie.

»Keine Sorge, ich koche ihn. Du musst nur am Champagner nippen und dich entspannen. Vergiss nicht, es ist dein Urlaub und du hast dir eine Pause verdient.«

»Was könnte ich gegen so etwas sagen?«

»Gar nichts«, sagte er und startete den Motor wieder.

. . .

Nach dem Mittagessen sassen sie unter einem weissen Baldachin im hinteren Teil des Hauptdecks. Den Champagner hatten sie ausgetrunken und Hassan trank aus einer taubeschlagenen Flasche Safari Lager. Sie nippte aus einem voluminösen Glas an einem gekühlten Chardonnay.

Sonne und Wein hatten sie innerlich gewärmt und alles prickelte. Sie wusste genau, dass ein weiterer langer, durchdringender Blick aus seinen klaren blauen Augen genügte, um die Wärme in einen flüssigen Strom zu verwandeln. Sie leerte ihr Glas, und er stellte sein Bier auf den Tisch und ging zur gepolsterten Bank, auf der sie sass. Die Rose, die er ihr geschenkt hatte, lag auf dem Tisch. Er nahm die Blume in die Hand, schnupperte an ihr und führte die Blütenblätter an ihre Lippen.

Sie schluckte heftig, bewegte sich aber kein bisschen, als die samtige Oberfläche der Blütenblätter ihren Mund streifte. Sie blickte ihm in die Augen, während er die Blüte weiter nach unten, über ihr Kinn, ihren Hals, das Schlüsselbein und die Wölbung ihrer Brüste im weissen Bikinioberteil zog. Dann beugte er sich näher zu ihr und nachdem sie sie schnell mit ihrer Zunge befeuchtete, öffnete sie ihre Lippen.

Ihre Münder fanden sich und er liess die Rose aufs Deck fallen. Sie sehnte sich nach ihm und er sich nach ihr und während sie sich küssten, erforschten ihre Hände gegenseitig ihre Körper. Die Muskeln in seinen Schultern und seinem Rücken waren ausgeprägt und kräftig, das dichte Haar auf seiner Brust rau und federnd. Er war älter als jeder andere Mann, mit dem sie zusammen gewesen war. Allzu viele hatte es noch gar nicht gegeben, aber er war der beste Liebhaber von ihnen. Sie fühlte sich in seiner kraftvollen Umarmung klein und zerbrechlich. Schliesslich löste er seinen Mund von ihren Lippen und küsste ihren Hals. Sie fuhr ihm mit beiden Händen durch das gewellte schwarze Haar und wölbte ihren Rücken.

Sie schloss die Augen und spürte, dass seine Berührung weiter nach unten, zu ihren Brüsten wanderte. Er umfasste eine Brust mit seiner Hand, bewegte seinen Mund zur Brustwarze und saugte durch den dünnen Stoff ihres Bikinis daran. Sie stöhnte leise vor Lust. Er griff mit der freien Hand um sie herum und öffnete geschickt das Oberteil. Sie spürte, wie es von ihr abfiel und ihre Brustwarzen durch die Berührung seiner Zunge, seiner Zähne und seiner Finger anschwoll und sich aufrichtete. Sie bewegte ihre Hände nach unten, hob sein Hemd an und liess ihre Fingernägel kratzend über seinen Rücken gleiten. Er bewegte sich von der Bank weg und kniete sich auf das helle Deck.

Er legte auf jedes ihrer Knie eine Hand und schob ihre Beine sanft auseinander. Sie wehrte sich nicht, sondern liess ihren Hintern auf dem gepolsterten Sitz hinuntergleiten. Er küsste und leckte ihren Bauch, dann bewegte er seinen Mund tiefer, bis seine Lippen, wie er es bei ihrem Oberteil getan hatte, sie durch den Stoff des Höschens streichelten. Zuerst mit den Fingerspitzen, dann mit den Lippen, zeichnete er die Umrisse ihres Geschlechts nach. Sie hob ihren Hintern vom Sitz und drückte, die Augen geschlossen, ihre Scham lustvoll gegen seinen Mund, um sich ihrem Verlangen hinzugeben. Ihre Finger verschränkten sich in seinem Haar, wo sie ihn drängten und lenkten.

Seine Finger griffen in den Bund ihres Slips und zogen diesen langsam herunter. Sie schloss ihre Beine, damit er ihr das Höschen ausziehen konnte, wobei sie sich herrlich fühlte, entblösst und offen für die Sonne und den Hauch der Meeresbrise. Sie erschauderte, als seine Lippen und die Zunge ihr nacktes, junges Fleisch trafen. Er packte ihre Pobacken mit seinen grossen Händen und hob sie hoch, um seine Zunge tief in ihr versinken zu lassen. Unwillkürlich versuchte sie, die Beine zu schliessen, aber seine breiten Schultern zwangen sie auseinander und hielten sie für ihn offen. Sie hakte ihre Beine über seinen Rücken, rutschte noch weiter nach unten und legte eine ihrer Hände auf ihre Brustwarzen, von denen sie abwechselnd an einer zupfte und sie in ihren Fingern rollte.

Als er ihre geschwollene Klitoris zwischen seiner Zunge und den oberen Zähnen einklemmte, an der angeschwollenen kleinen Perle saugte und diese neckte, beschleunigte sich ihr Atem. Er bewegte eine Hand unter ihr und schob einen Finger in sie hinein, während er sie leckte. Als er seinen nassen Finger zurückzog, liess er ihn langsam bis zur Spalte ihres Gesässes hinuntergleiten, wobei er ihr heisses, süsses Gleitmittel zwischen ihren Beinen verteilte. Sie presste sich gegen seinen Mund und hob ihre Hüften.

Sie keuchte, das neue Gefühl als aufregende Ergänzung zum Vergnügen, das sie verschlang, akzeptierend.

»Oh, ja«, hauchte sie, als sie spürte, dass die Wellen der Lust tief in ihr stärker wurden. Sie erreichte fast den Höhepunkt, als er innehielt, seine Finger zurückzog und sein Gesicht anhob. Sie öffnete die Augen und sah ihn an.

Unvermittelt stand er auf und starrte, ohne zu lächeln, auf sie herab. »Geh auf die Knie«, forderte er sie auf, »und berühr dich selbst.«

Sie blinzelte überrascht.

»Sofort!«

Bei dem gebellten Befehl zuckte sie zusammen, doch dann dachte sie, dies sei wohl Teil eines neuen Spiels. Sie könne das, sagte sie sich. Bisher war er, ganz anders als die Jungs, mit denen sie auf dem College ausgegangen war, ein rücksichtsvoller, zärtlicher Liebhaber gewesen. Doch dies war eine neue Wendung, er kommandierte sie herum und wollte sie offensichtlich dominieren. Sie merkte, dass es ihr nichts ausmachte, wenn er ihr sagte, was er wollte. Sie schaute ihm in die Augen, glaubte zu sehen, wie sein harter Blick weicher wurde und nickte. Sie schloss die Augen, lehnte sich zurück, schob ihre rechte Hand zwischen ihre Beine und hob die linke zu einer ihrer Brüste.

Sie spürte die angenehmen Empfindungen als Reaktion auf ihre eigenen Berührungen zurückkehren. Sie warf den Kopf zurück, stöhnte ein wenig und stellte fest, dass sie es genoss, ihm eine Show zu bieten. Als sie die Augen öffnete, stand er mit teilweise heruntergezogenen Shorts über ihr, seinen angeschwollenen, steifen Penis in der rechten Hand.

»Nimm ihn«, befahl er.

Sie sah ihn einen Moment lang mit grossen Augen an und sah,

dass der finstere Blick wieder auf seinem Gesicht lag. Weil sie wusste, dass er im Grunde seines Herzens eine Miezekatze war, machte dieses kleine Spiel umso mehr Spass. Sie streckte ihre linke Hand aus, umkreiste, streichelte und massierte ihn. Sie rutschte von der Bank und kniete sich hin. Während sie sich mit der anderen Hand weiter erregte, legte sie ihre Lippen auf die geschwollene Spitze seines Penis. Sie blickte zu ihm auf und sah ihm in die Augen. Sie nahm ihn in den Mund, schloss diesen um ihn und streichelte ihn gleichzeitig mit der Hand

ER BLICKTE AUF SIE HERAB. Er hatte sich seit seinem ersten Mal nicht mehr so erregt gefühlt. Ausserdem war er überrascht, wie willfährig sie sich seinen Befehlen hingab und fragte sich, wie weit er sie bringen könne. Für Fesseln oder Disziplinierung hatte er nie etwas übriggehabt und auch, was er jetzt tat, brauchte er nur, um sie zu erniedrigen und zu sehen, wie weit sie ging, um ihm zu gefallen und ihn an sich zu binden. Er hatte sie geliebt und war bereit gewesen, sich fürs Leben an sie zu binden, damit sie seine Kinder zur Welt brachte. Jetzt blickte er auf sie hinunter, wie sie an ihm lutschte und sah sie als das, was sie war.

Eine Hure.

Er wickelte eine Hand in ihr blondes Haar, zog ihr Gesicht von seinem Penis weg und zerrte sie aufs Deck

»Au! Nicht so fest!«, schrie sie.

Er kniete sich zwischen ihre Knie und legte seinen Finger an ihre Lippen, um sie zum Schweigen zu bringen.

Sie zog eine Grimasse und lächelte dann. »Ich mache das zum ersten Mal, mein Liebhaber, aber irgendwie gefällt es mir. Nur nicht allzu grob.« Sie leckte seinen Finger ab und hob dann die Augenbrauen, um ihn zum Weitermachen aufzufordern.

Sie denkt, es sei ein Spiel, dachte er bei sich. »Sei still. Ich werde dir jetzt geben, was du willst und wofür du bezahlt wurdest.«

»Mmm. Oh, ja.«

Er drückte ihre Handgelenke mit seinen Händen aufs Deck,

senkte sich zu ihr hinunter und neckte ihre triefende Öffnung mit seiner geschwollenen Eichel. »Du willst es, nicht wahr, du Schlampe?«

Sie hatte schon einmal einen Freund gehabt, der beim Sex schmutzig mit ihr geredet hatte und dabei festgestellt, dass es sie, wenn sie in der richtigen Stimmung war, nicht störte. Aber für Hassan war das so untypisch, dass ein Teil von ihr dieser Scharade einen Riegel vorschieben, und den sensiblen, liebevollen Mann zurückholen wollte, in den sie sich verliebt hatte. Ein anderer Teil aber, tief in ihr drin, war durch seine Grobheit noch mehr entfacht.

»Mmm, ja, gib mir deinen Schwanz«, flüsterte sie.

»Du Hure, jetzt tue ich dir richtig weh.«

11

Jeds Kopf drehte sich immer noch vor lauter Fragen, als sie endlich vor dem Hauptgebäude des Mana Pools National Park anhielten. Es war einstöckig, L-förmig und eine schattige Veranda verband die beiden Flügel. Das Gebäude war im selben einheitlichen Olivgrün gestrichen, wie das Empfangsbüro in Marongora und die Häuser an den beiden Kontrollpunkten, die sie auf ihrem Weg hierher passiert hatten.

Christine wartete im Schatten eines ausladenden Mahagonibaums in ihrem Land Rover, dessen Tür offenstand. Sie kletterte heraus und ging zu Jed und Moses hinüber.

»Wollen Sie nun ewig wütend auf mich sein?«, fragte sie unsicher lächelnd. Jed war den ganzen Rest der Fahrt in den Park über gereizt gewesen und hatte sich kaum von Moses' Kommentaren über die Tier- und Pflanzenwelt ablenken lassen. Chris hatte ihm wichtige Informationen vorenthalten und er wollte wissen, warum.

»Hören Sie zu, es tut mir leid, dass ich Ihnen nicht gesagt habe, dass ich Miranda erst vor ein paar Wochen das letzte Mal gesehen habe«, sagte Chris.

Jed ignorierte ihre Entschuldigung. »Wissen Sie, wer der Mann war, der sie auf ihrer letzten Reise zu Ihnen verabschiedet hat?«

»Wovon sprechen Sie?«

»Der Ranger am anderen Ort ...«

»In Marongora?«

»Genau. Er erwähnte, er habe sie, als sie nach Südafrika abreiste, mit einem Mann gesehen. Er soll sie zum Abschied geküsst haben. Hat sie irgendetwas über diesen Mann gesagt, als sie Sie getroffen hat?«

Chris kniff die Augen zusammen, als sie über diese Frage nachdachte. »Es gab schon einen Typen, mit dem sie hier oben zu tun hatte und mit dem sie Zeit verbrachte – er engagiert sich sehr für den Naturschutz und züchtet Geparden. Aber ich wusste nichts von einer, ähm, persönlichen Verbindung zwischen ihnen.«

»Sie können mir ja später alles erzählen. Zuerst will ich mir erst einmal ihre Sachen ansehen«, sagte Jed.

»Ich auch«, sagte Chris. »Vergessen Sie nicht, dass ein grosser Teil ihrer Ausrüstung mir gehört. Die örtlichen Behörden haben mich noch nicht in ihre Nähe gelassen.«

Sie betraten das Hauptgebäude. Glücklicherweise hielten die polierten Betonböden und dicken Wände einen Grossteil der Mittagshitze ab. Jed fiel ein Plakat mit Fotos von Löwen auf. Dem Text zufolge konnten Besucher des Parks den verantwortlichen Ökologen begleiten, wenn er auf Löwenjagd ging.

»Hat Miranda mit diesem Mann zusammengearbeitet?«, fragte Jed Chris.

»Nicht wirklich, er ist ein Angestellter des Nationalparks. Er macht seine eigene Arbeit, aber Mirandas Forschungen ergänzen diese und er erhält alle ihre Ergebnisse. Ich habe gestern nachgeschaut und gesehen, dass er seit drei Wochen in Harare in Urlaub ist.«

Chris begrüsste den Ranger hinter dem Schreibtisch mit einem Händedruck. »Schön, Sie wiederzusehen, Frau Professor«, sagte der Mann und lächelte.

»Das ist Mister Banks, Harold. Ich denke, es ist am besten, wenn er ein paar Nächte in meinem Haus wohnt.«

»Kein Problem, Frau Professor. Mister Banks, aber den Eintritt in den Park müssen Sie dennoch bezahlen.«

»Ich würde lieber ein eigenes Häuschen mieten, wenn es Ihnen nichts ausmacht«, sagte Jed zu den beiden.

»Oh, tut mir leid, Sir, es sind alle ausgebucht«, sagte der Ranger.

»Wie bitte? Ich dachte, dass nur noch wenige Menschen den Nationalpark besuchen und jetzt wollen Sie mir sagen, alle Ihre Unterkünfte seien ausgebucht?«

»Es ist tatsächlich alles ausgebucht«, erklärte Chris, »was aber nicht heisst, dass wirklich alles besetzt ist. Reiseveranstalter und Einheimische buchen die Unterkünfte hier schon Monate im Voraus, bekommen dann aber nicht genug Kunden, um die Buchungen weiterzugeben oder die Einheimischen bleiben zu Hause, zum Beispiel weil Benzin knapp ist.«

»Wenn aber jemand nicht auftaucht, warum kann ich dann sein Haus nicht übernehmen?« Jed versuchte, seine Verärgerung im Zaum zu halten.

»Die Leute, die die Unterkunft reserviert haben, müssen am Tag, an dem sie eine Buchung haben, bis fünf Uhr dreissig erscheinen und erst wenn Gäste bis dahin nicht gekommen sind, dürfen die Ranger die Unterkunft für Leute ohne Reservierung freigeben.«

»Gut, dann warte ich bis fünf Uhr dreissig.«

»Dann müssen Sie das Häuschen morgen früh um zehn Uhr verlassen haben und um halb sechs Uhr abends zurückkommen, um zu sehen, ob es wieder frei ist, Mister Banks«, fügte der Ranger hinzu.

»Das ist doch lächerlich.«

Der Ranger lächelte.

»Das ist Afrika«, sagte Chris.

»Und wie sieht es mit Camping aus? Kann ich einen Zeltplatz bekommen?«

»Da sind Sie aber nicht gerade gut darauf vorbereitet, Jed«, sagte Chris.

»Camping ist kein Problem, Sir«, sagte der Ranger und strahlte wieder.

»Grossartig, dann nehme ich einen Campingplatz.«

»Da gibt es nur ein Problem, Sir.«

»Welches?«

»Dort gibt es kein Wasser, Sir.«

»Was?«

»Das Rohr zum Waschraum hat ein Leck, denn die Elefanten haben es ausgegraben und ...«

»Zur Hölle.«

»In meinem Häuschen ist genügend Platz frei, Jed«, sagte Chris. Jed schüttelte den Kopf.

»Okay, und auch ein Bett für Moses?«, fragte er.

»Natürlich.«

Jed füllte das Besucherregister aus und bezahlte den Parkeintritt. »Sind Sie darüber informiert worden, dass ich hier bin, um die Sachen meiner vermissten Tochter abzuholen«, fragte er den Ranger.

»Ja, natürlich, Mister Banks. Die Polizei hat uns kontaktiert.«

»Wie schnell kann ich die Sachen meiner Tochter sehen?«

»Wenn Sie wollen, sofort, Mister Banks.«

WÄHREND ES NORMALEN Parkbesuchern verboten war, die unbefestigte Strasse hinter dem Hauptquartier, die zum Mitarbeiterdorf des Mana Pools Nationalparks führte, zu befahren, war Chris schon mehrmals dort gewesen. Sie hatte ein gutes Verhältnis zu den Mitarbeitenden des Nationalparks aufgebaut, was aber nicht ausreichte, um ihr Zugang zu Mirandas Ausrüstung zu gewähren, bevor die Polizei die Genehmigung dafür erteilte. Das war das immer wieder Ärgerliche an der simbabwischen Bürokratie: Sie kannte nur zwei Extreme – die krankhafte Befolgung von Anweisungen oder Nachlässigkeit, die ab und zu mit Korruption einherging. Sie war gespannt auf den Zustand der Ausrüstung, die sie Miranda für ihr Projekt geliehen hatte und ein wenig besorgt, es könnte etwas davon fehlen. All die Instrumente waren teuer, empfindlich und in den falschen Händen ausserdem gefährlich.

Ausserdem machte sich Chris Sorgen um Jed Banks. Sie hatte gehofft, mit so wenig Aufwand wie möglich in Mana Pools ein- und ausreisen zu können, aber die Ankunft des Special Forces-Soldaten hatte ihr einen Strich durch die Rechnung gemacht. Sie musste sich in Mirandas Laptop einklinken und ihre E-Mails prüfen, um herauszufinden, ob sie etwas vorhatte, von dem Chris nichts wusste. Ausserdem drehten sich ihr die Gedanken über die beunruhigende Enthüllung einer möglichen Liebesbeziehung zwischen Miranda und einem Mann im Hinterkopf.

Abgesehen von ihren eigenen Bedenken tat ihr Jed Banks leid. Nein, es war mehr als Mitleid, sagte sie sich, als sie ins staubige Dorf der Mitarbeitenden fuhr. Sie teilte Jeds Schmerz. Miranda war für sie mehr als nur eine Forschungskollegin oder ein Schützling, denn Chris hatte sich selbst in ihr wiedererkannt – ihren Idealismus, ihre Hingabe, ihr Bedürfnis, Gutes und Richtiges zu tun, in einer Welt, in der es von beidem viel zu wenig gab. Sie hatte sich Gedanken darüber gemacht, Miranda für ihren Auftrag nach Simbabwe zu schicken, aber es gab nichts, was sie nicht auch selbst getan hätte, und die Risiken waren ihr akzeptabel erschienen. Obwohl Chris nie ein Kind hatte, konnte sie sich vorstellen, wie es war, wenn man seinen einzigen Nachkommen verlor, und sie sah den unerträglichen Schmerz in Jeds Augen.

Ausserdem sah Chris Mirandas besondere äussere Merkmale im blonden Haar und den blauen Augen ihres Vaters widergespiegelt. Obwohl zwanzig Jahre Militärleben im Freien Falten in die gebräunte Haut um seinen Mund und die Augen gekerbt hatten, liess sich nicht leugnen, dass er gut aussah. Sein spriessender Bart wies weisse Stellen auf, aber sein T-Shirt zeigte Bizeps und Brustmuskeln, die sich ein Politiker Tausende von Dollar und eimerweise Schweiss in einem Fitnessstudio kosten liesse. Jed Banks hatte sich sein kräftiges Aussehen angeeignet, indem er jeden Tag aufstand und zur Arbeit ging, manchmal ohne zu wissen, ob er den nächsten Morgen erlebe. Chris glaubte nicht, dass sie sich jemals in einen Büroangestellten verlieben könnte. Der Typ von der Botschaft war nett gewesen, aber seine Hände waren zu weich, sein Bauch zu schlaff und seine Unbehaglichkeitstoleranz für ihren Geschmack zu niedrig gewesen. Der Ranger im Krügerpark dagegen war süss und fantasievoll gewesen, doch unglaublich arrogant und zu jung für sie.

Wenn sie zu einer anderen Zeit, an einem anderen Ort, ein Gespräch mit Jed Banks begonnen und er mit ihr geflirtet hätte, dann ... nun, dann wäre sie vielleicht unvorsichtig geworden. Aber hier und jetzt musste sie sich darauf konzentrieren, herauszufinden, was mit Miranda geschehen war. Chris war besorgt, sehr besorgt, dass das Mädchen für immer verschwunden sei. Doch genau wie Jed brauchte sie Beweise.

Die Umstände und der Zeitpunkt von Mirandas Verschwinden beunruhigten Chris mehr, als sie Jed gegenüber zugeben wollte. Denn während ihm Zeit, Ort und Art des Verschwindens seiner Tochter zufällig erschienen, waren sie für Chris verdächtig. Aber sie wollte Jed nicht in ihre dunkelsten Befürchtungen einweihen.

DAS ERSTE, was Jed an den Unterkünften für das Personal, einfachen verputzten Backsteinbauten mit Wellasbestdächern auffiel, war, dass sie statt im üblichen Olivgrün grau gestrichen waren. Es geht doch nichts über ein bisschen Abwechslung, dachte er. Wenn man bedachte, was Jed bisher von der Lebensweise der Schwarzen gesehen hatte, waren die Unterkünfte nicht schlecht, obwohl man sie auch nicht als modern oder gar komfortabel bezeichnen konnte.

Ein älterer, glatzköpfiger Ranger in einer gebügelten, khakifarbenen Uniform mit Feldwebelstreifen am Ärmel, trat aus dem tiefen Schatten eines alten Baumes.

Der Ranger begrüsste ihn, und Jed erklärte ihm, was die Gruppe auf das Gelände des Personals führte.

»Willkommen«, sagte der ältere Mann feierlich. »Ich zeige Ihnen, wo sich der Lagerraum befindet.« Er führte sie zu einem grauen Gebäude, welches etwas von den Wohnhäusern entfernt lag und durch einen rostigen Drahtzaun von diesen abgetrennt war.

Der Ranger des Hauptquartiers probierte im Vorhängeschloss drei Schlüssel aus, bevor er schliesslich sagte: »Ah, dieser hier ist der richtige.«

Die Scharniere protestierten quietschend, als die Tür aufschwang. Der Ranger griff hinein und zog an einer altmodischen Lichtschnur, die eine einzelne nackte Glühbirne zum Leuchten brachte.

»Die Sachen Ihrer Tochter sind alle am anderen Ende des Gebäudes, Mister Banks.«

Drinnen war es heiss und muffig und Jeds Hemd begann sofort, an seinem Rücken zu kleben. Als er sich umsah, entdeckte er zerbrochene Möbel, die vermutlich aus den Unterkünften des Parks stammten und schimmlige Pappkartons, die von nachlässig archiviertem Papierkram überquollen. In einer Ecke stand eine Kiste mit längst leeren Bierflaschen und, was Jed nur am Rande interessierte, einige metallene Munitionsdosen und ein paar Kisten mit grüner Armeeausrüstung, darunter Rucksäcke, Gürtel und Taschen. Entlang eines Teils der Wand verlief ein hölzerner Waffenständer, mit einer Kette, die durch die Abzugsbügel von fünf AK-47 und drei FN-Selbstladegewehren führte.

Der Ranger, der sich halb durch die Tür gelehnt hatte, sagte: »Hier lagern die Anti-Wilderer-Patrouillen einen Teil ihrer Ausrüstung, aber sie haben natürlich die Besitztümer Ihrer Tochter nicht angerührt. Ich bin immer hier, wenn sie ihre Waffen sichern.«

Mirandas Sachen waren ordentlich am anderen Ende des Raumes gestapelt. Lose Bodendielen knarrten unter Jeds Füssen, als er sich den aufgetürmten Habseligkeiten näherte. Er machte eine schnelle Bestandsaufnahme. Am auffälligsten waren sechs Aluminiumkoffer, wie sie professionelle Fotografen für den Transport teurer Ausrüstung benutzten und die Armee für zerbrechliche Gegenstände wie Computer, Funkgeräte und gewisse Waffensysteme verwendete.

Neben den Kisten lag der lila Rucksack, den Miranda auf ihrem Campingausflug getragen hatte. Ein Kloss stieg ihm in die Kehle und er kämpfte darum, seine Fassung zu bewahren. Daneben befanden sich ein Campingkühlschrank, der mit Gas, Strom oder einer Autobatterie betrieben werden konnte, zwei Flüssiggasflaschen, eine Schaufel, ein zusammengefaltetes Feldbett, eine zusammengerollte, mit grüner Plane überzogene Schaumstoffmatratze, zwei grüne Plastikboxen mit Deckel und ein prall gefüllter, zugeknoteter schwarzer Plastikmüllbeutel. Ausserdem gab es zwei grüne Leinensäcke, von denen er aufgrund ihrer Form annahm, dass sie Mirandas zusammengeklapptes Zelt und die dazugehörigen Stangen enthielten.

Er fuhr mit der Hand über eine der Metallkisten, wobei seine Finger eine helle Spur in der dünnen Staubschicht hinterliessen. Miranda war seit fast einer Woche verschwunden – und die Spur möglicherweise schon kalt? Bevor er etwas bewegte, bemerkte er, dass die Schmutzschicht überall gleichmässig war und schloss daraus, dass von der gesamten Ausrüstung, seit sie im Lagerraum deponiert worden war, nichts geöffnet oder bewegt worden war. Jed kniete nieder und starrte einen Moment lang auf Mirandas Rucksack. Es widerstrebte ihm, ihn zu öffnen. Wozu sollte das überhaupt gut sein? Dann hörte er die Dielen hinter sich knarren und drehte sich um. Chris stand, die Hände über der Stirn verschränkt, da.

»Es ist in Ordnung«, sagte er. »Nehmen Sie mit, was Sie wollen. Ich will nur ihre persönlichen Sachen.«

Chris ging nach vorn, stellte sich neben Jed, zählte die Kisten und überprüfte bei jeder einzelnen deren Verschluss.

»Sie sind alle verschlossen«, sagte sie.

»Komisch, der Rucksack auch. Jed fingerte an dem winzigen Messingvorhängeschloss von der billigen Sorte, die in Flughafengeschäften verkauft wird und einen entschlossenen Dieb kaum abschrecken würde, herum.

»Es war gut von Ihrem Personal, alles so ordentlich zu verpacken und das Gepäck zu verschliessen«, sagte Chris zum Ranger, der, immer noch seinen Schlüsselbund in der Hand haltend, im Gebäude stand.

»Nein, Frau Professor, alles, was Sie hier sehen, ist genauso, wie wir es vorgefunden haben. Ausser dem Zelt natürlich, das wir eingepackt haben, nachdem die Polizei ihre Ermittlungen abgeschlossen hatte. Sowohl alle Kisten wie auch der Rucksack waren verschlossen und wir haben nirgends Schlüssel gefunden. In der Plastiktüte sind ein paar lose Teile, die im Zelt waren.«

Jed griff nach der besagten Tüte und löste den Knoten. Er öffnete sie und schaute hinein. »Nicht viel. Ein schwarzer Blechkessel, ein Gasbrenner und ein paar Grillutensilien. Ein gasbetriebenes Lagerlicht und eine Taschenlampe.« Dann hob er die Deckel der grünen Plastikboxen an. »Teller, Töpfe, Besteck und Pfannen.«

Jed öffnete das Etui an seinem Gürtel und zog seinen Leatherman heraus. Er klappte die Zange auf, benutzte sie, um das Vorhängeschloss an Mirandas Rucksack zu greifen und mit einer kräftigen Drehung sprang das Schlösschen auf. Er öffnete den Reissverschluss des Rucksacks, in welchem sich fein säuberlich gefaltete Kleidungsstücke befanden, von denen ihm die meisten unpassend schwer schienen – Wollsachen, Jeans und eine dicke Jacke. Er hob einen Pullover hoch und hielt ihn an sein Gesicht. Er roch muffig. Das kurze Schnuppern an einigen anderen Kleidungsstücken ergab das gleiche Ergebnis. »Diese Tasche ist schon lange nicht mehr geöffnet worden.«

»Das waren wahrscheinlich ihre Ersatzsachen, denn hier oben im Tal hätte sie nicht viel Verwendung für solche Kleider gehabt«, erklärte Chris.

Jed rieb sich die Stoppeln am Kinn. »Vermutlich hat sie ihre Forschungsergebnisse auf einem Laptop aufgezeichnet. Wenn Sie nichts dagegen haben, werfe ich, für den Fall, dass sie persönliche Dinge auf der Festplatte gespeichert hat, gern einen Blick darauf.«

»Bitte? Oh, Entschuldigung, ich habe an etwas anderes gedacht. Der Computer, ah, klar, kein Problem.«

»Dasselbe gilt für Notizbücher, Briefe und dergleichen«, bemerkte Jed und beobachtete Chris' Gesicht.

»Ähm, ja, natürlich.« Sie blickte auf den Stapel verschlossener Kisten. »Ich gehe das ganze Zeug später noch einmal durch und überprüfe alles.«

»Sehr gut«, sagte er.

Moses kam herein und durchbrach die peinliche Stille, die entstanden war. »Ich habe ein paar Colas aus dem Kühlschrank des Autos mitgebracht, Jed.«

Irgendwie fühlte sich Jed durch die Anwesenheit des grossen

Mannes getröstet. »Das ist grossartig, Moses. Kannst du uns helfen, das ganze Zeug hier zu transportieren?«

»Klar, schliesslich muss ich mein Geld irgendwie verdienen.«

Jed nahm einen Schluck des kalten Getränks und fragte den Ranger: »Können Sie mich zum Campingplatz meiner Tochter bringen?«

»Natürlich, Sir, aber jetzt ist es schon spät und die Führer sind alle bereits gegangen, vielleicht also morgen.« Moses sprach schnell in Shona mit dem Ranger und sagte dann zu Jed: »Ich kenne den Ort, an dem Ihre Tochter gezeltet hat, gut und kann Sie problemlos hinbringen. Aber der Mann hier hat recht, es ist schon spät. Ich denke, wir sollten bis morgen früh warten.«

»Der heutige Tag war anstrengend«, sagte Chris. »Ich bin dafür, dass wir für heute Schluss machen, sobald wir das Zeug in der Hütte verstaut haben.«

»Okay«, stimmte Jed zu, obwohl sein Geist alles andere als müde war. Dieser raste förmlich.

CHRIS HATTE ein zweistöckiges Häuschen am Ufer des Sambesi gemietet.

»Ich gehe jetzt duschen«, sagte sie zu Jed. »Fühlen Sie sich wie zu Hause.«

Sie genoss das vorübergehende Vergnügen, die Hitze des Tals durch das kalte Wasser zu vertreiben. Durch Schlitze in der Ziegelmauer, durch die letzte Reste der Nachmittagsbrise über ihre nasse Haut strichen, blickte sie auf den Busch hinaus. Sie machte sich keine Sorgen, dass jemand sie sehen könnte, denn die Hausangestellte hatte sich auf das Gelände des Personals zurückgezogen und das nächste Gebäude war ausser Sicht- und Hörweite, ein paar hundert Meter entfernt. Moses hatte ihre Einladung, sich für diese erste Nacht einzuquartieren, höflich abgelehnt und gesagt, er habe Freunde im Mitarbeiterdorf, die er besuchen wolle. Chris lächelte über seinen armseligen Versuch, seine Verlegenheit zu verbergen, denn dass der Fährtenleser ihr nicht in die Augen sehen konnte, sagte ihr, dass mindestens einer dieser Freunde weiblich war. Er hatte Glück, dachte sie, während sie die Seife von ihrem Körper abspülte und sich bemühte, die rostigen Wasserhähne zuzudrehen.

Sie trocknete sich ab und wickelte sich in einen farbenfrohen, afrikanisch gemusterten Sarong. Die Dusche befand sich im offenen Carport des Hauses und sie ging durch die Küche zurück ins Haus. Die Kochnische mit ihren billigen Schränken, den zerkratzten Arbeitsflächen und dem veralteten Gaskocher erfüllte ihren Zweck, sah aber ein wenig traurig aus. Die Fenster hatten kein Glas, waren aber mit Hühnerdraht und Moskitogaze abgedeckt, um Affen und Insekten fernzuhalten. Sie hielt beim grossen gasbetriebenen Kühlschrank im Essbereich an und holte zwei grüne Flaschen Sambesi-Lager.

Barfuss stapfte sie an niedrigen Sesseln aus schwerem, dunklem Holz vorbei über den Steinfussboden durch das Wohnzimmer. Die Kissen auf den Stühlen passten mit ihrem Zebradruck zu den Vorhängen. Die Unterkünfte des Parks waren einfach und zweckmässig, wenn auch weniger geschmackvoll eingerichtet als ihre privaten Pendants in den Safaricamps, boten Simbabwern und Touristen aber eine erschwingliche Unterkunft und ein gewisses Mass an Komfort an einem der wildesten Orte der Welt. Im Obergeschoss befanden sich auf einer grossen Veranda Betten für acht Personen, von denen die meisten mit Moskitonetzen, die an Holzrahmen aufgehängt waren, vor den ekligen Blutsaugern geschützt waren.

Sie ging in eines der beiden Schlafzimmer im Obergeschoss und zog sich eine dünne, langärmlige Bluse, eine khakifarbene Hose sowie Stiefel und Socken an. Obwohl die Sonne schon hinter den sambischen Hügeln auf der anderen Seite des Flusses stand, war es immer noch warm. Trotzdem bedeckte sie ihren Körper, um sich vor den malariaübertragenden Moskitos zu schützen. Sie entrollte das Moskitonetz, das über ihrem Bett hing, steckte die Ränder unter der Matratze fest und besprühte das Netz dann mit Insektenschutzmittel. Draussen auf der Veranda zündete sie Kerzen mit Citronella-Öl an, die in regelmässigen Abständen aufgestellt waren. Danach kehrte sie in ihr Zimmer zurück und öffnete ihren eigentlich für einen Mann vorgesehenen Kulturbeutel aus grünem Segeltuch mit einem Reissverschluss. Sie fand die alte, fast leere Parfümflasche, sprühte sich ein wenig auf die Handgelenke und wischte sich die Reste hinter die Ohrläppchen. Bevor sie ihr Zimmer verliess, betrachtete sie sich im Spiegel und beschloss, ihr nasses Haar zu einem einfachen Pferdeschwanz zurückzubinden.

Sie klopfte an die Tür von Jeds Schlafzimmer.

»Kommen Sie rein.« Er sass auf dem Bett und der Inhalt von Mirandas Rucksack lag um ihn herum verstreut auf dem Boden.

»Ich habe uns einen Dämmerschoppen mitgebracht«, lächelte sie und hielt die beiden Bierflaschen hoch. »Obwohl ich fürchte, dass Sie den Sonnenuntergang gerade verpasst haben.«

»Danke«, sagte er und nahm ihr eine der Flaschen aus den Händen. Er deutete auf die noch zusammengefaltete Winterkleidung um ihn herum. »Das ist alles, was ich noch von ihr habe. Es sind zwar ihre Sachen, aber dennoch ist nichts davon wirklich von ihr, wenn Sie wissen, was ich meine. Keine Bilder, kein Schmuck, keine Briefe, keine persönlichen Gegenstände. Und was haben Sie gefunden?«

»Noch nichts. Ich werde die Kisten morgen inventarisieren, aber sie enthalten nur die Überwachungsgeräte – Funkhalsbänder, Sender und Empfänger und so weiter.«

Chris streckte ihre freie Hand aus. »Kommen Sie mit.« Jed sah überrascht zu ihr auf, streckte dann aber die Hand aus und liess sich sanft von ihr vom Bett auf die Veranda führen. Der Sambesi glänzte wie ein Fluss aus rotgoldener Lava im letzten Licht der untergegangenen Sonne und exotische Vögel verabschiedeten den Tag. Die tropische Sonne hatte das Stechen verloren, aber Jed war immer noch heiss.

Er liess seine Hand aus Chris' Hand gleiten, stand auf, lehnte sich ans Geländer der Veranda, von wo er ins Leere starrte, und nippte an seinem Bier. Der Tau der Flasche befeuchtete seine Finger und kühlte seine Stirn, als er sich den Schweiss wegwischte. »Was hat das alles zu bedeuten, Chris? Es ist, als wäre sie verschwunden.«

»Sie ist verschwunden, Jed. Daran gibt es absolut keinen Zweifel. Miranda ist aus den Leben von uns beiden verschwunden.«

Er drehte sich um und sah sie an. »Aber wo sind ihre Alltagskleider, ihre persönlichen Sachen, ihre Zahnbürste, verdammt noch mal? Es sieht eher aus, als hätte sie für eine Reise gepackt und wäre abgereist, ohne es jemandem zu sagen.«

Chris trank ihr Bier aus und stellte sich neben ihn an die Brüstung, um ihm näher zu kommen. Sie schaute geradeaus und sagte leise: »Jed, es gibt tausend Erklärungen dafür, dass nicht alle ihre persönlichen Sachen gefunden wurden und das wissen Sie. Die Leute, die hier arbeiten, sind gute Menschen, aber dieses Land ist durch Inflation und Armut gelähmt. Wenn irgendetwas aus Mirandas Zelt verschwunden ist, dann Dinge, von denen die Parkarbeiter dachten, niemand vermisse sie – ihre Kleider, die auf einem Stuhl lagen, ihre Essensvorräte, die Toilettenartikel, sogar ihre Zahnbürste. Das überrascht mich nicht im Geringsten. Die Leute hier würden weder teure elektronische Geräte stehlen noch das Schloss eines Rucksacks aufbrechen, denn das würde eine Untersuchung nach sich ziehen.«

Als sie sich zu ihm umdrehte, sah sie, dass in seinem Gesicht Zweifel aufkeimten, seine Wut nachliess, aber der Schmerz weiterhin unter der Oberfläche lauerte. Er rieb sich die Augen und blickte wieder auf den dunklen Busch hinaus.

»Aber Sie überprüfen dennoch ihren Laptop für mich, oder?«

Sie legte eine Hand auf seinen Arm. Der Muskel fühlte sich hart wie Stein an, aber warm. »Natürlich, Jed. Das mache ich morgen früh. Die Hausangestellte hat, bevor sie gegangen ist, ein Feuer angezündet und das sollte jetzt genau richtig sein, um darauf zu kochen. Lassen Sie uns ein paar Steaks auf den Grill legen und eine Flasche Wein öffnen.«

Sie gingen die knarrende Holztreppe hinunter in die Küche und Jed holte zwei weitere Flaschen Bier aus dem Gaskühlschrank, um sich während seines Grilldienstes bei Laune zu halten. Chris fing an, einen Salat zuzubereiten und sagte: »Ich komme gleich zu Ihnen. Nehmen Sie die mit«, fügte sie hinzu und deutete auf eine lange schwarze Taschenlampe. Die Glut des Kochfeuers glühte in einem warmen Rot in der Dunkelheit jenseits des fahlen Lichtscheins einer Aussenlampe.

»Soll ich auch eine Waffe mitnehmen?«, fragte er.

»Sie können lachen, aber ein Messer würde ich trotzdem mitneh-men, wenn ich Sie wäre.«

»Für die Löwen?«

»Für die Steaks.«

Er hielt einen Moment inne und kaute auf seiner Unterlippe. »Warum haben Sie in einem Land, in welchem nur Jäger und qualifi-zierte Safari-Führer eine Waffe tragen dürfen, eine Pistole?«

Sie hob die Augenbrauen. »Für ein Greenhorn in diesem Land sind Sie gut informiert. Schockiert es Sie, wenn ich Ihnen sage, dass meine Handfeuerwaffe illegal ist?«

Er kniff die Augen zusammen. »Es überrascht mich eher, als dass es mich schockiert.«

»Simbabwe ist, was Gewaltverbrechen angeht, kein unsicheres Land, Jed, – es passiert nicht viel – aber ich bin oft allein im Busch unterwegs.«

Er nickte. Dann ging er mit dem Teller mit den beiden Steaks, der Taschenlampe und dem Messer nach draussen.

Kurze Zeit später hörte und roch Chris die brutzelnden Steaks, als sie mit einer Schüssel mit grünem Salat und einer Flasche Wein in den Händen aus dem Haus trat. Sie beobachtete Jed, der aufmerksam auf die heissen Kohlen unter dem Fleisch schaute. Sie fragte sich, ob das Durchsehen von Mirandas Sachen ihm ein wenig das Feuer aus den Augen genommen habe. Er hatte sie nicht weiter über ihr letztes Treffen mit seiner Tochter ausgefragt, sah aber immer noch verwirrt aus, als er die gebratenen Steaks auf eine Platte legte und sie zu einem grossen Tisch im Freien, dessen Tischplatte aus einer einzigen Steinplatte bestand, trug. Sie fragte sich, ob Moses mit Jed über ihre Pistole gesprochen hatte.

Während er den Wein entkorkte, fragte Jed: »Dann finden Sie es also nicht ungewöhnlich, dass all ihre Taschen und Ausrüstungsge-genstände verschlossen sind?«

»Ich bewahre meine Sachen jedenfalls so auf, vor allem die Wertsachen. Wenn man hier Sachen unbeaufsichtigt und unver-schlossen zurücklässt, ist man nämlich selbst schuld, wenn etwas verschwindet. Vielleicht hat sie für einen Tagesausflug in den Busch gepackt.«

»Sie sagen, Sie bewahren Ihre Ausrüstung sicher auf, aber vergessen Sie nicht, dass ich Ihr Hotelzimmer gesehen habe. Verzeihen Sie die Bemerkung, aber ein Psychiater würde Sie wohl kaum als Ordnungsfanatikerin bezeichnen.«

Chris täuschte einen entrüsteten Blick vor. »Sie wollen doch nicht sagen, ich sei eine Chaotin? Ausserdem ist unordentlich zu sein eine Sache, aber meine Wertsachen schliesse ich immer weg.«

»Aber sehen Sie nicht, dass das genau mein Punkt ist? Selbst wenn Miranda ihre teuren Überwachungsgeräte oder ihre Fotoausrüstung oder was auch immer das alles ist, weggeschlossen hat – wo ist der Rest ihrer Sachen? Der Krimskrams, den wir alle herumliegen lassen?«

»An Ihrer Stelle würde ich Moses bitten, sich im Dorf der Angestellten umzuhören. Wie ich schon sagte, könnten einige ihrer Sachen dorthin gelangt sein.«

»Ich weiss, aber finden Sie es nicht ungewöhnlich, dass von der Kleidung, die sie trug, keine Spur gefunden wurde? Keine Schuhe, nichts?«

Chris ass den letzten Bissen ihres Steaks auf. »Nein, nicht wirklich. Was die Löwen nicht fressen, räumen die Hyänen und Geier ziemlich gut auf. In einem Menschenfresser die Kleidung eines Opfers zu finden ist dagegen nicht ungewöhnlich, denn wenn Löwen im Fressrausch sind, machen sie vor nichts Halt.«

»Hätte er ihrem Zelt viel Schaden zugefügt, wenn sie dort einer erwischt hätte?«

»Schwer zu sagen, wirklich. Wie wir wissen, brechen Löwen in der Regel nicht in Zelte ein, um sich ihre Opfer zu holen, obwohl dies für sie ein Leichtes wäre. Der beste Schutz für Leute, die zelten, ist, drinnen zu bleiben und den Reissverschluss zu schliessen. Der Löwe denkt dann, das Zelt sei nur ein weiterer Ameisenhaufen oder Termitenhügel.«

»Aber sie haben doch sicher einen guten Geruchssinn?«

»Oh ja, aber Löwen jagen nicht nach Geruch. Ihr Geruchssinn

dient in erster Linie dazu, andere Mitglieder des Rudels zu identifizieren, Eindringlinge in ihrem Revier auszumachen oder Aas aufzuspüren, von dem sie sehr viel fressen. Sie jagen aber mit Augen und Ohren. Haben Sie schon einmal eine Hauskatze beobachtet, die Vögel oder Mäuse jagt?«

»Sicher.«

»Das ist das Gleiche. Die Katze nimmt eine Bewegung wahr und das bringt sie in Jagdstimmung. Da sie schwarz-weiss sieht, ist Bewegung entscheidend, damit sie etwas erkennt. Sobald sie ein kleines Zucken wahrnimmt, stürmt sie los und stürzt sich auf die Beute – genau wie eine süsse kleine Miezekatze zu Hause.«

»Steht deshalb in den Reiseführern, dass man nicht rennen soll?«

»Genau. Wenn man ganz ruhig bleibt, verliert der Löwe, zumindest theoretisch, das Interesse oder lässt einen aus den Augen. Aber wenn ich jemals mit Ihnen im Busch unterwegs bin und wir auf einen aufgebrachten Löwen stossen, laufe ich schnellstens weg.«

»Sie wollen mir aber nicht weismachen, dass Sie einem Löwen entkommen können?«

»Nein, aber ich muss ja auch nicht schneller als der Löwe sein – nur schneller als Sie.«

Er lachte. »Den muss ich mir merken.«

»Versuchen Sie es nicht bei anderen damit, denn ich fürchte, es ist ein alter Witz.«

»Es ist komisch, dass wir über so etwas lachen, aber in der Armee ist es das selbe. Dank schwarzem Humor übersteht man das Schlimmste.«

»Es tut mir leid, Jed, ich wollte nicht ...«

»Nein, Chris, ich meine es ernst, wirklich. Auf eine merkwürdige Art und Weise hilft es. Ich klammere mich an die Hoffnung, dass Miranda noch am Leben ist, irgendwie, irgendwo. Dass das vielleicht alles ein schreckliches Missverständnis war und sie in einer Woche mit gebrochenem Herzen wegen eines Kerls oder so bei ihrer Mutter auftaucht. Aber für den Fall, dass das nicht passiert, möchte ich, dass Sie wissen, wie sehr es mir hilft, mit Ihnen hierherzukommen und mich mit Ihnen auszutauschen. So kann ich mich vielleicht damit abfinden und mich auf das Schlimmste vorbereiten.«

»Danke, Jed.« Sie griff über den Tisch hinweg nach vorn und berührte erneut seinen Arm. Sie hatte wirklich Mitgefühl mit ihm. »Ich hole uns beiden noch ein Bier.«

Im Haus stand sie in der Küche, lehnte sich an die Spüle und hielt sich mit aller Kraft an der kühlen Edelstahlkante fest. 'Lieber Gott', sagte sie sich, 'ich weiss nicht, ob ich das noch lange durchhalte'. Dann begann sie zu weinen.

12

B ier war ein Betäubungsmittel, der warme Indische Ozean ein beruhigendes Bad und die Küsse der Engländerin weicher, feuchter Balsam auf seiner geschundenen Haut. Luke Scarborough war im Paradies von Sansibar.

Er öffnete die Augen und starrte durch das Moskitonetz auf den träge rotierenden Ventilator an der weiss gestrichenen Decke des Bungalows. Sie lag neben ihm auf dem Rücken, rosa und warm und sie roch nach dem Sex der letzten Nacht. Sie war nicht übermässig attraktiv, aber entspannt und experimentierfreudig im Bett und hatte einen verruchten Sinn für Humor. Er hätte sie nicht verlassen wollen, denn er schätzte, er könnte leicht zwei Wochen mit Trinken, Tanzen und dem Ausprobieren neuer Stellungen verbringen, aber er hatte zu tun. Er kletterte unter dem schmuddeligen weissen Moskitonetz hervor und stapfte über den Linoleumboden, wobei feine Sandkörner an seinen Fusssohlen kleben blieben. Er schob ihren lindgrünen Bikini und den bunten Sarong, den man in diesem Teil Afrikas Sambia nannte, vom Stuhl und suchte seine Sachen. Er zog sich die noch feuchte Badehose an und ein T-Shirt, das nach Schweiss, Zigarettenrauch und verschüttetem Bier roch.

Eigentlich war er geschäftlich auf der Insel, aber während der

Nacht in den preisgünstigen Strandbungalows von Nungwi, an der Nordspitze Sansibars, war der Besuch schnell zum Vergnügen geworden. Am Morgen davor war er mit einem Flug aus Dubai in Dar es Salaam angekommen. Die sich wiegenden grünen Palmen, die weissen Sandstrände, das azurblaue Wasser und die geschäftige Betriebsamkeit der tansanischen Hafenstadt waren eine Welt entfernt von den kargen Bergen und Wüsten Afghanistans. Von Dar aus hatte er die erste Fähre genommen – einen Katamaran, der ausgerechnet in seiner Heimat Australien gebaut worden war – und sich auf der hundertminütigen Überfahrt zur Insel Sansibar an frischen Cashewnüssen und Coca-Cola gütlich getan. Ein junger afrikanischer Schlepper heftete sich an Lukes Füsse, sobald er die Fähre verlassen hatte und bot ihm im selben Atemzug ein Hotelzimmer, Haschisch und eine Gewürztour an.

»Nein danke«, hatte Luke es höflich versucht. Es war heiss und schwül und Stone Town, die historische arabische Handelshauptstadt der Insel, lag vor ihm, ein beängstigendes Labyrinth aus engen Gassen und einst grossartigen, aber verfallenden Gebäuden.

»Bitte, ich bringe Sie in ein Hotel und ich besorge Ihnen etwas zu rauchen, Mann«, bedrängte ihn der Schlepper weiter.«

Luke lächelte über den veralteten Hippie-Slang. »Ich bin weder auf der Suche nach einem Hotel noch brauche ich Ihre Hilfe, danke«, sagte er, dieses Mal etwas fester.

»Blöder Scheiss-Tourist«, schimpfte der Schwarze.

Luke blieb stehen und drehte sich um. »Jetzt beleidigen Sie mich? So verdient man kein Geld, mein Freund.«

»Ich bin nicht Ihr Freund. Ihr Leute fangt Kriege an und überfällt andere Länder. Gehen Sie dahin zurück, wo Sie hergekommen sind, Sie doofer Tourist.«

Luke sah sich um. Der Junge war hart, hager und hatte mehr als eine Narbe im dunklen Gesicht. Andere Leute, darunter zwei von Kopf bis Fuss in schwarze *Kangas* gehüllte arabische Frauen, waren stehen geblieben, um den Austausch zu beobachten. Luke schüttelte den Kopf und ging weiter. Als er am Ufer in einen Laden ging, der für Tauchausflüge warb, verlor er den Schlepper aus den Augen. Obwohl er verunsichert war, weil der Mann so schnell aggressiv reagiert hatte, hatte Luke nun die Idee für den Anfang der Geschichte, die er schreiben wollte.

In der Tauchbasis buchte er einen Platz im nächsten Minibus-Shuttle nach Nungwi. Die Fahrt führte ihn durch Sumpfland, überfüllte Dörfer und an dichten Palmenhainen vorbei. Nach dem leblosen Braun Afghanistans freute er sich am satten Grün der Landschaft, aber die konservative Kleidung der afrikanischen und arabischen Inselbevölkerung und die Moscheen in den Dörfern erinnerten ihn daran, dass er sich an der Ostküste des äquatorialen Afrikas nach wie vor in der islamischen Welt befand. Erst als er in Nungwi aus dem Minibus kletterte und seine verkrampften Muskeln dehnte, wurde ihm bewusst, wie schön der Strand und das Wasser waren. Er zahlte fünfundzwanzig schmutzige und zerknitterte Dollar für einen Bungalow und warf seinen Rucksack durch die Tür, ohne sich die Mühe zu machen, das Zimmer zu inspizieren.

Luke war in Sydney geboren und im nördlichen Strandvorort Avalon aufgewachsen. Das Meer gehörte, noch bevor er laufen konnte, zu seinem Leben und wie eine frischgeschlüpfte Meeresschildkröte brauchte er das Wasser. Er zog sein T-Shirt aus und stellte seine Sandalen in den Sand, der so fein und weiss wie Puderzucker war. Er stürzte sich ins einladende blaue Wasser und verlor sich darin. Er tauchte und drehte sich um sich selbst wie ein Delphin, während er die letzten imaginären Staubkörner der windgepeitschten afghanischen Shomali-Ebene aus seinen Locken schüttelte.

Zwei junge, vom ersten Sonnentag hummerrote Engländerinnen kicherten über seine Unbekümmertheit und begutachteten schweigend seinen geschmeidigen Körper und sein widerspenstiges gelocktes Haar. Als er schliesslich an Land zurückkehrte, unterhielten sie sich miteinander und verabredeten sich für später am Abend auf einen Drink in der Bar des Resorts.

Diese befand sich auf einer breiten, von einem steilen Strohdach beschatteten Terrasse aus gebleichtem, grobem Holz. Die Musik war eine Mischung aus Rap und Bob Marley. Luke war beides recht, aber wie er aus seiner Zeit im Johannesburger Büro für internationale Nachrichten wusste, neigten die Schwarzen dazu, ihre Stereoanlagen auf einer einzigen Lautstärke laufen zu lassen – der maximalen. Er zog seinen Stuhl von den dröhnenden Lautsprechern auf dem Holzdeck weg, von dem er durch die Lücken zwischen den Brettern das Wasser unter seinen Füssen sah. Als die Sonne hinter dem Horizont verschwand, gesellten sich die englischen Frauen zu ihm, und miteinander tummelten sie sich in einem gemischten Haufen aus südafrikanischen Tauchern, italienischen Flitterwöchnern und deutschen Rucksacktouristen.

Sie unterhielten sich, wie Reisende es so tun, über Preise, Hotels und die Fahrpläne der Fähren und versuchten, sich gegenseitig damit zu übertreffen, wie wenig sie bezahlt und wie viel sie gesehen hatten. Luke schwieg die meiste Zeit, denn obwohl die köstlichen Gerüche aus der Küche der Bar ihn daran erinnerten, dass er eine ganze Welt vom kriegszerstörten Afghanistan entfernt war, war er mit seinen Gedanken immer noch in den Ausläufern des Hindukusch. Dort hatte er auf freundliche Einladung der US-Armee gegessen – rekonstituierte Eier, pulverisierte Kartoffeln sowie aus zermantschtem Fleisch geformtes Steak.

Alle warmen Mahlzeiten wurden viertausend Kilometer entfernt auf einem Stützpunkt in Deutschland zubereitet, dort eingefroren und mit einer C-17 nach Bagram geflogen, wo sie aufgewärmt und auf Styroporplatten verteilt wurden. Zum Mittagessen hatte er braune Plastikpakete mit braunem Plastikessen erhalten, die von den Truppen mit allerlei Spottnamen bedacht wurden.

An diesem Abend schlemmte Luke gegrillten sansibarischen Hummer und frische gebratene Calamari, die er mit eiskaltem Bier mit den wohlklingenden Namen 'Safari' und 'Kilimanjaro' herunterspülte. Nach dem Essen, als ein DJ die Lautstärke aufdrehte, um die Leute zum Tanzen zu animieren, drehte sich das Gespräch um Politik.

»Die verdammten Amerikaner wollen die Welt beherrschen. Sie denken, sie können in jedes Land einmarschieren, das sie wollen, und dort Zivilisten bombardieren«, wetterte ein braungebrannter, muskulöser Taucher, mit blondem, zu unpassenden Dreadlocks geflochtenem Haar.

»Ja«, stimmte ein Deutscher zu. »Das sind alles Rambos. Alles, was sie tun, ist töten, töten, töten, das macht mich krank.«

»Mir hat einer das Leben gerettet«, sagte Luke und war sich nur halb bewusst, dass er es laut ausgesprochen hatte. Die 'Safaris' hatten seine Sinne vernebelt und er verlor sich in der Wirkung des Alkohols und dem strahlenden Lächeln eines der englischen Mädchen.

»Was meinst du damit?«, erkundigte es sich.

Er erzählte von Jed Banks und dem Hubschrauber, der beschossen wurde, sowie von dem Araber, der vor seinen Augen erschossen worden war. Er berichtete mit ruhiger, sachlicher Stimme, hinter der sich der Schreck und die Albträume verbargen und der Rest von ihnen sass in fassungslosem Schweigen.

Danach war es ihm peinlich und er verschwand bei der erstbesten Gelegenheit über die Treppe vom Holzdeck hinunter in den Sand. Das Mädchen im lindgrünen Bikini folgte ihm zum Strand und später zu seinem Bungalow.

Jetzt, am folgenden Morgen, ging Luke wieder auf die Terrasse. Er zündete sich eine Zigarette an und überlegte, was er tun solle. In einem Auslegerkanu paddelte ein Fischer, dessen wie gemeisselt aussehender Körper unempfindlich gegen die Sonnenstrahlen zu sein schien, mühelos an der Anlage vorbei. Auch Luke hatte Arbeit zu erledigen, was ihm ebenso viel Angst wie Freude machte. Hier, in diesem Inselparadies, war ihm Afghanistan immer noch sehr nahe. Anstatt vor dem Grauen, das er erlebt hatte, davonzulaufen, wollte er sich an den Schwanz der Bestie klammern, sie verfolgen und nach Kräften schütteln.

Er ging zum Bungalow zurück, um zu sehen, ob die Engländerin schon wach sei. Als die Tür quietschte, regte sie sich und öffnete die Augen. Zuerst lächelte sie und als sie schliesslich sprach, war ihre Stimme von Zigaretten und Wodka heiser. Sexy wie die Hölle. »Gehst du schon?«

»Ich fürchte ich muss. Es war grossartig, richtig toll. Danke. Ich meine ...« Sie sah weder wütend noch enttäuscht aus, dachte er.

»Wann fährt der Minibus?«, krächzte sie.

»Um zehn.«

Sie schaute auf ihre Swatch. »Es ist erst acht Uhr dreissig, also haben wir noch eine Stunde und fünfundzwanzig Minuten.«

Er lächelte. »Eine Stunde und fünfundzwanzig?«

»Du musst dich doch auch noch kämmen und anziehen, oder?«

Sie hob das Moskitonetz an, warf das Laken zurück und Luke kletterte hinein.

STONE TOWN DÖSTE unter ihm in den Nachmittag hinein, aber Luke war, sein Handy ans Ohr geklemmt, fleissig.

»Nein, Sansibar, nicht Simbabwe. Ich bin in Stone Town, auf Sansibar«. Das Signal war schwach und er musste fast schreien. Er befand sich im obersten Stockwerk eines kleinen, billigen Hotels hinter dem *Beitel Ajaib*, dem 'Haus der Wunder', einem ehemaligen Sultanspalast, der seinen Namen deshalb erhielt, weil er als erstes Gebäude auf der Insel über Elektrizität und einen Aufzug verfügte. Durch die Lücke zwischen dem Palast und der weiss getünchten Moschee nebenan sah er einen silbrigen Ausschnitt des Indischen Ozeans, der still wie ein Teich dalag.

Es war vier Uhr nachmittags und die meisten anderen Menschen auf der Insel hielten ein Nickerchen. Luke legte seine freie Hand vor seinen Mund, um nicht das ganze Gebäude zu wecken.

»Wie lange willst du dortbleiben und wie viel soll das kosten?«, fragte Bernie, der Stabchef der 'Internationalen Presse' in London.

»Verdammt noch mal, Bernie, ich bin an einer spannenden Geschichte dran und dir geht es nur um das verdammte Geld. Lass mich in Ruhe damit. Ich bin in Afghanistan fast *ums Leben gekommen* – eigentlich solltest du mir diese Reise als Erholungsurlaub schenken!«

Bernie lachte. »Erspar mir deinen australischen Humor und sag mir noch einmal, was du dort willst. Ich habe bald die Besprechung zu den neuen Meldungen des Nachmittags, also schiess los.«

»Es ist eine Fortsetzung meiner letzten Geschichte, der aus

Afghanistan, über den Al-Qaida-Mann, der während der Patrouille, bei der ich dabei war, getötet wurde.«

»Ja, richtig. Nicht gerade Osama bin Laden, oder?«

»Nein, aber er war von hier – aus Sansibar, erinnerst du dich? Iqbal bin Zayid. Ausserdem gab es da gestern diesen Bombenanschlag in Dar es Salaam.«

»Ja, das haben wir. Judy, die in Dar ist, hat es gestern Abend gemeldet. Ausserdem wurde heute die US-Botschaft aufgrund einer Bombendrohung evakuiert.«

»Scheisse, das habe ich nicht gewusst.«

»Schau auf der Website nach, es ist bereits hochgeladen. Kannst du der ganzen Geschichte noch ein paar Farbtupfer geben? Finde heraus, ob verängstigte Rucksacktouristen Sansibar in Scharen verlassen und die örtliche Tourismusindustrie lahmgelegt ist, oder irgendwelchen ähnlichen lokalen Quatsch.«

Luke machte eine Pause und nippte an seinem Bier. »Ich finde sicher etwas. Aber vor allem will ich die Familie des toten Terroristen ausfindig machen und schauen, ob ich dort noch mehr über ihn herausfinde.«

»In Ordnung, aber behalte den Ball im Auge, Luke. Hör mal, da steckt doch nichts Persönliches dahinter, oder? Immerhin hat der Kerl dich zu töten versucht.«

»Nein, keine Bange, das hat überhaupt nichts mit mir selbst zu tun.«

»Gut. Aber im Ernst: Nimm dir, wenn du fertig bist, bevor du nach Johannesburg zurückkehrst, ein paar Tage am Strand. Das hast du dir tatsächlich verdient.«

Luke schnaubte. »Okay, und danach fliege ich über Simbabwe zurück.«

»Simbabwe? Was hat es mit dir und all diesen verdammten 'S'-Ländern auf sich?«

»Ich möchte mich dort mit jemanden treffen. Mit dem Mann, der mir in Afghanistan das Leben gerettet hat. Du weisst schon, der Vater des Mädchens, das von einem Löwen gefressen wurde. Ich habe von seiner Ex-Frau gehört, er sei dort, aber wer weiss, was er dort zu finden erwartet. Ich dachte, ich schaue mal, wie weit die Ermittlungen zu ihrem Tod gediehen sind und was das für Folgen nach sich zieht.«

»Das war eine verdammt gute Geschichte, Luke. Ein Soldat der US Special Forces tötet einen gesuchten Terroristen, rettet einem stupiden Journalisten das Leben und erfährt dann, dass sein einziges Kind von einem wilden Löwen getötet wurde. Das ist die Mutter aller verdammten Tränendrüsen-Geschichten!«, lachte Bernie.

Luke schüttelte den Kopf. Jeder in der Branche wusste, dass Journalisten sich gegenüber Tragödien verhärten. Wie die meisten seiner Kollegen bewältigte er den täglichen Umgang mit Tod und Trauer dank einer Mischung aus schwarzem Humor und Alkohol, aber Bernie sprach über jemanden, den er persönlich kannte – jemanden, der ihm tatsächlich das Leben gerettet hatte.

»Ja, klar«, sagte Luke. »Wie auch immer, aber sorry, die Leitung ist miserabel. Ich melde mich bald wieder, Bernie. Ich schreibe heute Abend ein paar hundert Worte über die Situation des Tourismus nach der Bombe. Man hört sich.«

»Na dann viel Spass. Such dir eine schwedische Rucksacktouristin und hol dir ein Bier, dann wird alles gut.«

»Wer braucht schon schwedische Mädchen, wenn es Engländerinnen gibt?«, erwiderte Luke und lächelte bei der Erinnerung an den heissen, schweisstreibenden Sex am Morgen.

»Du kolonialer Schuft. Sag mir nicht, dass du eine unschuldige englische Rose entjungfert hast?«

»Rosig ja, aber nicht ganz so unschuldig«, sagte er.

Luke trank sein Bier aus und liess seinen Blick über die Dächer von Stone Town schweifen. Das Meer jenseits der bröckelnden Bauten der Stadt widerspiegelte die wechselnden Farben der untergehenden Sonne. An diesem Nachmittag, an dem keine Brise wehte, lagen mittelalterlichen Dhaus und hochmoderne Luxusyachten bunt gemischt regungslos vor Anker. Er hätte gern noch ein Bier getrunken, wusste aber, dass er für die Geschäfte von heute Abend einen klaren Kopf behalten musste.

Er schloss die Augen und war im selben Moment wieder dort.

Solche Rückblenden kamen oft vor. Zu den merkwürdigsten Zeiten und in den Nächten, in denen er von Albträumen geplagt wurde, hörte er die Kugeln, sah den verwundeten Hubschrauberpiloten und spürte, wie er aus dem Chinook stürzte. Wenn Jed Banks nicht zurück auf den Boden gesprungen wäre, ihn gerettet und den Mann getötet hätte, den er jetzt als Iqbal bin Zayid kannte, wäre er jetzt tot. Die Besatzung hätte ihn zurückgelassen.

Luke legte eine Hand auf seine linke Seite. Wenn er tief einatmete, schmerzten seine angeknacksten Rippen immer noch. Der Arzt sagte, es daure wahrscheinlich Wochen, bis sie vollständig verheilt waren. Der Schorf an seiner Schulter, die er beim Sturz aufgeschürft hatte, war nach dem Baden im Meer am Strand abgefallen, doch die Haut war rosa und schrumpelig und erinnerte ihn daran, dass dies alles erst vor weniger als zwei Wochen geschehen war. Trotz der Proteste der Sanitäter der US-Armee hatte Luke den Bericht über das Feuergefecht sofort nach seiner Rückkehr zur Basis veröffentlicht. Während er mit blutender Schulter, verfilztem Haar, schmutzigem Gesicht und schmerzverzerrter Seite an seinem Laptop sass, stiessen seine Reporterkollegen mit britischen Bierdosen, die sie an der puritanischen amerikanischen Militärpolizei vorbeigeschmuggelt hatten, auf ihn an. Danach stolperte er die 'Disney Parade' hinauf, meldete sich im amerikanischen Feldlazarett und fiel in Ohnmacht.

Am nächsten Tag war das Lager voll mit Nachrichten über den Überfall auf das Gelände und die darauffolgende Säuberung durch ein ganzes Bataillon. Der Staub der vielen Chinooks und Apaches färbte den Himmel braun. Luke versuchte nicht einmal, einen Flug zu bekommen, denn er verbrachte die nächsten vier Tage im Krankenhaus. Aber sobald er entlassen wurde, machte er sich auf den Weg, um Jed Banks zu finden und ihm zu danken. Frisch bandagiert meldete er sich am Eingangstor des Geländes der 'Coalition Joint Special Operations Task Force' und fragte nach Master Sergeant Jed Banks. Der diensthabende Ranger sprach in sein Funkgerät und bat Luke zu warten. Das war nicht ungewöhnlich, weil Reportern der Zutritt zum Gelände nicht gestattet war. Er hoffte, Jed nähme sich die Zeit, sich mit ihm zu treffen. Doch schliesslich kam der Seelsorger der Task Force zum Tor und erklärte Luke, Jed sei wegen eines familiären Notfalls abgereist.

Am nächsten Tag kehrte die regelmässige Afghanistan-Korrespondentin der 'International Press' von ihrem zweiwöchigen Urlaub in der Türkei zurück. Sie ärgerte sich, als sie erfuhr, dass Luke den ersten ernsthaften Einsatz seit Monaten miterlebt und die 'International Press' mit der Geschichte über das Feuergefecht weltweit für Schlagzeilen gesorgt hatte. Luke verabschiedete sich dankbar, flog mit einer C-17 der US Air Force nach Katar, von wo er am nächsten Tag einen zivilen Anschlussflug nach Dubai nahm und einen Weiterflug nach Johannesburg buchte.

Luke plante, sich während einer Woche Urlaub an der südafrikanischen Ostküste, in Durban, von seinem Einsatz in Afghanistan zu erholen. Auf dem Flughafen von Dubai kam ihm jedoch ein Zeitungsbericht über eine junge amerikanische Wildtierforscherin in die Finger, die im Sambesi-Tal in Simbabwe von einem Löwen getötet worden war. In seiner Eile, sein Handy in seinem Rucksack zu finden, verschüttete er seinen Kaffee auf dem Tisch des Cafés. Im Bericht hiess es, der Name der Frau sei noch nicht bekannt, doch wie viele amerikanische Frauen erforschten die Tierwelt im Sambesi-Tal? Es musste Miranda sein und das war die persönliche Tragödie, wegen der Jed Banks aus Afghanistan abgereist war. Es passte alles zusammen.

Luke erinnerte sich daran, dass Miranda, bevor sie nach Afrika ging, bei ihrer Mutter gelebt hatte. Er kramte das schmuddelige, schweiss- und staubverschmierte Notizbuch hervor, das er in Afghanistan benutzt hatte, und blätterte die Seiten durch. Patti war Mirandas Mutters Name – wahrscheinlich die Kurzform von Patricia. Luke holte seinen Laptop heraus und verband sich mit dem Internet, indem er die Infrarotverbindung seines Mobiltelefons und eine internationale Roaming-Software nutzte, die ihm eine Einwahlnummer in Dubai gab. Innerhalb weniger Minuten überprüfte er die Telefonbucheinträge in Boston. Er fand Dutzende von Einträgen, was bedeutete, dass die Telefonrechnung horrend werden musste, aber das zahlte die Firma. Beim zweiundzwanzigsten Anruf meldete sich eine

Frau, und Luke sagte: »Guten Morgen, Ma'am, mein Name ist Luke Scarborough, ich bin ein Freund Ihres Ex-Mannes Jed und wollte Ihnen nur mein tiefes Beileid zu Mirandas Tod aussprechen ...«

Die ersten einundzwanzig Lewises, die den Hörer abnahmen, hatten ihn für einen Verrückten oder einen Scherzbold gehalten, aber diese Frau schwieg einen Moment, dann sagte sie: »Ähm, danke. Woher kennen Sie meinen Ex-Mann, und woher wissen Sie von Miranda? Ihr Name sollte doch erst morgen bekannt gegeben werden.«

»Ich war mit Jed in Afghanistan, Frau Lewis. Jed hat mir dort das Leben gerettet. In der Nacht, als dies geschah, erzählte er mir von Mirandas Arbeit in Afrika. Er hat sie sehr geliebt. Ich bin jetzt auf dem Weg nach Simbabwe, und ...«

Mirandas Mutter unterbrach ihn. »Gehen Sie zu Jed rüber? Treffen Sie sich mit ihm?«

»Ja!«, murmelte Luke leise.

Der Anruf erwies sich als Goldgrube für Informationen. Bevor Patti zu lange weitersprach, gab sich Luke als Reporter zu erkennen, obwohl er befürchtete, sie lege sofort den Hörer auf. Er hatte die Erfahrung gemacht, dass Menschen, die gerade ein Familienmitglied unter tragischen Umständen verloren hatten, auf zwei Arten darauf reagierten. Einige sagten dem Reporter, so deutlich, wie sie es nur konnten, er solle verschwinden, während andere, seiner Erfahrung nach die Mehrheit, ausführlich über das Leben ihres Angehörigen, von der Wiege bis zur Bahre, sprechen wollten. Wenn er ehrlich war, zog Luke die erste Reaktion vor, denn dann konnte er seinen Vorgesetzten sagen, er habe versucht, einen Kommentar oder ein Foto des Verstorbenen zu kriegen, die Familie habe aber nicht kooperieren wollen. Die Alternative, wenn weinende Verwandte ihr Herz ausschütteten, war von herzzerreissend bis äusserst langweilig.

Patti Lewis stand offensichtlich immer noch unter Schock und war weder unfreundlich noch überschwänglich. Sie liess sich von ihm davon überzeugen, mit ihm zu reden, weil das Aussenministerium Mirandas Namen sowieso am nächsten Tag veröffentlichen wollte und sie ihm zumindest teilweise glaubte, dass weniger Medien bei ihr anrufen würden, nachdem seine Geschichte veröffentlicht war. Geduldig und ehrlich beantwortete sie Lukes Fragen zu Mirandas Leben und ihrer Arbeit, wobei sie ihm genügend farbige Zitate für eine spannende Geschichte lieferte. Ausserdem wusste er bereits, dass Jed auf dem Weg nach Simbabwe war, um die Umstände von Mirandas Verschwinden zu untersuchen. Er *musste* hinfahren und ihn treffen, denn das ergäbe eine sensationelle Reportage. Und abgesehen von der Geschichte wollte er Jed danken und sich mit ihm über ein paar Sachen austauschen.

Er rief in der IP-Zentralredaktion in London an und informierte Bernie über sein Gespräch mit Patti Lewis. Bernie teilte ihm mit, die USA hätten den Namen des sansibarischen Al-Qaida-Terroristen veröffentlicht, der in Afghanistan bei dem Feuergefecht getötet worden war, das Luke miterlebt hatte. Es handelte sich um einen Kommandeur mittleren Rangs, der in Tschetschenien gekämpft hatte und für den dortigen Abschuss eines russischen Armeehubschraubers verantwortlich gemacht wurde, bei dem fast sechzig Soldaten ums Leben gekommen waren.

Die vielen Fäden der Geschichte hatten sich in Lukes Kopf auf magische Weise zusammengefügt. Während er tippte, lächelte er vor sich hin, denn die Seiten füllten sich mit der Abfolge der heroischen und tragischen Ereignisse. Der tapfere Held der US-Armee, der den gesuchten Terroristen tötete, nur um kurz danach zu erfahren, dass seine geliebte einzige Tochter bei einem unglaublichen Unfall ums Leben gekommen sei. Patti Lewis' Zitate rundeten das Ganze schön ab und gaben ihm zusätzliche Würze.

Das fehlende Stück der Geschichte befand sich nun unter ihm, irgendwo in den verwinkelten Gassen von Stone Town.

Luke ging die Treppe hinunter in sein Zimmer und duschte kalt, aber selbst wenn er heisses Wasser gewollt hätte, gab es keins. Das Zimmer war billig, aber zweckmässig, ein paar Zacken eines Sterns über dem Status einer Bruchbude, aber sein tägliches Spesenkonto erlaubte nicht viel mehr. Er trocknete sich mit einem fadenscheinigen Handtuch, das roch, als sei es mit Handseife gewaschen worden, ab und zog ein langärmliges, marineblaues Baumwollhemd, eine leichte Khakihose und Sandalen an, um sich auf den Weg ins Gassenlabyrinth von Stone Town zu machen. Er suchte nach Hinweisen auf das Leben eines islamischen Fundamentalisten und war sich der Kultur genug bewusst, um zu wissen, dass er sich mit kurzer Hosen und einem T-Shirt bei der Familie oder den Freunden des Mannes keinen Zugang verschaffen könne. Er schulterte seine Tasche, in der sich eine professionelle digitale Canon-Kamera mit einem achtundzwanzig- bis fünfzig-Millimeter-Objektiv, sowie ein Dreihunderter für Fernaufnahmen befanden. Er überprüfte auch, ob er sein Notizbuch und zwei Stifte dabeihatte und ob die Batterien seines Mini-Kassettenrekorders noch funktionierten.

Zu der Zeit, als er das Hotel verliess, öffneten die Ladenbesitzer in den engen, verwinkelten Gassen von Stone Town die Türen und Fenster ihrer Läden, und in der vergleichsweise kühlen Abenddämmerung erwachte die Altstadt zu neuem Leben. Ein kleiner Junge auf einem Fahrrad klingelte und ärgerte damit ein paar blonde deutsche Rucksacktouristinnen. Luke fühlte sich jedenfalls von ihren abgeschnittenen Jeans-Shorts kulturell nicht angegriffen und schaute über die Schulter zurück, um den beiden einen zweiten Blick zuzuwerfen, wobei er fast in einen arabischen Händler in einem langen weissen Baumwollgewand, der ein altes silbernes Teeservice trug, hineinlief.

»Entschuldigen Sie«, sagte Luke zu dem Mann.

»Keine Ursache. Wollen Sie mal reinschauen?« Der Mann gestikulierte in Richtung eines Antiquitätengeschäfts.

»Warum nicht?«, antwortete Luke, denn irgendwo musste er ja anfangen, Fragen zu stellen. Sein Blick wanderte über die mit Messing- und Silberschnickschnack vollgestopften Regale. Obwohl er davon ausging, dass die meisten der aufgereihten Stücke moderne Repliken waren, vermutete er bei einigen, es handle sich um echte Antiquitäten. »Wie läuft das Geschäft?«

Der Araber zuckte mit den Schultern. »Im Moment ist es eher ruhig. Irak, SARS, Bomben ...«

Luke betrachtete ein Messingfernrohr, hielt es sich ans Auge und blickte, ohne irgendetwas scharfstellen zu können, auf die Strasse hinaus.

»Suchen Sie etwas Bestimmtes, mein Freund?«, fragte der Ladenbesitzer.

»Eigentlich suche ich nach einem Telefonbuch.«

»Ein Telefonbuch? Eine Antiquität?«

Luke lächelte. »Nein, eigentlich suche ich eine Person mit dem Namen bin Zayid.«

»Interessant. Das ist ein Name, der kürzlich in der Zeitung stand.«

»Iqbal bin Zayid.« Luke setzte das Teleskop ab.

»Glauben Sie nicht alles, was Sie von den Amerikanern hören, junger Mann. Was sind Sie, ein Journalist?«

»Ja.«

»Ich habe kein Problem mit Journalisten – sie sind einfach so gut wie die Informationen, die sie bekommen. Die Leute, die behaupten, Iqbal bin Zayid sei ein Terrorist gewesen, kennen ihn oder seine Familie nicht. Sein Vater, Hassan, Gott segne ihn, war ein guter Mann. Er war mit einer Engländerin verheiratet, einer Ungläubigen! Wie kann der Sohn einer westlichen Frau, einer Christin, ein Terrorist sein?«

»Kannten Sie die Familie?«

»Ein wenig. Sie besitzen einige Hotels hier und auf dem Festland und Hassan Senior kaufte manchmal Antiquitäten von mir, um die Empfangsräume und so zu schmücken.«

»Hassan Senior?«

»Er ist gestorben, möge Gott ihn bewahren, aber sein Sohn hilft mir, im Geschäft zu bleiben.«

»Können Sie mir sagen, wo ich die Familie finde?« Der alte Mann sah misstrauisch aus, dachte Luke, und fragte sich, ob er vielleicht schon zu viel verraten habe.

»Wie gesagt, Hassan ist tot, und seine Frau ist schon vor vielen Jahren, als die beiden Jungen noch klein waren, mit einem anderen Mann nach England durchgebrannt. Ich habe gehört, sie sei ebenfalls gestorben. Iqbal ist auch weg, von den Amerikanern getötet und der junge Hassan ist nur selten hier. Er reist viel aufs Festland, um sich um die Geschäfte der Familie zu kümmern.«

»Ich möchte gern mit jemandem sprechen, um die andere Seite der Geschichte zu erfahren. Falls Iqbal unschuldig war, verdient die Welt, dies zu erfahren.« Das war eine der ältesten Zeilen im Buch der Halbwahrheiten jedes Reporters. Immerhin hatte Iqbal, der Unschuldige, versucht, ihn mit einer AK-47 zu erschiessen.

Der Antiquitätenhändler kratzte sich, in der anderen Hand eine Gebetsschnur aus Elfenbeinperlen haltend, am Kinn. »Nun gut. Ich werde Ihnen die Geschäftsadresse der bin Zayid-Büros geben. Hassan ist zwar nicht da, aber dort können Sie ihm sicher eine Nachricht hinterlassen.«

»Danke. Wie viel kostet das Teleskop?«

Die Anweisungen des arabischen Ladenbesitzers führten ihn tiefer nach Stone Town hinein. Während er sich durch das Labyrinth der Gassen schlängelte, füllten sich seine Sinne mit Sehenswürdigkeiten, Geräuschen und Gerüchen des alten Viertels. Allerdings stand jedem Hauch von Nelken und anderen aromatischen Gewürzen, den er einatmete, der Gestank von verrottendem Müll oder einer überfüllten Kanalisation gegenüber, für jede kunstvoll geschnitzte und wundervoll beschlagene Tür gab es eine von Feuchtigkeit und Termiten zerfressene und jedem freundlich gekicherten *'Jambo'* eines schüchtern lächelnden Kindes stand das kalte Starren oder abwertende Grinsen eines mürrischen Jugendlichen gegenüber.

»Osama bin Laden«, murmelte ein junger nachtschwarzer Mann in einem Basketballtrikot der LA Lakers, als Luke an einem Laden vorbeiging, der buntbedruckte Tücher und Frauenkleider verkaufte. Luke wusste nicht, ob der Mann den Namen im Rahmen eines Gesprächs mit dem neben ihm stehenden Jugendlichen erwähnt hatte oder ihn als verschleierte Drohung an ihn richtete. Jedenfalls hielt er nicht an, um den Jungen zu fragen. Als er weiter die Gasse hinunterging, spürte er, dessen Augen, die sich in seinen Rücken bohrten.

Abgesehen von moderner Politik, Religion und Vorurteilen war der Reiz der engen Altstadt nicht zu leugnen. In einigen ruhigeren

Gassen, wo er an Männern in wallenden Gewändern und schwarz verschleierten Frauen vorbeikam, erinnerten ihn nur die Schilder, die ihn zu einem weiteren Internetcafé führten, daran, dass er sich im einundzwanzigsten Jahrhundert befand.

Luke fand die Büros von 'Zayid Enterprises' in einem dreistöckigen, renovierten Steingebäude am östlichen Ende der Stadt, nicht weit vom 'Africa House' entfernt, einer Kneipe, die während des ganzen Tages von jungen Rucksacktouristen besucht wurde.

Ein Messingschild neben einer verschnörkelten Holztür, die mit spitzen Messingnieten verziert war, bestätigte ihm, dass er gefunden hatte, was er suchte. Luke hatte in seinem Reiseführer gelesen, dass die Tür eines sansibarischen Gebäudes viel über seine Bewohner sage. Dieses Portal war dunkel, geschichtsträchtig und imposant und machte den Eindruck, fast uneinnehmbar zu sein, wozu auch eine Gegensprechanlage mit eingebauter Kamera beitrug, die das Tor flankierte. Nachdem er den Summer drückte, öffnete im Inneren jemand ein elektronisches Schloss. Trotz seines altertümlichen Charmes war das Gebäude also durch das modernste Sicherheitssystem geschützt, was Luke zur Frage führte, ob der überlebende bin Zayid etwas zu verbergen habe.

Er stiess die Tür auf, stieg eine kurze Steintreppe hoch und fand sich in einem geschmackvoll eingerichteten Empfangsbereich wieder. Im Gegensatz zum Äusseren war das Innere des Gebäudes hochmodern, mit weiss getünchten Wänden und kubistischen Drucken sowie viel Chrom und Glas. Eine attraktive junge Schwarze in einer kurzärmligen weissen Bluse, die hinter einem grossen weissen Schreibtisch sass, begrüsste ihn.

»Guten Tag, ich wollte fragen, ob ich mit Herrn Hassan bin Zayid sprechen könne.«

»Haben Sie einen Termin, Sir?«, fragte die Frau und schaute in einen grossen Terminkalender.

»Nein, leider nicht. Mein Name ist Luke Scarborough und ich bin Journalist bei der Nachrichtenagentur 'International Press'. Man hat mir gesagt, Ihr Unternehmen betreibe einige Hotels in der Region und ich würde gern mit Herrn bin Zayid über Besuchertrends in

Ostafrika sprechen.« Seine Geschichte war nahe genug an der Wahrheit, um überzeugend zu wirken.

»Es tut mir leid, Sir, aber Herr bin Zayid ist nicht hier.«

»Erwarten Sie ihn denn heute noch einmal hier im Büro?«

Er beobachtete ihr Gesicht aufmerksam, wobei ihm auffiel, dass ihr Blick zu einer antiken Messinguhr an der Wand wanderte.

»Das kann ich nicht sagen, Sir. Jedenfalls empfängt Herr bin Zayid niemanden ohne Voranmeldung. Aber wenn ich Ihren Namen und Ihre Nummer notieren darf, rufe ich Sie zurück, wann er Ihnen einen Termin geben kann.«

Luke sah sich unauffällig im Büro um. An den Wänden hingen in polierten Messingrahmen ein halbes Dutzend grossformatiger Hochglanz-Farbfotos. Jede der Aufnahmen zeigte denselben Mann. Er war jung, vielleicht dreissig Jahre alt, hatte dunkles gewelltes Haar, war tadellos gekleidet und hatte ein Gesicht, das weder ganz weiss und noch ganz arabisch war. Auf den Bildern war der Mann in verschiedenen Situationen zu sehen, meist Seite an Seite mit Personen, die von einiger Bedeutung zu sein schienen. Auf einem der Bilder mit einem arabischen Scheich in wallenden Gewändern, auf einem anderen mit einem älteren dunkelhäutigen Mann im Anzug, vielleicht einem Politiker, beim Durchschneiden des Bandes bei der Eröffnung eines neuen Gebäudes, vermutlich eines der Hotels der Familie. Das ungewöhnlichste der Fotos zeigte den Mann am Heck einer Luxusyacht, deren Name auf der Rückseite deutlich lesbar war, denn dort stand in englischer Sprache 'Faith' geschrieben und darunter etwas in arabischer Schrift, wahrscheinlich die Übersetzung.

»Danke«, sagte Luke zur Empfangsdame, holte eine Visitenkarte und einen Stift aus seiner Tasche und unterstrich seine Handynummer. »Auf die Rückseite der Karte schreibe ich ausserdem den Namen des Hotels, in dem ich wohne. Ich bleibe noch ein paar Nächte dort. Herr bin Zayid kann mich zu jeder Tageszeit anrufen oder eine Nachricht in meinem Hotel hinterlassen. Ich bin wirklich sehr daran interessiert, mit ihm zu sprechen.«

»Natürlich, Sir. Ich leite die Nachricht auf jeden Fall weiter.«

»Und kann ich bitte Ihre Telefonnummer haben, falls ich mich später noch einmal bei Ihnen melden muss?«

»Gewiss, Sir.« Sie nannte die Telefonnummer des Büros und Luke schrieb sie in sein Notizbuch.

Als er sich zum Gehen wandte, betrachtete er das Bild des kaffeehäutigen Mannes und des Scheichs genauer. Aus dessen breitem, gutaussehendem Gesicht starrten ihn stechend blaue Augen an und er wusste, wann er diese Augen das letzte Mal gesehen hatte: In der Sekunde, bevor Jed Banks das Leben aus ihnen herausschoss. Dieser Mann war nicht nur der Bruder von Iqbal bin Zayid, er musste sein identischer Zwilling sein.

Als Luke zurück auf die schmale Strasse trat, wedelte er, ohne dies wirklich zu wollen, mit den Fingern, was immer passierte, wenn er sicher war, einer sensationellen Geschichte auf der Spur zu sein. Dies war einer der Artikel, die sich von selbst schrieben, jedenfalls, wenn er mit Hassan bin Zayid in Kontakt treten konnte.

Er beschloss, einen Spaziergang zum Hafen zu machen, um herauszufinden, wo bin Zayids Schiff vertäut war, denn schliesslich bestand die unwahrscheinliche Möglichkeit, dass sich der Mann an Bord seiner Luxusyacht aufhielt. Die Chancen waren gering, aber er befand sich in diesem frühen Stadium der Ermittlungen, in dem er jeder Spur nachging. Im investigativen Journalismus spielte das Glück natürlich eine Rolle, aber wenn man den ganzen Tag in einer Bar oder einem Büro sass, fand dieses einen nicht.

Während er im 'Ras Shangani-Viertel' dem Ufer entlang spazierte, dachte er über die bin Zayid-Linie nach und notierte im Geist ein paar Hintergrundinformationen für den Artikel, den er schreiben wollte. Auf der Fährfahrt vom Festland nach Sansibar hatte er in einem Reiseführer die Geschichte der Insel nachgeschlagen. Bereits im achten Jahrhundert hatten Araber aus dem Oman das Horn von Afrika umrundet und sich an die Ostküste des Kontinents gewagt, wo sie den jahrhundertelangen Handel mit Gewürzen, Nelken, Häuten, Nashornhorn, Elfenbein und Menschen begannen. Er fragte sich, wie lange es wohl her sei, seit die Familie bin Zayid in Sansibar ankam und welche Ereignisse in der reichen Geschichte

Sansibars ihre politischen und religiösen Ansichten geprägt haben mochten. Anfangs des neunzehnten Jahrhunderts hatten die Briten den Sklavenhandel schrittweise beendet, doch Sansibars Wirtschaft blühte weiterhin, wenn auch Gewürznelken Männer, Frauen und Kinder als Haupthandelsgut der Insel ersetzten.

Aufgrund ihres Aussehens vermutete Luke, Hassan und Iqbal bin Zayid seien omanischer Abstammung, denn diese ursprünglichen Kaufleute vermischten sich nur selten mit der ansässigen schwarzen Bevölkerung. Die 'Shirazis' dagegen, die andere Bevölkerungsgruppe, die Ostafrika dominierte und arabisch beeinflusste, waren im zehnten Jahrhundert aus Persien eingewandert. Sie vermischten sich mit den einheimischen Afrikanern und schufen das als 'Suaheli' bekannte Küstenvolk, dessen Sprache und Kultur sich entlang der Routen der berüchtigten Sklavenkarawanen ins Landesinnere ausbreitete. Der Antiquitätenhändler hatte davon gesprochen, Hassans und Iqbals Vater habe eine westliche Frau, eine Ungläubige, geheiratet und auch darüber wollte Luke recherchieren. Selbst wenn Iqbal in der Familie ein einsamer Eiferer gewesen wäre, bildete der Stammbaum der bin Zayids einen interessanten Hintergrund für seine Reportage.

Als Luke sich dem weitläufigen alten Fort näherte, das 1700 von den Omanis erbaut worden war, um den Angriffen der Portugiesen zu widerstehen, verlangsamte er seinen Schritt. Im neunzehnten Jahrhundert war Sansibar zum britischen Protektorat mit einer konstitutionellen Monarchie in Form eines arabischen Sultanats geworden. Die Nachkommen des Sultans blieben an der Macht, bis sich die Unzufriedenheit der einheimischen Mehrheit, die während mehrerer Jahre stetig zugenommen und Dutzende von Arabern das Leben gekostet hatte, im Jahr 1964 in einem Staatsstreich entlud. Das neue Sansibar blieb nicht lange eine unabhängige Macht, sondern verschmolz bald mit dem Festlandstaat Tansania.

Das war das Problem mit Sansibar, überlegte Luke. Seine Geschichte war so befrachtet, dass es schwierig war, sie mit der modernen Welt in Verbindung zu bringen und in einen Artikel zu packen. Empfanden die bin Zayid-Brüder einen gewissen Unmut über den schwindenden arabischen Einfluss in Ostafrika? Fühlten sie sich von der wachsenden Zahl westlicher Touristen in ihrer Heimat, die selbst in Lukes Augen scheinbar jedes Jahr jünger wurden, weniger trugen, mehr tranken und mehr Drogen konsumierten, herabgewürdigt? In anderen islamischen Reisezielen hatte es terroristisch motivierte Übergriffe auf westliche Touristen gegeben. War Iqbal bin Zayids Wandel vom Erben eines florierenden Tourismusunternehmens zum islamischen Gotteskrieger ein Nebenprodukt des Geschäfts, das seine Familie mit aufgebaut hatte? Das war ein toller Ansatz, dachte Luke, jedenfalls wenn jemand ihm dies bestätigte.

Links von ihm glitt eine Dhau durch den Kanal von Sansibar, deren zwei afrikanische Besatzungsmitglieder sangen, während sie, um die letzte Tagesbrise einzufangen, an den Leinen des Lateinsegels zogen. Vor sich erkannte Luke die Anlegestelle, ein kleines, mit Dhaus und Touristenbooten überfülltes schwimmendes Dock. Ein halbes Dutzend jugendlicher Schlepper stürmte von dort auf ihn zu.

»Eine Dhau, mein Herr? Wollen Sie morgen nach Dar oder nach Pemba fahren? Oder vielleicht lieber nach Mombasa?«

»Suchen Sie ein Hotelzimmer, Mister?«

»Marihuana, mein Freund. Willst du Dope?«

Luke lehnte alles lächelnd ab. Er ging am Ufer entlang und sah sich die verschiedenen Schiffe an, die vor einem Streifen gelben Sands vertäut waren.

»Hey, Jungs, verzieht euch!«, hörte er eine Stimme von einem langen Holzboot mit einem grossen Aussenbordmotor auf dem Heck und ein weisser Mann, ungefähr in seinem Alter, sprang vor Luke in den Sand. Der Mann trug knallige Badeshorts und ein löchriges Hemd. Seine nackte Haut hatte die Farbe von Walnüssen und sein struppiges blondes Haar war steif von Salz. »Machen Sie sich keine Sorgen wegen der Jungs, die wollen Ihnen nichts Böses. Ignorieren Sie sie einfach, dann lassen sie Sie bald in Ruhe.«

»Danke, das habe ich auf die harte Tour gelernt. Sind Sie nicht ziemlich weit weg von zu Hause?«, erkundigte sich Luke, der den Akzent des Mannes als südafrikanisch erkannte.

»Ja, aus Durban. Aber nicht so weit wie Sie. Sind Sie Australier?«

»Ja, ich bin nur für ein paar Tage hier. Ich arbeite sonst in Johannesburg.«

Der Mann lachte. »Oh, Kumpel, dann ist der grösste Unterschied, dass man hier ruhig schlafen kann und keine Waffe zu tragen braucht, wie in Jo'burg. Tauchen Sie?«

»Und wer will jetzt etwas verkaufen?«

Der Südafrikaner lachte wieder. »Tut mir leid, Sie haben mich erwischt. Aber passen Sie auf, mit wem Sie ausgehen. Auch hier oben gibt es ein paar komische Typen, Mann.«

»Alles andere würde mich überraschen.«

»Trotzdem ist dieser Ort immer noch unschlagbar.« Er blickte hinaus auf den riesigen orangefarbigen Ball, der über dem Festland hinunterzufallen schien. »Hey, sehen Sie sich diese Yacht an. So eine Wanne möchte ich auch mal haben. Es ist die *Destiny*, die einem meiner Landsleute, einem richtigen Waffenschmuggler, gehört.«

»Arbeiten Sie schon lange hier?«

»Ein paar Jahre. Es ist besser als zu Hause am Schreibtisch zu sitzen.«

»Da haben Sie recht. Erkennen Sie alle grossen Boote so schnell vom Sehen?«

»Die meisten.«

»Kennen Sie ein Schiff namens *Faith*?«

»Klar, es ist das von Hassan bin Zayid, dem ein paar Hotels hier und eine schicke Backpacker-Bude auf dem Festland gehören. Ausserdem ist er irgendwo an einer Safari-Lodge beteiligt. Seine Hotels bieten hier Tauchausflüge im Paket an. Er ist ein verdammt netter Kerl, suchen Sie nach ihm?«

»Ja. Ich bin Journalist und schreibe einen Artikel darüber, wie sich die Terroranschläge auf der ganzen Welt auf das Tourismusgeschäft hier auswirken. Ein Kontakt hat mir gesagt, Hassan bin Zayid wäre ein guter Gesprächspartner.«

»Ja, das wäre er bestimmt, da er Araber ist und so. Aber er ist kein Fundamentalist. Ich habe auf dem Dock schon mal ein Bier mit ihm getrunken und er mag westliche Frauen, wenn Sie wissen, was ich meine.«

Luke lachte mit dem Südafrikaner. »Haben Sie Hassans Boot in letzter Zeit gesehen?«

»Ich habe ihn tatsächlich gerade heute Nachmittag einlaufen sehen.« Luke liess seine Augen über das Hafenviertel schweifen, sah das Luxusschiff aber nirgends.

»Wo legt er mit seiner Yacht an?«

»Gleich da oben.« Der Südafrikaner deutete dem Ufer entlang auf den Pier aus Stein und Beton, der den Beginn des Haupthafens markierte. Eine Hochgeschwindigkeitsfähre legte gerade vom Dock ab. »Ich fahre nun selbst in den Hafen, weil sich unser Büro dort befindet und ich das ganze Zeug wegschliessen muss.« Er deutete auf die Sauerstoffflaschen, Neoprenanzüge, Flossen und Tauchmasken, die auf dem Boden seines Bootes herumlagen. »Ich weiss nicht, ob Hassan da ist, aber wenn Sie wollen, kann ich Sie hinbringen.«

»Das wäre grossartig. Kann ich Sie zu etwas einladen?«

»Auf der anderen Strassenseite ist ein indisches Restaurant. Holen Sie uns doch dort ein paar kalte Flaschen Bier und sagen Sie dem Kerl, der den Laden betreibt, Piet bringe das Leergut morgen zurück. Ich brauche noch zehn Minuten, um meine Schlepper zu bezahlen, dann sind wir weg.«

Luke ging über die Strasse zum Restaurant und kehrte mit einer Plastiktüte, in der sechs Flaschen 'Safari Lager' klirrten, zurück. Er staunte, wie oft sich die Dinge ergaben, wenn man das Gespräch mit den Einheimischen suchte und ein wenig Laufarbeit leistete. Selbst wenn Hassan bin Zayid nicht auf seinem Boot wäre, bekäme Luke einen besseren Einblick ins Leben des Mannes.

Er stellte sich Piet richtig vor und reichte ihm die Ladung Bier an Bord. Dieser startete den Aussenbordmotor, sprang noch einmal an den Strand, löste die Festmacherleine und warf sie Luke zu, während er das Boot vom Ufer wegschob und wieder an Bord kletterte. Danach navigierte Piet sie zwischen einer eleganten Dhau und einem taiwanesischen Containerschiff, dessen Deck fünfmal so hoch mit Stahlkisten bestückt war, durch. Luke benutzte den Deckel einer Flasche, die er umgedreht hielt, um die Verschlüsse zweier Flaschen zu öffnen und reichte Piet eine davon. Dann fragte er ihn: »Benutzt sonst noch jemand Hassans Boot?«

»Nicht, dass ich wüsste. Ich habe ihn einige Zeit nicht mehr gesehen, aber heute war er auf jeden Fall hier.«

Die Sonne ging gerade unter und beleuchtete die weiss getünchte Festung und die hellen Korallensteinbauten an Land mit einem warmen, goldenen Schein. Bald rief von den Minaretten der Moscheen auf der Insel der Muezzin die Gläubigen zum Gebet. Piet fuhr der Uferpromenade entlang und lenkte das Tauchboot nach Steuerbord, an eine Mole aus Beton, an der Frachtschiffe, weitere Dhaus und eine Reihe von Motorbooten, die seinem Boot ähnlich waren, befestigt waren. Lange, niedrige blassgrün gestrichene Lagerhäuser mit orangefarbenen, verrosteten Dächern, säumten das Ufer am Hafen und in der Ferne erkannte Luke einige Luxusyachten.

»Ach, Mist.«

»Was ist los?«, fragte Luke.

»Da fährt er eben raus, sehen Sie?«

Luke schaute in die Richtung, in die Piet zeigte, und sah eine lange, schnittige Yacht, die von links auf sie zukam.

»Hören Sie mal, können Sie etwas näher an ihn heran?«, fragte Luke. »Ich möchte, solange es noch ein bisschen hell ist, ein Foto vom Schiff machen, um es später für meine Geschichte zu verwenden.«

Luke holte die Kamera heraus, schraubte sein Fünfzig-Millimeter-Objektiv ab und ersetzte es durch das grössere Teleobjektiv.

»Ich lege mich ins Boot, damit ich das Objektiv auf der Seite abstützen kann, okay?«, sagte er zu Piet, obwohl er in erster Linie beim Araber, falls dieser es zufällig sah, keinen Verdacht wecken wollte.

»Klar, ich steure ein bisschen näher ran.«

Als der Autofokus surrte, sah Luke die Brücke des Kreuzers im Sucher und plötzlich hatte er Hassan bin Zayid, der hinter dem Steuer stand, im Fokus. Luke stellte den Auslöser auf hohe Geschwindigkeit ein und schoss jeweils drei Bilder direkt nacheinander. Hassan drehte sich um, schaute über die Schulter und Luke schwenkte mit der Kamera nach rechts, als er eine Frau sah, die die

Leiter vom unteren Achterdeck hinaufstieg. Erneut drückte er auf den Auslöser.

Luke stellte das Objektiv präzis ein und zoomte Hassan und die Frau, die jetzt neben ihm stand, ganz nah heran. Sie platzierte zwei Getränke vor ihm auf dem Armaturenbrett und legte ihm dann eine Hand auf die Schulter. Die Frau war jung, blond, hübsch und trug ein kurzes schwarzes Cocktailkleid. Er warf einen flüchtigen Blick auf sie und registrierte ihre durchtrainierten, goldenen Oberschenkel über dem Dollbord des Schiffs. Luke schoss fünf weitere Fotos, dann wollte die Kamera nicht mehr.

»Scheisse«, wetterte er. »Die verdammte Speicherkarte ist voll.« Luke nahm die volle Karte heraus, steckte sie in die Tasche seiner Shorts und fand im Aussentäschchen der Kameratasche eine leere Karte. Er steckte diese ein und konzentrierte sich wieder auf das Boot, das inzwischen an ihnen vorbeigezogen war.

Hassan wandte sich der Frau zu, nahm sie in die Arme und sie küssten sich in einem anhaltenden, sinnlichen Kuss, die eindeutig als Berührung Liebender zu werten war.

»Der alte Schürzenjäger!«, sagte Piet. »Was habe ich Ihnen gesagt? Der Kerl mag 'Msungus', weisse Frauen.«

»Ich frage mich, wo sie hinwollen?«

Piet öffnete mit seinem Taschenmesser zwei weitere Flaschen Safari. »Hey, ich weiss genau, wo ich mit ihr hingehen würde, mein Freund. Irgendwohin, wo es im Mondschein ruhig ist, auf eine der Inseln vielleicht, oder in eine romantische kleine Bucht. An einen Ort, an dem man ein paar Tage lang nicht gestört wird! Aber stehen Sie jetzt auf und trinken Sie Ihr Bier, Mann.«

»Danke«, sagte Luke und richtete sich wieder auf, nachdem die Yacht sich langsam entfernte und um die Landspitze herum auf den Hauptkanal zwischen Sansibar und dem Festland zusteuerte. Er warf einen Blick auf das kleine Kameradisplay und liess die Bilder des sich küssenden Paares durchlaufen. Mittlerweile war es dunkel und er wusste nicht, ob die Bilder brauchbar wären und ob ein Bild von einem halb arabischen Geschäftsmann und einer blonden Frau überhaupt in seine Geschichte passe. Aber er hatte schon oft genug mit Fotografen zu tun gehabt, um zu wissen, dass es, wenn sich eine Gelegenheit bot, besser war, alles zu fotografieren, als auf ein gestelltes Foto zu warten. Er warf einen letzten Blick auf das Boot und sah Hassan bin Zayid, der mit einem Mobiltelefon telefonierte.

Die Frau hatte sich mit einem Weinglas in der Hand zum Heck des Boots begeben, stützte sich dort auf die Reling und blickte nach hinten, so dass Luke das Gefühl hatte, sie schaue ihn direkt an. Auch Bin Zayid betrachtete Piet und Luke nun aufmerksam.

»Sie schnüffeln hier doch nicht etwa herum, oder?«, wollte Piet wissen.

»Nein, nein. Aber ich weiss, dass manche Leute nicht gern fotografiert werden, besonders, wenn sie mit einer schönen Frau unterwegs sind.«

»Wenn ich ihn das nächste Mal sehe, sage ich Hassan, dass Sie ihn gesucht haben.« Piet schaltete den Aussenbordmotor in den Leerlauf und sie glitten sanft zwischen zwei Dhaus an einen Liegeplatz am Dock.

»Das ist prima, Piet. Danke fürs Mitnehmen.« Luke dachte, seine Offenheit habe den Südafrikaner wieder beruhigt, da er nun wusste, dass Luke sich nicht vor dem Araber versteckte.

»Kein Problem. Finden Sie von hier aus gut in die Stadt zurück? Wo wohnen Sie?«

Luke nannte Piet den Namen seines billigen Hotels in der Humzvi Street, worauf der Südafrikaner mit den Fingern schnippte und sagte: »Hey, Mann, können Sie mir einen Gefallen tun?«

»Klar, welchen«, fragte Luke.

»Einer der Touristen, die heute mit mir tauchen waren, hat seinen Rucksack hier liegenlassen. Er wohnt in dem schicken Hotel, direkt gegenüber von Ihrem. Wissen Sie, welches ich meine?«

»Sicher, das mache ich doch gern!«

Piet öffnete den Tagesrucksack und fasste für Luke kurz zusammen, was sich darin befand. »Nur eine Maske und ein Schnorchel, etwas Sonnencreme, eine Wasserflasche und ein Tauchermesser. Ich bin froh, wenn Sie mir diesen Weg ersparen können, denn ich muss heute Abend alle Flaschen wieder auffüllen.«

»Keine Sorge, das mache ich gern.« Luke nahm den ziemlich zerschlissenen Rucksack, dessen Nylonstoff so abgenutzt war, dass er an einigen Stellen bereits zu reissen begann und der auf der Vorderseite mit Meersalz verkrustet und auf der Rückseite mit Schweissflecken übersät war. Das Tauchermesser, das in einer Hülle stecke, musste er zurück in den Rucksack schieben, da seine Spitze aus einem kleinen Riss herausragte.

»Sie können ihn mir unbesorgt mitgeben.«

»Danke, und viel Glück mit Ihrer Geschichte.«

»WARUM HOLST du uns nicht noch einen Drink?«, sagte Hassan bin Zayid zu der Frau. Er schmeckte noch den Weisswein im Mund, nachdem sie sich geküsst hatten, und hatte Lust auf mehr von ihr. Aber das konnte warten. Als sie sich von ihm entfernt hatte, rief er von seinem Mobiltelefon aus in seinem Büro an.

»Zayid Enterprises, wie kann ich Ihnen helfen?«

»Grace, hier ist Hassan bin Zayid.«

»Ja, Sir.«

»Wie sah der Journalist aus, der heute anrief und eine Nachricht für mich hinterliess?«

Die dunkelhäutige Empfangsdame dachte einen Moment nach und sagte dann: »Es war ein Weisser, Sir, mit langen Haaren, der einen kleinen Bart trug, wissen Sie, nur einen Schnurrbart und am Kinn. Und ein blaues Hemd, glaube ich.«

»Danke, Grace. Das wäre dann alles.«

»Oh, Sir, bitte, da wäre noch etwas.«

»Ja?«

»Herr el Mazri hat angerufen. Er sagte, der Journalist – es war derselbe Mann – habe ihn heute Morgen in seinem Antiquitätengeschäft besucht und er selbst habe dem Mann die Adresse des Büros gegeben. Er sagte, er wolle Sie warnen, dass der Reporter Fragen über Ihren Bruder stelle.«

Hassan starrte ins zunehmend dunkler werdende Wasser des Kanals. Die Nachricht vom Tod seines Bruders hatte in der ganzen Welt die Runde gemacht und es wäre nur logisch, wenn ein Reporter behauptete, Informationen über einen Abschwung in der Tourismusbranche zu wollen, während er in Wirklichkeit nach Hintergründen über die Verbindungen seiner Familie zu einer terroristischen Organisation suchte.

»Prima, danke, Grace. Das haben Sie gut gemacht. Bitte rufen Sie Herrn el Mazri zurück und danken Sie ihm in meinem Namen für die Information. Und nun werden Sie, wie besprochen, erst in ein paar Tagen wieder von mir hören.«

»Sehr gut, Sir. Auf Wiedersehen.«

Die Tatsache, dass ein Reporter Fragen stellte, war nicht ungewöhnlich – Hassan hatte schon fast damit gerechnet, dass, nachdem in den amerikanischen Medien bekannt geworden war, dass Iqbal auf Sansibar aufgewachsen war, mehr Journalisten nach der Familie suchen würden. Doch die Tatsache, dass der Mann, der Fotos von ihm und der Frau gemacht hatte, offensichtlich der Reporter war, der sein Büro aufgesucht hatte, beunruhigte ihn, und dass er versucht hatte, sich hinter dem Dollbord des Tauchboots zu verstecken, hatte ihn noch auffälliger erscheinen lassen.

Hassan wog die Risiken ab. Er war schon zu weit gekommen, um in dieser kritischen Phase der Operation ein Risiko einzugehen, also wählte er eine weitere Nummer.

»Ja?«, antwortete eine tiefe afrikanische Stimme.

»Hallo Achmed, ich bin's, Hassan. Ich habe Arbeit für Sie.«

»Ja.«

»Gehen Sie ins Büro und fragen Sie Grace nach der Visitenkarte des *Msungu*, der sie heute besucht hat. Diese enthält alle Informationen, die Sie brauchen.« Hassan gab Achmed alle notwendigen detaillierten Anweisungen und stellte sich das breite Lächeln vor, das sich bei der Aussicht auf die bevorstehende Nachtarbeit über das vernarbte Gesicht des Mannes legte. Hassan hatte in Afrika schon einige harte Typen getroffen, aber keiner, sinnierte er, war so bedrohlich wie der hochgewachsene Schwarze, der den

Geschäftsinteressen seiner Familie schon so lange und so gut gedient hatte.

»Hier ist dein Drink«, sagte sie und kehrte zu ihm ins Cockpit zurück. »Prost.«

»Gesundheit«, gab er zurück.

Jetzt gibt es erst recht kein Zurück mehr, sagte er sich. Obwohl es das schon vorher nie gegeben hätte.

DAS ZENTRUM von Stone Town war mittlerweile vollends erwacht. In den Gassen und auf den Plätzen hörte man Musik und Gespräche und roch den Duft exotischer Speisen und Gewürze sowie die scharfe Ausdünstung verschwitzter Körper. Luke bahnte sich seinen Weg durch die Scharen von Touristen und Einheimischen.

Er beschloss, etwas zu essen und im Pub des 'Africa House' vielleicht einen Drink zu nehmen, bevor er den Rucksack des Tauchers ablieferte und sich in seinem eigenen Hotel einquartierte. Unten an der Uferpromenade, in der Nähe des Alten Forts, hatten reihenweise Verkäufer ihre Stände für den abendlichen Lebensmittelmarkt aufgebaut und Luke lief das Wasser im Mund zusammen, als er die aufgespiessten Garnelen, Fisch-, Rind- und Hühnerstücke betrachtete, die über rauchigen Holzkohlegrills brutzelten. Auf Gasbrennern köchelten in grossen Töpfen köstlich gewürzte Currys und trugen zu der berauschenden Mischung bei. Er bestellte zwei Garnelenspiesse, einen Hähnchenspiess und ein paar Stücke ungesäuertes Fladenbrot, um die Fleischstücke darin einzuwickeln. Bei einem anderen Verkäufer kaufte er eine kalte Dose Coca-Cola, bevor er sich einen Platz auf einer Parkbank mit Blick auf den Hafen suchte.

Nach dem Essen machte er sich auf den Weg in Richtung 'Africa House'. Abseits der Uferpromenade waren die Strassen ruhiger, und nachdem er in eine enge Seitengasse bog, war er allein. Er bewunderte die verschnörkelten Türen der alten Häuser und fragte sich, wie es wohl sei, in einem dieser jahrhundertealten Häuser zu leben. Plötzlich wurde seine Träumerei durch das Klatschen eiliger Schritte hinter ihm unterbrochen.

Sein Mobiltelefon klingelte und er kramte in seiner Kameratasche danach.

»Luke Scarborough am Apparat.«

Die Leitung war tot. Luke überprüfte das Display seines Telefons, aber in der Anzeige eingegangener Anrufe erschien keine Nummer. Erneut hörte er die Schritte, diesmal ganz nah. Er drehte sich um und sah einen grossen dunkelhäutigen Mann. Der Mann lächelte, aber sein Gesicht, das von einer faltigen Narbe durchzogen war, die von seinem rechten Ohr bis zu seinem Mundwinkel verlief, war alles andere als freundlich.

»Hallo, mein Freund«, sagte der Mann und Luke begann sein obligates: »Danke, ich habe schon einen Platz zum ...«

Dann erschien ein Schatten vor seinem Gesicht, gefolgt vom Geräusch seiner brechenden Nase. Schwärze übermannte ihn, zusammen mit intensiven Schmerzen, die alles verschwimmen liessen. Luke stürzte rückwärts auf die gepflasterte Fahrbahn.

Achmed packte den Australier mit einer seiner riesigen Hände an der Kehle, hob ihn auf die Beine und rammte die Faust seiner anderen Hand in Lukes Bauch. Er blickte die Gasse hinauf und hinunter und zerrte sein Opfer in den tiefsten Schatten. Dann packte er den linken Arm des Reporters und drehte ihn hinter seinem Rücken kräftig nach oben. Der Rucksack und die Kameratasche rutschten von Lukes anderer Schulter und knallten zu Boden, als Achmed ein Messer aus seiner Tasche zog und die Spitze an Lukes Kehle hielt.

»Hinlegen! Ein einziger Mucks und du bist tot.«

Als Luke, das Gesicht nach unten, auf dem Boden lag, stellte Achmed einen Fuss auf seinen Rücken, öffnete den Reissverschluss der Kameratasche, fand die Canon darin und nahm deren Plastikspeicherkarte heraus. Er steckte sie in seine Tasche, packte dann die Kamera am langen Objektiv und schleuderte das Gehäuse gegen die Steinmauer des nächsten Gebäudes. Ihre zertrümmerten Innereien regneten auf die jämmerliche Gestalt, die sich am Boden krümmte. Schliesslich warf Achmed die zerstörte Kamera zur Seite, holte die Speicherkarte aus der Tasche und zerdrückte sie zwischen Daumen und Finger, so dass sie in der Mitte zerbrach. Er liess die beiden Hälften neben Lukes Gesicht fallen. Dann durchsuchte er methodisch all die vielen Täschchen an und in der Kameratasche nach weiteren Speicherkarten.

Der riesige gestiefelte Fuss des Schwarzen auf seinem Rücken verunmöglichte Luke, seinen Körper zu bewegen, aber seine Arme waren frei. Langsam bewegte er eine Hand über das Kopfsteinpflaster. Er spürte die Scherben der zerstörten Kamera, doch seine Finger tasteten sich weiter, bis sie schliesslich den Rucksack des vergesslichen Tauchers erreichten. Er spürte den abgenutzten Stoff und fand den Riss, durch den das Messer erneut hervorlugte. Vorsichtig schob er drei Finger ins Loch, spreizte es und freute sich, als er spürte, dass es ihm gelang, den Riss auszudehnen, bis er schliesslich seine ganze Hand in die Tasche stecken konnte. Unerwartet landete das andere Objektiv seiner zerstörten Kamera in der Nähe seines Gesichts, worauf er sich versteifte und sich, für den Fall, dass der Mann auf ihn herabsah, nicht mehr zu bewegen wagte.

Einige Augenblicke verstrichen, ohne dass ein weiterer Schlag erfolgte, was Luke dazu ermutigte, vorsichtig mit den Fingern der Messerscheide entlangzutasten, bis er den Griff fest in die rechte Hand nehmen konnte. Mit dem Daumen konnte er die Klinge aus der Scheide stossen.

»Hey, Junge, was zum Teufel machst du da?«, fragte Achmed und griff nach dem Rucksack.

Luke spürte, dass der Druck des Fusses auf seinem Rücken etwas nachliess und als sein Angreifer am Gepäckstück zerrte, weitete sich der seitliche Riss noch weiter. Als Achmed weiter riss, lösten sich Tasche und Scheide voneinander und gaben den Blick auf die glitzernde Klinge des Tauchermessers frei.

Mit aller Kraft rollte sich Luke nach rechts und holte weit aus. Die Klinge schnitt durch Achmeds Hosenbein und glitt ins Fleisch seiner Wade. Er schrie auf und als Luke dem Messerhieb eine Faust in die Leistengegend seines Gegners folgen liess, verlor dieser das Gleichgewicht. Achmed schlug gegen die Hauswand, versuchte, sein Gleichgewicht wieder zu erlangen und holte mit seinem eigenen Messer aus. Luke wich dem Hieb aus und schlug mit dem grösseren Tauchermesser wild zu. Achmed ignorierte das Blut, das an seinem Bein herunterlief, und erwartete den ungeschickten Stoss, den er kommen sah. Dieser Junge war kein Kämpfer. Achmed sprang nach rechts, sein rechter Fuss landete jedoch statt auf dem glatten Stein der Gasse auf Lukes zylindrischem kleinerem Kameraobjektiv, so dass sein Knöchel weg knickte. Er stürzte hart auf die rechte Seite, wobei seine Messerhand unter dem Körper eingeklemmt wurde.

Luke stiess einen wahnsinnigen animalischen Schrei aus, stürzte sich auf seinen gefallenen Angreifer und liess den rechten Arm nach vorn schiessen, als er auf dem viel grösseren Mann landete. Für den Bruchteil einer Sekunde, als die Spitze der Klinge auf Achmeds Kleider traf, spürte er Widerstand, aber Lukes Arm hatte so viel Schwung, dass das Messer alles durchbohrte und nach oben in den Brustkorb glitt. Als die Klinge in einen Lungenflügel stach, zischte Luft aus der wachsenden Wunde. Achmeds Augen weiteten sich und er öffnete den Mund, um zu schreien, doch kein Laut kam aus seinem Mund. Lukes rechte Hand war plötzlich nass und rot von der Luft, die aus der Lunge des sterbenden Mannes sprühte. Der Reporter schrie auf, als noch mehr Blut aus der Wunde schoss und fragte sich, ob er das Herz des Mannes durchbohrt habe.

Luke versuchte, die Klinge herauszuziehen, aber sie steckte fest. Er rollte sich vom Mann herunter, wippte auf den Knien und hob entsetzt eine blutverschmierte Hand zum Mund, als der Körper zuckte und schliesslich bewegungslos liegen blieb.

Luke sah sich um. In der Gasse war niemand zu sehen. Er blickte auf die zerdrückte Speicherkarte, die neben den zerbrochenen Überresten seiner Kamera und des Teleobjektivs auf dem Boden lag. Dies war offensichtlich nicht einfach ein Raubüberfall, sondern der Unbekannte hatte es eindeutig auf seine Kameraausrüstung abgesehen. Allerdings nicht, um sie weiterzuverkaufen, denn es war klar, dass er die auf der Kamera und der Karte gespeicherten Bilder zerstören wollte. Glücklicherweise hatte er keine Gelegenheit gehabt, Luke zu durchsuchen, so dass die erste Speicherkarte, mit der er Hassan bin Zayid und die Frau fotografiert hatte, sich immer noch in seiner Hosentasche befand.

Luke starrte die Leiche an, begann zu zittern und konnte nicht mehr damit aufhören. Er liess sich auf die Knie fallen und schlang die Arme um sich, um sich wieder in den Griff zu kriegen. Er wollte den toten Mann nicht berühren, wusste aber, dass er es tun musste. Mit zitternder Hand berührte er den Arm der Leiche, die noch warm war. Der Geruch des ausgeflossenen Blutes, der sich mit dem des Inhalts des Darms des Manns, der beim Tod entleert worden war, vermischte, liess Luke würgen. Er schnappte nach Luft und würgte, konnte sich aber nicht zurückhalten, sondern drehte den Kopf zur Seite und erbrach sich neben dem Toten auf den Boden. Als er seinen Magen entleerte, strömten Tränen aus seinen Augen und gleichzeitig liess ihn die widerliche Geruchsmischung rund um sich immer wieder in die Hose machen.

Endlich kam Luke zu Atem und wischte sich über die Augen. Er nahm allen Mut zusammen und betrachtete die Leiche erneut. Im Gürtel des Mannes steckte eine Pistole. Sicher kam bald jemand, also musste er den toten Mann schleunigst durchsuchen. Am Gürtel der Jeans des Mannes war ein Mobiltelefon befestigt. Luke wusste, dass er es nicht anfassen sollte, aber er wollte seinen Verdacht bestätigen. Er löste das Telefon, blätterte durch das Menü, überprüfte 'Gewählte Anrufe' und war nicht überrascht, seine eigene Handynummer zuoberst auf der Liste zu finden. Der Mann hatte ihn kurz vor dem Angriff angerufen und, nachdem er die Identität seines Opfers bestätigt sah, aufgelegt.

Sein Zittern liess ein wenig nach und sein Verhalten wurde wieder zu dem eines investigativen Journalisten. Luke hatte eine sehr klare Vorstellung davon, wie der Mann an seine Nummer gekommen war, wählte aber die Funktion 'Empfangene Anrufe', um seine Theorie zu bestätigen. Der oberste Eintrag lautete *Privatnummer*, den nächsten erkannte er jedoch als die Büronummer von 'Zayid Enterprises'. Er notierte sich die anderen Nummern in der Liste der eingegangenen Anrufe in seinem Notizbuch, blätterte zurück und tat dasselbe mit den gewählten Nummern. Schliesslich wischte er die Lederhülle des Telefons mit dem Taschentuch ab, um seine Fingerabdrücke zu entfernen und befestigte es wieder am Gürtel des Toten.

Beim Dursuchen aller Taschen fand er weder eine Brieftasche noch andere Ausweispapiere, aber eine Plastiktüte mit weissem Pulver. Er war sich nicht sicher, ob es sich um Kokain oder Heroin handelte, offensichtlich war sein potenzieller Mörder in seinem Leben als Verbrecher aber vielseitig begabt gewesen.

Das Telefon am Gürtel des Toten begann zu klingeln.

»Scheisse«, hauchte Luke und das Zittern kehrte in seine Finger zurück. Das Zirpen klang in der Enge der Gasse beängstigend laut, also nahm er den Hörer ab und beendete das Gespräch sofort. »Scheisse!«, fluchte er erneut.

Luke sah auf dem Bildschirm, dass der Anrufer die Anzeige seiner Nummer gesperrt hatte, woraus er schloss, dass wahrscheinlich dieselbe Person am anderen Ende war, die schon zuvor angerufen hatte. Luke behielt das Telefon in der Hand, rannte die Gasse hinunter, dann zurück auf die breitere Strasse und wieder in Richtung Ufer.

Ein junger Schwarzer in Badeshorts und buntem Hemd, mit zu Dreadlocks geflochtenen Haaren, trat aus einer Tür und sagte: »Hey, mein Freund, suchst du ein Hotel? Vielleicht etwas Ganga? Oh, was ist denn mit dir passiert – hast du dich geprügelt, Mann?«

Luke blieb stehen und schaute den Mann an, der verständnislos zurückstarrte. Das Telefon klingelte erneut. Luke schaute darauf, dann wieder auf den jungen Afrikaner, dessen Stimme tief war und ähnlich klang, wie die des Mannes, der ihn angegriffen hatte.

»Willst du zwanzig US-Dollar verdienen?«, krächzte Luke, dessen Kehle vom Erbrechen rau war. Er hustete und spuckte.

Der Mann schaute misstrauisch. »Hey, Mann, ich bin nicht schwul.« Das Telefon zwitscherte weiter.

»Nein, nein! Ich möchte, dass du dich an diesem Telefon als jemand anderes ausgibst und wiederholst, was ich dir sage. Es ist ein Scherz mit einem Freund. Zwanzig Mäuse – okay?«

»Okay, warum nicht.«

»Halt den Hörer von dir weg – ich möchte, dass der Anrufer dich nicht erkennt und denkt, die Verbindung sei schlecht. Halte deine Antworten kurz.«

Luke drückte die grüne Taste und hielt dem jungen Mann das Telefon hin. Luke murmelte das Wort »Hallo.«

»Hallo«, sagte der Mann zögernd.

Luke hielt das Telefon wieder an sein eigenes Ohr und wies den Mann an mit einer Bewegung, zu bleiben, wo er war.

»Ich bin es«, sagte eine männliche Stimme am anderen Ende der Leitung. »Bist du schon fertig?«

Luke deckte das Mundstück ab und sagte dem jungen Mann, was er sagen sollte. »Ja, alles erledigt, oh, die Leitung ist aber schlecht.«

Luke nahm den Hörer zurück, in dem die Stimme sagte: »Gut. Hast du die Drogen in seiner Tasche im Hotelzimmer deponiert? Ein Kilo, wie vereinbart?«

»Mist!«, flüsterte Luke und hielt das Mikrofon zu. In der Tasche des Mannes befand sich niemals ein Kilogramm Pulver, was bedeutete, dass er die Drogen bereits in Lukes Rucksack platziert hatte.

»Was?«, fragte der junge Mann.

»Nichts, nichts. Sag nur: 'Ja, natürlich'.« Der junge Mann tat wie geheissen und Luke hielt das Telefon wieder an sein Ohr.

»Gut. Dann erteile ich jetzt jemand anderem den Auftrag, die Polizei zu rufen und die wird in zehn Minuten in seinem Hotel sein. Die Drogen werden es so aussehen lassen, als sei er wegen eines schiefgelaufenen Geschäfts umgebracht worden. Hast du ihm etwas von dem Zeug untergeschoben?«

»Wie angewiesen«, sagte der junge Afrikaner auf Lukes Geheiss, verwirrt über das Spiel, das er mitspielte.

»Gut. Sie werden auf die übliche Weise bezahlt.« Das Telefon war tot.

»Was sollte das alles, Mann? Bist du in Schwierigkeiten?«, fragte der junge Schwarze.

Luke kramte in der Brieftasche des Touristen, die um seinen Hals hing, nach einem Zwanzig-Dollar-Schein, doch als er dem jungen Mann das Geld übergeben wollte, sah er, dass dieser auf seine rechte

Hand und den Arm starrte, die rot vom getrockneten Blut des Toten waren. Der Mann entfernte sich langsam rückwärts.

»Hier, nimm dein Geld«, sagte Luke.

»Ich will keinen Ärger, Mann.«

»Keine Sorge, es gibt keinen Ärger. Ich hatte nur eine Schlägerei mit ein paar Typen. Das ist kein Problem. Willst du noch mal zwanzig verdienen?«

Der junge Mann nahm den Schein mit spitzen Fingern, darauf achtend, dass er Lukes Haut nicht berührte.

»Ich will mich mit einem Mädchen treffen und dazu brauche ich ein Hemd. So will ich aber nicht in ein Geschäft gehen. Wie wäre es, wenn du mir deins verkaufst?«

Der Mann dachte ein paar Sekunden über die seltsame Bitte nach und sagte dann: »Dreissig.«

»Scheisse. Also gut.« Während Luke drei Zehner abzählte, zog der junge Mann sein Bob-Marley-Hemd aus und reichte es ihm. »Danke.«

»Kann ich jetzt gehen?«

»Sicher. Du warst mir eine grosse Hilfe.«

Luke eilte in die Gasse zurück, zog sei blutverschmiertes T-Shirt aus und wickelte es um den Griff des Tauchermessers, das in der Brust des Toten steckte. Wenn er schon wegen Drogenbesitzes angeklagt würde, wollte er seine Probleme nicht noch dadurch verschlimmern, dass die Polizei ihn auch noch für einen Mörder hielt. Er zog am Messer, war aber überrascht, wie fest es im toten Körper steckte. Er stellte einen Fuss auf die Brust der Leiche, packte das Messer und lehnte sich zurück. Mit einem ekelerregenden, saugenden Geräusch und dem weiteren Ausstossen von fauliger Luft löste sich das Messer langsam. Er beschloss, seinen Plan, die Pistole am Körper des Mannes zu lassen, umzustossen, denn jetzt, wo er das Ausmass des Komplotts gegen ihn erkannte, schien es ihm richtig, gleichzuziehen. Er zog die Pistole aus der Jeans des Mannes und steckte sie in seine eigene Hose. Dann zog er das Hemd des Schwarzen an und packte sowohl das Messer wie auch das blutige Hemd in den zerrissenen Rucksack, den er nun auf dem Arm tragen musste. Da ihn auch die

Kameraausrüstung belasten konnte, sammelte er alles davon ein und warf die Überbleibsel in seine Kameratasche. Schliesslich rannte er auf die Hauptstrasse zurück, wo er sich in Richtung des belebten Hafenviertels wandte.

Auf einem kleinen Platz fand er einen handbetriebenen Brunnen mit einem steinernen, halb mit Wasser gefüllten Trog unter dem Auslauf. Er wusch sich, so gut er konnte, das Blut von den Armen und zuckte vor Schmerz zusammen, als er sich warmes Wasser auf die pochende Nase schöpfte. Er starrte auf die Mischung seines eigenen Bluts und dem des toten Mannes, welche im Wasser des Trogs herumgewirbelt wurde. Gemäss dem, was der Mann am Telefon gesagt hatte, wartete die Polizei in seinem Hotelzimmer auf ihn. Wollte er dieser die Stirn bieten, würde er verhaftet, angeklagt und, zumindest bis er einen Anwalt organisieren konnte, in ein sansibarisches Gefängnis gesperrt. Auf dem Handy des Toten fanden sich zwar einige Nummern, aber darüber hinaus hatte er nichts Handfestes, das die in seinem Zimmer deponierten Drogen und den Anschlag, der auf ihn verübt wurde, mit Hassan bin Zayid in Verbindung bringen konnte. Er war schockiert über die Reaktion, die seine einfache Bitte um ein Interview hervorgerufen hatte. Allerdings zeigte die Zerstörung seiner Kameraausrüstung auch, dass bin Zayid wusste, dass er fotografiert worden war. Und wenn schon? Hassan war ein gebürtiger Sansibari und in der Tourismusbranche offensichtlich gut bekannt. Er führte einen auffälligen Lebensstil, zu dem ein protziges Boot und westliche Freundinnen gehörten. Warum sollte er, nur weil er fotografiert worden war, jemanden schicken, um ihn zu töten?

»Die Frau«, sagte Luke laut. Die Bilder von ihr waren nach wie vor auf der ersten Speicherkarte, aber er hatte keine Kamera mehr, auf der er sie ansehen konnte und sein Laptop befand sich in seinem Hotelzimmer.

In der Hoffnung, der Polizei dennoch irgendwie zuvorzukommen, ging er über einen Umweg zurück zu seinem Hotel, aber das Glück war ihm nicht hold. Als er um die Ecke eines verfallenen Steingebäudes lugte, sah er einen schwarzen Polizisten mit einem AK-47-

Sturmgewehr an der Wand des Hotels lehnen, der eine Zigarette rauchte und die Gasse hinauf und hinunter im Blick behielt. Luke drehte sich um und ging schnell zurück ins Innerste von Stone Town. Er machte sich auf den Weg zurück zum Dhau-Hafen, denn nun brauchte er ein Boot, mit dem er von der Insel wegkam – wenn möglich noch heute. Auf Sansibar gab es keine Botschaften, also musste er aufs Festland, nach Dar es Salaam. Dort wollte er in der australischen Botschaft um Asyl nachsuchen und die aussergewöhnlichen Ereignisse schildern, die dazu geführt hatten, dass er in Gefahr geraten war, wegen Drogenbesitzes angeklagt zu werden. Er hoffte die 'International Press' würde auf einen Anruf hin einen Rechtsbeistand für ihn organisieren und er schriebe dann eine Geschichte über das ganze traurige Chaos. Er wusste, dass er, indem er sich der Polizei auf der Insel entzog, ein Risiko einging, denn falls sie ihn erwischten, würden sie, egal welche Geschichte er sich ausdachte, seine Abreise als Fluchtversuch interpretieren und erst recht annehmen, er sei schuldig.

Auf dem Weg zum Hafen fand er einen kleinen Lebensmittelladen und kaufte beim indischen Besitzer einige Bananen, ein paar grosse Flaschen Wasser und kalte Fladenbrote. Ausserdem besorgte er sich eine Ausgabe der *International Herald Tribune*, denn ohne etwas zu lesen, würde er auf einer Bootsfahrt verrückt.

Es war schon spät, als er im Hafen ankam, und die meisten Schiffe lagen in der Dunkelheit. Er ging den Steg entlang, blieb stehen, um zu horchen und als er Stimmen in der Nachtluft hörte, folgte er ihrem Klang. Weiter hinten sah er den fahlen Schein einer am Mast eines der Holzboote hängenden Sturmlaterne. Darunter sassen auf dem Deck drei Männer um einen auf einem Holzkohlegrill balancierenden Topf. Beim Geruch des scharfen Currys knurrte Lukes Magen vor Hunger.

»*Ambo*«, begrüsste ihn der älteste der drei Männer, als er Luke auf dem Kai sah.

»*Habari*«, erwiderte Luke den Gruss, womit er den grössten Teil seines Suahelis verwendete. »Do you speak English?«

»Natürlich«, gab der alte Mann zurück. »Wie können wir Ihnen helfen?«

»Ich brauche ein Boot zum Festland, nach Dar.«

»Tja, das ist ein Frachtschiff, kein Touristenboot.«

»Damit habe ich kein Problem.«

»Aber ich. Touristen wollen zwar die Welt sehen, aber dafür bezahlen wollen sie nicht. Ausserdem mag ich die Hafenformalitäten am anderen Ende nicht. Das ist alles viel zu kompliziert und es dauert zu lang, westliche Reisende durch die Einwanderung und den Zoll zu führen.«

Luke betrat das Boot, ohne eingeladen worden zu sein. »Und wie wäre es, wenn Ihnen ein Tourist das Dreifache des üblichen Preises zahlen und Sie darüber hinaus nicht mit den Grenzformalitäten belasten würde?«

Der alte Mann stellte seinen Teller ab und betrachtete Luke mit zusammengekniffenen Augen. »Wenn ich dabei erwischt würde, Ihnen dabei zu helfen, die Behörden zu umgehen, könnte ich mein Boot verlieren.«

»Deshalb biete ich das Dreifache des normalen Honorars.«

»Das Fünffache«, forderte der alte Mann.

»Also das Vierfache.«

Der Mann lächelte. »Nun gut. Aber Bargeld und im Voraus.«

»Die Hälfte im Voraus, die andere Hälfte, bevor ich in Dar aussteige. Ich will nicht auf halber Strecke auf dem Grund des Kanals landen.«

Ein jüngeres Mitglied des Trios, ein Schwarzer etwa in Lukes Alter, fragte: »Wovor willst du denn davonlaufen?«

Luke gähnte und hob dabei langsam die Arme hoch, wie um sich zu strecken, wobei sich sein T-Shirt hob und allen drei Männer die Pistole auffiel.

»Ich will keinen Ärger auf diesem Schiff«, sagte der alte Kapitän und wandte sich dabei sowohl an seine beiden Besatzungsmitglieder wie auch an Luke. »Die Abmachung ist getroffen. Ich hoffe, es macht euch nichts aus, aber auf dem Schiff ist kein Platz für euch zum

Schlafen. Wir treffen uns eine Stunde vor Sonnenaufgang hier und brechen dann sofort auf.«

Luke wäre am liebsten sofort aufgebrochen, vermutete aber, die Seeleute seien nicht bereit, die Überfahrt mitten in der Nacht und ohne Navigationshilfen zu wagen. Er machte sich also auf den Weg zurück in die Stadt, wo er versuchen wollte, ein ruhiges Plätzchen zu finden, um sich hinzulegen, oder eine Bar, in der er ein paar Biere trinken konnte, um die Schmerzen in seinem Gesicht zu lindern.

Er verliess den Steg und setzte sich unter einer Strassenlaterne auf eine Sitzbank. Das Adrenalin hatte sich verflüchtigt und er war müder als je zuvor.

Er zog die Zeitung aus der Plastiktüte und blätterte sie oberflächlich durch. Auf der fünften Seite stach ihm eine Geschichte ins Auge, über der die Schlagzeile *'MENSCHENFRESSENDER LÖWE IN SIMBABWE UNTERSUCHT – MENSCHLICHE ÜBERRESTE GEFUNDEN'* prangte. Luke schüttelte den Kopf und rieb sich die müden Augen. Es war ein Folgeartikel über das Verschwinden von Miranda Banks. Dem Bericht zufolge war im Mana Pools Nationalpark ein Löwe erschossen und untersucht worden, wobei man Hinweise dafür fand, dass dieser eine hellhäutige Frau gefressen hatte. Obwohl weitere Untersuchungen durchgeführt werden mussten, vermutete die Polizei in Kariba, dass es sich dabei um die vermisste Amerikanerin handelte. Der Sprecher der amerikanischen Botschaft, der Mirandas Namen offiziell an die Presse weitergab, wurde zitiert und neben dem Bericht gab es ein Foto.

ER TRUG einen schwarzen Neoprenanzug und hatte sein Gesicht und die Hände mit Schuhcreme eingerieben, um sich zu tarnen.

Es war eine lange Schwimmstrecke, mehr als ein halber Kilometer, aber er war fit und fühlte sich im Wasser so wohl wie ein Delfin. Die Lichter der Strandbungalows von Nungwi funkelten vor ihm und er schwamm ganz langsam, um kein Kielwasser aufzuwühlen, das ihn hätte verraten können.

Es wäre der endgültige Sargnagel für die örtliche Tourismusindustrie, aber die Zehntausenden von US-Dollar, die es ihn kosten würde, waren ihm egal, denn Geld war nicht mehr wichtig. Seine Familie und Gott waren alles, was zählte, doch er hatte keine Familie mehr. Er war während so vieler Jahre egoistisch, gierig und schwach gewesen und es hatte schliesslich Iqbals Tod gebraucht, um ihn das zu lehren. Aus einem bestimmten Grund musste ihn Gott verschont haben.

Als er sich dem Ufer näherte, füllte Hassan bin Zayid seine Lungen und tauchte unter dem steil abfallenden Ufer ins Wasser. Schon in zwei Metern Tiefe hörte und spürte er die Bässe aus den Lautsprechern der Diskothek, die in seinem Körper widerhallten. Die Flut war hoch und er tauchte unter dem überhängenden Felsen, der einen Teil der Terrasse über ihm stützte, auf. Die Musik war jetzt ohrenbetäubend laut. Sie überfiel seine Sinne und beleidigte sein wiedererwachtes religiöses Empfinden, indem sie die spärlich bekleideten Jugendlichen über ihm dazu aufforderte, sich einander unsittlich zu nähern. Auch er war verführt worden und hatte jahrelang nach der Pfeife des Westens getanzt, aber jetzt kehrte er diesem endgültig den Rücken. Er schämte sich für seine frühere Schwäche und dafür, dass er auf die gleiche Weise wie sein Vater gefallen war. Aber er würde sie beide sühnen.

Als er hinter sich ein Geräusch hörte, wandte Hassan den Kopf und folgte dem sprudelnden Wasserfall mit den Augen in die Höhe. Ein junger weisser Mann liess seinen Penis über den Rand des Balkons hängen und urinierte ins Wasser. Hassan war von der Faulheit des Jungen angewidert, was seine letzten Hemmungen vollständig erstickte. Selbst andere auf der Insel, deren Vermögen wie seines vom Tourismus stammte, würden nicht um solche Leute trauern.

Er wich den Wellen, die der herabstürzende Harn verursachte, aus, schlängelte sich um den Felsen und duckte sich unter die grobbehauenen Holzdielen. Während über ihm Dutzende nackter Füsse zum simplen Rhythmus, der aus den Lautsprechern dröhnte, stampften, regnete Sand auf ihn und die Wasseroberfläche. Hassan warf sich seine Speerpistole über die Schulter und griff nach einer der hölzernen Stützen des Decks. Die Stange war glitschig und bei seinem ersten Versuch rutschte er ins Wasser zurück. Er probierte es erneut und diesmal gelang es ihm, einen Arm über eine Holzstütze zu hängen und sich hochzuziehen. Dadurch war sein Gesicht nur noch wenige Zentimeter von den Bodenbrettern entfernt und er konnte durch einen Spalt nach oben spähen. Er lächelte bei diesem Anblick, denn eine junge Frau stand mit weit geöffneten Beinen oberhalb des Spalts. Sie trug unter einem bedruckten Strandtuch einen roten G-String und ihre Beine waren lang und glatt. Diese Hure bekäme heute Nacht mehr als sie erwartet hatte.

Er setzte sich auf den Querträger, löste den wasserdichten Beutel von seiner Schulter und holte eine Rolle breites schwarzes Klebeband und die Bombe heraus. Das Semtex war Teil der Lieferung, die er vom Mann in Dar erhalten hatte. Als Zeitmechanismus diente eine billige digitale Reiseuhr. Weil er mit der Bombe schwimmen musste, hatte er nur eine begrenzte Menge an Schrapnellen darin unterbringen können. Die etwa fünfzig Nägel, die auf einer Seite des weichen Kunststoffs angebracht waren, schienen kaum auszureichen, doch er setzte alles daran, dieses Krebsgeschwür vom unberührten Strand, den es besudelte, zu entfernen.

Näher beim Ufer war am hölzernen Geländer einer Treppe, die bei Flut bis ins Wasser führte, ein Schlauchboot befestigt. Auf dem Weg hatte er einen grossen Bogen um einen strahlend weissen Katamaran schwimmen müssen, der unter französischer Trikolore segelte und nahm an, das Beiboot gehöre zu diesem. Das brachte ihn auf eine Idee, wie er die Wirksamkeit der Bombe verbessern könne. Er packte den Sprengstoff und das Klebeband wieder in die Tasche, verkeilte sie in der Lücke zwischen dem Pfeiler und dem Querträger und glitt zurück ins Wasser. Unter der Wasseroberfläche verstummte die Musik wieder zu einem dumpfen Pochen. Er schwamm zum vertäuten Boot, tauchte unter ihm durch und kam ausser Sichtweite eines Beobachters, der sich zufällig über die Reling des oberen Decks lehnen könnte, auf der anderen Seite heraus. Er legte seine Hände auf die gummierte Seite des Bootes und hievte sich hoch. Wie er gehofft hatte, stand auf dem Boden des Bootes ein Plastikkanister, der nirgends angekettet war. Er griff ins Wasser, zog das Tauchermesser aus rostfreiem Stahl aus seiner Scheide und schnitt den Kraftstoffschlauch durch. Dann hob er den Tank über die Kante, klemmte das abgeschnittene Ende des Schlauchs mit den Fingern ab und schwamm, den Kraftstoffbehälter vor sich schiebend, an der Oberfläche.

Den Benzinkanister auf die Holzstreben unter dem Deck zu heben war ein heikler Balanceakt, bei dem er einiges vom Inhalt auf die Wasseroberfläche verschüttete. Aber das machte nichts. Vor seinem geistigen Auge sah er halbnackte Rucksacktouristen ins Wasser springen, um dem Feuer und dem Chaos zu entkommen, die dann aber im brennenden Wasser landeten. Absichtlich spritzte er noch etwas mehr auf die schmierige Oberfläche unter sich.

Mit dem Klebeband befestigte er die Bombe an einem der Querträger, verband den Gummischlauch mit dem Kunststofftank und befestigte dessen Tragegriff an einem Stützpfeiler oberhalb und seitlich des Sprengstoffs. Er stellte die Uhr auf dreissig Minuten und glitt ins nun stark nach Benzin riechende Wasser zurück. Er tauchte weit hinunter, um sauberes Wasser zu finden, bevor er lautlos ins Meer und zum Boot zurückschwamm, wobei das unangenehme Dröhnen der Musik mit jedem kräftigen Beinschlag etwas leiser wurde. Leider war er, als die roten Ziffern der Uhr Mitternacht anzeigten, bereits ausser Sichtweite des Ufers.

Innerhalb von Sekunden verzehrten die Flammen die Anlage mit ihren von der Sonne ausgebleichten Holzterrassen und dem alternden Strohdach.

Ein deutscher Tourist, der schon immer davon geträumt hatte, seinen Lebensunterhalt als freiberuflicher Nachrichtenfotograf zu verdienen, hörte den Knall der explodierenden Bombe in seinem Schlafzimmer, schnappte sich seine Digitalkamera und rannte auf das Inferno zu. Doch schon nachdem er die ersten zehn Bilder aufgenommen hatte, musste er sich übergeben. Der Anblick des stark verbrannten Torsos eines Mädchens, an dem die verkohlten Reste eines lindgrünen Bikinioberteils klebten, liess ihn würgen und seine berufliche Zukunft neu überdenken.

Am nächsten Tag wurde in den Medienberichten die Zahl der Todesopfer mit neun westlichen Touristen aus fast ebenso vielen Ländern angegeben und neunzehn weitere Reisende lagen mit schweren Verbrennungen im Krankenhaus. Auch ein schwarzer Barkeeper, ein einheimischer muslimischer Tauchlehrer und eine knapp zwanzig Jahre junge Frau, die Henna-Tätowierungen auf die weissen Hände und Füsse der Touristen malte, verbrannten bei lebendigem Leib.

13

Jed stand auf der oberen Veranda der Lodge im Mana Pools Nationalpark und beobachtete durch sein Fernglas eine Büffelherde. Er trug Buschkleidung, eine graubraune Tarnhose mit ausgebeulten Seitentaschen, ein braunes T-Shirt und sandfarbene Wüstenstiefel aus Wildleder. Er hatte die gesamte Ausrüstung für den Einsatz in Afghanistan zugeteilt erhalten, aber sie passte genauso gut in den trockenen afrikanischen Busch.

Jed hörte das Rattern eines Dieselmotors, als ein Fahrzeug hinter dem Haus aber ausser Sichtweite anhielt. Die Büffel, sechzehn an der Zahl, schlängelten sich langsam der schmalen Insel in der Mitte des Flusses entlang und kauten wie grosse schwarze Kühe Gras.

»Man nennt sie den schwarzen Tod, wissen Sie.«

Jed setzte die Brille ab und sah Moses unter sich, der hinaufwinkte. Er war mit Jeds gemietetem Land Rover aus dem Mitarbeiterdorf zurückgekommen. Die Sonne war erst vor Kurzem aufgegangen und stand noch tief über den Hügeln hinter ihm. Der scharfsichtige Fährtenleser hatte gesehen, wo Jed hinschaute und die Tiere sofort als Büffel erkannt, obwohl Jed sie ohne das Fernglas fast nicht mehr wiederfand.

»Und warum nennt man sie so?« fragte Jed, obwohl er wusste, dass Moses ihm die Antwort sowieso erzählte.

»Grosswildjäger fürchten Büffel am allermeisten, da sie unberechenbar sind und ohne Vorwarnung angreifen, wenn man zu Fuss unterwegs ist. Wenn Sie einen Büffel verwunden, sollten Sie ihn besser gleich mit dem nächsten Schuss erledigen oder auf den nächsten Baum klettern, denn wenn Sie das nicht tun, lässt er Sie nicht leben.«

»Ich versuche mir das alles zu merken.«

»Gut. Am schlimmsten sind die Dagga-Boys, die lehmverkrusteten alten Büffelbullen, die aus der Herde vertrieben worden sind. Nehmen Sie sich also vor einem einsamen Büffel ganz besonders in Acht.«

Jed ging die Treppe hinunter und liess Moses herein, während Chris gerade an Mirandas Laptop arbeitete, den sie vor sich auf den Esstisch gestellt hatte.

»Mehr Kaffee, Chris?«

Sie sah auf. »Wie bitte? Oh, tut mir leid, Jed, ich habe gerade etwas gelesen, aber nein, ich möchte keinen mehr, danke.«

Als Jed um fünf Uhr, eine halbe Stunde vor Sonnenaufgang, aufwachte, war sie bereits wach und sass am Computer.

»Guten Morgen, Frau Professor«, sagte Moses, als er das Haus betrat.

»Morgen, Moses. Ich hoffe, Sie haben letzte Nacht etwas Schlaf bekommen und nicht zu viel gefeiert?«

Er lächelte verlegen. »Natürlich nicht, Frau Professor. Ich habe mich von meiner besten Seite gezeigt.«

»Das ist gut, denn wir wollen Sie nicht vor eifersüchtigen Ehemännern retten müssen. Was haben Sie im Dorf Neues gehört?«

»Es gibt tatsächlich Neuigkeiten vom Personal. Es ist noch eine andere Person verschwunden.«

»Wirklich?«, fragte Jed und setzte sich auf die geschnitzte Holzlehne eines stabilen Stuhls.

»Ja. Eine junge Frau, die als Dienstmädchen in den Häuschen arbeitete.«

»Und was glauben sie, ist mit ihr passiert?« Chris sah vom Computerbildschirm auf.

»Niemand weiss etwas Genaues. Sie verschwand etwa zur gleichen Zeit wie Miranda. Die Frau besuchte immer mal wieder einen Mann in einem der Jagdcamps ausserhalb des Parks und war dann jeweils einige Tage lang abwesend. Da die Leute im Dorf das wussten, dachten sie, sie sei dorthin gegangen, ohne es jemandem zu sagen.«

»Das würde erklären, warum Ncube nichts davon erzählte. Er hat wohl keine Informationen darüber, denke ich.« Chris sah Jed an.

Moses fuhr fort. »Als sie nicht zurückkam, fragte der Manager in den benachbarten Camps nach, doch auch da war sie nicht. Nun glauben einige der Leute, sie sei ebenfalls von einem Löwen getötet worden.«

»Das ist möglich«, nickte Chris. »Der, den ich erschossen habe, verfolgte schliesslich auch eine Mitarbeiterin des Parks.«

»Aber beim Löwen, den Sie getötet haben, fand man keine Überreste, abgesehen von ...«

Alle drei liessen die Aussage unwidersprochen stehen, bis Chris das Thema wechselte. »Wenn sie tot ist, könnte es auch ein Krokodil gewesen sein. Vielleicht war sie angeln oder schwimmen.«

»Ja, das ist auch gut möglich«, stimmte Moses zu. »Sie wäre nicht die erste Person im Tal, die von einem Krokodil erwischt wurde. Und noch etwas anderes habe ich über das verschwundene Dienstmädchen erfahren.«

»Was denn?«, fragte Jed.

»Dass die Frau zusätzlich zu ihren offiziellen Aufgaben für Ihre Tochter gearbeitet hat.«

»Gearbeitet, was denn?«

»Sie putzte, half mit dem Haushalt, wusch ihre Wäsche und kochte manchmal für Miranda, wenn sie lange im Busch unterwegs war und die Löwen rief.«

»Die Löwen rief? Was soll das denn heissen«

Jed versuchte, all diese neuen Informationen in seinem Kopf zu ordnen.

Chris lieferte die Erklärung sofort. »Sie ging nachts, von einem bewaffneten Ranger begleitet und manchmal mit dem Ökologen des Parks hinaus und lockte die Löwen zu sich, um sie zu studieren. Dazu spielte sie die Geräusche anderer Löwen ab oder die Laute sterbender Beutetiere, etwa das Quietschen verletzter Warzenschweine. Aber, Moses, in allen Lodges gibt es Schilder, die besagen, dass Waschen und Kochen nicht zu den Aufgaben der Parkangestellten gehören.«

»Genau. Die junge Frau hat bei den anderen Mitarbeitenden für Unmut gesorgt, denn Ihre Tochter, Jed, war sehr gut zu ihr und hat sie in US-Dollar bezahlt. Die anderen Mitarbeitenden sagen, die Frau habe deshalb ihre normalen Pflichten vernachlässigt. Ausserdem waren sie wegen ihres regelmässigen Zusatzeinkommens und der Kleider neidisch.«

»Der Kleider?«

»Ja. Scheinbar hat Miranda dieser Frau einige ihrer Kleider gegeben, aber die anderen Mitarbeitenden vermuten, sie habe Sachen aus Mirandas Wäsche gestohlen.«

Chris zuckte mit den Schultern, weil sie nicht wusste, was sie von den neuen Informationen halten sollte. Dann kam ihr ein Gedanke. »Möglicherweise ist das der Grund, warum wir keine Alltagskleider von Mirandas finden. Vielleicht hat das vermisste Dienstmädchen sie gestohlen und ist weggelaufen.«

»Schwer zu sagen. Aber wenn sie nicht schon tot ist, möchte ich gern mit ihr reden«, sagte Jed. »Aber zuerst will ich jetzt Mirandas Lagerplatz sehen. Möchten Sie mitkommen, Chris?«

»Nein, ich denke, ich wühle mich weiter durch diese Computerdateien und schaue, was ich noch retten kann. Miranda hat grossartige Arbeit geleistet und ich will sicherstellen, dass sie katalogisiert und vielleicht sogar eines Tages in einer Zeitung veröffentlicht wird, natürlich mit voller Namensnennung.«

Jed nickte. »Das wäre schön. Haben Sie auch etwas Persönliches auf dem Computer gefunden? E-Mails, ein Tagebuch, etwas in der Art?«

»Ich kann nicht auf ihr E-Mail-Konto zugreifen, weil es passwortgeschützt ist. Ich habe alles versucht, was mir einfällt, kann es aber nicht knacken. Sie hat eine Datei, die als persönlich gekennzeichnet ist, aber auch die ist blockiert. Ich fürchte, ich tauge nicht zur Computerhackerin, werde aber in Jo'burg bestimmt jemanden finden, der sich Zugang zu diesen Daten verschaffen kann und dann schicke ich sie Ihnen per E-Mail.«

»Danke«, sagte Jed. Er fand, Chris sehe an diesem Morgen frisch und hübsch aus mit ihrem ärmellosen blauen Hemd, bei dem die obersten drei Knöpfe offen waren. Er konnte nicht umhin, die Rundung ihrer vollen Brüste zu bemerken, als sie sich nach vorn beugte, um den Computerbildschirm genauer zu betrachten. Ihre kurzen abgeschnittenen Jeans und die knöchelhohen braunen Lederschuhe brachten ihre goldenen Beine perfekt zur Geltung. Sie hatte das Haar hochgesteckt und ein wenig Make-up aufgelegt, wie er bemerkte.

Am vergangenen Abend, als er bemerkte, dass sie weinte, verspürte er trotz des Streits, der zuvor zwischen ihnen stattgefunden hatte, den Drang, sie in die Arme zu nehmen, sie zu trösten und selbst Linderung zu suchen. Sie beide, er und Christine, hatten Miranda geliebt und trauerten um sie. Er hatte beobachtet, dass sich Soldaten nach einem gefährlichen Einsatz in die Arme nahmen, wenn sie einen Kameraden verloren hatten, oder sich gegenseitig an ihren Schultern ausweinten. Verletzte Menschen brauchten Freunde, die ihnen die Hand hielten, wobei Berührung oft Teil des Heilungsprozesses war.

Jed legte ihr eine Hand auf die Schulter. »Wollen Sie nicht eine Pause einlegen und mit uns an die frische Luft kommen?«

Sie legte ihre Hand auf seine, sah ihm in die Augen und zwang sich zu einem kleinen Lächeln. »Nein, danke, ich möchte hier dranbleiben, Jed. Gehen Sie mit Moses und schauen Sie sich den Busch an. Ich mache uns zum Mittagessen einen Salat und vielleicht können wir später eine Spritztour machen und einen Sundowner zusammen trinken.«

Er spürte, dass sein Herz bei der Berührung ihrer Hand schneller schlug und in seinem Körper erwachte eine Erregung, die während der sechs Monate, die er in Afghanistan verbracht hatte, geschlummert hatte. Es gab einen alten Mythos, der in allen Armeen der Welt verbreitet war und der besagte, dass deren Köche etwas ins Essen mischten, um die sexuellen Triebe der Männer zu unterdrücken. In Wirklichkeit waren es einfach die harte Arbeit und der Schlafmangel, die das Leben der Soldaten fern der Heimat zumindest in dieser Hinsicht erleichterten. Jed hatte seit seinem Kampf mit dem Einbrecher in Johannesburg keine körperliche Leistung mehr erbringen müssen, so dass ihn nichts davon abhielt, durch die Nähe einer schönen Frau spontan erregt zu werden.

Widerwillig nahm er seine Hand von ihrer Schulter und bat Moses, ihm mit Mirandas zusammengeklapptem Safarizelt zu helfen.

»Gehen wir jetzt zelten?«, fragte der Fährtenleser überrascht.

»Nein. Ich möchte das Zelt nur mitnehmen und es mir ansehen. Ich denke, wenn ich das an der Stelle tue, an der Miranda ihr Lager aufgeschlagen hatte, bekomme ich zumindest ein Gefühl dafür, wie ihr Leben hier aussah.«

»Ich verstehe«, flunkerte Moses. Bei den einheimischen Familien gehörte der Tod heutzutage, vor allem durch das AIDS-Virus, ganz selbstverständlich zum Leben. Während früher die Familien tagelang um Verstorbene getrauert hatten, die Frauen gejammert und die Männer getrunken, war es heutzutage nicht ungewöhnlich, dass sich die Menschen in den Städten für eine Beerdigung eine Stunde frei nahmen und danach wieder an die Arbeit gingen. Wie alle hier hatte Moses viele Freunde durch HIV/AIDS verloren und die Friedhöfe in Simbabwe waren überfüllt von den kahlen Erdhügeln frischer Gräber. Die meisten Städte mussten neues Land erwerben, um die steigende Nachfrage nach Grabstätten befriedigen zu können und Kariba, wo Moses lebte, war besonders hart von der Krankheit betroffen. In der Stadt gab es viele Prostituierte, zu deren Kunden Fernfahrer, die die Grenze zu Sambia überquerten, sowie Fischer von den 'Kapenta-Rigs', den schwimmenden Plattformen der Fischindustrie, die winzige Fische aus dem See fingen, gehörten.

Moses verstand zwar nicht viel von dem, was Jed tat, aber er wusste genau, was dem Mann helfen würde. Das Beste, was Jed Banks im Moment tun könnte, wäre, sich zu betrinken, seiner

Tochter für immer Lebewohl zu sagen und mit der hübschen, wenn auch etwas zu dürren Professorin zu schlafen. Auch wenn die Kombination gelegentlich ebenso viele Probleme verursachte, wie sie löste, waren Bier und Frauen, was ein Mann brauchte, um sein Leben wieder in Ordnung zu bringen. Aber Moses schwieg und behielt seinen weisen Rat für sich, während er das Zelt des toten Mädchens in den Wagen lud.

CHRIS WINKTE Jed und Moses zu, als der Land Rover unter dem Feigenbaum hinter dem Haus hervorkam.

»Husch! Los, verschwindet!«, rief sie vier grauen Affen, die auf dem Baum sassen, zu. Sie klatschte in die Hände und schüttelte verärgert den Kopf. Affen und Paviane, die wussten, dass in menschlichen Behausungen Nahrungsvorräte lagerten, patrouillierten tagsüber ständig in der Umgebung der Häuschen und des Campingplatzes des Parks und suchten nach immer neuen Wegen, um an diese zu gelangen. Chris wusste aus ihren Studien, dass die Primaten in der Lage waren, ausgeklügelte Angriffspläne zu schmieden. Oft fungierten ein oder zwei von ihnen als gut sichtbare Ablenkung und versuchten, auf eine offensichtliche Weise in ein Gebäude oder ein Zelt einzudringen, während der Rest der Truppe weniger auffällige Möglichkeiten suchte, um an die Beute zu gelangen. Sie hatte beobachtet, dass die Tiere zwischen Männern und Frauen unterscheiden konnten und im Allgemeinen frecher waren, wenn sie dachten, es seien nur Frauen anwesend und erst recht bei einer Frau allein.

Chris hob einen Stein auf und schleuderte ihn nach einer der sogenannten 'grünen Meerkatze', die vom Baum heruntergeklettert war und sich ihr mutig näherte. Der Stein prallte wirkungslos am Arm des jungen Männchens ab, doch immerhin reichte der Schlag, um ihm zu zeigen, dass sie es ernst meine. Er huschte in den Baum, worauf Chris ins Haus zurückkehrte und die Fliegengittertür hinter sich schloss.

Sie kehrte zum Laptop zurück und arbeitete sich weiter durch die

E-Mails, die sie am Lesen war, bevor Jed sie nach dem Inhalt gefragt hatte. Ihm zu sagen, Mirandas E-Mail-Ordner seien passwortgeschützt, war eine kleine, aber vertretbare Lüge. Der Ordner enthielt nichts, was Aufschluss darüber gab, was mit Miranda geschehen war und alle Nachrichten waren eher geschäftlicher als persönlicher Art. Nichts davon hätte Jed mehr über seine Tochter verraten, als er bereits wusste und auch für Chris waren sie nicht gerade interessant, weil die meisten an sie gerichtet waren und sie sie längst gelesen hatte. Sie wusste nicht wirklich, warum sie sie durchgehen sollte.

Freudlos öffnete sie eine aktuelle Nachricht von Miranda an ihre Mutter.

HALLO Mama

Zunächst einmal, ohne unhöflich klingen zu wollen, kannst du BITTE BITTE, wie schon geschrieben, keine Nachrichten mehr an diese Adresse schicken?! Benutze stattdessen mein Hotmail-Konto. Ich weiss, du hattest neulich Schwierigkeiten, mir eine Nachricht darüber zu senden, aber das war wohl nur ein Serverproblem, also versuch es einfach wieder.

Hier ist alles in Ordnung und Chris hat mir, als ich sie das letzte Mal gesehen habe, das Paket, das du mir via Südafrika geschickt hast, gegeben. Danke für die Sonnencrème – sie ist hier wirklich schwierig zu finden und teuer. Vielleicht habe ich bald die Gelegenheit, an meiner Bräune zu arbeiten und etwas mehr von diesem Kontinent zu sehen. Alles Liebe, M.

CHRIS LEHNTE sich in ihrem Stuhl zurück, verschränkte die Hände hinter dem Kopf und starrte an die Decke des Hauses. Ein Gecko hatte sich in einer entfernten Ecke verkrochen und seinen Tagesschlaf begonnen.

Was das mit der Bräune und der Möglichkeit, mehr vom Kontinent zu sehen wohl bedeutete? Miranda hatte ihr gegenüber nie etwas davon erwähnt, Urlaub nehmen oder irgendwohin sonst als nach Simbabwe reisen zu wollen. Immerhin war es eine weitere Information, die sie den Akten als Frage an den Mann, von dem

Chris wusste, dass sie ihm irgendwann gegenüberstehen musste, hinzufügen konnte. Wie, wo und unter welchem Vorwand sie das machen sollte, waren alles ernsthafte Fragen, auf die sie noch keine Antworten gefunden hatte.

Um ihre eigenen Ermittlungen zu Mirandas Tod fortzusetzen – denn Chris war sich sicher, dass sie niemals lebend gefunden würde –, musste sie mit dem Mann sprechen, von dem sich Miranda vor ihrer letzten Reise nach Südafrika in Marongora verabschiedet hatte. Das einzige Problem dabei war, dass Chris wusste, dass Jed Banks den Mann ebenfalls ausfindig machen wollte und es keinesfalls in ihrem Interesse lag, dass er bei diesem speziellen Gespräch dabei war. Genauso wenig wollte sie aber, dass er aus ihrem Leben verschwand.

»Schade«, sagte sie laut zu sich selbst. »Jed muss gehen.«

Sie dachte wieder über Mirandas Hinweise auf eine Art Urlaub nach. Ihr Aufenthalt in Simbabwe war zwar fest, aber gleichzeitig flexibel, so dass sie einfach nur hätte fragen müssen, wenn sie eine Auszeit an einem Strand in Mosambik oder irgendwo anders in Afrika gewollt hätte. Trotzdem schien Miranda ihrer Mutter zu verstehen geben zu wollen, dass sie bald eine Reise antrete. War es also möglich, fragte sich Chris, dass Miranda einfach zu einem unangekündigten, spontanen Ausflug abgereist war? Dagegen sprachen allerdings Mirandas Ordnungsliebe, ihre stets verantwortungsvolle Haltung und natürlich ganz zu schweigen von den Überresten im Bauch des toten Löwen. Trotzdem konnte es nicht schaden, auch diese Theorie zu überprüfen.

Chris ging die Treppe hinauf, öffnete einen ihrer Aluminiumkoffer und entnahm diesem ein Satellitentelefon und eine tragbare taktische Trivec Avant Satellitenantenne. Diese bestand aus mehreren Teilen, die sie zu einer länglichen, skelettartigen Struktur zusammenfügte, die eigentlich für das in einem anderen Koffer liegende Lightweight Satellite Terminal tacsat-Funkgerät gedacht war, aber auch für ihr Telefon funktionierte und ein zuverlässigeres Signal lieferte. Das Motorola LST-5C war, genau wie die Antenne, ein ehemaliges Militärgerät und sowohl Chris wie auch Miranda besassen es zur Sicherheit, für den Fall, dass sie bei einem Notfall einmal ein Flugzeug oder eine andere Einrichtung kontaktieren mussten. Chris positionierte die zusammengebaute Antenne auf der Veranda der Lodge, wo sie eine klare Sicht auf den Himmel und die Satelliten in der Erdumlaufbahn hatte. Sie schloss sie ans Telefon an und rief, als sie Empfang hatte, eine Nummer in Pretoria an.

»Botschaft der Vereinigten Staaten, wie kann ich Ihnen helfen?«, antwortete ein Rezeptionist.

»Guten Tag, können Sie mich bitte mit Mort Solomon im Büro des Handelsministers verbinden?«

»Gewiss, Madam.«

Chris trommelte mit den Fingern auf das Brüstungsholz der Terrasse und beobachtete ein Elefantenpaar, das sich im seichten Wasser des Sambesi mit Wasser bespritzte.

»Solomon.«

»Mort, ich bin's, Christine. Wie geht's?«

»Hallo, Reisende, lange nichts mehr gehört. Wann kommen Sie in das, was wir Zivilisation nennen, zurück? Ich habe eine tolle Flasche neuen Rotwein vom Kap gefunden, die wir uns mal teilen könnten.«

Verdammt, dachte sie, Solomon war wie immer auf der Suche. »Tun wir irgendwann, Mort.« Aber nur in seinen Träumen. »Hören Sie zu, Sie müssen ein paar grenzüberschreitende Bewegungen für mich prüfen.«

»Okay, Moment, ich sichere kurz ab.«

Chris wartete einige Augenblicke, während der Botschaftsangehörige auf seinem Telefon eine Taste drückte, um eine Funktion zu aktivieren, die sicherstellte, dass niemand das Gespräch mithören konnte. Sie hielt das für nicht unbedingt notwendig, aber trotz all seiner Schwächen hielt Mort sich an die Regeln. »Gut, wen soll ich überprüfen?«

»Miranda.«

»Vergessen Sie es, Chris. Das Mädchen ist tot und der Fall abgeschlossen. Kommen Sie einfach zurück und schreiben Sie Ihren Rapport.«

Chris spürte, dass sich ihre Wangen röteten. »Mort, ich habe noch nicht alle Möglichkeiten ausgelotet und brauche diese Informationen für meinen Bericht!«

»Okay, beruhigen Sie sich, Schätzchen.«

»Nennen Sie mich nicht so, Mort, Sie wissen, dass ich das hasse.«

Er lachte. »Tut mir leid, *Frau Professor*. Aber, das Mädchen hatte einen dummen Unfall. Wenn ihr Frauen im Busch arbeiten wollt, müsst ihr solche Risiken einkalkulieren. Wie auch immer, schiessen Sie los, was brauchen Sie?«

Arschloch, dachte Chris und holte tief Luft. »Sie müssen für mich überprüfen, ob seit Mirandas Verschwinden sie selbst oder jemand, der ihren Pass benutzte, eine der Grenzen von Simbabwe überquert hat, also nach Südafrika, Mosambik, Botswana oder Sambia.«

Während Solomon die Details notierte, herrschte Schweigen. »Gut. Ich nehme an, ihr Pass wurde nicht gefunden.«

»Das ist richtig. Der Reisepass fehlt, genau wie ein paar andere Sachen.«

»Wahrscheinlich gestohlen, aber sie könnte ihren Pass ja auch bei sich gehabt haben, als sie ... als der Löwe sie erwischte.«

»Wenn ich auf Löwenjagd gehe, Mort, trage ich meinen Pass jedenfalls nicht zuoberst in der Tasche. Aber ja, Sie haben natürlich Recht, möglich ist es. Wie auch immer, es ist ein loser Faden, den wir knüpfen müssen. Ich glaube auch nicht, dass sie noch lebt, aber wir sollten herausfinden, ob ihr Pass irgendwo im Umlauf ist.«

»Einverstanden. Ich werde die Büromenschen darauf ansetzen. Rufen Sie mich heute Nachmittag bitte noch einmal an.«

»Danke, Mort, mache ich. Übrigens, was wissen Sie über die Bombe in Tansania?«

»Es ist ein verdammtes Chaos. Haben Sie gehört, dass die Botschaft evakuiert wurde?«

»Ja.«

»Aber warten Sie mal, da ist noch mehr«, fügte Mort an.

»Aber nicht noch eine?«

»Doch. Ich habe gerade eine Nachricht bekommen. Eine Nagelbombe mit etwas Benzin hat auf Sansibar eine Disco in Schwung gebracht.«

»Bastarde. Das könnte dieselbe Zelle sein, die die IED in Dar platziert hat«, dachte Chris laut nach, wobei sie mit IED die militärische Abkürzung für einen improvisierten Sprengsatz meinte. »Leisten wir bei den Ermittlungen vor Ort Unterstützung?«

»Der Botschafter schickt einige Marinesoldaten aus der Botschaft in Tansania, um die Sicherheit zu verstärken und das FBI ist aus den Staaten auf dem Weg, um den Einheimischen in Dar mit der Busbombe zu helfen. Die Drohung mit der Botschaft könnte auch nur ein Trittbrettfahrer gewesen sein, der sich einen Scherz erlaubt hat, aber natürlich will niemand ein Risiko eingehen. Bei der Explosion in Sansibar wurden keine Amerikaner getötet, sondern Briten, Australier, Deutsche und ein paar andere Europäer. Alles Jugendlich und junge Erwachsene.«

»Und was bedeutet das alles für euren Teil der Welt?«

»Sie schicken ein Eingriffsteam von zu Hause, das hier auf Abruf bereitsteht, nur für den Fall, dass das FBI oder unsere Leute etwas Interessantes finden. Ausserdem kehrt unser VIP, der Mann, den Sie ja bekanntlich aus Tierschutzgründen ablehnen, zu seinen ursprünglichen Plänen zurück. Sie könnten ihm also über den Weg laufen.«

Chris runzelte die Stirn. »Wegen der Probleme in Tansania?«

»Ja. Der Staat hat gestern für das tansanische Festland und Sansibar die höchste Reisewarnung herausgegeben, für die Opfer der Bombe von gestern Abend allerdings zu spät.«

»Ich bin hier bald fertig. Dass ich Mirandas Leiche nicht fand, gefällt mir nicht, aber die gerichtsmedizinischen Untersuchungen der Überreste, die sie aus dem Löwen geholt haben, sollten bald kommen. Haben Sie davon gelesen?«

»Es steht hier unten in allen Zeitungen, obwohl nirgends erwähnt ist, dass Sie die grosse weisse Jägerin waren, die den Killerlöwen erlegt hat. Ich wette, die Einheimischen waren überrascht, dass ihn eine hübsche weisse Frau erschoss.«

»Hoffen wir einfach, dass mein Name nicht in den Zeitungen erscheint. Ich möchte nicht als Löwentöterin bekannt werden und habe auch keine Lust, im Umkreis von hundert Kilometern von diesem VIP-Arsch zu leben, das Tiere einfach zum Spass umbringt.«

»Hey, Sie nehmen aber kein Blatt vor den Mund. Nur weil wir eine sichere Leitung haben, heisst das nicht, dass ich nicht abgehört werde.«

»Was geht mich das an? Ich bin nur eine bescheidene Wissenschaftlerin, schon vergessen? Tschüss, Mort, ich rufe heute Nachmittag um vier wieder an.«

»Ja, genau. Bis dann, Schätzchen.«

»Arschloch.«

»Ich wollte mich nur vergewissern, dass Sie noch interessiert zuhören«, sagte Solomon und legte auf.

Chris schüttelte den Kopf und stellte sich sein oberfieses Grinsen vor. Graue Haare, Pferdeschwanz, Tattoos, alte Schule. Ein Schwätzer, der seine Überheblichkeit auf der Zunge trug und jedes Mal, wenn er den Mund aufmachte, Machomist plapperte. Dennoch verziehen viele Leute, sie eingeschlossen, Mort Solomon eine ganze Menge, weil er seine Sache wie kein anderer verstand und ein guter Geschäftsmann war.

Sie packte die Tacsat-Antenne und das Telefon wieder ein und ging zurück nach unten, um den Computer abzuschalten, denn die Maschine konnte ihr nichts mehr über Mirandas letzte Tage verraten.

»Halten Sie mich für verrückt, Moses?«, fragte Jed, während der Land Rover auf der parallel zum Sambesi durch den Park führenden Strasse ruckelte und holperte.

»Was meinen Sie?«

Jed fuhr, während Moses navigierte und gleichzeitig den Busch nach vorn und zur Seite andauernd nach Wild absuchte.

»Halten Sie mich für verrückt, weil ich glauben will, dass meine Tochter noch lebt?«

»Für mich, mein Volk und mein Land ist der Tod kein Fremder, aber bei Ihnen ist das anders.«

»Aber ich bin ein Soldat und war im Krieg.«

»Die Menschen hier können selbst im Frieden besser mit dem Tod umgehen, weil er bei uns zum Leben gehört und häufig ist. Wir haben das AIDS-Virus, aber schon vorher haben die Menschen in diesem Tal immer mit dem Tod gelebt – er gehörte zur Geburt, kam durch wilde Tiere, Krankheiten oder den Krieg. Sie haben andere Soldaten sterben sehen, aber noch nie erlebt, dass Ihnen eines Ihrer Kinder genommen wurde. Also muss es für Sie schwierig sein, zu glauben, dass so etwas passieren kann.«

»Bei uns gibt es ein Sprichwort, das sagt, Menschen seien nicht dafür gemacht, ihre Kinder zu begraben.«

»Ausser in Afrika. Jed. Soweit ich weiss, ist Ihre Tochter nicht die Art von Frau, die wegläuft, ohne es jemandem zu sagen, denn es klingt, als sei sie eine vernünftige Person.«

»Sie war nicht ... ist nicht.«

»In diesem Park kommen Menschen ums Leben, auch weisse.«

»Was meinen Sie damit?«

»Wenn ein afrikanisches Kind von einem Löwen getötet wird oder wenn eine Frau, die die Wäsche der Familie im Fluss wäscht, von einem Krokodil gefressen wird, kümmert sich die Welt nicht darum. Wenn dagegen eine weisse Person getötet wird, ist das eine fette Schlagzeile wert. Die Menschen sind empört und wollen wissen, wie so etwas Schreckliches in der heutigen Zeit passieren kann. Ich weiss, dass es für Sie sehr schwierig ist, das zu akzeptieren, Jed. Aber egal, was man in den Hochglanzbroschüren für Touristen oder im Fernsehen sieht, ist es eine Tatsache, dass Afrika gefährlich ist und hier Menschen ums Leben kommen. Je eher Sie das anerkennen und je schneller Sie akzeptieren, dass Ihre Tochter nicht zurückkommt, desto eher kann Ihre Seele heilen.«

»Ja, ich weiss«, räumte Jed ein, nahm eine Zigarette heraus und zündete sie an. »Das macht es aber nicht einfacher.«

»Warum soll es einfach sein? Wir sind da.«

Sie hatten eine malerische, grasbewachsene Lichtung erreicht, die nur einen Steinwurf vom Flussufer entfernt lag und von der aus man einen Panoramablick auf den Fluss und den Steilhang auf der sambischen Seite hatte. Jed stellte das Auto in den Schatten einer Natalfeige und stieg aus. »Hier hat Miranda also gezeltet?«

»Ja, wir nennen diesen Ort das BBC-Camp, weil hier ein britisches Fernsehteam für einige Zeit wohnte, während es eine Dokumentation über das Tal drehte. Es ist schön hier.«

»Ja, das ist es in der Tat.« Jed ging auf den Fluss zu und bewunderte die unglaubliche Aussicht und die Schönheit der üppigen grünen Landschaft um ihn herum. Er versuchte sich Miranda vorzustellen, wie sie mitten im Busch allein lebte, zum Sambesi ging und dort auf der Sandbank oder in einem Campingstuhl sass und den Sonnenuntergang genoss. Diese Bilder heraufzubeschwören, fiel ihm nicht leicht, weil er seine Tochter nur als winziges Baby kannte und danach als eine Reihe von Erinnerungsschnappschüssen aus ihren prägenden Jahren, jeweils zwischen den Auslandseinsätzen. Abgesehen davon, dass sie einige Campingausflüge miteinander gemacht hatten, konnte er sich kaum vorstellen, wie sie als unerschrockene junge Wissenschaftlerin auf sich allein gestellt auf einem wilden Kontinent lebte.

»Sie mochten sie, die Leute vom Nationalpark«, sagte Moses und stellte sich neben Jed.

»Haben sie Ihnen das gesagt?«

»Sie plauderte gern mit den Frauen und versuchte, etwas von ihrer Sprache zu lernen. Die Frauen im Dorf hielten sie für sehr mutig und gaben ihr sogar einen Spitznamen, wissen Sie.«

»Nein, das wusste ich nicht. Welchen?«

»*Mama Shumba,* die Löwenmutter.«

»Und was hielten die Männer von einer Frau, die hier draussen allein Grosskatzen erforscht?«

Moses lächelte. »Wollen Sie die Wahrheit hören? Sie hielten sie für eine Verrückte.« Jed konnte sich ein Lächeln über Moses' Offenheit nicht verkneifen.

»Wissen Sie, wo sie vermutlich gestorben ist?«

»Der Oberranger sagte, es sei auf dem Weg zum Fluss passiert, dort, wo der Sand beginnt. Kommen Sie, wir sehen es uns an.«

Die beiden Männer gingen näher an das sandige Ufer heran und Jed konnte jetzt erkennen, wo Tiere, entweder Büffel, Elefanten oder beides, deutliche Spuren zum Wasser hin hinterlassen hatten. Sie fanden eine Stelle, an der das trockene Gras auf beiden Seiten des kahlen Wegs dem Sand des Flusses wich. Es gab keine Anzeichen für menschliche Überreste, aber damit hatte Jed auch nicht gerechnet.

»Sie sagten, sie hätten hier Blut, Knochen und Kleidungsreste gefunden, aber als die Polizei und weitere Ranger eintrafen, hatten die Hyänen bereits alle Spuren der Leiche beseitigt. Einer der Aufseher berichtete, er habe einen blutigen blauen Hut gesehen, der aber ebenfalls verschwunden war, als sie zurückkamen. Der Mann sagte, er sei sich sicher, dass dieser Miranda gehört habe, weil der Name einer amerikanischen Universität darauf gestickt gewesen sei.«

»Im Polizeibericht habe ich nichts über den Hut gelesen. Vielleicht hat ihn jemand als Souvenir mitgenommen?«

»Gestohlen, meinen Sie? Das wäre möglich und wäre gar nicht gut, aber denken Sie daran, Jed, dass nicht alle Afrikaner Diebe sind.«

»Nein«, stimmte Jed zu. »Es ist ein weiterer Beweis, oder jedenfalls ein Indiz dafür, dass Miranda von einem wilden Tier gefressen wurde und tot ist.«

Jed starrte auf den Boden, auf die Stelle, an der das Leben seines einzigen Kindes höchstwahrscheinlich zu Ende gegangen war. Wäre er ein religiöser Mensch gewesen, was er nicht war, hätte er gebetet. Stattdessen kniete er sich hin und strich mit der Hand über den Boden, fühlte die Beschaffenheit des Grases, des Sandes und des Staubs unter sich. Die Oberfläche der Erde war von der Morgensonne aufgewärmt. Er schöpfte eine Handvoll dunkler, reicher, modriger Erde vom Weg und liess sie langsam durch seine Finger rinnen. Er roch das feuchte Wasser des Flusses in der leichten Brise, den Geruch der Tiere, die zum Ufer und von dort weg gegangen waren und deren Dung, sowie den Schweiss seines eigenen Körpers. Dieser Ort war kaum von Menschen geprägt und hier gingen die menschlichen mit den tierischen Bewohnern immer noch so um, wie sie es, seit sich ihre Vorfahren aus Primaten entwickelt hatten, taten.

»Ich weiss, wo ich gern sterben möchte, wenn ich wählen könnte.« Jed stand auf und wischte sich die Erde von den Händen.

»Im Kampf, als Krieger?«

Jed lächelte. »Nein. In einer Holzhütte am Rande der Grossen

Seen, nach einem schönen Tag beim Fischen und Trinken, mit ausgezogenen Stiefeln im Bett. Ich möchte in Frieden gehen.«

»Ich möchte auch im Bett sterben, nach einem schönen Tag beim Fischen und Trinken. Aber ich möchte nicht friedlich sterben – dafür mit einer jungen Frau bei mir«, grinste Moses.

»Ich frage mich, ob Miranda der Ort ans Herz gewachsen war und sie auf Dauer hätte hierbleiben wollen.«

»In Afrika? Vielleicht. Die Menschen kommen aus allen möglichen Gründen ins Sambesital. Manche, um Tiere zu jagen und andere, um sie zu retten. Die einen kommen, um Verbrechen zu begehen, wie die sambischen Wilderer und andere, um Verbrechen zu verhindern. All diese Menschen haben eins gemeinsam: Sie wollen oder können nie weggehen. Miranda liebte die Aufgabe, die sie wahrnahm. Alle, die hierherkommen, wissen, dass es kein einfaches Leben ist. Im Sommer ist es heiss, nass und matschig und im Winter heiss, trocken und staubig, es gibt Tsetsefliegen und Malaria, und ja, es kann sehr gefährlich sein. Und trotzdem gibt es keinen schöneren Ort auf der Welt als diesen.«

Moses half Jed, das Zelt aus dem Land Rover zu laden und sagte: »Es muss da drüben, unter dem Baum, wo das Gras gelb ist, gestanden haben.«

»Dann stellen wir es an dieselbe Stelle.«

Jed zog sein Hemd aus und hängte es über den Ast eines umgestürzten Baums. Mit der Sonne stieg die Temperatur stetig an und während die beiden das Kuppelzelt aufbauten, rann ihm der Schweiss in die Augen und perlte auf seiner Brust. Das Zelt benötigte zusammenklappbare Metallstangen und war gross genug, um eine vierköpfige Familie relativ bequem unterbringen zu können.

Nachdem sie lange schweigend gearbeitet hatten, fragte Moses: »Jed, Sie haben mir noch gar nicht gesagt, warum Sie mich gesucht haben. Wer hat Ihnen von mir erzählt?«

»Eine Frau namens Eveline.« Jed schaute dem Fährtenleser ins Gesicht, um seine Reaktion zu beobachten.

Moses lächelte ein wenig. »Eine gute Frau und eine gute Freundin. Ich habe ihr vor langer Zeit das Leben gerettet«, berichtete er in sachlichem Ton.

»Was ist denn passiert?«, erkundigte sich Jed, während er die Zeltkuppel an einer biegsamen Stange einhakte.

»Nachdem ihr Mann gestorben war, kam sie mit ein paar Freunden auf eine Foto-Wandersafari. Ich war der Junior-Guide und durfte zwar das Essen und das Wasser tragen, aber kein Gewehr. Der ältere Mann war *madala*, alt, und seine Augen nicht mehr so gut, wie als er jung war. Er sah eine Büffelspur auf dem Weg und sagte den Touristen, sie sei nicht mehr frisch, sondern älter als einen Tag. Ich überprüfte sie und sagte ihm, ʽnein, sie ist frisch, denn weder haben Ameisen die Spuren gekreuzt und noch ist Gras oder Laub auf sie gefallenʼ. Ausserdem bemerkte ich, dass der Büffel hinkte, denn der Abdruck seines rechten Hinterbeins im Boden war nicht so tief, also schleppte er es nach. Der alte Mann gebot mir zu schweigen, aber ich befürchtete, wir kämen einem gefährlichen, verletzten Tier zu nah. Obwohl der ältere Führer mir zustimmte, konnte er vor den Touristen nicht nachgeben, verstehen Sie?«

Jed nickte.

»Ich hatte gewusst, dass wir irgendwann auf den alten Büffelbullen treffen würden und als wir an einem Dickicht aus Jesse-Büschen vorbeikamen, griff er uns an. Der Hauptführer schoss, traf den Büffel aber nicht tödlich, sondern verwundete ihn nur. Der Bulle ging direkt auf Eveline los, worauf ich sie aus dem Weg schob, zu einem Baum führte und ihr hinaufzuklettern half. Der Büffel nahm sich den Hauptführer zum Ziel, stürzte sich auf ihn und durchbohrte ihn mit den Hörnern. Schliesslich konnte ich das Gewehr ergreifen und das Tier töten. Eveline und ich blieben danach in Kontakt und später, als es im Tourismus nichts zu tun gab, habe ich eine Zeit lang auf ihrem Bauernhof gearbeitet. Sie war die Madam und trug die Verantwortung, aber wir waren befreundet. Bevor sie das Land verlassen musste, kamen wir oft hierher ins Tal.«

Jed fragte sich, wie tief die Freundschaft gegangen war, sagte aber nichts. »Ich gehe mal pinkeln.«

»Seien Sie vorsichtig, Jed«, sagte Moses. »Selbstverständlich.«

Jed ging wieder zum Rand der Lichtung, auf der Mirandas Zelt stand. Als er gerade den Reissverschluss öffnen wollte, spürte er plötzlich eine Hand auf seinem Arm und drehte sich um. »Hey, was ist los?«

»Bleiben Sie stehen, Jed, und rühren Sie sich nicht!«, befahlt Moses.

Langsam drehte sich Jed um. Der Führer hatte einen Stein in der Hand, zog den Arm zurück und warf ihn kraftvoll. Jed folgte der kurzen, scharfen Flugbahn des Geschosses und wich unwillkürlich einen Schritt zurück, als er eine blitzende Bewegung wahrnahm. Eine lange, dünne, graugrüne Schlange hob ihren schmalen, spitzen Kopf vom Boden und bäumte sich, keine drei Meter von der Stelle entfernt, an der Jed sich gerade hatte erleichtern wollen, bis auf Kniehöhe auf. Dann schlängelte sie sich eilig davon: »Mist, danke, Moses«, sagte er.

»Das war eine Schwarze Mamba, Jed. Sie wird so genannt, weil das Innere ihres Mauls schwarz ist«, erklärte Moses und sah zu, wie das Reptil sich ins hohe Gras verzog.

»Sieht aus, als hätten Sie nicht nur Eveline, sondern nun auch mir das Leben gerettet«, bemerkte Jed.

»Tja, sieht fast so aus, aber das ist meine Aufgabe und wenn sie Sie gebissen hätte, hätte ich wenig für Sie tun können.«

»Wann haben Sie sie gesehen?«

»Zuerst, als wir aus dem Land Rover stiegen. Da habe ich nichts gesagt, weil ich Ihre Erinnerungen nicht stören wollte, aber während wir das Zelt aufbauten, habe ich sie im Auge behalten.«

»Eveline hat mir gesagt, Sie seien gut«, lobte Jed, der merkte, dass sein Drang, zu urinieren, verschwunden war. Er selbst hätte die Schlange bestimmt erst gesehen, wenn er auf sie getreten wäre – oder auf sie gepinkelt hätte.«

»Wie gesagt, das ist mein Job«, sagte Moses und zuckte mit seinen breiten Schultern. »Das ist ein schönes Zelt, perfekt geeignet für die Jagd oder für Fototouren.«

Jed dachte einen Moment nach und sagte dann: »Betrachten Sie es als Ihren Bonus«.

»Wie meinen Sie das?«

»Es gehört Ihnen. Sie können es haben, denn ich brauche kein Zelt, weil ich mit dem Land Rover eins gemietet habe. Ausserdem verbringe ich in der Armee genug Zeit in Zelten, also will ich es nicht mit nach Hause nehmen.«

»Aber es gehörte Ihrer Tochter«, sagte Moses.

Jed seufzte. »Alle um mich herum scheinen sich einig zu sein, dass es für mich an der Zeit ist, zu akzeptieren, dass Miranda nicht mehr da ist und ich einen Abschluss finden und loslassen müsse. Und um mich daran zu erinnern, wie das Gesicht meiner Tochter ausgesehen oder wie sie gelacht hat, brauche ich kein Zelt.«

»Dann danke ich Ihnen, es ist ein schönes Zelt.«

»Dann wollen wir mal sehen, was da drin ist.«

Jed öffnete den Reissverschluss der grossen Eingangsklappe, die aus zwei Schichten bestand, einer Aussenseite aus Segeltuch und einer Innenseite aus engmaschigem grünem Nylonnetz, das zwar die Luft hereinliess, aber dennoch eine gewisse Privatsphäre bot. Auf der gegenüberliegenden Seite des Zelts befand sich eine identische Zelttür.

»Seltsam, dass beide Türen intakt sind.«

»Warum?«

»Nun, die Polizei geht davon aus, dass Miranda, vermutlich weil es so heiss war, die Klappe ihres Zelts offengelassen hat und deshalb im Zelt vom Löwen gepackt wurde.«

»Es wäre nicht das erste Mal, dass so etwas passiert.«

»Aber warum hätte sie die ganze Tür geöffnet, aber das Moskitonetz nicht geschlossen gelassen? Sie hätte doch eher beide Klappen geöffnet, so dass die Luft hätte zirkulieren können. Könnte ein Löwe durch das Insektenschutzgitter hindurchsehen?«

»Nein. Manche Menschen schlafen im Busch auf dem Boden und nur mit einem Moskitonetz über sich. Der Löwe sieht schwarz-weiss und hat Probleme mit seiner ... Sichttiefe?«, suchte Moses nach dem richtigen Wort.

»Tiefenschärfe?«

»Ja, das ist das Wort. Für ihn sieht sogar ein Moskitonetz wie ein festes Gebäude oder ein Termitenhügel aus. Wenn jedoch eine Tür offensteht und er im Inneren des Zeltes eine Bewegung sieht, dringt ein Löwe bestimmt ein.«

»Warum sollte sie dann die ganze Tür geöffnet haben?«

»Wer weiss? Vielleicht musste sie in den Busch?«

»Auf die Toilette, meinen Sie?«, Moses zuckte mit den Schultern. »Ja, das ist möglich.«

Jed betrat das Zelt mit seinem vertrauten Mief nach feuchtem, leicht schimmelndem Segeltuch, dessen charakteristischer Geruch desto stärker wurde, je mehr Sonnenstrahlen das Material auffing. Wie viele Nächte er selbst wohl schon unter einer Plane verbracht hatte? Zu viele. Er mochte Zelte nicht, weil sie ihn an das Leben auf der Basis bei Überseeeinsätzen erinnerten. Man wartete in ihnen darauf, ins Feld zu gehen oder kam hundemüde in sie zurück. Er zog es vor, die Nächte im Freien zu verbringen.

Moses folgte ihm und liess sich auf ein Knie fallen. »Schauen Sie mal hier, Jed, ich glaube, hier hat der Löwe noch etwas Schmutz hinterlassen.«

»Im Polizeibericht stand, sie hätten frische, schlammige Löwenspuren auf dem Boden gefunden. Ich habe mir vorgestellt, wir sähen Krallenspuren, eine Art Einstiche im Boden ...«

»Der Löwe kann seine Krallen einziehen und hält sie, bis er sie braucht, in seiner Pfote versteckt. Einzig der Gepard läuft die ganze Zeit mit ausgefahrenen Krallen herum.«

Jed fuhr mit einer Hand über die Wände. »Weder Risse in der Tür oder an den Seitenwänden noch Anzeichen von Gewalt oder eingetrocknetem Blut«, kommentierte er seinen Eindruck.

Moses musterte den Boden des Zeltes und liess seine Augen nach links und rechts schweifen. »Ja, Sie haben Recht. Kein Blut. Nichts deutet darauf hin, dass hier jemand angegriffen oder getötet wurde. Ob der Löwe überhaupt irgendwann im Zelt war?«

»Glauben Sie, sie sei ausserhalb des Zeltes angefallen worden?«

»Das würde jedenfalls erklären, warum die Tür ganz offen war. Sie hat das Zelt mitten in der Nacht – oder am Tag – aus welchem Grund auch immer, verlassen. Der Löwe erwischte sie und durchsuchte später, möglicherweise auf der Suche nach einem weiteren Opfer, ihr Zelt.«

Jed ging nach draussen in den Sonnenschein und sah wieder auf den Fluss hinunter. Diese Theorie würde zumindest bedeuten, dass Miranda nicht völlig leichtsinnig gewesen war und mit offener Zeltklappe geschlafen hatte. Wer wusste schon, warum sie die relative Sicherheit ihres Zeltes verlassen und sich in der Nacht hinausgewagt hatte?

»Wann weiss man mit Sicherheit, von wem die Überreste im Bauch des Löwen stammen?«, fragte Moses.

»Wahrscheinlich in ein paar Tagen, aber dafür muss ich irgendwo sein, wo es ein Telefon gibt oder wo mein Handy funktioniert.«

»Zumindest können Sie sich auf die Nachricht vorbereiten, Jed. Und Sie haben jetzt gesehen, wo Ihre Tochter ihre letzten Tage verbracht hat.«

»Ja, das ist ein gewisser Trost.« Allerdings ein geringer, dachte er bei sich. »Aber ich beginne wirklich zu verstehen, was sie hierhergeführt hat. Es ist ein grossartiger Ort. Aber Moses, ich brauche Ihre Hilfe bei etwas Weiterem.«

»Natürlich, was kann ich tun?«

»Ich möchte, dass Sie mit einigen der Frauen im Mitarbeiterdorf sprechen – ich habe gehört, dass Sie sowas gut können.«

Moses lächelte über das Kompliment.

»Ich möchte herausfinden, wer der Mann ist, mit dem meine Tochter zusammen war. In welcher Beziehung sie standen, ist mir egal, aber ich möchte ihn kennenlernen und mit ihm sprechen. Ich vermute, die Professorin versucht ebenfalls, an diese Informationen zu kommen. Hat sie Sie gefragt?«

»Nein, hat sie nicht.«

Jed nickte. »Umso besser. Und jetzt möchte ich ein paar Minuten unten am Wasser allein sein. Macht es Ihnen etwas aus, hier zu warten?«

»Nein, überhaupt nicht. Gehen Sie, Jed und verabschieden Sie sich von Ihrer Tochter. Passen Sie dabei aber gut auf die Büffel da unten auf.«

Jed ging den Wildwechsel zurück in Richtung Fluss und an der Stelle vorbei, an der eines der wilden Super-Raubtiere seinem einzigen Kind das Leben genommen hatte. Als er einen Fuss vor den anderen setzte, spürte er, wie die Emotionen in ihm hochkochten und als er das sandige Flussufer erreichte, fiel ihm das Atmen schwer. Er begann zu würgen, als müsse er sich übergeben, aber kein Schrei kam über seine Lippen, sondern nur ein gutturales Stöhnen, wie das eines verendenden Tieres. Er biss sich auf die Lippe, um das Geräusch zu unterdrücken, konnte aber die Tränen nicht zurückhalten, die aus seinen Augen rannen und ihm die Sicht nahmen. Er sank im heissen, weissen Sand auf die Knie.

In seinen Gedanken stand er in seiner Tarnuniform über ihr und sah das Gesicht eines winzigen Babys. Patti lächelte, aber ihre Augen machten ihm im Stillen Vorwürfe, weil er die Geburt verpasst hatte. In seinem Kopf sah er den Acht-Millimeter-Film, in dem ein kleines, blondes Mädchen seine ersten wackeligen Schritte machte. Nachdem er von einer Übung in Ägypten zurückgekehrt war, hatte er sich diesen wieder und wieder angesehen, wie in der Hoffnung, er könne gutmachen, dass er nicht persönlich dabei gewesen war. Dann sah er die pummelige kleine Hand, die ihm zuwinkte, als er das Haus der Familie mit vollgepackten Koffern zum letzten Mal verliess. Patti weinte nicht, sie hasste ihn einfach. Er sah die schöne junge Frau, die die Schule und das College gut abgeschlossen und ihn danach gesucht, gefunden und wieder in ihr Leben gelassen hatte. Leider erwies sich dies als zu wenig und zu spät

Er hatte sein Kind ganz und gar im Stich gelassen. In seiner Wahrnehmung hatte er, abgesehen von Unterhaltsschecks, Weihnachts- und Geburtstagsgeschenken, nichts zu ihrer Entwicklung als Mensch beigetragen. Aber sie hatte sich trotz allem zu einer guten jungen Frau entwickelt. Oder hatte seine Abwesenheit ihr sogar dabei geholfen?

Jed wischte sich mit dem Handrücken über die Augen, holte tief Luft und sagte sich, er solle sich in seinen Erinnerungen an ihre Versöhnung und an seinen Stolz auf alles, was sie in ihrem kurzen Leben erreicht hatte, klammern. Er stand auf, bürstete sich den Sand von den Knien und blickte auf den schimmernden Fluss hinaus. Das Spiegeln der Sonne auf dem Wasser schmerzte in seinen geröteten Augen, weshalb er eine Hand über sie hielt, um sie zu beschatten.

»Auf Wiedersehen, mein Kind«, sagte er laut, »ich hoffe, dich eines Tages wiederzusehen und dir sagen zu können, wie sehr ich dich geliebt habe.«

Um die Mittagszeit kehrten die beiden Männer in Chris Wallis' Haus zurück, wo sie zu dritt Wurstwaren und Salat assen sowie kühles Bier dazu tranken.

»Heute Nachmittag machen wir einen Ausflug zu einem der Wasserlöcher«, sagte Chris zu Jed, als sie die Teller vom Mittagessen abräumten. An seinen rotgeränderten Augen erkannte sie, dass er geweint hatte, wusste aber, dass dies zur emotionalen Entspannung beitrug und einen wichtigen Teil davon ausmachte, seine Tochter loszulassen. »Sie können sich uns natürlich gern anschliessen, Moses«, fügte sie hinzu.

Moses kannte die Frauen gut genug, um zu verstehen, was das unausgesprochene 'aber' am Ende ihres Satzes bedeutete. »Nein, danke, Frau Professor. Wenn Sie mich nicht brauchen, besuche ich noch ein paar Leute im Personaldorf.«

Jed begleitete Moses zum Land Rover und sagte ausser Hörweite von Chris: »Sie vergessen doch nicht, sich nach Mirandas Freund zu erkundigen, oder?«

»Überlassen Sie mir das, Jed und Sie bekommen die Informationen, die Sie brauchen, morgen von mir. Reisen Sie danach ab?«

»Ja, ausser wenn das, was Sie herausfinden, mir einen Grund gibt, länger zu bleiben.« Moses kletterte in den Wagen, lehnte sich aber, während er den Motor startete, aus dem Fenster und sagte: »Oh, und Jed, noch etwas.«

»Was?«

»Viel Glück heute Abend.«

»Was meinen Sie?«

»Sie werden es schon sehen.«

Jed schüttelte verwirrt den Kopf und winkte, als Moses davonfuhr.

CHRIS TRUG das Satellitentelefon und die Tacsat-Antenne die Treppe hinunter, aus dem Haus hinaus und zum Flussufer. Sie hielt nach Wild Ausschau, aber in der Hitze des frühen Nachmittags rührte sich nichts und die Raubtiere neigten dazu, um diese Tageszeit zu schlafen. Sie ging weiter, bis sie einen grossen Baum fand, der sie vor dem Blick vom Haus her schützte, falls Jed, der gesagt hatte, er sei erschöpft und lege sich ein wenig hin, erwachte. Aus dieser Entfernung konnte er sie auch nicht hören. Als sie hinter der zusammenklappbaren Antenne sass, rief sie Mort Solomon an.

»Hallo, Chris«, meldete er sich.

»Hallo, Mort, haben Sie etwas herausgefunden?«

»Und Ihnen auch einen schönen Nachmittag. Aber macht nichts, ich fasse mich auch kurz.«

»Ja?«

»Also, da ist nichts. In den letzten drei Wochen hat niemand mit dem Namen Miranda Banks, Miranda Banks-Lewis oder Miranda Lewis Simbabwe verlassen oder ist in einem der Nachbarländer eingereist. Der letzte Eintrag, den sie von ihr gefunden haben, ist die Einreise nach Südafrika vor ein paar Wochen und dann eine Weile später zurück nach Simbabwe.«

»Das war, als sie zu mir in den Krügerpark kam.«

»Das kann aber nur eines bedeuten, Kleines«, sagte Mort.

»Ja, das glaube ich auch.«

»Miranda ist weder weggelaufen noch zum Zirkus gegangen, Chris, und Sie sollten sich besser an diesen Gedanken gewöhnen.«

»Ich denke, Sie haben mit beidem Recht. Bis dann, Mort, und danke.«

»Erwähnen Sie es niemandem gegenüber, und wenn Sie nach Hause kommen, lade ich Sie zu einem Drink ein. Also, ciao, mein Schatz.«

Chris legte auf und baute die Antenne ab. Eine weitere Tür hatte sich geschlossen. Sie stapfte zum Haus zurück, versorgte das Telefon in seinen Koffer und ging zu Jeds Zimmer. Sie stellte sich in die offene Tür und blickte auf ihn hinunter. Sein Gesicht war im Schlaf friedlich und seine Lippen leicht geöffnet. Er hatte das Hemd ausgezogen und trug nur Boxershorts. Sie begutachtete seinen wohlgeformten Körper, an dem kein Gramm Fett zu viel war und an dem ihr ausserdem gefiel, dass er nicht übermässig behaart war.

»Jed«, flüsterte sie.

Er rührte sich nicht. Sie überlegte einen Moment lang, ob sie ihn für den Rest des Nachmittags in Ruhe lassen solle, hatte aber bereits eine Kühlbox mit Bier, Crackern, Käse und Obst vollgepackt. Ausserdem wäre es wahrscheinlich sein letzter Sonnenuntergang im Busch und sie wollte, dass er zumindest eine schöne Erinnerung an Afrika nach Hause nahm und für sich selbst wünschte sie sich eigentlich das Gleiche. Schon vor Mirandas Verschwinden hatte eine Wolke über ihrer Position gehangen und die Mittel für ihre Löwenforschung drohten in Projekte umgelenkt zu werden, die für die Organisation, die sie bezahlte, interessanter waren. Wer wusste schon, wo sie als nächstes landen würde? Man hatte ihr in den USA eine Stelle als Lehrerin angeboten und sie fragte sich wieder einmal, ob sie sich nicht besser selbst dafür entscheiden solle, Afrika zu verlassen, bevor es jemand anderes für sie tat.

Sie ging zum Bett, legte eine Hand auf Jeds Schulter und schüttelte ihn sanft. »Jed«, sagte sie ein wenig lauter. »Hey, Jed, wachen Sie auf.«

Er öffnete, zuerst ein wenig verwirrt, die Augen, dann sah er sie und lächelte. »Wie spät ist es?«

»Zehn nach vier. Möchten Sie immer noch rausfahren?«

»Sicher. Und Sie?«, fragte er, sich die Augen reibend.

»Auf jeden Fall. Ich lasse Sie jetzt in Ruhe, damit Sie sich anziehen können, ich habe schon alles gepackt.« Jed zog sich ein khakifarbenes T-Shirt, eine Hose und seine Stiefel an und traf Chris unten wieder. »Ich bin bereit, Ma'am«, sagte er, als er die Hintertür schloss und in ihr Fahrzeug stieg.

»Nennen Sie mich nicht Ma'am. Das klingt, als wäre ich entweder eine alte Dame oder ein Offizier, aber ich bin weder noch.«

»Wenn Sie es wären, sässe ich nicht hier«, sagte er und beide lachten. »Wohin gehen wir?«

»Lassen Sie sich überraschen.«

Sie fuhren auf der Flussstrasse nach Osten und bogen an der Kreuzung in der Nähe der Parkverwaltung rechts ab.

»Wir bewegen uns jetzt vom Fluss weg. Das dort, auf der rechten Seite, ist der 'Long Pool', das grösste der fünf permanenten Wasserlöcher.«

Jed sah eine Zebraherde, die sich auf die stehende, braune Wasserfläche zu bewegte. Der Hengst, der sie anführte, schaute sich nervös nach lauernden Bestien um. Sie durchquerten eine offene Ebene mit goldenem Gras, auf der Impalaherden und einige Wasserböcke standen und wo komische kleine Warzenschweine beim Geräusch des Land Rovers die Flucht ergriffen, wobei sie ihre Schwänze wie Funkantennen in die Höhe streckten. Chris bog von der Hauptstrasse nach links auf eine schlecht ausgefahrene Piste ab, die durch eine Reihe trockener Bachbette führte und dabei immer wieder anstieg und abfiel. Das Fahrzeug schaukelte und schwankte, so dass Jed sich am Armaturenbrett festhielt. »Was für eine Strasse.«

»Sie sollten sie während der Regenzeit sehen.«

»Das muss ein ganz besonderer Ort sein, an den wir fahren, denn ich hätte nicht gedacht, dass der Blick auf den Fluss bei Sonnenuntergang übertroffen werden könne«, sagte Jed.

»Sagen Sie mir, wenn wir dort sind, was Sie denken.«

Ein paar Minuten später lenkte Chris das Fahrzeug von der Strasse und in den Schatten einer Baumgruppe. »Kommen Sie mit, es ist gleich auf der anderen Seite der Büsche.«

Jed war sprachlos. Im Gegensatz zu den anderen Wasserlöchern, die er im Park gesehen hatte, war hier das Wasser tiefblau. Es bedeckte eine Fläche, die etwa halb so gross wie ein Fussballfeld war, und seine linke Seite wurde von einem grossen Baum dominiert, dessen massive Äste so schwer mit riesigen Vogelnestern behangen waren, dass sie sich bis fast zur Wasseroberfläche neigten. Die untergehende Sonne schwebte wie ein riesiger Märchenkürbis über den Bäumen und die spiegelglatte Oberfläche fing ihre Reflexion perfekt ein. Die Kombination aus Wasser, Bäumen, Sonnenuntergang und einem einsamen Elefantenbullen, der sich langsam der anderen Seite des lebensspendenden Sees näherte, zeigte die ganze Schönheit Afrikas auf einen einzigen Blick.

Chris öffnete den Kofferraum des Land Rovers und holte die Kühlbox und eine Picknickdecke heraus. Sie legte diese hin und die beiden setzten sich dicht nebeneinander hin.

»Miranda hat mir einmal in einer E-Mail geschrieben, dies sei ihr Lieblingsort geworden«, sagte Chris.

»Ja, ich verstehe warum. Danke, dass Sie mich hergebracht haben.«

»Können Sie uns als Gegenleistung eine Bierflasche öffnen?«

»Ein bescheidener Preis, den ich sehr gern bezahle.« Jed schlug die Deckel von zwei eiskalten 'Sambesi Lager' ab und reichte Chris eine der schäumenden Flaschen.

Sie wischte den überquellenden Schaum mit dem Finger weg, hob diesen zum Mund und leckte ihn ab.

Jed merkte, dass er sie anstarrte.

Sie lächelte. »Man darf keinen Tropfen verschwenden.«

»Auf Afrika«, sagte er und hob seine Flasche.

»Nein, auf Miranda«, widersprach sie.

»Auf Miranda.« Sie stiessen mit den Flaschen an und Jed blickte auf das friedliche Wasserloch. »Ich habe mich heute von ihr verabschiedet, Chris.«

»Ich weiss und glaube, es ist das Beste, Jed. Es war gut, dass Sie den ganzen Weg hierhergekommen sind und herausgefunden haben, wie sie gelebt und was sie gemacht hat.«

»Ich weiss über beides immer noch nicht sehr viel, bereue es aber keineswegs, hergekommen zu sein.«

»Ich auch nicht. Äh, ich meine, ich freue mich, dass Sie hier sind, auch wenn ich anfangs vielleicht etwas abweisend war.«

»Ich weiss, dass es auch für Sie schwierig war, Chris.«

»Sie war meine Freundin. Nein, mehr als das. Miranda war ...

Nun, wenn ich geheiratet und eine Tochter bekommen hätte, wünschte ich mir, sie sei genau wie Miranda gewesen.«

Jed bemerkte, dass Chris blinzelte und fragte sich, ob sie gegen Tränen ankämpfe. Er stellte sein Bier auf den Boden und legte seine Hand auf ihre Schulter.

Sie lehnte sich an ihn und er legte den Arm um sie. Chris legte ihre Wange an Jeds Schulter und schaute einige Sekunden lang auf das Wasserloch. Als sie ihm ihr Gesicht zuwandte, küsste er sie zärtlich, worauf sie ihre Arme um seinen Hals legte, ihn näher zu sich zog und die Lippen öffnete, als er sie erneut küsste.

Jed spürte, dass ihre Zunge in seinen Mund drang und ihren Duft einzuatmen, erregte ihn. Es war Monate her, dass er mit einer Frau zusammen gewesen war und er verspürte den verzweifelten Wunsch, sobald er nur konnte, jeden Zentimeter von Christine Wallis zu erkunden. Er lehnte sich zurück und sie liess sich zu ihm auf die Decke sinken. Seine Hand streichelte ihren Hals und wanderte dann zu ihrer Brust. Sie wehrte sich nicht, also öffnete er die Knöpfe ihrer Bluse und schob eine Hand hinein. Er spürte, dass ihr Herz raste, als seine schwielige Handfläche über ihre härter werdende Brustwarze strich. Jed schaute sich um und über seine Schulter. »Kommt hier jemand?«

»Nur ich, wenn du so weitermachst«, kicherte sie.

Jed lächelte und küsste sie erneut. Sie bewegte ihre Hand zu seiner Hose, umklammerte ihn und hakte ihre Finger in den Hosenbund. Sie hatte Jed zum Wasserloch geführt, brauchte ihm aber nicht zu zeigen, wie er trinken solle. Er öffnete die restlichen Knöpfe, befreite eine Brust aus ihrem BH und saugte gierig an einer Brustwarze.

Chris schloss die Augen und genoss sowohl das Gefühl wie auch seinen Geruch. Jed öffnete zuerst den Gürtel, dann den Knopf und schliesslich den Reissverschluss ihrer Shorts. Sie hob ihre Hüften vom Boden hoch, damit er ihre Hose herunterschieben konnte. Sie zog sie über ihre Stiefel und er küsste sich langsam über ihren glatten, gebräunten Bauch hinunter. Chris versuchte, sich umzudrehen, aber Jed legte ihr eine Hand auf den Bauch, die er anschliessend zwischen ihre Schenkel wandern liess. Sie zog ihre Knie an und fuhr mit ihren Händen durch sein Haar, während er das Dreieck ihres Tangas zur Seite schob, so dass er ihre geschwollenen Lippen erreichen und mit seiner Zungenspitze teilen konnte.

»Oh, mein Gott«, hauchte sie.

Es war so lange her, dass er eine Frau gekostet hatte, dass ihn ihr moschusartiger Geruch fast überwältigte. Seine Erektion dehnte seine Hose und sehnte sich nach Erlösung. Chris presste sich gegen seine Zunge und sein Gesicht und er spürte, wie sich ihre Schenkel um ihn zu schliessen begannen.

Er hob den Kopf und sah, dass ihre Augen fest geschlossen waren. Sie spürte seinen Blick, öffnete die Augen und schaute über ihren Körper hinweg zu ihm hinunter. Jed rollte sich auf die Seite, kroch die Decke hinauf und ersetzte seine Zunge durch seine Finger. Aber sie nahm sanft seine Hand und schob sie weg. Sie griff nach dem Reissverschluss, befreite ihn und schaute ihm voller Begehren in die Augen, während sie ihn streichelte. »Ich will dich«, sagte sie, senkte ihren Mund auf ihn und jetzt war es an ihm, sich in Ekstase zurückzulegen.

Als er spürte, dass er sich dem Höhepunkt näherte, zog er sie neben sich auf die Decke, bewegte sich zwischen ihre Beine, spreizte sie weit, rieb ihre Perle und hielt unvermittelt inne. »Verdammt«, sagte er.

»Was ist los, Jed?«

»Ich habe kein Kondom.«

»Das ist mir egal, Jed.« Da sie immer Safer Sex praktizierte, nahm sie keine Antibabypille, konnte sich aber nicht erinnern, sich je so sehr nach einem Mann gesehnt zu haben. Also war sie bereit, es zu riskieren.

Jed war sich der Risiken bewusst, die der einfache Geschlechtsakt heutzutage mit sich brachte, aber auch ihn machte das Verlangen blind. Er legte sich zu ihr und drang mit einem langen, sanften Stoss in sie ein. Chris keuchte, als er sie ausfüllte, von der schnellen Art, mit der er sie genommen hatte, erregt und wissend, dass sie ihm nachgeben würde. Das Wissen, sein nacktes Glied in sich zu spüren, steigerte ihre Erregung zusätzlich. Sie hob ihren Hintern, presste sich gegen ihn, schlang dann ihre Beine um seinen Rücken und zog ihn noch tiefer in sich hinein.

Er stiess härter und schneller in ihren Körper, küsste ihren Mund, ihren Hals und ihre Wangen. Als er erneut spürte, dass er kurz vor dem Ende war, hielt er inne, um ihren Höhepunkt so lange wie möglich hinauszuzögern. »Steig auf mich«, bat er sie.

Chris setzte sich rittlings auf ihn und sah ihm in die Augen, während sie sich langsam auf ihn herabliess. »Mmm, du fühlst dich gut an«, sagte sie. Sie hob sein T-Shirt hoch, legte ihre Hände auf seine Brust und krallte ihre Finger in das gekrauste, goldene Haar, während sie sich auf ihm hob und senkte. Jed drängte sich in sie, bewegte seine Hände zu ihren Brüsten und saugte abwechselnd an beiden Brustwarzen. Ihre Körper waren schweissnass und ihre Paarung so normal und natürlich wie die anderer Kreaturen in der afrikanischen Wildnis.

»Ich komme gleich«, warnte er sie, falls sie von ihm ablassen wollte.

Chris atmete jetzt schneller. »Ja, komm in mir«, flüsterte sie.

Anschliessend lagen sie still und erschöpft auf der Picknickdecke und die sanfte Abendbrise kühlte den Schweiss auf ihren Körpern. Jed griff hinüber und strich Chris eine feuchte Haarsträhne aus dem Gesicht. »Ich muss bald abreisen, wahrscheinlich morgen«, sagte er.

»Ich weiss.«

»Unser Leben ... Es ist schwer zu sagen, wann wir uns wiedersehen werden.«

»Wann, oder ob?«

»Ich würde dich gern wiedersehen, wenn wir es schaffen.«

»Man hat mir eine Lehrtätigkeit in Virginia angeboten, die im nächsten Herbst beginnt«, sagte Chris, ein Bein über seines gelegt, um den Kontakt zu ihm nicht zu verlieren.

»Virginia? Auch hinter mir sind ein paar Leute in Langley schon eine Weile her.« Er lachte ein wenig über diese Enthüllung.

»CIA?«

»Andere Regierungsstellen, pflegten wie wir in Afghanistan zu sagen. Die Agentur ist immer auf der Suche nach Ex-Militärs, denn sie bauen wieder ihre eigene kleine Privatarmee auf, genau wie in den Sechzigern.«

»Und was hältst du davon, die Armee zu verlassen?«

Er lachte wieder. »Ich habe schon mehr als genug Kriege mitgemacht, Chris und ein bisschen Zeit zu Hause würde mir bestimmt nicht schaden. Ausserdem glaube ich, ich könnte den einen oder anderen Trick weitergeben, der den zukünftigen Neulingen helfen könnte.«

»Ich glaube, du wärst ein toller Lehrer«, sagte sie.

»Würdest du mich, wenn wir beide in Virginia leben würden, wiedersehen wollen, oder sind es nur die Zeit, der Ort und die Umstände, die hier zusammenkommen?«

»Sag du es mir.«

Er sah einen Moment lang nachdenklich aus. »Ich kann nicht vergessen, was hier passiert ist und wie wir uns kennengelernt haben, aber auf eine komische Art und Weise wäre das in Ordnung. Ich habe Miranda nicht sehr lange besser gekannt und möchte meine Tochter nicht vergessen. Du würdest mich jeden Tag an sie erinnern – auf eine gute Art, meine ich.«

»Geh nach Hause, besuch deine Ex-Frau und lass Mirandas Andenken in Ehren ruhen. Schick mir eine E-Mail, wenn du darüber nachgedacht hast, ob du dir vorstellen kannst, in Virginia zu leben, dann könnten wir uns in den Staaten treffen und überlegen, wie es weitergeht. Ich bin mir zu neunundneunzig Prozent sicher, dass ich den Lehrerjob annehme.«

»Und was müsste geschehen, damit du dir hundertprozentig sicher wärst?«

»Das«, sagte sie, umschloss ihn mit ihrer Hand und rollte sich erneut auf ihn.

14

———

»Ihre Reiseroute ist bestätigt, General. Sie fliegen wie geplant am Dienstag ab Dallas.«

»Danke, Janey«, sagte Generalleutnant Donald 'Crusher' Calvert zu seiner zivilen persönlichen Assistentin. Er hatte die Vorstellung aufgegeben, seine Mitarbeitenden könnten sich daran gewöhnen, ihn jetzt, wo er im Ruhestand war, mit seinem Vornamen anzusprechen. »Steht heute etwas in der Zeitung?«

»Sie finden die Zeitungsausschnitte in Ihrem E-Mail-Posteingang, Sir. Der von der *Post* ist interessant.«

»Interessant?«

Sie zog einen Ausdruck aus einem Stapel anderer Zeitungen in ihrer linken Armbeuge und sagte: »Die Schlagzeile lautet: *GEHT MISTER CRUSHER NACH WASHINGTON,* Fragezeichen«.

»Sehr witzig. Was steht da noch?«

»*Gemäss namentlich nicht genannten Quellen wird der pensionierte General Donald 'Crusher' Calvert im Vorfeld der Wahlen von nächstem Jahr von der Republikanischen Partei als potenzieller Kandidat für den Kongress angesehen. Calvert, 54, Vietnam-Kriegsveteran und ehemaliger Kommandeur des 18. Luftlandekorps sowie zuletzt der Koalitionstruppen in Afghanistan, erregte die Aufmerksamkeit und das Interesse der Öffentlich-*

keit während der Invasion im Irak und der anschliessenden Operationen gegen extremistische islamische Terroristen in der ganzen Welt als schnell und hart redender Pentagon-Sprecher. Soll ich Sie jetzt mit 'Abgeordneter' anreden, Sir?«

»Glauben Sie nicht alles, was Sie in der Zeitung lesen, Janey. Für den Moment können die Machenschaften hinter den Kulissen von Hill warten.« Zuerst wollte er auf die Jagd gehen. Er lehnte sich in seinem ledernen Bürostuhl zurück und öffnete eifrig die Mappe, die Janey vor ihn gelegt hatte. Endlich Urlaub, sein erster seit drei Jahren. »Wie ich sehe, haben wir bei der Safari keine Zeit verloren, obwohl wir das Land gewechselt haben«, sagte er, während Janey einen Stapel Akten aus seinem Ablagefach räumte.

»Nein, Sir. Ich habe mich bei den Reiseleitern sehr dafür eingesetzt, dass der neue Ablauf Sie vor Ort keine Zeit kostet.«

»Gut, gut.«

»Ich mache mir immer noch Sorgen um Sie, Sir.«

»Oh, das ist bestimmt nicht nötig, Janey. Sambia mag nicht das sicherste Land der Welt sein, aber es ist einer der wenigen Orte, an denen ich noch Grosswild jagen kann. Das Gebiet, in das ich fahre, ist so abgelegen, wie es heutzutage in Afrika nur sein kann, also besteht kein Risiko von politischen Unruhen oder Ähnlichem.«

»Ich weiss, Sir. Ich habe die Sicherheitsbeurteilungen gelesen, die übrigens auch in der Mappe sind. Dennoch denke ich, Sie wären auf den Bahamas oder vielleicht in Australien besser aufgehoben.«

Er lachte. »An solchen Orten würde ich gemobbt und wahrscheinlich erst noch aus den falschen Gründen. Nein, das ist meine Chance, dem Ganzen zu entkommen, und jeder, der versucht, mich aufzuhalten, soll zur Hölle fahren.«

»Ja, Sir. Aber glauben Sie, die Bombenanschläge in Tansania haben in nächster Zeit irgendwelche Auswirkungen auf andere Länder Afrikas?«

»Das ist diese Sache mit den Terroristen, Janey, man weiss nie, wo sie als Nächstes zuschlagen. Wir können uns nur auf die Einschätzungen der CIA und des Aussenministeriums verlassen. Ich kann mich aber auf keinen Fall über das ausgesprochene Reiseverbot für

Tansania hinwegsetzen, denn das hiesse, der derzeitigen Regierung in den Rücken zu fallen und eine falsche Botschaft an amerikanische Touristen zu vermitteln.«

Dass die Lodge in Sambia seine erste Wahl für die bevorstehende Reise gewesen war, bedeutete eine Ironie des Schicksals. Botswana, wo er zum ersten Mal in Afrika gejagt hatte, stand nicht mehr auf seiner Liste möglicher Safariziele, weil die dortige Regierung die kommerzielle Jagd auf Grosswild vor Kurzem verboten hatte und sich nur noch auf den Tourismus konzentrieren wollte.

Er hatte in Südafrika gejagt, doch die unsportliche Löwenjagd, zu der er mitgenommen worden war, hinterliess bei ihm keinen guten Eindruck. Das Tier hatte zwar eine ansehnliche Mähne, war aber so alt und bedächtig, dass es aussah, als erleide es bald einen Herzinfarkt oder sterbe gleich eines anderen natürlichen Todes, wenn er es nicht von seinem Elend erlöse. Obwohl der Besitzer der Lodge dies leugnete, hatte er den Verdacht, das Tier sei vor seiner Ankunft unter Drogen gesetzt worden, denn alles lief ein wenig zu glatt. Er wusste, dass einige südafrikanische Jagdfarmen in den Medien als 'Käfigjäger' entlarvt worden waren, bei denen die Tiere keinerlei Chancen hatten, dem Jäger zu entkommen. Er hingegen suchte eine echte Herausforderung, einen Vergleich zwischen Mensch und Tier, bei welchem Verstand, Ausdauer und Mut notwendig waren. Allerdings brauchte er dafür einen wirklich wilden Ort.

Bei einer Cocktailparty hatte ihm ein Admiral im Ruhestand 'Wylde Heart Safaris' in Sambia empfohlen und kurz darauf buchte er seinen Jagdurlaub, musste diesen aber später, nach einem Anruf des Aussenministers, stornieren. Der Minister, ein ehemaliger Offiziersfreund, mit dem Calvert in Vietnam gedient hatte und der von seiner bevorstehenden Pensionierung wusste, hatte ihn gebeten, ihn zu einer regionalen Sicherheitskonferenz in Dar es Salaam zu begleiten.

»Sie können nach der Konferenz immer noch auf Safari gehen, Donny«, hatte ihm der Minister versichert, »aber ich brauche Sie dort, um die Delegierten über unsere weltweiten Operationen gegen Al Qaida ins Bild zu setzen.«

»Ja, Sir«, hatte Calvert respektvoll geantwortet und dann hinzugefügt: »Ich fühle mich geehrt, aber Sie wissen sicher genauso viel über unsere derzeitigen Bemühungen wie ich.«

»Soll ich es Ihnen buchstabieren, Crusher, altes Haus? Sie sind heutzutage das öffentliche Gesicht des Kriegs gegen den Terror, also werden die Politiker und Soldaten dort Ihre Meinung respektieren. Ausserdem wird Ihnen die Publicity bestimmt nicht schaden. Nach der Konferenz gehen Sie eine Woche lang auf die Jagd und nachdem ich in Kenia und Uganda ein paar frohe Botschaften überbracht habe, fliegen Sie mit mir zurück.«

Seine Mitarbeiter hatten die Änderungen vorgenommen, sie aber nun, wenige Tage vor der Konferenz, wieder rückgängig gemacht. Das Aussenministerium und die CIA hatten ihn über ein Komplott, mit dem Ziel, das Flugzeug des Ministers in Mombasa abzuschiessen, unterrichtet. Er hörte, ein kürzlich gefangen genommener pakistanischer Häftling in Guantanamo Bay habe Einzelheiten eines terroristischen Plans enthüllt, der koordinierte Angriffe auf Flugzeuge in Afghanistan und Afrika vorsah, für die bis zu sechs von der Schulter aus abgefeuerte Boden-Luft-Raketen zur Verfügung ständen. Damit wolle die Terrororganisation beweisen, dass sie in der Lage sei, gleichzeitig in verschiedenen Teilen der Welt Operationen durchzuführen. Es waren diese Erkenntnisse, die zur Razzia der US-Spezialeinheiten auf dem Gelände in Afghanistan geführt hatten, bei der zwei der Raketen sichergestellt wurden. Zwei weitere Raketen wurden vor der Küste von Mombasa durch ein mit einer Hellfire-Rakete bewaffnetes unbemanntes Predator-Luftfahrzeug der CIA bei einem Angriff auf eine Dhau zerstört und gleichzeitig zwei Terroristen unschädlich gemacht. Trotz dieses Sieges, der noch immer nicht öffentlich bekannt gegeben worden war, hatten mehrere afrikanische Staatschefs, die ihre Teilnahme an der Konferenz zugesagt hatten, ihre Anmeldung zurückgezogen und schliesslich war die ganze Veranstaltung abgesagt worden. Calvert war der Meinung, die Tatsache, dass zwei der Flugabwehrraketen aus Pakistan immer noch nicht gefunden worden waren und sich möglicherweise irgendwo in Afrika befanden, trage zur Nervosität der afrikanischen Politiker bei.

Zuerst war Calvert verärgert über die Absage und den Verlust der Möglichkeit, sich auf der Weltbühne als etwas anderes zu präsentieren, als in seiner vielbeschworenen Rolle des Frontmanns für die Taten anderer Soldaten auf dem Schlachtfeld und desjenigen, der die steigende Zahl der Toten im Irak erklären musste. Seine Enttäuschung wurde jedoch durch das Wissen gemildert, mehr Zeit für die Jagd zu haben und seine Safari, wie er es sich gewünscht hatte, dennoch in Sambia durchführen zu können.

Er lächelte, als er die überarbeitete Reiseroute in der Mappe durchblätterte. Er flog nach Lusaka, Sambias Hauptstadt, wo er an seinem ersten Tag dem Präsidenten des Landes einen privaten Höflichkeitsbesuch abstattete. Nach dieser offiziellen Verpflichtung begann er seine Safari ernsthaft und flog in einem Leichtflugzeug zu Willy Wyldes privater Jagdkonzession am Rande des Lower Zambezi National Park im Südosten des Landes.

Er blätterte in einer Farbbroschüre, die Bilder von zufriedenen Jägern zeigte, viele von ihnen Amerikaner, die neben ihren erlegten Trophäen sassen oder in einigen Fällen sogar rittlings auf ihnen thronten. Auf dieser Reise wollte er einen Büffelbullen und einen Leoparden erlegen, zwei der 'Big Five', die ihm auf seinen letzten beiden Safaris entgangen waren. Neidvoll blickte er auf das Foto eines Arztes aus New Jersey, der neben einem solide gebauten Leoparden kniete. Er beschloss, falls er seine Jagdquote frühzeitig erfülle, zu versuchen, eines der anderen grossen und schlauen Raubtiere Afrikas zu fangen, nämlich den kampfstarken Tigerfisch.

»Das wird grossartig und wenn ich zurückkomme, werde ich Ihnen ein Leopardenfell und einen ausgestopften Tiger zeigen!«

»Ein Tiger?«

»Ja, das ist ein Tigerfisch.«

»Ja, Sir.« Die Sekretärin runzelte über die Begeisterung ihres Chefs die Stirn. So sehr sie ihn auch bewunderte, so sehr lehnte sie das Töten von Tieren zu Sportzwecken ab.

»Janey, ich weiss, dass Sie die Jagd nicht mögen, aber es ist nicht so schlimm, wie die verflixten Hasenfreunde es immer darstellen.«

Sie konnte nicht widerstehen, den Köder zu schlucken. »Erklären Sie das dem Leoparden, den Sie erschiessen wollen, Sir.«

Er schüttelte den Kopf. »Die Jagd ist das Lebenselixier einiger bedürftiger Gemeinden in Afrika, Janey. Wenn sie ihre Wildtiere nachhaltig bewirtschaften, sorgen sie dafür, dass harte Währung ins Land kommt, die den Menschen vor Ort Arbeitsplätze und Wohlstand verschafft.«

»Ja, aber es ist nicht *ihre* Wildnis, die sie bewirtschaften müssen, Sir, denn die Wildtiere der ganzen Welt gehören uns allen.«

Er hatte schon mit vielen Leuten darüber diskutiert und war, wenn er ehrlich war, immer davor zurückgeschreckt, seinen Standpunkt zu energisch zu vertreten. Er wusste, dass er, wenn er in der Politik Karriere machen wollte, seine Jagdleidenschaft für sich behalten musste, denn sonst würde er einen zu grossen Teil der Wählerschaft vor den Kopf stossen, befürchtete er. Dennoch liess er es sich nicht nehmen, seiner temperamentvollen und nicht unattraktiven Assistentin einen Vortrag über seine Passion zu halten. »Janey, ohne die Jagd gäbe es die grossen Wildparks der Welt nicht. Grosse Reservate wie der Krüger-Nationalpark in Südafrika wurden von Regierungen gegründet, die erkannten, dass sie die Wildtiere für künftige Generationen schützen und erhalten müssen.«

»Ja, Sir, aber davor haben Jäger fast alle Wildtiere ausgerottet.«

»Zugegeben, aber unverantwortliche Jäger, Janey, Wilderer. Menschen, die für Geld alles töten, was sich bewegt, und dabei die Auswirkungen auf die Zukunft der Arten ausser Acht lassen. Heute ist die Jagd auch wichtiger Bestandteil des Wildtiermanagements. In einigen Reservaten müssen Tiere wie Elefanten getötet werden, weil es zu viele von ihnen gibt. Die kontrollierte Tötung hilft bei der Bewirtschaftung der Tierpopulationen und verschafft Menschen, die dies brauchen, ein Einkommen.«

»Das sind alles gute Argumente, Sir, aber Sie wissen, dass ein grosser Teil der Bevölkerung Ihnen niemals zustimmen würde. Der Presse wird es auch nicht gefallen, General. Sie wissen, dass diese Ihre früheren Jagdsafaris als falsches Signal für den Rest Afrikas kritisiert hat.«

»Was die Presse sagt, ist mir völlig egal, Janey.«

»Ja, Sir«, sagte sie, denn sie wusste, dass es nichts brachte, die Diskussion zu verlängern. »Haben Sie gesehen, dass der Staat Ihnen zum persönlichen Schutz während Ihrer Safari zwei Geheimdienstler zugeteilt hat? Ich habe gehört, der Aussenminister habe die Anordnung selbst getroffen.«

»Ja, ich habe es gesehen und bin nicht glücklich darüber.« Er hätte nicht gewollt, dass jemand anderes ihn auf seiner Reise begleitete, war aber klug genug, zu erkennen, dass er als Person des öffentlichen Lebens den gewährten Schutz in Anspruch nehmen musste. Möglicherweise wollte der Minister ihm damit sagen, er solle sich an die Insignien eines hohen Amtes gewöhnen, egal wie unbequem und einschränkend sie sein mochten.

15

———

Chris wusste nicht, wie sie zu Jed Banks stand, und das ärgerte sie.

Sie hielt sich die Hand vor die Augen, um sie vor der hellen Morgensonne abzuschirmen, die durch die vergitterten Fenster hereinströmte. Sie konnte ihn auf dem Kissen neben sich riechen, auf den feuchten Laken, auf sich, sogar in sich. Sie hatte ihn in ihren Körper gelassen, aber er war auch in ihren Geist eingedrungen, was sie erzürnte. Nun wollte er sie verlassen und das machte sie traurig. Noch nie hatte sie sich so schnell und so vollständig in einen Mann verliebt und sie fühlte sich verloren, wütend, glücklich, verwirrt und komplett ausser Kontrolle – alles gleichzeitig.

Er hatte kein Kondom benutzt und sie hatte dies so gewollt, auch nicht, nachdem sie ins Haus zurückkehrten, wo sie sich nach dem Abendessen noch einmal liebten, und noch ein weiteres Mal vor einer halben Stunde am Morgen. Sie kam sich dumm vor. Sie ging nicht davon aus, dass er irgendwelche sexuell übertragbaren Krankheiten in sich trug – obwohl man bei Soldaten nie wusste –, aber sie benutzte auch keine andere Form der Verhängnisverhütung. Was, wenn sie schwanger wurde? Seltsamerweise stiess sie der Gedanke daran nicht mehr so sehr ab wie früher.

»Reiss dich zusammen!«, flüsterte sie, worauf draussen, irgendwo im Fluss, ein Nilpferd sie mit seinem Rufen, das wie das vergnügte Lachen aus dem dicken Bauch eines fetten Mannes klang, verhöhnte.

Sie kniff die Augen gegen das unbarmherzige Sonnenlicht zusammen und versuchte zu begreifen, warum sie ihm verraten hatte, dass sie den Job in Virginia in Betracht ziehe, und weshalb sie ihn geradezu eingeladen hatte, mit ihr zusammenzuziehen. Sie hörte, wie Jed im Nebenzimmer seinen Rucksack packte. Er ging weg, was die Sache für eine Weile erleichterte, obwohl sie wusste, dass sie ihn vermissen würde. Sie hätte am liebsten geweint und hasste es, dass er ihr das Gefühl gab, so verkorkst zu sein.

Sie war geistig, körperlich und emotional ein Wrack. Sie musste duschen und wieder an die Arbeit gehen, statt herumzuliegen und an einen Mann zu denken. Sie zog sich ein T-Shirt und eine Jeansshorts an und schnappte sich ein Handtuch.

»Hallo, meine Hübsche«, begrüsste er sie und drehte sich um, als er ihre Schritte auf dem Holzbalkon vor seiner Tür hörte.

Er lief zu ihr hin, nahm sie in seine Arme und küsste sie. Sie lehnte ihren Kopf an seine Schulter, umarmte ihn und schmiegte ihren Körper an seinen. Sie passten so gut zusammen. Er küsste ihr Haar, wobei ihr Herz und ihre Entschlossenheit dahinschmolzen.

»Moses ist in einer Minute hier«, warnte er sie.

»Dann machen wir schnell«, gab sie zurück und lachte über ihre eigene Verwegenheit.

»Ich bezweifle, dass ich nach letzter Nacht und heute Morgen überhaupt noch etwas schaffe«, erklärte er, obwohl sie beide spürten, wie er sich in seiner Jeans regte. Sie sah zu ihm auf und lächelte.

»Genug jetzt, ich muss heute noch mit dem Geländewagen zurück nach Harare fahren.«

»Und ich muss mich auch organisieren und mich auf den Weg zurück nach Südafrika machen.«

»Ich wünschte, ich könnte länger bei dir bleiben.« Er strich ihr sanft eine Haarsträhne aus dem Gesicht.

»Das wünschte ich mir auch, aber vielleicht ist es so am besten.«

»Du machst so schnell Schluss mit mir?« Er zog einen Schmollmund.

»Es ist wohl eher ein Gutschein für ein anderes Mal. Aber ehrlich gesagt, weiss ich im Moment nicht mehr, was ich überhaupt fühle, Jed.«

»So geht es mir auch, aber es ist alles in Ordnung.«

»Ja, für mich auch.« Sie wandte den Blick von ihm ab.

Unten hörten sie das Rattern des Motors des Land Rovers, als Moses vorfuhr, dann das Zuschlagen seiner Tür.

»Sag Moses auf Wiedersehen von mir und dass ich noch schlafe. Ich will nicht, dass er mich so sieht. Ich fühle mich wie ein Flittchen.«

»Sei nicht albern, du siehst wunderschön aus und könntest niemals wie ein Flittchen aussehen.«

Sie lehnte sich näher an ihn heran und flüsterte ihm ins Ohr: »Für dich möchte ich alles sein, was du willst, Soldat.«

Er lächelte. »Gut, dann sei meine E-Mail-Freundin, bis du wieder in den Staaten bist, ja?«

»Abgemacht«, sagte sie. »Ich werde dich vermissen.«

»Ich dich auch.«

Sie küssten sich leidenschaftlich, und schliesslich war es Chris, die den Kontakt abbrach. Jed schulterte seinen Rucksack und die schmale Holztreppe von der Veranda hinunter knarrte unter dem zusätzlichen Gewicht. Als er auf halbem Weg nach unten war, blickte er über die Schulter zurück und sah sie vor seinem Zimmer, dort, wo er sie verlassen hatte, stehen.

Bilder ihres Liebesspiels schossen ihm durch den Kopf, er sah ihr vor Lust verzerrtes Gesicht vor sich, hörte ihre Laute und spürte ihren Geschmack. Er hatte diese Situation schon mehr als einmal erlebt, aber ausser bei Patti in den ersten Tagen, hatte er sich jedes Mal umgedreht, war weggegangen und hatte das Mädchen nie wieder gesehen. Er genoss die Gesellschaft von Frauen, aber sein Lebensstil und seine Karriere passten nicht zu einer langfristigen Beziehung – das hatte er bei Patti und Miranda auf die harte Tour gelernt. In den jüngeren Jahren hatte er den Nervenkitzel der Jagd genossen, eine Frau als Beute ins Bett zu bekommen, doch mittlerweile waren seine Tage als Schürzenjäger längst vorbei. Seit Patti hatte er einige Frauen getroffen, die nur auf Sex aus waren, ohne Bedingungen zu stellen. Das war für ihn in Ordnung gewesen, doch nach solchen Begegnungen war in ihm eine Leere zurückgeblieben und das Gefühl, unerwünscht zu sein.

Wollte er Chris Wallis wirklich wiedersehen? Ja, darüber war er sich sicher. Jedenfalls war der Sex fantastisch gewesen. Ihre Körper und ihr Geist schienen perfekt aufeinander abgestimmt zu sein, so dass sie intuitiv die Bedürfnisse und Vorlieben des anderen erahnt hatten. Ausserdem hatte er nicht gelogen, als er sagte, er wolle mit ihr in Kontakt bleiben, denn sie stellte eine dauerhafte Verbindung zu Miranda dar. Das war natürlich keine Grundlage für eine Beziehung, aber er wollte sie von vornherein wissen lassen, dass er sie nicht mehr für Mirandas Tod verantwortlich machte.

Er lächelte zu Chris zurück und rief: »Sobald ich zu Hause bin, schaue ich meine E-Mails an.«

»Mach das schon, wenn du in Johannesburg bist. Ich schicke dir bereits heute Abend eine.«

Er blieb mitten in der Bewegung stehen. Im Sambesi-Tal funktionierten Mobiltelefone nicht und in der Lodge gab es keine herkömmliche Telefonleitung. »Du hast mir gar nicht gesagt, dass du ein Satellitentelefon hast.«

Sie versuchte, die Röte zu unterdrücken, die ihr ins Gesicht stieg, aber es gelang ihr nicht. »Du hast auch nicht gefragt. Verpass deine Mitfahrgelegenheit nicht und verschwinde jetzt von hier, Jed Banks, bevor ich dir die Kleider vom Leib reisse.«

Er lachte und winkte erneut, merkte aber, dass sie den Scherz gemacht hatte, um ihre Verlegenheit zu überspielen. »Hi, Moses, wie war Ihr Abend?«, fragte er, als er den Fremdenführer im Wohnzimmer bemerkte, hörte aber der Antwort des Mannes nur halb zu. Er mochte sich in Chris verliebt haben, jedenfalls in sexueller Hinsicht und vielleicht auch in etwas Tieferem, hatte aber immer noch das Gefühl, sie verheimliche ihm etwas.

»Gut, danke. Haben Sie alles gepackt?«

»Gepackt und für die Heimreise bereit«, sagte Jed, laut genug, dass Chris ihn von oben hören konnte.

CHRIS VERPASSTE sich selbst mentale Tritte, zuerst, als sie duschte, dann noch einmal, als sie saubere Kleidung anzog. Jed hatte sie bei einer Lüge ertappt, weil sie eine Närrin war und dies zugelassen hatte, was bedeutete, dass ihre Gefühle für ihn ihre Arbeit beeinträchtigten.

Sie kramte in ihrer Tasche nach ihrem Notizbuch und suchte die Nummer von British Airways in Johannesburg heraus. Sie flog so häufig, dass sie ihre Kundennummer zur Hand haben musste. Sie baute die tragbare Satellitenantenne und das Telefon wieder auf und wählte die Nummer. Eine Frauenstimme meldete sich und Chris sagte: »Guten Morgen, ich rufe im Auftrag meines Mannes an, Jed Banks. Er möchte, dass ich seine Buchung für den morgigen Flug von Harare nach Johannesburg bestätige, bitte.« Chris vermutete, Jed fliege nicht mit der als weniger zuverlässig bekannten Air Zimbabwe, sondern mit der Comair, einer Tochtergesellschaft von British Airways.

»Einen Moment, Madam«, sagte die Reservierungsbeamtin. »Tut mir leid, das muss ein Irrtum sein, ich finde keinen Jed Banks, der für den morgigen Flug gebucht ist.«

»Oh, ich Dummerchen, ich meine übermorgen«, sagte Chris.

»Nein, auch auf diesem Flug finde ich ihn nicht. Vielleicht bitten Sie ihren Mann, uns zurückzurufen, damit wir die Sache klären können.«

Chris legte auf. Sie fühlte sich bezüglich des Verschweigens des Satellitentelefons etwas besser, denn offensichtlich hatte er ihr im Gegenzug ein falsches Abreisedatum angegeben. Sie fragte sich, was er vorhabe, und hoffte inständig, er tue nicht dasselbe wie sie. Sie blätterte durch einen Stapel ausgedruckter E-Mails, die Miranda ihr während ihrer Zeit in Simbabwe geschickt hatte, und fand das Blatt, auf der mit einem signalgelben Textmarker eine Telefonnummer übermalt war. Sie stellte die internationale Vorwahl für Sambia voran und wählte die Nummer.

»Crescent Moon Safari Lodge, guten Tag«, antwortete eine Männerstimme.

»Guten Morgen, könnte ich bitte mit Hassan bin Zayid sprechen?«, fragte Chris.

»Es tut mir sehr leid, aber Herr bin Zayid ist im Moment nicht da.« Der Mann hatte eine tiefe Stimme und klang wie ein Schwarzer.

»Können Sie mir sagen, wann er zurückkommt?«

»Wer ist am Apparat, bitte?«

»Ich bin eine Freundin von Miranda Banks-Lewis, der Amerikanerin, die die Löwen im Sambesital erforscht hat und ...«

Der Mann unterbrach sie: »Wir waren alle sehr traurig, als wir vom Tod von Miss Miranda hörten, Madam. Sie hat uns oft besucht.«

»Ja, das hat sie mir erzählt. Sie erzählte mir von ihrer Bekanntschaft mit Herrn bin Zayid und seiner Hilfe bei ihrer Forschungsarbeit. Ich wollte ihm, wenn möglich, persönlich für alles danken, was er für Miranda getan hat, und ihm mein Mitgefühl aussprechen. Soweit ich weiss, waren sie eng befreundet.«

»Ja, das waren sie. Miss Miranda war hier sehr beliebt. Es tut mir jedoch leid, aber Herr bin Zayid ist geschäftlich in Tansania. Er war sehr betrübt über das, was passiert ist.«

»Ich verstehe. Wann kommt er zurück?«, fragte Chris erneut.

»Wir erwarten ihn erst in zwei oder drei Wochen, Madam. Wenn Sie mir Ihren Namen nennen, lasse ich ihm eine Nachricht zukommen und vielleicht kann er Sie zurückrufen.«

»Nein, ist schon gut«, sagte sie. »Ich habe die Nummer seines Büros in Sansibar und werde versuchen, ihn dort zu erwischen.«

»Sehr wohl, Madam, aber Herr bin Zayid ist auf Sansibar und in Tansania viel unterwegs, um seine anderen Geschäfte zu inspizieren und es dürfte schwierig sein, ihn zu erreichen. Sind Sie sicher, dass Sie keine Nachricht hinterlassen wollen?«

»Ja, aber trotzdem vielen Dank für Ihre Hilfe.«

»Sehr angenehm, Madam. Auf Wiedersehen.«

Es war immer noch ein loses Ende. Sie hätte gern persönlich mit

Hassan bin Zayid gesprochen, um herauszufinden, wie nahe er und Miranda sich standen. Sie fragte sich, wann genau der reiche Hotelier das Tal verlassen habe und wieder kam ihr Mort Solomon in den Sinn, der dessen Bewegungen von Sambia nach Sansibar überprüfen konnte. Sie hasste es, einen weiteren Gefallen von diesem Widerling einzufordern, sah aber keine andere Möglichkeit und wählte seine Nummer.

Während sie darauf wartete, durchgestellt zu werden, dachte sie über Jed nach. Sie fragte sich, ob eine Beziehung zwischen zwei Menschen, die sich, insbesondere nachdem sie sich gerade leidenschaftlich geliebt hatten, so leicht belogen, wirklich reifen könne. Sie war bereit, es zu versuchen, dachte sie. Vielleicht.

»Was?« rief Jed aus.

»Ja, der Name des Mannes ist Hassan bin Zayid«, wiederholte Moses, während Jed fuhr.

»Was zum Teufel? Ein Araber?«

»Was ist so schlimm an Arabern? Ich war selbst eine Zeit lang Muslim.«

Jed ignorierte das wiehernde Zebra, das am Long Pool zum Trinken kam, während der Land Rover über die gewellte Schotterstrasse ruckelte. »Was meinen Sie damit, dass Sie ein Muslim gewesen seien?«

»Muhammad Ali, der Boxer, war ein Idol von mir, also konvertierte ich als Teenager zum Islam, gab aber auf, als ich den Alkohol entdeckte«, lachte Moses.

»Ich möchte nicht, dass Sie mich für rassistisch oder voreingenommen halten, bin aber ziemlich überrascht, das ist alles. Ich habe sechs Monate in Afghanistan verbracht, um arabische Terroristen zu jagen und finde jetzt heraus, dass meine Tochter mit einem zusammen war.«

»Nicht alle Araber sind Terroristen, Jed.«

»Ich weiss es und wollte damit auch nicht sagen, dieser Typ sei ein Terrorist. Was haben Sie noch über ihn herausgefunden?«

Moses hatte einen Grossteil des Abends mit dem Oberranger und zwei seiner Männer getrunken, und zusammen schienen die drei Parkwächter eine Menge über Hassan bin Zayid zu wissen. Einer der Ranger war sich sicher, der Araber habe mit der jungen Amerikanerin geschlafen, aber Moses beschloss, dies aus Rücksicht auf Jeds Gefühle nicht zu erwähnen. »Sie sagen, er sei ein guter Mann«, sagte er stattdessen.

»Und was zum Teufel soll das bedeuten?«

»Ihm gehört ein Wildreservat auf der sambischen Seite des Flusses, ein paar Kilometer flussabwärts von hier. Bin Zayid setzt sich für den Schutz von Wildtieren ein und gibt viel Geld für die Zucht seltener Tierarten in Gefangenschaft aus. Es heisst, er hat in seinem Gelände einige Spitzmaulnashörner und Geparden, die er im Lower Zambezi National Park freilassen will.«

»Schön für ihn und was hat er hier drüben gemacht?«

»Der Aufseher berichtete, Hassan finanziere Forschungsprojekte, die die Zahl der Raubtiere am unteren Sambesi, also der Löwen, Hyänen und Leoparden, herausfinden sollen. Sein Ziel sei, für die simbabwische Seite, also den Mana-Pools Nationalpark, ähnliche Zahlen zu erhalten. Deshalb treffe er sich alle paar Monate mit den Forschenden auf dieser Seite, um Populationszahlen und Trends zu vergleichen und man sagt, dabei habe er Ihre Tochter kennengelernt.«

Jed dachte über diese Information nach. Sie schien unschuldig genug zu sein. »Wie häufig haben sie sich denn getroffen?«

»Das fragte ich die Männer auch, aber der Aufseher wollte nichts sagen. Später erzählte mir einer der Ranger, dieser Mann sei nicht nur zu seinen offiziellen Besuchen gekommen.« Moses hielt den Land Rover an, um einen grossen Elefantenbullen die Strasse vor ihnen überqueren zu lassen, liess aber den Motor, für den Fall, dass der Elefant angreifen wollte, laufen. Das riesige Tier schüttelte im Vorbeigehen seinen mächtigen Kopf und liess die zerschlissenen Ohren flattern.

»Es gab also inoffizielle Besuche?«

»Ja, der Mann besitzt ein Boot und überquerte den Fluss manchmal illegal, um Ihre Tochter zu besuchen.«

»Und hat sie jemals illegal den Fluss überquert?«

»Der eine Ranger, mit dem ich gesprochen habe, sagte, er vermute, ja, sie habe den Fluss ab und zu in Hassans Boot überquert, aber der Oberaufseher wolle so etwas nicht sagen, weil es sehr gegen das Gesetz verstösst, Jed.«

»Scheisse, dann hat sie also auch die Grenzen überquert«. Jed schüttelte den Kopf. »Was haben sie noch über ihn gesagt?«

»Sie haben erzählt, er sei sehr wohlhabend. Seine Familie stammt aus Sansibar und ihm gehören zahlreiche Hotels.«

»Und wann hat man ihn das letzte Mal gesehen oder von ihm gehört, sei es offiziell oder inoffiziell?«

»Der Ranger sagte, er glaube, er sei etwa eine Woche bevor Ihre Tochter vom Löwen geholt wurde, zum letzten Mal auf dieser Seite des Flusses gewesen.«

Niemand, bemerkte Jed, nicht einmal er selbst, hielt die Behauptung aufrecht, Miranda sei einfach nur verschwunden. Es schien, als habe jemand das Urteil gefällt, sie sei tot. Er hatte das Bedürfnis, diesen Hassan bin Zayid zu treffen, und wäre es nur, um herauszufinden, was Miranda in ihm gesehen hatte. Aber was konnte eine solche Begegnung schon Gutes bringen? Er fragte sich, ob der Mann überhaupt wisse, dass Miranda verschwunden war, und wenn ja, warum er nicht über den Fluss gekommen sei, um selbst herauszufinden, was geschehen war.

»Haben Sie eine Adresse und eine Telefonnummer dieses Mannes?«, fragte Jed unvermittelt.

»Ja, habe ich.«

NACHDEM SIE DAS letzte Tor des Nationalparks passiert hatten, bogen sie links auf die Teerstrasse ab und schlängelten sich aus dem Sambesi-Tal heraus. Jed warf einen letzten Blick auf die Weite des Busches unter dem Hitzedunst. Für ihn bliebe die Schönheit dieses

Ortes immer mit den tragischen Erinnerungen an seinen Verlust verbunden.

Sie fuhren schweigend dem Steilhang entlang nach Makuti und dann die kurvenreiche Strasse hinunter, die zurück nach Kariba und in die Township Nyamhunga führte. Als Moses' Heimatstadt in Sicht kam, griff Jed in seinen Rucksack, zog das Handy heraus und schaltete es ein. Endlich konnte er das Ding wieder benutzen.

Das Display des Telefons zeigte, dass es einen lokalen Telefondienstanbieter gefunden hatte und nach einigen Sekunden ertönte ein Piepton, der Jed sagte, dass eine Nachricht eingegangen war. Er musste die Staaten anwählen, um seine Nachrichten abzurufen und eine aufgezeichnete Stimme am anderen Ende der Leitung erklärte ihm, er habe drei Nachrichten. Er spielte sie ab.

Hi Jed, hier ist Patti. Ruf mich an, wenn du kannst. Ich hoffe nicht auf Wunder, aber ich möchte wissen, was du herausgefunden hast. Wie war Professor Wallis? Wenn ich sie je treffe, bringe ich sie um, weil sie Miranda dorthin geschickt hat. Übrigens, Mirandas Name ist jetzt öffentlich bekannt und ein paar Leute von der Presse haben mich angerufen. Einer stand sogar vor meiner Tür. Ich dachte, das solltest du wissen, falls sie dich auch aufspüren wollen. Ich hoffe, es geht dir gut. Bis irgendwann. In der Absicht, sie bald zurückzurufen, löschte er Pattis Nachricht und die nächste Nachricht wurde abgespielt.

Jed, ich bin's, Hank Klein. Es hat etwas länger gedauert, als ich dachte, aber nun habe ich die Informationen, nach denen du gefragt hast. Verdammte Computer, das blöde System war einen Tag lang abgeschaltet. Wie auch immer, die Dame, nach der du gefragt hast, Wallis, Christine — hier ist sie. Du hattest Recht, sie diente von 1989 bis 1994 in der 82. Airborne. Verdienstmedaille und Armee-Belobigungsmedaille. Sie schaffte es bis zum Sergeant und, ach ja, sie hatte eine Empfehlung für die Offiziersanwärterschule, wurde aber nach Ablauf ihrer Dienstzeit ehrenhaft entlassen. Sie muss ein besseres Angebot erhalten haben. Guter Soldat, gemäss ihrer Akte. Tja, das war's dann wohl, ausser dass du dich in einem Punkt geirrt hast, Kumpel: Sie war C-2 und nicht C-1. Ich hoffe, das hilft. Du schuldest mir ein Bier, du Mistkerl. Kopf hoch, wo immer du bist.

Jed löschte die Nachricht. Interessant, dachte er. Die dritte Nachricht auf seinem Telefon begann mit einem lauten Rauschen. Die Verbindung war offensichtlich schlecht.

Jed, hier ist Luke Scarborough, ich weiss nicht, ob Sie sich an mich erinnern …

Wie konnte er ihn vergessen? Der Junge hatte sich und Jed fast umgebracht, als er aus dem Chinook fiel.

Ich bin gerade in Afrika, in Sambia. Wie ich höre, sind Sie in Simbabwe, wohin ich am Dienstag die Grenze in Kariba überquere. Ich muss dringend mit Ihnen sprechen.

Scarborough rasselte die Nummer seines Handys herunter, aber Jed machte sich nicht die Mühe, sie aufzuschreiben. Stattdessen tippte er die Nummer, die Nachrichten löscht, ins Tastenfeld. Der Anruf des Jungen hatte schon genug von seinem Geld verschlungen. Jed wusste, worüber Luke Scarborough sprechen wollte, nämlich über Miranda. In Pattis Nachricht hatte es geheissen, sie werde von Reportern belästigt und er stellte sich vor, hier handle es sich um dasselbe.

Er nahm den Zettel, auf den Moses die Nummer von Hassan bin Zayid geschrieben hatte, heraus und wählte sie.

Bei Crescent Moon Safaris ging niemand ans Telefon, also hinterliess Jed eine Nachricht mit der Bitte, bin Zayid möge ihn zurückrufen.

»Niemand da?«, wollte Moses wissen.

Jed schüttelte den Kopf. »Ich überquere die Grenze nach Sambia sowieso sobald ich Sie abgesetzt habe, Moses.«

»Das dachte ich mir. Ich würde Ihnen anbieten, kostenlos mitzukommen, aber ich habe keinen Reisepass.«

»Ich weiss diese Geste zu schätzen, aber das ist etwas, das ich allein tun muss.«

Jed hatte kein schlechtes Gewissen, Chris ein falsches Abreisedatum angegeben zu haben, zumal sie ihm verschwiegen hatte, dass sie ein Satellitentelefon versteckt hielt. Es wäre nett von ihr gewesen, ihm anzubieten, es zu benutzen, da es keine andere Möglichkeit gab, vom Nationalpark aus zu telefonieren.

»Sie schaffen es heute nicht bis zur Lodge«, sagte Moses. »Luftlinie ist es nicht weit, aber die Strasse an den unteren Sambesi ist sehr schlecht. Sie sollten besser einen Umweg fahren und heute Nacht in Lusaka bleiben. Aber bleiben Sie nicht zu lange in diesem Land, denn alle Sambier sind Diebe.«

Jed lächelte. »Ich werde es mir zu merken versuchen. Kann ich Sie bei Ihrem Haus absetzen?«

»Nein, bei der Kneipe ist ganz in Ordnung.«

Jed zog die Augenbrauen hoch, sagte aber nichts und zählte, als er an der Bar anhielt, drei Hundertdollarscheine ab.

»Das ist zu viel, Jed. Nehmen Sie einen Hunderter zurück, wie wir es vereinbart haben.«

»Ich will mich nicht wieder gegen Schuldeneintreiber wehren, wenn ich das nächste Mal einen Safari-Führer brauche. Versuchen Sie, nicht alles für Bier und Frauen auszugeben, obwohl ich genau das auch tun würde.«

»Vielen Dank, Jed. Sagen Sie mir Bescheid, wenn ich auf dem Rückweg von Sambia etwas für Sie tun kann. Dieses Geld wird mich für eine Weile aus Schwierigkeiten heraushalten und mein Kind wird auch etwas davon bekommen.«

Die beiden Männer schüttelten sich die Hände und Jed winkte zum Abschied, als er sich wieder auf den Weg nach Kariba machte. In der Stadt tankte er Benzin und füllte seinen Lebensmittelvorrat auf.

Er erledigte die Zollformalitäten ohne Verzögerung und überquerte die Grenze nach Sambia an der mächtigen Betonmauer, die das von Menschenhand geschaffene Meer des Kariba-Sees zurückhielt. Sobald er den sambischen Posten in Siavonga passiert hatte, heulte der Dieselmotor des Land Rovers auf, als er sich träge den Steilhang hinaufwuchtete.

Sambia, stellte er fest, wirkte noch heruntergekommener und unordentlicher als das von Problemen geplagte Simbabwe. Anders als auf der anderen Seite der Grenze gab es keine Anzeichen für natürlich vorkommende Wildtiere, abgesehen von ein paar dürren Perlhühnern, die von ebenso dürren Teenagern, die sie am Strassenrand verkaufen wollten, hochgehalten wurden und einem Mann, der die gegerbte Haut einer Python in der Hand hielt.

Fünfundsechzig Kilometer nach Siavonga bog er nach rechts, Richtung Chirundu, ab. Die Stadt, wenn man die Ansammlung von Hütten, Bordellen und Bars so nennen konnte, war ein weiterer Grenzübergang, diesmal unterhalb der Staumauer, am Sambesi gelegen. Er hielt nicht an, sondern fuhr auf der schlechter werdenden Schlaglochpiste weiter, an einer Reklametafel vorbei, auf der stand *Geschwindigkeit tötet – Kondome retten.*

Aufgeplatzter Teer wich zerfurchter Erde, als er dem Flusslauf in Richtung des Lower Zambezi National Park und der an ihn grenzenden privaten Lodges mit Wildtierparks folgte. Auf einem alten Kahn, der mit einer Handkurbel betrieben wurde, überquerte er den trägen, braunen Kafue River, dessen Oberfläche im schwachen Nachmittagslicht wie vor Schweiss glänzende Haut aussah. Kurz vor Einbruch der Dunkelheit gab er auf und fuhr zu einem ruhigen Campingplatz mit gepflegtem Rasen und festinstallierten Safarizelten, von dem er einen wunderbaren Blick auf den Sambesi genoss. Glücklicherweise schlief er nach der langen Reise und einigen Bieren schnell ein.

Am nächsten Morgen stand er um vier Uhr dreissig auf, duschte und machte sich um fünf Uhr wieder auf den Weg. Die Strasse wurde immer schmaler und der Busch schloss sich um den Land Rover, so dass er, um zwanzig Kilometer zurückzulegen, mehr als eine Stunde brauchte. Immer mehr Schilder zu privaten Lodges zeigten ihm, dass er sich seinem Ziel näherte. Er nahm die nächste Abzweigung, die er sah, um dort nach dem Weg zu fragen.

Auf dem Schild stand *Wylde Heart Safaris, 1 km.* Er fand die Zufahrt viel glatter als die Hauptroute, denn zweifellos unterhielt die Lodge die Zufahrtsstrasse selbst, anstatt sich auf die sambische Regierung oder eine lokale Behörde zu verlassen. Am Eingangstor blieb er neben einem dunkelhäutigen Arbeiter in Latzhose stehen, der mit einem zu einer Sense gebogenen und geschärften Eisenstück hohes Gras abmähte. Der Mann wies ihm den Weg zum Hauptgebäude, wo ein grosser weisser Mann – Jed schätzte ihn auf Anfang fünfzig – eine Hand über die Augen hob, um sie vor der grellen Sonne zu schützen, und winkte.

»Guten Morgen, kann ich helfen?«, erkundigte er sich, als Jed anhielt.

»Guten Morgen, Sir, ja, das hoffe ich. Ich suche einen Ort namens Crescent Moon Safaris, und weiss nur, dass er irgendwo in dieser Gegend liegt.«

»Hassans Haus?«

»Genau. Kennen Sie ihn?«

»Natürlich, wir sind ja praktisch Nachbarn. Er ist ein toller Kerl. Mein Name ist übrigens Willy Wylde.«

»Jed Banks.« Er schüttelte die Hand, die Wylde ihm reichte. »Ja, Hassan ist ein guter Typ«, bemerkte er beiläufig. »Sie sind ein Kunde?«

»Nein, ein Freund eines Freundes.«

»Sind Sie auch ein Hasenfreund?«, fragte Wylde.

»Wie bitte?«

»Ein Naturschützer, wie Hassan. Ich hätte Sie für einen Jäger gehalten – das sind die meisten Amerikaner, die auf eigene Faust in diesen Teil der Welt kommen.«

»Nein, nur ein Bekannter.«

Jed sah zum Empfangsgebäude hinüber. Dort strich ein Mann die Wände mit frischer Tünche, ein anderer stand auf einer Leiter und flickte ein abgenutztes Stück Strohdach und eine Frau, die eine gestärkte weisse Schürze über ihrer grünen Dienstmädchenuniform trug, wischte den gestrichenen Betonboden einer grossen, schattigen Veranda.

Wylde bemerkte die Richtung von Jeds Blick und sagte: »Wir bringen den Laden ein bisschen auf Vordermann. Es kommt bald ein wichtiger Kunde herein. *Sehr* wichtig.«

»Kommen die Reichen und Berühmten?«

Wylde tippte sich mit dem Zeigefinger an die Seite der Nase. »Tut mir leid, ich kann nur 'mhm' sagen, denn dieser Kerl hat gute Gründe, seine Privatsphäre zu schützen. Kommen Sie einen Moment mit rein, ich hole Papier, dann kann ich Ihnen schnell den Weg zu

Hassans Lodge skizzieren. Sie brauchen nur noch etwa zwanzig Minuten bis dorthin, aber ich warne Sie: Ich habe gehört, Hassan sei nicht hier.«

»Ich habe ein paar Mal anzurufen versucht, erreichte aber nur den Telefonbeantworter. Ich war geschäftlich in Lusaka und dachte, ich versuch's trotzdem.«

Wylde nickte und begann, am Empfangstresen auf die Rückseite eines weggeworfenen Umschlags zu zeichnen. »Nun, es gibt schlimmere Orte auf der Welt, an denen man sich herumtreiben kann. Ich würde Ihnen ja gern ein Zimmer anbieten, erwarte aber jederzeit meinen Kunden.«

»Hat er das ganze Haus gebucht?«, fragte Jed, der mindestens vier alleinstehende Bungalows um das Hauptgebäude herum sah.

»Er bringt ein ziemliches Gefolge mit. Ein paar Jungs von der Vorhut haben sich den Ort bereits angesehen. Aber wie ich schon sagte, ich kann nicht ins Detail gehen. Hier, bitte sehr.« Wylde reichte Jed den Umschlag. »Fahren Sie durchs Tor, biegen Sie rechts ab und folgen Sie der Karte. Etwa fünf Kilometer weiter sehen Sie ein Schild und Hassans Haus ist nicht zu verfehlen.«

DIE CRESCENT MOON Safari Lodge richtete sich eindeutig an eine gehobene Klientel. Der Wächter am Tor trug eine tadellose khakifarbene Uniform mit dem gestickten Logo der Lodge, einem majestätischen Löwen, der über einem roten Halbmond thronte. Der Mann sprach in sein Funkgerät und wies Jed dann den Weg zum Hauptgebäude. Trotz der Trockenheit des umliegenden Buschs sahen die Rasenflächen rund um das Gebäude üppig und gepflegt aus.

Jed parkte den Land Rover und ging über Steinpflaster zu einem strohgedeckten Haus. Der auf zwei Seiten offene Gemeinschaftsbereich bot einen ungehinderten Blick auf den Fluss. Er war mit dunklen Holzmöbeln und einer spannenden Mischung aus teuren Antiquitäten ausgestattet, die den Eindruck eines romantischen Safari-Camps aus den zwanziger Jahren erwecken sollten. Jed nahm ein Fernglas in die Hand, das aussah, als stamme es aus dem Ersten

Weltkrieg. Als er Schritte hörte, stellte er es neben dem altmodischen Grammophon ab.

»Guten Tag, Sir, wie kann ich Ihnen behilflich sein?«, fragte der junge afrikanische Mann, der die Uniform der Lodge trug. Seine Lippen waren zu einem Lächeln verzogen, doch in seinen Augen war keine Wärme oder Freude zu erkennen.

»Ich bin auf der Suche nach Hassan bin Zayid.« Jed war nicht in der Stimmung für Höflichkeiten.

»Es tut mir leid, Sir, aber er ist im Moment nicht da. Haben Sie eine Reservierung bei uns?«

»Nein. Ich habe mehrmals angerufen, aber nur den Anrufbeantworter erreicht. Mein Name ist Jed Banks. Haben Sie meine Nachricht erhalten?«

»Oh, Mister Banks. Das von Miss Miranda zu hören, tut mir so leid – wir waren alle schockiert von ihrem Tod. Mein herzliches Beileid.« Der Mann schlug die Hände vor sich zusammen und senkte den Blick ein wenig.

»Danke«, sagte Jed.

»Ich entschuldige mich auch dafür, dass niemand auf Ihre Nachricht geantwortet hat, aber die Lodge ist im Moment geschlossen. Ich habe alle Nachrichten, auch Ihre, an unser Reservierungsbüro weitergeleitet.«

»Und wo befindet sich das?«

»Auf Sansibar, Sir, wo sich auch der Hauptsitz unserer Gruppe befindet.«

»Ist das nicht ein wenig weit weg von hier?«

»Fast alle unsere Kunden kommen aus Übersee, Sir, und haben über unsere Zentrale ganze Pakete gebucht. Wir sind nicht auf das angewiesen, was die Amerikaner, glaube ich, 'passing trade' nennen.«

»Es kommen also nicht viele Leute, wie ich, einfach so vorbei?«

»Nein, Sir. Wie Sie gesehen haben, ist die Strasse nicht gut und wir befinden uns abseits der ausgetretenen Pfade.«

»Wann kommt Hassan bin Zayid wieder zurück?«

»Oh, das weiss ich nicht genau, aber frühestens in zwei Wochen. Er ist geschäftlich in Sansibar und anderswo in Tansania.«

Verdammt, sagte Jed zu sich selbst. »Können Sie mir eine Nummer geben, auf der ich ihn erreichen kann?«

»Ich gebe Ihnen die Nummer unseres Hauptsitzes, Sir, aber ich weiss, dass Herr bin Zayid viel unterwegs ist. Er war in letzter Zeit sehr schwer zu erreichen.«

»Ich verstehe. Nun, ich nehme die Nummer trotzdem gern. Haben Sie etwas dagegen, wenn ich mich ein wenig in der Lodge umsehe, wenn ich schon hier bin? Ich versuche, ein Gefühl dafür zu bekommen, wo sich meine Tochter aufgehalten hat, welche Orte sie mochte und welche Menschen sie getroffen hat.«

Der Mann zögerte einen Moment. »Nun, da Sie den ganzen Weg hierhergekommen sind, Sir, können Sie sich gern umsehen. Aber wie ich schon sagte, ist die Lodge vorläufig geschlossen.«

»Ja, ich weiss, es wird nicht lange dauern.«

Jed schlenderte durch die Anlage. Es gab einen von kunstvoll geschnitzten Stühlen umgebenen hölzernen Esstisch und eine Sitzecke mit Sesseln und Sofas aus Korbgeflecht, auf denen dicke Kissen dazu einluden, es sich bequem zu machen. Die Bücherregale aus Mahagoniholz waren mit Bestimmungsbüchern über afrikanische Tiere, Vögel, Reptilien und Bäume bestückt, sowie mit einer Auswahl an Romanen in einer Vielzahl von Sprachen, darunter auch Arabisch.

Von der Lodge aus blickte man auf den Sambesi und irgendwo in der Ferne hörte Jed das Schnauben eines Flusspferds, ein Geräusch, das er für immer mit diesem Teil der Welt verbinden würde. Gepflasterte Wege führten zu den einzelnen Bungalows. Er ging um eines der Häuschen herum, wich einem spuckenden Wassersprinkler aus und stand schliesslich auf einem geschotterten Parkplatz hinter dem Hauptgebäude. Neben der hinteren Zugangstür zum Hauptgebäude war ein offener Defender Pick-up geparkt.

Jed ging hinüber, um sich das Fahrzeug, das offensichtlich für die Jagd ausgerüstet war, genauer anzusehen. Der hintere Teil war, bis auf eine Sitzbank über der offenen Ladefläche und einen Überrollbügel mit angeschweissten Gewehrhaltern, leer. Interessanterweise befand sich in dem Gestell ein teuer aussehendes Jagdgewehr. Die

Waffe war mit einem Zielfernrohr versehen, was Jeds Neugier verstärkte. Er erkannte es als Nachtsichtgerät, ähnlich dem, das er selbst in Afghanistan benutzt hatte. Er ging näher heran und spähte in die hintere Ladefläche des Pick-ups, auf der sich zwei grüne Rucksäcke und zwei AK-47-Sturmgewehre befanden. Die Waffen sahen sauber und gut gepflegt aus. Neben den Rucksäcken befanden sich ausserdem zwei passende Jägerwesten, zivile Versionen der militärischen Netzbekleidung. In den Brusttaschen der Westen zählte er zehn zusätzliche Magazine für die Sturmgewehre. Das war verdammt viel Feuerkraft für eine Safari-Lodge, die sich eher dem Naturschutz als der Jagd verschrieben hatte – mehr als dreihundert Schuss pro Stück, einschliesslich der Magazine für die Gewehre. Er war versucht, in einen der prall gefüllten Rucksäcke zu schauen, hörte jedoch das Knirschen von Schritten auf dem Kies hinter sich und drehte sich um. »Kann ich Ihnen helfen?« Der Mann war grösser und älter als der Schwarze, den Jed am Empfang getroffen hatte und sein Gesicht war von Pockennarben übersät. Er sah wie ein Mann aus dem Busch aus, vielleicht ein Fährtenleser.

»Ich sehe mich nur um. Ich bin in der Hoffnung hergekommen, Hassan bin Zayid zu finden.«

»Er ist nicht hier und bleibt für einige Zeit weg.« Die Stimme des Mannes war streng, ebenso hart und abweisend wie sein Gesicht. Er trug vier Zwei-Liter-Wasserflaschen in grünen Segeltuchbeuteln, die er in den Wagen hängte.

»Das habe ich gehört. Gehen Sie auf die Jagd?«

»Ja.«

»Komisch, ich hatte den Eindruck, hier im Crescent Moon würden keine Tiere geschossen.«

Der Mann runzelte die Stirn und blickte sichtlich verärgert zum Haus. »Ich gehe auf Menschenjagd.«

Jed hob eine Augenbraue. »Ich habe angenommen, dagegen gäbe es Gesetze, sogar in Sambia.«

»Ich jage Wilderer.«

»Oh, ich wäre davon ausgegangen, die Regierung sei für Anti-Wilderei-Patrouillen zuständig.«

Der Mann atmete aus, als ob er sich darüber ärgere, seine Aktivitäten vor einem ungebetenen Ausländer rechtfertigen zu müssen. »Die sambische Wildtierbehörde ist für die Anti-Wilderer-Patrouillen in den Nationalparks zuständig, aber die Lodge-Besitzer unterstützen sie. Wir helfen dabei, die Ranger auszubilden und führen auf unserem Land selbst Suchen nach Fallen und allfälligen Lagern von Wilderern durch.«

»Dann handelt es sich also nicht um eine Such- und Zerstörungsaktion.«

»Ich jage diese Männer, habe aber nicht gesagt, dass ich sie töte. Grundeigentümer haben nicht das Recht, Wilderer bei Sichtkontakt einfach zu erschiessen.«

»Wozu dann die ganze Ausrüstung?« Jed deutete auf die Sturmgewehre und die mit kupferummantelten Kugeln gefüllten Magazine.

»Die Wilderer sind schwer bewaffnet und manchmal müssen wir zur Selbstverteidigung zurückschiessen.«

»Natürlich, ich verstehe«, sagte Jed, der dachte, dreihundert Schuss pro Mann seien eine gute Verteidigung.

»Wie auch immer«, sagte der Mann mit einem Hauch von Endgültigkeit, »es tut mir leid, dass Sie den weiten Weg vergeblich auf sich genommen haben, um Herrn bin Zayid zu besuchen. Wenn Sie mir Ihren Namen nennen, sorge ich dafür, dass Herr bin Zayid von Ihrem Besuch erfährt.«

»Banks, Jed Banks.«

»Sie sind mit dem Mädchen verwandt?«

Jed war erstaunt, dass Miranda als 'das Mädchen' bezeichnet wurde.

Alle anderen hatten in den höchsten Tönen von ihr gesprochen. »Ja, ich bin der Vater des *Mädchens*.«

»Verzeihen Sie mir«, sagte der Mann hastig. »Ihr Verlust tut mir leid. Sie war hier sehr geschätzt.«

'Geschätzt?' Das war eine seltsame Wortwahl. »Nun ja, ich hätte mir vorstellen können, Hassan bin Zayid sei, nachdem er die Nachricht von ihrem Tod hörte, in Simbabwe geblieben, um herauszufinden, was passiert ist«, sagte Jed.

Das Gesicht des Mannes verriet keine Regung. »Herr bin Zayid wurde über alle Einzelheiten der Ermittlungen auf dem Laufenden gehalten.«

Jed fiel wieder auf, dass der Mann Mirandas Namen nie erwähnte. »Wie viel Zeit hat sie auf dieser Seite der Grenze verbracht?«

»Das kann ich wirklich nicht sagen. Ich leite das Wildreservat und bin oft ausserhalb des Camps, weil ich viel Zeit im Busch verbringe.«

»Bei der Jagd nach Wilderern?«

»Unter anderem. Mister Banks, noch einmal: Es tut mir leid, dass Sie Ihre Zeit mit der weiten Reise hierher verschwendet haben. Ich versichere Ihnen, dass ich unser Gespräch an Mister bin Zayid weiterleiten werde, aber mehr kann ich jetzt wirklich nicht für Sie tun.«

Der Mann kletterte in den Pick-up und fuhr, zusammen mit seinen zwei Rucksäcken, zwei Kampfwesten, sechshundert Schuss Munition und drei Pistolen, rückwärts vom Parkplatz.

Jed Banks war allein in Afrika. Seine Tochter war tot und ihr Freund nirgends zu finden. Es gab nichts mehr, was er tun konnte. Er ging zu seinem Land Rover zurück und trat die lange Heimreise an.

16

—————

»Solomon.«

»Mort, hier ist wieder Christine«, sagte sie ins Telefon.

»Hallo, Schätzchen. Haben Sie meine Nachricht erhalten?«

»Nennen Sie mich nicht so. Und nein, ich habe meine E-Mails heute noch nicht angeschaut.« Chris stand in Mana Pools auf der Veranda des Hauses.

»Moment, ich mache das Gespräch sicher, okay?«, sagte er.

»Wie auch immer.« Chris trommelte mit den Fingern auf das Balkongeländer, während sie darauf wartete, dass der Gesprächszerhacker den Betrieb aufnahm. Zwei Sattelstörche standen im seichten Wasser des Sambesi, deren auffällige rot-gelb-schwarze Schnäbel über die Wasseroberfläche ragten. Das Weibchen des Paares – Chris konnte das Geschlecht an der Zeichnung unter den Augen des Vogels erkennen – schoss mit dem Schnabel ins Wasser und kam mit einem kleinen, sich windenden Silberfisch zurück. Das Männchen schien neidisch zuzuschauen.

»Gut, nun ist es schon besser«, sagte Solomon. »Also, Sie hätten Ihre Nachrichten abhören sollen. Erinnern Sie sich, dass ich Ihnen sagte, unser VIP-Besucher habe seine Absichten geändert und sei zu Plan A zurückgekehrt?«

»Was hat das mit mir zu tun?« Chris wusste bereits, dass General Crusher Calvert sein Jagdvorhaben wegen der erhöhten Bedrohungslage in Ostafrika und des abgesagten Sicherheitsgipfels von Tansania nach Sambia verlegt hatte.

»Er möchte, dass Sie ihm mündlich Bericht über die Arbeit, die Sie in Afrika geleistet haben, erstatten und zwar umfassend.«

»Was? Das darf doch nicht wahr sein.«

»Ja, ich weiss, es ist wahrscheinlich ziemlich weit weg von Ihnen und er kommt bereits übermorgen an.«

»Ich muss zwei Tage fahren, um dorthin zu gelangen, Mort! Wie hat er von meiner Arbeit erfahren?«

»Es scheint, als hätte jemand von seinen Sicherheitsleuten mit unseren Sicherheitsleuten hier gesprochen und dabei kam zur Sprache, dass Sie in Afrika in der Löwenforschung tätig sind. Der Sicherheitsmann des Generals wusste, wie sehr der grosse Mann auf den Naturschutz bedacht ist – nun ja, fast so sehr wie auf das Töten – und gab die Nachricht weiter.« Solomon gluckste. »Jetzt will der Mann, Crusher, Sie treffen. Wir haben ihm eine Nachricht geschickt, Sie seien zufällig in der Gegend und würden sich freuen.«

»Vielen Dank, Mort.«

»Wie ich schon sagte, Chris, möchten wir, dass Sie ihn über alles informieren.«

»Er weiss also, wer ich bin und was ich tue?«

»Alles, Schätzchen. Und da er in naher Zukunft viel mehr als ein General im Ruhestand sein könnte, sollten wir alle anfangen, ihm den Arsch zu küssen.«

»Verdammt. Schicken Sie mir die neuesten Zusammenfassungen, damit ich so tun kann, als wüsste ich, wovon ich rede. Ich bin hier oben im Busch ein wenig weg vom Fenster, wissen Sie.«

»Sie haben es erfasst.«

»Wann will er mich sehen?«

Er will zuerst ein paar Tage Zeit haben, um einige von Gottes pelzigen Kreaturen zu erschiessen und etwas Dampf abzulassen, denke ich. Seine Leute sagen, Sie sollten sich bei ihnen melden und am vierten Tag Ihren Bericht abgeben. Warum nehmen Sie sich nicht vorher ein paar Tage Auszeit in Kariba?«

»Okay. Ich werde da sein«, sagte sie ohne Begeisterung. »Ach, und Mort, der Grund für meinen Anruf ...«

»Ja?«

»Sie müssen für mich weitere Grenzübertritte überprüfen.«

»Nicht schon wieder für Miranda.«

»Nein, für Hassan bin Zayid.«

»Ich dachte, wir wären fertig mit ihm. Was ist los?«

Chris bemerkte den besorgten Unterton in seiner Stimme und fand ihn verständlich. »Keine Panik, Mort. Ich wollte mich nur mit ihm in Verbindung setzen, worauf mir gesagt wurde, er sei in Sansibar.«

»Es ist mein Job, in Panik zu geraten. Sie wissen ja, was ich immer sage: Besser jetzt Panik schieben, um spätere Hektik zu vermeiden. Gibt es einen Grund, daran zu zweifeln, dass er in Sansibar ist?«

»Nicht wirklich, aber ich möchte einfach sicherstellen, dass seine Leute mich nicht an der Nase herumführen.«

»Warum wollten Sie denn mit ihm sprechen?«, fragte Salomon. »Was hat er mit Ihnen zu tun?«

»Er kannte Miranda und sie waren am Ende befreundet.«

»Befreundet? Um Himmels willen, Chris, ich dachte nicht, dass Sie da oben eine Partnervermittlung betreiben. Hat er sie gevögelt?«

»Mort!«

»Ich mache keine Witze, Chris. Heilige Scheisse. Sie war da oben und hat *geforscht.* Das sollte alles sein. Jetzt haben Sie mich sehr beunruhigt und sehr wütend gemacht.«

»Beruhigen Sie sich, Mort, so was kann passieren. Er hat sich als guter Kerl entpuppt, ihre Forschung finanziert und sie sehr unterstützt. Und wenn sie noch mehr gemacht haben, dann definitiv ohne meine Zustimmung. Das ist ein Grund, warum ich mit ihm reden wollte, um dieses Kapitel zu schliessen.«

»Okay, okay. Ich werde ihn überprüfen – ich verbringe mein halbes Leben damit, Dinge für Sie zu überprüfen, Schätzchen. Aber in der Zwischenzeit bewegen Sie Ihren Arsch über die Grenze und bringen Ihre Haare und Nägel für den grossen Mann in Ordnung.«

Chris ignorierte seinen Sexismus, weil sie Informationen von ihm brauchte, wurde dieser ganzen Scharade aber zunehmend überdrüssig. Sie wünschte sich mehr und mehr, nach Hause in die Staaten zurückzukehren, vielleicht, um sich ein Zuhause zu schaffen. »Okay, Mort. Ich werde ein gutes Mädchen sein und eine gute Show für den General abziehen. Vergessen Sie nicht, mir die Zusammenfassungen zu schicken, um die ich gebeten habe.«

»Ja, Ma'am, zu Ihren Diensten.«

»Wo wohnt Crusher eigentlich?«

»Die Lodge heisst 'Wylde Heart Safaris', klingt wie wildes Herz aber schreibt sich anders«, sagte Solomon, und buchstabierte den Namen Wylde. »Witzig, was?«

»Sehr. Und wo ist die?«

»Im Wildverwaltungsgebiet von Chiawa, an der Grenze zum Lower Zambezi National Park. Wissen Sie, wo das ist?«

»Ja. Hassan bin Zayids Haus liegt in der gleichen Gegend. Es liegt nicht mehr als einen oder zwei Kilometer Luftlinie entfernt, flussaufwärts von hier, wo ich mich gerade befinde, aber auf der anderen Seite des Flusses.«

»Ich dachte, Sie sagten, Sie brauchen zwei Tage, um in diesen Teil Sambias zu gelangen.«

»Das ist so, Mort, auf dem Landweg. Ich kann nicht einfach über den Fluss rasen – das ist gegen das Gesetz.«

»Als ich in Ihrem Alter war, hätte mich das nicht aufgehalten«, sagte Mort.

Chris lachte. »Als Sie in meinem Alter waren, Mort, war die Welt ganz anders.«

»Ja, und ich vermisse es manchmal.«

Das glaubte sie ihm aufs erste Mal und einen Moment lang hatte sie sogar Mitleid mit ihm, der in seinem klimatisierten Büro festsass. Wahrscheinlich war er furchtbar neidisch auf sie und Leute wie Miranda Banks-Lewis.

»Sagen Sie mir wegen bin Zayid bitte Bescheid, ja?«

»Sicher. Ich hoffe sehr, dass er da ist, wo seine Leute sagen. Ich will in den nächsten Tagen keine Überraschungen erleben, Chris.«

»Das möchte niemand, Mort.«

MASHUMBAS BRUDER BEOBACHTETE sie aus dem Schatten heraus. Um den lärmenden Maschinen mit den aufrechten Tieren zu entgehen, war er lange entlang des Flusses getrottet, bis er weit von den Zweibeinern entfernt war. Jetzt gab es immer weniger Maschinen. Sein Bruder war tot, vom schrecklichen Lärm getötet, was die Jäger zu besänftigen schien.

Er war hungrig, denn er hatte flussabwärts keine gute Zeit gehabt. Ohne seinen Bruder war die Jagd schwieriger denn je zuvor. Er hatte ein Impala zu erwischen versucht, aber die kleine Antilope war zu schnell für ihn. Danach pirschte er sich an ein Zebra heran und stürzte sich darauf, doch das Tier war zu gross, um es allein zu Fall zu bringen und schliesslich schlug es ihm mit einem heftigen Huftritt ins Gesicht zwei Zähne aus und brach ihm den Kiefer. Wenn er nicht gerade auf der Jagd gewesen wäre, hätte er wegen der ständigen Schmerzen gestöhnt.

Die Rückkehr zum Flussabschnitt, in dem die Zweibeiner lebten, war riskant. Er kannte die Gefahr, musste aber fressen. Er beobachtete, wie sie von der Maschine zum riesigen Termitenhaufen – so nahm er das Haus in seiner monochromen Sicht wahr – ging und als sie wieder auftauchte, bewegte sie sich langsamer und war mit etwas beladen. Seine goldenen Augen verfolgten, wie sie in der Maschine verschwand und danach mit leeren Händen wieder herauskam. Der Zeitpunkt zum Zuschlagen kam, als sie mit vollen Händen von ihrem Versteck zur Maschine ging.

Mit gesenktem Schwanz und angelegten Ohren kroch er, seinen gelbbraunen Körper so nah wie möglich am Boden, näher. Er huschte hinter einem Erdhügel hervor zu einem Busch, beobachtete, lauschte, wartete, und als er es für sicher hielt, sich wieder zu bewegen, schlich er sich näher zum Fuss eines Mopani-Baums. Seine

Nüstern zuckten, denn er befand sich nun in der Nähe eines dieser seltsamen Bauwerke, die nach verfaultem Essen rochen.

CHRIS RÜMPFTE die Nase über den Geruch der Mülldeponie hinter dem Haus. Die Hausangestellte des Nationalparks leerte dort die Mülltonnen jeweils in ein etwa mannshohes Backsteingemäuer hinter dem holzbefeuerten Warmwasserboiler. Chris vermutete, die Anlage sei so konzipiert, dass ein Teil des Mülls in den Kamin geschaufelt und als Brennstoff verbrannt werden könne, was aber im Zeitalter von Styroporbehältern und Plastikverpackungen eine unpraktische und umweltschädliche Lösung war. Das Problem war, dass das Personal diesen Müll nur einmal in der Woche wegräumte und ihn in einen Anhänger schaufelte, der von einem Wagen gezogen wurde. Es war kurz vor Ende der Woche und der Haufen stank zum Himmel.

Solomons Bitte war zwar eine Herausforderung, aber nicht unüberwindbar. Ein paar Tage Erholung in einem Hotel in Kariba könnte sie wirklich gebrauchen, stellte sie fest, obwohl ihr die lange Fahrt zur Safari-Lodge auf der anderen Seite des Flusses nicht gefiel. Sie hievte ihren Rucksack in den Land Rover und kehrte zum Haus zurück. Sie liesse Mirandas gesamte Ausrüstung hier und nahm nur ihren eigenen Computer und ihre Kommunikationsausrüstung mit nach Sambia. Ihre Glock musste ebenfalls hierbleiben, da sie in Sambia keine Genehmigung zum Tragen einer Pistole hatte. Sie glaubte mit Bestimmtheit, dass die Waffe und die teuren Sachen bis zu ihrer Rückkehr sicher wären. Sie würde die Unterkunft für mindestens eine weitere Woche bezahlen und, nachdem sie ihre politischen Aufgaben jenseits der Grenze erledigt hatte, ein paar erholsame Nächte in Mana Pools verbringen.

Eine leichte Brise kräuselte die schimmernde Oberfläche des Sambesi und strich über den heissen Sand des Ufers dahinter. Er wirbelte durch die Blätter der grossen Mahagonibäume in der Nähe des Flusses, nachdem er die Biegung des Flusses überquerte. Wenn Windgott Zephir schliesslich die Lodge erreichte, hatte er sich schon fast erschöpft. Chris schwitzte vor Anstrengung und der kleinste Hauch der Brise in ihrem Nacken versprach verlockende Erleichterung von der Hitze. Das Lüftchen trug auch den Geruch verrottenden Abfalls fort, ersetzte ihn aber durch einen anderen.

Chris ging zurück ins Haus und holte den in einer sperrigen Aluminium-Schutzhülle verstauten Laptop. Als sie aus der Küche zum Land Rover ging, regte sich der Wind erneut, was sie unvermittelt erstarren liess.

Langsam drehte sie sich um. Da war es wieder, unverkennbar, der Geruch von feuchtem Fell, wie der eines Hundes, der gerade aus dem Regen kam. Nur wurde der muffige Gestank durch das Aroma von Katzenurin verstärkt. Ihr Herz begann in ihrem Brustkorb zu hämmern.

Der Busch um sie herum war still geworden. Die kleinen gelben Webervögel hatten zu schnattern aufgehört, der Specht seinen unermüdlichen Angriff auf das Bleiholz aufgegeben und die Zikaden in den Bäumen zu zirpen aufgehört. Selbst die allgegenwärtigen Nilpferde schnaubten nicht mehr. Weder ein Affe noch ein Pavian war in Sicht und das allein hätte ihr schon lange vor dem Geruch sagen müssen, dass etwas nicht stimmte. Chris kämpfte gegen die aufsteigende Panik an. Sie suchte den Busch ab und versuchte abzuschätzen, wie lange sie brauchte, um die Schwingtür zur Küche des Hauses zu erreichen. Zu lange. Sie ging zur Heckklappe des Land Rovers zurück. Die Haare sträubten sich ihr im Nacken. *Wa-hoo* durchbrach der Warnruf eines Pavians von einem entfernten Baum die Stille und Chris spürte, dass ihr die Knie weich wurden.

Mashumbas Bruder zuckte beim Bellen des abscheulichen Pavians verärgert zusammen. Er duckte sich, alle Muskeln gespannt, für die letzte kurze Strecke bis zu der Frau. Nur noch ein paar Schritte, dann ein Sprung und er würde auf sie zufliegen. Er spürte, wie der Wind seine struppige Mähne zerzauste und zuckte unwillkürlich mit dem Schwanz. Die Kreatur hatte sich umgedreht, sah direkt zu ihm und entdeckte ihn wohl jeden Moment. Er wusste, dass es das Vernünftigste wäre, sich zurückzuziehen und zu verstecken. Aber sein leerer Bauch knurrte und sein gebrochener Kiefer pochte. Die Muskeln in seinen Beinen zuckten und seine kräftigen Schultern verkrampften sich, als er seine letzten Energiereserven abrief. Schliesslich war er, wie ein Pfeil, der von einem Langbogen abgeschossen wurde, auf dem Weg.

CHRIS KANNTE LÖWEN, denn sie hatte sie studiert und jahrelang unter ihnen gelebt. Sie wusste, dass Weglaufen das Schlimmste war, was sie tun könnte, wenn sie einem dieser Superraubtiere gegenüberstand. Genauso gut wusste sie, dass es das Beste war, felsenfest still zu stehen und darauf zu warten, dass das Tier überzeugt war, dass sie keine Gefahr darstelle. Ausserdem wusste sie, dass sie sich ruhig verhalten sollte. In neunundneunzig von hundert Fällen, sagten die alten Afrikaner, ziehe sich der Löwe zurück und das hatte sie im Krüger-Park selbst erlebt. Natürlich war diese Theorie hinfällig, wenn ein Löwe zum Angriff übergegangen war. Wenn eine Grosskatze erst einmal in vollem Lauf war, konnte sie nur noch durch ein gut gezieltes grosskalibriges Geschoss oder eine Salve aus einem automatischen Gewehr gestoppt werden.

Als der riesige Kopf keine zehn Meter von ihr entfernt, hinter dem Baum in der Nähe des Wasserboilers, hervorbrach, stiess Chris einen durchdringenden Urschrei aus. Enorme gepolsterte Pfoten von der Grösse eines Brottellers liessen, wenn sie auf den Boden trafen, Staubwolken aufsteigen. Bald würde er die hakenförmigen, vergilbten Krallen ausfahren, um das Zerreissen von Fleisch vorzubereiten. Halb rannte, halb fiel sie rückwärts ins offene Heck des Land Rovers. Die Katze hatte die Distanz zwischen ihnen in weniger als einer Sekunde überwunden und Chris schleuderte den schweren Aluminiumkoffer, in dem sich ihr Laptop befand, nach dem Löwen. Der Kasten prallte an seiner Schnauze ab. Die Kante des Bodens quetschte ihre Oberschenkel, als sie sich rückwärts in den Wagen fallen liess. Während sie sich mit den Ellbogen weiter hineinzog, winkelte sie die Knie an und hob die Füsse, um den Löwen abzuwehren, wobei ihr Kopf gegen eine der Lagerboxen knallte.

»Raus, verschwinde!«, schrie sie.

Er schüttelte den Kopf und brüllte vor Schmerz, weil die Metallbox die mit Eiter gefüllten Höhlen getroffen hatte, in denen seine beiden fehlenden Zähne einst gesessen hatten.

Chris spürte ihren Körper durch das ohrenbetäubende Brüllen vibrieren. Der Löwe bäumte sich, zu nah für einen weiteren Angriff, auf den Hinterbeinen auf und schlug mit der Pfote nach Chris' gestiefelten Füssen.

Während sie ihren Rücken durchbog um sich über den Rücksitz zu wuchten, packte Chris ihren Rucksack und schleuderte ihn dem Löwen in den Weg. Die Krallen des Tieres bohrten sich in den Nylonrucksack und verhedderten sich für einen Moment im Stoff. Doch schon schüttelte er ihn ab und seine massiven Krallen fanden in der schweren Gummimatte des Laderaums des Allradfahrzeugs Halt. Er hievte seinen ganzen Körper ins enge Fahrzeug und stürzte sich wieder nach vorn.

Chris schrie vor Schmerz auf, als der Löwe noch einmal zuschlug, wobei seine Pranke ihr Bein knapp über dem Knöchel traf und ihr Fleisch zerriss. Sie rollte sich weg und zwängte sich zwischen die Vordersitze des Land Rovers. Die Ausdünstung des Löwenkörpers und der Gestank seines Atems erfüllten das Fahrerhaus. Er steckte fest – mit den Hinterbeinen im Laderaum und den Vorderpfoten auf dem Rücksitz des Wagens. Er brüllte und versuchte, sich vorwärtszuschieben.

Chris streckte den Arm nach den Schlüsseln im Zündschloss aus und griff sich den batteriebetriebenen Alarmauslöser am Schlüsselbund. Sie drückte den Knopf und löste damit den Panikalarm aus.

Bei diesem schrecklichen Geräusch brüllte Mashumbas Bruder und die Kakophonie, die in seine Ohren drang und den Kopf quälte, verdrängte jeden Gedanken an seinen Hunger und die leichte Mahlzeit, die er vor sich sah. Chris, die sich auf dem Beifahrersitz zusammenkauerte, lehnte sich jetzt auf die Hupe und sah, dass der Löwe daraufhin zu fliehen versuchte, es ihm aber schwerfiel, die vordere Hälfte seines Körpers über den Rücksitz des Wagens zurückzuziehen.

Sie liess die Alarmanlage weiter kreischen, öffnete die Beifahrertür und stürzte kopfüber auf den Boden hinaus. Der Löwe warf ihr einen Blick zu und versuchte sich ebenfalls zu befreien. Als er sie anbrüllte, beschlug das Beifahrerfenster von seinem stinkenden Atem. Chris knallte die Vordertür mit aller Kraft zu und sprintete, den Schmerz in ihrem Bein ignorierend, zum Haus. Während sie rannte, blickte sie über die Schulter zurück und sah, dass der Löwe sich hingesetzt hatte und seinen riesigen Körper in den engen hinteren Teil des Land Rovers presste. Beim Rückwärtsschauen übersah Chris die erhöhte Kante der Betonplatte, die das Fundament der Hütte bildete, stolperte und stürzte vorwärts, wobei sie sich das Knie und die ausgestreckten Handflächen aufschürfte. Ihr verletztes Bein brannte vor Schmerz, als es ebenfalls auf den Beton knallte.

Mashumbas Bruder sprang nun vom Heck des Geländewagens herunter und blickte sich um. Er sah sie auf dem Boden liegen und stürzte, mit jedem Schritt einen Meter zurücklegend, zu ihr hin. Ha, er kriegte sie doch noch!

Chris kroch vorwärts, versuchte dann aufzustehen, fiel aber, weil ihr verletztes Bein unter ihr nachgab, wieder hin. Der Löwe war nun fast auf ihr. Sie sammelte ihre letzten Kräfte und kauerte sich in einer Hocke hin. Angst und Adrenalin gaben ihr neue Energie und halb rannte, halb stürzte sie zuerst durch die schwingende Fliegengittertür in die Küche, stiess danach die schwere, angelehnte Holztür auf und knallte sie sofort wieder zu, bevor sie sich schwer atmend von innen mit dem Rücken dagegen lehnte.

Der Löwe blieb stehen und stiess mit seiner riesigen Schnauze gegen die Tür, so dass Chris sie nicht ganz schliessen konnte. Als sich das verwirrte Tier auf die Hinterläufe bäumte und mit den Krallen gegen die Tür schlug, krachte diese gegen den Rahmen und Holz splitterte. Eine riesige Pfote glitt über die bemalten Bretter und drängte sich durch den schmalen Spalt. Beim Anblick der hakenförmigen Krallen, die ihrem Körper so nahe waren, kreischte Chris vor Angst und liess ihren Rücken noch einmal mit ihrem ganzen Gewicht gegen den Rahmen prallen. Der Löwe brüllte vor Schmerz und riss seine eingeklemmte Pranke heraus. Chris konnte schliesslich den Riegel der Tür zuschieben, dann liess sie sich zu Boden sinken. Sein zorniges Gebrüll liess die Scheiben erzitterten.

Chris kämpfte sich auf die Beine, beobachtete durchs Fenster, wie der Löwe sich, wütend mit dem Schwanz wedelnd, umdrehte und schliesslich zurück in den Busch trottete, wobei seine Hoden hin und her schwangen.

Plötzlich wurde Chris übel. Sie lehnte sich an die Spüle, wo sie sich mit einer Hand abstützte und sich mit der anderen die Augen zuhielt. »Oh, arme Miranda, mein armes Mädchen«, schluchzte sie. »Was habe ich dir nur angetan?«

Die Alarmanlage des Land Rovers war verstummt. Ihr Blick fiel auf die Blutlache, die sich auf dem Boden unter ihr bildete und brauchte einen Moment, um zu erfassen, woher sie stammte. Sie wischte sich mit dem Handrücken die Tränen aus den Augen und untersuchte ihre Wunde. Es war ein fünfzehn Zentimeter langer Riss an der Aussenseite ihrer linken Wade. Sie hob ihr Bein auf die Küchenspüle, drehte den kalten Wasserhahn auf, füllte einen Messbecher und kippte das Wasser, auf die Zähne beissend, um nicht zu schreien, direkt in die Wunde. Der Riss war nicht so tief wie sie zuerst befürchtet hatte und weder Muskeln, Bänder noch Knochen hatten Schaden genommen. Ihr war jedoch bewusst, dass ihr die grösste Gefahr von einer Infektion drohte, denn die Zähne und Krallen von Löwen waren immer voller Bakterien vom Fleisch und dem Blut ihrer Beute. Grosskatzen, in erster Linie Jäger, waren auch opportunistische Aasfresser, die sich tagelang fast genauso bereitwillig von verrottenden Kadavern wie von frischem Fleisch ernährten.

Sie wickelte ein Geschirrtuch um die Wunde und humpelte in den Wohnraum des Hauses, wo sie ihren Rucksack abgestellt hatte, in dem sich ihr Erste-Hilfe-Kasten befand. Sie öffnete ihn und holte eine Ampulle mit Kochsalzlösung, eine Plastikflasche mit Jod, einige Schmetterlingspflaster und einen Feldverband der US Army heraus. Sie hatte angenommen, die drei für Schuss- und Granatenwunden vorgesehenen Feldverbände, die sie eingepackt hatte, seien wahrscheinlich zu viel des Guten.

Chris riss die Kappe der Kochsalzlösung ab und tränkte die offene Wunde damit. Das tat zwar weh, aber sie wusste, dass der Schmerz nur das Vorspiel dessen war, was noch kam. Sie steckte sich die unblutige Ecke des Geschirrtuchs in den Mund und biss fest darauf, während sie das kleine Fläschchen mit Jod in die Wunde leerte und um sie herum verteilte. Wieder stiegen ihr Tränen in die Augen. Als sie fertig war, spuckte sie das Handtuch aus, riss das Verbandspaket auf und trocknete die Wunde mit dem grossen sterilen Pad. Bevor das Blut wieder fliessen konnte, klebte sie vier Schmetterlingspflaster als behelfsmässige Nähte über die Wunde. Sie vermutete, sie müsse die Verletzung nähen lassen, aber die Pflaster hielten hoffentlich, bis sie Kariba erreichte und zu einem Arzt gelangte. Als Nächstes wickelte sie den Feldverband um die Wade, um die Blutung weiter zu stillen und band ihn mit der beigefügten Bandage fest.

Vom Haus aus aktivierte Chris erneut die Alarmanlage und liess die Sirene eine halbe Minute lang aufheulen, bevor sie hinaushumpelte und die Tür des Gebäudes hinter sich zuschlug. Sie schnappte sich den mittlerweile staubigen Metallkoffer mit dem Laptop und warf sie in den Kofferraum des Wagens, ohne sich darum zu kümmern, wie er verstaut war, schlug die Hecktür zu und stieg auf der Fahrerseite ein. Erst dann deaktivierte sie die Alarmanlage.

Sie überlegte, ob dieser Löwe mit dem, den sie erlegt hatte, verwandt sei. Aus ihren Nachforschungen wusste sie, dass es nicht ungewöhnlich war, dass Löwenpaare zu Menschenfressern wurden und da das Tier, das sie gerade zu töten versuchte, ein Männchen war, fragte sie sich, ob es der Bruder des toten Löwen sei. Die beiden schienen im gleichen Alter zu sein, alte Männer, die wahrscheinlich von jüngeren und stärkeren aus ihrem Rudel vertrieben worden waren. Vielleicht hatte dieser Löwenmann auch an Miranda gefressen. Sie verdrängte den schrecklichen Gedanken aus ihrem Kopf.

Chris fuhr die kurze Strecke zum Hauptquartier des Parks in Nyamepi und humpelte ins Büro.

»Sie wissen, Frau Professor, dass ich verpflichtet bin, das Haus jeden Tag bis 17.30 Uhr freizuhalten, falls jemand aus Harare eine Reservierung vorgenommen hat«, sagte der Aufseher, als sie ihn bat, ihre Unterkunft für eine weitere Woche zu reservieren, obwohl sie nicht im Park sei.«

»Und genauso wissen wir beide, Herr Direktor, wie unwahrscheinlich es ist, dass nächste Woche jemand hier ein Haus bucht, weil es im Land derzeit an Treibstoff mangelt. Wir wissen auch beide, dass die politische Situation ausländische Touristen und Reiseveranstalter davon abhält, in diesen Park zu kommen. Hier ist genug Geld, um die nächsten sieben Nächte zu bezahlen«, sagte sie und schob ein Bündel Bargeld über den Tresen.

Er lächelte, vermied es aber eifrig, über Politik zu sprechen. »Wir halten das Haus für Sie frei, Frau Professor.«

Zwei Ranger lungerten im Büro herum und einer der Männer fragte sie, warum sie den klobigen Verband am Bein trage.

»Nun, ich war wirklich sehr ungeschickt und habe mich mit heissem Wasser verbrüht, als ich einen Topf fallen liess. Aber das ist kein Grund zur Sorge.«

»Sie sollten es, wenn Sie in Kariba sind, einem Arzt zeigen«, riet ihr der Aufseher.

Als sie sich zum Gehen wandte, liess ein weit entferntes, aber dennoch deutlich hörbares Geräusch sie alle die Köpfe drehen und flussabwärts schauen.

»Ein Löwe«, sagte der Aufseher.

»Weit weg«, sagte einer der Ranger. »Vielleicht zwei Kilometer«, sagte der andere.

»Es ist seltsam, ihn so spät am Morgen zu hören«, bemerkte der Aufseher. Alle wussten, dass Löwen in der Regel in der Morgen- und Abenddämmerung riefen, entweder um andere Mitglieder des Rudels um sich zu scharen oder die anderen Männchen des Rudels zu warnen, weil sie ins Territorium einer anderen Gruppe eindrangen.

»Vielleicht ist er einfach nur auf irgendetwas wütend«, mutmasste Chris.

»Vielleicht hat ihn die Alarmanlage Ihres Autos vorhin gestört«, sagte der Direktor. »Hatten Sie ein Problem damit?«

Chris spürte, dass sich ihre Wangen röteten. »Nein, ich bringe nur manchmal die Knöpfe der Fernbedienung durcheinander. Ich habe lange gebraucht, um sie abzuschalten.«

»Ich denke, wir sollten in Zukunft alle Forscher entweder in den Häusern oder auf dem Hauptcampingplatz hier in Nyamepi unterbringen«, sagte der Aufseher. »Ich befürchte, für die Löwen ist es eine zu grosse Versuchung, wenn Menschen auf den abgelegenen Campingplätzen sind. Ausserdem, und verzeihen Sie mir, wenn ich das sage, werden die Menschen, wenn sie zu lange allein im Busch leben, vielleicht manchmal unvorsichtig.«

Dieser Hinweis brachte Chris dazu, über Miranda nachzudenken. War sie einfach unvorsichtig geworden? Sie hatte sich mit Hassan bin Zayid eingelassen, was absolut nicht zu ihrem Auftrag gehörte. »Vielleicht haben Sie recht«, sagte sie zum Direktor.

Während sie Long Pool und das offene Vlei, wo die Zebras grasten, passierte, wurde ihr klar, dass sie Afrika vermissen würde. Es waren heisse, staubige und knochenharte achtzig Kilometer auf einer gewellten Schotterstrasse aus dem Park heraus. Sie dachte auch an die Dinge, die sie nicht vermissen würde – die tragischen, allgegenwärtigen Beweise der AIDS-Pandemie, menschenfressende Tiere, suizidäre Autofahrer, Johannesburgs mit AK-47 bewaffnete Autodiebe, korrupte Politiker und kleinkarierte Bürokraten, Wilderer und Waffenschieber. Dann überlegte sie, was sie zurückliess: Sonnenuntergänge, die einen an Gott glauben liessen; die Geburt von Tierbabys mit dem Einsetzen des Sommerregens; das Lächeln auf den Gesichtern afrikanischer Schulkinder, die zum ersten Mal einen Elefanten sahen; kühles Bier an heissen, wolkenlosen Tagen und das wunderbar tröstliche Wissen, dass in einigen abgelegenen Ecken dieser überbevölkerten, herzlosen Welt das Paradies noch existierte.

Trotzdem würde sie gehen, beschloss sie, als sie das Tal hinter sich liess. Sobald sie den General über die örtliche Situation informiert hatte, wäre es Zeit, weiterzuziehen und aller Wahrscheinlichkeit nach in den Staaten für den Tod von Miranda Banks-Lewis zu büssen. Sie hatte das Gefühl, sie habe das verdient. Die Leute, die ihre Arbeit in Afrika finanzierten, würden eine Untersuchung durchführen, die weit über das hinausging, was die örtliche Polizei in Simbabwe getan hatte. Dabei würde sich herausstellen, dass Miranda einen Auftrag erhalten hatte und diesen zu Ende führte, bevor sie durch einen tragischen Unfall verstarb. Das waren die Fakten. Dennoch würden die Leute hinter ihrem Rücken fragen, warum Chris Wallis eine frischgebackene Naturwissenschaftlerin angeworben hatte, um allein in ein Land zu gehen, in dem die Sicherheitslage bestenfalls prekär war und um dort eine Aufgabe zu erledigen, von der einige sagen würden, Chris hätte sie selbst erledigen sollen.

Das war eine gute Frage, auf die die Antwort lautete, dass Miranda den Auftrag in Simbabwe mehr wollte, als sich jemand zu Hause vorstellen konnte. Ausserdem war Chris der Meinung gewesen, Miranda besitze die richtigen Eigenschaften, um den Auftrag erfolgreich auszuführen, und sie selbst konnte nicht überall gleichzeitig sein. Chris wischte sich mit dem Handrücken über die Augen und blinzelte die Tränen weg, als sie vor der Abzweigung nach Kariba verlangsamte. Sie hatte so grosse Hoffnungen in Miranda gesetzt und sich vorgestellt, sie übe ihren Beruf eines Tages hauptberuflich aus. In den nächsten Tagen hätte sie noch viel Zeit, um über ihre eigene Zukunft nachzudenken, aber zuerst musste sie einen Arzt finden, der die Wunde an ihrem Bein richtig versorgte.

Beim Gedanken, was sie sagen würde, wenn der Arzt sie fragte: 'Was ist Ihr Problem?', lächelte sie grimmig.

17

———

Luke Scarborough erwachte vom Geräusch seines eigenen Schnarchens. Er war noch nie in seinem Leben so erschöpft gewesen. Der Atem pfiff durch seine gebrochene Nase und als er einen Klumpen getrockneten Blutes aus einem seiner Nasenlöcher in seine Handfläche pustete und ihn an seinem schmutzigen Hemd abwischte, tränten seine Augen vor Schmerz.

Zu beiden Seiten des Busses befanden sich die von Abgasen umhüllten Bürogebäude von Lusaka, was einen krassem Unterschied zu den flachen Ebenen bildete, durch die sie seit Stunden gefahren waren. Der Fahrer rief etwas auf Suaheli und übersetzte dann mit Blick auf Luke, den einzigen Weissen im Bus: »Wir machen gleich eine Pause, aber entfernen Sie sich nicht zu weit vom Bus, denn in genau fünfzehn Minuten fahre ich wieder los.«

Er war seit drei Tagen ununterbrochen unterwegs. Die erste Etappe war die nervenaufreibende Bootsfahrt von Sansibar zum Festland gewesen, bei der die schelmische Bande arabischer Matrosen während der dreistündigen Überfahrt nervöse Seitenblicke auf den mit Prellungen übersäten, blutverschmierten Passagier warf. Der stechende Geruch der Säcke mit Gewürznelken, auf denen er lag, war an Land berauschend, aber auf dem offenen

Wasser verstärkte er sein Unwohlsein zusätzlich. Er hatte sich so oft über die Seite der undichten Dhau übergeben, dass er es nicht mehr zählen konnte, aber schliesslich kamen sie an einem verlassenen Strand nördlich der Hafenstadt Dar es Salaam an, wo er grün im Gesicht, dehydriert und unsicher auf den Beinen, ausstieg. Auf der Hauptstrasse zwischen Bagamoyo und Dar hielt er ein vorbeifahrendes Matatu-Minibus-Taxi an und machte sich auf den Weg dorthin.

Er versuchte verzweifelt, mit Jed Banks in Kontakt zu treten, dessen Handynummer er aus dessen Ex-Frau Patti herausgelockt hatte, die er von Dar aus, kurz bevor er den 'Tazara Express' bestieg, den Zug nach Sambia, anrief. Sie war alles andere als erfreut, dass er sich ein zweites Mal bei ihr meldete.

»Herr Scarborough, seit ich mit Ihnen über Miranda gesprochen habe, riefen mich bestimmt fünfzig Presseleute an. Ihre Geschichte hat uns in der ganzen Welt bekannt gemacht und ich hatte zu jeder Tageszeit Fernsehteams vor meiner Haustür und Anrufe von Radiosendern. Ich glaube nicht, dass ich das noch lange ertrage«, hatte sie sich geärgert.

»Es tut mir leid, Frau Lewis, wirklich, aber ich muss mich äusserst dringend mit Jed in Verbindung setzen.«

»Ich habe mit ihm gesprochen und ihm gesagt, dass ich von Reportern belästigt werde und er dies auch erwarten solle. Warum könnt ihr uns nicht in Ruhe trauern und sie nicht ruhen lassen?«

Er verstand ihre Verbitterung. Der Umgang mit trauernden Angehörigen nach Tragödien gehörte zum Leben eines Journalisten und selbst der zynischste Mensch konnte nicht umhin, sich manchmal über die Art und Weise, wie die Medien Menschen in der schlimmsten Zeit ihres Lebens bedrängen, schlecht zu fühlen. »Ich bitte nochmals um Entschuldigung, Frau Lewis, aber hier geht es um etwas anderes. Ich glaube, Ihr Ex-Mann ist in grosser Gefahr.«

»Wovon reden Sie?«

»Ich habe versucht, den Bruder eines Al-Qaida-Terroristen zu interviewen, den Jed in Afghanistan getötet hat, und wurde daraufhin angegriffen und beinahe selbst umgebracht. Ihr Mann muss wissen, dass dieser Mann frei in Afrika herumläuft und sich möglicherweise an den Amerikanern wie auch deren Interessen hier rächen will.«

»Langsam, langsam. Warum sollte ich Ihnen glauben?«

»Jed hat mir in Afghanistan das Leben gerettet, Frau Lewis. Ich versuche nur, mich zu revanchieren.« Er hätte ihr noch mehr sagen können, aber zuerst musste er persönlich mit Jed sprechen, um seine Theorie zu bestätigen.

Sie schwieg eine Weile und Luke deckte sein freies Ohr mit der Handfläche zu, um das Hupen des Verkehrs und die Rufe der Marktverkäufer von Dar es Salaam auszublenden, damit er ihre Antwort sicher nicht verpasste.

»Gut«, sagte sie schliesslich, »aber geben Sie diese Nummer keinem anderen Reporter, sonst kann Sie niemand vor mir retten.«

»Alles klar«, sagte er, und sie gab ihm Jeds Handynummer.

»Wo war er, als Sie zuletzt mit ihm gesprochen haben?«, fragte Luke, bevor sie auflegen konnte.

Wieder zögerte sie, aber nachdem sie ihm die Telefonnummer verraten hatte, sah sie keinen Grund mehr, es ihm zu verschweigen. »Immer noch in Simbabwe. Verdammt, ich hasse sogar den Klang des Namens dieses verdammten Landes. Er sagte, er sei in einem Ort im Norden, in der Nähe von Mirandas Wohnort, Kabira oder so ähnlich. Es war der einzige Ort, an dem sein Telefon in den letzten Tagen funktioniert hat.«

»Sie meinen Kariba. Danke, Frau Lewis. Hat er gesagt, wann er abreisen will?«

Ihre Geduld war erschöpft. »Er hat für nächsten Donnerstag einen Flug aus Südafrika gebucht, glaube ich, aber er erzählt mir nicht alles, Mister Scarborough. Hat er noch nie. Das war schon immer das Problem, wenn man mit einem Mann von den Special Forces verheiratet ist. Sie erzählen einem nie etwas.«

»Nochmals vielen Dank für Ihre Hilfe. Wenn ich kann, rufe ich zurück und berichte Ihnen mehr.«

»Nichts für ungut, Mister Scarborough, aber ich hoffe, solange ich lebe, nie wieder mit einem Reporter sprechen zu müssen.«

Er hatte zwar von ihr bekommen, was er wollte, doch das nützte ihm nichts, wenn Jed nie an sein verdammtes Telefon ging.

Der Tazara-Express war nur dem Namen nach ein Schnellzug, in Wirklichkeit hielt er während der fünfundvierzigstündigen Fahrt von Dar bis zu seiner Endstation in Kapiri Mposhi, etwa zweihundert Kilometer nördlich von Lusaka, immer wieder an. Am Bahnhof Kapiri Mposhi musste Luke einen Taschendieb abwehren und hatte danach grosse Angst vor dem Verlust der Speicherkarte aus der Kamera mit den Bildern von Hassan bin Zayid und seiner Begleiterin. Nach der Begegnung mit dem sambischen Dieb steckte er die Karte in seine Unterhose, da er befürchtete, der Rucksack könnte ihm auf dem Rest der Reise noch abhandenkommen.

Jedes Mal, wenn er sich daran erinnerte, wie er den Mann in Sansibar erstochen hatte, oder an den Anblick der Leiche und den Geruch des Todes dachte, überkam ihn ein Brechreiz. Doch sein Magen war leer und er wusste, dass er etwas essen musste. Bevor er zum Busbahnhof ging, stopfte er sich eine knusprige Fleischpastete in den Mund und kippte eine Literflasche Wasser hinunter. Er fand den Bus nach Lusaka und sprang gerade noch an Bord, bevor der Fahrer die Tür schloss. Übermüdet und schmutzig, fiel er in einen unruhigen Dämmerschlaf, aus dem er zweimal aufwachte, weil der afrikanische Geschäftsmann, der neben ihm sass, seinen Kopf höflich aber bestimmt von seiner Schulter wegschob.

Der Bus hielt an der Endstation in Lusaka, wo Luke ins grelle Sonnenlicht hinaustaumelte und sich vor der stinkenden Herrentoilette in die Schlange einreihte. Danach versuchte er erneut, Jed Banks zu erreichen, hörte aber einmal mehr nur die aufgezeichnete Voicemail des Soldaten. Er kniff die Augen zusammen und atmete tief ein, um gegen den schrecklichen Drang, zu schluchzen, anzukämpfen. Ihm war bewusst, dass er neben der Müdigkeit wohl unter einem Schock litt, aber er musste sich zusammenreissen.

Luke überlegte, ob er sich direkt an die Botschaft der Vereinigten Staaten in Lusaka wenden solle, wo auch immer diese sein mochte, oder ob er, in der Hoffnung, Jed dort aufzuspüren, nach Kariba in

Simbabwe weiterreisen solle. Zuerst musste er jedoch seinen Stabschef in London anrufen und ihm erklären, was alles geschehen war.

»Verdammte Scheisse, Luke! Damit ich das richtig verstehe«, staunte Bernie ungläubig, »du hast in Notwehr einen Mann getötet?«

»Ja, Bernie. Ich wurde in Sansibar überfallen, aber das war kein Zufall, er war hinter meiner Kamera her und ...«

»Es ist eine teure Kamera, aber du hättest sie ihm einfach geben sollen. Du bist doch versichert, verdammt noch mal.«

»Lass mich ausreden, Bernie!« Luke erläuterte dem Stabschef seine Theorie über Hassan bin Zayid und die Verbindung zu Jed Banks. Am Ende fragte er: »Also, was denkst du?«

Ich denke, du hast eine schlechte Erfahrung gemacht und solltest dir einen Anwalt suchen. Besser noch, ich setze unsere Juristen darauf an. Ich frage sie, ob sie in Tansania einen Kontakt haben, dann können wir dieses Chaos in Ordnung bringen.«

Der Fahrer des Busses hupte, um den Fahrgästen zu signalisieren, dass er abfahrbereit sei. Mit Snacks und Getränken beladene Schwarze standen Schlange, um einzusteigen. Der Bus fuhr über den Grenzübergang in Chirundu und von dort weiter nach Harare in Simbabwe. Sobald er die Grenze überquert hatte, konnte Luke entweder trampen oder einen Minibus nach Kariba nehmen.

»Ich bin nicht mehr in Tansania. Ich bin in Sambia«, rief Luke über den Lärm des Busbahnhofs hinweg.

»Verdammte Scheisse, Luke! Willst du damit sagen, dass du das Land verlassen hast, ohne der Polizei oder sonst jemandem zu sagen, dass du in den Tod eines Einheimischen verwickelt warst? Und wo bist du jetzt, wo genau? Einer unserer Anwälte wird dich so schnell wie möglich zurückrufen und dich beraten.«

»Ich muss meinen Bus erwischen, Bernie. Ich schicke dir die Bilder, sobald ich sie auf einen Computer herunterladen kann, per E-Mail. Urteile selbst.« Luke war sich sicher, dass dies eine karrierefördernde Story war, für die es sich lohne, eine Gefängnisstrafe zu riskieren.«

»Die verdammten Bilder sind mir egal, Luke, denn die ganze

Geschichte nützt mir nichts, wenn du in einem afrikanischen Knast verrottest.«

»Tschüss, Bernie. Ich rufe wieder an, wenn ich Banks gefunden habe.«

»Luke, warte, ich ...«

Luke beendete das Gespräch und sprintete zum Bus, der sich bereits in Bewegung gesetzt hatte. Der Fahrer öffnete ihm die Tür, er sprang hinein, nahm seinen alten Platz wieder ein und quetschte sich neben den enttäuscht dreinblickenden Geschäftsmann.

Luke wählte erneut Jed Banks' Telefonnummer, hörte aber nur die ewiggleiche Nachricht. »So ein verdammter Mist!«, fluchte er laut und schlug mit der Faust gegen die Scheibe.

Der Geschäftsmann starrte ihn an.

»Tut mir leid«, murmelte Luke, bevor er, wie nach dem Mord, zu zittern begann und wiederum die Arme um sich schlang. Trotz seiner Angeberei am Telefon mit Bernie hatte er Angst, beruhigte sich aber schliesslich, schlief am Fenster ein und erwachte erst wieder, als das beruhigende Brummen des grossen Dieselmotors des Busses verstummte. Er wischte sich über die Augen und zog den Vorhang zurück. »Wo sind wir?«, fragte er den Mann neben sich.

»An der Grenze und hier bleiben wir eine Zeit lang.«

Das war eine Untertreibung, denn sie sassen zwei Stunden lang in einer Schlange von Fernlastern. Kinder verkauften auf Holzkohlegrills gebratene Maiskolben an die Fahrgäste und Prostituierte in knallbunten Miniröcken und tief ausgeschnittenen Blusen, manche vom Virus abgemagert, boten sich den Lastwagenfahrern an. Aus Autoradios und batteriebetriebenen Boom-Boxen dröhnte laute afrikanische Musik. Luke ging in der Reihe der Fahrzeuge auf und ab, um sich die Beine zu vertreten und einen klaren Kopf zu bekommen. Die Sonnenstrahlen fühlten sich an, als versengten sie seine Kopfhaut und er bedauerte den Verlust seines Hutes. Er zog das Telefon heraus, stellte fest, dass er keinen Empfang hatte und, was noch besorgniserregender war, dass die Batterieanzeige zeigte, er habe fast keinen Strom mehr. Selbst wenn er eine Steckdose hätte finden können, nützte das nichts, weil er sein Ladegerät im Hotel gelassen hatte.

Die Buspassagiere reihten sich in die lange Schlange von Reisenden, die vor den Büros der sambischen Zoll- und Einwanderungsadministration sassen. Luke hatte von seinem australischen zu seinem britischen Pass, einem Erbe seines in England geborenen Vaters, gewechselt. Er dachte, falls die tansanische Polizei nach ihm fahnde, verwende sie seine australische Passnummer, die er dem Besitzer des Hotels angegeben hatte, in dem er in Stone Town übernachten wollte. Als er das Gebäude schliesslich betrat und der Einwanderungsbeamtin gegenüberstand, schenkte die gelangweilte Frau ihm kaum einen zweiten Blick, sondern setzte mit einem abgenutzten Stempel einen schmierigen Druck in seinen Pass.

Der Bus überquerte eine neu aussehende Brücke über den breiten Sambesi zur simbabwischen Grenze, an der die Formalitäten etwas schneller gingen, doch inzwischen hatte Luke die letzten Geduldreserven verloren. »Na, los, macht endlich«, schimpfte er, als die letzten Passagiere zum Bus geschlendert kamen.

Chirundu, auf der simbabwischen Seite, bestand, soweit Luke sehen konnte, aus ein paar offiziellen Gebäuden, einem schäbig aussehenden Hotel und einem Krämerladen. Als der Bus an einer Reihe von Lastwagen vorbeifuhr, war Luke überrascht, zwischen zweien davon einen einsamen Elefantenbullen stehen zu sehen.

Der Mann neben ihm bemerkte seine grossen Augen und sagte: »Man sieht hier oft Elefanten. Sie schnüffeln nachts um die Lastwagen herum, auf der Suche nach denen, die Mais und andere Lebensmittel transportieren. Sie kommen aus dem Busch und sind auf dem Weg zum Fluss, um zu trinken, wobei sie durch die Township wandern.«

Das Elend der Grenzstadt Chirundu wich schnell dichtem Buschland und nach ein paar Kilometern musste der Bus anhalten, weil drei grosse schwarze Kaffernbüffel über die Strasse trotteten.

»In Sambia habe ich kein Wild auf den Strassen gesehen«, sagte Luke.

»Kein Wunder, Sie haben den grössten Teil der Reise verschlafen, oder? Aber Sie haben Recht, in Sambia gibt es ausserhalb der Nationalparks praktisch keine wilden Tiere mehr, denn sie sind alle gewildert worden. Die Sambier sind allesamt Kriminelle, wissen Sie.«

»Ja, das hat man mir gesagt.«

Sie kamen an eine T-Kreuzung und Luke sah ein Schild, das auf den Mana Pools National Park auf der linken Seite hinwies. Der Bus fuhr nach rechts, kletterte langsam den Steilhang am Sambesi hinauf, von wo Luke einen grossartigen Blick auf den Nationalpark hatte, in dem Miranda Banks-Lewis scheinbar von einem Löwen getötet worden war.

Der Bus hielt an der Tankstelle von Makuti, wo ein Schild hinunter zum dreiundsiebzig Kilometer entfernten Kariba wies. Luke winkte dem Geschäftsmann, der im Bus weiterfuhr, zum Abschied zu und suchte sich einen schattigen Baum, unter dem er darauf wartete, in die Stadt zu fahren.

Nachdem er der Enge des Busses entflohen und seinem Ziel einen weiteren Schritt näher war, fühlte er sich etwas besser. Er verdrängte die Müdigkeit, seinen üblen Geruch und die Tatsache, dass er wegen eines mutmasslichen Drogendelikts und möglicherweise wegen Mordes gesucht wurde. Er sog die warme, schwere Luft des Sambesi-Tals ein. Er war einer Geschichte auf der Spur, die es wahrscheinlich in die Zeitungen aller Länder der westlichen Welt und in ein paar weitere schaffen würde. Vielleicht würde sogar ein Buch daraus.

Er würde nicht aufgeben, bis er Jed Banks fand, schliesslich schuldete er Banks etwas dafür, dass er ihm in Afghanistan das Leben gerettet hatte. Wenn sich die Dinge so entwickelten, wie er hoffte, könnten die Neuigkeiten, die er für den Green Beret Master Sergeant hatte, diese Schuld begleichen – falls er nicht zu spät kam.

18

Der tansanische Zollbeamte war vom Luxusmotorboot beeindruckt. Im Hafen von Bagamoyo liefen Boote aller Grösse ein und aus, von leckenden Dhaus bis zu Frachtschiffen, aber die Yacht mit ihren schlanken, modernen Linien, den polierten Chrombeschlägen und der beeindruckenden Anordnung von Radar- und Funkmasten, war etwas ganz Besonderes. Wie er am Schriftzug auf dem Heck erkannte, war sie in Sansibar registriert, also musste sie einem Araber gehören.

Er hatte Recht.

»*Jambo*«, sagte dieser, als er den Steg betrat.

»*Habari*«, antwortete der Zollbeamte. »Kommen Sie aus Sansibar?«, fuhr er auf Suaheli fort.

»Ja. Ich habe hier sehr traurige Aufgaben zu erledigen. Zwei meiner treuesten Mitarbeiter kehren nach Hause zurück«, erklärte der Araber. »Kommt an Bord und holt sie«, sagte er zu zwei dunkelhäutigen Männern in den Uniformen von Pagen eines Hotels in der Stadt.

»Traurig?«, fragte der Zöllner, und nahm eine teure ausländische Zigarette aus der Schachtel, die der Araber ihm hinhielt.

Der Mann deutete mit seiner glühenden Zigarettenspitze zurück zur Gangway des Schiffs. Es war früher Morgen und das Licht noch schwach, da Wolken die aufgehende Sonne verdeckten.

Der Zollbeamte schüttelte den Kopf, als der erste der beiden Särge die Gangway hinuntergetragen wurde und die Schwarzen mit dem Gewicht zu kämpfen hatten.

»Das Virus«, sagte der Araber und zuckte mit den Schultern, als ob niemand etwas hätte tun können. »Möchten Sie einen Blick hineinwerfen?«

Der Zollbeamte war ein guter Muslim, der nicht trank und ein relativ anständiges Leben führte. Er war jung, vielleicht fünfundzwanzig, und hatte sein ganzes Leben noch vor sich. Er hatte die Werbung gehört, die Plakate gesehen und die Broschüren über HIV-AIDS gelesen und war fest entschlossen, gesund zu bleiben. Er betrog seine Frau nur selten, und wenn er die Dienste Prostituierter in Anspruch nahm, liess er sich immer ein Kondom geben. Er wusste zwar, dass das Risiko einer Übertragung über den Austausch von Körperflüssigkeiten hinaus minimal war, wollte aber kein Risiko eingehen, das für die Ausübung seiner Arbeit nicht unbedingt erforderlich war.

»Nein, ich muss die Leichen nicht kontrollieren«, sagte er.

Der Araber übergab ihm die beiden Sterbeurkunden und der Zollbeamte überprüfte sie. Sie schienen in Ordnung zu sein. »Warum wurden diese Männer nicht auf Sansibar begraben?«

»Sie stammten aus demselben Dorf, hier auf dem Festland. Es war ihr letzter Wunsch, bei den anderen Mitgliedern ihrer Familien begraben zu werden.«

»Es ist schön, dass Sie sich diese Mühe machen.«

»Diese Männer haben gut für mich gearbeitet, also ist es das Mindeste, was ich für sie tun kann.«

Der Zollbeamte fühlte sich nicht gut. Er war davon ausgegangen, den reichen Araber, allein schon wegen des Aussehens seines neuen Bootes und des Schnitts seiner massgeschneiderten Kleidung, nicht zu mögen, doch jetzt schien er ihm ein guter Mann zu sein. Er notierte dessen Namen – *Hassan bin Zayid* – und die Beschreibung der Ladung – *2 x menschliche Überreste* – auf seinem Formular.

HASSAN KLETTERTE auf den Beifahrersitz des Kleinbusses, während der zweite Schwarze die hintere Tür zuschob und sich auf einen der beiden billigen Särge setzte. Hassan lächelte. Menschliche Überreste waren heutzutage eine Art von Fracht, die in Afrika kein Aufsehen erregte. Schreiner und Tischler verkauften am Strassenrand Särge und es war keineswegs ungewöhnlich, sie voll beladen auf den Ladeflächen von Pick-up-Trucks zu sehen. Das Virus hatte dem Tod alles geraubt: sein Mysterium, das Ritual, die Besonderheit und sogar die Feierlichkeit. Das Beseitigen von Menschen war in Afrika zu einem grossen Geschäft geworden.

»Wohin, Boss?«, fragte der Fahrer.

»Zur Ranch«, sagte bin Zayid, womit er eine Wildfarm im Besitz der Familie meinte. Der Manager, ein weisser Kenianer, der nach Tansania gezogen war, um die Farm zu leiten, war mit seiner jungen Familie in den Ferien, aber Hassans Privatflugzeug, eine Cessna 208, war dort geparkt.

Sie fuhren schnell und schweigend, bis der Fahrer schliesslich auf eine Nebenstrasse voller Schlaglöcher abbog.

»Vorsichtig«, bellte Hassan, als die beiden Särge auf dem unebenen Boden auf den Metallboden des Lieferwagens prallten.

Der Mann auf dem Rücksitz, der sich beim Aufprall der Särge den Kopf am Dach gestossen hatte, wandte sich ab, um sein Lächeln zu verbergen, denn was machten Menschen, die bereits tot waren, ein paar Stösse aus?

»Wohin bringen Sie diese Männer, um sie zu begraben, Chef?«, fragte der Fahrer.

»Ich fliege sie in das Dorf, aus dem sie stammen. Es liegt in der Nähe von Arusha.«

»Oh«, sagte der Fahrer, »das ist weit«.

»Ja, deshalb fliege ich ja auch dorthin.«

»Sollen wir Sie wieder von der Ranch abholen, wenn Sie das Flugzeug zurückbringen?«

Die Antwort auf diese Frage, dachte Hassan, lag in den Händen Allahs, des Allbarmherzigen, der sich hoffentlich tatsächlich barmherzig zeigte. Dennoch hatte er weder Angst, noch war er aufgeregt. Dies war gewissermassen ein Geschäft. Er wollte eine Schuld begleichen, nicht mehr und nicht weniger. Das Risiko war hoch, aber er hatte keine Angst vor dem Tod, sondern das Einzige, was er fürchtete, war das Scheitern.

Am Zaun des Gehöfts liefen Strausse auf und ab und reckten ihre langen Hälse, um einen Blick auf das Fahrzeug zu erhaschen, das über die unbefestigte Strasse fuhr. Vor den Holztüren eines Flugzeughangars am Rande der Landebahn des Anwesens, neben der eine Windsocke schlaff in der warmen Morgenluft hing, hielt der Fahrer den Wagen an. Es war schwül und Hassan wischte sich kleine Schweissperlen von der Oberlippe, während der Fahrer das Tor des Hangars öffnete.

»Das Flugzeug wurde überprüft und die Tanks sind, wie Sie angeordnet haben, voll, Boss«, erklärte der Mann.

»Gut«, sagte bin Zayid. »Beladet das Flugzeug.«

Die beiden Afrikaner kamen ziemlich ins Schwitzen, als sie die schweren Särge in den Hangar trugen und sie umständlich durch die seitliche Ladeluke des Flugzeugs schoben. Die geräumige einmotorige Cessna 208, auch Caravan genannt, war für den Transport von bis zu zehn Personen oder der entsprechenden Menge an Fracht ausgelegt. Da das Flugzeug normalerweise nur für den Transport von Fracht zu und von den verschiedenen bin Zayid-Grundstücken verwendet wurde, hatte Hassan die Passagiersitze schon vor langer Zeit ausgebaut.

»Gut gemacht«, sagte Hassan, als sie fertig waren, »und bitte schliesst den Hangar, wenn ich abgeflogen bin.«

Hassan rollte zum anderen Ende der Landebahn, wobei das Flugzeug eine Gras- und Staubwolke hinter sich herzog. Er betätigte die Bremsen, quetschte sich zwischen die Sitze von Pilot und Co-Pilot, nahm aus der Aktentasche, dem einzigen Gepäckstück, das er vom

Schiff mitgebracht hatte, einen Schraubenzieher und machte sich daran, den Deckel eines der Särge zu öffnen. Er wischte sich den Schweiss von der Stirn und hob den Sargdeckel ein wenig. Er tastete hinein, löste den Draht und hob den Deckel vollständig an.

Sie sah so friedlich und immer noch so schön aus. Es war eine Schande, dass ihr Tod so unvermeidlich war. Hassan kehrte zu seinem Sitz zurück, schnallte sich an und löste die Bremsen. Er wollte sie, während er flog, im Auge behalten können. Er musste sich selbst an ihren Betrug erinnern, während er sich darauf vorbereitete, die Schulden für seine Familie zu begleichen. Während des langen Fluges hätte er Zeit, sich an jedes Detail zu erinnern, wie sie in sein Bett gekommen war, wie sie sich geliebt hatten und wie sie ihn angelogen hatte. Er erhöhte die Motorendrehzahl, die Cessna sauste die Landebahn hinunter und hob ab, hinauf, in den grauen Himmel.

DIE SONNE BRACH im selben Moment durch die Wolkendecke, in dem das Flugzeug vom Horizont verschwand, so dass sich der Fahrer des Lieferwagens, der Hassan und die Särge transportiert hatte, die Augen mit der Hand bedecken musste, als er seinen Arbeitgeber entschwinden sah.

»Komisch«, sagte er zu dem schweissnassen Mann, der die Türen des Hangars zuschob.

»Was?«, fragte der Mann, der es nicht lustig fand, um vier Uhr morgens aufzustehen, um den schrulligen arabischen Chef und zwei der Krankheit erlegene Leichen aufs Land zu fahren.

»Er fliegt nach Süden.«

»Na und?«

»Arusha liegt nordwestlich von hier.«

HASSAN FLOG, um Dar es Salaam zu umfliegen, nach Süden, drehte dann aber nach Südwesten, über die Wildnis Tansanias, ab. Er behielt dabei die Hauptstrasse, die von Dar nach Mbeya, der letzten grossen Stadt vor der sambischen Grenze, führte, in Sichtweite zu seiner Linken.

Ausser an Miranda dachte er auch an Iqbal und die unterschiedlichen Wege, die sie für ihr Leben während ihrer Studienzeit eingeschlagen hatten. Hassan fragte sich, ob es Angst gewesen sei, die ihn auf dem sicheren Weg gehalten hatte, dem Familienunternehmen im idyllischen, wohlduftenden Sansibar nachzugehen. Er hatte sich für das Paradies auf Erden entschieden – Geld, Frauen und Alkohol. Es war ein einfaches Leben. Seinen Kollegen hatte er gesagt, es sei seine Pflicht, die Präsenz der Familie auf der Insel fortzusetzen, aber in den letzten Tagen war er zum Schluss gekommen, dass er einfach Angst davor hatte, sich von seinem Bruder in dessen Welt, die der *Mudschaheddin,* führen zu lassen.

Hassan kannte die Furcht, wenn er durch den Busch ging. Einmal war er im Selous-Wildreservat in Tansania auf ein Löwenrudel getroffen, das sich auf der Jagd befand, aber das war nichts im Vergleich dazu, ein Raketenfeuer zu überleben oder vor dem Summen des Kettengeschützes eines herannahenden Hubschraubers zu fliehen, wie es Iqbal in Tschetschenien getan hatte. Er fragte sich, ob sein Zwillingsbruder, als er starb, Angst gehabt habe und ob er vor Jed Banks geflohen sei oder ihm in die Augen gesehen habe und wie ein Mann gestorben sei. Der Krieg war schon vor langer Zeit erklärt worden, aber während andere für ihre Überzeugungen kämpften, hatte Hassan still am Rand gesessen und seine irdischen Freuden genossen. Er schämte sich, aber jetzt bezog er Stellung.

Er blickte über seine Schulter nach hinten, auf Miranda Banks-Lewis' reglosen Körper. Ihr Gesicht sah ruhig aus. Er erinnerte sich an das Gefühl ihrer Haut, ihren Duft und die exquisite Weichheit ihrer Lippen auf nahezu jedem Zentimeter seines Körpers. Er erinnerte sich an die Freude, in sie einzudringen, und an ihre Überraschung, als er sie losgelassen hatte, bevor er sie in den Sarg hob. Beim Gedanken an ihr letztes Zusammentreffen musste er lächeln und er merkte, dass er körperlich erregt wurde – kein angenehmes Gefühl auf einem langen Flug.

Die Einmischung des Reporters in seine Angelegenheiten auf der

Insel hatte ihn beunruhigt, aber er glaubte, sich rechtzeitig um den Mann gekümmert zu haben. Die Tatsache, dass er tot war, beunruhigte Hassan nicht. In der Vergangenheit hatte er Gewalt gegen Westler auf Sansibar verurteilt, da sie schlecht für das Geschäft war und unnötige Aufmerksamkeit auf die arabische Gemeinschaft auf der Insel lenkte. Aber jetzt hatte sich die Sachlage geändert, er sich, wie er sich wieder ins Gedächtnis rief, dem Krieg angeschlossen und in diesem gab es keine Regeln.

Er sah zum anderen Sarg hin und überprüfte in Gedanken dessen Inhalt – er enthielt alles andere als einen toten schwarzen Arbeiter. Der Erfolg seiner Mission hing davon ab, dass alles dort drin richtig funktionierte – und von den Plänen, die er mit Juma gemacht hatte.

Hassan war zuversichtlich, dass Miranda nichts herausgefunden hatte, was ihn belasten konnte, hatte sie aber, um ganz sicher zu gehen, nach Sansibar mitgenommen. Ihren Tod als Folge eines menschenfressenden Löwen erscheinen zu lassen, war eine nette Idee gewesen. Wenn sie einfach verschwunden wäre, hätte es zu viele Fragen gegeben, also musste ihr Verschwinden wie ein Unfall aussehen. Juma hatte ihm erzählt, die Mitarbeiter von Mana Pools gingen davon aus, dass in ihrem Park ein menschenfressender Löwe lebte. Er war sich zwar bewusst, dass ihr Tod als Sensationsmeldung um die Welt gegangen war, doch hatte er bei den lokalen Behörden in Simbabwe keinerlei Verdacht erregt. Die Nachrichten über ihren eigenen Tod vor Miranda geheim zu halten, war nicht schwierig gewesen. Er hatte seine Leute in Sansibar angewiesen, vor ihrer Ankunft das Fernsehgerät und den Radioempfänger aus seinem Motorboot zu entfernen.

»Wenn ich auf mein Boot gehe, entferne ich mich gern eine Million Meilen von den Sorgen der Welt«, hatte er ihr glatt vorgelogen. »Wir brauchen hier keine Satelliten-Nachrichtenkanäle oder den BBC World Service. Ich habe ein paar Musik-CDs und ein paar DVDs, für den Fall, dass es dir langweilig wird.«

Sie lächelte ihn an und zwinkerte ihm verschmitzt zu. »Ich habe das Gefühl, wir werden genug eigenen Spass haben, Hassan.«

Nachdem sie zur Ranch in der Nähe von Dar es Salaam geflogen waren, fuhren sie mit einem wartenden Auto zum Hafen und gingen an Bord seines Bootes. Den Rest des Tages waren sie herumgefahren und hatten sich in der Nacht geliebt, als ob nichts gewesen wäre. Unter dem Vorwand, an einem Geschäftstreffen teilzunehmen, hatte er das Zodiac-Schlauchboot am nächsten Morgen zurück nach Dar gebracht, um Ersatzteile für einen der Land Rover des Wildreservats zu holen.

Die Begegnung mit dem Reisefachmann ein paar Tage zuvor in der Strandbar des Resorts, das er beinahe gekauft hätte, hatte seinen Übergang vom Zivilisten zum Krieger eingeläutet.

»Ich habe mich gefragt, ob Sie kämen, Hassan«, hatte der übergewichtige Mann, der an der Sonne in seinem westlichen Geschäftsanzug schwitzte, gesagt.

»Ich bin bereit, zu unterstützen, wo immer ich kann.«

»Warum der Sinneswandel? Wegen Ihres Bruders, nehme ich an?«

»Ich habe meine eigenen Gründe.«

»Wenn Sie vor einer Woche, einem Monat oder einem halben Jahr zu mir gekommen wären, Hassan, hätte ich Ihnen erklärt, Sie sollen verschwinden, ich wüsste nichts von Ihrem Angebot und wir hätten unser letztes Gespräch nie geführt.«

»Ich verstehe die Notwendigkeit der Geheimhaltung«, versicherte ihm Hassan.

»Sie verstehen gar nichts von unserer Welt, von der Welt Ihres Bruders. Sie sprechen wie ein betrügender Ehemann, der seine Frau belügt, von Geheimhaltung, während ich von Geheimhaltung spreche, wenn es um Leben und Tod geht. Sie sind hier, weil zwei von uns tot sind.«

»Was ist passiert?«

»Da, sehen Sie? Sie wollen Details über Dinge wissen, die Sie nichts angehen. Dennoch erzähle ich es Ihnen, weil Sie diese Männer getroffen haben. Die beiden, die vor zwei Monaten in Ihrer Lodge waren, für die ich gebucht habe. Erinnern Sie sich an sie?«

»Natürlich«. Er erinnerte sich gut an die beiden jungen Araber. Er hatte sich über den wahren Zweck ihres Besuchs gewundert. Sie hatten bei ihm ein Boot gemietet und waren den Sambesi auf und ab gefahren. Sie hatten Ferngläser und Reiseführer dabei, aber als Hassan versuchte, ein Gespräch über afrikanische Vögel oder Säugetiere mit ihnen zu beginnen, wussten sie nichts. Er erinnerte sich auch daran, dass Miranda, die zu dieser Zeit in der Lodge zu Besuch war, gewirkt hatte, als sei sie sehr neugierig auf die Männer.

»Sie kannten den Wert der Geheimhaltung. Sie reisten mit falschen Pässen, aber mit Fälschungen von höchster Qualität. Sie wurden weder durch ihre Dokumente identifiziert, da bin ich mir sicher, noch durch unvorsichtiges Telefonieren mit dem Handy. Also muss jemand sie gesehen oder vielleicht sogar fotografiert haben und anhand dieser Bilder oder dieser zufälligen Sichtung wurden sie als Männer, die in anderen Teilen der Welt gesucht werden, erkannt. Ich schickte sie auf eine Aufklärungsmission zu Ihrer Lodge, weil ich angenommen hatte, hier in Afrika seien sie anonym. Hat sie dort jemand gesehen oder vielleicht sogar fotografiert?«

Hassan spürte, wie sich sein Puls beschleunigte. »Nein, natürlich nicht. Wer sollte sie in meiner Lodge gesehen haben? Sie wissen, dass ich, als diese Männer kamen, keine anderen Buchungen hatte. Dafür haben Sie selbst gesorgt, indem Sie einen hohen Preis für ihre Unterkunft bezahlt haben.«

Der Reiseberater betrachtete ihn mit Argusaugen und schweren Lidern. »Ich weiss es nicht, Hassan. Ich will ehrlich sein. Normalerweise würde ich einem Mann, der eine so plötzliche Bekehrung durchgemacht hat wie Sie, und der zu mir kommt und mich bittet, ihn zu treffen, nicht trauen, weil ich denke, es sei zu gefährlich. Doch angesichts des Martyriums meiner beiden erfahrenen Männer habe ich keine andere Wahl. Wenn Sie ein Spion sind, Hassan, wenn Sie also für die Kreuzritter arbeiten, werde ich es früh genug erfahren und im Wissen zu Gott gehen, dass ich meine Pflicht getan habe, aber von Ihnen verraten wurde.«

»Ich bin kein Spion, das schwöre ich bei den Gräbern meines Vaters und meines gemarterten Bruders.«

»Ihre Schwüre interessieren mich nicht, Hassan, Ihre Taten

dagegen umso mehr. Ich werde Ihnen eine Aufgabe geben, mit deren Erledigung Sie sich als würdig für weitere erweisen.«

Hassan hatte die Bombe im Rucksack an Ort und Stelle in Empfang genommen und war, wie angewiesen, ins Stadtzentrum gefahren. Das Reisebüro wusste von der Abfahrtszeit eines Reisebusses mit amerikanischen Touristen, doch selbst Hassan, der nichts über militärische Operationen wusste, hielt es für verrückt, eine solche Mission ohne Planung oder Überwachung des Gebiets zu unternehmen.

Der Bus stand, wie der Reiseberater ihm gesagt hatte, vor dem Vier-Sterne-Hotel, das zu einer amerikanischen Kette gehörte. Die Gäste, grösstenteils ältere, korpulente Menschen, strömten laut schwatzend und lachend aus dem Hotel, während Hotelpagen deren Koffer und Rucksäcke im Foyer auf Rollwagen stapelten und sie zum Bus brachten. Hassan betrat das Hotel mit tief heruntergezogener Mütze, um seine Augen zu verdecken, falls ihn Kameras beobachteten. Niemand schenkte ihm einen zweiten Blick.

Er ging in die Herrentoilette des Hotels, öffnete in einer der Kabinen den Rucksack und stellte die Zeitschaltuhr des digitalen Weckers, wie es ihm der Mann des Reisebüros aufgetragen hatte, ein. Als Teil der Scharade spülte er die Toilette, ging dann zum Waschbecken hinaus, stellte den Rucksack ab. Er wusch sich die Hände und spritzte sich Wasser ins Gesicht, um den Schweiss abzuwaschen und seine Nerven zu beruhigen. Das Herz hämmerte in seiner Brust. Ein Mann und eine Frau in weiten Shorts und passenden Poloshirts stapelten ihre Taschen auf einen Wagen. Hassan wartete ein paar Schritte hinter ihnen und als sie weggingen, legte er seinen Rucksack auf den Gepäckberg Der Page nahm keinerlei Notiz von ihm. Hassan ging in den Sonnenschein hinaus, rief ein Taxi und fuhr davon. Es war so einfach gewesen. Die ersten Radiomeldungen über das Blutbad erreichten ihn später in einem Zimmer des Strandresorts und der Reiseberater kam, um ihm die die Hand zu schütteln.

Anschliessend informierte ihn der Reisefachmann über die beiden Missionen, die auf die beiden arabischen Märtyrer gewartet hätten. Die erste Aufgabe und die, die Hassan als nächstes übernehmen sollte, war eine Bombe, die in einem Nachtclub in Nungwi platziert werden sollte, während der zweite Auftrag näher an Hassans Wahlheimat, direkt vor seiner Haustür im Sambesi-Tal, auf ihn wartete.

Nachdem Hassan das Städchen Mbeya, das wie eine schmutzige Narbe in der offenen Landschaft lag, überflogen hatte, wich er, um nicht von jemandem am Grenzposten in Tunduma gesehen zu werden, von der Hauptstrasse nach Westen ab. Er bezweifelte, dass ein Leichtflugzeug Verdacht erregte, aber seine Registrierungsbuchstaben unter den Flügeln waren deutlich zu sehen und er wollte nicht, dass sich jemand daran erinnerte, falls später Fragen aufkämen.

Obwohl Hassan wusste, dass seine Chancen gering waren, war sein Plan, nach Beendigung seiner Mission am Leben zu bleiben. Er fragte sich, wie das Paradies wirklich aussehe. Wenn es aus üppigen Festmählern in der Begleitung schöner Frauen an azurblauen Ufern bestand, war es genau wie Sansibar. Dann war er sicher, dass Iqbal sich im Paradies amüsiere, nur konnte Hassan all das ohne zu sterben haben.

Unter ihm dehnten sich die endlosen leeren Ebenen und das Buschland von Sambia dahin. Die Engländer hatten sogar einen Ausdruck dafür kreiert – 'MMBA, miles and miles of bloody Africa'. Die Entwicklung konzentrierte sich momentan entlang der Hauptstrasse und unter ihm liefen, radelten und fuhren Menschen in einer endlosen Parade. Der Anblick erinnerte ihn an eine Reihe unermüdlicher und unaufhaltsamer Safari-Ameisen. Die Leute dort unten würden bald über seine Taten sprechen. Der Krieg war dabei, auch in diese afrikanische Nation zu kommen. Und warum sollte er auch nicht? Er und seine neu entdeckten Kollegen besassen trotz des Aufgebots an Technologie und Waffen, das die Amerikaner gegen sie eingesetzt hatten, immer noch den wichtigsten aller möglichen Vorteile – den Überraschungseffekt. Sie würden die Kreuzritter, wie Iqbal und der Reiseberater die Amerikaner nannten, immer auf dem falschen Fuss erwischen. Was er vorhatte, war in erster Linie für Iqbal. Er hatte den Kampf seines Bruders aufgenommen. Als er wieder zu Miranda in ihrem Sarg blickte, erinnerte er sich an den Moment, als sie über den Tag sprachen, an dem Osama bin Laden zu einem Begriff geworden war.

Sie waren in der Lodge in Sambia, sassen nach dem Abendessen in den tiefgepolsterten Korbsesseln und lauschten dem nächtlichen Chor des Sambesi.

»Was denkst du eigentlich über nine-eleven?«, hatte sie ihn übergangslos gefragt.

Sie hatten über die Politik in Simbabwe gesprochen und das war, bevor sie das erste Mal miteinander schliefen. Später fragte er sich, ob es Teil eines Fragespiels gewesen war, das er richtig beantworten musste, bevor sie ihm den ersten Preis überreichte, nämlich sich selbst. Damals hatte er jedoch spontan und aus dem Herzen heraus geantwortet.

»Das war ein Gräuel, ein feiger, sinnloser Angriff, der die gesamte arabische Welt in Verruf gebracht hat. Ich schäme mich dafür.«

Er glaubte damals an seine Worte und tat es immer noch. Der Anschlag hatte die Welt polarisiert und hatte Menschen wie ihn, die Gemässigten, die vom bewaffneten Kampf verschont geblieben waren, gezwungen, sich auf eine Seite zu stellen. Ab diesem Moment gab es im Krieg zwischen dem Islam und Amerika und seinen Verbündeten nur noch Extreme.

»Glaubst du, wir können jemals alle in Frieden nebeneinander leben?«, hatte Miranda ihn gefragt.

Er fand ihre Naivität anziehend und ihre Unschuld erfrischend, aber natürlich nur, bis er die Wahrheit über sie herausfand.

In der Ferne erhob sich Lusaka in seiner ganzen Hässlichkeit aus den trockenen braunen Ebenen und Hassan drehte die Nase des Flugzeugs nach Westen. Bald entdeckte er den mächtigen Sambesi unter sich und leitete den Sinkflug ein. In einer idealen Welt, dachte er, hätten er und Miranda Banks-Lewis Seite an Seite leben können. Er war sich sicher, dass ein Psychiater ihm gesagt hätte, seine Fixierung auf hellhäutige blonde Frauen habe etwas mit seiner Mutter zu tun, aber das war ihm eigentlich egal. Egal, mit wie vielen westlichen Frauen er ins Bett ging, wie viel Alkohol er trank, wie viel Geld er verdiente oder wie viel Afrika er besass, das Paradies auf Erden würde er nie wirklich finden. Hier, in diesem Leben, war der Mensch für den Krieg, nicht für den Frieden bestimmt und er, Hassan bin Zayid, war wegen des Vaters der Frau, die er geliebt hatte, in diesen Kampf hineingezogen worden. Ausserdem hatte sie ihn zynisch und böswillig betrogen.

Nun war, würden die Amerikaner sagen, Zeit für die Revanche.

19

Obwohl es eine zerfurchte, knochenbrechende Schotterpiste war, kam sie einer Hauptstrasse in diesem Teil des Sambesi-Tals noch am nächsten, weshalb der Baum, der auf der linken Spur lag, sofort Jeds Verdacht erregte.

Er wollte nicht verlangsamen, war aber mit fast siebzig Stundenkilometern, dem Maximum, das er sich auf dem losen Untergrund zu fahren traute, unterwegs. Er schaltete vom vierten in den dritten Gang herunter und suchte, während der Tacho auf dreissig hinunterging, den dichten, trockenen Busch auf beiden Seiten der Strasse ab. Er schaute zum Stumpf des Baumes, der dicht am Strassenrand lag, und erkannte am leuchtenden Orangerot des Holzes, dass es noch feucht war.

»Scheisse«, fluche er, gab Gas und fuhr um den Baum herum.

Plötzlich scherte das Heck des Land Rovers scharf nach rechts aus und Jed fluchte erneut, weil er einen Reifen platzen hörte. Er kämpfte mit dem Lenkrad, konnte das Fahrzeug aber auf der Strasse halten. Ein weniger erfahrener Fahrer hätte überkorrigiert, was bei einem Geländewagen wie diesem gefährlich war, denn bei dieser hohen Geschwindigkeit brächte ein falscher Lenkeinschlag auf einer Schotterpiste das Fahrzeug mit seinem hohen Schwerpunkt ins Schlingern.

Jed nahm an, die Strassensperre sei errichtet worden, um ihn zu zwingen, über das Ding zu fahren, das seinen Reifen zerstochen hatte. Derjenige, der den Baum gefällt hatte, hatte bestimmt die Vorstellung, er halte an, steige aus, trete gegen den Reifen und versuche, sich zu erinnern, wo der Wagenheber sei.

Bei einem Überfall gab es genau zwei Möglichkeiten, zu reagieren. War man in einem Fahrzeug, fuhr man einfach weiter, und zu Fuss drehte man sich um, stellte sich den Kugeln und stürmte, in der Hoffnung, den Feind zu überrumpeln, durch sie hindurch. So viel Mut war, wenn man eine Waffe in der Hand hatte, in Ordnung. Er gab Gas. Glücklicherweise schien der Hinterreifen nur durchstochen, aber nicht komplett geplatzt zu sein. Obwohl sich keine Luft mehr im Schlauch befand, war noch genug Gummi vorhanden, um eine gewisse Traktion zu gewährleisten. Er wusste jedoch, dass die Metallfelge des Rades die Lauffläche bald durchschneiden würde. Jed drehte sich um, blickte zurück und duckte sich unvermittelt, als die Luft auf der linken Seite seines Kopfes zerschnitten wurde und die Heckscheibe in einer Gischt aus kristallklaren Glassplittern zersplitterte. Das Aluminiumdach des Land Rovers dröhnte, als schlage jemand mit einem Vorschlaghammer darauf ein.

Er stützte sich mit der linken Seite des Oberkörpers auf das Staufach zwischen den beiden Vordersitzen, beugte sich so tief wie möglich hinunter und beobachtete die Strasse über das Lenkrad. Der Wagen schaukelte und ruckelte und als sich die Felge durch die letzte Lage des Reifens frass, roch er brennendes Gummi. Als die heissen, scharfen Metallkanten des Rades die unbefestigte Strasse durchpflügten, wurde das Fahrzeug langsamer.

Der Land Rover kam zum Stillstand, aber der Motor lief noch immer. Jed schaltete die Zündung aus und steckte die Schlüssel ein. So einfach kriegten die Bastarde diesen Preis nicht. Er öffnete die Motorhaube, fand den Kraftstofffilter und löste mit dem Leatherman-Werkzeug an seinem Gürtel die Ablassschraube darunter.

Heisser Diesel ergoss sich über seine Hand und dann auf den staubigen Boden darunter. Bevor das Fahrzeug wieder anspringen konnte, musste man das Kraftstoffsystem manuell entlüften.

Jed schnappte sich seine Wasserflasche und sprintete auf seiner linken Seite in den Busch. Er rannte etwa vierzig Meter durch die Bäume, blieb dann stehen und begann langsam und vorsichtig rückwärtszugehen, bis er fast wieder bei der Strasse anlangte. Bei seinem Sprint in den Busch hatte er einen umgestürzten Strommast entdeckt, der parallel zur Strasse im Gebüsch verrottete. Nun balancierte er wie auf einem Schwebebalken über diesen und sprang am anderen Ende so weit wie möglich ab, bevor er eine Strecke von fast hundert Metern ein paar Meter neben der Strasse herlief.

Der Land Rover war immer noch in Sichtweite und er beobachtete die Strasse ein paar Sekunden lang, und sprang auf die andere Seite, als er niemanden sah. Er suchte nach einer Waffe und fand einen dicken, etwa einen Meter langen heruntergefallenen Ast. Das war zwar gegen ein Gewehr nicht viel, musste aber reichen. Er hockte sich hin, beobachtete sein gestrandetes Fahrzeug und wischte sich mit der Rückseite seines Arms über die Stirn. Obwohl er vom Laufen schwitzte, war sein Puls normal und er merkte, dass er die Situation beinahe genoss. Er war einem Hinterhalt entkommen und drehte nun den Spiess um. Irgendein unbedeutender sambischer Autoknacker bekam gerade einen Arschtritt nach Art der US Army.

Er dachte an Hassan bin Zayids Angestellten mit dem hartgesottenen Gesichtsausdruck und seine Wagenladung voll Waffen und Munition. Gerade hatte jemand auf ihn geschossen – wofür die fehlende Heckscheibe und das Loch im Dach seines Mietwagens der Beweis waren –, aber Jed sah keinen Grund zur Vermutung, dass der Mann, egal wie mürrisch er war, darauf aus war, ihn zu töten oder auszurauben. Viel wahrscheinlicher war, dass die Wilderer, von denen der Mann gesprochen hatte, so etwas taten. Männer, die so verzweifelt waren, dass sie in Wäldern jagten, die von schwer bewaffneten Grundbesitzern bewacht wurden, dachten wahrscheinlich, sich einen glänzenden neuen Mietwagen unter die Nägel zu reissen, sei die perfekte Chance, kurzerhand einen Jahreslohn zu verdienen. Er ging davon aus, bei der Einfahrt ins Reservat beobachtet worden zu sein, und da es nur wenige Ein- und Ausfahrten gab, war er sich ziemlich sicher, auf der gleichen Strasse wieder herausfahren zu müssen.

Auf der Strasse näherte sich niemand dem Land Rover und als er sich in die Lage des Verbrechers versetzte, wurde ihm der Grund dafür klar. Er würde sich dem Fahrzeug durch das Gebüsch nähern, es von dort anschauen und den Schaden beurteilen. Dann würde er versuchen, den Fahrer zu finden. Jed wünschte sich um alles Geld ein Fernglas. Er glaubte, in der Nähe des Fahrzeugs, auf der rechten Seite der Strasse, einen Baum gesehen zu haben. Das bedeutete, der Mann oder die Männer hatten sich auf der gleichen Seite genähert, auf der Jed ausgestiegen war. Er hoffte, der Möchtegern-Dieb nehme seine falsche Spur auf und gab seinem Verfolger ein paar Minuten Zeit. Doch der Mann tauchte nicht aus dem Busch auf, was vermutlich bedeutete, dass er dem unbeholfenen, offensichtlichen Weg folgte, den Jed durch das Unterholz genommen hatte.

Jed bewegte sich schnell und leise auf der anderen Seite der Strasse zurück zum Land Rover. Wenn es nur ein Mann war, würde er warten, bis dieser das Lenkrad überprüfte oder den Motor zu starten versuchte, und ihn dann mit dem Ast erschlagen. Wenn es zwei oder mehr Gegner waren, wollte er sich verstecken und warten, bis sie weg waren. Er war zwar mutig, aber nicht dumm. Das Fahrzeug war versichert und er hatte nicht die Absicht, sich für Nichts umbringen zu lassen.

JUMA BEWEGTE SICH VORSICHTIG, aber schnell und suchte die Strasse, den Busch und den Boden vor sich ab. Er war enttäuscht darüber, dass der Hinterhalt fehlgeschlagen war. In diesem Gebiet waren die Mopani-Bäume zu kurz, um die ganze Strasse zu blockieren – sie waren jung, erst nach dem Feuer im letzten Jahr nachgewachsen –, aber er war froh, dass er die Geistesgegenwart gehabt hatte, die selbstgebauten Nagelbretter mitzubringen. Hassan und er hatten die

Blockaden, die aus drei Sechs-Zoll-Nägeln, die in unterschiedlichen Winkeln in zugeschnittene Weichholzklötze aus der Werkstatt gehämmert waren, bereits vor sechs Monaten benutzt, um das Auto einer Wildererbande aufzuhalten. Juma hatte die Lücke zwischen dem umgestürzten Baum und der anderen Strassenseite mit den spitzen Fallen ausgelegt und sie hatten ihren Dienst wieder wie erhofft geleistet.

Da der Mann jedoch nicht sofort angehalten hatte, um seinen geplatzten Reifen zu überprüfen, musste Juma ihn nun aufspüren, um die begonnene Sache zu Ende zu bringen. Er wusste, dass der Vater der jungen Frau ein Soldat war, zweifelte allerdings keinen Moment daran, wessen Verstand in diesem Spiel besser abschnitt. Den Amerikaner zu töten war unvermeidlich und musste sein, weil der Mann in der Lodge neugieriger gewesen war, als ihm guttat.

Juma sah den Land Rover, der von dort, wo die Metallfelge des Rades den Reifen aufgeschlitzt hatte, nach heissem, verbranntem Gummi stank. Er hockte sich hin und beobachtete die Umgebung. Das Fahrzeug war leer und der Mann nicht da und versuchte, das Rad zu wechseln, wie er gehofft hatte. Für den Fall, dass Banks sich in den Büschen in der Nähe versteckte, wartete er, doch nichts geschah. Leise und vorsichtig bewegte Juma sich vorwärts, bei jedem Schritt darauf achtend, wo er hintrat, um tote Äste und Haufen getrockneter Blätter zu vermeiden, die sein Opfer warnen könnten. Er blickte immer wieder zum Land Rover zurück und suchte den Boden nach Spuren ab – Fussabdrücken und anderen verräterischen Zeichen seiner zweibeinigen Beute.

Plötzlich sah er es so klar wie eine weisse Linie in der Strassenmitte. Der Mann war, wahrscheinlich in Panik, durch den Busch gerannt und hatte dabei an den Mopani-Bäumen in Hüft- und Brusthöhe Äste abgebrochen oder geknickt. Die Erde war zerkratzt, und dort, wo kein totes Laub den Waldboden bedeckte, waren seine Stiefelabdrücke deutlich zu erkennen. Irgendwo klopfte unaufhörlich ein Specht. Juma blieb stehen und lauschte auf weitere Geräusche, doch da waren keine. Er folgte der Spur und löste die Sicherung an der rechten Seite des Sturmgewehrs. Der Lauf des Gewehrs war noch heiss von der Kugel, die er vorhin abgefeuert hatte und er enttäuscht, dass die gut erkennbaren Spuren kein But aufwiesen. Bereit, beim ersten Anzeichen des Ziels einen Schuss abzugeben, hob er den Gewehrkolben an die Schulter.

Juma blieb stehen. Die Haare in seinem Nacken sträubten sich, er leckte sich die Lippen und starrte wieder angestrengt auf den Boden. Die Spur hört plötzlich auf. Er suchte alles um sich herum ab, dreihundertsechzig Grad. Nichts. Der Mann war schlauer als er vermutet hatte, und das beunruhigte ihn. Er drehte sich um, zurück in Richtung Strasse und ging zum letzten deutlichen Abdruck. Wie hatte er es übersehen können? Das leichte Überlappen des Abdrucks erschien ihm jetzt so klar wie die Überschrift einer Zeitung, deren Nachricht lautete, Juma habe einen Kardinalfehler begangen. Wäre der Amerikaner bewaffnet gewesen, und Juma hoffte inständig, dass er es nicht war, wäre er vom Jäger jetzt zur Beute geworden. Sein Opfer war auf seinen eigenen Schritten zurückgegangen. Juma hörte ein Geräusch und erstarrte. Er entsicherte die AK-47, stellte sie auf Automatik, legte den Finger um den Abzug und machte sich bereit, zu schiessen.

JED LAG auf der anderen Seite der Strasse des Land Rovers auf dem Bauch im Dickicht aus langem Gras und beobachtete, wie der Rücken des Mannes, der ihn verfolgte, im Busch verschwand, weil er der falschen Spur folgte. Der Mann trug ein dunkelgrünes Hemd, also ein im Busch ziemlich übliches Kleidungsstück, vermutete Jed. Er war definitiv ein Schwarzer, aber ein heller grüner Buschhut verhinderte, dass Jed erkennen konnte, wie der Mann sein Haar trug oder ob er eine Glatze hatte.

Jeds Knöchel schimmerten weiss, als er seine primitive Keule krampfhaft umklammerte. Er wusste, dass es irgendwo im Wagen einen Wagenheber geben musste, wollte seinen Vorteil aber nicht dadurch verspielen, dass er sich zum Fahrzeug begab und in dessen Innerem herumlärmte. Er erhob sich und lief in gebeugter Haltung zur Seite des Land Rovers. Im Schatten des Fahrzeugs hielt er kurz inne, spähte über die Motorhaube und suchte das Gebüsch auf der anderen Seite ab, sah aber keine Spur von dem Mann. Er setzte sich wieder in Bewegung und suchte sich einen schattigen Baum auf der Strassenseite, auf der er vorhin gewesen war. Von dort wollte er dem Afrikaner bei seiner Rückkehr auflauern.

Aus der Ferne hörte Jed das Geräusch eines Motors auf der Strasse, in derselben Richtung, in die er gefahren war. Es wurde lauter und er erkannte es als das Rumpeln eines Dieselmotors. Bald kam das Fahrzeug in Sicht und zu seiner Überraschung war es ein Land Rover der Polizei. Jed war beinahe enttäuscht.

Er war ein Bürger der Vereinigten Staaten, der sich allein in einem afrikanischen Land aufhielt und einen Einheimischen mit der Absicht verfolgte, ihm schweren Schaden zuzufügen. Er nahm an, der Mann, den er jetzt verfolgte, sei derjenige, der den Hinterhalt gelegt und auf ihn geschossen habe. Aber was, wenn das gar nicht stimmte? Unvermittelt wurde ihm klar, dass Instinkte und Training seinem gesunden Menschenverstand den Rang abgelaufen hatten. Vielleicht hatte es etwas mit der Hilflosigkeit zu tun, die er wegen Mirandas Tod empfand, aber er wollte etwas tun, etwas unternehmen, sich aus seiner misslichen Lage befreien. Aber war es das Richtige, einen mutmasslichen Autodieb umzubringen?

Er trat mitten auf die Strasse und winkte mit dem Ast über seinem Kopf, um den Polizisten zu warnen. Der weisse Wagen war bereits langsamer geworden, weil dessen Fahrer zweifellos neugierig auf das ähnliche Fahrzeug war, das mitten auf der Strasse stand.

»Guten Tag. Was haben Sie für ein Problem?«, fragte der einsame sambische Polizist, der sein Fenster herunterkurbelte.

»Ein platter Reifen, aber das ist das geringste Problem«, sagte Jed und erzählte von dem Überfall.

Der Polizist stieg aus seinem Wagen aus und begutachtete das Einschussloch im Dach und die zersplitterte Heckscheibe von Jeds Mietwagen. »Bitte, steigen Sie in mein Fahrzeug und ich fordere über Funk Hilfe an. Diese Leute sind sehr gut bewaffnet – vielleicht sind es Wilderer. Ich glaube nicht, dass sie es mit der Polizei aufnehmen, aber man kann nie wissen.«

· · ·

Juma starrte in den Lauf des Sturmgewehrs und bewegte das Zielfernrohr auf die Mitte des Rückens des Polizisten, der sich in die Fahrerkabine des Land Rovers beugte, um das Einschussloch im Dach zu untersuchen. Der Amerikaner befand sich auf der anderen Seite des Fahrzeugs, ausserhalb von Jumas Sicht. Er platzierte den Finger präziser im Abzug. Als er einatmete, hob sich das Visier leicht und kehrte dann, als er seinen Atem herausfliessen liess, zum ursprünglichen Zielpunkt zurück.

Juma fluchte. Es war das Risiko nicht wert. Wenn er den Polizisten tötete, würde der amerikanische Soldat sofort ein Gegenmanöver starten. Der Polizist war mit einer Pistole bewaffnet, und niemand wusste, was sich sonst noch im Land Rover befand. Er löste den Druck auf den Abzug, senkte das Gewehr und sicherte es wieder.

Der Amerikaner hatte Glück, das war alles. Und auf jeden Fall war es besser, wenn er lebte und die Wunde des Todes seiner Tochter noch viele Jahre mittragen musste. Juma wusste nicht, ob der Boss mit dem Amerikaner – jetzt oder in Zukunft – etwas Besonderes vorhatte und beschloss, Hassan nichts vom Überfall zu erzählen. Bin Zayid erfuhr nicht gern von Misserfolgen, sondern pflegte zu sagen: »Bring mir Lösungen, nicht Probleme, Juma«.

Der sambische Polizist fuhr nach Chirundu zurück, in Richtung Westen und zwar mit einer Geschwindigkeit, die Jed halb zu Tode erschreckte. Zeitweise, wenn sie über Spurrillen und Auswaschungen brausten, hoben alle vier Räder des Polizeifahrzeugs vom Boden ab.

Eine nervenaufreibende halbe Stunde später, immer noch auf der Ostseite des Kafue, trafen sie auf die Verstärkung, die Jeds Retter über Funk angefordert hatte – einen Land Rover mit acht Beamten in Einsatzkleidung. Sie trugen fahle blaugraue Uniformen, hatten eine Reihe von Waffen, darunter AK-47, Schrotflinten und sogar ein Repetiergewehr vom Typ Lee Enfield dabei und ausserdem begleitete sie ein knurrender deutscher Schäferhund.

Jeds Polizeiretter wendete das Fahrzeug und führte sie zum liegengebliebenen Land Rover zurück, der immer noch einsam mitten auf der Strasse stand.

»Dass sie nicht versucht haben, den Reifen zu wechseln und wegzufahren, während wir weg waren, ist merkwürdig«, sagte der Polizist. »Ich war mir sicher, dass das Fahrzeug weg wäre.«

»Vielleicht waren sie der Meinung, es sei das Risiko nicht wert?«, bemerkte Jed, zweifelte aber an seinen eigenen Worten.

Der Polizist half Jed, das kaputte Rad gegen das Reserverad auszuwechseln und als sie fertig waren, befüllte Jed den Kraftstofffilter neu. »Versuchen Sie jetzt bitte den Motor zu starten«, wies er den Beamten an. Der Motor ratterte los.

Der Kommandant der Bereitschaftspolizei kam, vom deutschen Schäferhund und dessen Hundeführer gefolgt, aus dem Gebüsch, während die übrigen Polizisten im Schatten eines Baumes herumlungerten, Zigaretten rauchten und aus ihren Wasserflaschen tranken.

»Es war nur ein einzelner Mann«, sagte der Wachtmeister, nahm seine Mütze ab und wischte sich den Schweiss von der Stirn. »Der Hund wollte der Spur folgen, aber ich glaube, der Mann ist schon längst weg. Er hat das hier benutzt, um Ihren Reifen zu zerstören«, berichtete er und zeigte Jed die selbstgebaute Falle.«

Jed fingerte am mit Nägeln gespickten Stück Holz herum. Er hatte das Gefühl, die Bereitschaftspolizei sei nicht wirklich mit dem Herzen bei der Sache, und wenn er ehrlich war, war der Nervenkitzel auch bei ihm abgeflaut. Jetzt, wo der Adrenalinstoss verflogen war, den das Fangen-Spiel mit möglichem tödlichem Ausgang ausgelöst hatte, wollte Jed einfach nur weiterfahren. »Danke, dass Sie es trotzdem versucht haben, Officer.«

»Diese Überfalltechnik ist gar nicht so ungewöhnlich, muss ich leider gestehen«, sagte der Wachtmeister. »Hier draussen denken die Kriminellen, sie kämen mit allem durch.«

»In Zimbabwe riet mir jemand, in Sambia vorsichtig zu sein. Er sagte, es gäbe dort viele Bösewichte.«

Der Polizist lachte. »Ach ja, das stimmt schon, aber es ist längst nicht so schlimm wie Simbabwe.«

Jed lächelte. Er nahm den Wagenheber und schlug die restlichen Glassplitter aus der Heckscheibe, bevor er die Eisenstange zusammen mit der zerstörten Hinterradfelge im Kofferraum des Land Rovers verstaute. Wenn er das Fahrzeug zurück nach Harare brachte, gäbe es einiges zu erklären. Seit er den Wagen abgeholt hatte, schien eine Ewigkeit vergangen zu sein. Aber jetzt war sein Auftrag fast beendet, endlich. Vielleicht schaffte er es, bereits morgen in einem Flugzeug zu sitzen, Scotch zu schlürfen, während des Fluges Filme zu sehen und über den nächsten Einsatz in seiner militärischen Karriere nachzudenken.

Jed stieg in sein Fahrzeug und folgte dem Polizisten, der ihm zuerst zu Hilfe gekommen war, zu einem Polizeilager. Abgesehen vom Gebührenzähler und der Anwesenheit einiger gelangweilt aussehender uniformierter Polizisten, war die Station anders als alle anderen, die Jed je gesehen hatte. Es war ein Gebäude aus Backsteinen mit einem Blechdach und, den altmodischen Sturmlaternen auf dem Schalter nach zu urteilen, ohne Strom. Irgendwo draussen blökten Ziegen und gackerten Hühner. Der Polizist nahm drei Formulare und zwei Blätter abgenutztes Kohlepapier aus einer stockenden Schublade und wickelte sie in eine manuelle Schreibmaschine, die Jed an eine erinnerte, die er im Smithsonian Museum in Washington gesehen hatte. Die Einzelheiten des Geschehens zu wiederholen und das Protokoll auszufüllen, war eine langwierige Angelegenheit, aber Jed wusste, dass er, um bei der Autovermietung aus dem Schneider zu sein, einen Ermittlungsbericht brauchte.

Er erreichte die Grenze in Chirundu erst um vier Uhr nachmittags, musste sich hinter einer langen Schlange von Buspassagieren anstellen und verfluchte sein Timing.

»Haben Sie Ihren Aufenthalt in unserem Land genossen?«, fragte der Beamte, als Jed endlich vor dem Schalter des luftleeren Gebäudes stand. Der Mann blätterte durch die Seiten seines Passes.

»Ja. Zuerst habe ich einen sehr unfreundlichen Mann getroffen, der andere Männer jagt, um seinen Lebensunterhalt zu verdienen und später wurde ich überfallen und von jemandem beschossen, der mich töten wollte. Das Bier war aber ganz gut.«

Der Mann lächelte höflich. »Oh, ja, das Bier ist in Sambia gut. Haben Sie eine Zigarette für mich?«

»Nein.«

Der Mann runzelte die Stirn und drückte den Stempel in den Pass.

Jed überquerte eine neu aussehende Brücke über den Sambesi, unter der eine Gruppe von Touristen in sechs Kanus von Chirundu aus losfuhr. Er vermutete, sie seien flussabwärts zum Mana Pools Nationalpark unterwegs, was seine Gedanken an Christine weckte, an den Geschmack ihres Mundes und alles andere an ihr. Als er an eine Kreuzung kam, die in die eine Richtung nach Mana Pools und in die andere nach Kariba führte, war er fast versucht, links abzubiegen und zu sehen, wie es ihr ging. Aber er musste sein Flugzeug erwischen und sein Leben wieder in den Griff bekommen, denn sein Urlaub war fast vorbei. So wie es aussah, käme er mit Jetlag in Fort Bragg an und hätte keine Zeit, sich zu Hause zu entspannen. Aber das war in Ordnung, denn je eher er sich in die Arbeit stürzte, desto besser, dachte er, denn das würde ihm helfen, über den Verlust von Miranda hinwegzukommen. Ausserdem wollte er mit einigen Leuten über den Job in Virginia sprechen.

Allerdings fragte er sich, ob die CIA wirklich sein Ding sei. Seit dem 11. September hatte die Agentur massenhaft ehemalige Militärangehörige rekrutiert und er wusste, dass sie ihn auf jeden Fall nähmen, selbst wenn er die Armee nicht verlassen und sich als Spion bewerben würde. Er überlegte, dass es besser wäre, mit Spionagebezahlung und -konditionen hinüberzuwechseln, als die ganze Drecksarbeit für den Lohn eines Hauptfeldwebels zu erledigen.

Es war seltsam, aber als er Chris gegenüber die Aussicht auf eine Tätigkeit bei der CIA erwähnte, hatte sie kaum eine Augenbraue gehoben. Wenn man bedachte, was ihm sein Kumpel aus der Personalabteilung in Fort Bragg über ihren Hintergrund erzählt hatte, war das verwunderlich. Sie beide hatten eine Menge zu besprechen, wenn sie sich das nächste Mal trafen – falls es ein nächstes Mal geben sollte. Er lächelte. Sie war hübsch, intelligent, geheimnisvoll, verdammt sexy und toll im Bett, also gäbe es bestimmt ein nächstes Mal.

Die Strasse schlängelte sich das Tal hinauf und die letzten Sonnenstrahlen fielen blendend durch die Seitenfenster des Land Rovers, als Jed endlich die Spitze des Steilhangs erreichte. Er schaute auf die Uhr und rechnete. Wenn er bis Mitternacht in Harare ankam, konnte er von Glück reden. Der Gedanke, durch die afrikanische Nacht zu fahren und zu versuchen, sich in der Dunkelheit durch eine fremde Stadt zu bewegen, gefiel ihm überhaupt nicht und ausserdem war er nach seinem ereignisreichen Tag erschöpft.

Ein Strassenschild sagte ihm, er befinde sich in einem Ort namens Makuti, doch die nächste Reklametafel war von grösserem Interesse, wies sie doch auf ein Motel hin. Das reichte.

AM NÄCHSTEN MORGEN stand Jed früh auf und fuhr den Land Rover zur Tankstelle in der Nähe des Makuti Motels.

»Verkaufen Sie hier Cola?«, fragte er den Angestellten.

»Ja, im Laden«, sagte der Mann, mit dem Daumen dorthin deutend. Im Kiosk kaufte Jed eine Cola in einer Glasflasche und eine Hühnerpastete zum Frühstück. Weil der Ladenbesitzer die Flasche sofort zurückhaben wollte, stellte sich Jed nach draussen, um die Pastete als Frühstück zu sich zu nehmen. Er strich die letzten Blätterteigkrümel aus dem Bart und schirmte seine Augen mit der Hand gegen das grelle Sonnenlicht ab, als er einen jungen weissen Mann, der einen zerfledderten Rucksack trug, von der Abzweigung nach Kariba den Hügel hinauf in Richtung Tankstelle kommen sah. Jed erinnerte sich vage daran, jemanden unter dem Strassenschild, das in Richtung Kariba zeigte, sitzen gesehen zu haben. Er ging wieder in den Kiosk und gab seine leere Flasche ab.

»Dieser Mann ist schon seit fünf Uhr hier, weil er eine Mitfahrgelegenheit nach Kariba braucht«, sagte der Ladenbesitzer und deutete aus dem Fenster. »Er versucht es schon seit zwei Stunden, aber ohne Erfolg. Ich glaube, es liegt an seinem Aussehen.«

»Nun, mit mir geht sein Pech weiter, denn ich bin auf dem Weg nach Harare.«

Jed kehrte zu seinem Land Rover zurück, stieg ein und startete den Motor. »Hey!«, rief der junge Mann.

»Tut mir leid, ich bin auf dem Weg nach Süden«, rief Jed über das Brummen des Motors hinweg. Er sah, dass der Mann jung war, ungepflegt, mit einem Ziegenbart, Stoppeln und schmutziger Kleidung. Es überraschte ihn nicht, dass er keine Mitfahrgelegenheit bekommen hatte, denn er sah wie ein Penner aus. Jed legte den ersten Gang ein und liess den Wagen vorwärts rollen.

»Sie sind es! Hey, Jed Banks!«

Beim Klang seines Namens blickte Jed über die Schulter zurück. Er stand am Rande der Tankstellenausfahrt und wartete darauf, dass ein Lastwagen vorbeifuhr. Schliesslich sah er sich den jungen Mann genauer an: »Der verdammte Reporter«, sagte er leise und schüttelte den Kopf. Er erinnerte sich an die Nachricht auf seinem Mobiltelefon und an den australischen Akzent. Es war der Junge, den er in Afghanistan getroffen hatte. Derjenige, der ihn fast umgebracht hätte und der Patti belästigte. Ein Teil von Jed wollte anhalten und gastfreundlich sein, aber der Rest von ihm wollte nur noch weg von Afrika, von den Fragen, die den Schrecken von Mirandas Tod noch einmal aufheizen würden. Er trat das Gaspedal durch und fuhr auf den Highway hinaus.

Jed schaute in den Rückspiegel. Der Junge rannte auf dem Asphalt hinter ihm her und wedelte wie ein Verrückter mit den Armen. Das war peinlich. Er wusste, dass Reporter hartnäckig sein konnten, aber das hier war ein Witz. Wenn er so weitermachte, brächte sich der verdammte Idiot noch um. Jed hielt den Wagen an.

»Ich sagte doch, ich fahre nach Süden, nicht nach Kariba. Und ich will nicht über Miranda, Afghanistan oder irgendetwas anderes befragt werden«, sagte Jed, als Luke keuchend an seinem Fenster ankam.

Luke hustete und griff nach dem Türgriff auf Jeds Seite. Er kämpfte darum, wieder zu Atem zu kommen.

»Was ist los, Junge?«

»Miranda ...«, keuchte Luke.

Jed trat auf die Kupplung und rammte den Schalthebel in den ersten Gang zurück. »Scarborough, ich habe Ihnen verdammt noch mal gesagt, dass ich nicht ...«

»Nein, warten Sie. Miranda ist am Leben.«

»Was?«

»Sie lebt, Jed.«

20

»Steigen Sie ein.« Jeds Herz raste, aber er konnte die Nachricht kaum fassen. Falls das ein Trick des Reporters war, damit er anhielt und ihm sein Herz ausschüttete, schwor er sich, den Mann umzubringen und seine Leiche den Hyänen am Strassenrand vorzuwerfen.

Als er den Land Rover wendete und zurück zur Tankstelle fuhr, sagte er zu ihm: »Ich schwöre, Sie überleben es nicht, wenn Sie mich anlügen, Luke.«

Luke, der nun auf dem Beifahrersitz sass, nickte. »Halten Sie an, damit ich meinen Rucksack holen kann. Reden können wir auch hier.«

»Okay.« Jed fuhr sich mit der Hand durch sein schweissnasses blondes Haar. Er hatte eine Million Fragen, hielt sich aber zurück, um dem jungen Mann nicht in die Hände zu spielen. Erst einmal wollte er sich anhören, was er zu sagen hatte.

Luke stieg aus und hob seinen Rucksack auf, während Jed zu einem Baum hinter der Tankstelle fuhr, unter dem er den Land Rover parkte. Er stellte den Motor ab und Luke ging wieder zu ihm. »Also, schiessen Sie los.«

»Ich möchte Ihnen zunächst noch richtig dafür danken, was Sie in Afghanistan für mich getan haben«, begann Luke.

»Lassen Sie den Quatsch, Kriegsgeschichten können wir später austauschen.«

»Natürlich, Entschuldigung.«

»Die Überreste meiner Tochter wurden im Bauch eines erwachsenen männlichen Löwen gefunden, der hier letzte Woche erschossen wurde. Wenn das also eine Art Betrug ist, werde ich ...«

»Ja, ja, dann töten Sie mich. Wollen Sie jetzt wissen, was ich gefunden und was ich gesehen habe, oder nicht?«

Jed nickte. »Ich höre.«

»Ich war vor ein paar Tagen in Sansibar und habe dort versucht, einen Mann aufzuspüren, genauer gesagt, den Bruder des Mannes, den Sie in Afghanistan getötet haben.«

Jed zuckte mit den Schultern. Er hatte Afghanistan zu früh nach dem Feuergefecht verlassen, um Berichte über den Einsatz lesen zu können und wollte den Namen des Mannes, den er erschossen hatte, gar nicht wissen.

»Wer hat Ihnen seinen Namen gesagt?«, fragte Jed.

»CENTCOM gab ihn einige Tage später frei und er war in allen Zeitungen. Es war Iqbal bin Zayid. Haben Sie die Berichte darüber nicht gesehen?«

»Bin Zayid?« Der Name traf ihn wie ein Schlag in die Brust und ein Gefühl schrecklichen Grauens überkam ihn. Er hatte keine Nachrichten über die Aktion gesehen, an der er beteiligt gewesen war, denn dafür war er zu sehr damit beschäftigt gewesen, die Militärtransporte in die Staaten zu erwischen und nach Afrika zu fliegen.

»Ja, bin Zayid. Wie auch immer, sein Bruder ...«

»Hassan.«

»Woher kennen Sie den Namen des Bruders? Bis vor ein paar Sekunden wussten Sie nicht einmal den Namen des Toten.«

»Zu dem, was ich zu sagen habe, kommen wir noch früh genug. Machen Sie weiter, denn von dem, was ich wirklich wissen will, haben Sie mir noch nichts gesagt«, forderte Jed mit versteinerter Miene.

»Nun, jedenfalls habe ich versucht, diesen Hassan bin Zayid aufzuspüren. Er ist ein millionenschwerer Geschäftsmann, der bis zum Hals in Hotels und Geld steckt, aber er war schwierig zu finden, weil sein Büro mich an der Nase herumführte. Dann stiess ich zufällig auf eine Spur und fand heraus, wo er sein Boot, eine riesige, sehr auffällige Yacht, hat.«

»Und was ist mit meiner Tochter?«, unterbrach ihn Jed.

»Ich glaube, sie war an Bord von bin Zayids Bootes.«

»Sie *glauben*?«, stöhnte Jed. »Ich brauche mehr als *glauben*.« Er sagte es aber nicht vehement, denn in seinem Kopf bildeten sich bereits ein halbes Dutzend verschiedener Erklärungen, also liess er den Reporter fortfahren.

»Ich sah auf dem Boot zusammen mit Hassan bin Zayid eine Frau und die beiden küssten sich. Sie war sehr gut gekleidet, attraktiv, blond und jung.« Nein, erinnerte sich Luke, die junge Frau war mehr als attraktiv, sie war umwerfend, aber dann kam ihm in den Sinn, dass er wahrscheinlich mit ihrem Vater sprach.

»Und?«

»Ich war auf einem anderen Boot und habe die beiden fotografiert, wobei bin Zayid mich gesehen haben muss. Später am Abend wurde ich von einem Mann überfallen und ich sicher bin, dass er von bin Zayid geschickt wurde. Er zertrümmerte meine Kamera, zerstörte die Speicherkarte darin und versuchte dann, mich zu töten.«

»Sie zu töten?« Jed kam sofort die Erinnerung an die Situation, in der er auf der staubigen Strasse in Sambia beinahe erschossen worden war. Nun verwirrten zu viele Möglichkeiten und Unmöglichkeiten seinen Geist.

»Ja, aber ich habe ihn abgewehrt und ihn schliesslich ... ich habe ihn sogar getötet.«

Jed war überrascht. Er sah Scarborough wieder an, sah die entzündeten Augen, die zerzausten Haare und seine zerlumpten, schmutzigen Kleider, sowie die dunklen Ränder unter seinen Fingernägeln. Getrocknetes Blut. Luke starrte über die baumbewachsenen afrikanischen Hügel hinweg. Jed hatte diesen Blick in den Augen von Männern schon gesehen und wusste, dass der junge Mann an einem schlimmen Ort gewesen war und jetzt in seinen Gedanken alles noch einmal durchlebte. Jed war in letzter Zeit selbst ein paar Mal dort gewesen.

»Ist schon gut, Luke, erzählen Sie weiter.«

»Ich konnte nicht begreifen, warum der Kerl mich, nur weil ich fotografierte, umbringen wollte. Ich meine, Herrgott, mich hat noch nie jemand zu töten versucht, weil ich meinen Job gemacht habe.«

»Willkommen in meiner Welt«, sagte Jed. »Wie kommen Sie darauf, dass das Mädchen, das Sie gesehen haben, Miranda war? Sie sind ihr noch nie begegnet und als wir uns in Afghanistan trafen und Sie nach ihr gefragt haben, hatte ich kein Foto von ihr.«

»Ich weiss, ich weiss. Aber bin Zayid hat mich ausserdem im grossen Stil reingelegt. Er hat eine Ladung Heroin in meinem Zimmer deponiert und die Bullen losgeschickt, um mich zu holen. Ich vermute, die Idee war, mich zuerst zu diskreditieren, damit sich niemand allzu grosse Sorgen macht, wenn meine Leiche auftaucht. Ich hatte keine Ahnung, wer die Frau war. Aber danach, als alles vorbei war und ich Sansibar zu verlassen versuchte, fand ich eine internationale Zeitung und darin einen Artikel über den Tod Ihrer Tochter mit einem Bild von ihr. Ich bin sicher, dass es genau diese Frau war, die ich auf dem Schiff gesehen habe, und dann macht es auch Sinn, dass bin Zayid versucht hat, mich zu töten.«

»Langsam, langsam. Wie ist das Bild meiner Tochter in die Zeitung gekommen?«

»Das Foto wurde, als sie zum ersten Mal nach Afrika aufbrach, von ihrer Lokalzeitung aufgenommen. Ich habe ihren Namen einigen Kollegen in den USA weitergegeben und diese haben das Bild aufgespürt. Aber das spielt jetzt keine Rolle mehr.«

»So ein Scheissdreck, natürlich tut es das.« Jed war wütend darüber, dass der Reporter dachte, er könne die Wünsche einer trauernden Familie einfach ignorieren und das Bild seiner Tochter veröffentlichen, obwohl Patti es für sich behalten wollte. Aber jetzt war nicht der richtige Zeitpunkt, die Nerven zu verlieren. »Und wie können wir absolut sicher sein, dass sie es war? Sie sagten doch, der Strassenräuber habe Ihre Kamera und die Bilder zerstört.« Jed hätte diesem widerlichen Typen vor ihm so gern geglaubt, aber gleichzeitig wollte er sich keine vergeblichen Hoffnungen machen.

»Ich kann keine hundertprozentige Sicherheit schaffen, das können nur Sie. Ich hatte auf einer zweiten Speicherkarte, die der Typ, den ich getötet habe, nicht in die Hände gekriegt hat, ein paar Aufnahmen und die kann ich Ihnen zeigen, dann können Sie mir sagen, ob sie es ist oder nicht.«

»Gut, dann lassen Sie sie uns ansehen.«

»Dafür brauchen wir eine Digitalkamera oder, noch besser, einen Computer, auf den wir die Bilder herunterladen können. Mein Laptop und alle anderen Geräte waren in meinem Hotelzimmer in Sansibar und jetzt dürfte alles bei der Polizei sein.«

Jed nickte. Wenn stimmte, was Scarborough sagte, war er auf der Flucht und hatte mehrere internationale Grenzen überquert, um ihm diese Informationen zukommen zu lassen. Seine Einstellung gegenüber dem jüngeren Mann wurde weicher. »Ich weiss, wo wir einen Computer finden.«

»Wo?«

»Ein Freundin von mir arbeitet im Mana Pools National Park und wir können in ein paar Stunden dort sein. Ich hoffe, sie ist nicht schon weg.« Eine Freundin? Ihm wurde plötzlich klar, dass er Chris Wallis eine ganze Menge zusätzlicher Fragen stellen musste.

»Cool«, sagte Luke. »Lassen Sie uns fahren.«

Jed versuchte, seine Gedanken zu sammeln. Es gab mehrere Erklärungen dafür, dass Miranda lebend auf Hassan bin Zayids Boot auftauchen konnte, mit unschuldigen bis bösen Hintergründen. Die erste und harmloseste war, dass die ganze Sache ein schrecklicher Irrtum war und sie, ohne jemandem davon zu erzählen, mit ihrem reichen arabischen Freund in den Urlaub gefahren war. Doch das hörte sich überhaupt nicht nach Miranda an. Die Nachricht von ihrem Tod war um die ganze Welt gegangen und wenn sie davon erfahren hätte, wäre es selbstverständlich für sie gewesen, sich mit ihrer Mutter und vermutlich auch mit den Behörden in Simbabwe in Verbindung zu setzen, um die Sache richtig zu stellen. Vielleicht hatten sie keine Medien? Ein düstereres Szenario war, dass bin Zayid, anders als Jed, die Verbindung zwischen seiner und ihrer Familie hergestellt hatte. Hatte er sie also entführt, um sich an Jed für den Mord an seinem Bruder zu rächen? Aber woher sollte der Mann wissen, wer Iqbal bin Zayid erschossen hatte?

»Tauchte mein Name in den Geschichten über den Tod von Iqbal bin Zayid auf?«, wollte Jed von Luke wissen und liess den Motor an.

»Nein. In der heutigen professionellen Öffentlichkeitsarbeit werden die vollen Namen der amerikanischen Soldaten in Berichten nicht mehr verwendet, um deren Sicherheit zu gewährleisten.«

Jed erinnerte sich, etwas über diese neue Strategie gelesen zu haben. Die CIA hatte erfahren, dass Al-Qaida-Agenten versucht hatten, Adressen von in Afghanistan dienenden Soldaten ausfindig zu machen, möglicherweise mit dem Ziel, deren Familien ins Visier zu nehmen. Das war auch der Grund, warum Soldaten, die im ehemaligen Stützpunktland der Terroristen dienten, alle Absenderadressen von Briefen und Paketen, die sie erhielten, verbrennen mussten. Zu Beginn der Kampagne wurden Afghanen dabei beobachtet, wie sie auf der Müllhalde nach alter Post suchten, und in den USA durchforsteten Sympathisanten der Terroristen lokale und nationale Zeitungen nach den Namen und Heimatstädten von Soldaten. Wenn ein Soldat einen ungewöhnlichen Nachnamen hatte, genügte eine Internetsuche oder ein Telefonbuch, um herauszufinden, wo seine Familie lebte.

»Aber«, fügte Luke verlegen hinzu, »im Bericht, den ich geschrieben habe, nannte ich Sie Master Sergeant Jed.«

Jed nickte verärgert, hatte sich aber mit den Gepflogenheiten der neuen mediengesteuerten Streitkräfte abgefunden. Falls Miranda bin Zayid erzählt hatte, dass er in Afghanistan diente und seinen Vornamen erwähnt hatte, wäre es möglich, dass er eine Verbindung herstellen konnte, wobei es natürlich in der Armee viele Jeds gab.

Luke holte tief Luft. »Ähm, ich habe in der Geschichte auch erwähnt, dass Sie eine Tochter haben, die in Simbabwe in der Löwenforschung arbeitet.«

»Nein, sagen Sie mir bitte, dass Sie das nicht getan haben«, sagte Jed.

»Doch, es tut mir leid.«

Das war's. Falls bin Zayid Lukes Geschichte gelesen hatte, musste er sofort gewusst haben, dass Jed der Mann war, der seinen Bruder getötet hatte. Die düsteren Puzzleteile fügten sich zusammen. Der mürrische Empfang in bin Zayids Safari-Lodge und der Mordanschlag auf ihn. War er zu früh in einen Entführungsplan hineingestolpert?

»Sie haben gesagt, als Sie sie auf dem Boot gesehen haben, sei sie hübsch angezogen gewesen und sie hätten sich geküsst?«

»Ja, das stimmt. Sie sah keineswegs aus, als wäre sie gegen ihren Willen dort, Jed.«

Jed fluchte wieder vor sich hin. Es gab immer noch zu viele Fragen aber nicht genug Antworten und er musste diese Bilder unbedingt sehen. Wenn sie es war, musste er sich sofort mit Hassan bin Zayid treffen – und die Bemühungen der Lakaien des Mannes, ihn abzuwimmeln, zunichtemachen. Falls es einen weiteren Besuch jenseits der Grenze bräuchte, nähme er ein paar zusätzliche Leute mit. Jed bremste in der Einfahrt der Tankstelle, blinkte nach rechts und fuhr den Hügel hinunter in Richtung Kariba.

»Hey, ist das nicht die falsche Richtung, Jed? Ich dachte, Mana Pools liegt links«, sagte Luke.

»Stimmt, aber zuerst holen wir einen Freund ab.«

JED BETRAT die Kneipe in Nyamhunga Township, in der er Moses zum ersten Mal getroffen hatte. Die Frau hinter der Theke kniff die Augen zusammen, um ihn im Düstern besser sehen zu können.

»Hey, Mister, ich erinnere mich an Sie. Ich will hier keinen Ärger mehr und bitte Sie, zu gehen.«

Jed hob die Hände, die Handflächen nach aussen gedreht. »Entspannen Sie sich, ich suche nur nach jemandem.«

»Moses?«

»Ja.«

»Ah, er ist jetzt geläutert«, sagte sie lachend. »Wahrscheinlich war er heute Morgen in der Kirche«, gackerte sie wieder.

»Können Sie mir seine Adresse geben?«

»Klar, warum nicht. Sagen Sie ihm, er soll wiederkommen – meine Gewinne sind in der letzten Woche gesunken.«

MOSES STAND auf einer klapprigen Holzleiter und wechselte einen Schindelziegel auf dem Dach eines tristen Hauses. Die weisse Tünche blätterte von dessen billigen Backsteinen ab und das untere Drittel der Hausfassade war dort, wo der Regen der letzten Saison Schlamm aus dem graslosen Hof angespült hatte, im natürlichen Rotbraun des Lehms bespritzt. Ein kleiner Junge in zerlumpter Latzhose und mit kurzgeschnittenem gelocktem Haar, reckte seinen Hals, um den grossen Mann bei der Arbeit zu beobachten.

Moses stieg von der Leiter herunter, wischte sich die Hände an seinem schmutzigen weissen Unterhemd ab und drehte sich dann um. »Jed! Wie geht es Ihnen? Ich habe nicht erwartet, Sie so schnell wiederzusehen.«

Jed öffnete das rostige Tor und reichte Moses die Hand. »Hallo Moses, ich brauche Hilfe. Schon wieder. Miranda könnte noch am Leben, aber in Schwierigkeiten sein.«

»Was?«

»Ich erkläre es Ihnen im Wagen, Moses. Können Sie mitkommen?«

Moses kratzte sich am Kinn und schaute wieder zu dem kleinen Jungen. Eine junge hübsche Frau, deren Augen und Mund jedoch einen müden Ausdruck zeigten, kam aus dem Haus und trocknete sich die Hände an einem Geschirrtuch. »Was ist los, Moses?«

»Miriam, das ist Mister Banks. Ich habe dir von ihm erzählt.«

Die Frau reichte ihm die Hand und obwohl Jed ungeduldig war, fragte er: »Wie geht es Ihnen, Ma'am?«

»Ich weiss nicht, was passiert ist, aber Moses kam als anderer Mensch von der Reise mit Ihnen zurück«, sagte Miriam. »Ich habe das mit Ihrer Tochter gehört und es tut mir so leid. Sie haben mein tiefstes Mitgefühl.«

»Danke, aber genau deshalb bin ich hier. Möglicherweise ist sie noch am Leben und ich brauche Moses, um sie wieder zu finden.«

Die Augen der Frau weiteten sich. »Ich wollte diesen Mann nie wieder aus den Augen lassen, aber wenn es stimmt, was Sie sagen ...«

»Ich werde meine Sachen holen«, sagte Moses.

»Es ist doch nicht gefährlich, oder?«, fragte Miriam Jed, als Moses im Inneren des bescheidenen Hauses verschwand.

»Nicht gefährlicher als sonst.«

»Er kann es sich nicht leisten, seine Lizenz als Fremdenführer zu verlieren, Mister Banks.«

»Ja, das verstehe ich.«

»Ich wünsche Ihnen alles Gute.«

Moses fuhr mit den Fingern durch das kurze Haar des kleinen Jungen und küsste Miriam. »Ich komme zurück«, sagte er.

»Das hoffe ich, glaube es aber erst, wenn ich es sehe.«

JED MACHTE die beiden Männer miteinander bekannt und während sie fuhren, informierte er Moses über die Berichte des Reporters. Moses hörte sich alles an und hatte am Ende keine Fragen, sondern nur eine Erklärung.

»Wenn Sie diesen Mann, Hassan bin Zayid, verfolgen, ist es für mich nicht einfach, Sie zu begleiten. Ich kann nicht ohne weiteres nach Sambia einreisen und habe dort keine Lizenz als Safari-Führer sondern bin nur ein weiterer unwillkommener Simbabwer.«

»Ich verlange ja nicht, dass Sie irgendwelche Gesetze brechen, Moses.«

»Ich werde für Sie tun, was ich kann, Jed«, sagte er.

Die dreistündige Fahrt nach Mana Pools gab Jed die Gelegenheit, Luke über seine Ermittlungen zu Mirandas Verschwinden zu informieren.

»Etwas verstehe ich nicht«, grübelte Luke laut. »Falls Miranda wirklich noch lebt, wessen Überreste wurden dann im Bauch des Löwen gefunden?«

»Das habe ich mir auch schon überlegt«, sagte Jed, »aber dass eine andere Weisse in der Gegend getötet wurde, ist unmöglich, denn das wäre gemeldet worden.«

»Warum nehmen Sie an, dass die Überreste einer weisshäutigen Frau gehörten?«, fragte Moses vom Rücksitz aus.

Jed hatte gedacht, der Führer sei eingeschlafen. »Weil sie weiss waren.«

Moses wirkte verwirrt.

»Gibt es noch andere weisse Frauen, die in der Gegend um die Mana Pools verschwunden sind?«, fragte Luke.

»Nein, aber eines der Zimmermädchen des Nationalparks ist verschwunden. Es hiess, sie sei weggelaufen, vielleicht mit einigen von Mirandas Sachen. Aber sie war Afrikanerin.«

»Schwarz, meinen Sie?«, fragte Moses.

»Ja, ich nehme es an«, bestätigte Jed.

»Nun, tut mir leid, aber da irren Sie sich, Jed«, sagte Moses. »Violet war weiss.«

»Eine weisse Ausländerin, die für die Nationalparks arbeitet?« fragte Jed.

»Nein. Als ich mich im Personaldorf nach dem Dienstmädchen erkundigte, sagte einer der Ranger, sie sei eine *Musope*.«

»Und was bedeutet das?«, fragte Luke.

»*Musope* ist das Shona-Wort für Albino, was bedeutet, dass ihre Haut so weiss ist wie Ihre, oder nein, sogar viel heller.«

Jed und Luke sahen sich an. Damit war der einzige physische Beweis, dass Miranda tot war, plötzlich in Frage gestellt. Jeds Aufregung darüber, dass seine Tochter am Leben sein könnte, wurde gleichzeitig von Befürchtungen getrübt, was mit ihr geschehen sei.

»Aber die Gerichtsmediziner hätten den Unterschied doch sicher feststellen können?«, sagte Luke.

»Gewebeproben der sterblichen Überreste wurden für DNA-Tests nach Südafrika geschickt. Die endgültigen Ergebnisse soll ich erhalten, wenn ich wieder in Harare bin, und gleichzeitig die Überreste für die Beerdigung in den USA abholen«, sagte Jed.

»Dann können wir es also noch nicht mit Sicherheit sagen«, sagte Luke.

»Deshalb muss ich die Bilder, die sie haben, sehen«, bemerkte Jed.

Als sie beim Büro des Nationalparks anhielten, um ihre Genehmigungen für den Mana Pools Nationalpark einzuholen, erinnerte sich der diensthabende Beamte an Jed.

»Schon wieder zurück?«, fragte er.

»Ich muss Professor Wallis noch einmal sehen. Es ist dringend. Sie hat doch den Park noch nicht verlassen, oder?«

Der Mann stempelte ihre Genehmigungen ab, reichte sie über den Schalter und sagte: »Doch, sie ist nach Kariba gefahren.«

»Nach Kariba? Kommt sie zurück?«

»Ja, aber sie sagte, sie sei vier oder fünf Tage weg.«

»Scheisse!« Jed ignorierte den schockierten Gesichtsausdruck des Rangers. Wenn Luke mit Miranda Recht hatte, musste er Chris finden. Er brauchte Antworten und auf diese konnte er nicht fünf Tage warten. Sie gingen zurück nach draussen zum Land Rover. »Lasst uns weiterfahren«, sagte er zu den beiden anderen, denn für diesen Nachmittag konnten sie nirgendwo anders hin. Während den verbleibenden achtzig Kilometern in den Park hinein brütete er schweigend vor sich hin.

»Lasst mich beim Aufseher nachfragen«, sagte Moses, als sie sich der Abzweigung zur Parkverwaltung näherten, »und ihr fahrt voraus. Ich besuche meine Freunde im Mitarbeiterdorf und sehe, ob es neuen Klatsch und Tratsch gibt. Später komme ich dann zum Haus der Professorin.«

»Danke, Moses.« Jed hielt den Land Rover an und als der grosse Schwarze ausstieg, schwankte das Fahrzeug.

»Gut, ihn auf unserer Seite zu haben«, sagte Luke, als Jed wieder losfuhr.

Jed verlangsamte und sah den Australier an. »*Auf unserer Seite*? Das sehe ich nicht so. Hören Sie, ich weiss es zu schätzen, dass Sie mit den Neuigkeiten zu uns gekommen sind, aber wir stecken hauptsächlich wegen Ihnen und Ihresgleichen in diesem Schlamassel. Alles, was ich aufgrund dieser Informationen unternehme, ist meine persönliche Sache und die von Moses, wenn er helfen kann.

Wir stecken da nicht als eine grosse, glückliche Familie drin, mein Herr.«

»Verdammt noch mal!«, explodierte Luke. »Wenn ich nicht aufgetaucht wäre, sässen Sie mit der Hand einer Albinotussi in einer Holzkiste in einem verdammten Flugzeug nach Hause! Seien Sie nicht so streng mit mir, Jed. Okay, Sie haben mir in Afghanistan das Leben gerettet, aber das gibt Ihnen längst nicht das Recht, mich die ganze Zeit wie Dreck zu behandeln. Was glauben Sie, was ich mache? Stündlich bei CNN anrufen und über die aktuelle Lage berichten?«

»Dann sagen Sie mir, was Sie tun wollen.«

»Wenn Miranda wirklich am Leben ist, sorgt das für Schlagzeilen und das können wir beide nicht ignorieren.«

Jed wusste, dass der Junge Recht hatte. »Also, was tun Sie, wenn wir – wenn ich sie lebend finde?«

»Alles, was ich will, ist die Chance, die Geschichte zu veröffentlichen. Ein Interview unter vier Augen, wenn sie mir eins gibt. Mehr nicht. Wenn sie nein sagt, gehe ich. Falls sie mich aber wirklich ablehnt, will ich Ihr Wort und das von Miranda, dass sie mit keinem anderen Journalisten spricht.«

Jed dachte ein paar Sekunden über den Vorschlag nach und nickte dann. Er fand, es sei am fairsten, die Angelegenheit, wenn sie noch lebte, Miranda zu überlassen. Er war allerdings immer noch wütend auf Luke, weil dieser in seinem Artikel über das Feuergefecht in Afghanistan genug Informationen veröffentlicht hatte, damit Hassan bin Zayid die Verbindung zwischen ihm und Miranda herstellen konnte. »Okay, aber ob Miranda nun mit Ihnen spricht oder nicht, ich möchte nicht, dass mein Name in Ihrer Geschichte auftaucht. Können wir uns darauf einigen?«

»Klar«, sagte Luke, wandte sich ab und starrte aus dem Fenster.

Als sie hinter Chris' Unterkunft anhielten, schimmerte der Sambesi in den goldenen Strahlen der Nachmittagssonne.

»Ein nettes Plätzchen«, bemerkte Luke.

Jed grunzte. In diesem Moment interessierte ihn die spektakuläre Aussicht nicht. Er ging, Luke im Schlepptau, hinein und die Treppe zu den Schlafzimmern im Obergeschoss hinauf.

»Chris' scheint das meiste von ihrer Ausrüstung mitgenommen zu haben, aber Mirandas Sachen sind da.« Er fragte sich, was Chris' Abreise nach Südafrika verzögert habe und weshalb sie nach Kariba gefahren sei.

»In welcher dieser Kisten ist der Laptop?«, fragte Luke.

»Ich weiss es nicht, sie sehen alle gleich aus.« Sie standen vor den aufgestapelten Aluminium-Transportkisten.

»Sie sind alle mit kleinen Vorhängeschlössern verschlossen.« Luke fingerte an einem der kleinen Messingverschlüsse herum.

Jed ging die Treppe hinunter und nach draussen zum Land Rover. Hinter dem Beifahrersitz lag eine Rolle mit Werkzeug, die er öffnete und aus der er einen grossen Schraubenzieher herausnahm. Zurück im Zimmer führte er den Schaft des Schraubenziehers durch das erste der Schlösser und drehte ihn. Das zierliche Vorhängeschloss, das eher eine sichtbare Abschreckung als eine ernsthafte Sicherheitsmassnahme darstellte, sprang auf und Jed drehte die Riegel des Koffers auf. Chris muss für jedes der Schlösser einen Ersatzschlüssel gehabt haben, dachte Jed, bevor er auf den Inhalt starrte. Es war kein Laptop.

»Was ist denn das alles für Zeug?«

Jed sagte es nicht, aber er erkannte alles sofort. Eine hochmoderne Nachtsichtbrille mit Bildverstärkung, ein Fernglas mit Autofokus, das über ein beleuchtetes Display Entfernung und Richtung anzeigte, sowie ein GPS-Gerät. Eine teure, hochentwickelte Ausrüstung. Genau die gleichen Marken und Modelle, wie sie die US-Spezialeinheiten verwendeten – für Leute wie ihn.

»Nur Sachen zum Aufspüren und Erforschen von Tieren«, sagte er und bemerkte die Ironie seiner Worte erst, nachdem er sie ausgesprochen hatte. Er hoffte, Luke sei es nicht aufgefallen.

»Aha«, sagte Luke.

Jed steckte den Schraubenzieher ins Schloss der zweiten Kiste. »Haben Sie keinen Durst? Ich könnte wirklich einen Drink gebrauchen«, sagte er zu Luke und schaute über die Schulter.

»Nein, ich kann warten«, sagte er.

Jed wollte nicht, dass Luke sein wachsendes Misstrauen erahnte.

Das zweite Schloss liess sich ebenso leicht öffnen wie das erste und in diesem Koffer befanden sich eine demontierte taktische Satellitenantenne und ein LST-5C-Funkgerät. Chris und Miranda besassen nicht nur Satellitentelefone, sondern auch ein tragbares Tacsat-Kommunikationssystem, mit dem sie Übertragungen von Sprache, Bildern und Videos mit hoher Geschwindigkeit und in bester Auflösung verschlüsseln und senden konnten.

»Was ist das? Ein Funkgerät?«, fragte Luke.

»Hmm, das muss für die Funkortung von Tieren sein«, schwindelte Jed.

Er überprüfte die Aussenseite des Koffers auf verräterische Markierungen, Strichcodes oder Seriennummern, aber es gab keine. Er richtete seine Aufmerksamkeit wieder auf die erste Kiste, nahm das GPS-Gerät heraus und drehte es um. Er bemerkte eine dunkle Stelle, an der sich möglicherweise einst ein Aufkleber befunden hatte, sah aber auch dort weder eine Seriennummer noch eine sonstige Kennzeichnung. Er war sich sicher, dass Leute mit teuren Geräten, wenn sie in einem armen Kontinent wie Afrika arbeiteten, diese für den Fall, dass sie gestohlen würden, gravierten oder anderweitig markierten. Dann, bei der Erinnerung daran, dass er solch unmarkierte Geräte schon einmal gesehen hatte, sträubten sich die Haare in seinem Nacken. Der dritte Koffer enthielt eine neu aussehende digitale Nikon Spiegelreflexkamera und eine Reihe von Objektiven.

»Oh, das ist eine professionelle Ausrüstung«, sagte Luke, »richtig teures Zeug.«

Jed hatte bei Aufklärungsmissionen ähnliche Kameras benutzt und musste nicht erst darauf hingewiesen werden, dass es sich hier um ein erstklassiges Material handelte. Allein der Inhalt dieses Koffers war so viel wert wie ein neues Auto.

»Hey, da ist ein Lesegerät für Kameraspeicherkarten, mit dem wir arbeiten können«, sagte Luke.

Jed klappte den Deckel des Koffers zu. »Das vierte Mal Glück«, sagte er und knackte das Schloss eines weiteren Koffers.

»Bingo«, strahlte Luke als er den Laptop sah. »Aber kennen Sie ihr Passwort?«

Daran hatte Jed nicht gedacht. »Hoffen wir, dass sie keins benutzt.« Er trug die Kiste die Treppe hinunter und Luke folgte ihm. Allerdings gab es im Haus keinen Strom, erinnerte er sich. »Ich frage mich, wie sie die Batterien auflädt?«

»Wahrscheinlich über einen Wechselrichter mit dem Zigarettenanzünder ihres Autos. So mache ich es jedenfalls mit meinem – oder habe es gemacht.«

Jed schaltete den Computer ein und beide starrten auf den Startbildschirm, und warteten ungeduldig darauf, dass das Betriebssystem startete.

»Sieht so weit gut aus«, sagte Jed, denn sie erhielten keine Aufforderung, ein Passwort einzugeben. Er überprüfte die Desktop-Symbole auf dem Bildschirm und vergewisserte sich, dass nichts von dem, das der Journalist hätte anklicken können, zu sensibel war. »Ihre Dateien sind Tabu, okay?« Nachdem sie die Fotos angesehen hätten, wollte Jed selber eine Kontrolle durchführen.

»Natürlich nicht«, sagte Luke beleidigt.

»Dann sind Sie jetzt dran, Luke.«

Luke setzte sich auf Jeds Platz und spürte, dass der grossgewachsene amerikanische Soldat sich dicht über seine Schulter lehnte. Draussen sah er Reiher, die auf dem Weg zu ihren abendlichen Schlafplätzen im Tiefflug den Fluss hinaufflogen. Er schloss das Lesegerät für Speichergeräte an den Computer, nahm die Karte aus seiner Tasche und schob sie in den passenden Schlitz.

Als die Bildsymbole in einem Kasten auf dem Bildschirm erschienen, öffnete Luke das erste Bild mit einem Doppelklick.

»Scheisse«, kommentierte er, denn das erste Bild war sehr unscharf. Er konnte einen Mann und eine Frau erkennen, die auf der Brücke eines weissen Bootes standen, aber das war auch schon alles. Die Frau war offensichtlich blond und schlank, aber Details der Gesichter zu erkennen, war unmöglich. »Ich habe diese Bilder ziemlich schnell schiessen müssen, aber ich bin sicher, die anderen sind besser.«

Luke schloss das Bild und setzte den Cursor, sich Schweissperlen von der Oberlippe leckend, auf das zweite Symbol.

»So! So ist es besser, was meinen Sie?«, sagte er, als das Bild erschien.

Die Details im Gesicht des Mannes, der mit zurückgelegtem Kopf offensichtlich über etwas, das die Frau gesagt hatte, lachte, waren scharf. Sie war halb von der Kamera abgewandt, aber der grösste Teil des Profils ihres Gesichts war deutlich zu erkennen.

»Nein. Ich kann es nicht mit Sicherheit sagen, aber ich glaube nicht, dass sie es ist«, sagte Jed leise.

»Nein!«, sagte Luke. »Sind Sie sicher?«

»Wenn es meine Tochter wäre, sähe ich es sofort. Aber sie ist halb weggedreht, haben Sie ein besseres Bild?«

Luke war wütend und verwirrt. Für diese Bilder wäre er fast ermordet worden, und um zu Jed zu gelangen, hatte er zwei Länder durchquert und jetzt bröckelte seine Theorie. Warum der ganze Überfall in Sansibar, wenn nicht, weil bin Zayid verhindern wollte, dass er die Frau auf dem Boot erkannte? Ihm wurde übel vor Zweifel. Spielte Hassan bin Zayid einfach mit der Frau eines anderen Mannes herum? War in diesem Fall die Gefahr, dass er auffliegen würde, so gross, dass er einen unschuldigen Journalisten deshalb ermorden würde? Auf keinen Fall.

»Ich hoffe, dies hier ist besser«, sagte Luke verbittert, als das dritte Bild auf dem Bildschirm erschien. Darauf war bin Zayid im Profil zu sehen, aber die Frau hatte sich umgedreht und blickte lächelnd direkt in die Kamera, wodurch ihre Gesichtszüge perfekt fokussiert waren.

»Wenn Sie wollen, kann ich das Gesicht heranzoomen und vergrössern«, sagte Luke und tat dies, ohne auf Jeds Antwort zu warten.

»Nein, es ist nicht Miranda«, sagte Jed, drehte sich um, ging durch den Raum und starrte auf den majestätisch trägen Sambesi hinaus, der im letzten Licht der untergehenden Sonne rot glühte.

»Was? Kommen Sie, sehen Sie noch einmal hin, Mann!« Luke war wütend. Wegen dieser Bilder hatte er sein Leben riskiert und einem anderen Mann seins genommen. Er zog die Zeitung aus dem zerrissenen Rucksack und blätterte die Seiten bis zum Bericht über

Mirandas Tod durch. Dann durchschritt er den Raum und hielt Jed das Bild vors Gesicht. »Sehen Sie es sich noch einmal an. Das ist sie! Die Frau auf den Bildern ist dieselbe wie die in dieser Zeitung!«

Jed zuckte mit den Schultern. »Ich glaube, ich kenne meine eigene Tochter.«

»Blödsinn, Sie haben sie kaum gekannt. Das haben Sie mir in Afghanistan selbst erzählt. Ihr habt die meiste Zeit eures Lebens getrennt voneinander verbracht. Wahrscheinlich hat sie, seit Sie sie das letzte Mal gesehen haben, ihr Haar verändert oder so.«

Jed drehte sich um und warf dem Australier einen harten, kalten Blick zu. »Seien Sie vorsichtig mit dem, was Sie sagen. Ich kannte meine Tochter, Sie nicht. Sie ist tot, und damit muss ich mich abfinden. Es tut mir leid, dass Sie sich so viel Mühe gemacht haben, mir diese Bilder zu beschaffen. Ich würde Ihnen viel lieber glauben, wirklich. Aber sie ist es einfach nicht.«

»Und was bedeutet das für uns?«, wollte Luke wissen.

»Uns? Es gibt kein 'uns'. Es ist Zeit, dorthin zurückzukehren, wo wir hingehören. Ich bin sicher, die Professorin hat nichts dagegen, wenn Sie hier übernachten, dann können Sie morgen weiter trampen.«

Luke fühlte sich völlig entkräftet und der Amerikaner bot ihm nicht einmal an, ihn aus dem Park zu fahren. Er stützte den Kopf in die Hände und während Jed in die zunehmende Dunkelheit hinausging, sass er einfach da. Ihm war zum Weinen zumute, was zum Teil an der Erschöpfung lag, aber auch daran, dass er spürte, wie ihm die grösste Geschichte seines Lebens langsam entglitt.

21

Es war ein guter Ort für einen Mord, sagte sich Hassan bin Zayid ein weiteres Mal. Obwohl alles nach Plan lief, hatte er ein flaues Gefühl im Magen. Er nahm an, das seien einfach die Nerven. Er war rechtzeitig auf der unbefestigten Flugpiste gelandet, wo Juma wie geplant mit dem Land Rover und ihrer Ausrüstung wartete.

»Hilf mir mit diesen Kisten«, hatte Hassan gefordert und auf das Heck der Cessna gezeigt. Nach den lauten Stunden in der Luft füllten Stille und Ruhe Hassans Ohren, in die nur der Motor beim Abkühlen leise tickte. »Ist die Grube für die Frau ausgehoben?«, fragte er, als sie den billigen Sarg aus dem Flugzeug hoben.

»Ja. Im Buschcamp.«

Der gute alte Juma, zuverlässig und bedingungslos ergeben wie immer. Doch dann bemerkte Hassan, dass sein Mitarbeiter seinem Blick auswich.

»Was ist los?«

»Nichts.«

»Juma, dafür kenne ich dich zu gut. Was ist schiefgelaufen?«

»Der Vater des Mädchens ...«

»Was ist mit ihm?«, schnauzte Hassan, der wusste, dass der Mann in der Lodge angerufen und die Antwort erhalten hatte, er sei nicht erreichbar.

»Er kam hierher.«

»Was?«

»Er kam her, Boss. Aber ich habe ihn weggeschickt und ihm gesagt, Sie seien in Sansibar.«

»Was hat er gesehen?«

Juma tänzelte von einem Fuss auf den anderen.

»Raus damit!«, bellte bin Zayid.

»Er hat diesen Land Rover gesehen, die Pakete und die Waffen.«

»Und dann, hat er Fragen gestellt? Was hast du ihm gesagt?« Juma stellte sich dem Araber gegenüber. »Ich habe ihm gesagt, dass ich auf eine Anti-Wilderer-Patrouille gehe.«

»Und hat er dir geglaubt?« Hassan kämpfte darum, seine aufsteigende Panik zu kontrollieren. »Ich glaube schon.«

»Und das war's? Ist er danach gegangen?«

»Ja.« Juma wagte nicht, seinem Auftraggeber vom missglückten Überfall zu erzählen.

»Nun gut. Also lass uns die andere Kiste einladen.«

Sie schoben die Cessna in den hölzernen Hangar, in dessen Innerem, wie eine ruhende Libelle, ein Ultraleichtflugzeug sass. »Ist es aufgetankt? Bereit?«

»Ja, Boss«, antwortete Juma. »Gut, dann geht's los.«

Juma fuhr den Land Rover die Naturstrasse, die zur Landebahn führte, hinunter und bog, als sie fast in Sichtweite des Flusses waren, nach links ab, auf einen zerfurchten, kaum befahrenen Weg. Dieser führte zu einem abgelegenen kleinen Aussencamp, das sich dem Fluss entlang zwei Kilometer vom Haupthaus entfernt befand. Dieses Buschcamp bestand aus einer strohgedeckten Holzhütte, einer durch ein Schilfgitter verdeckten Grubentoilette und zwei runden Betonplatten mit einem Durchmesser von jeweils etwa zwei Metern, von denen die eine für ein Lagerfeuer und die zweite, über der ein Eimer aus Segeltuch von einem Ast baumelte, als Basis für eine Buschdusche diente. Wenn kleine Gruppen von Kunden das abgelegene Buschlager nutzten, gingen Juma und zwei afrikanische Diener ihnen voraus und errichteten für die Kunden und bin Zayid Zelte aus Segeltuch, in denen sie schlafen konnten, sowie eine Abschirmung für die Dusche. In der Hütte wurden Lebensmittel gelagert und eine gasbetriebene Tiefkühltruhe war dort vor marodierenden Affen und Hyänen gesichert. Im Moment war das Lager menschenleer.

Juma hielt das Fahrzeug an und sie stiegen aus. Hassan lehnte sich in den hinteren Teil des Wagens und blickte auf Mirandas reglosen Körper. Jetzt, wo es kein Zurück mehr gab, schloss er den Deckel. Sie hoben den Sarg aus dem Wagen und liessen ihn langsam in die flache Grube hinunter, die Juma ausgehoben hatte.

»Schliess ihr Grab«, sagte Hassan und wandte sich ab, als er hörte, dass die erste Ladung sandiger Erde auf den Deckel prallte.

Während Juma schaufelte, griff sich Hassan seine AK-47, nahm das Magazin heraus, prüfte, ob es voll sei und setzte es wieder ins Gewehr ein. Dann zog er den Spannhebel und lud eine Patrone. Er überprüfte die Gürtelweste und den Rucksack, die Juma für ihn vorbereitet hatte und nickte zustimmend. Schliesslich beugte er sich auf der Heckfläche des Land Rovers zurück und hob den Deckel des anderen Sarges hoch. Von der Strohverpackung in dessen Innerem grub er zwei geladene HN-5 Boden-Luft-Raketenwerfer aus und legte sie, damit sie nicht zu sehr herumhüpfen konnten zwischen die beiden Pakete geklemmt, behutsam auf den Boden des Land Rovers.

Nach der erfolgreichen Platzierung der Bombe an Bord des Touristenbusses in Dar es Salaam, übergab ihm der Reisebürofachmann das Beste aus seinem Waffenarsenal – die beiden Flugabwehrraketen – und informierte ihn über den Plan. Er zeigte Hassan ein in Afghanistan gedrehtes Video, in dem die Bedienung der Raketen erklärt wurde. »Das ist aber bestenfalls ein Crashkurs«, hatte Hassan bemerkt.

»Diese Dinger wurden so entwickelt, dass ungebildete russische Wehrpflichtige sie bedienen können. Mit dieser Waffe schossen afghanische Stammesangehörige, die noch nie etwas technologisch Fortschrittlicheres als ein Repetiergewehr vom Typ Lee Enfield gesehen hatten, reihenweise russische Kampfhubschrauber ab. Ich hoffe also, dass Sie, Hassan, ein Mann mit Universitätsabschluss, ein einzelnes unbewaffnetes ziviles Flugzeug treffen«, hatte der Reiseveranstalter bissig geantwortet. Zusammen mit den Raketen hatte er Hassan drei Handgranaten und den Sprengsatz gegeben, mit dem er den Nachtclub in Sansibar in die Luft gesprengt hatte.

Bei den Raketen handelte es sich um die oft unter ihrem NATO-Spitznamen 'Strela' bekannten chinesischen Kopien der russischen SAM 7, die 'Red Cherry' genannt wurden und genauso aussahen, sich genauso anfühlten und genauso funktionierten wie diese. Es war veraltete Technologie – das Design stammte aus den späten sechziger Jahren –, aber die beiden Raketen, die Hassan hatte, reichten für seine Mission mehr als aus.

Juma kam neben das Fahrzeug und wischte sich an seiner grünen Uniform den Schmutz von den Händen. »Lass uns gehen«, sagte Hassan, zog ein kleines GPS aus einer Tasche an seinem Gurt und schaltete es ein.

Sie fuhren den robusten Geländewagen auf die unbefestigte Strasse, die zur Landebahn führte, zurück und folgten dieser einige hundert Meter. Dann schaltete Juma den Allradantrieb ein und bog auf einen Pfad ab, der in noch schlechterem Zustand war als die Strasse, die zum Buschcamp führte. Sie fuhren nach Westen, in Richtung der Grenze von bin Zayids Grundstück. Während sie über Felsen und freiliegende Baumwurzeln holperten, behielt Hassan das GPS im Auge. Als Juma aus einem trockenen Bachbett hinauffuhr, ruckelte der Land Rover unangenehm. Der Wasserlauf markierte die Grenze zwischen bin Zayids Land und dem Eigentum seines Nachbarn, Willy Wylde, doch Hassan machte sich keinerlei Sorgen, dass dieser oder einer seiner Späher zufällig auf sie stossen könnte. Er vermutete richtig, dass Wylde und die meisten seiner Mitarbeiter gespannt am Rande der Landebahn bei ihrer Lodge auf die Ankunft ihres wichtigen Jagdkunden warteten.

Schliesslich erreichten sie den Ort, von dem aus sie zuschlagen wollten. »Das ist eine gute Position, Boss«, sagte Juma, der spürte, dass die Nerven des Arabers flatterten, als dieser den Himmel absuchte.

»Ja, das stimmt, Juma, also tarne das Fahrzeug.«

. . .

GENERALLEUTNANT A.D. DONALD 'CRUSHER' CALVERT schüttelte dem Präsidenten von Sambia die Hand und lächelte in die Kamera.

Das US-Militär hatte sich von seinem Hass auf die Medien nach dem Vietnamkrieg erholt und umwarb diese nun aktiv. Als Calvert die Streitkräfte in Afghanistan befehligte, wurden Medienvertreter in amerikanischen Panzern und Hubschraubern nach Bagdad transportiert und waren ständig auf dem Stützpunkt der Koalition in Bagram präsent. Als ehemaliger Pentagon-Sprecher hatte er auf mehr als genug Pressekonferenzen Hof gehalten und wie jeder Kommandeur, der etwas auf sich hielt, wusste er, dass man sich, um Spitzenpositionen zu erreichen und zu behalten, in den Medien gut darstellen musste. Nun war ihm sehr bewusst, dass ihm als aufstrebendem Politiker noch mehr Aufmerksamkeit zuteilwerden würde. Auch wenn das Bild vielleicht nur in Sambia in den Medien wäre, war sein Lächeln nicht weniger breit und sein Blick nicht weniger stählern, als sie es für die *Washington Post* oder die *New York Times* gewesen wären.

Der Besuch war nicht so schlimm gewesen, wie er befürchtet hatte. Der neue Präsident zeigte den Elan und die Weitsicht, die ihm kürzlich zum Sieg über einen Amtsinhaber verholfen hatten, der das Land während seiner jahrzehntelangen Amtszeit in eine stetige und scheinbar unaufhaltsame wirtschaftliche Abwärtsspirale geführt hatte.

»Noch ein Bild, bitte, Herr Präsident.«

Beide Männer lächelten. Die Bilder wurden von einem von der Regierung bezahlten Fotografen aufgenommen und sollten in gegenseitiger Absprache erst in ein paar Tagen an die örtliche Presse weitergegeben werden. Damit wollte man dem hochrangigen Amerikaner Zeit geben, das Ziel seiner Jagdsafari zu erreichen, ohne von den Medien behelligt zu werden. In der Pressemitteilung würde es heissen, der amerikanische Würdenträger 'nehme sich Zeit, um Sambias einzigartige Tierwelt zu geniessen', womit der eigentliche Zweck seines Besuchs genau wie der Name der Jagdlodge nicht genannt wurden. Die amerikanischen Medien konnte dies allerdings nicht täuschen, wurde ihm klar, während er sowohl den Händedruck wie auch das Lächeln aufrechthielt. Die US-Presse wusste, dass er ein Sportjäger war, aber während die Korrespondenten des Pentagons sich einen Dreck um seine Leidenschaft für die Jagd scherten – einige von ihnen waren selbst Jäger –, wusste er, dass sowohl die Washingtoner Medien wie auch die Tierschutzorganisationen empört reagieren würden. Früher oder später würde er sich einer Flut von Fragen über die Ethik der Jagd stellen müssen, allerdings war ihm dies im Moment egal, denn er war hier, um sich zu amüsieren.

»Nun wünsche ich Ihnen viel Glück und Sicherheit bei Ihrer Jagd, General«, sagte das sambische Staatsoberhaupt.

»Danke, es hat mich gefreut, Sie kennenzulernen und ich wünsche Ihnen und Ihrem Land für die herausfordernden wirtschaftlichen und entwicklungspolitischen Initiativen, an denen Sie arbeiten, viel Erfolg.«

»Wir sind auf dem Weg, auch wenn dieser noch weit ist«, sagte der afrikanische Staatschef.

Der General lächelte und nickte. Die Dinge schienen sich für das von Armut geplagte Land zum Guten zu wenden, der Tourismus in Sambia entwickelte sich sprunghaft und das Ausland investierte Hilfsgelder in den Wiederaufbau des Strassen- und Eisenbahnnetzes des Landes.

'Das ist das Komische an Afrika', überlegte Calvert. 'Was gestern noch ein politisch und wirtschaftlich hoffnungsloser Fall war, ist heute ein Kraftpaket – und umgekehrt. Mosambik litt jahrelang unter einem Bürgerkrieg, in welchem Nachbarländer die kriegsführenden Parteien ihren Eigeninteressen entsprechend unterstützten. Mittlerweile ist das vormals zerrüttete Land aber wieder auf den Beinen und sein Tourismus- und Agrarsektor boomen. Genau das Gleiche gilt für Sambia.' Er hatte in seinem Programm gelesen, dass er in ein paar Tagen von einer Mitarbeiterin ein ausführlicheres Briefing über die Lage in Afrika südlich der Sahara erhielte und freute sich wirklich darauf, mehr über den aktuellen Stand der Dinge auf dem Kontinent zu erfahren – aber nicht so sehr wie auf die morgige Jagd.

Er winkte dem Präsidenten zum Abschied zu, salutierte vor der

adretten Ehrengarde aus hochgewachsenen dunkelhäutigen Solda-
ten, die die Einfahrt säumte, und kletterte in den glänzend schwarzen
Geländewagen der US-Botschaft. Nach der grellen Sonne des frühen
Nachmittags war die Klimaanlage in seinem Innern eine Wohltat.

»Wir fahren los«, sagte der Geheimdienstler in ein an seinem
Handgelenk befestigtes Mikrofon.

»Ja, lassen Sie uns fahren, Johnny, es ist Zeit«, sagte Calvert zu
dem grossen, breitschultrigen Leibwächter, der mit seiner Piloten-
Sonnenbrille und dem blonden Bürstenschnitt voll und ganz dem
Hollywood-Klischee seines Berufs entsprach.

Calvert lockerte die Krawatte und liess seine Anzugjacke von den
Schultern gleiten. »Dies ist Ihr erstes Mal in Afrika, nicht wahr,
Johnny?«

»Ja, Sir«, sagte Agent John Wozak vom Beifahrersitz des Geländewagens aus. »Und was denken Sie bis jetzt darüber?«

»Flughäfen, Hotels und Präsidentenpaläste sehen überall gleich
aus, Sir, aber ich freue mich darauf, in den Busch zu fahren.«

»Es gibt nichts Vergleichbares. Die Farben, die Geräusche, die
Gerüche – das geht einem alles unter die Haut.«

»Ja, Sir.«

»Haben Sie schon einmal gejagt?«

»Ja, auf Hirsche, Sir, als ich ein Kind war«, sagte Wozak.

»Das kann man nicht vergleichen«, sagte Calvert. »Ich freue mich
schon darauf.«

Das Flugzeug, eine zweimotorige Piper Comanche, wartete auf
einem ruhigen Nebenfeld am Rande des Flughafens von Lusaka
und eine Eskorte aus zwei Polizeimotorrädern und einem Streifen-
wagen, alle mit Blaulicht, führte Calverts Gruppe, weit entfernt vom
Hauptterminal für Passagiere, durch ein privates Eingangstor auf
das Flughafengelände. Die drei diensthabenden Polizisten am Tor
salutierten, während die an ihnen vorbeifahrende Autokolonne
eine dünne Schicht afrikanischen Staubs auf ihre gestärkten
Uniformen, geölten Waffen und mit Spucke polierten Schuhe fallen
liess.

»Guten Morgen, General, ich bin Rob Westcott und fliege Sie

heute«, sagte ein grosser, grauhaariger Mann, als Calvert sich dem Flugzeug näherte.

Calvert streckte seine Hand zur Begrüssung aus. »Freut mich, Sie kennenzulernen, Rob. Darf ich mich zu Ihnen nach vorne setzen?«

Westcott schüttelte die Hand und sagte grinsend: »Ich war mir nicht sicher, ob ich salutieren solle oder nicht.«

»Ich bin fertig mit dem Salutieren. Sind Sie ein Ex-Militär, Rob?«

»Ja, rhodesische Luftwaffe. Ich war während unseres Buschkriegs Pilot, aber vielleicht haben Sie noch nichts davon gehört.«

»Ich hatte sogar ein paar Freunde aus meiner Zeit in Vietnam, die sich gemeldet haben, um euch zu unterstützen, doch einer von ihnen hat es leider nicht zurückgeschafft.«

»Tut mir leid, das zu hören. Ja, es war ein langer, blutiger Kampf und wir alle haben Freunde verloren. Sie haben sich bestimmt richtig entschieden, General, sich da rauszuhalten.«

Calvert lächelte. »Oh, ich habe im Laufe der Jahre auch schon einiges an Blei abbekommen. Aber es ist gut, zu wissen, dass ich in den Händen eines Kampfpiloten bin – auch wenn Sie bei der Air Force waren.«

»Nun, es ist mir ein Vergnügen, Sie bei mir vorne zu haben, General. Aber, wie ich immer zu den Militärs gesagt habe: Wenn Sie einen der hübschen Schalter anfassen, erschiesse ich Sie.« Die beiden Männer lachten in vertrauter Kameradschaft.

»Ich möchte, solange ich hier bin, so viel wie möglich vom Busch sehen, auch wenn es nur aus der Luft ist«, sagte Calvert, als er ins Flugzeug stieg und den Platz neben Westcott einnahm.

»Meiner Meinung nach ist das der beste Weg, General«, sagte Westcott, während er Calvert zeigte, wie er den Sicherheitsgurt anlegen solle.

»Mögen Sie es unten auf dem Boden nicht?«

»Neunundsiebzig wurde ich über Mosambik von Flakfeuer abgeschossen und versuchte danach einen Tag und eine Nacht, Dreck zu essen und nicht getötet zu werden. Seitdem habe ich versucht, so oft wie möglich über den Bäumen zu bleiben.«

»Essen Sie heute Abend mit uns zu Abend, Rob?«

»Ja, General, ich bleibe in der Lodge. Ich wurde beauftragt, während der gesamten Zeit, in der Sie auf Safari sind, in Bereitschaft zu sein, für den Fall, dass ...«

»Keine Sorge, Rob, ich weiss, wofür es gedacht ist. Wenn meine Mitarbeiter es nicht schaffen, mich fünf Minuten von einem Krankenhaus entfernt unterzubringen, wollen sie wenigstens die Beruhigung, dass mich jemand in ein solches fliegen kann. Bitte kommen Sie doch heute Abend zum Essen. Ich würde gern ein paar Ihrer Geschichten aus dem Buschkrieg hören, wenn es Ihnen nichts ausmacht, sie zu erzählen. Und hören Sie auf, mich General zu nennen. Ich heisse Don, wenn es sein muss, aber mich nennen alle Crusher.«

»Nun, Crusher, ich freue mich darauf, heute Abend mit Ihnen Kriegsgeschichten auszutauschen.«

Im hinteren Teil des Flugzeugs nahmen Stu Wardley Wozak, ein weiterer Geheimdienstler und Mike Treble, der Adjutant des Generals, Platz. »Mike, wann kommt die Dame mit den Berichten?«, fragte Calvert über die Schulter nach hinten, während der Pilot mit den Checks für den Flug begann.

»Übermorgen, Sir.«

»Gut, gut. Was wissen Sie über sie?«

»Ex-Militär, Abschluss in Naturwissenschaften mit Schwerpunkt Zoologie, in ihrem akademischen Fachgebiet angesehen und laut den Botschaftsangehörigen in Johannesburg wirklich gut. Oh, und ausserdem sagten sie mir, sie sehe gut aus«, bemerkte der Adjutant lächelnd.

»Das klingt ja immer besser«, rief Calvert über das Motorengeräusch hinweg.

»Der Himmel ist klar und es gibt kaum Turbulenzen«, sagte Rob, als sie die graubraune Narbe Lusakas hinter sich liessen. »Es ist nur ein kurzer Flug, aber am Ende, bevor wir landen, haben Sie einen wunderbaren Blick auf den Sambesi.«

Calvert liess den Blick über die Landschaft unter sich schweifen und genoss die Aussicht auf die ungezähmte Weite. »Fliegen Sie oft ins Sambesital?«, fragte er den Piloten über die Kopfhörer.

»Einmal im Monat oder so und in Willy Wyldes Lodge war ich schon ein paar Mal. Da unten gibt es jede Menge Wild und normalerweise muss ich zuerst die Landebahn abklappern, um die Tiere zu vertreiben. Einmal frassen vier Löwen in der Mitte der Landebahn ein Zebra und es war mir unmöglich, sie zu vertreiben.«

»Und was haben Sie schliesslich getan?«

»Wir sind auf einem Streifen in der Nähe gelandet, bei einer Lodge, die einem Araber gehört, einem netten Kerl. Er hat die Touristen danach zu Wylde gefahren, wo sie die Löwen aus nächster Nähe betrachten konnten.«

Genau das war der Grund, warum Calvert Afrika liebte. Wo sonst auf der Welt würde eine Landebahn wegen Raubtieren geschlossen?

»Der Fluss unter uns ist der Kafue«, sagte Rob und neigte den Flügel leicht, damit der General eine bessere Sicht hatte.

Calvert starrte auf das trockene Gebüsch am Ufer des Flusses hinunter, während sich die Nase des Flugzeugs bereits zu neigen begann.

Westcott fuhr mit seinen Erklärungen fort. Das vor uns ist die Kanyemba-Insel und rechts von uns, auf der anderen Seite des Flusses, liegt Simbabwe. Jetzt überfliegen wir das Chiawa-Wildschutzgebiet, das sind ein paar Stammesgebiete und einige Farmen und Dörfer, aber sobald wir uns dem Lower Zambezi National Park nähern, sehen Sie weniger Menschen und mehr Wildtiere.

Juma zeigte zum Himmel.

»Ich höre sie, kann sie aber nicht sehen«, flüsterte Hassan.

»Da, zehn Uhr, Boss«, sagte Juma und zeigte mit dem Finger in den klaren blauen Himmel.

»Ah, ja, jetzt habe ich sie.« Hassan senkte das Fernglas, das er um den Hals gehängt hatte.

Er nahm den ersten der Raketenwerfer, die er zum Abschuss bereit gemacht hatte, in die Hand und vergewisserte sich noch einmal, dass die Abdeckungen an beiden Enden des Rohrs entfernt und die konische Batterie- und Gaseinheit fest unter der Vorderseite des Raketenwerfers eingeschraubt waren.

Angesichts des Wildreichtums auf der gut geführten Ranch von Willy Wylde ging Hassan davon aus, der Pilot überfliege die Landebahn zuerst, um sicherzustellen, dass er bei der Landung nicht von Wild oder etwas anderem behindert wurde. Hassans Schussposition befand sich etwa einen Kilometer östlich des Endes von Willy Wyldes Landebahn. Sein Plan sah vor, wenn der Pilot seinen Kontrollüberflug abgeschlossen hatte, aber bevor er sich wieder in die Kurve legte, auf die Comanche zu schiessen, denn dann musste sie direkt über seinen Kopf hinweg nach vorn fliegen. Die beste Position für den Abschuss der Boden-Luft-Rakete war von hinten, so dass der wärmesuchende Gefechtskopf den heissen Auspuff des Motors ungehindert ansteuern konnte.

Für den Fall einer Fehlfunktion stand Juma, den anderen Raketenwerfer schussbereit in der Hand, an Hassans Seite. Natürlich hätten sie beide Raketen gleichzeitig abfeuern können, aber Hassan war sich sicher, das Leichtflugzeug mit einer einzigen Rakete zum Absturz bringen zu können. Wenn der Tag so verlief, wie Hassan es sich vorstellte, wollte er den Ersatzsprengkopf nicht vergeuden, sondern in Reserve behalten.

Hassan stützte das lange, röhrenförmige Heck des Raketenwerfers auf seine Schulter. »Denk daran, nicht hinter mir zu stehen, wenn ich schiesse, Juma, sonst bringt dich der Rückstoss um.«

»Ja, Boss.«

Hassan richtete die Rakete auf das herannahende Flugzeug und betätigte den Schalter, der den Raketenwerfer mit Strom versorgte, die Batterie aktivierte und gleichzeitig einen Argon-Gasstrom zur Kühlung des Infrarot-Suchkopfs freisetzte. Weil die Temperatur des Suchkopfes viel niedriger als die der Umgebungsluft war, konnte er die einladenden Infrarotemissionen der heissen Triebwerksauspuff-öffnungen des sich nähernden Flugzeugs besser erfassen. Hassan verfolgte die Comanche durch das grobe optische Visier an der Aussenseite der Röhre.

In seinem rechten Ohr hörte er den Ton, der ihm verriet, dass die

Rakete die Triebwerke des Flugzeugs erkannt habe. Jetzt hätte er zwar feuern können, aber der Pilot hätte die Rakete auf sich zukommen sehen und wäre vielleicht in der Lage gewesen, sie auszumanövrieren. Hassan widerstand dem Drang, die Rakete auf den Weg zu schicken und zu fliehen, holte tief Luft, drehte sich um und verfolgte das nahende Flugzeug mit den Augen.

»UNTEN IST ALLES KLAR, GENERAL«, sagte Westcott. »Das ist Willy Wyldes Landeplatz«, erklärte der Pilot und zeigte auf eine in den unberührten Busch gehauene, unbefestigte Landeschneise.

»Ja, da sind ein paar Fahrzeuge auf der Seite«, sagte Calvert.

»Das werden Willy und seine Truppe sein. Sie halten wahrscheinlich eine Ehrengarde und einen roten Teppich für Sie bereit.«

»Das brauche ich alles nicht.«

»Willy ist in Ordnung. Am ersten Tag ist er bestimmt nervös, aber wenn Sie erst einmal mit ihm im Busch sind, sehen Sie bestimmt schnell, warum er als der beste Jäger in dieser Gegend gilt.«

»Ich verlasse mich darauf.«

»Ich gehe ein bisschen runter, bevor ich die Landung einleite, dann können wir mal schauen, was wir entdecken«, sagte Westcott ins Mikrofon seines Headsets.

»Da, Büffel!«, rief Crusher Calvert aus, als er ein Stück mit schwarzen Punkten übersätes, grünes Überschwemmungsgebiet sah.

Beim Klang der dröhnenden Motoren begannen die Tiere zu rennen. »Es ist eine grosse Herde, vielleicht drei- oder vierhundert Stück.« Rob flachte ab und flog, um die Tiere nicht zu sehr zu stören, einen ausweichenden Bogen. »Man nennt sie 'Schwarzer Tod'.«

»Ja, ich weiss. Ich habe es auf dieser Reise auf einen von denen abgesehen, einen grossen Bullen.«

»Gut für Sie. Ich würde lieber einen Löwen schiessen, als von einem angegriffen zu werden. Dort drüben ist ein Elefant im Fluss.«

Calvert nickte, als die weite, silbrige Weite des Sambesi in Sicht kam. Auf einer schilfbewachsenen Insel in der Nähe des sambischen Ufers grasten vier Elefanten, wenn man nach der Länge ihrer Stosszähne und den grossen runden Köpfen urteilte, allesamt ausgewachsene Bullen.

Alles, was Sie in Simbabwe, auf der anderen Seite des Flusses, sehen, sind Jagdkonzessionen und der Mana Pools Nationalpark liegt gegenüber von dort, wo wir hinsteuern. Aber im Moment sind Sie auf dieser Seite des Flusses viel besser aufgehoben, General.«

»Ja, das habe ich gehört.«

»Hier dagegen sind Sie absolut sicher, Crusher.«

HASSAN ATMETE die Hälfte der Luft aus, die er eingesogen hatte und spürte, dass Adrenalin, durch seine Adern schoss. An diesen Moment würde er sich für den Rest seines Lebens erinnern – was aber möglicherweise nur noch eine Frage von Stunden war.

Der Ton in seinem Ohr war laut und stark, also zielte er auf das linke Triebwerk. Er drückte den Abzug, spürte die Hitze auf seiner Wange und hörte das Dröhnen des Abschussmotors. Dann schoss die Rakete aus dem Rohr.

ALS ER DEN Kopf wieder zurückdrehte, stiess sich John Wozak den Kopf an der kleinen Plexiglasscheibe im hinteren Teil des Flugzeugs. Irgendetwas am Boden hatte seine Aufmerksamkeit erregt und er drückte seine Wange gegen das Plexiglas, um auf den Uferstreifen hinunterzublicken, den sie gerade überflogen hatten. Was wie eine Staubwolke ausgesehen hatte, entpuppte sich nun als die von einem grellen Licht begleitete Rauchfahne, die vom Motor, der die Rakete zündete, stammte.

»Rakete!«, schrie er.

WESTCOTT HATTE SICH DARAUF VORBEREITET, nach links abzudrehen, um zurück zur Landebahn zu fliegen, als jemand etwas aus dem hinteren Abteil schrie. Wahrscheinlich hatte einer der Geheimdiensttypen seinen ersten Elefanten im Busch unter sich entdeckt. Er blickte über die Schulter zurück.

Der Agent schrie ihn an und deutete aus dem Heckfenster. »Da ist eine Scheissrakete!«, schrie der Mann. »Auf der linken Seite!«

Westcott der schon einmal von einer Boden-Luft-Rakete beschossen worden war, erhaschte durch das hintere Beifahrerfenster einen Blick auf die Rauchfahne und dieser verräterische Strom war unverwechselbar. Er drosselte das Gas, trat kräftig auf das linke Ruderpedal und drückte es gegen das Schott.

Die Comanche rollte auf den Kopf und das Flugzeug sackte übel ab, als Westcott das Steuer zurückkriss.

Calverts Kopf prallte gegen das Fenster auf seiner linken Seite. »Was zum ...?«

»Festhalten!«, brüllte Westcott, schob gleichzeitig das Steuer ganz nach vorne und vergrösserte den Sturzwinkel. Es war, selbst in zweitausend Fuss Höhe über dem Boden, eine gefährliche Bewegung, aber er hatte keine Alternative. Indem er nach links, in Richtung der entgegenkommenden Rakete, abbog, hoffte Westcott, die Wärmesignatur des Motors auf dieser Seite des Flugzeugs zu verdecken.

»Jetzt hat er die Rakete gesehen«, sagte Juma, der das heftige Manöver durch sein Fernglas beobachtete.

»Er ist zu spät dran.« Hassan war nicht in der Stimmung für Pessimismus, hielt jedoch, als die Rakete sich langsam drehte und dem Flugzeug nach unten folgte, den Atem an. Einen Düsenjäger hätte der Pilot durch sein instinktives Handeln vielleicht retten können, aber die Comanche war ein ziviles Kleinflugzeug.

»Sie schlägt ein!«, rief Juma.

»Ja«, nickte Hassan.

Der Steuerknüppel zitterte in Westcotts Händen, als der Raketensprengkopf, eine Ladung von mehr als einem Kilogramm

Sprengstoff, kurz vor dem heissen Auspuff detonierte und Tausende winziger Metallsplitter in Triebwerk, Flügel und Rumpf schickte.

Ein greller Lichtblitz versengte die weiss gestrichene Aluminiumhaut des Flugzeugs und die Passagiere rissen die Arme vor das Gesicht und versuchten, die Hitze und die tödlichen Splitter abzuwehren – vergeblich. Der Knall der Detonation, der das schrille Heulen der protestierenden Triebwerke übertönte, donnerte in ihre Trommelfelle. Schrapnell und Teile des linken Triebwerks explodierten, und die zerfetzten Reste der Metallverkleidung lösten sich im Windschatten ab. Der grösste Teil der Trümmer flog nach hinten, aber im Moment, in dem der granatengrosse Gefechtskopf an der Spitze der Rakete ausbrach, wurden Aluminiumsplitter, Muttern, Bolzen und winzige Wrackteile in alle Richtungen geschleudert.

Stu Wardley, John Wozaks Partner, hatte seinen Sitz verlassen und sich über diesen gebeugt, um die Rakete zu sehen. Im selben Moment schoss ein losgelöster Bolzen wie eine Gewehrkugel durch die Aussenhaut des Flugzeugs, flog weiter und taumelte durch Wardleys rechtes Auge und aus seinem Hinterkopf. Wozak taumelte zur Seite, als Wardleys Körper von ihm abprallte. Als der Getroffene auf den Teppichboden des Flugzeugs sackte, sprudelten Hirn und Blut sowohl aus der leeren Augenhöhle wie auch aus der grotesken Austrittswunde.

Mike Treble sass vor Wozak, als unvermittelt ein mannshohes Stück Aluminiumverkleidung den Rumpf durchschlug, eine Furche in Trebles dunkelblaues Business-Hemd und den Brustkorb darunter riss und in Herz und Lunge drang. Wenige Sekunden später war er tot.

John Wozak tastete an Wardleys blutüberströmtem Hals nach dem Puls, fand aber keinen. Der Boden des Flugzeugs war von der Hirnmasse des Agenten und der grossen Menge Blut, die aus Trebles Wunde geflossen war, glitschig. Wozak schluckte die Galle, die in ihm aufstieg, herunter, zog die Neun-Millimeter-Glock-Pistole aus seinem Schulterholster, zog den Schlitten zurück, spannte ihn und lud eine Patrone. Jemand hatte seinen Partner getötet und den Mann, für dessen Sicherheit er verantwortlich war, zu ermorden versucht. Nun war er auf die Bastarde vorbereitet, wenn sie auftauchten, um ihre Arbeit zu beenden.

»ICH GEHE nach hinten und helfe den Jungs«, rief Calvert dem Piloten über das gequälte Wimmern und Klopfen des herumschlagenden Metalls hinweg zu. Das Flugzeug vibrierte so stark, dass er die Worte kaum herausbekam.

»Setzen Sie sich!«, bellte Westcott. Es war eine alte, auf gesundem Menschenverstand begründete Tradition, dass der Pilot an Bord eines Flugzeugs einen höheren Rang als jeder Passagier einnahm. »Schnallen Sie sich so fest Sie können in Ihrem Sitz an und machen Sie sich auf den Aufprall gefasst! Sie können dort hinten nichts tun, bis wir gelandet sind.«

Calvert warf noch einmal einen Blick aus dem Fenster und nickte. Er presste die Schnalle der Becken- und Schultergurte ins Gehäuse unterhalb seines Bauchs und sprach ein kurzes Ave Maria.

Der Sprengkopf hatte das linke Querruder und ein beträchtliches Stück der Tragfläche abgerissen. Westcott wendete, ging nun aber behutsam mit dem Ruder um, denn wenn er zu viel Druck gab, löste er eine Steilspirale aus, aus der sie mit ihrer Höhe nicht mehr rauskommen könnten. Er überprüfte noch einmal die Fluggeschwindigkeit und kämpfte darum, das Gleichgewicht zwischen Überziehen und zu grossem Höhenverlust zu halten. Er zog das Steuer ein wenig zurück und drückte mit dem rechten Fuss fest auf das entsprechende Ruderpedal, um das massive Drehmoment des verbleibenden Triebwerks auszugleichen. Er hielt die Leistung aufrecht und stellte die rechte Propellersteigung auf voll ein. Westcott musste einen Platz zum Landen finden, aber mittlerweile war ihm klar, dass die Landebahn ausser Reichweite lag, womit nur noch der Fluss blieb.

Westcott betätigte den Mikrofonschalter am Lenkrad und sagte: »Mayday, Mayday, Mayday, Comanche Niner-Juliet, Delta-Alpha-Romeo, Sierra-Oscar-Alpha. Motorschaden. Notwasserung im Sambesi, dreissig Kilometer östlich von Chiawa. Fünf Seelen an Bord. Von einer Boden-Luft-Rakete getroffen. Ich wiederhole ...« und während er sich auf die Landung vorbereitete, repetierte er den Funkruf. Er musste im Gleitflug landen und ging vorher die Checklisten durch. Bevor er den Treibstoff und die elektrischen Systeme abschaltete, liess er die Landeklappen herunter. »Machen Sie sich bereit, General. Wir gehen schwimmen.«

»Sie machen das gut, Rob. Wie stehen unsere Chancen?«

Eine dumme Frage, dachte der Pilot. »Ich bringe uns in einem Stück runter, Crusher. Danach können wir nur hoffen, dass uns jemand vor den Nilpferden und Krokodilen erreicht.«

»Wir schaffen es«, sagte Calvert optimistischer als er war, zwang sich zu einem Lächeln und sagte zu sich selbst: »Gepriesen seien der Vater, der Sohn und der Heilige Geist ...«

»Halt an!«, rief Hassan Juma zu und zerrte sein Fernglas aus der Tasche an seiner Ausrüstung.

Als sie sahen, dass die Rakete den Motor der Comanche traf, waren er und Juma zum versteckten Land Rover gerannt und Juma fuhr wie geplant den Weg vom Startplatz hinunter zum Fluss. Diese Privatstrasse verlief parallel zum Flussufer und bot von einer Reihe sorgfältig ausgewählter Aussichtspunkte aus einen guten Blick auf den Sambesi und sein Ufergebiet.

Hassan erspähte das angeschlagene Flugzeug. »Er fliegt zum Fluss. Ich *wusste,* dass er das tut.« Er hatte sich überlegt, was er in der wenig beneidenswerten Lage des Piloten tun würde.

Die Kurve zurück zur ursprünglichen Landebahn wäre zu eng und mit dem zerstörten Motor und den beschädigten Steuerungen unmöglich zu fliegen. Falls der Pilot nicht Hassans Landebahn ausfindig machte und diese ansteuerte, versuchte er wahrscheinlich, im Fluss notzuwassern, aber in beiden Fällen lieferte er General Donald Calvert, tot oder lebendig, in Hassans wartende Hände. Falls die dritte Möglichkeit eintraf und das Flugzeug irgendwo im Busch abstürzte, wollte Hassan zu seiner eigenen Landebahn zurückkehren und zusammen mit Juma in seinem Ultraleichtflugzeug starten. Dann würde er die Position des abgestürzten Flugzeugs mit Hilfe eines GPS markieren, zurückfliegen, landen und zur Absturzstelle fahren oder laufen.

»Zurück zum Buschcamp. Rasch!«, befahl Hassan. »Wir holen sie mit dem Boot ab.« Sein Flachboden-Wildbeobachtungsboot mit zwei vierzig PS starken Aussenbordmotoren wartete aufgetankt beim Buschcamp.

Jetzt war Zeit entscheidend. Hassan ging davon aus, dass der Pilot einen Notruf abgesetzt habe, und bald Rettungskräfte mit dem Boot und wahrscheinlich auch mit dem Hubschrauber unterwegs seien. Er schätzte, höchstens eine Stunde Zeit zu haben.

Rob Westcott warf einen Blick über die Schulter nach hinten in die Kabine. »Schnallen Sie den Mann an!«, rief er John Wozak zu, als er den anderen Agenten auf dem Boden liegen sah.

»Er ist tot«, schrie Wozak zurück, um trotz des unaufhörlichen Lärms des durch den durchlöcherten Rumpf pfeifenden Windes gehört zu werden. »Treble auch.«

»Schnallen Sie sie trotzdem an«, befahl Westcott über seine Schulter. Das Letzte, was sie brauchten, wenn sie auf dem Wasser aufschlugen, waren ein paar hundert Kilogramm Mensch, die im Cockpit herumflogen.

»Heilige Mutter Gottes«, murmelte Calvert.

Sie flogen in der Mitte einer geraden Strecke des Flusses und Westcott nahm das Steuer etwas zurück. Er hatte die Fluggeschwindigkeit eher hoch behalten, um etwas Energie für das Ausschweben zu sparen, so dass er den Aufprallpunkt auf dem Wasser kontrollieren konnte, anstatt das Flugzeug einfach niederschmettern zu lassen.

Die Oberfläche des Flusses kräuselte sich im Wind des Flugzeugs, weil es nur wenige Meter über dem Wasser dahinflog, ein Goliath-Reiher ergriff die Flucht, als sich der Schatten über ihm abzeichnete und ein erschrockener Elefantenbulle, der sich im seichten Wasser suhlte, schlug mit den Ohren und trompetete laut, um seine Entrüstung zu manifestieren. Doch dann beschloss der Dickhäuter, dieser

Eindringling sei es nicht wert, sich mit ihm anzulegen und rannte davon.

Aufgrund seiner militärischen Ausbildung wusste Westcott, dass es zu riskant war, das Flugzeug mit dem Heck voran abzusenken, da es sonst entweder mit der Nase zu stark absackte und unterging oder wie ein flachgeworfener Stein über die Wasseroberfläche hüpfte. »Ich tauche den rechten Flügel ins Wasser, um uns abzubremsen, General«, sagte er zu Calvert. »Halten Sie sich fest – wir werden uns beim Aufprall stark drehen und das Aufschlagen wird für Ihren Nacken hart sein.« Westcott war froh, dass er sich die Mühe gemacht hatte, sowohl beim Piloten- wie auch beim vorderen Passagiersitz Fünf-Punkt-Gurte zu montieren, denn Sie würden jeden Halt, den sie bekommen konnten, brauchen.

»Festhalten!«, rief er erneut über die Schulter in die hintere Kabine, denn das war das Einzige, was er tun konnte. Er registrierte den Anblick von Blut an der Decke und auf dem Teppich, hatte aber keine Zeit, darüber nachzudenken.

Westcott brachte das Flugzeug etwas zu schnell hinunter und liess es mehrere Meter über dem Wasser ausschweben. Das Glück hatte ihn allerdings nicht gänzlich im Stich gelassen, denn der Fluss, der nun seine Windschutzscheibe ausfüllte, war hier auf einer Strecke von etwa fünfhundert Metern Länge gerade. Das Steuern wurde schwierig und er liess die Comanche aufs Wasser hinunter sinken. Seine Fluggeschwindigkeit lag knapp über dem Strömungsabriss und das Steuerrad vibrierte. An seinem Seitenfenster peitschte Wasser vorbei und die Sonne blitzte auf den Wellen. Das Flugzeug war immer noch mit rund hundertvierzig Stundenkilometern unterwegs. Er zog die rechte Tragfläche nach und liess sie aufs Wasser sinken. Als die Comanche sich einmal überschlug und auf den Wellen aufschlug, schallte der Aufprall wie der Knall eines Vorschlaghammers durch den Luftrahmen. Die Vorderkante des Flügels schlug erneut auf und grub sich ins Wasser, so dass sich das Flugzeug um zweihundert-siebzig Grad drehte und dabei die rechte Tragfläche teilweise abriss.

Als das Flugzeug ins Wasser stürzte, hatte Crusher Calvert das

Gefühl, sein Genick breche. Sein Körper wurde wie eine Peitsche herumgeschleudert und sein Kopf prallte zuerst erneut gegen das Fenster und wurde dann nach vorn geschmettert. Immerhin wurde er vom Sicherheitsgurt, der schmerzhaft in seine Schultern und den Bauch schnitt, wenige Zentimeter vom Instrumentenbrett vor ihm, aufgehalten.

Eine Bugwelle schwappte neben ihnen auf und spülte dann über die Nase der Comanche zurück. Als das Wasser die Front bedeckte, hob sich das Heck und plötzlich stand das Flugzeug still. Unvermittelt richtete es sich aber mit einem üblen Ruck wieder auf und das Heck stürzte in den Fluss zurück. Nun waren sie waagerecht und schwammen, jedenfalls vorerst. Westcott schüttelte den Kopf, weil sich darin alles drehte. Ihm wurde klar, dass die enormen G-Kräfte, die durch die trudelnde Landung entstanden waren, ihn für ein paar Sekunden hatten in Ohnmacht fallen lassen. Er versuchte das Funkgerät noch einmal, aber es war tot. An den Stellen, an denen sich der Sicherheitsgurt beim Aufprall in seine Schultern und den Bauch gefressen hatte, schmerzte es, aber ansonsten schien es ihm gut zu gehen.

»General! Crusher, Mann, sind Sie in Ordnung?« Westcott erschrak, als er an der Schläfe seines Passagiers einen roten Fleck sah.

»Ich bin okay«, sagte Calvert leise, wischte sich das Klebrige vom Kopf und untersuchte seine Finger. »Ich bin beim Aufprall mit dem Kopf gegen die Seitentür geknallt und der Nacken tut ein bisschen weh, aber das wird schon wieder. Hey, John, wie geht es Ihnen?«, krächzte er nach hinten in die Kabine.

»Bei mir ist alles gut, Sir. Wo ist das Rettungsfloss und wo sind die Schwimmwesten?«, fragte Wozak den Piloten.

»Wir führen keine mit, da wir nicht über das Meer fliegen und es damit nicht nötig ist«, erklärte Westcott in einem sachlichen Ton, ohne Entschuldigung. Er brauchte jetzt keinen Sicherheitsbeamten, der das Kommando übernahm, schliesslich war immer noch er der Kapitän des Flugzeugs. »General, ich steige aus und prüfe, wie tief das Wasser ist. Bitte warten Sie mit Mister Wozak draussen auf der Tragfläche. Können Sie schwimmen, Sir?«

»Ja, ich kann schwimmen.«

Westcott löste seinen Gurt, öffnete die Tür und stieg auf die Tragfläche hinaus. Durch die plötzliche Verlagerung seines Gewichts sank die Comanche, schien aber immer noch zu schweben. Auf einmal hörte er das Dröhnen eines Motors und hielt sich die Hand vor die Augen, um diese vor dem nachmittäglichen Blenden des Lichts auf dem Wasser zu schützen. »Da kommt ein Boot!«

»Halleluja«, sagte Calvert und löste seinen Gurt.

»Sir, ich denke, Sie sollten einen Moment warten, bis wir wissen, wer kommt. Schliesslich hat jemand auf uns geschossen, und wir wissen nicht, ob diese Leute Freunde sind oder nicht«, erklärte Wozak, der sich, seine geladene Glock in der rechten Hand, zwischen den General und den leeren Pilotensitz zwängte und Westcott nach draussen folgte.

Calvert runzelte die Stirn, denn er wollte aus dem verdammten Flugzeug raus, bevor es sank oder Feuer fing. Er schaute aus dem Seitenfenster, auf dem braune Wassertropfen glitzerten, und sah, dass ein tiefliegendes Schnellboot mit zwei Männer in grünen Uniformen an Bord auf sie zu brauste.

»Sie sehen wie Typen aus dem Nationalpark aus«, sagte Westcott, der schon von Weitem sah, dass beide dunkelhäutig waren und die gleiche Kleidung trugen.

»Ich gehe kein Risiko ein«, sagte Wozak grimmig.

Hassan bin Zayid hatte sich eine schwarze Skimaske über das Gesicht gezogen, einen grünen Schlapphut auf den Kopf gesetzt und dessen Krempe tief über die Augen gezogen. Um seine rudimentäre Verkleidung zu vervollständigen, trug er ein Paar schwarze Lederhandschuhe. Er sass, zu seinen Füssen eine AK-47 und ein Jagdgewehr, beides geladen und gespannt, hinter Juma im Boot. Ausserdem lag die zweite, unbenutzte HN-5 Boden-Luft-Rakete auf dem Fiberglasboden des Bootsrumpfs, sowie ein Fünf-Liter-Benzinkanister und zwei Sicherheitsfackeln. In der rechten Hand hielt er eine automatische Pistole, auf deren Lauf ein Schalldämpfer geschraubt war.

Juma winkte vom Boot aus. »Hallo! Hallo! Sind Sie okay, Sir?«

Westcott hielt die Hände trichterartig vor den Mund und rief: »Wer sind Sie und woher kommen Sie?«

»Von den sambischen Wildtierbehörden«, rief Juma zurück. »Wie viele seid ihr? Habt ihr Verletzte?«

»Zwei von uns sind tot und drei okay«, antwortete Westcott.

»Scheisse«, zischte Wozak. »Wir müssen warten, bis er längsseits kommt, bevor wir das ganze Spiel verraten, ja?«

Hassan bin Zayids rechter Zeigefinger krümmte sich um den Abzug der Pistole. Der Pilot hatte ihm alles gesagt, was er wissen musste. Jumas Fragen waren Teil ihres Plans und dieser hatte funktioniert. Sie wussten jetzt genau, wie viele Personen sich an Bord befanden. Calvert hatte bestimmt ein oder mehrere Jagdgewehre dabei, die aber wahrscheinlich im Frachtraum des Flugzeugs verstaut waren, und seine Leibwächter wären bewaffnet. Hassan spähte um Jumas Muskelmasse herum, um festzustellen, wer noch am Leben war. Auf der Steuerbordtragfläche sah er den Piloten sowie einen weiteren Mann, vermutlich einen der Geheimdienstagenten. Ausserdem erkannte er hinter dem Fenster des Co-Piloten ein Gesicht. Selbst aus hundert Metern Entfernung erkannte er es, hatte er es doch im Fernsehen bei Dutzenden von Pressekonferenzen und auf ebenso vielen Zeitungsfotos gesehen.

Juma schaltete die Motoren des Bootes ab und liess es lautlos auf das Flugzeug zutreiben. »Wo kann ich festmachen?«

»An der Stütze, oder dem, was davon übrig ist«, antwortete Westcott und ging auf das Boot zu, wobei er bin Zayid die Sicht auf den jungen Leibwächter versperrte.

Hassan beugte sich vor und tat, als suche er etwas auf dem Boden des Bootes, um sein maskiertes Gesicht noch nicht zu zeigen.

»Hey, behalten Sie Ihre Hände dort, wo ich sie sehen kann«, forderte einer der Amerikaner.

»Sir, wir sind hier, um Ihnen zu helfen«, sagte Juma.

»Zeigen Sie mir Ihren Ausweis, bevor ich Sie fessle und Sie da hinten, stehen Sie auf.«

Hassan bin Zayid ging in die Hocke, wobei er Jumas Körper immer noch als Deckung vor den Blicken des Leibwächters und allem anderen, was dieser versuchen könnte, benutzte. Der Mann war misstrauischer als ihm guttat.

Westcott wandte sich an die anderen. »Lasst uns dieses verdammte Flugzeug verlassen, bevor …«

In diesem Moment schnellte bin Zayids Arm hoch, seine Pistole hustete zweimal und beide Kugeln schlugen in die Brust des Piloten. Über den Körper des anderen Mannes spritzte Blut, aber der Agent hob seinen Arm und drückte, als der Körper des Piloten auf ihn zurückgeschleudert wurde, instinktiv zwei Schüsse aus seiner Pistole ab. Das Flugzeug schwankte, als Westcott mit dem Rücken auf die Tragfläche prallte und danach kopfüber in den Fluss rutschte und ein roter Fleck auf der strahlend weissen Aluminiumhaut markierte den Weg seines Körpers. Hassan sah, dass Juma sich den Hals umklammerte und taumelte. Er feuerte zwei weitere Schüsse mit dem Schalldämpfer ab, bevor der amerikanische Leibwächter wieder auf die Beine kam und erneut zielen konnte. Einer ging daneben, aber der andere bohrte sich in den Bauch des Mannes. Der Agent sank auf die Knie, liess seine Pistole fallen und hielt sich mit beiden Händen den Bauch.

Das Schnellboot, das sich immer noch aus eigener Kraft fortbewegte, prallte gegen das Flugzeug und Hassan sprang hinüber. Der Agent hustete Blut auf die Vorderseite seines Buschhemdes und sackte beim vergeblichen Versuch, seine Pistole zu erreichen, die knapp ausserhalb seiner Reichweite auf der Tragfläche gelandet war, zur Seite. Bin Zayid hob seinen Arm und feuerte einen Schuss zwischen die Augen des Amerikaners, worauf der Kopf des Mannes rückwärts flog und mit einem dumpfen Klang auf die Aussenhaut des Flugzeugs schlug.

»General Donald Calvert, kommen Sie heraus, wenn Sie überleben wollen!«, rief Hassan ins Flugzeug, doch der Mann, dessen

Gesicht er durch das Fenster des Co-Piloten gesehen hatte, war nicht mehr im Cockpit.

Juma betrat den Flügel und deckte seinen Arbeitgeber mit dem Sturmgewehr. Sowohl sein Hals wie auch der Kragen seines grünen Hemdes waren voller Blut, aber er schien wachsam und bereit zu sein.

Hassan nahm an, dass wenn der Pilot sie nicht angelogen hatte, einer der Toten, von denen er gesprochen hatte, der zweite Geheimdienstler war. Der General, so vermutete er, war also in die Hauptkabine des Flugzeugs geflüchtet, was bedeutete, dass die Gefahr bestand, dass der alte Soldat gerade nach irgendeiner Waffe suchte.

»General Calvert? Ich gebe Ihnen zehn Sekunden, um sich zu ergeben. Danach werde ich das Flugzeug abfackeln. Wenn Sie wollen, können Sie bleiben, wo Sie sind, denn meine Mission ist auch dann erfüllt, wenn Sie hier sterben«, stellte Hassan sein Ultimatum und feuerte von seiner Position auf der Tragfläche zwei Schüsse wahllos durch die Aussenhaut der hinteren Kabine.

GENERALLEUTNANT DONALD CALVERT, einst Befehlshaber von fast neuntausend Koalitionssoldaten im weltweiten Krieg gegen den Terrorismus, kauerte, die Wange klebrig von geronnenem Blut und Hirn seines toten Leibwächters, auf dem Teppichboden der Kabine.

»Gott sei mir und dir gnädig, Stu«, flüsterte er vor sich hin, während seine Hände in die Sportjacke des toten Agenten tasteten. In seinen fünfunddreissig Jahren beim Militär hatte er an vielen Konflikten teilgenommen, aber seit er als junger Zugführer in Vietnam war, hatte er keinen Toten mehr berührt und nie mehr den metallischen Gestank von Unmengen frischen Bluts gerochen. Er hatte die Raketen- und Mörserangriffe der nordvietnamesischen Armee überlebt, war, als sein Melder durch eine Landmine ein Bein verloren hatte, verwundet worden, und hatte, als ein von ihm verteidigter Stützpunkt fast überrannt worden wäre, massiven Infanterieangriffen getrotzt. Er war Träger von zwei bronzenen und einem silbernen Stern, alle für

Tapferkeit. Also würde er sich von diesem pissigen afrikanischen Terroristen nicht unterkriegen lassen. In den Geschichtsbüchern würde stehen, er sei kämpfend untergegangen oder er habe einen Terroristen getötet und überlebt. Er würde so oder so erwähnt werden, war aber noch nicht bereit zu sterben. Er verfluchte sich dafür, dass er sein Jagdgewehr nicht bei sich in der Kabine des Comanche hatte, tröstete sich aber mit der Gewissheit, Wardley habe eine Waffe bei sich. Seine Finger fanden das Nylonholster unter dem starr werdenden Arm des Agenten und Calvert schimpfte stumm vor sich hin. Das Holster war leer. Wozak musste Wardleys Pistole an sich genommen haben. Der General wägte seine Möglichkeiten ab, nämlich verbrannt zu werden oder sich zu stellen. Noch nie in seinem Leben hatte er die Schande der Kapitulation erfahren, aber solange er noch atmete, gab es eine Chance. Wenn die Zeit reif wäre, würde er einen oder beide Männer töten, selbst wenn dies seinen eigenen Tod bedeuten würde.

»Hol das Benzin und die Leuchtraketen, wir zünden das Flugzeug an und verbrennen ihn bei lebendigem Leib«, wies Hassan Juma an.

Der Schwarze, der zwar verwundet war, aber noch stand, tat wie befohlen, schraubte den Deckel vom Metallkanister ab und kippte ein Drittel des Inhalts ins Cockpit.

»Riechen Sie das Benzin, General? Ich zünde das Flugzeug jetzt an und freue mich, wenn Sie darin sterben. Aber wie gesagt, Sie haben die Wahl. Kommen Sie zu mir heraus und Sie überleben«, erklärte Hassan spöttisch. »Gib mir eine Leuchtrakete«, sagte er. Er übernahm den Zylinder von Juma, zog den Deckel ab und setzte ihn auf den Boden des Rohrs, so dass ein scharfer Schlag mit dem Handballen den Brandsatz ins Flugzeug fliegen liesse.

»Ich komme raus«, sagte Calvert. Seine Stimme verliess ihn und klang wie ein Wimmern.

»Sehr vernünftig, General, Sie haben noch drei Sekunden. Eins ..., zwei ...«

Calvert hielt seine leeren Hände vor sich, als er in gebückter Haltung aus dem Cockpit trat.

»Auf die Knie runter und die Hände auf den Rücken«, ordnete Hassan an. Die Höflichkeit war verschwunden.

Calvert kniete auf dem Flügel nieder und Juma fesselte seine Handgelenke mit einem Plastikseil.

»Aufstehen!«, befahl Hassan, zerrte den einst kräftigen Mann an den gefesselten Handgelenken hoch und freute sich über den kleinen Aufschrei, den dieser von sich gab, als seine Schultern den Zug schmerzhaft spürten. Er stellte einen Fuss auf Calverts Hinterteil und stiess ihn kopfüber nach vorn ins Boot. Calvert landete hart und stöhnte vor Schmerz laut auf.

Hassan warf den Benzinkanister in den Rumpf des Flugzeugs, nahm die Leuchtrakete in die Hand und stiess den Schlagbolzen des Deckels in den Boden des Zylinders, um das Projektil darin zu zünden. Glühendes rotes Licht leuchtete durch die Bullaugen und mit einem Knall entzündete sich das ausgeschüttete Benzin. Er betrat das Boot und stiess sich vom brennenden Wrack ab. Er bemerkte, dass sich auf der anderen Seite des Flügels die Wasseroberfläche kräuselte und dann zuerst ein, dann zwei Paar Kulleraugen kurz auftauchten und sich im Schein der Flammen spiegelten. Die Krokodile waren vom Geruch des Blutes angelockt worden.

Hassan startete den grossen Aussenbordmotor und liess ihn im Leerlauf brummen.

»Wie schlimm ist deine Verletzung?«, fragte er Juma.

Der Schwarze befühlte seinen Nacken. »Es ist nichts, nur ein Streifschuss.«

»Und jetzt, wo bringen Sie mich hin?« fragte Calvert.

»Es Ihnen zu sagen, würde die Überraschung verderben«, grinste Hassan und sagte zu Juma gewandt: »Kneble ihn.«

Juma nahm eine Rolle schwarzes Klebeband, riss einen Streifen davon ab und verschloss die Lippen des Gefangenen damit. Calvert starrte dem dunkelhäutigen Gefolgsmann tief ins Gesicht, als präge er sich jedes Merkmal und jeden Makel ein.

Hassan schob den Gashebel nach vorn und der Bug hob sich hoch in die Luft, als das Boot den Sambesi zu durchpflügen begann. Sie rasten in Richtung des Jagdlagers auf der sambischen Seite zurück. Hassan warf einen Blick über die Schulter, wo der rote Schein der Leuchtrakete immer noch im Inneren des Flugzeugs glühte und wo nun ausserdem Flammen aus den geschmolzenen Fenstern leckten, die das einst weisse Äussere versengten und verrussten. Als Metallstücke vom Backbordflügel abplatzten schien sich das Flugzeug ein wenig aus dem Wasser zu heben und einen Sekundenbruchteil später folgte der Knall der Explosion. Das Feuer hatte auf den Treibstofftank in der Tragfläche übergegriffen und ein dichter, schwarzer Rauchpilz färbte den klaren Himmel über dem Wasser.

Hassan schaute wieder flussaufwärts und drehte das Steuer heftig nach Steuerbord, um einer Gruppe neugieriger Nilpferde auszuweichen. Die feisten Biester hoben, auf die Ursache des Lärms neugierig, ihre riesigen Köpfe mit den glotzenden Augen und wackelnden Ohren aus dem Wasser. Hassans plötzliches Ausweichmanöver liess den General zur Seite rollen und mit dem Kopf gegen das Dollbord des Boots schlagen.

»Entschuldigung«, sagte bin Zayid lächelnd.

Er gab Vollgas und näherte sich schnell den hohen, unterspülten Ufern des sambischen Ufers. Noch waren keine anderen Boote oder Flugzeuge in Sicht, aber sie kämen bestimmt bald. Wylde und möglicherweise einige der anderen Landbesitzer hatten sicher bereits eine Rettungsaktion gestartet und die italienischen Ärzte im Krankenhaus von Chirundu waren angewiesen worden, bei der Arbeit zu bleiben. Er vermutete, dass ausserdem bald ein Hubschrauber der sambischen Luftwaffe auf dem Weg sei.

Doch in ein paar Stunden brach die Nacht über den Sambesi herein und Hassan bin Zayid war bereits in Sichtweite seines abgelegenen Buschcamps. Ausser Juma kannte niemand die Einzelheiten dieser Phase des Plans und die anderen Mitarbeiter seiner Lodge wussten nichts anderes, als dass ihr Arbeitgeber immer noch auf Geschäftsreise in Sansibar war. Irgendwann würden Leute zu seiner Lodge kommen und Fragen stellen, denn dass er als Araber und Moslem Aufmerksamkeit erregte, war nur natürlich, aber bis dahin wäre er längst weg.

22

———

Als er draussen ein Fahrzeug vorfahren hörte, ging Jed aus der Hintertür von Chris Wallis' Häuschen im Mana Pools Nationalpark und sah überrascht, dass diese am Steuer sass.

»Sag mir, was zwischen meiner Tochter und Hassan bin Zayid war«, forderte Jed zu wissen. Er stellte sich neben die Fahrertür von Chris' Land Rover und sie stellte den Motor ab. Seinem Gesicht war kaum unterdrückte Wut abzulesen.

»Was?« Sie schaltete die Scheinwerfer des Land Rovers aus, stieg aus dem Fahrzeug und versuchte, an ihm vorbeizukommen. Indem er beide Arme neben ihr ausstreckte und seine Hände auf die warme Motorhaube des Wagens stützte blockierte er sie. Ihr Gesicht war blass. In der rechten Hand hielt sie locker ein tragbares Satellitentelefon, starrte in die zunehmende Abenddämmerung hinaus und schien von dem, was er gesagt hatte, kein Wort gehört zu haben.

»Meine Tochter – was zum Teufel haben du und sie hier getrieben? Ich will endlich die Wahrheit hören, Chris, die ganze Wahrheit!«

»Jed, ich kann dir das jetzt nicht erklären. Es ist etwas anderes dazwischengekommen.«

»Was? Was kann wichtiger sein, als herauszufinden, was mit meiner Tochter passiert ist? Sie ist *am Leben,* Chris!«

»Jed ... «

»Ich habe einen australischen Journalisten hier, der ein Foto von ihr und Hassan bin Zayid hat, das erst vor ein paar Tagen in Sansibar aufgenommen wurde. Jetzt möchte ich, dass du mir ehrlich sagst, was für ein Spiel ihr beide hier getrieben habt.«

»Jed, wie ich schon sagte, ist etwas anderes dazwischengekommen. Ich muss nach oben gehen und packen, bitte, lass mich durch.«

Obwohl sie mit einer Hand seinen Unterarm hielt, blockte er sie weiterhin ab. »Auf keinen Fall, erst wenn du mir geantwortet hast. Und wofür packst du? Ich dachte, du wärst für eine Woche weg. Warum bist du schon wieder zurück?«

Sie schloss frustriert die Augen. »Jed, ich kann es jetzt nicht erklären, aber ich *muss* ein paar Sachen packen und irgendwohin gehen. Es ist etwas Schreckliches passiert.«

»Ja, Christine, es *ist* etwas Furchtbares passiert. Meine Tochter ist von einem Araber entführt worden, lebt noch, ist aber irgendwo in Afrika.«

»Jed, vor weniger als zwei Stunden ist irgendwo hier in der Nähe ein Flugzeug in den Sambesi gestürzt. Es sind Amerikaner an Bord und sie brauchen Hilfe. Ich muss rausfahren, die Absturzstelle finden, sowie ein Boot und Erste-Hilfe-Material besorgen. Die Lage ist ernst.«

Jetzt war Jed verwirrt. »Woher weisst du das? Hast du den Absturz gesehen?«

»Gerade als ich die Grenze bei Chirundu überqueren wollte, erhielt ich einen Anruf auf meinem Satellitentelefon. Bitte geh mir aus dem Weg, Jed. Ich habe zu tun.«

»Arbeit? Du bist doch Zoologin, nicht wahr? Was nützt eine Wissenschaftlerin bei einer Such- und Rettungsaktion?«

»Jed, bitte, ich muss meine Sachen holen, bitte lass mich ...«

Er griff hinter sich und zog die Pistole, die er in seine Jeans gesteckt hatte, von seinem Rücken hervor. »Sowas holen, ja?«

Sie betrachtete die Glock in seiner grossen Hand. Er hielt sie nahe an ihr Gesicht. »Was ist damit, Frau Professor? Die Seriennummer dieser Pistole scheint abgefeilt worden zu sein. Ts-ts-ts, Chris. Ich wusste, dass du eine Pistole hast, obwohl das in Simbabwe verboten ist, aber woher hast du sie? Wurde sie dir abgegeben?«

»Du hast meine Sachen durchwühlt.«

»Also, Chris, was musst du holen? Das hier, oder vielleicht dein militärisches Tacsat-Funkgerät und dein Nachtsichtgerät? Handelt es sich um eine Rettungsmission oder um eine Such- und Zerstörungsaktion?«

»Ich weiss nicht, wovon du sprichst.«

»Oh doch, das tust du. Lehrtätigkeit in Virginia, von wegen. Wo, zufälligerweise in Langley?«

»Nein«, widersprach sie, konnte seinem Blick aber nicht standhalten.

»Lüg mich nicht an, Chris. Du bist von der CIA, richtig?«

Sie sagte einen Moment lang nichts. »Lass mich durch.«

»Du bist eine Spionin, nicht wahr?«

»Psst, sprich leise, Jed.« Chris deutete mit dem Kinn in Richtung des Hauses. »Wie war das noch mit dem Journalisten da drin?«

Jed trat einen Schritt näher, so nah, dass seine Brust fast ihre Brüste berührte. Ihr Geruch brachte seine Entschlossenheit ins Wanken. Er holte tief Luft, atmete dabei aber nur durch den Mund. »Ich habe einen Anruf getätigt und mich bei einem alten Freund in der 82. über dich erkundigt.«

»Hast du mir nachspioniert?«

»Spionieren? Na, das ist ja ein Ding, Lady. Du hast mir erzählt, du seist während deiner Zeit bei der Armee in der Personalabteilung tätig gewesen.«

»Das war ich auch.« Sie sah ihm wieder in die Augen.

»Ja, ich weiss, aber den Teil über die Versetzung zu C2 hast du ausgelassen. Militärischer Geheimdienst, Chris. Ist dir dieser Teil entfallen?«

»Es geht dich nichts an, was ich in der Armee gemacht habe«, sagte sie, war aber wieder nicht in der Lage, seinen Vorwurf zu entkräften.

Er nahm ihr Kinn zwischen Daumen und Zeigefinger und drehte ihr Gesicht zu sich. »Schau mir in die Augen und sag, dass meine Tochter hier oben nicht an der Geheimdienstarbeit beteiligt war.«

Chris schloss wieder die Augen. »Jed, wir verschwenden hier nur Zeit. Da draussen im Fluss könnten Menschen sterben. *Amerikaner.* Ich habe dir im Moment nichts mehr zu sagen.«

»War der Sex mit mir etwa auch Teil des Plans, Chris?«

Sie entwand sich seinem Griff, zog den Arm zurück und verpasste ihm eine Ohrfeige.

Er war von der Wucht des Schlages überrascht, wich aber nicht zurück. Er war noch nicht bereit, von ihr abzulassen.

»Du konntest mich in Johannesburg mit dem platzierten Munitionsmagazin nicht aufhalten und ebenso wenig gelang es dir, mich nicht davon abzuhalten, hierher zu kommen und zu ermitteln. Was war also Plan B, Chris? Mir eine schöne Zeit zu bereiten und mich mit einem Lächeln im Gesicht und einem sexuellen Abenteuer wegzuschicken?«

Ihr stiegen Tränen in die Augen und einen Moment lang spürte Jed, dass seine Entschlossenheit schwächer wurde. »Wenn du das denkst, dann ...«

»Was ich denke, ist nicht wichtig. Ich habe es satt, zu versuchen, dich zu verstehen und alles immer wieder zu hinterfragen.« Er hielt ihr wieder die Pistole vor das Gesicht. »Wozu soll die gut sein?«

»Zum Schutz«, flüsterte sie.

»Von wegen. Ohne Seriennummer, Chris, wie der Rest deiner Ausrüstung. Ich habe mit Männern – und Frauen – der Kompanie in Afghanistan gearbeitet. Jetzt sag mir die Wahrheit oder du gehst nirgendwo hin. Auf die eine oder andere Weise wirst du mir von meiner Tochter erzählen.«

Jed konnte sehen, dass sie wütend war und abwog, was richtig sei, ob zu reden oder zu schweigen.

»Gut«, zischte sie. »Ja, ich bin von der CIA, eine NOC, nicht-offizielle Tarnagentin. So, jetzt habe ich es gesagt. Ich habe mein Zoologiestudium als Tarnung für Feldarbeit in Afrika und Asien genutzt und bin als Leiterin der Afrika-Abteilung in Langley gelandet. Im Jahr

2000 schied ich aus dem Geheimdienst aus, um zu promovieren und mich ganz der Tierforschung zu widmen, wobei sich dann allerdings herausstellte, dass mir meine geheime Arbeit viel besser gefiel als mein richtiger Job. Nach dem 11. September frage man mich an und ich meldete mich, wie viele andere von uns, freiwillig zurück.«

Er nickte, denn bei der Armee war es dasselbe. Nach dem Schrecken der Anschläge auf das World Trade Center und das Pentagon kehrten viele Männer, die entlassen worden waren, wieder in den aktiven Dienst zurück. »Und wie passt Miranda da rein?«

»Sie war eine Freiwillige in einem Forschungsprogramm, das ich leitete und wurde vom Geheimdienst ausserdem als mögliche Kandidatin für eine Anstellung geprüft. Mir wurde gesagt, ich solle sie beobachten, mit ihr reden und sie zunächst als zivile Mitarbeiterin rekrutieren. Die Idee war, sie, wenn sie sich bewähre, auch auf die Gehaltsliste zu setzen.«

»Geprüft? Du hast sie also an diesen Ort geschickt, um deine Drecksarbeit zu erledigen.«

»Es gab legitime Gründe für ihre Entsendung, sowohl unter dem Gesichtspunkt des Artenschutzes als auch dem der Informationsbeschaffung.«

»Und was ist die Verbindung zu bin Zayid? Hast du sie hergeschickt, um ihn auszuspionieren?«

»Das ist eine grobe Art, es auszudrücken ...«

»Tja, Chris, wenn ich will, bin ich ein verdammt grober Kerl.«

»Seit den Bombenanschlägen auf die Botschaften in Kenia und Tansania vor einigen Jahren beobachten wir islamisch-fundamentalistische Gruppen und bestimmte Personen im östlichen und südlichen Afrika. Er ist wegen seines Bruders auf unserem Radar aufgetaucht.«

»Erzähl mir nichts über seinen Bruder.«

»Was meinst du damit?«

»Offenbar habe ich ihn in Afghanistan erschossen.«

»Was hast du? Das ist zu seltsam. Wann hast du das alles herausgefunden?«

»Vor Kurzem, durch meinen Reporter-Kumpel drinnen. Wie

immer scheinen die Medien mehr zu wissen als ihr Spione oder die Geheimdienstler.« Seine Bemerkung war nicht so oberflächlich, wie sie schien. Mehr als einmal hatte er in der taktischen Einsatzzentrale in Bagram einen Raum voller Stabsoffiziere gesehen, die vor CNN sassen, um das Neueste über den einen oder anderen Vorfall zu erfahren. Nichts ging über Echtzeitnachrichten und manche Reporter waren genauso gut oder besser als Geheimdienstanalysten darin, die Teile eines komplexen Puzzles zusammenzusetzen.

Chris liess die Beleidigung wortlos über sich ergehen. »Wir waren auf der Suche nach ein paar Terrorverdächtigen, von denen ich annahm, sie seien in Simbabwe ansässig und ich dachte, Hassan bin Zayid hätte sowohl das Geld, wie auch das Motiv, die Zelle finanziell zu unterstützen.«

Jed senkte die Waffe und trat einen Schritt zurück, um den physischen und psychischen Druck auf sie zu verringern. Er rieb sich die Augen. »Dann hast du meine Tochter also zu ihm geschickt, damit sie sich mit ihm anfreundet.«

»Nein, Jed, es war nicht so, wie du denkst.«

»Nicht was ich *denke!* Woher zum Teufel weisst du, was ich denke? Der Ranger in Marongora sagte, sie hätten sich geküsst, Chris. War das *alles?* Oder hat sie sich in ihre verdammte Zielperson verliebt?«

»Nein, Jed, wir setzten keine sogenannte Honigfalle ein. Das ist etwas für die Russen und James Bond. Miranda wurde nicht hier hochgeschickt, um mit bin Zayid zu schlafen. Aber ich weiss nicht genau, welche Gefühle sie für ihn hatte und das ist die Wahrheit. Ich hatte einen Verdacht, aber sie wollte nichts verraten, als sie das letzte Mal bei mir war. Du hast ja herausgefunden, dass sie vor ein paar Wochen nach Südafrika reiste. Das war eine Nachbesprechung, sowohl über ihre Forschungsarbeit bei den Löwen als auch über das, was sie über bin Zayid herausgefunden hat.«

»Und was hat sie über ihn herausgefunden?«

»Gemäss ihrer Einschätzung war er sauber. Er vertrat keine fundamentalistischen islamischen Überzeugungen, trank Alkohol, feierte gern, hatte in der Vergangenheit Beziehungen mit westlichen

Frauen gehabt, schien ernsthaft schockiert über den 11. September zu sein und hatte im Allgemeinen eine pro-westliche Einstellung zum Leben und zur Politik«, erklärte Chris. »Aber da war noch etwas ...«

»Was?«

Sie sah aus, als wiege sie ab, ob sie es ihm sagen solle oder nicht. »Miranda hat die Telefonnummer von bin Zayids Bruder herausgefunden und ich habe gehört, die Leute in Langley hätten ihn elektronisch aufgespürt.«

Jed schlug sich eine Hand an die Stirn. Es waren also wahrscheinlich die von Miranda gewonnenen Informationen, die den Mitarbeitenden der elektronischen Kriegsführung geholfen hatten, die Terrorzelle von Iqbal bin Zayid und die Boden-Luft-Raketen in Afghanistan aufzuspüren. Diese Enthüllung verblüffte ihn eine Sekunde lang. Er wusste nicht, ob er stolz auf Miranda oder wütend auf Chris sein sollte, oder ob er sich selbst die Schuld an der Ereigniskette geben solle, die sich vor seinen Augen abspielte. Grauen durchströmte ihn wie Schlangengift.

»Jed, verschwende keine Zeit damit, jemandem die Schuld zuzuschieben, denn hier trägt niemand konkretes die Schuld. Miranda hat den Auftrag, den ich ihr erteilt habe, gut ausgeführt. Sie hat auch Fotos von zwei anderen Männern, die in bin Zayids Lodge waren, aufgenommen, so dass man sie anschliessend als Terroristen identifizieren und ausschalten konnte. Ich wollte Miranda fragen, was sie über diese beiden ehemaligen Gäste herausfinden konnte und fragte mich ernsthaft, ob bin Zayid sie nicht doch täuschte.«

Er rieb sich die Augen, denn Chris hatte recht. Sie alle hatten ihre Aufgaben erledigt, Miranda, Chris und er. Ja, und selbst der Reporter, Luke, hatte nur das getan, wofür er bezahlt wurde. »Ich habe bei bin Zayid einige Dinge gesehen, die nicht zusammenpassten, aber jetzt beginnen die Teile ein Ganzes zu ergeben.«

»Was? Du warst in bin Zayids Wildreservat?«, staunte Chris.

»Ja. Sie sagten, er sei nicht zu Hause, aber er hatte einen Gefolgsmann, der etwas zu verbergen schien. Der Kerl hatte einen Land Rover, der mit genug Waffen und Munition vollgepackt war, um eine ganze Infanteriekompanie auszuschalten und es gab von allem zwei. Zwei Rucksäcke und zwei Waffen, aber nur einen Handlanger. Vielleicht hat er auf die Rückkehr seines Chefs gewartet. Ausserdem hat mir auf dem Weg aus Sambia jemand versucht, das Auto zu stehlen – vielleicht dachte er ja, ich hätte zu viel gesehen. Wenn bin Zayid sich umgedreht hat, könnte das mit dem Tod seines Bruders zusammenhängen. Es gab genug Informationen in den Medien, um mich – und Miranda – mit dem Mord in Verbindung zu bringen.«

Chris nickte. »Wo sind diese Bilder von Miranda, Jed?«

»Auf einer Fotospeicherkarte, die ich mir auf Mirandas Laptop angesehen habe. Aber ich möchte nicht Lukes Verdacht erregen, indem ich ihn bitte, sie mir noch einmal zu zeigen.«

»Luke?«

»Der Reporter. Er hat mich von Sansibar aus aufgespürt und ist mir durch halb Afrika nachgereist.«

»Mutig.«

»Ich habe ihm gesagt, es sei nicht Miranda, obwohl sie es zweifellos ist. Ob er es mir abgenommen hat, bin ich mir allerdings nicht sicher.«

»Warum hast du ihn angelogen?«, fragte Chris.

»Ich möchte nicht, dass die Sache im Moment noch mehr in der Öffentlichkeit verbreitet wird und ich will auch nicht, dass er von dem Flugzeugabsturz erfährt. Aber sag mir, warum war Miranda mit diesem bin Zayid auf seinem Boot? Ist sie mit ihrem Freund durchgebrannt und hat vergessen, es jemandem zu sagen? Oder hat er die Verbindung zwischen ihr und ihrer Auftraggeberin hergestellt?«

Chris dachte über die Frage nach und kaute auf ihrer Unterlippe. »Ich habe unsere Leute in der US-Botschaft in Südafrika gebeten, seine und Mirandas Bewegungen zu verfolgen. Sie konnten nachverfolgen, dass er Sambia verliess und in Tansania, beziehungsweise in Sansibar, ankam. Aber es gibt keinerlei Aufzeichnungen darüber, dass Miranda Simbabwe oder Sambia verlassen, oder auch nur eine andere Grenze überschritten hat.«

»Dann hat er sie also illegal nach Tansania gebracht. Das Verwirrende dabei ist, dass es auf den Bildern überhaupt nicht aussieht, als halte er sie gegen ihren Willen fest, und Luke sagt, er habe gesehen, dass die beiden sich küssten.«

Ohne viel zu überlegen, sprach Chris aus, was ihr durch den Kopf ging: »Vielleicht wollte er sie aus dem Sambesi-Tal schaffen. Er wollte sie nicht tot sehen, aber dass es aussieht, als sei sie von einem Löwen getötet worden. Indem er sich beim Zoll und bei der Einwanderungsbehörde meldete, hinterliess er eine Papierspur, die beweist, dass er sich legal in Sansibar aufhält. Ein gutes Alibi.«

»Ein Alibi? Wofür?«

»Nichts.«

»Gut, wie kommt es dann, dass zurückverfolgt werden kann, dass er alle Grenzen überschritten hat, Miranda aber nicht? Wie schmuggelt man jemanden gegen seinen Willen oder wie kommt man heutzutage unbemerkt in einen Flughafen und wieder heraus?«

»Er hat ein Privatflugzeug und ein Luxusboot. Wenn sie an Bord war, musste er sie nur dazu bringen, ihm ihren Pass zu geben, damit er sich um die Formalitäten kümmern könne. Das passiert hier andauernd. Reiseveranstalter nehmen ein Dutzend Pässe auf einmal für alle ihre Kunden entgegen und die Einwanderungsbeamten stempeln sie einfach ab. Es ist nicht wie in den USA, Jed, hier gibt es keine Netzhautscans oder elektronische Fingerabdruckkontrollen.«

»Ja, das habe ich bemerkt. Er hat es also so aussehen lassen, als ob sie tot wäre und sie illegal ausser Landes gebracht. Das hört sich für mich nicht gut an.« In Jeds Kopf begannen sich die Puzzleteile zusammenzufügen. »Dieser Flugzeugabsturz ... wer war denn da an Bord?«

»Ich muss jetzt gehen, Jed.« Chris drängte sich an ihm vorbei. »Die Zeit läuft davon.«

Er packte sie wieder an den Schultern. »Chris, ich stecke schon bis zum Hals mit drin. Miranda lebt und du sprichst von Alibis. Sei ehrlich zu mir. Was ist bei diesem Flugzeugabsturz passiert und wer war an Bord?«

»Bitte, Jed. Gib mir einfach die Pistole.«

»Warum? Hast du Angst vor Krokodilen?«

»Ich habe keine Zeit für schlaue Sprüche.«

Er liess die Hände auf die Seite fallen und sah ihr in die Augen. »Ich auch nicht. Wenn es so gefährlich ist, dass du eine Pistole brauchst, komme ich mit, ich will nicht, dass dir etwas passiert. Erst recht nicht jetzt, wo ich dich gefunden habe.«

Er konnte es Chris nicht verübeln, dass sie ihn angelogen hatte – er hätte in ihrer Situation dasselbe getan, aber er spürte, dass seine Gefühle für sie zu tief waren, als dass er sie jetzt gehen lassen konnte.

Chris holte tief Luft. »Generalleutnant Donald Calvert ist an Bord des Flugzeugs, das von einer Boden-Luft-Rakete abgeschossen wurde. Ein CIA-Befreiungsteam – harte Kerle von der Special Operations Group – fliegt im Moment mit einem Lear-Jet von Südafrika nach Lusaka und die sambische Armee hat einen Hubschrauber losgeschickt, um sie danach sofort hierher zu bringen. Ich wurde angewiesen, die Grenze mit dem Boot zu überqueren und herauszufinden, was hier los ist.«

»Heilige Scheisse.«

»Genau«

»Und du glaubst, dass bin Zayid darin verwickelt ist? Dass er Miranda als Absicherung entführt hat, um es so aussehen zu lassen, als wäre er in Sansibar?«

Sie nickte. »Ich bin mir nicht hundertprozentig sicher, Jed, aber das Letzte, was ich hörte, als ich die Nachricht über den Raketentreffer erhielt, war, dass bin Zayid wieder unterwegs sei, in seinem Boot.«

»Auf dem Weg wohin?«

»Heute Morgen hat er von Sansibar kommend in Dar es Salaam angelegt. Aus Mirandas ersten Berichten wissen wir, dass er in der Nähe von Dar eine Ranch mit einer privaten Landebahn hat, also könnte er dorthin geflogen sein.«

»War er allein auf dem Boot? Luke hat Miranda mit ihm auf seiner Luxusyacht gesehen.«

Chris holte noch einmal tief Luft und legte ihm eine Hand auf den Arm. »Wie ich schon sagte, gibt es keine Aufzeichnungen darüber, dass Miranda irgendwelche Grenzen überschritten hat. Der tansanische Zoll hat einen Eintrag, dass bin Zayid allein ins Land eingereist ist, ausser ...«

»Ausser was, Chris?«

»Ausser, dass er zwei Särge mitführte.«

Jed drehte sich um, schüttelte ihre Hand ab und starrte auf den Fluss hinaus. Am sambischen Ufer leuchtete eine Reihe von Lichtern. Das Licht der Explosion weiter flussaufwärts war erloschen. Ihm war übel. »Und wer war in ihnen?«

»In den Papieren steht, es handle sich um zwei männliche Schwarze. Es würde mich wundern, wenn die Zollbeamten die Leichen untersucht hätten, denn in diesem Teil der Welt grassiert eine Seuche namens AIDS.«

Er war hilflos, denn damit war seine Tochter erneut verschwunden und vielleicht diesmal wirklich tot. Aber er konnte nicht die ganze Nacht herumstehen und sich mit unzähligen Schreckensszenarien quälen. Jetzt musste er etwas tun, egal was, aber irgendetwas.

»Eins nach dem anderen«, sagte er. »Lass uns sehen, ob wir Calvert finden, und danach gehe ich zu bin Zayids Safarilodge zurück. Dieses Mal bekomme ich Antworten.«

»Gut«. Chris eilte ins Haus, um den Rest ihrer Ausrüstung zu holen und Jed folgte ihr. Er hörte die Dusche laufen und war froh, Luke Scarborough für eine Weile los zu sein. Das Letzte, was sie jetzt brauchen konnten, war ein herumschnüffelnder Reporter.

Jed, Chris und Moses hatten sich im Wohnzimmer im Erdgeschoss der Lodge versammelt. Schnell und leise, in der Sorge, der Reporter könnte sie erwischen, erläuterte Jed, der sich eine schwarze Jeans, Kampfstiefel und ein dunkelgrünes T-Shirt angezogen hatte, seinen einfachen Plan. Seine Strategie war löchriger als ein Poster von Saddam Hussein nach dem Fall von Bagdad. Jed hatte Moses über den Absturz informiert und ihm gesagt, es handle sich um einen terroristischen Anschlag. Ausserdem verriet er ihm, dass Chris zwar eine Tierforscherin sei, aber gleichzeitig eine Teilzeitangestellte der US-Regierung, worauf der Tracker verständnisvoll nickte.

»Moses, Sie können sich selbstverständlich zurückziehen. Sie wissen, dass wir froh sind um Ihre Unterstützung, sind aber nicht verpflichtet, für uns ein Dutzend lokaler und internationaler Gesetze zu brechen«, sagte Jed zum Tracker.

»Sie sind auf der Suche nach Ihrer Tochter und wollen doch unterwegs nicht von einem Löwen gefressen oder von einem Nilpferd getötet werden. Ohne einen ausgebildeten Führer sind Sie im afrikanischen Busch blind.«

»Okay, dann sind Sie dabei, Moses. Packen wir's an«, drängte Jed.

Sie verliessen das Wohnzimmer und Jed und Chris hielten draussen am Betongrill inne. Jed fischte einen halb verbrannten Stock aus der Asche und rieb sich seine nackten Arme und das Gesicht mit schwarzer Holzkohle ein, bevor er Chris mit der rudimentären Tarnung einsalbte.

»Ich verzichte freiwillig«, sagte Moses und alle lachten. Das beruhigte ihre Nerven ein wenig.

Sie wussten, dass der schnellste Weg zur Absturzstelle mit dem Boot über den Fluss war. Moses hatte ihnen von einer Kanusafari erzählt, die im Nyamepi Camp, dem Hauptcampingplatz in der Nähe des Parkhauptquartiers, stattfinden sollte. Die Safarikunden wurden erst in zwei Tagen erwartet und Moses war sicher, dass die Betreiber früh zu Bett gehen würden.

Jed prüfte seine Uhr und den aufgehenden Mond. Er brauchte nicht nur ein Boot, sondern ausserdem eine Waffe. Chris hatte zu protestieren versucht und Moses zweifelnd die Stirn gerunzelt, aber er überquerte keine internationale Grenze auf der Suche nach mit Boden-Luft-Raketen bewaffneten Terroristen, während sie nur eine einzige Pistole bei sich hatten.

Im Fenster des Hauptgebäudes leuchtete mattes Licht. Moses führte sie nahe am Fluss in einem Bogen hinter das Gebäude, wo sie einen von Elefanten malträtierten, löchrigen und schlaffen Drahtzaun erreichten. Sie folgten dem Zaun, bis sie eine Lücke fanden, die gross genug war, um hindurchzuklettern, ohne dass die Drähte klirrten.

»Jetzt sind wir auf dem Gelände der Angestellten«, flüsterte Moses.

Jed hatte eine grobe Erinnerung an den Grundriss der Siedlung und erkannte das niedrige, blechgedeckte Werkstattgebäude, vor dem zwei teilweise zerlegte Land Rover auf Achsständern ruhten. Moses ging vor ihnen durch ein Dickicht von Bäumen zum grau gestrichenen Lagerraum, in dem Mirandas Besitztümer aufbewahrt worden waren.

»Nun, damit begehe ich das erste Verbrechen in dieser Nacht«, flüsterte Jed Chris zu.

»Nein, das Zweite, denn nach Einbruch der Dunkelheit dürfen wir nicht einmal das Haus verlassen«, korrigierte sie ihn.

Jed, der den andern gesagt hatte, er breche allein in den Lagerraum ein, rückte, mit einem Schraubenzieher mit langer Klinge aus dem Werkzeugkasten des Land Rovers bewaffnet, vor. Falls er entdeckt wurde, konnten Chris und Moses, während er sich dem Zorn des Aufsehers aussetzte, wenigstens unentdeckt weitermachen. Er bewegte sich in der Hocke vorwärts und hielt hinter einem niedrigen Strauch an, um zu schauen und zu lauschen. Aus einem batteriebetriebenen Radio in einem der Personalhäuser ertönte leise blechern klingende Musik. Aus einigen Fenstern drang der warme, rötliche Schein von Petroleumlaternen.

Irgendwo in der Nähe gackerten Hühner und er roch Holzrauch von einem Kochfeuer sowie menschliche Exkremente aus der Gemeinschaftstoilette.

Jed sprintete auf das Lagergebäude zu und drückte sich dort mit dem Rücken an die Asbestplattenwand. Er schlich um die Ecke des Gebäudes zur Tür und suchte den Hof und die Gemüsegärten zwischen den Wohnblocks ab, ohne ein Anzeichen einer Bewegung. Er ging zur Tür und steckte den Schraubenzieher unter das Vorhängeschloss und die Klammer. Das Schloss selbst sah sicher aus, aber die Holztür und der Rahmen waren von einer Mischung aus Feuchtigkeit und Termitenbefall rissig. Er hob den Schraubenzieher mit einer scharfen Bewegung nach oben und spürte, dass sich die Schrauben, die das Schloss sicherten, aus dem verrotteten Türrahmen zu lösen begannen. Er drückte mit vollem Gewicht auf den Schraubenzieher, der Beschlag sprang heraus und klapperte gegen das Vorhängeschloss. Er schaute sich noch einmal um, ob jemand das Geräusch gehört hatte, dann las er eine der gelösten Schrauben vom Boden auf und steckte sie in seine Tasche. Es kam niemand aus den Häusern. Jed stiess die Tür auf, die in den rostigen Scharnieren quietschte, betrat das dunkle Gebäude und schloss die Tür hinter sich.

An einem Gurt aus Nylongurtband, der über seinen Kopf lief, war ein Nachtsichtmonokel befestigt und er griff nach oben, klappte das schwarze Metallrohr nach unten und schaltete das Gerät ein. Da es im Gebäude stockdunkel war, schaltete er auch die Infrarotlampe ein, die einen unsichtbaren Strahl warf, den der Bildverstärker auffing. Nun sah das Innere des Gebäudes für ihn wie in blassgrünes Licht getaucht aus, ohne dass ein Beobachter von aussen etwas erkennen konnte.

Er drehte den Kopf von einer Seite zur anderen und überflog die Wände, bis er den Gewehrständer entdeckte. Durch die Abzugssicherungen aller fünf Gewehre und um den massiven Holzständer selbst lief eine Kette, deren freie Enden mit einem schweren Vorhängeschloss verbunden waren. Jed hatte sich die rudimentäre, aber wirksame Sicherung gemerkt und sie eingeplant. Er zog seinen Leatherman aus dem Gürtel und klappte einen kleinen Schlitzschraubendreher heraus. Vor Jahren, als er an einer NATO-Übung zur arktischen Kriegsführung mit britischen Royal Marines und norwegischen Spezialkräften teilnahm, hatte ihm ein britischer Soldat gezeigt, wie man das von der belgischen Fabrique Nationale entwickelte Selbstladegewehr, das so genannte SLR, für einen Schützen mit dicken Schneehandschuhen modifizieren konnte. Mit einem kleinen Schraubenzieher liess sich der Abzugsbügel leicht entfernen, und Jed fand in diesem Regal ein identisches Gewehr mit denselben Schrauben. Er entfernte sie und den Metallschutz und befreite auf diese Weise zwei Gewehre von der Kette.

Weiter der Wand entlang fand er eine Pappschachtel mit verschiedenen Magazinen für die SLRs und die AK-47, die vom Parkdienst ebenfalls verwendet wurden. Er fand nur sechs der metallenen Magazine mit zwanzig Patronen für die SLR-Langwaffen, die präziser als eine AK waren, aber im Gegensatz zum russischen Sturmgewehr nicht mit Vollautomatik abgefeuert werden konnten. Jed und Moses hatten somit zwar bei weitem nicht die Feuerkraft ihrer Feinde, aber es musste reichen. Neben den Magazinen stand eine bereits geöffnete Holzkiste mit 7,62-Millimeter-Munition. Jed kniete sich auf die rauen Holzdielen, nahm ein Magazin zwischen die Beine und füllte es mit zwanzig Patronen aus Messing mit einem Kupfermantel und wiederholte diese Prozedur für alle sechs Magazine.

In einer anderen Pappschachtel befand sich ein Stapel mit nach Schimmel und Feuchtigkeit riechendem Netzmaterial. Wahrscheinlich handelte es sich um Ausschussware, die beschädigt oder ersetzt worden war. Er fand einen Brustgurt mit einer kaputten Schnalle für sich selbst, die er durch Verknoten des Schultergurts mit dem Hosenbund benutzen konnte, sowie einen Gürtel und zwei Munitionstaschen für Moses. Mit Chris hatte er vereinbart, dass sie nur ihre Pistole trug.

Jed zog sich den Brustgurt über und steckte alle sechs Gewehrmagazine in die Taschen. Er schnallte sich den Gürtel für Moses um die Hüfte, warf sich eines der Gewehre über die Schulter und trug das andere in Bereitschaftsstellung. Schliesslich ging er zur Tür zurück und schaltete Christines Nachtsichtgerät sofort aus, um dessen Batterie zu schonen. Draussen hielt er inne und befestigte den Türriegel wieder mit der Schraube, die er aufgehoben hatte, am Türrahmen.

Die Schraube sass lose im Loch und bei der geringsten Berührung würde das ganze Schloss von der Tür fallen, aber für einen zufälligen Beobachter sah es aus, als wäre das Gebäude immer noch gesichert.

Jed trat auf den Hof zurück und liess sich, als er in der Nähe einen Hahn krähen hörte, hinter einem verrosteten Zweihundert-

Liter-Fass auf die Knie fallen. Eine Tür wurde geöffnet und aus einem der Personalhäuser schoss ein Lichtstrahl, denn der Vogel setzte seinen Alarmruf fort.

Ein Mann lief nach draussen und rief etwas in einer afrikanischen Sprache. Jeds Herz hämmerte in der Brust. Der Hahn schwieg wieder und der Ranger ging ein paar Schritte von seinem Haus weg, suchte den Hof ab und kehrte schliesslich ins Haus zurück. Eilig sprintete Jed ins Dickicht am Zaun zurück, wo Moses und Chris auf ihn warteten.

Er reichte Moses eines der Gewehre, den Gürtel und die Taschen sowie drei Magazine. Der Afrikaner spannte die Waffe leise und fachmännisch, prüfte, ob sie gesichert war, löste den Verschluss aus und setzte ein volles Magazin ein. Jed tat dasselbe. Moses nickte und sie folgten ihm hinter den Zaun zurück, dann um das Angestelltendorf herum und auf die andere Seite zum Nyamepi-Campingplatz, der zum Glück fast leer war. Nur zwei südafrikanische Toyotas mit Allradantrieb waren an einem Platz am Flussufer geparkt, deren Insassen bereits in den ausgeklappten Dachzelten auf beiden Fahrzeugen schliefen. Die drei schlichen sich um die Sanitäranlagen herum landeinwärts, um vom zweiten Campingplatz her, auf dem eine simbabwische Familie ein Kuppelzelt aus Nylon neben ihrem Wagen aufgebaut hatte, nicht gesehen zu werden. Ein Mann und eine Frau sassen in der Dunkelheit am mondbeschienenen Sambesi und genossen an einem sterbenden Feuer einen Schlummertrunk.

»Die Organisatoren der Kanureise haben ihre Zelte am anderen Ende des Lagers, ausser Sichtweite der anderen Camper, aufgestellt«, flüsterte Moses. »Haltet nach Büffeln Ausschau, denn sie lieben diese offenen, flachen Gebiete am Fluss.«

Sie gingen an einem grünen Kuppelzelt aus Segeltuch vorbei, aus dem sie einen Mann schnarchen hörten und Jed roch die abkühlende Glut eines Kochfeuers. Die Kanus waren am sandigen Ufer des Sambesi aufgereiht und mit Seilen an schweren Eisenpflöcken festgebunden, um zu verhindern, dass sie, falls der Wasserstand in der Nacht unerwartet anstieg, abtrieben. Der Sambesi war nicht gezeitenabhängig, aber sein Wasserstand und seine

Geschwindigkeit wurden durch das regelmässige Öffnen der Schleusen am mächtigen Kariba-Damm flussaufwärts beeinflusst. Jedes der dunkelgrünen Kanus war etwa fünf Meter lang und hatte die gleiche Form wie die Einbäume der amerikanischen Ureinwohner, die Chris und Jed aus den Westernfilmen ihrer Kindheit kannten.

Moses stiess ein Kanu in den Fluss und sprang in den Bug und Jed wies Chris an, sich zwischen ihn und Moses in die Mitte zu setzen. Er reichte ihr sein Gewehr und stiess das Kanu vom Ufer ab. Moses paddelte bereits, als Jed sein Ruder im Boden des Bootes fand.

»Und was ist mit mir?«, flüsterte Chris.

Jed nahm ihr das Gewehr wieder ab, griff den ausklappbaren Spanngriff an der linken Seite, zog ihn zurück und liess ihn wieder nach vorne fliegen, womit er eine Patrone lud. »Nimm das«, sagte er zu ihr, »man weiss nie, worauf man hier draussen stösst.«

»Die letzte gemeldete Position des Flugzeugs war in der Nähe der westlichen Grenze des Lower Zambezi National Parks«, sagte sie und beugte sich vor, damit Moses sie ebenfalls hören konnte.

Der Führer nickte. »Nicht weit, weniger als einen Kilometer von hier, aber es dürfte schwierig werden.«

Sie umrundeten die grasbewachsene Insel vor dem Campingplatz von Mana Pools und fuhren in den Hauptkanal des Flusses hinaus, wo das schneller fliessende Wasser das lange Kanu erfasste und es auf die Seite zu drehen versuchte, in die sie fuhren. Während Moses' Arme wie Kolben regelmässig eintauchten und sich hoben, grub Jed das Paddel, die Strömung bekämpfend, als wäre sie ein Lebewesen, tief und fest ein, so dass Chris Wassertropfen ins Gesicht spritzten.

Sie näherten sich einer weiteren Insel, deren Breite die Strömung bremste und es Moses und Jed ermöglichte, ihre Anstrengungen für einige Augenblicke zu verringern. Unvermittelt hob Moses sein Paddel ganz aus dem Wasser und Jed folgte seinem Beispiel, weil er nicht wusste, warum der Spurenleser zu paddeln aufhörte, dann klopfte Moses dreimal mit dem Paddelblatt an die Seite des Kanus.

Chris lehnte sich zurück und schaute über die Schulter, um zu erklären. »Er hat vor uns ein paar Nilpferde gesehen und wir wollen sie nicht überraschen. Wenn wir auf das Boot klopfen, wissen sie, dass wir kommen und haben Zeit, uns aus dem Weg zu gehen.«

Jed nickte. Es lauerten genug andere Gefahren, auch ohne sich mit einer dieser zwei Tonnen schweren territorialen Bestien, die ihr zerbrechliches Boot leicht in zwei Teile zerbeissen konnten, herumschlagen zu müssen. Die Flusspferde waren für Jed als dunkle Höcker im Wasser sichtbar, als sie den Schutz der Insel hinter sich liessen. Ein paar weitere waren bereits ans Ufer geklettert und suchten, die riesigen Köpfe gesenkt und die Kiefer rhythmisch kauend, ihr Nachtfutter.

Zurück im Kanal war das Paddeln wieder herausfordernd, aber nach einer halben Stunde anstrengender Arbeit deutete Moses nach vorne. »Riecht ihr den Rauch?«

Nachdem sie einige Minuten später eine Stelle umrundeten, sahen sie, dass leistungsstarke Scheinwerfer das Wasser ausleuchteten. Der Strahl einer dieser Lampen fiel auf eine unnatürliche Erhöhung in der Mitte des Flusses, an der ein Boot festgemacht war. Ein Zweites, das schon mindestens einmal einen Kreis um die Szene gezogen hatte, fuhr seinem eigenen glänzenden Kielwasser entlang langsam um die unnatürliche Insel herum.

Als ein Licht sein Gesicht traf und ihn blendete, hielt Moses sich eine Hand vor die Augen. »Wer ist da?«, rief eine vom metallischen Knarren eines Gewehrs, das gespannt wurde, begleitete Stimme.

»Amerikaner«, rief Jed. »Wir kommen, um zu unterstützen.«

»Ich bin eine Beamtin der US-Regierung«, sagte Chris.

Der Mann war immer noch misstrauisch. »Ein Mann, soll weiter paddeln und die beiden anderen halten die Hände so hoch, dass ich sie sehe.«

Jed paddelte im hinteren Teil des Bootes und Moses und Chris folgten dem Befehl. Der Mann, der auf der Tragfläche des abgestürzten Flugzeugs stand, hatte ein Gewehr fest in die Schulter geklemmt und hielt dessen Lauf auf Jeds Brust gerichtet.

»Woher kommt ihr?«, rief der Mann. Jed nahm den Akzent eines Weissen wahr, der offensichtlich entweder aus Sambia oder Simbabwe kam und khakifarbene Shorts und ein Hemd trug. Ein

Schwarzer in einer passenden Uniform hielt einen Handscheinwerfer auf sie gerichtet.

»Mister Wylde?«, fragte Chris.

»Wer will das wissen?«

»Ich bin Christine Wallis. Ich war in einer anderen Angelegenheit in Simbabwe, aber die US-Botschaft hat mich angewiesen, in zwei Tagen zu Ihrem Lager zu kommen und Generalleutnant Calvert über regionale Sicherheitsfragen zu informieren.«

Willy Wylde nickte. »Ich erinnere mich an Ihren Namen. Die Sicherheitsleute haben mir gesagt, Sie würden bald zu uns stossen. Haben Sie einen Ausweis dabei?«

Chris griff in die versteckte Tasche, die unter ihrem Hemd um ihren Hals hing, zog ihren Pass daraus hervor und hielt ihn hoch, während Wyldes Angestellter nach vorne griff und den Bug des Kanus hielt. Willy griff nach dem Pass und verglich das Foto mit ihrem Gesicht. Das Bild wurde ihr nicht gerecht.

»Ich frage Sie nicht, welchen Beruf Sie wirklich ausüben oder in welcher Branche Sie arbeiten, Frau Wallis, aber ich bin dankbar, dass Sie so schnell hergekommen sind. Wer sind Ihre Gefährten?«

»Moses ist unser Führer von der simbabwischen Seite und das ist Master Sergeant Jed Banks, US Army Special Forces.«

Willy legte den Kopf schief und musterte den Amerikaner. Er sah ziemlich gut aus mit seinem mit Tarnfarbe geschwärzten Gesicht und den russgefärbten Armen. Wylde sah auch die beiden SLR-Gewehre. »Nun, ich frage nicht, was Sie auf der anderen Seite der Grenze gemacht haben oder woher Sie Ihre Waffen haben. Ich nehme an, Sie wissen, dass Sie gegen ein halbes Dutzend Gesetze verstossen, wenn Sie den Fluss auf diese Weise überqueren.«

»Das ist jetzt unsere geringste Sorge«, sagte Chris sachlich. »Wo ist...?«

»Ich fürchte, vom General gibt es keine Spur und wir wissen nicht, ob er tot ist oder lebt«, sagte Wylde. »In der Hütte liegen zwei tote Männer – einer ist laut Ausweis ein Geheimdienstler. Sein Gesicht und seine Arme sind stark verbrannt, aber für mich sah es so aus, als ob er entweder erschossen oder von einem Explosionssplitter getroffen worden sei. Der andere Mann wurde ziemlich schwer verletzt. Man sieht die Löcher im Flugzeug, wo Schrapnell eingedrungen ist. Als wir hier ankamen, war es noch hell und wimmelte bereits von Krokodilen. Sie fielen beim Fressen übereinander her.«

»Oh nein«, sagte Chris.

Wylde nickte. »Auf einem der Flügel waren Blutspuren und schlammige Stiefelabdrücke zu erkennen. Man hatte mir gesagt, der General und seine Leibwächter kämen direkt von einem Treffen mit dem Präsidenten von Sambia und man solle sie nicht über unwegsames Gelände führen, bevor sie die Gelegenheit hatten, Buschkleidung anzuziehen.«

»Dann stammen die Stiefelabdrücke also nicht von ihnen«, stellte Jed fest, der dem Jäger damit zuvorkam, aber von dessen schnellen Schlussfolgerungen beeindruckt war. »Und was ist mit dem Piloten?«

Wylde schüttelte den Kopf. »Diese verdammten Air-Force-Typen kleiden sich immer gern dem Anlass entsprechend und Rob Westcott trug für diesen Flug eine gestärkte Uniform und blitzblank polierte Schuhe.«

»Dann war also mindestens eine weitere Person beim Wrack«, folgerte Chris, »und zwar vermutlich eine der Personen, die das Flugzeug abgeschossen haben.«

»Ja, ich nehme es an«, sagte Wylde achselzuckend. »Derjenige, der das getan hat, ist zum Flugzeug gekommen und hat es in Brand zu setzen versucht. Ich habe in der Nähe der Cockpittür einen leeren Kanister und eine Leuchtsignalrakete gefunden und das ganze Wrack riecht immer noch nach Benzin. Diese Dinger werden mit Flugbenzin betrieben. Als das Flugzeug weiter ins Wasser sank und die Kabine zu fluten begann, wurde das Feuer offensichtlich gelöscht.«

Jed sprang ins Flugzeug und machte sich auf den Weg in die Kabine.

Der Gestank verbrannten Fleischs liess ihn kurz zurückschrecken.

»Seit es passiert ist, habe ich vier meiner Leute in Land Rovern patrouillieren lassen, habe aber hier keine Armee von Mitarbeitern. Ich tue alles, was ich kann«, sagte Wylde.

»Das ist gut, Mister Wylde. Ich bin sicher, dass Sie im Moment alles getan haben, was Sie können. Ein Team von Agenten ist aus Südafrika auf dem Weg und unsere Botschaft in Lusaka hat ausserdem die sambische Regierung um Hilfe gebeten«, sagte Chris.

»Ich habe einen Funkspruch von der Polizei in Chirundu erhalten, in dem sie sagten, dass sie ein Boot schicken. Dieses sollte bald hier sein«, berichtete Wylde.

Jed steckte den Kopf aus der blutverspritzten Kabine, froh über die frische Luft nach dem Gestank der toten Männer. »Die Pistole dieses Kerls ist weg.«

»Also, was jetzt?«, fragte Willy Wylde, der sichtlich erpicht darauf war, dass jetzt Chris, als einzig anwesende quasi-offizielle Vertreterin der US-Regierung, das Kommando übernahm.

»Sind Ihre Männer schon auf dem Grundstück von Hassan bin Zayid gewesen?«, mischte sich Jed ein.

»Jetzt erinnere ich mich an Sie. Ich dachte doch, Sie kämen mir bekannt vor«, sagte Willy. »Sie waren neulich hier und haben nach dem Weg zu Hassans Haus gefragt. Er ist, wie ich Ihnen sagte, in Sansibar.«

Jed wiederholte seine Frage.

»Nein, meine Männer sind noch nicht bis zur Grenze meines Grundstücks vorgedrungen, jedenfalls nicht, dass ich wüsste. Ich nehme an, Sie verdächtigen Hassan, weil er ein Araber ist.«

Chris meldete sich zu Wort. »Mister Wylde, Sie werden mir sicher zustimmen, dass wir in einer Zeit wie dieser alle Möglichkeiten in Betracht ziehen müssen. Es sind neue Informationen aufgetaucht, die Zweifel am Aufenthaltsort von Hassan bin Zayid aufkommen lassen. Wir werden seine Lodge also durchsuchen müssen. Wann haben Sie das letzte Mal mit Hassan bin Zayid gesprochen, Mister Wylde?«

»Er hat mich letzte Woche aus Sansibar angerufen.«

»Worum ging es bei dem Anruf?«, fragte Chris.

»Er wollte wissen, ob ich eine Gruppe von Touristen für ihn aufnehmen kann.«

»Und Sie haben ihm natürlich gesagt, Sie wären beschäftigt.« Chris sah Jed an.

»Was haben Sie ihm noch erzählt?«, wollte Jed wissen.

Wylde spürte, dass ihm heisse Röte in die Wangen stieg. Er schluckte heftig, denn er wusste, dass sich die Leute noch lange an das erinnern würden, was er als nächstes sagte. »Ich habe ihm gesagt, dass ich bereits ausgebucht sei. Aber bin Zayid wusste irgendwie bereits von der Buchung und rief an, um nachzufragen, ob das noch so sei.« Jed warf Wylde einen vorwurfsvollen Blick zu.

Wylde wollte seine Unschuld beteuern, aber Chris unterbrach ihn, weil sie nicht wollte, dass sich die beiden Männer in diesem entscheidenden Moment stritten. »Mister Wylde, niemand beschuldigt irgendjemanden für irgendetwas. Aber wir haben Zweifel an Hassan bin Zayid und müssen sehen, ob er zurückgekehrt ist.«

Jed warf ein: »Seine Mitarbeiter sagten mir auch, dass er auf Sansibar sei, und ich habe mich in seiner Lodge umgesehen, die aber tatsächlich leer zu sein schien. Hat er ein anderes Haus auf dem Grundstück?«

»Nein«, sagte Willy und schüttelte den Kopf. »Wenn er hier ist, schläft er im Haupthaus.«

»Gibt es einen anderen Ort auf dem Grundstück, an dem er sich verstecken könnte?«

Wylde kratzte sich am Kinn. »Ja, weiter unten am Fluss gibt es ein Buschcamp, das selten benutzt wird. Hassans meiste Kunden sind reiche Araber, die sich nicht allzu weit von weichen Betten und Satellitenfernsehen entfernen wollen. Soweit ich mich erinnere, gibt es im Buschcamp nur eine Hütte und einen Grillplatz, es wäre also wahrscheinlich ein ziemlich guter Ort, um sich zu verstecken.«

»Können Sie uns den Ort auf einer Karte zeigen?«, fragte Jed.

»Noch besser gebe ich Ihnen die GPS-Koordinaten davon. Vor einiger Zeit haben sich die meisten von uns Landbesitzern zusammengetan, um die wichtigsten Camps und Sehenswürdigkeiten im Tal zu markieren. So können wir den Anti-Wilderer-Patrouillen und unseren eigenen Führern Hinweise geben, wenn sich jemand im Busch verirrt.« Wylde zog ein GPS-Gerät aus der Tasche an seinem Gürtel und kritzelte die vorgegebenen Wegpunkte auf.

Chris gab Jed ihr GPS-Gerät und er kopierte den Punkt, den Wylde als 'cresbc' benannt hatte.

»Crescent Safari Buschcamp«, erklärt Wylde die Abkürzung.

»Ich gehe, Chris«, sagte Jed.

»Du weisst, dass du hierbleiben solltest, Jed, denn du hast in diesem Land keinerlei Kompetenzen. Und ich muss hierbleiben, um auf die Ankunft des Abholteams zu warten. Ich schlage vor, dass du hier bei mir bleibst.«

»Moses?« Jed schaute fragend zum Tracker.

»Ich gehe mit Jed hinüber«, sagte Moses zu Christine und diese biss sich auf die Unterlippe. »Seid vorsichtig.«

»Natürlich«, versprach er ihr. »Du auch.«

»Ich werde meine Leute anfunken und ihnen sagen, dass sie auch Hassans Land durchkämmen und sich dem Jagdcamp nähern sollen. Lasst euer Kanu hier und nehmt eins meiner beiden Motorboote«, sagte Wylde.

»Danke«, antwortete Jed.

»Viel Glück.« Willy reichte Jed die Hand, die dieser schüttelte, womit die Spannungen der letzten Minuten vergessen waren. »Wenn er hier ist, ist er wahrscheinlich eingeflogen, also würde ich an Ihrer Stelle den Hangar auf der Landebahn nordwestlich des Haupthauses durchsuchen.«

Jed nickte.

Willy bat den Fährtenleser neben ihm um sein Walkie-Talkie und reichte es an Jed weiter. »Bleiben Sie auf unserer Frequenz, dann geben wir Ihnen Bescheid, wenn wir hier etwas finden.«

»Gehen wir!«, sagte Jed zu Moses

Chris, die Angst um Jeds und Moses Sicherheit hatte, wünschte, sie hätte Zeit gehabt, sich unter vier Augen von Jed zu verabschieden, wenn auch nur ein paar Sekunden.

Sie zog ihr tragbares Satellitentelefon aus dem Rucksack, schaltete es ein, klappte die Antenne hoch und erhielt ein Signal. Das Telefon piepte mit einer Nachricht. Sie wählte die Nummer der

Nachrichtenbank und drückte die Tasten, um das Abspielen zu starten.

»Chris, ich bin's, Mort«, rief er so laut, dass man ihn trotz des Heulens eines Düsentriebwerks gehört hätte. »Wir sind auf dem Flughafen von Johannesburg und gehen gleich an Bord der Lear. Ich habe das Team und wir werden um neunzehn Uhr dreissig Lokalzeit in Lusaka sein. Rufen Sie mich dann an, hoffentlich sind Sie zu dem Zeitpunkt schon vor Ort und haben gute Nachrichten für mich, Chris. Von Lusaka fliegen wir mit einem sambischen Militärhubschrauber zu Ihnen und sollten spätestens um halb neun an Ihrem Standort sein.«

Chris schluckte die aufsteigende Galle hinunter – der Gestank der toten Männer im Inneren des Flugzeugs wurde immer überwältigender. Sie bezweifelte, dass sie in der nächsten halben Stunde irgendwelche guten Nachrichten bekäme.

23

»Stell den Motor ab, dann treiben wir mit der Strömung«, sagte Jed zu Moses.

Der Spurenleser nickte und es herrschte Schweigen. Als sie sich einer Flussbiegung näherten, hielt Moses eine Hand am Steuerrad des Bootes und sorgte dafür, dass das Ruder geradeaus ging.

Jed überprüfte erneut das GPS. Die Entfernung zum Wegpunkt betrug zweihundert Meter und sie näherten sich ihm. Er zeigte auf das Flussufer und Moses drehte kräftig am Steuer. Der Fiberglasrumpf von Wyldes Boot gab ein leises Knirschen von sich, als es auf dem sandigen Flussufer auffuhr. Jed stieg über den Bootsrand ins kniehohe Wasser und zog das Boot weiter an Land. Durch sein Nachtsichtmonokel suchte er die Baumgrenze ab. Moses kniete sich neben ihn. »Alles sauber«, sagte Jed. Er überprüfte das GPS und deutete auf die vorspringende Landzunge. »Das Camp befindet sich auf der anderen Seite dieses Punktes.«

Moses nickte und stand auf. »Ich gehe voran«, sagte Jed.

Moses schüttelte den Kopf. »Sie haben mich mitgenommen, weil ich den Busch kenne, also lassen Sie mich meine Arbeit tun.«

Jed wollte den Fährtenleser nur ungern in noch grössere Gefahr bringen, aber der grosse Mann hatte Recht. »Wollen Sie das Nachtsichtgerät?«

»Nein, ich laufe seit ich ein Kind war im Dunkeln.« Moses ging weiter, hielt aber etwa alle zehn Meter an, um zu lauschen und in die Dunkelheit, die sie verschlang, zu blicken. Je weiter sie durch die Mitte der Landzunge kamen, desto dichter wurde die Vegetation aus dichtem Flussbusch und riesigen, einsamen Natal-Mahagonibäumen, die schon unzählige Überschwemmungen überstanden hatten.

Der Führer blieb stehen und betrachtete den Boden. Jed schloss zu ihm auf und schaute ihm über die Schulter. »Leopard«, flüsterte Moses und zeigte auf die Katzenspuren, an der man sehen konnte, dass die Katze ihren Weg gekreuzt hatte und einem ausgetretenen Wildpfad zum Fluss gefolgt war.

»Der falsche Mörder«, sagte Jed, war jedoch im Stillen froh, rechtzeitig daran erinnert zu werden, dass es neben dem oder den Terroristen auch die ständige Gefahr gab, gefährlichem Wild zu begegnen.

Moses nahm seinen vorsichtigen Gang wieder auf, hielt aber ein paar Minuten später eine Hand hoch. Jed liess sich auf die Knie fallen und kroch vorwärts. »Dort, das Camp«, murmelte Moses.

Jed suchte das Aussenlager ab. Er sah eine strohgedeckte Hütte mit einer geschlossenen Tür, einen Grillplatz und einen Holzstapel. Er konnte weder Licht noch Anzeichen von Bewohnern ausmachen und war beinahe enttäuscht. Er hatte gehofft, bin Zayid hier versteckt zu finden, wusste jedoch, dass der Mann sich überall versteckt halten konnte. Lass uns einen Bogen um die Hütte machen und nachsehen. Ich gehe links, du rechts, okay?«, flüsterte er, seine Lippen beinahe ans Ohr des Schwarzen pressend.

Moses nickte und die beiden Männer gingen in entgegengesetzte Richtungen. Jed schlich langsam und prüfte, bevor er seine Füsse vorsichtig aufsetzte, den Boden vor sich. Nach jeweils zwei oder drei Schritten blieb er stehen und suchte die Lichtung und die Hütte ab. Noch immer gab es in der grün leuchtenden Ansicht, die das Nachtsichtgerät bot, kein Anzeichen für eine Bewegung.

Jed brauchte zehn Minuten, um den Lagerplatz abzusuchen. Er blieb stehen und kniete im Gras am Rande der Lichtung hinter der

Hütte nieder. Er überprüfte den Busch zu seiner Linken und entdeckte dort Moses, der in die Hocke ging. Er zeigte den Daumen nach oben und der Schwarze erwiderte die Geste. Jed hob sein Gewehr an die Schulter, richtete es auf die Hütte und schwenkte die Waffe hin und her. Erneut bestätigte Moses mit dem Daumen nach oben und hob seinerseits das Gewehr, um Jed zu decken.

Jed erhob sich, huschte über die fünf Meter befestigte Erde zur Hütte und lehnte sich an die Wand. Langsam bewegte er sein Gesicht zu einem verschlossenen Fenster. Hinter den Holzlatten befand sich kein Glas, nur Hühnerdraht und Gaze, um Moskitos und Ungeziefer fernzuhalten. Er roch das feuchte, muffige Innere der Hütte und konnte durch ein zerbrochenes Lüftungsgitter in den Raum sehen. Es war niemand drin, nur ein paar Kisten standen da, eine davon hinter der Tür und ein gasbetriebener Gefrierschrank, dessen Klappdeckel offenstand. Er hob eine Hand und forderte Moses auf, ihm zu folgen. Moses schlich zur Hütte und begann sie zu umrunden. Jed traf ihn auf der anderen Seite, in der Nähe der Tür, und sah, dass Moses eine Schaufel mitgenommen hatte.

»Die habe ich hinter der Hütte gefunden«, erklärte er, drehte das Werkzeug in seinen Händen. Er hielt Jed das Blatt der Schaufel vor die Nase, dann strich er mit den Fingern über die Kante. »An der Schaufel ist noch feuchte Erde, also muss jemand vor Kurzem damit gegraben haben.«

Jed wollte sich auf der Lichtung umsehen, drehte sich aber um, als Moses feststellte: »Die Tür ist nicht verschlossen und das Vorhängeschloss hängt offen dran.«

Jed spürte, wie sich die Haare in seinem Nacken aufstellten und er zischte: »Moses, nicht!«

Die plötzliche Kraft der Granatenexplosion warf Jed auf den Rücken und die Druckwelle schleuderte ihm eine Wolke aus Schmutz und Staub ins Gesicht, die ihm vorübergehend die Sicht nahm.

Moses hatte sich nach links gedreht, um sich von der Tür zu entfernen, sodass die Splitter der Granate vor allem seine linke Körperseite trafen. Sein Körper schirmte Jed ab, was dessen Leben rettete. Der Führer war einen Meter neben dem Amerikaner, ebenfalls auf dem Rücken, gelandet. Jed hustete, spuckte Schmutz und rieb sich mit dem Handrücken die Augen. Durch Tränen sah er seinen Freund, aus dessen zerfetzten Kleidern Rauch aufstieg. Jed ging in die Knie und kroch zu Moses, fand aber nur eine Masse aus Blut und verbranntem Fleisch. Von seinem linken Arm und Bein sowie von Teilen seines Oberkörpers hatte sich die Haut abgelöst. Überraschenderweise war Moses jedoch nicht tot.

»Moses, bleiben Sie dran und kämpfen Sie, mein Freund!«, sagte Jed, schnappte sich das Walkie-Talkie, das er über der Schulter trug, und bellte ins Gerät: »Wylde, Wylde, hier ist Banks! Ich habe einen Verletzten. Ich wiederhole, ein Mann verletzt, hören Sie mich?«

Während er auf eine Antwort wartete, zog Jed sein T-Shirt aus und wischte Moses' Gesicht damit ab. Aus hundert winzigen Schrapnelllöchern sickerte Blut und lief über seinen Körper, dazwischen ragten hier und da Holzsplitter von der zerborstenen Tür wie obszöne Dornen aus dem Fleisch, aber die schlimmste Wunde war in seiner Brust. Moses versuchte zu sprechen, brachte aber nur ein röchelndes, gurgelndes Würgen heraus.

Es war eine offene Brustwunde. Jed griff in seine Hosentasche und zog seine Brieftasche heraus, ein billiges, gefaltetes, wasserdichtes Plastiketui, in dem Geld und Kreditkarten steckten. Er öffnete sie und riss die ersten fünfzehn Zentimeter des Plastiks mit den Zähnen ab. Dieses presste er auf das Loch in Moses' Brust und spürte, dass die Lunge die luftdichte Versiegelung ansaugte. Er wickelte das T-Shirt um den Oberkörper seines Führers und band es mit aller Kraft zu, so dass der Plastik der Brieftasche gegen die Wunde gepresst wurde.

»Wylde, Wylde, hier ist Banks, verdammt, antworten Sie!«, schrie er ins Funkgerät.

»Wylde hier, over.«

»Moses wurde von einer Granate getroffen. Es war eine Sprengfalle und es geht ihm schlecht. Sagen Sie Christine Wallis, dass es jetzt keinen Zweifel mehr gibt, dass bin Zayid unser Mann ist. Wir werden Leute brauchen, die diesen Ort mit einem feinen Kamm durchkämmen. Schicken Sie das örtliche Bombenkommando, wenn es eins gibt. Er war hier, aber jetzt gibt es keine Anzeichen von ihm. Ich bringe Moses mit dem Boot zurück. Haben Sie das verstanden?«

»Verstanden. Ich werde das italienische Krankenhaus in Chirundu auf der simbabwischen Seite anrufen, sie schicken bereits ein Boot. Und Chris sagt, ich soll Ihnen ausrichten, dass ihre Leute jeden Moment mit einem Hubschrauber hier landen.«

»Verstanden, ich bin schon unterwegs. Ende.« Jed hängte sich Moses' Gewehr um den Hals und sagte: »Komm schon, Kumpel, wir gehen nach Hause.« Er legte sich den grösseren Mann in einer Feuerwehrtrage über die Schultern und hob sein eigenes Gewehr auf. Als Jed sich im Trab in Bewegung setzte, stöhnte Moses gequält auf.

»Halt dich fest, Moses, halt dich fest. Es tut mir leid, Mann, aber wir müssen weg von hier.«

Als sie das Boot erreichten, hatte Jed das Gefühl, seine Beine gäben gleich nach. Er liess Moses so sanft wie möglich ins Boot gleiten, aber der Fährtenleser schrie trotzdem auf. »Wenigstens bist du bei Bewusstsein. Lass nicht los, Mann, bleib um Himmels Willen hier.«

Jed schob das Boot in den Kanal hinaus, legte den Leerlauf ein und betätigte den Anlasser. Der Motor sprang auf Anhieb an, er fuhr zurück, wendete und gab dann Vollgas. Die Nase hob sich hoch und bildete eine Wasserfahne, als er den mondbeschienenen Fluss hinaufbrauste.

»Fast geschafft, mein Freund.«

Moses öffnete die Augen und starrte Jed an. Dann öffnete er den Mund um zu sprechen.

»Was ist los?« Jed beugte sich vor und nahm Moses' Hand in seine. »Du hast mich gefragt ...«, krächzte der Tracker.

»Was?«

»Das gefährlichste Tier ...«

»Das ist jetzt egal«, sagte Jed. »Du musst wieder gesund werden, Moses. Wenn wir wieder an der Absturzstelle sind, sollte der Arzt da sein.«

»Das gefährlichste Tier ist der Zweibeiner, Jed. Sei vorsichtig und finde deine Tochter ...« Moses hustete und sein ganzer Körper zitterte unter der schmerzhaften Anstrengung.

Ein Taschenlampenstrahl suchte das Wasser vor ihnen ab. »Hier drüben«, rief Willy Wylde.

Jed konnte ein weiteres silbernes Kielwasser hinter der Absturzstelle sehen und hoffte, es sei das Schnellboot des Krankenhauses, das aus Chirundu kam.

»Verdammte Sauerei«, sagte Wylde und bemerkte Moses, als Jed das Boot gegen das abgestürzte Flugzeug lenkte.

»Jed, bist du verletzt?«, rief Chris.

Jed schüttelte den Kopf und schaute auf seinen nackten Oberkörper hinunter. Er bemerkte, dass er voll von Moses' Blut war. »Nein, ich bin in Ordnung. Ist das das Krankenhausboot, das da kommt?«

»Ja«, sagte sie. »Wie geht es ihm?«

Moses hustete erneut, wobei helles Blut zwischen seinen Lippen hervorsprudelte. Er versuchte, sich aufzusetzen, fiel aber wieder zurück.

»Wir verlieren ihn«, Jed liess sich neben Moses auf die Knie sinken. Er schöpfte das Blut mit den Fingern aus Moses' Mund, legte dann den Kopf des anderen Mannes nach hinten, drückte die Nasenflügel zusammen und presste seine Lippen auf die des Schwarzen.

Jed blies zwei schnelle Atemzüge in Moses' Lunge und sah auf. Chris war an seiner Seite und begann auf der Brust des bewusstlosen Mannes mit der Herzdruckmassage. Ihre Hände sahen im Mondlicht rot und glitschig aus. Sie setzten die Wiederbelebung fort, bis das Boot unter dem Gewicht einer weiteren Person schwankte. »Lassen Sie mich bitte durch, ich bin Arzt«, sagte der Mann mit einem starken italienischen Akzent.

Eine dunkelhäutige Krankenschwester und ein jüngerer Mann, ein einheimischer Praktikant, wie Jed vermutete, führten die Mund-zu-Mund-Beatmung weiter, während der Arzt Moses Morphium spritzte und einen intravenösen Tropf anlegte. Jed und Chris stiegen wieder auf die Tragfläche des Flugzeugs, wo Wylde Jed eine Zigarette anbot. Dieser nahm sie gern, spuckte zuerst Moses' Blut aus und zog dann kräftig am Nikotinstengel, um den bitteren metallischen Geschmack loszuwerden.

»Wir hörten den Knall der Explosion und ich nahm schon das Schlimmste an«, sagte Chris.

Es gab kein Zeichen von Miranda oder Calvert, aber der Bastard benutzte den Ort als Basis. »Wir müssen dorthin zurück, schnell.«

»Ich bin ganz deiner Meinung, Jed«, sagte Christine, »aber lass uns auf die Ankunft des Teams warten, dann haben wir Verstärkung und den Hubschrauber. Wenn er noch in der Gegend ist, finden wir ihn.«

»Er stirbt!«, schrie der Arzt seine Kollegen an, schob den Praktikanten zur Seite und begann, auf Moses' Brust zu klopfen. Als Chris sah, wie der Arzt mit Gewalt Blut aus den vielen Wunden des Mannes pumpte, wandte Chris sich ab.

Jed führte sie durch das Cockpit auf die andere Seite des zerstörten Flugzeugs. »Miranda ist am Leben, Chris, ich weiss es. Ich kann sie immer noch spüren, hier drinnen«, sagte er und klopfte sich aufs Herz.

»Wie kannst du das wissen?«

»Frag mich nicht, wie. Nenne es väterliche Intuition oder so einen Scheiss. Wir wissen, dass bin Zayid in die Sache verwickelt ist und ebenso, dass Miranda bei ihm war ...«

Chris sah die Sehnsucht in seinen Augen. »Er wurde mit zwei Särgen gesehen, Jed.«

Jed wandte sich von ihr ab und schaute flussaufwärts. Er riss sich die Zigarette aus dem Mund und warf sie ins Wasser. »Oh, nein«, hauchte er.

»Was ist?«

»Du hast gerade etwas gesagt ...«

»Was? Wegen Miranda?«

»Die Särge! Der Bastard hat im Jagdlager gegraben. Kurz bevor ihn die Falle erwischte, fand Moses eine Schaufel mit frischer Erde daran. Ich hatte es vergessen, während ich ihn behandelte, aber das ist wichtig. Ich gehe sofort zurück.«

»Warte, Jed.«

»Nein.«

»Hör doch! Das ist der Hubschrauber.«

Jed hörte das unverwechselbare *'Swop-swop'* eines Huey und sah den Widerschein des heruntergelassenen Landescheinwerfers, als dieser den Sambesi hinaufflog. Er blickte auf Moses hinunter, dessen Gesicht, nun, da das Morphium wirkte friedlich aussah. Im Schein der Taschenlampe eines Sanitäters sah er, dass Wyldes Boot rosa war: Blut mit Flusswasser vermischt. »Ihr Freund ist stabil, aber ich kann keine Garantie geben. Er muss operiert werden, und zwar sofort.« Der Arzt stand auf und zog sich die blutigen Gummihandschuhe aus.

Jed spürte den Abwind der Rotorblätter des Hubschraubers und sah hinauf. Licht blendete ihn. »Hey, Jungs, das ist dumm«, sagte er laut. »Es gibt genug Mondlicht, um vorbeizufliegen und das Landelicht machte uns alle nur zu einem besseren Ziel.« Er wandte seinen Blick vom hellen Strahl ab, schaltete sein Nachtsichtgerät wieder ein und suchte den Fluss ab.

Irgendetwas bewegte sich.

»Chris, geh weg!« rief Jed. »Schick sie weg!«

»Was?« Chris sah Jed schreien, konnte aber nicht verstehen, was er sagte.

Jed winkte dem Hubschrauber zu, der sich ihnen näherte.

Der Co-Pilot winkte zurück und Jed fluchte.

Der Mann stand nicht mehr als hundert Meter von ihm entfernt am Flussufer, auf freiem Feld und hielt etwas Langes in den Armen. Jed schaltete die Sicherung seiner SLR auf Feuer, drehte sich um und richtete das Gewehr auf den Hubschrauber. Er zielte und gab drei Warnschüsse ab. Er sah den Schreck in den Augen des Piloten und des Co-Piloten und das Flugzeug ruckte, als der Pilot unter dem grellen Mündungsfeuer und dem Knall der Schüsse zusammenzuckte.

Jed wandte sich wieder dem Ufer zu und blickte ins Visier seines Gewehrs. Der Mann hatte den langen Gegenstand auf seine Schulter gehoben. Instinktiv feuerte Jed einen, zwei, drei Schüsse auf ihn, verlor sein Ziel aber in einem blendenden Lichtblitz, der die Sicht des Nachtsichtmonokels auslöschte, aus den Augen.

Er hörte das Kreischen der Rakete und als er wieder sehen konnte, sah er, dass sie auf sie zuflog. Er drehte sich um, rannte auf Chris zu, die nur noch wenige Schritte von ihm entfernt auf dem Flügels stand, traf im Sprung auf sie und hielt sie fest, so dass sie ineinander verschlungen in den Fluss stürzten.

Die Agusta-Bell 205, eine in Italien gebaute Version des allgegenwärtigen Huey-Hubschraubers, der in Vietnam berühmt wurde, hatte von Jeds Warnschüssen weg zu steigen begonnen. Als sich das Projektil dem Hubschrauber mit einer Geschwindigkeit von fünfhundert Metern pro Sekunde näherte, erhellte es den Nachthimmel. Die Rakete drehte leicht nach oben, um die Höhenveränderung des Ziels auszugleichen und vergrub sich schliesslich, genau wie es ihre Erbauer beabsichtigt hatten, in der heissen, einladenden Abgasöffnung des Hubschraubers. Die heftige Detonation zerstörte die heulende Turbine sofort.

Jed drückte Chris, die sich Wasser aus der Lunge hustete, an sich und zerrte sie unter die vergleichsweise sichere Tragfläche des Flugzeugs. Sie beobachteten, dass der Hubschrauber wie ein bockendes Pferd in der Luft schaukelte.

Im Inneren des beschädigten Hubschraubers rang jemand mit der Schiebetür der hinteren Kabine und Jed sah mindestens drei Personen entweder herunterspringen oder aus der Luke fallen. Weggesprengte Motorteile spritzten auf dem Weg nach unten auf die Flussoberfläche, und Chris und Jed duckten sich, als Metallteile von der Tragfläche über ihnen abprallten. Als der Hubschrauber bäuchlings in den Fluss plumpste, überspülte eine Welle ihre nach oben gekehrten Gesichter.

Als die Rotorblätter, die sich immer noch drehten, die Wasseroberfläche berührten, scherten sie aus und flogen in zwei verschiedenen Richtungen in die Nacht. In der Kabine des Hubschraubers loderte Feuer auf und Chris und Jed hörten gequälte Schreie. Flussauf- und -abwärts stimmten Flusspferde einen panischen Chor an und durch das Chaos der Rakete und des explodierenden Hubschraubers aufgeschreckte Vogelschwärme flogen lautstark kreischend von ihren Schlafplätzen auf.

»Retten wir, wen wir können«, sagte Jed, halb watend, halb schwimmend.

Willy Wylde, der sich hinter dem Cockpit des Flugzeugs versteckt hatte, als die Rakete einschlug, rief Jed zu.

»Passen Sie wegen der Krokodile auf!«

»Nein«, antwortete Jed und blickte über seine Schulter zurück, »Sie passen auf die verdammten Krokodile auf!«

»Nehmen Sie eine Taschenlampe«, wies Wylde Chris an.

Chris entdeckte ein Licht, das vom jetzt auf dem Boden des Bootes kauernden medizinischen Team benutzt wurde. Eine Krankenschwester beugte sich über Moses, um ihn abzuschirmen. »Geben Sie mir die Lampe!«, rief sie dem Arzt zu und dieser warf ihr die Taschenlampe zu.

»Streichen Sie mit dem Strahl über das Wasser, dann sehen Sie ihre Augen«, sagte Wylde, der Jeds SLR-Gewehr in die Hand genommen hatte und das Wasser aufmerksam beobachtete. »Sehen Sie? Da! Halten Sie das Licht ruhig.«

Chris sah die glühenden, rot leuchtenden Augen im Wasser und folgte ihnen mit dem hellen Strahl des batteriebetriebenen Scheinwerfers. Das Tier war etwa fünf Meter hinter Jed, der das abgestürzte, rauchende Wrack des Hubschraubers fast erreicht hatte.

Wylde schoss zweimal. »Ich hab das Biest erwischt, suchen Sie mir ein anderes Ziel.«

Chris sah, dass das Wasser, als das Krokodil sich in seinem Todeskampf wälzte, aufgewühlt wurde. Sie liess den Lichtstrahl hinter und um Jed herum hin und her schwenken. »Da ist noch eins!«, rief sie.

Wylde schwang das Gewehr herum und feuerte. »Zwei erledigt.«

Jed wurde durch einen brennenden Gegenstand im Inneren des Wracks zu diesem geführt. Als er den Hubschrauber erreichte, sah er, dass es die Leiche des Co-Piloten war. Der Pilot befand sich im hinteren Teil des Hubschraubers und löste den Gurt eines Verletzten.

»Der hier ist bewusstlos, aber am Leben«, sagte der sambische Pilot. »Der andere hier ist tot, Genickbruch. Die anderen sind, als wir runterkamen, hinuntergefallen oder gesprungen.« Der Mann würgte beim Geruch des brennenden Körpers seines toten Kameraden, machte aber weiter.

Jed war von seinem Mut beeindruckt. »Kommen Sie auch raus, bevor das ganze Ding in Flammen aufgeht«, sagte er, als der Pilot den bewusstlosen Mann durch die Ladeluke trug.

Gemeinsam zerrten sie den Mann ins Wasser. Wylde hatte sein zweites Boot gestartet und fuhr mit Chris hinaus, um sie zu holen. Sie zogen den Verwundeten an Bord und halfen dann Jed und dem Piloten hinein.

»Mort!«, rief Chris leise.

»Kennst du ihn?«, fragte Jed und wischte sich Wasser aus dem Gesicht.

»Er ist sozusagen mein Chef, unser Teamleiter.«

»Sieht aus, als hätte er sich den Kopf angeschlagen«, sagte Jed, denn aus einer Wunde an Solomons Schläfe quoll Blut. »Es ist zwar vielleicht nichts Ernstes, aber er nützt euch nichts mehr.«

»Ich fürchte, wir müssen wieder ran«, sagte Chris. »Und die?«, unterbrach ihn Wylde.

Zwei Männer schwammen winkend auf das Boot zu und Jed konnte jetzt ihre Rufe hören. »Gott sei Dank gibt es kleine Glücksfälle.«

Wylde richtete die leistungsstarke Taschenlampe auf die Männer.

»Licht aus!«, brüllte Jed, dann hörten alle den Schuss vom Flussufer aus und duckten sich ins Boot.

Der Kopf des Mannes, der im Scheinwerferlicht gestanden hatte, wurde nach hinten geschleudert und sein Körper schwebte regungslos ins Wasser.

»Der Schütze ist noch da draussen«, zischte Jed. »Scheisskerl.«

»Oh, verdammt, ich habe nicht daran gedacht, dass ...«, begann Wylde.

»Ruhig«, sagte Jed. »Es ist nicht Ihre Schuld. Aber lasst uns den anderen Mann abholen und die Boote von hier wegbringen. Hier können wir unmöglich landen.«

»Wir können zu meiner Lodge zurückkehren und dort eine Basis einrichten«, sagte Wylde.

Jed vermutete, Hassan bin Zayid – er war sich nun sicher, dass dieser geschossen hatte – wollte, dass sie genau das taten. »Ich glaube, bin Zayid hat etwas im Jagdlager zurückgelassen und fahre dorthin zurück«, sagte er zu Chris, während Wylde den Überlebenden des Hubschrauberabsturzes über die Reling des Bootes hievte.

»Das ist verrückt, Jed und ich lasse dich nicht allein gehen.«

»Frau Wallis?«, meldete sich der schmächtige Mann auf dem Boden des Bootes.

»Ja?«

»Ich bin Jones, Ma'am, von der Sicherheitsabteilung der Botschaft.«

»Oh, ja. Harvey?«

»Harold, Ma'am. Wenn dieser Kerl hinter dem Bastard her ist, der das hier alles angerichtet hat, ist er nicht allein.«

»Sind Sie noch bewaffnet?«, fragte Jed ihn und als er das kurze rote Haar und den blassen Teint des Mannes betrachtete, wurde ihm plötzlich klar, dass er ihn schon einmal gesehen hatte. Das war doch der Eindringling, mit dem er im Hotel in Johannesburg kämpfte, der Mann, der versuchte, seine Reise nach Simbabwe zu verzögern, indem er Munition in seiner Tasche platzierte.

Jones griff hinter seinen Rücken und schob eine untersetzte schwarze Maschinenpistole zurück vor seine Brust. Ich habe noch meine MP-5 und zweihundert Schuss Munition.

»Gut. Trocknen und säubern Sie Ihre Waffe, so gut Sie können, dann vergessen wir den Arschtritt, den ich Ihnen schulde«, sagte Jed.

»Sie haben mich schon ziemlich gut getroffen, Jed.«

Jed schenkte dem Mann ein kurzes Lächeln und sagte dann zu Wylde: »Willy, ich möchte, dass Sie uns ein paar hundert Meter flussabwärts, sobald wir ausser Sichtweite sind, an Land lassen, dann gehen Harold und ich auf die Jagd.«

Das Motorboot des Krankenhauses tuckerte auf sie zu und bremste neben Wyldes Boot ab. Das Gesicht des Arztes war kreidebleich vor Angst. »Wie viele sind noch verwundet? Wir müssen diesen Mann ins Krankenhaus bringen, sonst verblutet er«, sagte er und nickte in Moses Richtung, der ohnmächtig geworden war.

»Wir haben hier einen Bewusstlosen, aber er kann bei uns bleiben, denn wenn er aufwacht, brauchen wir ihn vielleicht. Bringen Sie ihn, Moses, zurück in Ihr Krankenhaus, aber kommen Sie wieder her oder schicken Sie so schnell Sie können ein anderes Boot. Wir brauchen Sie möglicherweise noch vor dem Ende der Nacht erneut.«

Der Arzt wies seine Mitarbeiter an, sich ruhig zu verhalten, und liess den Motor des Bootes anlaufen.

Chris meldete sich zu Wort. »Ich gehe mit Jed und Harold, Willy. Kümmern Sie sich bitte um den Verletzten, sein Name ist Mort Solomon.«

»Chris, du musst bei Willy bleiben«, sagte Jed.

»Sagt wer? Du hast hier nichts zu suchen, Jed. Von Rechts wegen müsste ich dich zurück nach Simbabwe schicken, bevor du einen grossen internationalen Zwischenfall auslöst.«

»Dafür ist es mittlerweile ein bisschen spät.«

Chris hob Moses' Gewehr vom Boden des Bootes auf und schüttelte das blutige Wasser von ihm ab. »Glaubst du, das Ding funktioniert noch?«

»Es gibt nur einen Weg, das herauszufinden. Haben Sie eine Waffe, Sir?«, fragte Jed den sambischen Hubschrauberpiloten, der schweigend im hinteren Teil des Bootes sass und ausdruckslos in die Nacht starrte.

»Sir?«, sagte Jed noch einmal, diesmal lauter.

»Nein, tut mir leid. Aber ich denke, ich sollte zum Basislager zurückgehen, wenn es Ihnen recht ist, und meinen Bericht abgeben«, sagte er mit heiserer Stimme und britischem Akzent.

»Gut, Sir, wir verstehen«, sagte Chris. »Vielleicht können Sie uns noch ein paar Leute von den sambischen Streitkräften besorgen. Ausserdem würden ein oder zwei weitere Hubschrauber helfen.«

»Ich bezweifle, dass wir genug Hubschrauber haben, um sie an einen mit Boden-Luft-Raketen bewaffneten Feind zu verschwenden«, sagte der Pilot freimütig. »Aber ich bin sicher, dass die Armee und die

Polizei im Laufe des Abends mit vielen Leuten hier sein werden. Ich werde das Hauptquartier anrufen und mich vergewissern.«

»Gut«, sagte Harold Jones. »Zeit für die Revanche?«

»Ja, wenn wir nicht zu spät kommen«, antwortete Jed.

24

Miranda Banks-Lewis wachte auf und schrie.

Ihre Welt war stockdunkel. Sie kratzte Zentimeter über ihrem Gesicht an der Stoffverkleidung der Kiste, strampelte mit den Beinen und schlug gegen die Holzwand neben sich. Ihre Hände waren vor ihr mit einem Plastikkabel gefesselt und ihre Fussknöchel fühlten sich an, als wären sie mit einem Seil zusammengebunden. Als sich ihr Geist klärte, wurde ihr unvermittelt klar, in was für einer Kiste sie gefangen war.

Einem Sarg!

Sie schrie wieder, mit einem hohen, tierischen Schrei, den niemand hörte. Als Kind hatten sie und ihre Freundinnen mit morbider Faszination Schauergeschichten von Menschen, die irrtümlich lebendig begraben worden waren, gelesen und seitdem hegte sie eine irrationale, aber alles verzehrende Angst davor, lebendig begraben zu werden.

Miranda atmete tief ein, wobei sie die Plastiksauerstoffmaske spürte, die ihre Nase und ihren Mund bedeckte. Ihre Finger folgten einem Schlauch, der von der Maske zu einer kalten Sauerstoffflasche zwischen ihren Schenkeln führte. Ihr Kopf schmerzte und ihr

Rücken und Po waren glitschig von ihrem Schweiss. Sie zwang sich, ruhig zu bleiben und sich zu erinnern, was geschehen war. Sie trug ein Kleid, eins von zweien, die sie nach Afrika mitgebracht hatte. Sie berührte die dünnen Träger an ihren Schultern und tastete nach dem Saum. Ihre Füsse waren nackt, aber sie erinnerte sich, dass sie die Schuhe mit den hohen Absätzen eingepackt hatte. Speziell für ihn. Jetzt hätte sie fast über ihre eigene Dummheit geweint.

Hassan, das Boot und Sansibar. Jetzt wurde ihr klar, dass sie betäubt worden war. Mit lebhafter Klarheit erinnerte sie sich an das Letzte, was er zu ihr gesagt hatte, und sah wieder sein Lächeln, als er unter seine Jacke gegriffen und die Waffe aus dem Hosenbund gezogen hatte. Ihr erster Gedanke war, dass er sie, weil er die Wahrheit über sie herausgefunden habe, umbringen wolle. Doch dann erkannte sie, dass es sich um ein gasbetriebenes Betäubungsgewehr handelte, wie er es bei seinen Geparden jeweils aus nächster Nähe verwendete. Sie schloss die Augen, erinnerte sich an den Stich des Pfeils und befühlte ihren Bauch dort, wo das Projektil eingedrungen war. Sie stellte fest, dass die Stelle immer noch empfindlich war. Wie lange sie wohl bewusstlos hiergelegen hatte? Einen Tag, oder vielleicht zwei? Aber das war jetzt wirklich nebensächlich, denn das Wichtigste war, dass er sie am Leben gelassen hatte. Aber zu welchem Zweck?

Sie tastete noch einmal in der Schatulle herum und suchte nach einer Waffe. Mist. Für so etwas war sie nicht ausgebildet. Aber sie war natürlich überhaupt nicht für Geheimdienstarbeit ausgebildet. Miranda dachte an Chris Wallis. Die lustige, hübsche, intelligente Christine, ihre Mentorin und ihr Vorbild auf dem Gebiet der wissenschaftlichen Forschung und des Tierschutzes. Wie sehr hatte sie sich gefreut, als sie die E-Mail von Professorin Wallis erhalten hatte, in der sie eingeladen wurde, an ihrer Raubtierforschung in Südafrika und Simbabwe teilzunehmen.

»Willkommen in Afrika. Hier ist jeder Tag ein Abenteuer«, hatte Chris zu ihr gesagt, als sie sie am Flughafen von Johannesburg begrüsste. Miranda lächelte in der dunklen Enge ihres unterirdischen Gefängnisses und freute sich, dass sie trotz allem über die Ironie dieser ersten Worte lachen konnte.

Miranda hatte einen Monat lang mit Chris zusammengearbeitet, bevor ihr die Akademikerin verriet, dass es bei ihrer Arbeit nicht nur um die Untersuchung von Tieren ging. Angeblich untersuchte Chris das Vorkommen menschenfressender Löwen im Krüger-Nationalpark und in dessen Grenzgebieten zu Mosambik.

»Ich schätze, dass nicht nur illegale Einwanderer die Grenze überqueren«, bemerkte Miranda eines Tages, als sie auf der Suche nach einer Löwin mit Halsband und dem Rest ihres Rudels eine unbefestigte Strasse entlangfuhren.

»Was meinst du damit?«, antwortete Chris.

»Nun, wenn man organisiert und bewaffnet ist, so dass man sich vor den Löwen schützen kann, wäre dies eine gute Schmuggelroute für Drogen, Diamanten, gestohlene Waren und Menschen.«

Chris nickte. »Damit hast du natürlich recht. Mit der Entwicklung des neuen grenzüberschreitenden Schutzgebiets, das den Krügerpark mit dem benachbarten Reservat in Mosambik verbindet, fielen die Zäune, die es entlang der Grenze gab. Der neue sogenannte 'Friedenspark' hat es zwar den Tieren ermöglicht, ihre traditionellen Wanderrouten wieder aufzunehmen, aber gleichzeitig hat er das Leben für Kriminelle – und vielleicht auch für andere – deutlich erleichtert.«

»Andere?«

»Andere Personen, die unbemerkt internationale Grenzen überschreiten wollen. Leute, die Waffen und Sprengstoff transportieren wollen.«

»Terroristen?«

»Lass uns hier eine Pause machen.« Chris hielt den Wagen im Schatten eines Marulabaums an.

»Es gibt noch andere Dinge, die wir hier herausfinden können, als wie viele Menschen von Löwen getötet werden, Miranda.«

»Was denn?«

»Ich versuche, mehr über die Menschen zu erfahren, die versuchen, den Fluss zu überqueren, sowohl über diejenigen, die es schaffen, wie auch über diejenigen, die es nicht schaffen. Das tue ich beispielsweise, indem ich mit Überlebenden spreche, aber auch mit den Rangern, die Leichen finden. Wenn wir feststellen, dass, sagen wir, eine grosse Anzahl muslimischer Afrikaner die Grenzen illegal zu überqueren beginnt, sind wir darüber besorgt.« Chris liess ihre Worte in der Luft hängen.

»Wir?«

»Amerika, unsere Verbündeten, die südafrikanische Regierung ...«

»Bist du wegen Amerika hier, Chris? Ich dachte, wir sind wegen der Tierwelt hier.«

»Beides.«

»Was bist du von Beruf? Für wen arbeitest du?«, wollte Miranda wissen, deren Gedanken schwirrten.

»Ich schaue genau hin und schreibe meine Beobachtungen auf, wie jeder andere Wissenschaftler auch.«

»Du bist Ex-Militär, nicht wahr?«

Chris zuckte mit den Schultern. »Du hast meinen Lebenslauf gelesen und weisst, dass ich bei der Armee war.«

»Arbeitest du immer noch für die Regierung, Chris?«

»Würde es dich stören, wenn es so wäre?«

Miranda dachte ein paar Sekunden lang nach, bevor sie antwortete. »Mein Vater – mein leiblicher Vater – ist in Afghanistan. Er ist bei den Special Forces.«

»Ich weiss.«

Miranda war überrascht. »Woher? Das habe ich dir nie gesagt. Es steht nicht in meinem Lebenslauf und er hat sogar einen anderen Namen als ich, weil ich den Namen meines Stiefvaters benutze.«

»Sein Name ist Jed Banks und er ist, wie man hört, ein guter Soldat. Wahrscheinlich war er damit einverstanden, dass du im College den Jungrepublikanern beitratst.«

»Du hast Erkundigungen über mich eingeholt! Meine politische Einstellung geht niemanden etwas an und mein Vater wählt übrigens die Demokraten.«

»Das wusste ich jetzt nicht, aber ich überprüfe alle meine Forschungsstudenten.«

»Einschliesslich ihrer politischen Ansichten und der militärischen Unterlagen ihres Vaters?«

»Wo nötig, ja.« Chris hielt ihren Blick fest und Miranda wollte diesen nicht als erste abbrechen lassen.«

»Warum erzählst du mir das, Chris?«

»Kannst du es dir nicht vorstellen?«

»Wie kommst du darauf, dass ich dir helfen möchte?«

»Ich habe keine Ahnung, ob du mir helfen willst oder nicht. Aber du bist klug, du bist fit, du hast ein gutes Auge für Details und du bist reif. Wir befinden uns mitten im Krieg, Miranda. Dein Vater trägt seinen Teil dazu bei ...«

Miranda lachte. »Da hättest du mich fast gehabt, bis zu dem Teil, wo es darum geht, 'seinen Teil zu tun'.«

»Aber das wirst du doch, oder?«

»Bist du von der CIA?«

»Ich könnte dir verraten, für wen ich arbeite, müsste dich danach aber umbringen.« Sie lachten beide.

Es gab weder Miniaturkameras, Wanzen, vergifteten Lippenstift noch versteckte Waffen, aber es war eine echte Aufgabe und Miranda ging sie mit der gleichen Hingabe und Professionalität an, die sie auch bei ihrer Forschungsarbeit an den Tag legte. Chris war zufrieden und erzählte Miranda mit der Zeit ihre Geschichte aus dem wahren Leben.

»Als ich die CIA im Jahr 2000 verliess, wollte ich nur noch nach Afrika gehen und dort in Vollzeit wilde Tiere studieren. Aber die Regierung suchte mich, weil sie mich wieder brauchte«, erklärte sie Miranda eines Abends bei einem Drink, als sie ein Wasserloch in der Nähe der mosambikanischen Grenze auskundschafteten, die Nachtvögel rufen und das klagende Gebrüll eines Löwen in der Ferne hörten.

»Auf dieselbe Art und Weise, wie du mich gesucht hast?«

»Ziemlich ähnlich, Miranda. Einer der Mitarbeiter der südafrikanischen Botschaft – Solomon, ein echter Idiot – hat mich hier draussen im Busch aufgespürt. Er wollte, dass ich mir ein paar Satellitenbilder von einem Fahrzeug ansehe, die von einem unserer Vögel aufgenommen worden waren.«

»Und was waren das für Fotos?«

»Die Aufnahmen eines Pick-ups, auf dessen Ladefläche sich eine RPG 7 befand – ein russischer Panzerfaustwerfer –, der aber nur schwer zu erkennen war, weil er von einer Plane bedeckt war, die der Wind wohl während der Fahrt teilweise weggehoben hatte. Solomon wollte wissen, was ich auf dem Foto erkenne.«

»Sie hatten doch sicherlich jemanden, der einen Granatwerfer identifizieren konnte?«

»Das war der einfachste Teil.« Solomon erzählte mir, die CIA müsse dieses Fahrzeug dringend ausfindig machen, aber der Satellit könne kein klares Bild vom Nummernschild des Fahrzeugs machen. Sie bräuchten jede Information, die ihnen helfen könne, um den Besitzer zu finden. Ich erkannte sofort, dass der Wagen ein paar Blocks von der US-Botschaft entfernt geparkt war, denn ich war schon ein paar Mal dort gewesen, um mit USAID-Leuten über die Finanzierung meiner Forschung zu sprechen.«

»Rechneten sie mit einem Angriff auf die Botschaft?«

Chris nickte. »Wie auch immer, auf der Ladefläche des Wagens befanden sich drei weitere Dinge, die unsere Jungs nicht entdeckt hatten. Erstens ein zweihundert Liter Fass, zweitens ein aufgerollter Plastikschlauch und drittens ein Paar rote Plastikdreiecke. Was folgerst du daraus?«

Miranda hatte nicht erwartet, dass Chris ihr eine Frage stellen würde und dachte nun über die Hinweise nach. »Die Dreiecke sind für Mosambik. Ich erinnere mich, dass du mir das, als ich sie zum ersten Mal an der vorderen und hinteren Stossstange deines Fahrzeugs gesehen habe, erklärt hast. Man braucht sie als Warnzeichen, falls man eine Panne hat, stimmt's?«

»Richtig.«

»Das Fahrzeug stammte also entweder aus Mosambik oder war erst kürzlich dort gewesen. Das Fass ist interessant. Ich nehme an, es war für Treibstoff, was wohl darauf hindeutet, dass das Fahrzeug auf der Durchreise war oder von einem Ort kam, an dem Kraftstoff ein Problem darstellt. Vielleicht Simbabwe?«

»Das habe ich mir auch gedacht. Die einzigen Fahrzeuge, die ich im südlichen Afrika gesehen habe, die ihre eigenen Kraftstofffässer mitführen, sind simbabwische. Und schliesslich der Plastikschlauch, er wird als Siphon verwendet.«

»Bingo. Die Jungs vom Geheimdienst dachten aber, das Fass sei dazu da, das Fahrzeug in eine Autobombe zu verwandeln, falls die Terroristen ihr Ziel mit der Panzerfaust verfehlten.«

»Haben sie den Wagen danach aufgespürt?«, wollte Miranda fasziniert wissen. »Die CIA veranlasste die südafrikanische Polizei, eine Fahndung nach einem roten, in Simbabwe zugelassenen Pick-up auszulösen, der ein Benzinfass geladen hatte und zwei Tage später wurde das Fahrzeug in Pretoria angehalten. Der Fahrer war ein muslimischer Mosambikaner, der auf einer abgelegenen Wildfarm im Südosten Simbabwes lebte. Er wurde wegen des Besitzes einer illegalen Waffe – des Granatwerfers – angeklagt. Er gab schliesslich auf und erzählte den Polizisten, er und drei weitere Männer seien in Simbabwe trainiert worden und planten, US-Diplomaten in Harare und Johannesburg anzugreifen. Sein Komplize wurde in Pretoria festgenommen, aber die simbabwische Polizei war zu langsam, um die anderen Männer zu fassen und als sie das Lager schliesslich untersuchten, war es leer.«

»Gehörten sie zu Al Qaida?«

»Zu einer lokal entstandenen Splittergruppe. In Mosambik gibt es als Folge des Bürgerkriegs immer noch genug Waffen, um eine Terrorgruppe mit dem Nötigsten auszustatten. Was uns aber mehr beunruhigte, war die Tatsache, dass einer der Männer andeutete, sie hätten versucht, die Lieferung von komplexeren Waffen – wie Boden-Luft-Raketen – zu organisieren.«

»Und du hast keine Hinweise darauf, wohin die anderen Männer verschwunden sind?«

»Nun, da du es erwähnst ...«

Zu diesem Zeitpunkt war Miranda bereits hineingezogen. Sie

wollte sich Chris unbedingt beweisen, dass auch sie eine aktive, wirksame Rolle in diesem Krieg, der mit der Zerstörung der Zwillingstürme des World Trade Centers eskaliert war, spielen könne.

Chris hatte die Theorie, die abgetauchten Terroristen hielten sich noch in Simbabwe auf. »Aufgrund der frostigen Beziehungen unserer Regierung zum dortigen Regime haben wir nur eine sehr geringe diplomatische Präsenz im Land. Der zentrale Geheimdienst Simbabwes, die CIO, beobachtet unsere Leute und die Briten wie Falken. Sie sind überängstlich, dass wir ihre Oppositionspartei verdeckt zu unterstützen versuchen, um die Regierung zu stürzen.«

»Terroristen können also – auch wenn sie nicht vom Staat unterstützt werden – so ziemlich tun, was sie wollen?«, sagte Miranda.

»Das ist richtig. Solange sie keine lokalen Gesetze verletzen, können sie praktisch ungestraft agieren. Mosambik ist jedoch eine andere Geschichte, denn dessen Regierung tut alles, um wieder in die internationale Gemeinschaft aufgenommen zu werden. Der Nachteil für islamische Fundamentalisten in Simbabwe ist, dass es keine grosse muslimische Gemeinschaft gibt, in die sie sich einfügen können, denn die grosse Mehrheit der Simbabwer ist christlich.«

»Ich vermute, das macht es einfacher für sie, nach Unterstützern zu suchen. Terroristen müssen doch Geld haben, oder? Simbabwes Wirtschaft ist nicht eben stark, also brauchen sie einen Kontakt, der Zugang zu Devisen hat und vielleicht jemanden im Transportgeschäft oder im Import-Export, der Menschen und Waffen unauffällig über die Grenzen bringen kann.«

»Gute Überlegung«, lächelte Chris, hielt dann aber inne. »Chris, was ist los? Du siehst besorgt aus.«

»Nein, nichts. Du musst einfach wissen, dass wir das alles sofort beenden können, falls du es dir anders überlegst.«

Miranda zügelte sich. »Im Gegensatz zu dir habe ich keine Zweifel, Chris, sondern bin bereit, auf jede Weise zu helfen. Ich bin ein grosses Mädchen, weisst du, Chris.«

Chris nickte. »Du hast das Profil des Mannes, den ich mir näher ansehen möchte, genau getroffen, nur ist er nicht im Transport- oder Import-Export-Geschäft tätig, sondern im grossen Stil im Tourismus.« Chris griff unter den Fahrersitz und zog einen grossen, hellbraunen Umschlag hervor.

»Meine geheimen Befehle?«

»Sehr witzig«, sagte Chris, als sie ein Bündel Papiere herausnahm. »Sein Name ist Hassan bin Zayid. Er ist ein Sansibari-Omani oder, um genau zu sein, ein halber Omani-Araber. Sein Vater begann mit einem Café und einem Gästehaus auf Sansibar und expandierte dann auf das tansanische Festland. Der alte Mann hatte eine englische Flugbegleiterin geheiratet, von der der Sohn das gute Aussehen geerbt und dazu den Geschmack seines Vaters für westliche Frauen übernommen hat.«

»Wie kannst du so etwas über eine Person wissen?«

»Als ich ihn das erste Mal traf, hat er heftig mit mir geflirtet. Nach dem Tod seines Vaters, übernahm Hassan sein Tourismusimperium und baute es zusätzlich aus, diesmal in Sambia, wo er ein privates Luxus-Wildreservat einrichtete. Er setzt sich leidenschaftlich für den Schutz von Wildtieren ein und züchtet in Gefangenschaft Geparden, in der Absicht, sie im Lower Zambezi Nationalpark freizulassen. Ich traf ihn vor einiger Zeit auf einer WWF-Konferenz in Südafrika und er lud mich für ein Wochenende ins Sambesi-Tal ein. Ich hatte sofort den Eindruck, er wolle mir mehr als seine Grosskatzen zeigen.«

»Männer. Was für ein Widerling«, sagte Miranda.

»Im Gegenteil und wenn ich ehrlich bin, hätte ich fast zugesagt.« Chris blätterte in den Papieren, bis sie den Ausdruck einer Internet-Website fand. »Hier siehst du ihn, wie er von der sambischen Regierung einen Preis für seine Naturschutzarbeit entgegennimmt. Wie du siehst, ist er sehr attraktiv. Ausserdem kann er äusserst charmant sein, hat einen tollen Hintern und ist ein Multimillionär, dem die Rettung bedrohter Tierarten am Herzen liegt.«

Miranda lachte ein wenig. »Wenn du das so sagst, klingt es, abgesehen davon, dass er ein internationaler Terrorist ist und so, als wäre er ein guter Fang.«

»Zieh keine voreiligen Schlüsse. Ich habe nichts Konkretes über bin Zayid und es gibt keinen Hinweis darauf, dass er jemals gegen ein Gesetz verstossen hat, weder in Sambia noch irgendwo anders. Was die Alarmglocken läuten liess, ist sein Bruder. Hassan hat einen Zwillingsbruder, Iqbal, dessen Name in einigen Informationen, die wir von den Russen erhielten, auftauchte. Iqbal stand auf einer Liste von Arabern, die für den Dienst bei den Tschetschenen rekrutiert worden waren. Nun hat Moskau den Verdacht, Iqbal sei der Schütze, der in der Nähe von Groshny einen mit Soldaten beladenen Schwerlasthubschrauber zum Absturz brachte.«

»Ich erinnere mich an diesen Vorfall. Nach allem, was man hört, war das richtig schmutziger Krieg.«

»So etwas wie eine saubere Seite des Kriegs gibt es nicht. Das Komischste ist, dass wenn die Tschetschenen vor zwanzig Jahren für ihre Unabhängigkeit gekämpft hätten, Amerika sie wahrscheinlich mit Stinger-Raketen beliefert hätte. Und du darfst nicht vergessen, dass wir Osama bin Laden in Afghanistan zum Durchbruch verholfen haben. Aber die Tatsache, dass Iqbal in Tschetschenien bei den *Mudschaheddin* gedient hat, macht seinen Bruder längst nicht zum Terroristen.«

»Aber du misstraust ihm.«

»Hassan reist viel zwischen Sambia, Sansibar und dem tansanischen Festland hin und her, hat ein eigenes Flugzeug und eine Luxusyacht. Ausserdem hat er Geld und möglicherweise ein Motiv. Auf der Habenseite steht, dass er ein Hedonist ist, der Wein, Frauen und das gute Leben mag, also kaum der stereotype islamische Fundamentalist. Trotzdem möchte ich mehr über ihn wissen, beispielsweise, wer sein Wildreservat besucht und wo seine Sympathien liegen.« Chris überreichte Miranda den Umschlag. »Hier. Die Ausdrucke enthalten Hintergrundinformationen über bin Zayid, seine Geschäftsinteressen und seine Naturschutzarbeit. Erstaunlich, was man heutzutage alles im Internet findet.«

Erstaunlich, was man heutzutage alles im Internet findet. Kurz bevor er den Betäubungspfeil auf sie abfeuerte, sagte Hassan praktisch dasselbe.

Es war für sie ein Leichtes gewesen, mit Hassan bin Zayid Freundschaft zu schliessen. Christine hatte die Visa und Arbeitsgenehmigungen organisiert, die sie brauchte, um ein Löwenforschungsprojekt im Mana Pools Nationalpark in Simbabwe zu etablieren, der direkt auf der anderen Flussseite von Hassans Lodge lag. Der Lower Zambezi National Park in Sambia und der Mana Pools Nationalpark waren ausser bei den Namen ein zusammenhängendes Ökosystem, und Forscher und Mitarbeitende der Nationalparks überquerten den Fluss oft und ebenso ungestraft wie Elefanten und andere Wildtiere, die bei Niedrigwasser über die Grenze schritten.

Wie erwartet, hatte Hassan die blonde, attraktive Miranda in seiner Welt willkommen geheissen. Miranda setzte ihre weiblichen Reize nie für Tricks ein, war aber selbst überrascht, wie leicht es ihr fiel, die Verführerin zu spielen. Sie genoss den Flirt, und da Hassan keine Anstalten machte, die Grenzen des Anstands zu überschreiten, freute sie sich auf ihre regelmässigen Besuche auf der anderen Seite des Flusses. Er war genau so charmant, klug, wohlhabend und gut aussehend, wie Chris gesagt hatte. Über eine sichere E-Mail berichtete Miranda Chris, dass Hassan Kunden aus der ganzen Welt bewirtete, darunter auch einige aus den Golfstaaten. Bei den Arabern, die in seine Lodge kamen, handelte es sich keineswegs um die wilden Fundamentalisten, die sie zunächst erwartet hatte, sondern um korpulente Scheichs und wohlhabende Geschäftsleute mit der gleichen Schwäche für guten Scotch, feine Zigarren und gelegentlich die hellhäutigen Flugbegleiterinnen einer arabischen Fluggesellschaft, wie Hassan.

Eines Abends, als sie auf dem schattigen Deck mit Blick auf den Sambesi einen Gin Tonic trank, stellte Miranda fest, dass sie tatsächlich eifersüchtig auf die Aufmerksamkeit war, die Hassan zwei attraktiven englischen Frauen in ihrem Alter schenkte. Auf Einladung eines mit Hassan befreundeten Millionärs, der als Passagier nach Lusaka geflogen war, wohnte die gesamte Besatzung einer 747 aus den Golfstaaten in der Lodge.

»Meine Güte, mit wem muss ein Mädchen denn schlafen, um bei so einem Protz zu landen?«, zwitscherte eine der Frauen.

Hassan lächelte. »Vielleicht wäre der Besitzer ein guter Anfang.«

»Oh, du bist ein ziemlich frecher Kerl, nicht wahr«, antwortete das Mädchen.

»Hey, Jen, warte, ich habe ihn zuerst gesehen«, sagte ihre Freundin, klammerte sich theatralisch an Hassans rechten Arm und verschüttete dabei fast seinen Drink. Miranda sah Hassan an, der ihr ein kleines Lächeln schenkte und mit den Schultern zuckte. Seine Botschaft war klar. Er hatte sie zu umwerben versucht, doch sie hatte sich seinen Annäherungsversuchen immer entschieden widersetzt, obwohl sie ihn seiner Auffasung nach gleichzeitig zu verführen schien. Er war zu sehr Gentleman, um es bei ihr zu übertreiben, aber auch zu sehr Mann, um der Aufmerksamkeit der beschwipsten Flugbegleiterinnen zu widerstehen.

Miranda zog sich früh in ihr Zimmer zurück und das schrille Gelächter der Flugzeugbesatzung, als sie die Treppe zu ihrem Zimmer hinaufstieg, machte sie noch wütender. In dem Moment wurde ihr bewusst, dass sie sich in die gutaussehende Zielperson, die sie ausspionieren sollte, verliebt hatte. Bislang hatte sie nichts über ihn erfahren, was auf seine Beteiligung an einer terroristischen Organisation hindeutete. Er hatte ihr offen über seinen Bruder erzählt und bestätigt, dass Iqbal in Tschetschenien gedient hatte und während des Gesprächs, das sie über den 11. September führten, schien er wirklich entsetzt über die Richtung, die der islamische Fundamentalismus eingeschlagen hatte.

»Es ist eine Sache«, hatte er argumentiert, »muslimische Menschen zu unterstützen, die in Tschetschenien für ein unabhängiges Heimatland kämpfen. Aber das wahllose Gemetzel im World Trade Center kann niemand rechtfertigen und das Handeln der Verantwortlichen macht mich krank.«

Trotz ihrer Gefühle für Hassan und seiner offensichtlichen Unschuld hatte Miranda sich verpflichtet gefühlt, alles, was sie konnte, über Iqbal herauszufinden. Hassan hatte ihr erzählt, er studiere derzeit an einer Universität in Pakistan und sei ausserdem als Teilzeitlehrer an einer *Madrassa* tätig, einer Schule für muslimische Jungen. Er hatte nichts davon berichtet, dass Iqbal in die Kämpfe im benachbarten Afghanistan verwickelt sei und Miranda spürte, dass er es vorzog, gar nicht zu viele Einzelheiten über die Aktivitäten seines Bruders zu erfahren.

Eines Tages traf Miranda zu früh zu einem Treffen mit Hassan ein und wartete auf seine Rückkehr aus dem Gepardengehege. Aus Langeweile nahm sie sein tragbares Satellitentelefon aus dem Ladegerät auf dem Bürotisch, notierte sich dann aber eine Nummer, mit der er telefoniert hatte. Gerade als sie den Zettel, auf den sie sie geschrieben hatte, in die Tasche ihres khakifarbenen Rocks steckte, betrat Hassan das Büro.

»Tut mir leid, dass ich zu spät bin. Versuchst du gerade, mein Telefon zu stehlen?«, hatte er lachend bemerkt.

»Entschuldige, nein, ich habe es nur bewundert und sollte nächstens aufrüsten.« Sie spürte, dass sich ihr Gesicht rötete, aber er sagte nichts weiter.

Nach der Dinnerparty mit der Flugzeugbesatzung wälzte sich Miranda unruhig in ihrem Bett hin und her. In dieser Nacht träumte sie, dass Hassan und sie sich liebten. Sie erwachte erregt und noch verwirrter, und während die anderen Gäste am nächsten Morgen verkatert zu einer frühen Pirschfahrt aufbrachen, suchte Miranda Hassan auf der Terrasse.

»So einen Kater hatte ich, seit ich ein Teenager war, nicht mehr«, grinste er und nippte an einem Tomatensaft.

»Es sah aus, als hättest du dich amüsiert – mit deinen beiden Freundinnen.«

Er lachte. »Du warst doch nicht etwa eifersüchtig?«

Sie schüttelte den Kopf. »Erzähl keinen Blödsinn.«

»Natürlich, wie dumm von mir, dass ich dachte, es interessiere dich, was ich tue oder mit wem ich schlafe.« Das Lächeln war aus seinem Gesicht verschwunden.

»Du bist ein erwachsener Mann, kannst tun, was du willst, und haben, wen du willst.«

»Ja, das stimmt, aber ich bekomme nicht immer die, die ich will.«

Miranda spürte, wie die Wut in ihr aufstieg. »Nun, mit wem hast du denn letzte Nacht geschlafen?«

Er lächelte. »Würde es dich schockieren, wenn ich sagte, mit beiden?«

»Nein, Hassan, und auch nicht überraschen.«

»Sei nicht so prüde, Miranda. Aber es fällt mir schwer, zu sagen, dass ...«

Sie fixierte ihn.

»Miranda, du bist mir wichtig, bist aber offensichtlich nicht an mir interessiert, jedenfalls nicht in Hinsicht auf eine Liebesbeziehung. Wir haben Spass zusammen, geniessen die Gesellschaft des anderen, aber jedes Mal, wenn ich denke, dass wir kurz davor sind, intim zu werden, drehst du mir den Rücken zu. Liegt es daran, dass ich halb Araber bin?«

»Oh, nein, Hassan! Nein, natürlich nicht. Es ist nur so, dass ...«

»Was?«

Sie erkannte Verwirrung und vielleicht sogar Schmerz in seinen dunklen, gefühlvollen Augen. Sie wollte ihn nicht verletzen, konnte ihm aber unmöglich die Wahrheit sagen. Aber welche Wahrheit? Fragte sie sich. Sie konnte ihm nicht sagen, sie spioniere ihn aus, aber da gab es noch eine andere Wahrheit. »Du bist mir auch wichtig, Hassan.«

»Vielleicht müssen wir weg von hier. Weg vom Sambesital, von deiner Arbeit, meiner Lodge und den Gästen«, sagte er und lächelte über seinen eigenen Witz.

Miranda atmete tief ein. Über Iqbal gab es nichts mehr zu erfahren und soweit sie hatte erkennen können, war Chris' Misstrauen Hassan gegenüber unbegründet. Er war kein Terrorist, sondern ein reicher, gutaussehender, sensibler heterosexueller Mann, der sich für bedrohte Tiere einsetzte und das Leben liebte. Miranda wusste, dass sie lange warten musste, um einen anderen wie ihn zu finden.

»Ja, das wäre vielleicht eine gute Idee.«

»Wir können das Flugzeug nehmen und für ein paar Tage nach Mosambik oder sogar nach Sansibar fliegen. Ich würde dir gern den Strand und den Ort, an dem ich aufgewachsen bin, zeigen. Ich erledige heute noch ein paar Dinge und du kannst dich auf deiner Seite des Flusses um alles kümmern. Morgen rufe ich dich dann an und teile dir die Einzelheiten mit.«

Weder rief Miranda Chris Wallis an noch schrieb sie ihr eine E-

Mail, um ihr mitzuteilen, dass Hassan sie nach Mosambik mitnähme, womit ihre Entscheidung, die Reise geheim zu halten, allem widersprach, was Chris ihr über die Notwendigkeit gesagt hatte, sie über ihre und Hassans Bewegungen auf dem Laufenden zu halten.

Am nächsten Tag starteten sie in Hassans Cessna nach Mosambik, wobei Miranda darüber besorgt war, dass sie weder in Simbabwe noch in Sambia irgendwelche Zoll- oder Einwanderungsformulare ausfüllten. In der Küstenstadt Inhambane in Mosambik, in der sie landeten, gab es auch keinerlei Anzeichen von Grenzbeamten und Hassan machte keine Anstalten, sie zu suchen. Es wirkte, als betrachte er ganz Afrika als seinen persönlichen Spielplatz.

»Wir tun nichts Illegales, Miranda. Wir handeln nicht mit Waffen oder Drogen und wen kümmert es schon, wenn wir über ein paar Grenzen fliegen?«

Bei einem Urlaubs-Cocktail aus kaltem Bier, gegrilltem Hummer und dem warmen, azurblauen Wasser des Indischen Ozeans, verflüchtigten sich Mirandas Sorgen über Hassans Missachtung des internationalen Rechts schnell. Hassan hatte im Vier-Sterne-Resort an der Küste zwei Zimmer gebucht, aber nach dem Abendessen und dem Tanzen blieb Miranda vor seiner Tür stehen.

Eigentlich wollte sie ihm nur einen Gute-Nacht-Kuss geben, aber zum ersten Mal trafen sich ihre Lippen und keiner von ihnen wollte, dass dieser Moment endete. Miranda spürte, wie hungrig sie nach Hassan war und öffnete ihm ihren Mund. Sie liess sich von ihm in sein Zimmer führen und hob die Arme, als er ihr das Oberteil über den Kopf zog. Als er ihre Brüste aus dem BH befreite, fuhr sie mit den Fingern durch sein dunkles Haar und liess sich rückwärts auf sein Bett fallen, damit er sich zwischen ihre Beine schieben konnte.

Als sie danach nach Simbabwe zurückkehrten, war sie zu sehr von Schuldgefühlen über ihre heimliche Liebe und das Vergnügen, das er ihr bereitet hatte, geplagt, um ihrer CIA-Vorgesetzten von der Affäre zu berichten. Als sie Chris schliesslich persönlich traf, verriet sie ihr weder etwas über die aufblühende Beziehung zum Mann, der ihre Zielperson war, noch über ihre illegale Reise in ein Nachbarland. Im Gegenteil, Miranda wurde sehr gut darin, die Wahrheit zu verbergen.

Nachdem die beiden nach Simbabwe zurückgekehrt waren, schliefen sie jedes Mal, wenn sie den Fluss überquerte, um ihn zu besuchen, miteinander. Sie hatte es aufgegeben, nach Informationen zu suchen, die ihn belasten könnten und war überzeugt, nichts mehr über Iqbal herausfinden zu können. Chris war jedoch äusserst beeindruckt und erfreut über ihre Entdeckung der Telefonnummer, deren Vorwahl sich als internationale Nummer für Pakistan herausstellte.

»Wir werden diese Nummer ausfindig machen und ich wette, dass Bruder Iqbal am Ende der Leitung ist. Falls das so ist, gibt es eine Menge Leute, die daran interessiert sind, der Sache nachzugehen. Du hast fantastische Arbeit geleistet, Miranda«, lobte Chris sie.

Zwei Wochen nach ihrem Besuch in Südafrika besuchte Miranda Hassan in seiner Lodge und er überraschte sie mit der Einladung, am nächsten Morgen nach Sansibar zu fliegen und sich die Insel, auf der er aufgewachsen war, anzusehen. In aller Eile überquerten sie den Fluss, packte einige Reisekleider zusammen und liessen alles andere verschlossen zurück. Es blieb weder Zeit, Chris eine E-Mail zu schreiben noch sie anzurufen – nicht, dass Miranda das wirklich gewollt hätte. Sie fühlte sich zwar schuldig, fand ihr Doppelleben aber auch aufregend.

Auf dem Boot vor der Küste Sansibars erzählte Hassan ihr vom Tod seines Bruders im Kampf in Afghanistan.

»Es ist erstaunlich, was man im Internet alles findet«, sagte er zu ihr. »Ein Freund rief mich in Sambia an und machte mich auf einen Artikel in einer Zeitung aufmerksam, in dem es um den Tod eines gesuchten Terroristen ging. Die beschriebene Aktion fand präzis an dem Tag statt, an dem mein Bruder erschossen wurde und das amerikanische Sondereinsatzkommando, das ihn tötete, hatte einen Reporter dabei. Der Mann, der meinen Bruder erschoss und den Reporter rettete, wird nur mit seinem Vornamen genannt: Jed. Das ist doch der Name deines Vaters, nicht wahr, Miranda?«

Sie schluckte heftig und spürte den sofortigen Schweissausbruch an ihren Händen und das Pochen einer Ader in ihrem Hals. »Es hätte doch jeder sein können, Hassan.« Im selben Moment wurde ihr bewusst, wie dumm es gewesen war, sich ihm zu öffnen, als sie ihre Lebensgeschichten austauschten, wie es neue Liebespaare tun.

»In diesem Artikel hiess es ausserdem, dieser tapfere amerikanische Soldat habe mehr Angst um die Sicherheit seiner Tochter, die in Afrika über Löwen forsche, als um sein eigenes Wohlergehen.«

»Nein!«

»Es wird spekuliert, dass der *Terrorist,* auf den die Razzia abzielte, von Scannern geortet wurde, die das Signal seines Satellitentelefons verfolgten. Du mochtest doch mein Satellitentelefon so sehr, nicht wahr, Miranda? Als ich dich dabei erwischt habe, wie du es angeschaut hast, sagtest du, du wollest ein Besseres. Aber als ich dein Zelt kontrollierte – ja, während du mit meinen Geparden spieltest, habe ich den Fluss überquert – stellte ich fest, dass du dort ein taktisches amerikanisches Militärsatellitensystem und verschiedene andere hochentwickelte Überwachungsspielzeuge hattest. Ich kenne auf der ganzen Welt keinen Wildtierforscher, der mit seinem Geld ein Kommunikationssystem kaufen könnte, das für Soldaten und Spione bestimmt ist, die verschlüsselte Nachrichten versenden müssen.«

»Hassan, es ist nicht so, wie du denkst. Ich kann dir alles erklären.«

»Du brauchst mir gar nichts zu erklären, Miranda, denn es ist ganz einfach: Du hast mir sehr wehgetan und jetzt will ich dir wehtun. Ich habe es neulich schon versucht, als ich dich wie eine Hure gefickt habe.«

»Hassan, bitte, tu das nicht«, flehte sie.

»Aber du hast es genossen, nicht wahr? Du hast wie eine läufige Hündin gestöhnt, als ich dich benutzt habe. Offensichtlich ist es dir genauso leichtgefallen, die tugendhafte kleine Akademikerin zu spielen, wie die Schlampe. Hat dir die CIA nicht nur das Spionieren, sondern auch das Ficken beigebracht, Miranda?«

Sie wich vor ihm zurück und versuchte, sich nicht von ihrer Scham überrollen zu lassen, sondern sich einen Ausweg zu überlegen.

»Vergiss es, Miranda, hier auf dem Boot kannst du nirgendwo hin und niemand weiss, dass du hier bist. Du und dein Vater habt eure Pflicht getan. Jetzt muss ich endlich meine Pflicht meinem Bruder gegenüber tun. Ich würde sagen, dein Vater hat allen Grund, sich mehr um deine als um seine eigene Sicherheit zu sorgen.« Hassan hatte die Pfeilpistole angehoben und abgedrückt.

Miranda begann in der alles verzehrenden Dunkelheit des Sarges zu weinen.

25

Als er den offenen Land Rover mit hoher Geschwindigkeit durch das Reservat steuerte, schoss Adrenalin durch Hassan bin Zayids Adern.

Iqbal wäre so stolz auf meine Arbeit, dachte er. »Ich räche dich«, sagte er laut zu sich selbst. Das Heck des Fahrzeugs geriet ins Schleudern und Hassan kämpfte mit der Lenkung, um den Geländewagen auf der Wellblechpiste zu halten. Er duckte sich, um einem tiefhängenden Ast auszuweichen und freute sich, weil der Ast ihm anzeigte, dass er sich wieder in der Nähe des Buschlagers befand. Als er eine niedrige Anhöhe erklomm und den gegenüberliegenden Hang in Richtung Sambesi hinunterfuhr, hielt er den Wagen hundert Meter vor dem Camp an und stellte den Motor ab.

Vom Fluss her wehte eine leichte Brise und er roch die Reste beissenden Rauchs, die noch in der Luft hingen. Er hatte den leisen Knall der explodierenden Granate, von dem er wusste, dass er kommen würde, gehört, während er mit der Boden-Luft-Rakete auf den Rettungshubschrauber wartete. Er lächelte über seine eigene Cleverness, bewegte sich aber trotzdem langsam und vorsichtig auf das Lager zu, denn er nahm an, der Amerikaner komme hierher zurück, um nach ihm zu suchen. Doch obwohl Hassan den längeren

Landweg zurück zum Lager genommen hatte, bezweifelte er, dass seine Feinde sich rechtzeitig organisieren konnten, um schon zurück zu sein. Dann hörte Hassan einen leise gepfiffenen Vogelruf und erstarrte. Vom Ast des Baumes über ihm liess Juma sich hinunterfallen und landete mit der Anmut und Trittsicherheit eines Leoparden neben ihm.

»Es sind zwei von ihnen gekommen, Boss, einer schwarz und einer weiss. Der Schwarze öffnete die Tür der Hütte und die Granate erwischte ihn.« Juma lächelte, als er die Geschichte erzählte.

»Tot?«

»Verwundet, aber schwerverletzt, denke ich. So oder so, wir haben eine Sorge weniger.«

»Aber sie kamen schnell, was bedeutet, dass sie uns auf der Spur sind. Aber immerhin haben sie die Särge offensichtlich nicht ausgegraben.«

Nachdem Juma Hassan von der Landebahn abgeholt hatte, waren sie mit Miranda, lebendig, aber immer noch betäubt und an Sauerstoff angeschlossen in ihrem Sarg, zum Buschcamp gefahren und hatten sie in der von Juma vorbereiteten Grube beerdigt. Das war ein zeitaufwändiger, aber notwendiger Teil von Hassans Plan. Ihm war klar, dass nur er und Juma die Mission vor Ort durchführen konnten und dass sie einen Ort brauchten, an dem sie ihre Gefangenen während der Operation absolut sicher festhalten konnten. Die Särge schienen nicht nur für den Transport Mirandas und der Boden-Luft-Raketen auf das tansanische Festland geeignet, sondern auch als Versteck für die Geiseln. Wären er und Juma bei der unvermeidlichen Rettungsaktion ums Leben gekommen, die nach dem Abschuss des Flugzeugs des Generals sofort durchgeführt wurde, wären Calvert und Miranda in ihren hölzernen Zellen langsam gestorben, weil ihnen der Sauerstoff ausgegangen wäre. Aber was auch immer geschah, die Welt wäre sowohl einen militärischen Feind des Islam wie auch die Schlampe, die Hassan verraten hatte, los.

Nachdem sie Calvert gefangen genommen hatten, kehrten sie mit dem Boot zum Lager zurück und begruben den General in der anderen Kiste, oberhalb von Mirandas Sarg. Sie bedeckten ihn mit

Erde und fuhren mit dem Fahrzeug zurück flussabwärts, um den Hubschrauber abzuschiessen. Hassan behielt Miranda am Leben und tötete sie nicht gleich, weil er sie neben Calvert als zweites Druckmittel einsetzen konnte, wusste aber in seinem Herzen, dass er ihr Leiden verlängern und sich sowohl geistig und körperlich so lange wie möglich an ihr rächen wollte.

»Nein, Boss, sie haben nicht entdeckt, wo die Geiseln vergraben sind, aber sie haben die Schaufel gefunden. Ich hätte sie nicht draussen liegen lassen sollen.«

Hassan nickte zustimmend und bemerkte den Spaten an der Wand der Hütte. »Das macht nichts, wir sind bald weg. Grab sie aus.«

»Eine Sache noch, Boss.«

»Was ist los, Juma? Wir dürfen keine Zeit verlieren.«

»Der weisse Mann, Boss ...«

»Ja?«

»Der Mann, der zur Hütte kam. Es war Miss Mirandas Vater.«

Hassan lächelte. »Schau nicht so besorgt drein, Juma, ich bin froh, dass du ihn noch nicht umgebracht hast. Ich möchte, dass er mit dem Schmerz über den Tod seiner Tochter lebt. Wir werden sie ihrem Vater zurückschicken, Stück für Stück. Also, an die Arbeit!«

Während Juma grub, zündete sich bin Zayid eine Zigarette an. Er freute sich, dass Jed Banks mit von der Partie war, denn in seiner wildesten, süssesten Fantasie davon, wie sich dieses Abenteuer entwickeln würde, sah er den Mörder seines Bruders in Tränen aufgelöst, nachdem er erkannte, dass seine Handlungen in Afghanistan direkt für den Tod seines einzigen Kindes verantwortlich waren. Miranda hatte zu sterben verdient, denn er war sich sicher, dass es ihre Informationen gewesen waren, die die Amerikaner zu seinem Bruder geführt hatten.

Es gab nur eine Schaufel, aber die Särge waren nicht tief vergraben und Juma arbeitete zügig. Hassan überprüfte seine Uhr. Beide Geiseln sollten noch immer bewusstlos sein, aber wenn seine Berechnung richtig war, käme Miranda noch in dieser Stunde zu sich. Das war für ihn in Ordnung, denn er wollte sie wach, wenn sie in Mosambik ankamen, damit er sie benutzen konnte. Er stand jetzt am Abgrund und war ein freiberuflicher Soldat in einem Krieg ohne Grenzen. Wahrscheinlich würde er nie wieder in sein verwöhntes Freizeitleben zurückkehren, aber er war frei, sich neuen Leidenschaften hinzugeben und neuen Lastern jenseits der menschengemachten Gesetze. Er hatte sich erlaubt, mit Miranda echte Intimität zu erleben, aber dann herausgefunden, dass sie ihm nachspioniert und ihn benutzt hatte. Seine Schwäche hatte seinen Bruder das Leben gekostet. Doch Hassan würde Vergeltung üben, wie es Iqbal auch getan hätte. Er erinnerte sich an die Erzählungen seines Bruders, wie er während der Kämpfe in Tschetschenien russische Gefangene gefoltert hatte, um Informationen zu erhalten. Hassan war schockiert gewesen, zu seiner Überraschung aber auch fasziniert und aufgeregt. Iqbal hatte so von dieser Erfahrung erzählt, wie ein angeberischer Mann von seinen sexuellen Eroberungen.

Als er sich die Erniedrigungen vorstellte, denen er Miranda unterwerfen würde, fühlte er, dass sein Körper erregt reagierte. Vor seinem geistigen Auge sah er das Aufblitzen des Messers und spürte ihren Körper ein letztes Mal zucken.

»Schneller, Juma.« Er schaute wieder auf die Uhr.

Der Plan, zumindest sein Beitrag dazu, lief mehr oder weniger wie erhofft. Es ärgerte ihn, dass Banks so schnell eine Verbindung zwischen ihm und dem Angriff auf Calverts Flugzeug hergestellt hatte, aber für den Fall, dass genau so etwas passieren würde, hatte er die Sprengstoffgranate in der Hütte installiert. Soweit er wusste, glaubte der Mann immer noch, seine Tochter sei von einem Löwen getötet worden. Hassan lächelte vor sich hin. Der Schmerz des Vaters würde noch grösser, wenn er erfuhr, dass sie noch lebte und in seiner Reichweite, vielleicht sogar unter seinen Füssen, gewesen war, aber er es nicht geschafft hatte, sie zu retten.

Sobald Juma fertig war, würden sie die Särge in den Land Rover laden, zur Landebahn fahren und mit Miranda und dem General an Bord abheben. Dann könnten sie einen abgelegenen Flugplatz am Rand des Cahora-Bassa-Sees, in Mosambik, ansteuern, wo sie von zwei einheimischen Mitgliedern der Organisation, der Hassan nun angehörte, abgeholt würden. Danach wollten sie je ein Video mit

General Calvert und Miranda drehen, um zu beweisen, dass sie noch am Leben waren. Diese Aufnahmen würden sie zusammen mit der Forderung an die amerikanische Regierung, alle verbleibenden Al Qaida- und Taliban-Gefangenen, die noch in Guantanamo Bay auf Kuba festgehalten wurden, freizulassen, an einen arabischsprachigen Satellitenfernsehsender senden. Hassan war sich darüber im Klaren, dass das Video mit Calvert als bekannte Persönlichkeit des öffentlichen Lebens zwar für Medienpräsenz sorgen, die Amerikaner, aber, um ihn zu retten, niemanden freilassen würden. Er war ein ehemaliger Soldat und die Amerikaner würden seinen Tod wahrscheinlich akzeptieren und ihn als Märtyrer für ihre Sache zu verherrlichen versuchen. Miranda hingegen war eine hübsche junge Frau. Nachdem sie Calvert enthauptet und das Video seiner Hinrichtung veröffentlicht hätten, würden sie ein Video von Miranda veröffentlichen, das sie lebend, aber weinend zeigte. Die öffentliche Meinung in Amerika und anderswo auf der Welt mochte sich bei der Aussicht, eine junge Frau werde im Fernsehen oder im Internet zerstückelt, wandeln. Aber sogar wenn die Amerikaner einige oder alle Gefangenen freiliessen, hatte Hassan nicht die Absicht, Miranda am Leben zu lassen.

Ursprünglich hatte Hassan geplant, den Sturm zu überstehen und sich weiterhin hinter dem Schwindel, er befinde sich immer noch in Sansibar, zu verstecken. Doch dann wurde ihm klar, dass die Amerikaner, einschliesslich Mirandas Vater, ihn viel früher als erwartet mit dem Angriff in Verbindung gebracht hatten. Na und? überlegte er. Er hatte sich jetzt dem Kampf verschrieben und würde seinen Dschihad bis zum Tod fortsetzen. Afrika war ein grosser Kontinent und bevor er Stone Town verliess, hatte er hunderttausend US-Dollar von einem der Familienkonten abgehoben, sodass er genug Bargeld in seinem Rucksack hatte, um mindestens noch ein paar Jahre durchzuhalten.

»Erledigt, Boss«, sagte Juma mit schmutzigem Gesicht, die Rückseite seines Tarnhemdes schwarz vor Schweiss.

· · ·

ALS SIE HÖRTE, dass jemand zu graben begann, kratzte Miranda, den Schmerz und das Blut an ihren Fingerspitzen ignorierend, fester.

Nach dem Versiegen ihrer Tränen setzte sie die blinde Suche im Inneren des Sarges fort. Auf ihrer rechten Seite, etwa auf halber Höhe, befand sich eine Metallkugel ungefähr in der Grösse eines Tennisballs mit einem kleineren Metallzylinder obenauf. Dieser war mit einem Draht aus dünnem, biegsamem Metall an der Wand des Kastens befestigt, der sich anfühlte, als sei er an das Holz genagelt worden. Ihr erster Gedanke war, sie könne die Nägel, wenn sie sich entfernen liessen, als eine Art Waffe verwenden. Als ihre Finger weiter nach oben tasteten, spürte sie einen metallenen Griff und eine Art kleines Gerät mit einem Ring, der bei der Berührung ihrer Finger klirrte. Sie keuchte. Sie musste die Nägel vergessen. Sie hatte genug Actionfilme gesehen, um zu erkennen, dass sie den Sarg mit einer Handgranate teilte.

Miranda riss ihre Hände panisch weg, holte dann tief Luft und zwang sich, ruhig zu denken. Vorsichtig, für den Fall, dass sie ihn irgendwie auslösen könnte, berührte sie den Stift erneut. An ihm war eine Schnur befestigt, der sie vorsichtig mit den Fingern folgte, bis sie an ihrem Ende eine Schlaufe ertastete, die in einen in den Deckel des Sarges geschraubten Haken gelegt war.

Das musste eine Sprengfalle sein. Sie wusste genug über Granaten, um zu erkennen, dass, wenn man den Stift zog, ein Hebel gelöst wurde und das Ding ein paar Sekunden später detonierte. Wie lange das genau dauerte, wusste sie allerdings nicht. Sie nahm an, der Zünder könne eingestellt werden, so dass die Granate im gewünschten Moment explodiere. Miranda vermutete, Hassan habe die einfache Aktivierungsvorrichtung aus Schnur und Haken so vorbereitet, dass im Falle ihrer Rettung, die Person, die den Sarg zuerst öffnete, unwissentlich den Stift aus der Granate ziehen und diese damit sowohl sie als auch ihren Retter töten würde. Sie schüttelte angewidert den Kopf über seine Hinterhältigkeit. Wenn Hassan jedoch zuerst bei ihr war – und sie nahm an, er wolle sie aus irgendeinem Grund noch eine Weile am Leben erhalten –, konnte er die Falle leicht entschärfen, indem er den Deckel ein paar Zentimeter anhob und die Schnur, bevor sie gestrafft wurde, aus dem Haken löste.

Miranda hakte die Schnur nun selbst aus und machte sich an die Arbeit, die Granate vom Draht, mit dem sie an der Sargwand befestigt war, zu lösen. Zum Teufel mit ihm. Auf die eine oder andere Weise sollte er die Folgen seiner eigenen Cleverness zu spüren bekommen. Das Risiko bestand darin, dass sie selbst, wenn sie den Stift der Granate zog und sie auf ihn warf, auch sofort in die Luft flöge. Sie war sich jedoch darüber im Klaren, dass es nur eine Frage der Zeit war, bis Hassan, wenn er sie vor allen anderen erreichte, sie sowieso umbrachte. Es war also besser, auf ihre Weise zu sterben, als zuzulassen, dass er sie folterte oder missbrauchte. Ihre Gelassenheit überraschte sie.

Sie blieb eine Sekunde lang still liegen, bevor ihr klar wurde, dass sie keine Zeit mehr verlieren durfte. Sie wackelte die Granate hin und her und nutzte ihre Masse und ihr Gewicht, um die Nägel, mit denen sie befestigt war, zu lösen. Sie hakte ihre Finger in den Draht und zuckte zusammen, als das Metall die Haut unter ihren Fingernägeln aufriss. Die Grabgeräusche wurden nun lauter und ihr ganzer Körper erschauerte, als das Schaufelblatt auf den Deckel über ihr klirrte.

In der Hoffnung, der Lärm des Grabens dämpfe die Geräusche ihrer Arbeit, zog sie erneut, so fest sie konnte, an der Granate und spürte, dass sich erst der eine, dann der andere Nagel auf den Seiten des Drahtes löste. Sie bog diesen zurück und mit einem dumpfen Schlag plumpste die Granate neben ihr auf den Boden des Sarges. Miranda kniff die Augen zusammen, weil sie befürchtete, das Ding explodiere, aber es geschah nichts, sie lag einfach kalt und hart neben ihrem Unterarm. Sie griff, wegen ihrer gefesselten Hände etwas unbeholfen, über ihren Oberkörper, packte die Granate und legte sie zwischen ihre Beine. Die Schaufel knirschte jetzt auf dem Deckel hin und her und sie hörte gedämpfte Stimmen.

Miranda war klar, dass Hassan nach dem Öffnen des Deckels als Erstes die Sprengfalle aushaken wollte. Sie fummelte an der Granate herum und schaffte es nach mehreren Versuchen, die Schnur vom Stift zu lösen.

Plötzlich wurde sie durchgerüttelt. Offenbar wurde der Sarg angehoben, denn ihr Kopf wurde nach vorn geschleudert und schlug schmerzhaft auf den Deckel. Die Granate rollte zwischen ihren Beinen dem Boden entlang, aber bevor sie das Fussende der Kiste erreichte, konnte sie sie unter ihren Waden einklemmen. Vorsichtig, um kein Geräusch zu verursachen, band sie das freie Ende der Schnur an den Metalldraht, der noch immer an der Wand des Sargs befestigt war und schob die Schlaufe auf den Haken im Deckel zurück.

HASSAN GING an den Rand des flachen Grabes und ergriff die Tragegriffe am Kopfteil des Sarges. »Eins, zwei, drei! Das Miststück ist schwer!«

Juma hob den Fussteil des Sarges an und gemeinsam hievten sie die Holzkiste aus dem Grab und stellten sie an dessen Rand ab.

»Soll ich die Granate entschärfen, Boss?«, fragte Juma.

»Jetzt haben wir keine Zeit. Das tun wir, sobald wir sie ins Flugzeug gebracht haben. Beeilen wir uns, bringen wir sie in den Land Rover.«

Die beiden Männer hoben den Sarg wieder an und trugen ihn mit vom Gewicht gebeugten Rücken zur offenen Heckklappe des Geländewagens. »Gut, holen wir den VIP«, sagte Hassan.

MIRANDA LAUSCHTE ANGESTRENGT, wie sie miteinander sprachen. Juma hatte ihr schon immer eine Heidenangst eingejagt. Sie war überrascht, dass Hassan eine andere Person erwähnte. Ein VIP? Sie hatte die Granate zwischen ihre Schenkel geklemmt und die Hände über ihrem Schritt. Wenn er den Deckel öffnete, brauchte er nur eine Sekunde, um zu bemerken, dass seine Falle entschärft worden war. Sie würde also sofort zuschlagen müssen.

Als Miranda im Sarg über die Kette von Ereignissen nachdachte, die zu dieser Situation geführt hatten, weinte sie zunächst, doch danach, als sie die Vorrichtung löste, mit der er sie umbringen wollte, wuchs ihr Zorn darüber, was er ihr angetan hatte, aber auch die Wut auf sich selbst, weil sie ihm verfallen war. Miranda fragte sich, ob er sie für Propaganda- oder Lösegeldzwecke benutzen wollte. Ausserdem dachte sie an ihren Vater. Hatte Hassan es auch auf Jed abgesehen? Sie versuchte, sich in Hassan hineinzuversetzen und sich vorzustellen, wie sie sich fühlen würde, wenn er sie benutzt hätte, um an Informationen zu gelangen, die schliesslich zum Tod ihres Vaters oder ihrer Mutter geführt hätten. Sie war so erpicht darauf gewesen, in die Fussstapfen von Chris Wallis zu treten und als 'Agentin' erfolgreich zu sein, dass sie nicht über die möglichen Konsequenzen ihrer Entscheidung und der von ihr ausgeführten Aufgaben nachgedacht hatte. Jetzt kam sie sich einfach nur dumm vor und war voller Angst.

Neben ihr war nun ein schabendes Geräusch hörbar und etwas stiess gegen ihren Sarg. Ein Fahrzeugmotor sprang an und sie spürte die Vibrationen des Motors in ihrem Rücken und Po. Als sich das Fahrzeug auf der holprigen Strecke in Bewegung setzte, schaukelte sie von einer Seite zur anderen.

Wenn sich noch eine weitere Person in der gleichen Lage befand wie sie, würde wahrscheinlich auch deren Sarg zur Explosion gebracht. Sie musste also für den Fall, dass sie bei ihrem Versuch, Hassan und Jumas Sieg zu vereiteln, getötet würde, einen Weg finden, um potenzielle Retter zu warnen. Sie tastete erneut nach dem Draht und zog einen der Nägel heraus, die ihn an seinem Platz hielten.

Nach einer Weile – sie hatte keine Ahnung, wie lange – bog das Fahrzeug von der Strecke ab und fuhr auf glatteres Gelände, wo es zum Stillstand kam.

»Öffne das Flugzeug, damit ich nach den beiden sehen kann. Ich will nicht, dass sie während des Fluges aufwachen«, hörte sie Hassan sagen.

Sie mussten auf einer Landebahn sein. Miranda tastete in ihrem Sarg zwischen die Beine und ergriff die Granate. Sie zerrte ein wenig am Stift, um seinen Widerstand zu testen, denn da ihre Hände gefesselt waren, befürchtete sie, es gelinge ihr nicht, ihn ganz herauszuziehen. Wieder erinnerte sie sich an einen Kriegsfilm, den sie einmal gesehen hatte und bewegte ihre Hände langsam zum Mund.

HASSAN NAHM seinen Leatherman aus der Gürteltasche und klappte einen Schraubenzieher heraus. Er hockte sich über den Sarg, löste die Schrauben, mit denen der Deckel von Mirandas Sarg befestigt war und hakte seine Finger schliesslich unter den Deckel. Äusserst vorsichtig hob er ihn ein paar Zentimeter an.

Miranda hatte die Sauerstoffmaske von ihrem Gesicht gezerrt und roch die süsse, trockene Nachtluft. Obwohl es draussen dunkel war, musste sie ein paar Mal blinzeln, um sich an die plötzliche Helligkeit zu gewöhnen, die der Mond und die Sterne spendeten. Eine Hand wanderte unter den Deckel und tastete nach der Schnur. Sie spürte, wie deren freies Ende ihren Oberkörper streifte, als Hassan sie vom Haken löste. Miranda spannte sich an und drückte, die Granate umklammernd, ihre Fingerknöchel gegen den Deckel.

Sie hörte Jumas gedämpft klingende Stimme sagen: »Ich bin so weit, Boss«. Vielleicht war er im Inneren des Flugzeugs.

»Gut. Ich sehe mal nach dem Mädchen«, antwortete Hassan.

Jetzt war es so weit. Sie presste ihre Hände gegen den Sargdeckel und als sie spürte, dass Hassan ihn anzuheben begann, stiess sie ihn mit aller Kraft und so schnell sie konnte hoch. Sie erkannte den Schockmoment auf seinem Gesicht und hörte ihn aufschreien, als die Kante des Holzes gegen seine Nase prallte. Dann war er verschwunden, weil er über die Kante der Ladefläche des Pick-ups zurück auf den Boden stürzte.

Miranda setzte sich kerzengerade auf und blickte zu beiden Seiten um sich. Sie blinzelte erneut und sah Juma mit grossen Augen in einem Flugzeug sitzen – bin Zayids Flugzeug. Obwohl sie ihn hatte schreien hören, sah sie von Hassan keine Spur. Sie hob die Granate wieder an ihren Mund, biss mit den Zähnen auf den Stift und schnellte die Kugel von sich weg. Sie schwang ihre gefesselten Hände nach rechts, dann wieder nach links, liess die Granate am Ende der

Bewegung los und liess sie direkt durch die offene Tür der Cessna fliegen.

Hassan wuchtete sich auf die Beine und bewegte sich mit verwirrtem Gesicht und erschrocken über den Anblick der Frau, die aufrecht im Sarg sass und ihn anstarrte, zur Rückseite des Geländewagens.

»Granate!«, schrie Juma.

Miranda hatte keine Ahnung, wie lange es dauern würde, bis die Bombe hochging, also legte sich wieder in den Sarg und betete, dass es bald geschehe.

Hassan, aus dessen gebrochener Nase Blut tropfte, drehte sich weg, um der Explosion zu entkommen, doch Juma war zu weit hinten im Flugzeug, um noch rechtzeitig herauszukommen. Er tastete, nach der Granate suchend, blindlings auf dem Boden des Flugzeugs herum und sie war zum Greifen nah, nur wenige Zentimeter von seinem Gesicht entfernt, als sie explodierte.

Das Metallgehäuse des Sprengkörpers und die um den Sprengstoffkern gewickelten Drahtwindungen waren so konstruiert, dass sie bei der Detonation zerborsten. Die Wucht der Explosion und die umherfliegenden Splitter trennten dem Afrikaner den grössten Teil des Kopfs ab.

Hassan liess sich zu Boden fallen, hatte aber den Zünder auf drei Sekunden eingestellt, was nicht reichte, um die höhere Sicherheit auf der Erde zu erreichen. Während Juma, die Cessna und die eine Seite des Land Rover den grössten Teil der Explosion und der Splitter abbekamen, fühlten sich Hassans linker Arm und die freiliegende Seite seines Oberkörpers plötzlich an, als würden sie von einem Dutzend glühender Nadeln durchbohrt. Er stürzte mit von der Explosion klingelnden Ohren zu Boden und wälzte sich im Staub.

Miranda spürte, dass der Land Rover ins Wanken geriet, weil ein Schwall von Metallgeschossen in die Seitenwände einschlug. Die

Ladefläche des Pick-ups und die dicken Holzwände des Sarges bewahrten sie vor den Schrapnellen, aber die Druckwelle liess ihre Ohren vorübergehend taub werden.

Einen Augenblick später stiess sie den Deckel des Sarges, der zugeweht worden war, auf und setzte sich hin. Sie zog die Knie an und versuchte aufzustehen, aber ihre Glieder waren so müde und verkrampft, dass sie beim ersten Versuch stürzte und quer über dem Sarg neben ihr landete. Sie roch Treibstoff und sah, dass aus einem Dutzend Löchern in der hohen Tragfläche der Cessna Flugbenzin austrat. Gut, dachte sie. Das Innere des Flugzeugs war ein Durcheinander aus Blut und nach Chemie riechendem Rauch. Die Sitze und ein Teil des Armaturenbretts waren mit Schrapnellen übersät und Jumas Blut und Gehirn bedeckten die Kabinenwände und Fenster.

Sie wandte sich schnell ab und schüttelte den Kopf, um ihr Gehör zu wecken. Hinter ihr, auf dem Rücksitz des Land Rovers, lag ein Rucksack, an dessen Seite ein Jagdmesser in einer Scheide festgeschnallt war. Sie kroch über den ungeöffneten Sarg, griff danach, zog es heraus und begann, das Seil, mit dem ihre Knöchel gefesselt waren, durchzusägen. Als sich die Stränge lösten, kehrte das Blut stechend in ihre betäubten Füsse zurück.

Sie blickte auf und sah, dass Hassan auf die Beine taumelte. Er stürzte sich auf sie, aber sie sprang über die andere Seitenwand des Pick-ups. Als ihre Füsse den Boden berührten, zuckte sie zusammen und schrie auf. Sie liess sich auf ein Knie fallen, rammte das Messer auf der Fahrerseite in den Vorderreifen, so dass die Luft mit einem lauten Zischen daraus entwich.

»Du Schlampe!«, schrie Hassan.

»Was willst du von mir, Hassan?«, sagte sie und fuchtelte mit ihren gefesselten Händen mit dem Messer vor sich herum.

»Das musst du mir büssen!«, rief er.

Sie hob den Kopf und schaute in den vorderen Teil des Fahrzeugs. Dort, zwischen den Sitzen, lag ein Sturmgewehr mit einem gebogenen Magazin. Sie liess das Messer fallen und griff danach, aber Hassan war trotz seiner Wunden schneller als sie. Er lehnte sich über den Beifahrersitz und ergriff, gerade als Mirandas Finger ihn ebenfalls erreichten, den Schaft der AK-47. Er spannte das Gewehr und richtete es auf sie.

»Beweg dich nicht und sag kein Wort.«

Er ging, den Lauf dauernd auf sie gerichtet, um die Vorderseite des Fahrzeugs herum. Miranda sah sich um, aber sie sass wieder in der Falle. Wenigstens habe ich einen von ihnen erwischt sowie sein Fahrzeug und das Flugzeug ausgeschaltet, dachte sie.

Hassan schaute ins Innere der Cessna und auf den leckenden Kraftstofftank.

Er schüttelte den Kopf. »Du hältst dich wohl für sehr schlau, was?«

Sie lächelte ihn an.

Hassan zog das Gewehr zurück, drehte es um und stürzte sich auf sie, wobei er sie mit dem Kolben in den Bauch traf. Miranda keuchte, krümmte sich vor Schmerz und stürzte auf die Knie. Er packte sie an den Haaren und zerrte sie wieder auf die Beine. Aus ihren Augen strömten Tränen.

»Wage nicht, mich zu verspotten, Miranda, oder es wird alles noch viel schlimmer für dich.«

»Viel schlimmer kann es gar nicht werden«, stammelte sie.

»Oh doch, Baby, das kann es, wart nur ab.«

Miranda kämpfte darum, wieder zu Atem zu kommen und sah zu, wie Hassan den Land Rover untersuchte. Das Fahrzeug hatte eine Ladung Schrapnell abbekommen, würde aber wahrscheinlich noch anspringen. Er fluchte allerdings, als er den Ersatzreifen sah. Wie bei vielen anderen Safarifahrzeugen war das fünfte Rad im hinteren Laderaum montiert und, um den Zugang zu erleichtern, an einer Seitenwand verschraubt, so dass das obere Drittel des Reifens über die Oberkante der Wand hinausragte. Es war von Schrapnellen durchlöchert und fühlte sich weich an. Mit zwei platten Reifen war das Fahrzeug praktisch unbrauchbar. Sie war stolz darauf, ihn so aufgehalten zu haben, aber auch voller Angst, denn sie wusste, dass es längst noch nicht vorbei war.

»So, gehen wir«, sagte er. »Aber zuerst stopfe ich dir dein hübsches Maul.« Er drückte Miranda mit dem Rücken auf den Boden und stellte ihr seinen Stiefel auf den Bauch, damit sie sich nicht bewegen konnte. Dann griff er in seinen Rucksack und holte eine Rolle Klebeband heraus. Er legte sein Gewehr nieder, riss einen Streifen Klebeband ab und klebte ihn ihr über den Mund. Dann beugte er sich so nahe zu ihr, dass seine Lippen nur noch wenige Zentimeter von ihrem Gesicht entfernt waren. »Wenn du es wegziehst, erschiesse ich dich, verstanden?« Sie nickte.

Er blickte auf den zweiten Sarg, hob den Kolben der AK-47 an die Schulter und zielte auf den Kopfteil der Kiste. Miranda sah auf und ihr wurde bewusst, was geschah. Hassan hatte vor, die Person, die im zweiten Sarg lag, zu töten. Sie rollte sich auf die Seite, schaffte es, aufzustehen und begann zu rennen.

Aus den Augenwinkeln bemerkte Hassan ihre Bewegung, drehte sich um und richtete das Gewehr auf ihren Rücken. »Miranda! Bleib stehen oder ich erschiesse dich auf der Stelle!«

Sie sprintete so schnell es ihre steifen Beine und schmerzenden Füsse zuliessen, wobei sie jeden Moment erwartete, von einer Kugel getroffen zu werden und sich gleichzeitig fragte, wie sehr es wohl schmerze und ob sie es überlebe.

HASSAN HÖRTE das Geräusch eines sich nähernden Fahrzeugs, als Miranda die Bäume am Rande der Landebahn erreichte. Er verfluchte sich für sein Zögern, stellte den Wahlschalter an der AK-47 auf Automatik, zielte erneut auf den Kopfteil des Sarges und drückte ab. Ein Schuss knallte, dann klemmte die Waffe. Er griff nach dem Magazin, um es zu entfernen und bemerkte, dass das Metall heiss war. Er hielt es gegen das Mondlicht, um es zu untersuchen und sah überrascht, dass das Gewehr von drei Metallsplittern der Granate getroffen worden war. Das Schrapnell hatte wahrscheinlich die Feder, die die Kugeln im Inneren des Magazins in die Kammer beförderte, durchtrennt. Noch mehr Pech.

Er warf das unbrauchbare Magazin beiseite und griff nach der Segeltuchtasche mit Ersatzteilen. Das Motorengeräusch des Fahrzeugs wurde lauter. Wenn er Miranda einholen wollte, musste er rennen. Er hoffte, dass entweder der eine Schuss, den er abgefeuert hatte, oder die mit einer Sprengfalle versehene Granate, die noch im Sarg lag, den General erledige.

Der Schmerz in seinem Arm und seiner Seite wurde immer stärker. Er versuchte, seine Finger zu bewegen und stellte fest, dass zwar alles zu funktionieren schien, die Wunden dadurch aber noch mehr schmerzten. Aus den Löchern in seiner Seite sickerte Blut und durchnässte sein zerfetztes Hemd. So schmerzhaft sie auch waren, die Splitter lagen nur knapp unter der Haut und weit entfernt von allen wichtigen Organen. Er zuckte mit den Schultern und rannte Miranda hinterher.

26

Jed hockte neben dem offenen Grab und winkte den anderen, zu ihm zu kommen.

»Sie sind mit einem Fahrzeug weg«, sagte er, »hier gibt es, so wie es aussieht, Spuren von zwei Männern.«

Chris und Harold Jones, der überlebende CIA-Agent aus dem abgestürzten Hubschrauber, standen am Rande der Grube.

»Nur eine Grube, Jed«, sagte Chris und sprach damit die deprimierende Tatsache aus, die Jed beschäftigte.

»Aber er hätte beide Särge in einem Grab beerdigen können«, erwiderte er. »Es ist tief genug dafür.«'

»Ich hoffe, du hast Recht«, sagte sie.

»Was nun?«, fragte Jones.

»Wir folgen den Spuren. Wylde sagte, es gäbe auf der Ranch einen Flugplatz und ich wette, diese Spuren führen uns dorthin.« Jed zog Wyldes Walkie-Talkie aus der Tasche seiner Tarnhose und funkte den Chefscout des Lodgebesitzers an, der mit einem Land Rover auf die Ranch von bin Zayid fuhr. »Wissen Sie, wo in diesem Reservat der Flugplatz liegt?«, fragte er ins Funkgerät.

»Ja, Sir. Der Weg zurück zur Hütte führt bei der Landebahn

vorbei«, sagte der Scout über das Motorengeräusch seines Land Rovers hinweg.

»Treffen wir uns dort. Wir glauben, dass die Verdächtigen in diese Richtung unterwegs sind. Seien Sie vorsichtig. Ende.«

Sie bewegten sich so schnell sie sich trauten, in einem langsamen Laufschritt. Jed hielt sein Gewehr hoch, den Kolben an der Schulter, den Daumen auf dem Sicherungshebel, bereit, jederzeit das Feuer zu erwidern. Er ging davon aus, dass bin Zayid jetzt auf der Flucht war und die oberste Priorität des Terroristen darin bestand, vom Boden wegzukommen. Trotzdem schaute er alle paar Schritte nach unten, um sicher zu sein, dass kein Stolperdraht über die Strasse gespannt war.

»Runter!«, zischte Jed, als sie das Krachen einer Explosion hörten.

»Eine Granate?«, fragte Chris.

»Ja. Nicht allzu weit voraus, vielleicht dreihundert Meter oder so.«

»Waren Sie je in einem Kampfeinsatz, Jones?«

»Nein, Sir.«

»Nun, das Spiel beginnt, mein Junge. Bleiben Sie unten, wählen Sie Ihr Ziel und zielen Sie tief. Vergessen Sie nicht, dass er Geiseln bei sich hat«, warnte Jed. »Wenn Sie auf meine Tochter schiessen, bringe ich Sie eigenhändig um, okay?«

»Ja, Sir.«

Sie gingen weiter, jetzt schneller. Jeds hämmerndes Herz strafte sein ruhiges Äusseres Lügen, fühlte es sich doch an, als platze es in seiner Brust und eine Ader in seinem Hals pochte heftig. Er versuchte, nicht an das Schlimmste zu denken.

»Der Knall eines Schusses, AK-47«, kommentierte Jed. »Ganz in der Nähe, aber keine Sorge, Jones, es wurde nicht auf uns geschossen. Zumindest noch nicht. Ausschwärmen, links und rechts von mir aufstellen, alle nebeneinander. Aber nicht zu weit vor mir. Das da vorn sieht wie die Landebahn aus.«

Aus seiner Hosentasche hörte er das Rauschen des Funkgeräts. »Eins, hier ist zwei, antworten«, sagte die Stimme eines Schwarzen.

»Los, zwei.«

»Explosion und ein Schuss auf der Landebahn. Ich bin in den

Bäumen am Nordende und kann ein Flugzeug und ein Fahrzeug sehen. Etwas Rauch treibt in diese Richtung. Keine Spur von Menschen.«

»Bleiben Sie, wo Sie sind«, befahl Jed. »Wir rücken von rechts an. Bereiten Sie sich darauf vor, uns auf mein Kommando hin Deckungsfeuer zu geben, over.«

»Verstanden, eins. Zwei, Ende.«

»Gut, Showtime«, sagte Jed und sie rannten über die gesamte Breite der Landebahn. Sobald sie hundert Meter vom Flugzeug und dem Land Rover entfernt waren, gab Jed Chris und Jones mit der Hand ein Zeichen, dass sie anhalten und ihn decken sollten. Nun bewegte er sich allein vorwärts.

Der Rauch hatte sich verzogen, aber der Geruch von Benzin erfüllte immer noch die Luft. Jed sah den durchlöcherten Flügeltank, den platten Reifen am Land Rover und das zerstörte Ersatzrad. Er roch Blut und sah die grässlichen Spritzer im Inneren der beschädigten Cessna. Er wappnete sich für das, was ihn im Inneren erwartete. Obwohl der Anblick schockierend war, atmete er erleichtert auf, dass es sich nicht um Mirandas Leiche handelte. Er winkte den anderen zu, zu ihm zu kommen und rief Wyldes Späher über Funk herbei. Er blickte auf die Heckablage des Land Rover Pick-ups und sah die zwei Särge, einen offen und einen geschlossen. Er rührte sich nicht.

»Scheisse, lasst uns den Sarg öffnen«, sagte Jones und kletterte in den Wagen. »Da ist ein Einschussloch drin.«

»Warten Sie!«, bellte Jed. »Ich habe heute Abend schon einen Mann durch eine Sprengfalle verloren.«

»Jed, auf der Innenverkleidung dieses Sarges ist Blut«, sagte Chris und lehnte sich auf die Lastfläche des Fahrzeugs, um den leeren Sarg besser untersuchen zu können. »Es sieht aus wie ein Pfeil, der mit Blut gemalt wurde.«

Jed zog seinen Leatherman heraus und hob mit der Klinge des Taschenmessers eine Lasche des zerrissenen Stoffes an der Spitze des blutigen Pfeils an. »Hat jemand eine Taschenlampe?«

»Hier«, sagte Jones und zog eine kleine Taschenlampe aus seiner

Tasche. »Oh, hier ist etwas ins Holz gekratzt.« Jed fokussierte den Lichtstrahl und las laut vor: *»Achtung Granate. Zwei Zentimeter anheben, Schnur aushaken. Ich lebe! MBL.«*

»Miranda!«, rief Chris aus.

Jed wusste nicht, was er fühlen sollte. Er hatte sich im Geiste darauf vorbereitet, im ungeöffneten Sarg Mirandas Leiche zu finden und jetzt sah es aus, als wäre sie wieder verschwunden und wahrscheinlich verletzt. Sie musste ihre eigene Falle entschärft und den anderen Kerl getötet haben.

»Was für eine mutige Frau«, sagte Jones.

Wyldes zwei Späher fuhren mit ihrem Fahrzeug vor und untersuchten das zerschmetterte Flugzeug. »Es ist schwierig zu sagen, wegen der Wunden am Kopf, aber seiner Statur nach würde ich sagen, das ist Juma, der für Hassan bin Zayid arbeitete«, sagte einer der Männer.

»Wahrscheinlich der Kerl, der versucht hat, mich zu töten, aber der ist Geschichte.« Jed löste mit seinem Leatherman schnell die Schrauben im geschlossenen Sargdeckel. »Tretet alle zurück.«

Als die zweite Schraube gelöst war, hob er den Deckel gerade so weit an, dass er seine Hand hineinstecken konnte. Er ertastete die Leine, die an der Granate befestigt war, und hakte sie aus dem Deckel aus. Es war ein einfacher, aber effektiver Auslöser und er hoffte, im Inneren gebe es keine weiteren Überraschungen. Jed hob den Deckel an und erkannte das Gesicht sofort.

»Es ist Calvert und es wurde auf ihn geschossen.«

Als Miranda durch den dichten Busch stolperte, peitschten ihr Äste ins Gesicht, Dornen ritzten ihre Arme und Beine und Ihre nackten Füsse waren voller Stacheln, aber sie ignorierte den Schmerz. Sie hatte keine Ahnung, wohin sie rennen solle. Ihr einziges Ziel war, Hassan zu entkommen und ein Versteck zu finden. Ein Baum wäre am sichersten, um sich vor ihm und den wilden Tieren, die in seinem Reservat lebten, in Sicherheit zu bringen.

Sie kam zu einem schmalen Bach und stapfte hinein. Der

matschige Boden des Wasserlaufs saugte an ihren Füssen, aber der kühle Schlamm beruhigte ihre zerstochenen Fusssohlen vorübergehend. Sie hörte das Knacken von Zweigen unter Hassans schweren Schritten hinter sich.

Miranda folgte dem Bach um eine Biegung und dachte, wenn sie durch das Wasser laufe, bringe sie ihn von ihrer Spur ab. Dann verliess sie das stinkende Wasser und kletterte die Uferböschung hinauf, wo sie deutlich die Spuren von Zebras und anderen Antilopenarten im grauen Schlamm erkannte. Offensichtlich war dieser Platz beim Wild beliebt, um zu trinken. Sie bemerkte einen ausgetretenen Pfad, auf dem wahrscheinlich die Elefanten das Gras heruntergetrampelt hatten und den nun andere Tiere als Schnellstrasse zum Wasser und von dort weg benutzten. Bestimmt wäre es für Hassan auf dem Wildwechsel schwieriger, ihre Spuren zu finden. Sie fing an zu rennen, stiess aber unwillkürliche einen Aufschrei aus, kippte unvermittelt nach vorn und stürzte in den Dreck. Jemand oder etwas hatte ihren Knöchel gepackt.

HASSAN WAR KEIN ERFAHRENER SPURENLESER, aber Miranda hinterliess eine Spur, der sogar ein Anfänger folgen konnte. Das lange gelbe Gras war plattgedrückt und hier und da hingen Äste lose herunter, die sie im Vorbeigehen geknickt hatte. Sie war barfuss, während er robuste Wanderschuhe trug. Er fand sie bestimmt. Wann immer er zu einem hohen Baum kam, suchte er dessen Äste ab, weil er dachte, er selbst würde dort Schutz suchen.

Hassan sah, dass Mirandas Fussspuren am Rand des Baches verschwanden, sie musste also den Wasserlauf entlanggelaufen sein. Er schaute erst nach links, dann nach rechts und entschied sich schliesslich, dem Bach nach rechts zu folgen, hielt aber inne, als er einen kurzen, spitzen Schrei hörte, der anders klang als der aller Tiere, die er je im Busch gehört hatte. Hassan stürmte am Ufer des Bachs entlang, denn auf der anderen Seite hörte er im langen Gras am Rande eines Wildpfads ein Rascheln. Er hob sein Gewehr an die Schulter.

·   ·   ·

TRÄNEN DES SCHMERZES und der puren Frustration stiegen Miranda in die Augen, als sie an der Drahtschlinge zerrte, die sich um ihren Knöchel gelegt hatte. Als sie ein Rascheln hörte, blickte sie auf und direkt in Hassans Gesicht. Sie war aus dem Sarg entkommen und hatte es bis hierhin geschafft, nur um am Ende von der Schlinge eines Wilderers zu Fall gebracht zu werden. Es war so ungerecht und sie hätte am liebsten geschrien. Der dünne Draht schnitt in die Haut ihres Beins und ihre Finger waren klebrig von Blut, sowohl von den abgerissenen Sargnägeln wie auch von dieser frischen Wunde.

»Ah, Wilderer, die Erzfeinde von Leuten wie uns«, lachte Hassan. »Es scheint, Miranda, dass uns das Schicksal bis zum Ende zusammen sein lässt. Wehr dich nicht dagegen, mein Schatz.«

»ER WIRD ES SCHAFFEN, aber eine riesige Narbe davontragen«, sagte Jed, während er die freien Enden des Kreppverbands zusammenband. »Das wird seiner politischen Karriere allerdings bestimmt nicht schaden.«

General Crusher Calvert hatte viel Glück gehabt und war dem Tod oder einer Lähmung entgangen. Die Kugel aus Hassan bin Zayids AK-47 hatte eine tiefe, hässliche Furche in die rechte Seite seines Halses gerissen und die Wunde hatte stark geblutet, aber das Projektil hatte sowohl die Luftröhre wie auch die Halsschlagader verfehlt.

»Ein Glück, dass wir ihn noch rechtzeitig gefunden haben«, sagte Chris, die den Puls des Generals prüfte. Er war stark und regelmässig. »Das Lethabarb wird abklingen, aber es gibt keine Möglichkeit, zu sagen, wie viel ihm gegeben wurde.«

»Lethabarb?«, fragte Jones.

»Das ist ein Beruhigungsmittel, das üblicherweise bei Tieren eingesetzt wird. Bin Zayid betreibt hier ein Zucht- und Forschungsprogramm für Geparden. Er hatte bestimmt leichten Zugang zu dem

Zeug und weiss, wie man es anwendet, also wette ich, dass er es benutzt hat.«

»Nun, es sieht aus, als habe die Wirkung bei Miranda schneller nachgelassen, als er erwartete«, sagte Jed. »Chris, du bleibst bei Calvert. Bring ihn mit Wyldes Männern ins Krankenhaus und ich gehe weiter.«

»Wer hat dich zum Chef gemacht?«, fragte sie und stemmte die Hände in die Hüften. »Ich fühle mich genauso für Miranda verantwortlich wie du. Harold, was war Ihr Auftrag?«

»General Calvert zu retten, Ma'am.«

Jed bemerkte die Art, wie Jones Chris ansprach und ihm wurde klar, dass er immer noch nicht wusste, welche Position sie bei der CIA innehatte. Es war sowieso nur eine Frage der Zeit – niemand wollte ihm sagen, was er zu tun hatte.

»Genau und da ist Ihr General, Jones. Gehen Sie mit Mister Wyldes Männern und sorgen Sie dafür, dass er sicher ins Krankenhaus kommt«, sagte Chris.

Jones sah Jed an.

»Er ist nicht für Sie zuständig, Jones, und jetzt verschwinden Sie von hier!«, schnauzte Chris ihn an.

Jones und Wyldes Männer schoben den Sarg vom Heck von bin Zayids Land Rovers und Jed bedeutete Chris mit einer Kopfbewegung, mitzukommen und sich etwas von den anderen zu entfernen. »Hör mir zu, Chris. Möglicherweise habe ich bereits Miranda verloren, aber dich will ich auf keinen Fall auch noch verlieren.«

»Lass den Quatsch, Jed, ich komme mit«, sagte Chris.

»Okay«, lenkte Jed ein, »wir haben jetzt keine Zeit zum Streiten. Bin Zayid hat weder ein Flugzeug noch ein Fahrzeug ...« Sie stiessen wieder zu den anderen.

»Im Hangar steht ein Ultraleichtflugzeug, warum hat er das nicht mitgenommen?« fragte Jones.

»Vielleicht, weil es nicht die Reichweite hat, um dorthin zu gelangen, wo er hinwill. Es könnte Teil eines Notfallplans gewesen sein, für den Fall, dass Calverts Flugzeug im Busch abgestürzt wäre und er danach hätte suchen müssen «, sagte Chris.

»Er könnte es immer noch benutzen, um aus der unmittelbaren Umgebung zu entkommen, aber nur, wenn er Miranda bei sich hätte«, sagte Jed. »Das bedeutet, sie könnte noch auf freiem Fuss sein. Wie kommt man am besten von hier weg, wenn nicht mit dem Flugzeug? Über die Strasse ist zu offensichtlich, weil es zu einfach wäre, ihn an einer Strassensperre zu erwischen.«

»Er geht zum Fluss«, schloss Chris und beendete Jeds Überlegungen damit. »Er muss in der Nähe des Buschcamps ein Boot versteckt haben, denn nur so konnte er Calvert überhaupt erst aus dem Flugzeug bekommen.«

ALS HASSAN DEN FLUSS ERREICHTE, musste er Miranda fast durch den Busch schleppen, denn wegen der tiefen Wunde, die ihr die Schlinge zugefügt hatte, humpelte sie, und ihre nackten Füsse hinterliessen blutige Flecken auf dem trockenen Gras. Ihre Schmerzen waren ihm egal, aber er wollte sie lebend, als Geisel. Als sie schliesslich das schlammige Ufer des Sambesi erreichten, brach sie zusammen.

Hassan entfernte die Äste, die er und Juma zur Tarnung des Bootes benutzt hatten und warf sie in den Busch.

»Steh auf, Hure«, keuchte er. Auch er war erschöpft, konnte es sich aber nicht leisten, sich auszuruhen. Er zerrte Miranda an den Haaren hoch, aber das Klebeband, das er ihr um den Mund geklebt hatte, dämpfte ihren Schrei. Er stiess sie ins Boot und sie stürzte auf die Seite.

Als sie sich in eine sitzende Position brachte, hinterliessen ihre blutigen Füsse Schlieren auf dem Deck. Entschlossen, keine Angst vor ihm zu zeigen, sah sie ihm in die Augen und Hassan musste ihren Mut gegen seinen Willen bewundern.

»Das ist, damit du keine weiteren kleinen Tricks versuchst oder daran denkst, herauszuspringen«, sagte er, schlang ein Seil um die Fesseln an ihren Handgelenken und band die freien Enden um die Stange, die den Plastiksitz neben seinem hielt. »Und jetzt bleibst du unten!«, befahl er und drückte sie wieder in die Seitenlage.

Das Boot wurde von einem grossen Aussenbordmotor angetrieben, der aus einem metallenen Benzintank gespeist wurde, der jeweils abgenommen wurde, wenn das Boot nicht in Gebrauch war. Hassan drückte auf einen Knopf in der Mitte des Gummischlauchs, der den Tank mit dem Motor verband. Miranda wusste von ihren eigenen Fahrten über den Fluss, dass dadurch etwas Benzin in den Motor gepumpt wurde, das dabei half, ihn zu starten. Die Benzindämpfe stachen ihr in die Nase, denn ihr Gesicht war nur wenige Zentimeter vom Tank entfernt.

Hassan startete den Motor, legte den Gashebel in den Rückwärtsgang und das Boot glitt vom Ufer weg.

»JED, schau mal!«, flüsterte Chris.

»Ich sehe einen Mann am Ruder«, sagte er von tief unten im Boot, wo er hockte und seine linke Hand und den Holzschaft der SLR auf das Dollbord des Bootes stützte. »Aber Miranda sehe ich nicht.«

Nachdem sie ihr Boot erreicht hatten, ruderten Chris und Jed lautlos vom Hauptufer weg zu einer schilfbewachsenen Insel in der Mitte des Sambesi. Anstatt am sambischen Ufer auf und ab zu patrouillieren und bin Zayids verstecktes Boot zu suchen, beschlossen sie, zu warten, zu beobachten und zu lauschen.

»Gib mir das Nachtsichtmonokel«, flüsterte Chris, worauf Jed ihr das Gerät reichte. Sie spähte hindurch und sah bin Zayid, der in wässriges grünes Licht getaucht war. »Er ist es wirklich.«

Jed setzte das Monokel wieder auf, schwenkte das Gewehr ein wenig nach links und richtete das eiserne Visier des alten Gewehrs auf den Oberkörper des Mannes aus. Er schätzte, das Ziel sei etwa zweihundert Meter entfernt. Das Boot des Arabers bewegte sich langsam rückwärts, vom Ufer weg. »Ich schiesse.«

Chris blieb ganz ruhig.

Jed hob das Gewehr leicht an, um den Fall des Geschosses auszugleichen. Es war lange her, dass er ein Gewehr ohne den Vorteil eines modernen Zielfernrohrs abgefeuert hatte, aber er war immer ein guter Schütze gewesen. Er holte tief Atem und liess die Hälfte der Luft aus seiner Lunge fliessen. Er folgte der sich langsam bewegenden Gestalt, zielte einen Hauch weiter nach vorn, um die Bewegung des Zielbootes auszugleichen, und drückte ab.

Der Schuss zerriss die nächtliche Stille und ein halbes Dutzend aufgeschreckter Wasservögel brach lautstark aus ihren Schlafbäumen hervor, während in der Nähe ein wütendes Nilpferd grunzte.

»Er ist am Boden, du hast ihn erwischt!«, sagte Chris.

»Starte den Motor!«, befahl Jed und behielt das Gewehr weiter auf das Boot gerichtet. Er war sich nicht so sicher, ob es ein sauberer Schuss war, denn die Zielperson hatte sich, als er schoss, bewegt, als bücke sie sich nach etwas, das am Boden des Bootes war.

HASSAN BIN Zayid kippte nach vorn und landete zwischen den beiden Sitzen des Boots. Miranda trat ausserdem mit ihren schmerzenden Füssen nach ihm und er stöhnte vor Qual. Er war zwar nicht tot, sie war aber dennoch überglücklich, dass jemand da draussen nach ihnen suchte und erst noch dazu bereit war, zuerst zu schiessen und erst nachher Fragen zu stellen.

Hassan kläffte wie ein Hund, als Mirandas Fuss seinen linken Unterarm traf, der bewegungslos an seiner Seite hing und aus dem aus einem von zwei Löchern ein weisser Knochen ragte. Er trat ebenfalls nach ihr, griff mit seiner guten Hand nach der AK-47, rollte sich in eine sitzende Position und wiegte das Gewehr in seinem Schoss. Dann drückte er den Wählhebel mit der rechten Hand zwei Rasten nach unten auf Automatik und hob die Waffe am Griff an. Im selben Moment hört Miranda von ihrer linken Seite, aus der Richtung, aus der der Schuss gekommen war, einen Schiffsmotor aufheulen. Hassan lehnte den Lauf des Gewehrs an den Rand des Bootes und drückte ab.

DIE SCHÜSSE GINGEN DANEBEN, aber Chris und Jed duckten sich beide instinktiv und Chris ging vom Gaspedal. »Ich will nicht schiessen, falls Miranda da unten irgendwo bei ihm versteckt ist«, rief Jed über das Motorengeräusch hinweg. »Wir müssen näher an sie heran, Chris. Schneller!«

Chris wusste, dass er recht hatte, war aber voller Angst. Trotzdem öffnete sie die Drosselklappe.

HASSAN LIESS die AK-47 fallen und schob den Gashebel seines Boots nach vorn. Er steuerte aus der Hocke heraus. Mit den zusätzlichen Benzinkanistern auf dem Boden des Boots hatte er genug Treibstoff, um Mosambik zu erreichen, bezweifelte aber, dass seine Verfolger über solche Reserven verfügten. Es war noch nicht vorbei, aber nun brauchte er so schnell wie möglich medizinische Hilfe. Sein zerschmetterter Arm blutete stark und sobald er das andere Boot abgehängt hatte, wollte er ihn schienen und verbinden. Danach würde er per Satellitentelefon seine Kameraden anrufen, damit sie ihn jenseits der Grenze, irgendwo am Ufer des Cahora-Bassa-Sees, in der Nähe der Stadt Zumbo, treffen konnten. Bis sie den Treffpunkt erreichten, konnte es einen Tag oder länger dauern, aber er hatte den Willen, zu überleben.

Vor ihm tauchte ein Flusspferd mit vor Wut weit aufgerissenem Maul auf und Hassan riss das Ruder herum, sodass Miranda gegen die Bordwand geschleudert wurde. Bei der Geschwindigkeit, die er jetzt an den Tag legte, konnte ein Zusammenstoss mit einem dieser riesigen Tiere genauso tödlich enden, wie eine Kugel. Hassan griff erneut nach seinem Gewehr und feuerte einen weiteren wilden Drei-Schuss-Stoss auf seine Verfolger ab.

CHRIS WICH, um dem Beschuss zu entgehen, nach links aus, merkte aber, als sie einen Luftzug spürte, weil ein Geschoss an ihrem Kopf vorbeiflog, dass sie falsch entschieden hatte. »Das war zu knapp!«, rief sie.

»Bleib an ihm dran. Er hat bisher etwa zehn oder zwölf Schuss abgefeuert, aber nachzuladen und zu fahren wird für ihn schwierig sein, vor allem, wenn er verwundet ist«, rief Jed.

Grossartig, dachte Chris, dann mussten sie also nur noch achtzehn oder zwanzig Schüsse überleben. Was die Pferdestärken und die Notwendigkeit, tierischen Hindernissen auszuweichen, betraf, waren die beiden Boote offenbar gleich stark, denn Chris stellte fest, dass sie nicht in der Lage waren, die Lücke, die etwa hundert Meter betrug, zu schliessen.

Jed hielt sich an der Seite des Bootes fest und stand auf. »Halten Sie an, bin Zayid, Sie sind erledigt!«, rief Jed in die Dunkelheit und gab zwei Schüsse hoch über das andere Boot ab.

»Bist du verrückt?«, fragte Chris.

Als Hassan mit langem Gewehrfeuer antwortete, ging Jed wieder vor Chris in die Hocke. Keine der Kugeln kam ihnen zu nahe.

»Sag bloss, du versuchst absichtlich, ihn dazu zu bringen, auf dich zu schiessen?«, wollte Chris wissen.

Jed sah ihr mit kaltem, hartem Blick ins Gesicht, während in seinen Augen nicht der geringste Anflug von Angst oder Panik zu erkennen. »Versprich mir, dass du ihn tötest, falls ich getroffen werde.«

MIRANDA ZAPPELTE auf dem Boden des Bootes, als heisse, verbrauchte Patronen auf sie herabregneten. Ihr Gesicht lag direkt neben dem Kraftstofftank und plötzlich hatte sie eine Idee. Das Klebeband über ihrem Mund war aufgeweicht, denn als Hassan das Boot herumschwenkte, um dem Nilpferd auszuweichen, spritzte es ins Boot und sammelte sich am Boden. Wenn sie ihre Kiefer bewegte, konnte Miranda den feuchten Knebel dehnen und lockern. Sie drückte ihr Gesicht in das faulige, mit Schlamm und dem Blut ihrer Füsse vermischte Wasser. Sie blickte auf, um zu sehen, ob Hassan sie beobachtete, aber seine Konzentration galt abwechselnd dem Fluss vor ihnen und den Menschen, die sie verfolgten. Heftig mit dem Unterkiefer kauend, schaffte sie es, das aufgeweichte Klebeband zu lösen und indem sie ihr Gesicht an der Bordwand rieb, konnte sie immer mehr Klebeband abziehen, bis sich ihr Mund wieder vollständig öffnen liess.

Miranda rollte sich auf die andere Seite, legte den Kopf zurück, bis sie den Gummischlauch, der in den Benzintank führte, in den Mund nehmen konnte und biss so fest sie konnte zu. Sie zerrte und zog so bösartig mit ihren hineinverbissenen Zähnen am Schlauch, wie ein Hund, der eine Ratte erwischt hatte.

Zu seiner Rechten, auf der simbabwischen Seite, sah Hassan das Funkeln der Laternen auf dem Campingplatz und das Schimmern von Licht aus den Personalhäusern von Mana Pools und vor ihm glitzerte der Sambesi breit und klar im Mondlicht. Jetzt, da er sich in der Mitte des Flusses befand, war die Gefahr, auf ein Flusspferd zu stossen, geringer. Die Drosselklappe war weit geöffnet, und das andere Boot kam nicht näher. Hassan lachte, drehte sich um und gab drei weitere Schüsse ab. Er bemerkte das Leck nicht, bis der Motor zu stottern begann.

Der Aussenborder tuckerte zweimal, ging dann aber plötzlich aus. Hassan hantierte mit dem Gashebel und sah sich um. Als er die durchtrennte Kraftstoffleitung entdeckte, hob er seine gute Hand und gab Miranda eine heftige Ohrfeige. Dann kniete er sich hin, fummelte am losen Ende des Schlauchs und versuchte, ihn wieder anzuschliessen.

Miranda beugte sich vor und versetzte ihm einen Kopfstoss gegen den zerschmetterten Arm, so dass Hassan vor Schmerz aufbrüllte und auf die Knie fiel. Trotz seiner Schmerzen fiel ihm auf, dass der Motor des anderen Bootes jetzt ganz nah klang.

Schliesslich gelang es Hassan, sich wieder in seinen Sitz zu schleppen. Mit seiner guten Hand schwenkte er das Steuer herum und steuerte das noch immer schaukelnde Boot in Richtung Ufer. Er plante, direkt unterhalb des Hauptlagers im Mana Pools Nationalpark, auf der simbabwischen Seite, zu landen. Durch die Schüsse geweckt, wären die Ranger jetzt wachsam und von der anderen Seite her käme bestimmt bald die sambische Polizei, also musste er das Boot, das ihn verfolgte, in seine Gewalt bringen. Seine wichtigste Geisel hatte er zwar verloren, aber immerhin hatte er Miranda noch und wenn sein Verfolger der Mann war, von dem er annahm, er sei es, hatte er immer noch eine Chance, den Teil der Mission zu erfüllen, der ihm am wichtigsten war.

»Hör auf, dich zu ducken, Miranda, ich schlage dich nicht mehr.« Seine Stimme klang ruhig, als er nach unten griff, den Benzinkanister packte, den Deckel mit einer Hand abschraubte und den Kanister anhob, um den Rest des Inhalts über die vor ihm liegende Frau zu kippen.

»Nein!«, schrie Miranda und musste husten, weil Benzin in ihren Mund drang, ihr Haar tränkte und ihr in die Augen floss. Der kalte Treibstoff lief ihr über die Brüste, die Arme und das Kleid. »Es tut mir leid, Hassan.«

»Eine Entschuldigung? Wie armselig, Miranda. Du hast mich ausspioniert, du hast mich angelogen und du und dein Vater habt den Tod meines einzigen lebenden Verwandten zu verantworten. Glaubst du, wenn du dich entschuldigst, ist alles wieder gut?«

»Hassan, ich wollte weder dir noch deinem Bruder wehtun. Ich dachte, du wärst ein guter Mann und sie hätten sich in dir getäuscht.« Sie hustete und würgte, weil sie die Benzindämpfe einatmete.

»Ein guter Mann? So etwas gibt es in der Welt, in der wir heutzutage leben, nicht mehr, Miranda. Das wirst du gleich auf die harte Tour herausfinden.« Er packte sie an den Haaren und zerrte sie hoch. »Ist das dein Vater, der uns folgt, Miranda?«

Sie blickte zum anderen Boot, dessen Motor ebenfalls abgestellt war und nun näherkam. Miranda keuchte, als sie Christine Wallis und ihren Vater sah.

»Ist das etwa Daddy, der gekommen ist, um seine kostbare kleine verlogene Schlampe zu retten?«

Miranda sagte nichts, aber Hassan bemerkte den Ausdruck auf dem Gesicht des Mannes.

»Miranda!«, rief Jed.

»Aha«, triumphierte Hassan, »ich wusste es. Halten Sie Abstand, Master Sergeant Banks. Sie wissen, dass ich Miranda umbringe, wenn Sie mich auszutricksen versuchen.«

»Lassen Sie sie frei, Sie krankes Arschloch«, schrie Jed zurück.

»Gut, das mache ich, Jed, ich lasse sie gehen. Überrascht?«

Jed hielt seine Zunge im Zaum und hob sein Gewehr an die Schulter.

Hassans Boot erreichte das Ufer zuerst und er zog sein Messer aus dem Gürtel und zerschnitt das Band, mit dem Miranda an die Sitzstange gebunden war, liess ihre Hände aber weiterhin gefesselt. Er zerrte sie auf die Beine und drückte sie fest an sich, seinen blutverschmierten, schmerzenden Arm über ihren Brüsten. In seiner rechten Hand hielt er die AK-47 und liess die Spitze des Laufs auf Mirandas Schulter ruhen, so dass die Mündung an ihrem rechten Ohr lag.

»Lassen Sie Ihre Waffe fallen«, brüllte Hassan.

»Schiess, Daddy. Töte ihn«, kreischte Miranda.

JED SCHAUTE durch die runde Kimme der SLR und richtete sie auf das Korn des Visiers aus. Das schwere Gewehr schwankte in seinem Griff, denn das Schaukeln des Boots unter seinen Füssen erschwerte ihm das Zielen. Er blinzelte sich den Schweiss aus den Augen. Es war zu riskant. »Lassen Sie sie gehen, bin Zayid, und ich verspreche Ihnen eines.«

»Was denn?«

»Dass ich Sie schnell töte.«

Hassan lachte. »Sie machen dumme Macho-Witze, obwohl das Leben Ihrer Tochter auf dem Spiel steht? Sie jagen mir keine Angst ein, aber ich biete Ihnen eine Chance, sie zu retten, aber nur eine einzige.« Bin Zayid zog Miranda aus dem Boot und die sandige Böschung hinauf. In der Ferne war das Geräusch eines Fahrzeugmotors zu hören.

»Sagen Sie!«, sagte Jed und senkte das Gewehr ein wenig. Zu Chris murmelte er: »Dreh das Boot nach rechts und bring uns etwa einen Meter von ihm entfernt an Land.«

Sie folgte seiner Anweisung und wenige Sekunden später berührte ihr Boot das Ufer.

»Ich will Ihr Boot und Sie wollen Ihre Tochter. Das ist kein guter

Tausch, da stimmen Sie mir sicher zu, aber damit ist es vorbei. Schade, dass Sie den General verloren haben, aber ich auch. Immerhin bekommen Sie so Ihr kleines Mädchen zurück, und ich eine Chance auf die Freiheit.«

»Lassen Sie sie gehen, bin Zayid, dann können Sie das verdammte Boot haben«, sagte Jed.

»Werfen Sie Ihre Waffen in den Fluss«, befahl bin Zayid und rammte den Lauf seines Gewehrs gleichzeitig so fest in Mirandas weichen, blassen Hals, dass sie aufschrie.

»Warum? Damit Sie uns alle kaltblütig umbringen können?«, wollte Jed wissen. »Sie haben mein Wort, dass wir nicht auf Sie schiessen, sobald Sie im Boot sind.«

»Ihr Wort? Vor einer Minute haben Sie noch versprochen, mich schnell zu töten, also gibt es keine Verhandlung, Soldat. Werfen Sie die Gewehre in den Fluss.«

Chris sah Jed an. Er zuckte mit den Schultern. »Ohne ärztliche Behandlung des Arms kommt er nicht weit«, flüsterte er.

»Ruhe! Sie haben drei Sekunden, um die Waffen wegzuwerfen, Banks, sonst war's das für Miranda. Ehrlich gesagt ist es mir egal, ob es in einer Schiesserei endet – dann sterbe ich wenigstens im Wissen, sie mitgenommen zu haben. Es liegt an Ihnen.«

»Tu es, Jed«, sagte Chris.

Es widersprach allem, wofür er stand, seinem persönlichen Moralkodex und dem Ethos der Organisation, in der er diente, aber Jed zog seinen Arm zurück und warf sein Gewehr in den Sambesi. Chris tat dasselbe und beobachtete, wo ihre Waffe landete.

»Gut, lassen Sie sie gehen«, sagte Jed zu bin Zayid.

»Was glauben Sie, was mein Bruder in dieser Situation getan hätte, Jed Banks?«

»Lassen Sie Miranda gehen!« Jeds Stimme klang kühl und bedrohlich, während er einen Schritt auf seine Tochter zuging.

»Stehen bleiben, beide!«, bellte Hassan. Die Fröhlichkeit war verschwunden. »Antworten Sie mir zuerst, oder raten Sie mal. Was glauben Sie, was mein Zwillingsbruder tun würde? Sie sollten es wissen, Banks, Sie kennen ihn doch.«

»Ihr Bruder war ein Soldat. Ich war weder mit seiner Sache noch mit seinen Methoden einverstanden, aber ich habe mich ihm wie ein Mann gestellt, und er ist wie ein Mann gestorben. Ich würde sagen, er hätte sich an eine Abmachung gehalten, zu der er sein Wort gegeben hatte.«

Bin Zayid lächelte. »Iqbal, das war der Name meines Bruders, war ein Gläubiger und er hatte die Kraft, zu tun, was getan werden musste – nicht wie ich. Ich bin weich, Jed Banks.« Seine Stimme wurde brüchig und er unterdrückte ein Schluchzen, bevor ihn Tränen übermannten. »Ich bin auf Ihre Tochter hereingefallen und habe mich in sie verliebt, weil ich schwach war. Ich habe ihre Lügen geglaubt und dabei hat sie sich die ganze Zeit gegen mich und meine Familie verschworen.«

»Lassen Sie sie gehen, dann ist es vorbei und Sie können gehen.«

»Mein Bruder, Banks, hätte das hier getan!« Bin Zayid trat Miranda in die Kniekehlen und zwang sie, sich hinzuknien. »Und das!« Er rammte ihr seinen Stiefel in den Rücken und drückte sie Gesicht voran in den Schlamm. Er hielt das Sturmgewehr mit einer Hand und legte den Lauf auf Mirandas Rücken, auf die Rückseite ihres Herzens. »Verabschieden Sie sich von Ihrem kleinen Mädchen, Banks.«

»Papa!«, kreischte Miranda.

Bin Zayids Finger krümmten sich um den Abzug der AK-47, doch Chris und Jed rannten gleichzeitig auf ihn zu. »Nein!«, brüllte Jed, denn er wusste, dass die Distanz nicht zu schaffen war, bevor der Araber schoss.

Sie alle hörten den Schuss, aber keiner von ihnen sah, woher er kam. Jed schloss die Augen und verlangsamte seinen Lauf, ohne Miranda sehen zu können und Chris sank auf die Knie.

Hassan bin Zayid spürte den Einschlag der Kugel in seiner rechten Schulter und wurde rückwärts auf den Boden geschleudert, wo er schreiend liegen blieb und sich vor Schmerzen krümmte. Die AK-47 fiel ihm aus der Hand, schlug mit dem Lauf voran auf dem Boden auf und blieb ausserhalb seiner Reichweite liegen.

»Keine Bewegung!«, schrie Luke Scarborough.

»Luke, wo zum Teufel kommen Sie denn her?«, rief Jed. »Passen Sie auf ihn auf! Geben Sie mir die Waffe«.

Hassan rollte auf die am Boden liegende AK-47 zu, doch Luke, der Jeds Überraschung ignorierte, gab zwei gezielte Schüsse ab. Beide verfehlten ihr Ziel.

Hassan versuchte, seine Hand um den Lauf des Gewehrs zu legen, aber sein linker, von Banks zertrümmerter Arm, machte nicht mit. Miranda befand sich vor ihm und begann, wegzukriechen, während der scharfe Geruch von Benzin die Luft erfüllte.

»Behalten Sie ihn im Auge und kommen Sie hierher«, sagte Jed zu Luke, der noch fünfzig Meter entfernt war und sich mit vorgehaltener Pistole vorsichtig näherte. »Übrigens, ein guter Schuss, junger Mann.«

»Ja ich staune selbst«, sagte Luke lächelnd, mit vom Adrenalin geweiteten Augen und innerlich vor Freude jubelnd.

»Aber er ist noch nicht tot«, mahnte Jed.

»Pass auf, er greift nach etwas!«, schrie Chris. »Miranda!«, lärmte Jed, »Rollen!«

Bin Zayids zog seine rechte Hand aus der Hosentasche hervor, und mit einer einzigen fliessenden Bewegung klappte er die silberne Kappe eines Zippos auf und rollte den Feuerstein an der Vorderseite seiner schweren Weste entlang, so dass der Docht sich entzündete. Dann warf er das brennende Feuerzeug nach Miranda.

Mit lautem Zischen entzündete sich Ihr benzingetränktes Cocktailkleid, während bin Zayid in die Knie ging. Miranda schrie auf und versuchte, aufzustehen. Jed sprintete die verbleibenden Meter und griff sich seine Tochter in der Mitte, so dass sie stürzte, schlang seine Arme in einer festen Umarmung um sie und beide rollten miteinander im Sand herum. Er ignorierte den Schmerz der Flammen auf seinem nackten Oberkörper und seinen Armen und den Geruch seines verbrannten Haares nahm er nur schwach wahr. Immer wieder drehten sie sich und er schob sie gleichzeitig in Richtung des Flusses. Als er schliesslich das warme Flusswasser auf seinem Rücken spürte, zischte es dampfend. Er tauchte Miranda unter

Wasser und hielt sie dort, bis er sicher war, dass alle Flammen erloschen waren.

Bevor Chris ihn aufhalten konnte, rannte Hassan bin Zayid davon und Luke leerte das Magazin der Pistole auf die fliehende Gestalt, ohne auch nur einmal zu treffen.

»Sie werden ihn mit dem Ding nie treffen, wenn er sich bewegt«, tröstete sie ihn.

»Es tut mir leid«, sagte er und blickte wieder zu Jed und Miranda.

»Machen Sie sich nichts draus«, antwortete Chris. »Sie haben uns wahrscheinlich allen das Leben gerettet.«

27

———————

»**D**ie Verbrennungen am linken Arm und am Hals Ihrer Tochter sind schlimm, aber sie wird es überleben, Mister Banks«, versicherte der italienische Arzt Jed.

»Danke, Doktor, das ist das Wichtigste.«

»Wir haben eine Plasma-Infusion gelegt und ich habe ihr etwas gegen die Schmerzen gegeben. Ausserdem bin ich sicher, dass nach einer Operation in Amerika kaum mehr Narben sichtbar sind. Ihr schwarzer Freund, Moses, war, als ich das Krankenhaus verliess, im Operationssaal und mein Kollege sagte, die Zeichen ständen gut für ihn. Er ist stark und in guten Händen.«

Jed nickte. »Danke, Doktor. Kann ich Miranda jetzt sehen, bevor sie fliegt?«

»Natürlich. Der Hubschrauber ist auf dem Weg, aber ich nahm an, Sie flögen mit ihr zum Krankenhaus in Lusaka.«

»Nein, ich muss noch etwas anderes erledigen.«

»Ihre Verbrennungen sind zwar nicht so schlimm wie die Ihrer Tochter, müssen aber ebenfalls behandelt werden.«

»Später«, wehrte Jed ab.

Um sie herum herrschte eskalierendes Chaos. Der simbabwische Aufseher des Mana Pools Nationalparks wollte wissen, was Willy

479

Wylde und zwei seiner Mitarbeiter mitten in der Nacht auf der falschen Seite des Flusses zu suchen hätten, ein sambischer Polizist stritt sich mit einem Parkranger und dazu heulte die Sirene eines anderen herannahenden Polizeifahrzeugs. Von flussaufwärts war das Rattern eines Hubschraubers zu hören.

Luke sprach mit Chris. »Ich hörte die Schüsse auf dem Fluss und sah die Boote, also schnappte ich mir die Pistole, die ich dem Kerl, der mich in Sansibar überfallen wollte, abgenommen habe und rannte zum Ufer. Da sah ich euch und bin Zayid an Land kommen.«

Jed ignorierte sie alle für den Moment und ging zur Bahre hinüber, auf der Miranda lag. »Kannst du mich hören, mein Liebes?«

»Es tut mir leid, Daddy, so leid«, sagte Miranda durch den Nebel der Medikamente hindurch. »Bitte geh nicht weg ...«

»Ich bin bald bei dir, Miranda. Jetzt wird alles wieder gut. Sie bringen dich ins Krankenhaus und Chris bleibt bei dir.« Er schluckte schwer und konnte die Tränen kaum zurückhalten, als er daran dachte, wie nahe er daran gewesen war, sie zu verlieren.

»Sag ihr ... sag ihr, es tut mir leid ...« Miranda schloss die Augen, aber als er ihre Hand in seine nahm, sah Jed, dass sich ihre Brust gleichmässig hob und senkte. Er beugte sich über sie und küsste sie sanft auf die Stirn.

Jed spürte, dass der Sand des Rotors auf seinen Rücken gewirbelt wurde und schützte seine Augen, als er sich umdrehte. Ein weiterer Huey-Hubschrauber, dasselbe Modell wie der, der abgeschossen worden war, setzte auf dem Boden auf. Jed sah auf und erblickte General Donald Calverts grauhaarige Gestalt nach vorne gebeugt aus dem Hubschrauber rennen. Hinter ihm folgte Harold Jones.

»Sind Sie Banks?«, rief der General über das Dröhnen des Motors hinweg.

Sein Hals war mit einem blutverschmierten Verband bandagiert. »Ja, Sir, General«, bestätigte Jed.

»Ich bin kein General mehr, Master Sergeant, also können Sie mich gern Donald nennen. Aber meine Freunde, und ich hoffe, dass ich Sie und Ihre Freundin dazu zählen kann, nennen mich Crusher.« Der ältere Mann streckte seine Hand aus und Jed schüttelte sie.

»Ich dachte, Sie wären schon im Krankenhaus, General ..., äh Crusher.«

Calvert lächelte und berührte seinen Nacken. »Ich war schon auf dem Weg – jedenfalls, bis die Berichte über Ihre kleine Verfolgungsjagd eintrafen. Da dachte ich mir, dass wir diesen Hubschrauber in Bereitschaft halten sollten, falls es noch mehr Verletzte gäbe.«

»Sie hatten Recht damit.«

»Wie geht es Ihrer Tochter? Frau Wallis hat mich per Satellitentelefon über alles informiert.«

»Sie wird wieder gesund, sagt der Arzt.«

»Was für ein diplomatisches Chaos, aber wenigstens haben diese Terroristenschweine nicht bekommen, was sie wollten.«

Obwohl Jed der Meinung war, dass der Tod der Geheimdienst- und CIA-Agenten, des sambischen Hubschrauberbesatzungsmitglieds und des Piloten des Flugzeugs, das den General hinbringen sollte, einen ziemlich hohen Blutzoll darstellten, hielt er den Mund.

»Und was gibt es vom Mann, der entkommen ist, Neues?«

»Er trug zwei Schusswunden davon und sah ziemlich unsicher auf den Beinen aus, schaffte es aber, zu Fuss zu entkommen und hat immer noch seine AK 47«, erklärte Jed.

Chris kam neben Calvert an. »General, ich habe mit der US-Botschaft in Lusaka gesprochen und sie werden einige Leute schicken, die Sie im Krankenhaus abholen und bei Ihnen bleiben, bis ein Flug nach Hause organisiert ist. Ich denke wirklich, Sie sollten so schnell wie möglich von hier verschwinden, Sir.«

»Aber nicht ohne Sie, Frau Wallis und Master Sergeant Banks mit seiner Tochter«, sagte Calvert.

»Chris, bitte geh mit Miranda und pass für mich auf sie auf«, sagte Jed.

»Was willst du damit sagen, Jed?«, fragte sie. »Du gehst auf keinen weiteren Kreuzzug, Jed, sondern überlässt bin Zayid der lokalen Polizei. Das liegt jetzt nicht mehr in unseren Händen.«

»Sie hat Recht, Jed, also zwingen Sie mich nicht, Ihnen einen Befehl zu erteilen«, sagte Calvert lächelnd.

Jed grinste zurück, aber in seinen Augen lag kein Humor. »Sie können mir keine Befehle erteilen, Crusher. Hey, Jones«, rief er dem CIA-Agenten zu, »geben Sie mir Ihre MP-5.«

»Das geht nicht«, antwortete Jones und schüttelte den Kopf.

»Jones muss den General schützen, Jed. Um Himmels willen, komm mit uns!«, bellte Chris. »Du willst doch nicht einfach so in den Busch gehen und eine Selbstmordmission starten. Was glaubst du, wer du bist? Wir sind im wirklichen Leben, nicht in einem Film.«

»Ich weiss, Chris, es ist sehr real. Da draussen läuft ein gesuchter Terrorist herum, der eine Blutfehde gegen mich und meine Tochter führt und nicht ruhen wird, bis sie, ich oder wir beide tot sind. Es hat ihn zwar schwer erwischt, aber sieh dir diese Polizisten an, die sich über Zuständigkeiten streiten, während Hassan bin Zayid entkommt.«

»Der Hubschrauberpilot gibt uns ein Signal, General«, sagte Jones. »Wir sollten Sie und Miranda Banks-Lewis jetzt wirklich ins Krankenhaus bringen, Sir.«

Das italienische Medizinerteam hatte Miranda auf ihrer Trage zum Hubschrauber getragen und der Chef der sambischen Crew schnallte sie an. Der Arzt kletterte an Bord und der Pilot winkte den Menschen, die sich um Jed versammelt hatten, zu.

»Da spricht die Stimme der Vernunft«, sagte Chris laut, um das Heulen des Hubschraubermotors zu übertönen.

Luke hatte am Rande der Gruppe gestanden, um zuzuhören und alles aufzusaugen, was gesagt wurde – eine Fähigkeit, die er als Journalist perfektioniert hatte. Er hatte immer noch die Pistole, die er dem toten Strassenräuber in Sansibar abgenommen hatte und war genauso besorgt über bin Zayids Flucht wie Jed. Der Mann hatte schon einmal versucht, ihn zu töten, wer wusste also, ob er nicht selbst wieder zur Zielscheibe würde? Er hustete und trat in den Kreis der Menschen.

»Hier, Jed«, sagte er und reichte dem Amerikaner die Pistole.

Jed sah Scarborough an, den jungen Mann, der zu einem grossen Teil für diesen ganzen Schlamassel verantwortlich war. Nein, das war falsch – der Reporter hatte einfach seine Aufgabe ausgeführt. Miranda hatte Hassan ausspioniert, sich in ihn verliebt, und Jed hatte den Bruder des Terroristen getötet. Die Medien hatten nur dafür gesorgt, dass jeder die Wahrheit kannte – sowohl zum Guten wie zum Schlechten. »Sie haben Miranda wahrscheinlich das Leben gerettet, als Sie wie John Wayne hereingeplatzt sind, junger Mann. Danke«, sagte er, als er die Pistole entgegennahm. »Morgen haben Sie eine tolle Geschichte zu schreiben.«

»Hey, kann ich mir das Satellitentelefon von jemandem ausleihen?«, fragte Luke.

»Übertreiben Sie es nicht«, sagte Chris. »General Calvert, Jones wird Sie zurück nach Lusaka eskortieren.«

»Sie lassen Banks also allein auf diese wilde Verfolgungsjagd gehen?«, fragte Calvert.

»Nein, Sir, ich werde ihn begleiten«, sagte Chris, worauf Jed ihr einen wütenden Blick zuwarf. »Ach, komm schon, Jed. Ich war früher bei der Armee, wurde von der CIA ausgebildet und bin wahrscheinlich eine bessere Schützin als du. Komm verdammt noch mal endlich aus dem finsteren Mittelalter heraus.«

»Sir, lassen Sie uns gehen«, sagte Jones.

»Gut, in Ordnung«, sagte Calvert. »Jed, kommen Sie zu mir. Nein, keine Sorge, ich zwinge Sie nicht mit vorgehaltener Waffe in den Hubschrauber, aber ich habe etwas, das vielleicht hilfreich für Sie ist.«

Luke tippte Jed auf die Schulter und hielt ihn damit auf. »Übrigens, in der Pistole, die ich Ihnen gegeben habe, ist keine Munition mehr.«

Jed lächelte. »Ich weiss. Ich habe gesehen, wie Sie das Magazin bei bin Zayid geleert haben. Aber es hat gewirkt. Danke.«

»Erwähnen Sie es nicht«, antwortete Luke.

»Im Hubschrauber hat es noch einen Platz für Sie, Luke«, sagte Jed, als sie gingen.«

»Ich weiss, und glauben Sie mir, ich fliege gern weg. Ich hatte genug Schiessereien für mein ganzes Leben.«

Die Rotoren des Hubschraubers liessen eine Wand aus Schmutz, Zweigen und Blättern aufsteigen, die Jed ins Gesicht traf, als er sich dem wartenden Flugzeug näherte. Er steckte den Kopf in den Frachtraum, wo Miranda entweder schlief oder ohnmächtig war, aber der italienische Arzt lächelte und hob einen Daumen, um ihm zu zeigen, dass sie ausser Gefahr war.

Jed beugte sich vor, strich seiner Tochter eine Strähne des blonden Haares aus dem Gesicht und küsste sie auf die Stirn. »Auf Wiedersehen, mein Schatz, ich bin bald wieder bei dir«, sagte er zu ihr.

Crusher Calvert stand im Inneren des Hubschraubers und löste ein Nylongurtband mit Ratsche, das eine Reihe von Taschen hielt. »Sie haben all das Zeug aus dem Flugzeug geholt«, rief er Jed ins Ohr und zerrte eine lange schwarze Nylontasche heraus. Calvert öffnete den Reissverschluss der Tasche, nahm ein Jagdgewehr und eine Schachtel mit Munition heraus und überreichte Jed beides. »Das können Sie bestimmt brauchen. Es ist ein Weatherby Mark V Safari, Kaliber 300 und hier ist Weatherby-Magnum-Munition mit einem Barnes-Hohlspitzgeschoss aus massivem Kupfer. Sie krümmen einmal den Finger und er ist ausgeweidet, eingepackt und fertig zum Versand. Viel Glück, Junge. Ich wünschte, ich könnte mit Ihnen mitkommen.«

Jed nahm die Waffe an sich, schob den Verschluss zurück, um zu prüfen, ob sie sauber sei, und sagte: »Danke, Crusher. Ich bringe es Ihnen in einem Stück zurück.«

»Nein, bringen Sie es besser mit einer Kerbe versehen zurück.«

Jed sah, dass Chris auf Zehenspitzen neben der vorderen Tür des Hubschraubers stand und, die Hände trichterförmig um den Mund gelegt, durch das halb geöffnete Fenster mit dem Piloten sprach. Dieser hob seinen Helm auf einer Seite hoch, um sie besser hören zu können, gab dann einen Daumen nach oben und Chris rannte an Jeds Seite.

»Steig ein!«, rief sie ihm ins Ohr.

Er schüttelte den Kopf und machte sich daran, die offene Frachttür des Hubschraubers zu verlassen.

Chris schlug ihm fest auf den Arm und schrie: »Steig ein. Ich habe mit dem Piloten vereinbart, dass er uns über den Fluss zu bin Zayids Flugplatz bringt, denn ich habe eine Idee.«

Jed sah sie an und merkte, dass sie ihm nichts vormachen wollte. Plötzlich kam ihm das Ultraleichtflugzeug, das im Hangar auf dem Grundstück des Arabers stand, in den Sinn. »Kannst du fliegen?«

»Jed, du weisst noch viel nicht über mich. Ich habe im Sudan fliegen gelernt.«

»Ich will gar nicht wissen, was du dort gemacht hast.«

»Prima Idee.«

Sie setzten sich, die Füsse auf der linken Kufe ruhend, auf die Kante des Bodens des Laderaums, wo Jed den Verschluss des Gewehrs öffnete, drei Patronen ins integrierte Magazin füllte und dann eine vierte Patrone einlegte. Der Hubschrauberpilot sagte etwas ins Mikrofon, das am Ausleger seines Headsets befestigt war und die AB 205 hob ab.

Der Luftzug des Windschattens trocknete den Schweiss auf Jeds Körper. Chris hatte ihre Hände auf den Boden des Flugzeugs gepresst, während der Wind an ihrem Haar zerrte und es zerzauste. Selbst in dieser verrückten Situation, in der die Gefahr noch sehr präsent war, spürte er, dass er sie wollte und zwar wegen viel mehr als nur Sex. Er wollte bei ihr sein und sich um sie kümmern. Mit einer Hand hielt er das Gewehr auf seinem Schoss, die andere legte er auf ihre. Sie sah ihm in die Augen und lächelte. Der Fluss blitzte unter ihnen auf, war aber in weniger als einem Augenblick überquert. Um das Risiko von Bodenfeuer zu minimieren, falls im dichten Busch unter ihnen noch jemand lauerte, flogen sie niedrig und schnell. Bin Zayids Landefeld sah im Mondlicht wie eine graue Narbe aus, über dem die Nase des Hubschraubers hell aufflammte, als der Pilot sie zum Aufsetzen vorbereitete. Jed und Chris standen auf den Kufen, zum Absprung bereit, sobald sie den Boden berührten.

»Gute Jagd und kommt gut zurück, ihr beiden!«, gab ihnen Calvert mit auf den Weg.

Als der Hubschrauber abflog, hockten sie auf dem kurzgeschnittenen Gras und schirmten ihre Gesichter ab. Dann herrschte auf einmal Stille.

»Ich wette, das Ultraleichtflugzeug war Teil eines Notfallplans«, sagte Chris, als sie zum Hangar gingen.

»Das macht Sinn.« Instinktiv hob Jed, der das Nachtsichtmonokel aufgesetzt hatte und in die Dunkelheit des Hangars spähte, das Jagdgewehr an die Schulter. »Lass mich nach Sprengfallen suchen.«

Chris wartete, während Jed unter dem, in und um das kleine Flugzeug herum alles absuchte. »Sieht sauber aus.«

»Hilf mir, es herauszuschieben«, sagte sie.

Sie rollten das Ultraleichtflugzeug aus dem Hangar und Chris begann mit einem Vorflugcheck. »Sobald er Miranda und den General abgesetzt hat, tankt der Hubschrauberpilot auf und kehrt mit Verstärkung zurück. Er bringt Marines von der US-Botschaft in Lusaka mit. Wenn wir bin Zayid finden, müssen wir ihn also nur im Auge behalten, bis der Hubschrauber zurückkehrt, dann können ihn die Marineinfanteristen abholen.«

»Du bist der Boss«, sagte Jed, während er das Gewehr und das Zielfernrohr noch einmal überprüfte. Ungeachtet dessen, was Chris gesagt hatte, plante er, bin Zayid, sobald er eine freie Schussbahn hatte, zu erschiessen. »Habe ich dir schon gesagt, dass ich Flugangst habe?«

Sie blieb stehen, die Hände in die Hüften gestemmt, und sah ihn an. »Jetzt machst du aber Witze, nicht wahr?«

Jed schüttelte den Kopf. »Ich habe mehr Angst vor dem Fliegen als vor feindlichem Feuer.«

»Wenn bin Zayid noch fähig ist, zu fliehen, schaffst du es auch. Reiss dich zusammen, Soldat, und klettere an Bord!«

»Verstanden, Ma'am«, gab er zurück.

28

———

»Ich bin's«, sagte Hassan ins tragbare Satellitentelefon, das er in seinem Brustgurt mit sich führte.

»Das entspricht nicht dem Plan, warum rufen Sie an?«, fragte die Stimme am anderen Ende, die panisch und wütend klang.

»Das Ziel ist am Boden, aber nicht bei mir«, gestand bin Zayid.

»Sie haben versagt und klingen schlecht. Sind Sie verwundet?«

»Ja. Sie müssen mich mit Ihrem Boot abholen«, sagte Hassan.

»Das war nicht so geplant.«

Hassan musste ein Schluchzen unterdrücken und war sich nicht sicher, ob dies an den Schmerzen und dem Schock wegen seiner Verwundung lag oder am wachsenden Gefühl der Hilflosigkeit, das er verspürte. »Bitte«, krächzte er.

»Wurden Sie entlarvt? Kennen Sie Ihre Identität?«

Jed Banks würde ihn nie vergessen und Miranda war wahrscheinlich noch am Leben. Sie alle wussten, dass er Teil des Plans zur Entführung Calverts war, aber wenn er die Wahrheit kannte, würde der Mann am anderen Ende der Leitung keine Rettungsaktion riskieren. »Nein, niemand hat mich gesehen und sie wissen nicht, wer ich bin. Aber wenn ich erwischt werde, ist das für niemanden von uns gut.«

487

»Sie sollten den Weg des Märtyrers gehen«, antwortete der Mann.

Das kannst du leicht sagen, dachte Hassan, der zwar wusste, dass er nie wieder in sein altes Leben zurückkehren konnte, aber dennoch vorhatte, lange genug zu überleben, um sich eine neue Existenz aufzubauen. Ausserdem freute er sich schon auf einen fernen Zeitpunkt, vielleicht in einigen Jahren, wenn Jed und Miranda Banks sich für sicher hielten und ihre Wachsamkeit aufgaben. »Holen Sie mich ab, oder ich sage Ihnen, wie Sie sie finden können.«

»Feigling.«

»Nein, nur Realist. Wenn Sie mich retten, kann ich Ihnen helfen, denn ich habe immer noch Zugang zu Offshore-Bankkonten, an die niemand sonst rankommt. Dann können wir unseren Kampf fortsetzen, aber ohne mich ist das alles vorbei.«

Am anderen Ende gab es eine Pause und Hassan betete, dass die einzige wirklich greifbare Gottheit der modernen Welt, der US-Dollar, ihn rette.

»Gut, bleiben Sie am Fluss, rufen Sie in zwei Stunden wieder an und geben Sie mir die GPS-Koordinaten, dann holen wir Sie raus.«

»Allah sei Dank«, sagte Hassan.

»Danken Sie besser Ihrem Bankdirektor.« Die Leitung war tot, dafür hörte er über sich, etwas lauter als das Summen einer Mücke, das Geräusch eines Ultraleichtflugzeugs.

SEINE SICHT WAR GUT und er konnte die Zielperson, die an einem Baum lehnte und in den Himmel blickte, erkennen. In der Tat sahen sie ihn jetzt beide. Sie arbeiteten gut zusammen und er fand es beruhigend, dass sie in seiner Nähe war.

Das Schwierigste war, das Ziel im Auge zu behalten und es nicht im dichten, dunklen Busch zu verlieren, denn um ihn zu töten, musste er ihn sehen können. Es half, wenn sich das Ziel bewegte. Sie kreisten ein paar Mal und suchten nach der kleinsten Bewegung im Gebüsch.

Endlich bewegte sich das Ziel wieder. Der Narr dachte, er sei immer noch unsichtbar, aber durch die Bewegung fiel er auf.

. . .

VON SEINEM VERSTECK unter einem überhängenden Ast aus sah Hassan das Ultraleichtflugzeug vorbeifliegen und sich von ihm entfernen. Er war sich nicht sicher, ob er entdeckt worden sei oder nicht, aber auf jeden Fall war es jetzt an der Zeit, sich aus dem Staub zu machen.

Seinen zertrümmerten linken Arm hielt er dicht an seiner Seite. In der rechten Hand fiel es ihm leichter, die AK-47 zu tragen, obwohl die Wunde in seiner Schulter immer noch stark blutete. Er sammelte seine letzten Kraftreserven, wandte sich wieder dem Sambesi zu und rannte, so schnell er konnte, dem Ufer entlang. Falls das Ultraleicht-flugzeug umkehrte, um die Suche fortzusetzen, musste er wieder in Deckung sein.

DIE JÄGER WARTETEN AB, denn sie hatten ihre Zielperson aufgeschreckt und sie steuerte offensichtlich auf den Fluss zu. Lang-sam, ohne Eile, denn sie wollten Hassan nicht wissen lassen, dass sie ihm auf den Fersen waren, zogen sie ihre Kreise.

Je näher sie dem Fluss kamen, desto mehr lichtete sich das Gebüsch und im Sand wären seine Spuren besser sichtbar. Dann sahen sie ihn in der Ferne wieder und erhöhten ihr Tempo.

In wenigen Minuten waren sie nah genug dran, um das Ziel, das keine Möglichkeit hatte, ihnen zu entkommen, zu erschiessen.

Sie war zwar der Boss – wie bei den meisten Paaren – aber ihn leitete der Killerinstinkt, so dass es keine Rolle spielte, wer das Sagen hatte. Jetzt, da das Ziel in Sicht und damit in Reichweite war, würde er es umbringen, denn das war nicht nur eine Frage von Leben und Tod, sondern auch eine Frage der Ehre.

Es musste ohne Vorwarnung geschehen und ohne anderen Grund als aus reinem Überlebenstrieb.

. . .

IM ULTRALEICHTFLUGZEUG, dreissig Meter über dem Tal, sagte Jed Banks ins Mikrofon an seinem Headset: »Siehst du noch etwas?«, wobei die Frustration deutlich in seiner Stimme zu hören war.

»Nada, gar nichts«, antwortete Chris, sich nach links und rechts umsehend. »Hm, es ist schwieriger, als ich dachte, und vielleicht sehen wir ihn da unten nie. Hey, warte mal, da kommt ein Boot den Fluss hinauf, ganz in der Nähe.«

»Ich hab's. Gib es per Funk an die sambische Polizei durch, denn vielleicht soll er abgeholt werden, denn um diese Zeit ist sonst niemand unterwegs.«

»Der Pilot des Hubschraubers hat gerade durchgegeben, dass sie auf dem Weg seien und wenn das im Boot böse Jungs sind, können sich die Marines um sie kümmern.«

»Verstanden, dann lass uns noch ein paar Runden drehen.«

»Wir können nicht die ganze Nacht suchen, Jed, dafür reicht der Treibstoff nicht. Ich denke, wir sollten zurückfliegen. Ausserdem wollen wir nicht in ein Feuergefecht verwickelt werden.«

Jed wusste, dass sie Recht hatte, doch das Bedürfnis, den Mann, der seine Tochter verletzt hatte, zu finden und zu töten, brannte in ihm. »Ich will diesen Mistkerl, Chris.«

»Ich weiss, Jed, und es gibt Leute, die bereit sind, ihn zu holen. Du hast getan, was du konntest und Miranda braucht dich jetzt.«

Er schaute wieder auf den silberglänzenden Sambesi hinunter und auf die schwarzen Büschel der Baumkronen. Nicht einmal in einer Million Jahren würden sie dort unten einen Mann finden, der sich verstecken wollte und wusste, was er tat. Er war hin- und herge-rissen zwischen dem Wunsch, den Kampf zu Ende zu bringen und dem, zu seiner Tochter zurückzukehren. Schliesslich, stellte er erleichtert fest, traf er zum ersten Mal die richtige Entscheidung.

»Okay«, sagte er, »lass uns nach Hause gehen.«

EPILOG

Es war Sonntagmorgen gegen elf Uhr und Jed schaukelte, die Zeitungen neben sich und eine halb ausgetrunkene Tasse Kaffee in der Hand, die Frühlingssonne Virginias im Gesicht, im Schaukelstuhl auf der Veranda. Für viele Amerikaner war dies eine normale Situation und etwas, das sie für selbstverständlich hielten, aber Jed hatte es in seinem Leben zu selten erlebt und genoss es ganz besonders.

Eine normale Szene? Vielleicht. Ein normales Leben? Nicht wirklich. Sie waren eine vorsichtige Familie, wachsamer als die meisten. Wenn man aber davon absah, dass sie den Boden ihres SUV immer nach Bomben absuchten und mit einer geladenen Glock und einer Pump-Action-Schrotflinte unter dem Bett schliefen, lebten sie ein ziemlich ruhiges Leben.

»Du siehst entspannt aus und dein Job als Lehrer scheint dir gut zu tun. Pass auf, wenn du dich noch mehr entspannst, wirst du ohnmächtig«, sagte Chris.

Er öffnete die Augen. Sie war so schön, dass ihm manchmal der Atem stockte. Ihr Gesicht war, ebenso wie ihre Brüste, die er für sensationell hielt, voller geworden. Sie sah allerdings ein wenig blass aus. »Ist dir wieder übel, Baby?«

»Baby? Sag dieses Wort nicht. Igitt.« Sie verzog das Gesicht. »So oft habe ich mich seit dem Studium, wenn wir zu lange gefeiert und zu viel getrunken haben, nicht mehr übergeben müssen.« Sie liess sich auf den Schaukelstuhl neben ihm fallen und lächelte, als er seinen Arm um sie legte. Sie hatte sich noch nie in ihrem Leben erfüllter, glücklicher oder verliebter gefühlt. »Ich muss dir etwas Interessantes zeigen«, sagte sie und hielt ein Blatt Papier hoch.

»Was? Dein Ausscheiden aus der Firma?«

»Ha ha. Du bist nur eifersüchtig, weil ich bald in Mutterschaftsurlaub gehe.«

»Ja, ich stelle mir vor, dass ich Hausmann werde, das Kind in einem dieser Brusttragen umhänge und die ganze Hausarbeit mache.«

»Ja, klar«, lachte Chris.

»Und dann warte ich an der Haustür, nackt, mit einer Rose zwischen den Zähnen und einem Braten im Ofen, bis du in deinem sexy Spionage-Geschäftsanzug nach Hause kommst.«

»Wenn ich es mir recht überlege, kriegst du den Job. Aber jetzt mal ganz im Ernst, ich habe gerade die E-Mails überprüft ...«

»Und?«

»Luke und Miranda schaffen es beide, zur Hochzeit zu kommen. Sie schreibt, Kanada sei toll und Eisbären seien noch viel furchterregender als Löwen und er bleibt nur noch ein paar Monate in Afrika, bevor er eine Stelle im Internationalen Pressebüro in Washington erhält. Bevor sie hierherkommen, treffen sie sich für ein paar Tage in New York.«

»Dann sehe ich besser nach, ob die Schrotflinte geladen ist.«

»Für die Bären?«

»Nein, für den Reporter. Und was hast du für gute Nachrichten?«

»Ich weiss nicht, ob sie gut oder schlecht sind. Sie kommen aus Afrika, vom Ökologen des Mana Pools Nationalparks in Simbabwe. Du hast ihn nicht kennengelernt.«

»Nein.« Jed spürte, dass sich die Haare in seinem Nacken sträubten. »Er war weg, als alles passierte.« Die Fantasien der häuslichen Idylle wurden aus seinem Kopf verdrängt und durch ein Bild ersetzte, in dem Hassan bin Zayid sein Feuerzeug auf Miranda warf. Mirandas Verbrennungen waren gut verheilt und nach einer letzten Operation im nächsten Monat würde man keine Narben mehr sehen. Aber die schmerzhaften Erinnerungen, die sie alle mittrugen, würden für immer bleiben.

»Ich habe immer wieder mal Kontakt zu ihm. Hier, lies das«, sagte Chris.

Jed nahm die E-Mail und las sie.

Es wird dich interessieren, dass wir offenbar einen weiteren Menschenfresser im Park haben. Erst letzte Woche stiessen zwei Ranger auf menschliche Überreste – nicht viel, nur eine Schädelschale und einen Oberschenkelknochen. In der Nähe befanden sich eine verrostete AK-47 und einige militärisch aussehende Ausrüstungsgegenstände. Dem Zustand der Ausrüstung nach zu urteilen, schätzten die Fachleute, dass die Leiche etwa drei Monate alt sei, also möglicherweise aus der Zeit, als ihr im Tal eure Abenteuer erlebt habt. Die Fachleute denken, die Überreste stammten wahrscheinlich von einem Wilderer, aber einer dieser Terroristen ist doch entkommen, nicht wahr? Ich habe in dieser Gegend ein kleines Löwenrudel beobachtet, es bestand aus einem extrem alten, vernarbten Männchen und einer reifen Löwin, die gerade einen Wurf von drei Jungen bekommen hat. Ich bin mir ziemlich sicher, dass das Männchen der Bruder des Löwen ist, den du erschossen hast, obwohl ich das Brüderpaar nur wenige Male gesehen habe, so dass ich nicht absolut sicher bin. Es ist höchst ungewöhnlich, dass ein Rudel so beginnt – ein kampferprobtes altes Männchen, das seine besten Jahre schon hinter sich hat und ein einsames Weibchen, das sich vielleicht verlaufen hat. Das zeigt, dass es für uns alle Hoffnung gibt, nehme ich an.

DANKSAGUNGEN

Bei meinen Recherchen für *Sambesi* hat mir freundlicherweise eine Reihe von Personen geholfen.

Mein Dank geht an Danny Toplis vom North Fort Artillery Museum in Sydneys Vorort Manly für Informationen über Boden-Luft-Raketen, an Susan Fuchs-Nebel, die mir half, die Lücken in meinen Erinnerungen an Sansibar zu füllen, an Julia Salnicki für die Bereitstellung von Informationen über Beruhigungsmittel für Tiere und an den Pan Macmillan-Autor und Piloten David A. Rollins für seine Hilfe bei den Flugzeugszenen.

Zu Dank verpflichtet bin ich auch dem amerikanischen Autor und ehemaligen Golfkriegs-Apache-Hubschrauberpiloten Michael T. Gregory sowie Ed Delong und Susan Bray Delong, beide aus den Vereinigten Staaten, die frühe Entwürfe des Manuskripts gelesen und einige meiner halbgaren Amerikanismen korrigiert haben. Isabel 'Scotty' Wrench war ausserdem so freundlich, das Manuskript aus der Sicht eines Simbabwers zu lesen und machte mehrere ausgezeichnete Vorschläge.

In Simbabwe waren Dennis, Liz, Don, Vicki, Peta und Andrew nicht nur gute Freunde, sondern auch hervorragende Führer zu den vielen Wundern des Sambesi-Tals, und das bei zahlreichen schönen Gelegenheiten.

Wie es sich gehört, gehen alle verbleibenden Fehler im Buch auf mein Konto.

Meine Frau Nicola, meine Mutter Kathy und meine Schwiegermutter Sheila haben die Entwürfe des Manuskripts immer wieder gelesen und einmal mehr bewiesen, dass sie hervorragende Korrekturleserinnen und Teilzeitlektorinnen sind.

Ich möchte auch allen bei Pan Macmillan Australien für ihre harte Arbeit an der ersten Ausgabe von 'Sambesi' im Jahr 2005 danken.

Ein grosser Dank gebührt meiner Übersetzerin, Maya von Dach und ihrem Mann, Manfred Suter, sowie Res Gisler, die meine englischen Bücher mitten im Busch in die deutsche Sprache übersetzt und bearbeitet haben. Berufspilot Till Linder hat sich die Übersetzungen der Fliegersprache genauer angesehen, besten Dank dafür!

Und schliesslich, wenn Sie es bis hierhin geschafft haben, liebe Leserin, lieber Leser, danke ich Ihnen, denn Sie sind es, die in diesem Geschäft am allermeisten zählen.

www.tonypark.net